Marcus Tullius Cicero, John H. Muirhead

Letters of Cicero

Selected and Edited

Marcus Tullius Cicero, John H. Muirhead

Letters of Cicero
Selected and Edited

ISBN/EAN: 9783744687461

Printed in Europe, USA, Canada, Australia, Japan

Cover: Foto ©Raphael Reischuk / pixelio.de

More available books at **www.hansebooks.com**

SELECTED AND EDITED

WITH INTRODUCTION AND NOTES

BY

J. H. MUIRHEAD, B.A. Oxon.

EXAMINER FOR DEGREES IN THE UNIVERSITY OF GLASGOW.

Quae qui legat non multum desideret historiam contextam eorum temporum. NEP. ATT. XVI.

RIVINGTONS

WATERLOO PLACE, LONDON

MDCCCLXXXV

PREFACE

My object in publishing this selection is twofold :—
1. To illustrate from the Letters of Cicero an articulate
view of the character of the Orator as it influenced and
was influenced by contemporary events ; and 2. To
produce an edition of the Epistles adapted to the
requirements of the higher forms in schools, and
especially of the students of the Humanity Classes in
Glasgow University.

I intended at first that the book should be a mere
translation of Süpfle's excellent selection, so well known
in Germany, but soon abandoned that intention for a
treatment of the subject better fitted to serve the
objects I had in view.

The text however is mainly Süpfle's (*i.e.* Baiter and
Hofmann's) ; and his invaluable notes, so far as they
appeared to me to be useful, have been freely

incorporated without further acknowledgment. Biller-beck's edition of the whole of Cicero's Letters has also been constantly before me, as well as the valuable magazine of facts published by Mr. Watson in his edition of Select Letters.

J. H. MUIRHEAD.

GLASGOW, 1885.

CONTENTS.

IN reading the history of the last days of the Roman Republic the first essential is to remember that it is Caesar who is the central figure, it is Caesar who is the real power in directing and moulding the current of events. The story of Cicero's life is the story of one who has rashly committed himself to that current, without power to resist it, or knowledge whither it is carrying him. It is the story of the tricks which an 'outrageous fortune' played a great and good, but weak and wavering man.

To tell that story in a comprehensible form it will be well to divide it into four periods, each of which may be said to date from a crisis in the great orator's career.

PART I.—PERIOD PREVIOUS TO HIS CONSULSHIP.

106 B.C.—64 B.C.

M. Tullius Cicero was born at Arpinum, January 3, 106 B.C. He was thus some months older than his great contemporary, Cn. Pompeius, who was born in September of the same year, and more than six years older than Julius Caesar, whose birthday fell on July 12, 100 B.C. Of his father we know nothing except that he spared no pains or expense on his son's education. Of his mother we only hear by tradition that she was so frugal a housewife that she used carefully to stopper and seal all her wine bottles, even the empty ones, so as to cheat a pilfering set of slaves. He had one brother, Quintus, who was some four years his junior.

A member of the Ordo Equester, which, since the time of the Gracchi, might be said to have led the democratic opposition to the senatorial or oligarchical party, possessing no outward recommendation for high honours and offices of state, the young Marcus had but one path open to political distinction, namely, through the law courts. Both by his father's wish and his own choice, he early devoted himself to the practice of oratory and the study of law.   He had the best teachers the Capital could supply, both Roman and Greek, and with other youths in his own profession was in daily attendance in the Forum to listen to the pleading of those world-renowned orators, of whom P. Sulpicius and M. Antonius were the chief.[1]

From early youth Cicero had read widely in his Greek authors.   Already at fourteen he is said to have written verses of his own, and some years later he published a translation in Latin verse of the *Phaenomena* of Aratus, of which the most honourable thing that can be said is that it can be proved to have been imitated by the greatest of Latin poets—Lucretius.

But literature, law, and oratory were not all that was required for the education of a gentleman, and the young student had, with the rest of the world, to be introduced to the hard experiences of a Roman camp.   At the age of eighteen he served in the Social War under Pompeius Strabo, father of Pompey the Great (89 B.C.).

During the stormy period of Marius's domination, and the three years of peace that succeeded his death, Cicero pursued his literary studies, first under Phaedrus, who introduced him to the Epicurean philosophy, and then under Philo the Academic, who had taken refuge in Rome at the time of the Mithridatic conquests.[2]   To his philosophic studies he added that of dialectic, first under the accomplished Stoic and rhetorician, Diodotus, who lived and died at Cicero's house, and afterwards under Molo of Rhodes, who came as ambassador to Rome in 81 B.C.

Thus equipped Cicero made his *début* as an orator.   He was in his twenty-sixth year, too young as yet to have taken any active part in politics, but not too young to have observed the position of parties, and to have perceived in what direction his own best hopes of advancement lay.   Throughout this, our first period of the orator's life, one fixed idea dominates and directs his public actions,—that of winning by conduct at once patriotic and popular those political prizes upon which his heart was fixed.   To this aim were directed all his efforts in defence of the weak and the oppressed,[3] all his public services when in office, and all his public utterances.

---

[1] For full information as to Cicero's early studies, cf. his own account, *Brut.* 306 *seq.*   [2] I. 48.
[3] For his own opinion of this means of obtaining popularity cf. *Off.* ii. 51.

In 81 B.C. he took up the gauntlet with the most celebrated orator of the time, Q. Hortensius, in behalf of one P. Quinctius, and in the next year defended Sex. Roscius of Ameria.   The latter is the most righteous case which Cicero ever undertook before a law court, and the youthful orator must get all credit for the candour with which he came forward against Chrysogonus, the favourite of the all-powerful Sulla, and cautiously but sharply chastised the corruption of that Reign of Terror.

The next two years Cicero spent in travelling.   His health required re-establishing, and his oratorical style he still regarded as far from perfect.   He spent six months in Athens, where he formed that friendship with T. Pomponius Atticus which was never afterwards broken.   He then proceeded to Asia, where he visited the most distinguished masters of oratory, among whom his former master Molo held the first rank.   Cicero now sought him out at Rhodes, and so far benefited from his further instructions in restraining his somewhat exuberant and exaggerated oratory that he returned to Rome, as he himself tells us, with his style not only improved but almost completely altered.

Sulla died in 78 B.C.   The next year Cicero was again in Rome.   Soon after his return he formed with Terentia a union which was cemented the next year by the birth of Tullia, the beloved daughter upon whom, all through her life, Cicero lavished all the affection of a warm nature.   Their only son, Marcus, was not born till 65 B.C.[1]

He now devoted himself with zeal to his profession, with the view of catching the eye and ear of the people, by whose suffrages he hoped at the earliest opportunity to obtain a seat in the senate by filling the office of Quaestor.[2]   The only speech delivered during this period of which any fragment survives is the *pro Roscio comoedo.*

He was elected Quaestor for 75 B.C., and in the allotment of the quaestorial duties for the year obtained the station of Lilybaeum in Sicily.   Two things witness to the conscientiousness and success which attended the discharge of the duties of his office ; first, the amusing story so naïvely told by himself (*Planc.* 64 *seq.*) ; and, secondly, the trustful admiration with which the Sicilians ever after regarded their benefactor.

He returned to Rome in 74 B.C., expecting, he tells us, to hear the name of Cicero, the model Quaestor, in the mouth of every one, but in reality to find that absence from Rome

---

[1] L. 2. 1.   [2] *Leg.* iii. 12.

only meant obscurity.   His chagrin only roused him to greater
activity, and he made a resolution, from which he never afterwards willingly departed, to remain in Rome, and live and
work under the eyes of the people.   He took up his former
rôle as counsel for the defence, appeared daily in the Forum,
and gave free audience at all hours of the day to all who
sought his aid.   Of the speeches delivered during this period
the only one of which anything remains is the *pro M. Tullio*,
in behalf perhaps of a distant connection of his own family.

   We now come to an important era.   In the great case
against Verres we find Cicero for the first time, on the one
hand opposing himself to the established oligarchy, and on
the other uniting with Pompey in a common crusade against
judicial corruption.

   The only judgment we can pass on the Roman oligarchy of
the time is, in the words of Mommsen, one of 'inexorable and
remorseless condemnation.'   An oligarchy can only succeed
when the general average of ability and honesty is high.   At
this time the Roman world was a prey to the most absolute
inability and dishonesty in its rulers.   Abroad there was
nothing but incapacity in the discharge of the military duties
of the provincial governorships and lawless corruption in the
discharge of the civil.   At home there was the direct counter-
part of these in the law courts before which those governors
might be arraigned.   These courts were chosen from the
senatorial oligarchy itself, and were hopelessly corrupt.

   Such was the outcome of the Sullan legislation.   How long
this state of matters might have continued it is impossible to
say.   Had the oligarchs possessed wit equal to their moral
worthlessness, they might at any rate have staved off the day
of reckoning.   But the moral rottenness of the Roman
oligarchy was unvisited by one ray of true insight or generous
feeling, and so it failed, just at the moment at which we have
arrived in our story, to take the only means of preserving its
class prerogatives by attaching to itself the one man who was
able as well as willing to aid it, the young and brilliant
Pompey.

   'Pompey had become a general among soldiers before
Cicero had ceased to be a pupil among advocates.'   He
returned victorious from Spain in 71 B.C., quarrelled with his
party in the senate, was chosen Consul by the people along
with P. Crassus for 70 B.C., and set about the overthrow of
the Sullan constitution.

Cicero now saw with a true glance that the opportunity had arrived for coming forward in a trial of principles against the intolerable injustice of an arrogant aristocracy. As Propraetor of Sicily, C. Verres during three years of plunder and oppression had made the vilest misuse of his office. The Sicilians accused him of extortion, lodged a claim for 40,000,000 sesterces, and chose Cicero as their advocate. The orator spared no pains in getting up the case. He convinced himself by a personal visit to Sicily of the truth of their statements and of the deep misery of the province. Provided with all the requisite evidence, he entered on the indictment. For once the arbitrary action of provincial governors was to be exposed and the senatorial juries called upon to act with impartial justice. The condemnation of Verres was closely connected with Pompey's intentions against the senate. Through Cicero's speeches at this time there breathes a threat against the senatorial courts. Neither the position nor the intrigues of those who took part with Verres could influence him ; an encounter with Hortensius, the most distinguished speaker of the time, who had undertaken the defence, did not dismay him. Cicero gained a signal victory over his great adversary, and now stood alone as the first orator in Rome.[1]

In 69 B.C. Cicero was Aedile, and now the Sicilians had an opportunity of testifying their gratitude to their benefactor by sending rich supplies to Rome, and in this way supporting Cicero in his efforts to reduce the price of corn. While so ministering to the necessities of the mob he was able all the more easily, without sacrifice of position or offence to the people, to observe in the shows, which, as Aedile, he was bound to exhibit, that economy which was justified by the state of his means. Nor did office interfere with the practice of his profession as a pleader. Of the speeches delivered this year the *pro M. Fonteio* and the *pro A. Caecina* are probably only a small part.

From the next year (68 B.C.) date the first of Cicero's letters which have come down to us. They are in no wise remarkable but as introducing us to the family circumstances of the most successful barrister of the day.

---

[1] The speeches delivered on this occasion were the *Div. in Caecil.* and *Act. I.* As is well known, the speeches of *Act. II.* were not delivered, just as that which has come down to us under the name of *pro Milone* and the *Second Philippic* were not delivered, but were published as political pamphlets.

After the legal interval he became a candidate for the
Praetorship in his fortieth year. The elections were several
times disturbed, but on three successive occasions Cicero was
chosen first among all the candidates by the unanimous vote
of all the centuries. His Praetorship fell on 66 B.C., the year
in which the Tribune Manilius brought in his famous law
bestowing upon Pompey, who was fresh from his brilliant
achievements against the pirates, the command against
Mithridates in the East. Here was another opportunity for
the aspiring orator. True, he was now a member of the
senatorial oligarchy himself; but he had already pinned his
faith to Pompey, and how would it tell at the next popular
election if he remained cold amid the universal enthusiasm ?
The senate was furious, but the Tribune had no intention of
consulting the senate in the matter, and brought the question
directly before the people. Cicero delivered in the popular
assembly his famous speech *de imperio Cn. Pompeii*, otherwise
known as *pro lege Manilia*, in which he supported the measure
in terms which outdid the most fervid utterances of democratic eloquence.[1]

One other speech delivered this year deserves mention, the
pro A. Cluentio.

Cicero was now entitled to a Propraetor's province, but
continued steadfast in his resolution to refuse all spheres of
employment which separated him from the scene of all his
triumphs in the Roman Forum. An opportunity for further
forensic distinction already offered in the case of C. Cornelius,
who had been Tribune in 67 B.C., and had roused the fiercest
opposition in the senate by an attempt to check the growing
bribery at elections by the most stringent enactments. He
was accused *de vi*, and the case came on for trial in the year
65 B.C. Cicero seized the occasion, and again came forward
as the champion of the popular cause in opposition to the
whole force of oligarchical sentiment.

The Consulship was now in view. In July, 64 B.C., he
would become a candidate for the highest prize which the
Roman people had to bestow. Among the intending candidates was L. Catilina, who, however, at that time was under
accusation for misgovernment. Catiline was not without

---

[1] If the student would understand the meaning of the division of Cicero's
life into the periods spoken of above, he may compare this speech (especially sect. 41) with the tone of the speeches delivered subsequent to
Cicero's election to the Consulship, beginning with the *pro Rabirio.*

popularity, and as he seemed to Cicero not unlikely to be one of the successful candidates, the orator was all the more willing to coalesce with him in order to secure his own return. The best way of effecting this was himself to come forward in defence of the culprit. The orator did not hesitate to offer his services,[1] and was only saved from soiling his hands in so doubtful an undertaking by the fortune of events. It soon became manifest that of the existing candidates one C. Antonius was certain of his election. He had been one of Sulla's officers, had been accused of malversation in Macedonia by Caesar, and in general worthlessness was excelled only by Catiline. But these considerations were no obstacle to political success in Rome. He had won the favour of the people by the splendour of the shows he had exhibited as Aedile, and now came forward as the popular candidate for the most responsible office of state. Catiline made an eager bid for his support. He promised him a revolution and an equal share in the profits. The senatorial party became alarmed ; they would willingly have kept Cicero out of the honour he coveted.[2] But politically they were too weak to run a candidate of their own, and what might not happen to civil order, to property, and to life if so scandalous a pair as L. Catilina and C. Antonius were to be returned ? There was no choice left, and the oligarchy joined the Equites and the people in placing the upstart orator at the head of the Republic.

PART II.—PERIOD BETWEEN HIS ENTRANCE UPON THE CONSULSHIP AND HIS POLITICAL SUBMISSION TO CAESAR.

63 B.C.—56 B.C.

Cicero had now reached the summit of his ambition. He not only sat side by side with the proudest of the aristocracy in the senate, but by his own ability and merit had won a position equal to that of any of those ancestors in whose greatness they boasted. It was the turning-point in his life. Hitherto he had not indeed identified himself with the popular party (he was far too timid ever to have come forward as a successful popular leader or a true reformer), yet he had 'coquetted' with the people, and it was to the people's votes that he owed all that he had won. He could now afford to dispense with these votes and show his true colours. After becoming Consul he allowed himself to have

[1] L. 2. 1.   [2] Sall. Cat. 23.

a policy. Henceforth all his efforts were directed at carrying out his brother's injunctions in the famous pamphlet *de Petitione Consulatus* (sect. 4), and proving to the senate that it had always been his pride 'cum optimatibus de republica sensisse minime popularis fuisse.' It may be true, as Froude says,[1] that 'conscience and patriotism should have alike held him to the reforming party,' but in these matters a man follows his natural instincts, and Cicero's instincts were conservative and aristocratic. From this time forward one idea possesses him and is the source of all his enthusiasm, the object of all his devotion, the cause of all his humiliation, the idea of the reinforcement and perpetuation of the Roman oligarchy. One dream of his youth still remains with him—his belief in Pompey. His ideal of political security from this time forth is a strong united aristocracy, in which birth and wealth should have an equal share, with Pompey at its head. So long as Pompey was alive Cicero never aspired himself to lead the party. 'He desired personal praise rather than personal power.'[2]

He struck the key-note of his new departure on the very first day of his Consulship by his opposition to the *lex agraria* of the popular Tribune Rullus. Every case which he took up henceforth, every speech which he delivered, riveted more closely the chains which bound him to his new policy. Otho's law[3] proposed to set apart seats in the theatre for the Ordo Equester. The senate already enjoyed this privilege, and Cicero saw in the enactment the sign and symbol of that union between the two orders which he was so anxious to establish. He warmly supported the bill in the speech *de Othone*, fragments of which still remain. Next came the *pro Rabirio*, in which he first came into active opposition with the great democrat Caesar. The *pro Murena* and the *pro Pisone* are speeches in support of leading oligarchs.

The details of the history of the year 63 B.C. are familiar to the reader of Cicero's Catilinarian speeches and Sallust's Catiline. The object which the orator had set before him, namely, the union of the senate with the Equites, was realised for once on that glorious 5th of December when the youthful Knights thronged the Capitol to protect the senate which

---

[1] *Caesar*, c. xi. p. 122.
[2] Cf. I. 5, where, as elsewhere, he compares his relation to Pompey with that of Laelius to Scipio the younger.
[3] The *lex Roscia*.

had assembled to deliberate upon the fate of the conspirators. A decree had already been passed : 'darent operam consules ne quid respublica detrimenti caperet,' and the Consul, who now seemed to have his hands further strengthened by a vote condemning five of the ringleaders to death, summoned up heart of courage, and had them strangled like common criminals in the Tullianum.

Up to this point all had gone well with the orator. He had risen step by step to the highest position in the senate, and now at the end of his year of office he had seen what he took to be the consummation of his political aims in the union of wealth with power, and had himself been saluted saviour of the state and father of his country.

But already this, his greatest success—the salvation of the Republic by the execution of the conspirators—contained in it a drop which was by and by to turn to bitterness the cup of his triumph. He had entered on a slippery path, and was trying to balance himself on a position where there was no firm holding-ground. He had visions of a united oligarchy, with his hero Pompey as president, while he himself sat upon his right in a halo of popularity and forensic glory. But he had gauged neither the strength of the aristocratic opposition nor the weakness of Pompey's support. Already there was a stormy faction in the oligarchy who declared in no ambiguous terms that they would not have this man to rule over them, and already Pompey, away in the East, had been stung to jealousy by the arrogant assumption of this upstart Knight.

Even before the end of his Consulship Cicero received a premonition of the gratitude which the 'father of his country' might expect. When, on the last day of the year, he laid down his office in presence of the assembled people, as the custom was, and had already ascended the rostra to give a detailed account of his conduct, he was forbidden by the Tribune Q. Metellus Nepos, who declared that the man who had put Roman citizens to death unheard should not himself be heard.[1] Whereupon Cicero swore with a loud voice that he had saved his country, and the people shouted assent.[2]

• Metellus had been sent to Rome in autumn by Pompey, and had put himself at the head of an oligarchical plot, the object of which was to bring back Pompey to Rome as the true leader of the party. He now came boldly forward and denounced the execution of the conspirators as an arbitrary

---

[1] See Appendix on the Execution.   [2] Cf. *Pis.* 6 *seq.*

and illegal act, reproaching the senate in no measured terms because it continued to prosecute the supporters of Catiline. Finally he brought forward a bill that Pompey should be called upon with his army to protect the Republic, which was endangered by the violent measures adopted against the Catilinarians. In this crusade he was joined by Caesar, who was then Praetor, and between whom and Pompey there was already an understanding. The rising democrat saw in the proposal an opportunity to weaken the power of the senate, and was willing enough that Cicero should thus be warned of the perilous path he was treading. Owing to the violence of the opposition of the great mass of the senate, headed by Cato, the proposal came to nothing ; but it is interesting as indicating the forces that were already marshalling themselves for the ruin of the innocent orator.

Meantime the danger blew over. All that flattery could do in retaining Pompey, all that political bribery could do in winning Metellus, Cicero did. He wrote a letter to the former which is almost abject in its flattery (L. 5), while for the brother of Metellus Nepos, Metellus Celer, who had been Praetor in 63 B.C., he obtained the province of Cisalpine Gaul.[1] Thus Cicero was left to sun himself in a false security for some time longer. Whoever was a friend of the senate and of the constitution at this time was also a friend of Cicero.

But clouds were gathering from another quarter. At the end of the year 62 B.C. an event occurred which roused anew the strife of parties, and had a disastrous influence on Cicero's future. P. Clodius Pulcher, a bold and dissolute member of one of the proudest families of the aristocracy, had made his way in female attire into the ceremonies held in honour of Bona Dea. These were being celebrated in the house of the Praetor Caesar, who was also Pontifex Maximus. Clodius escaped apprehension for the moment indeed,[2] but the priests declared that the sacredness of the ceremony had been violated, and that the rites must be repeated. Here- upon a legal investigation was decreed by the senate, in which the jury was to be chosen, not, as was usually the case, by lot, but by the Praetor himself. For this purpose the assent of

---

[1] Cicero himself was entitled to a provincial government as Proconsul, but resigned the rich province of Macedonia in favour of Antonius, his colleague of 63 B.C., so that Gallia Cisalpina, which had previously been assigned to Antonius, was now vacant.

[2] In *Att.* i. 12 Cicero sends Atticus the news.

the people had to be obtained, and thus things dragged on into the next year 61 B.C.   Finally the jury was chosen by lot as usual, and a more scandalous crew was never brought together on a jury bench.   The case was without political importance.   Cicero had from the beginning supported the senate's proposal, but without exhibiting any personal enmity to Clodius.   He seemed at first, indeed, to regard the whole thing as an excellent joke—such was his good humour with everybody.   But now when the case came on—the grounds of his sudden enmity are not perfectly clear—he came forward in court as witness for the prosecution, and deponed that Clodius's plea of *alibi* was false, and that on the very day on which the accused asserted that he had been at Interamna he had met him in Rome.   Clodius was acquitted by 31 votes against 25, but Cicero had incurred his implacable enmity. After the trial prudence would have suggested that the matter should be allowed to drop, but Cicero could not be silent. He poured out the phials of his wrath in bitter invective against the jury for their disregard of his evidence.   Clodius himself was made the object of the fiercest attack, and even his acquittal was set in the light of a new transgression. Clodius, however, was now Quaestor and shortly afterwards departed for Sicily, where retribution slumbered for a year.

The case itself, it has been said, was without political importance, but from the decision and from the judicial investigation into the conduct of the jurymen which the senate decreed, and which the Equites strongly resented,[1] grew that jealousy between the recently united orders which first suggested to Cicero a sense of failure.   Parties were disturbed ; a vague sense of danger filled him.   The pride and jealousy of the aristocracy made him feel himself an unwelcome ally of a party whose gratitude ceased with its alarm.   But Pompey had just returned victorious from the East, and in Pompey he hoped to find that comfort and protection which his past services to the great soldier had merited.   Pompey however received the orator's advances with characteristic coldness. He wavered as usual between the different parties.   Fancying himself indispensable to the state, he left both senate and people in doubt as to his sympathies, and by his indecision lost that opportunity of uniting himself with Cicero and the senate and becoming the leader of the constitutional party

[1] Cf. I.L. 7, 8, and 9.

which only returned when it was too late.[1]   Moreover he dis-
banded his army, and thus resigned his one remaining chance
of extorting from a jealous senate those personal demands[2]
on which his character as an administrator and a man of
honour was staked.

In the year 60 B.C. Caesar returned from his Propraetorship
in Spain.   His quick eye saw at a glance how matters stood.
He became a candidate for the Consulship, and formed at
once a triple alliance with Pompey and Crassus for mutual
support and the humiliation of the aristocracy.   To the former
he pledged himself to obtain as Consul the ratification of his
Asiatic dispositions, while the latter hoped by means of Caesar
and Pompey to rise to that position in the state for which he
found money alone an insufficient recommendation.   This
alliance was the so-called First Triumvirate.[3]   At first it was
kept secret, but in the following year, 59 B.C., its effects made
its existence only too manifest.

By these events Cicero was placed in a still more equivocal
position.   His advances to Pompey had given further offence
to the aristocracy, so that he had little to hope for from that
quarter, while an alliance with Pompey could only now be
obtained at the price of uniting himself also with Caesar and
the democrats.   Pompey was willing enough to accept him on
these terms, and Caesar, as always, was anxious to spare the
great orator, for whom he had a real liking.   On condition
that he would consent to retire temporarily from the Capital
he was offered first a lieutenancy, then an honorary embassy,
and finally a place upon the board of twenty commissioners
appointed by the senate to apportion the lands in Campania
to Pompey's troops.   The time, however, had not yet come
for the awakening of the orator out of his dream.   He still
trusted to himself that he was popular, and rejected all such
overtures.   Security, popularity, peace, he saw that he might
thus have obtained, but he preferred still to hold on in the
path he had chosen for himself,[4] and, so far from accepting

---

[1] For a description of his first speech before the people, which pleased
no party, cf. *Att.* i. 14. 1.

[2] (1) That the senate should ratify the arrangements he had made in
Asia Minor ; (2) that his veterans should be rewarded with gifts of land.

[3] No Latin author uses the term of this informal understanding between Caesar, Pompey and Crassus, though Suetonius (*Aug.* 96) and Florus
(iv. 6) use the term triumviri of the later coalition between Antony, Lepidus,
and Octavianus, which schoolboys know as the Second Triumvirate.

Att. ii. 3. 3, and 5. 1.

Caesar's proffered aid, he did his best by incessant attacks
upon the existing state of things to alienate from himself the
friendship of the only man who was now willing and able to
befriend him.[1]

Clodius had now returned to Rome. At first he concealed his intentions towards Cicero, lest by ill-timed threats
he should alarm his victim, and by forcing him into the arms
of the triumvirs rob himself of the sweetness of revenge.
With the concurrence of Caesar and Pompey he caused himself to be adopted into a plebeian family in order that he
might become eligible for the Tribuneship.[2] He was elected,
and on December 10, 59 B.C., entered upon his office. He
at once brought forward several laws by means of which he
hoped to win over the people. Even now Cicero showed no
alarm and took no steps to oppose him. The next year,
58 B.C., the Tribune came boldly forward with a bill to the
effect 'that any one who had put Roman citizens to death
without trial should be forbidden fire and water.' Cicero was
not named in the bill, but it was easy to see who was aimed
at. He descended into the Forum with all the marks of
mourning (*sordidatus*), as if he were already accused. The
senate, the Equites, and many thousands of the citizens,
appeared in mourning in order to express their sympathy.
But the Consuls for the year, L. Piso and A. Gabinius, were
unfavourable to him; the other Tribunes, with whose knowledge the scheme had been laid, desired his humiliation,
and even Pompey, on whose aid he surely counted, basely
deserted him. It soon became clear that Clodius would
yield only to the force of arms. Many of Cicero's friends,
and especially the dauntless Lucullus, advised that they
should fight to the death. Others considered a temporary
submission and retirement more prudent—advice which
harmonised better with Cicero's own mode of thinking,
and had the assent of his family. He determined rather
to go into a voluntary exile than await the issue of a
vote upon the law, and the indictment that would inevitably

[1] He lived much in the country at this time and wrote history. In his
letters his unconcealed admiration for Bibulus's political action finds
frequent expression. Only here and there does he indicate a just appre-
ciation of its imbecility (*e.g.* L. 9. 2).
[2] This adoption was a mere farce. The man who adopted him was
hardly twenty years old ('imberbem adulescentulum,' *Dom.* 37), much
younger than Clodius. Immediately after the adoption Clodius was
emancipated, and never even took the name of his adopted father.

follow.[1] Accompanied by friends and admirers he left Rome at the beginning of April, 58 B.C., without having been either summoned or indicted.

Immediately after his departure Clodius brought in a bill, which was now directed against Cicero by name : 'ut M. Tullio aqua et igni interdictum sit.'[2] The sentence of banishment was carried, mitigated, however, probably through the influence of Caesar, by a clause which fixed its limits at a radius of 400 miles from the boundaries of the city. His house upon the Palatine was razed to the ground, his property confiscated, and any one within the limits fixed who should receive him threatened with the most condign punishment. The prosecution extended even to his wife, who fled with her children to her half-sister Fabia, one of the Vestal Virgins, and was led from the temple of Vesta to the Valerian Bank, where she was forced to deposit securities for the payment of the money claimed by the state. The news of this treatment reached Cicero while still on his journey through Italy, and deeply affected him. Already he was seized with remorse that he had refused to follow the manly advice of Lucullus, and those other friends who had counselled armed resistance.[3] After some hesitation as to where he should take up his abode, he sailed for Dyrrhachium. He intended to go first to the property which Atticus held in Epirus and then to proceed to Cyzicus in Asia Minor, but finally determined on fixing his residence in Macedonia, where he found a true friend in the Quaestor Cn. Plancius. Plancius had hastened to meet him at Dyrrhachium in the dress of a private citizen, and now received him at his villa not far from Thessalonica, where he provided him with all that could alleviate his situation.[4] Notwithstanding Cicero suffered from the deepest dejection. Making every allowance for the sanguineness of Cicero's temperament, and for his natural chagrin at being separated from the activity of the Forum, which to him was breath and life, we yet cannot wholly excuse the utter mental and moral prostration to which his letters of this period bear witness. The year was utterly barren of literary effort ; he had no

---

[1] He delighted afterwards to attribute his conduct to political and patriotic motives. Cf. *Sest.* 49, and L. 38. 13.

[2] *Dom.* 493.   [3] Cf. LL. 16. 3, and 17.

[4] This Plancius Cicero defended four years later, and in the speech delivered on that occasion pays a grateful tribute to the love and self-sacrifice of his friend. Cf. *Planc.* 101.

resource but in a fretful and despondent correspondence with Atticus, in which we scarcely know whether to wonder more at his pusillanimity or his injustice.[1] He often thought of death,[2] and perhaps was only deterred from this last resource by that timidity of character which was the cause of so many of his misfortunes.

In the meantime powerful voices had been raised for him in Rome. The Optimates felt themselves bound to recall the man whose banishment presented itself in the light of a defeat to their own party. So early as June 1, 58 B.C., the Tribune L. Ninnius had brought forward a proposal in his favour, by which this much at least was gained, that the senate from this time forward gave the matter their whole attention. On October 29 a similar proposal was made, supported by eight out of the ten Tribunes. The two dissentient voices were Clodius and Aelius Ligus, and it now became manifest that so long as the former was in office nothing could be done. Caesar, moreover, who from his province of Gaul already exercised a preponderating influence upon public affairs, had not yet declared himself in favour of Cicero, and Pompey, to whom Cicero had already written[3] without effect, likewise refused his aid. But on January 1, 57 B.C., the new Consul P. Lentulus Spinther, energetically espoused the exile's cause. He was warmly supported among others by Pompey, who, in the meantime, had quarrelled with Clodius, and now induced the other Consul, Metellus Nepos, to forget his former enmity against Cicero and join in the agitation for his recall. Pompey's proposal that Cicero's recall should be embodied in a decree of the people met with universal approval. Clodius had one resource left. He occupied the Forum early in the morning of January 25 with gladiators, drove his opponents back, and stormed through the streets with fire and sword. Violence was met with violence, and the Tribunes Sextius and Milo, surrounding themselves in like manner with gladiators, turned the struggle into a blockade, until the senate determined to bring the matter to an end by an appeal to the centuries. With this object the people were summoned from all parts of Italy. Pompey travelled through the Municipia and Coloniae in person, and spoke in the assembly in the highest terms of Cicero. The bill passed on

---

[1] Cf. especially *Att.* iii. 15.   [2] Cf. *Att.* iii. 7. 2, and L. 16.
[3] In May. Cf. *Att.* iii. 8. 4.

the 4th of August, before a congress so crowded that the Campus Martius was scarcely large enough to contain it. There was not a dissentient voice, and the news of the result filled the city with exuberant joy.[1]   Cicero, who had left Thessalonica, and was eagerly watching the course of events from Dyrrhachium, embarked for Brundisium on the very day on which the vote was carried, and stepped again upon the soil of his native country, almost exactly sixteen months from the date of his banishment.

Cicero had had a warning, and if he had rightly understood its meaning he might have saved himself much heartburning for the future.   But another year was needed to impress upon him the lessons his exile was fitted to teach, and he continued meantime to dream on of the constitution, of Pompey, and of himself.

For the moment he was jubilant—all voice of warning drowned in the shouts of applause and triumph which greeted his return.   His party caught his enthusiasm, and when, in the gratitude of his heart, Cicero proposed that a five years' corn commission should be bestowed upon Pompey, it gave him its glad support.   Caesar, too, came in for a share of the orator's gratitude.   When a thanksgiving of fifteen days was proposed for the victories over the Nervii and other tribes, Cicero was foremost in its support.

So far all went well.   Success gave Cicero confidence.   The oligarchy was still a great party willing to support him, and he might yet be able to throw off the incubus of the '*graves Principum amicitias*,' and break the fetters that the triumvirs seemed to be forging for him.   He began to assume a position more and more independent.   P. Sestius, who, as Tribune, in 57 B.C. had been an active supporter of Cicero's recall, was accused of riot in March, 56 B.C.   Cicero warmly espoused his cause, and used the occasion to deliver a speech in which, without attacking the triumvirs, he professed unlimited respect for the senate.   He took the opportunity at the same time of assailing P. Vatinius, one of the witnesses for the prosecution, with the bitterest invective.   This Vatinius had been Tribune in 59 B.C., the year of Caesar's Consulship, and had been the instrument which Caesar used to procure his wishes from the people.   Although the orator professed to consider

---

[1] The speech (*Sest.* sects. 15-79) presents the events of the years 58 and 57 B.C. in the light in which Cicero desired to look at them somewhat later.   Compare his representation there with LL. 22. and 23.

Vatinius alone responsible for the measures then passed, it was easy to see that this attack upon his tool could not fail to displease Caesar.   Sestius was acquitted, and the orator triumphant.

But matters were now coming to a crisis.   At the date of Cicero's return the senatorial party had seemed strong and united, and by the vote upon the corn commission had seemed to draw Pompey to their side.   But this state of matters had not lasted long.   Certain of the oligarchy, and especially Cato, had an interest in maintaining the disposi-tions of Clodius.   Politics makes strange bed-fellows, and Cicero thus saw the most dissolute libertine in Rome, and his own bitterest enemy, received by some of the most respect-able of the aristocracy into the bosom of his party.[1]   Pompey, moreover, as already mentioned (p. xxiii), had quarrelled with Clodius, so that once again Cicero's ideal was shattered, and his position, had he only seen it, more critical than ever. But it was ever the orator's fatality to be fiddling when Rome was burning, to be boasting and haranguing in the senate when the real destinies of the Republic were being settled elsewhere.   If we would know how matters really stood at this or any other time during this whole epoch, we must ask, not what Cicero was saying in the senate, but what Caesar was thinking in his tent.   Cicero was now to have his eyes rudely opened for the first time to the true state of matters. His attack upon Vatinius at the trial of Sestius in March had not improved his relation with Caesar, but when, on April 5, he came forward in the senate and proposed, in the pleni-tude of his confidence, that on May 7 that body should dis-cuss the legality of the allotment of the Campanian land under the agrarian law of 59 B.C., he had gone a step too far. The triumvirate was pledged from the first to the mainten-ance of this law.   Caesar had left his Transalpine province, and from Ravenna was narrowly watching events at Rome. Pompey had left Rome, but was still in Italy.   The two triumvirs met at Luca.   What was done there is a matter for the historian of Rome.   Caesar was to have his government in Gaul extended for other five years ; Pompey and Crassus were to be Consuls for the next year, 55 B.C., and after expiry of their year of office were likewise to obtain pro-vinces for five years—Pompey that of Spain and Africa, and Crassus that of Syria.   These were all stunning blows

[1] L. 38. 10.

c

to the aristocracy, and to Cicero they meant political annihilation.

Cicero first heard of what had been done at Luca from his
brother Quintus, who met Pompey immediately afterwards in
Sardinia. The choice lay before him either to accept the
proffered friendship of the triumvirs, or stand alone and
deserted as he had done two years before, exposed to all the
nameless horrors of a second banishment. He chose submission. The colours he had so bravely flaunted at the trial
of Rabirius (p. xvi), were struck, and Cicero's dream of constitutional triumphs was at an end.

PART III.—PERIOD FROM CICERO'S RECANTATION TO THE DEATH OF CAESAR.

56 B.C.—44 B.C.

There is nothing in Cicero's life better attested than his
'Recantation,' there is nothing more uncertain than the
form it took. The first speech that Cicero delivered in the
senate after this date was not directed against Caesar's law of
59 B.C., but was in favour of a grant of money to Caesar's
troops, and an additional number of lieutenants to Caesar
himself. This may be what Cicero means by his παλινῳδία
(L. 21), or, perhaps, his still more pronounced deliverance in
the speech *de Provinciis Consularibus,* in which, after loading
Caesar with the most extravagant praise, he opposed the proposal to bestow part of his province upon one of the Consuls
of the year, or it may have been a letter or a pamphlet.
Later on in the year he found an opportunity, in the case of
L. Cornelius Balbus, to pay a like tribute of devotion to
Pompey. These were his public utterances, but his private
correspondence at this time betrays the true state of his feelings. He was sunk in the deepest despondency, and gives
expression to the gloomiest pessimism.[1] He lived much in
the country, and found his only solace in authorship.[2] But
the bitterest drop was yet to come. In the year 54 B.C. he was
forced to defend in open court that very Vatinius whom he
had so bitterly attacked in 56 B.C. Nor was this all. In his
speech *de Prov. Cons.,* he had relentlessly exposed the corrup-

[1] Cf. *Att.* iv. 18.
[2] In 56 B.C. he wrote the *de Oratore ;* in 54 B.C. the *de Republica ;* in 52 B.C. the *de Legibus.*

tion and unscrupulous extortion of Gabinius, governor of Syria, but it now suited Pompey that Cicero should act as counsel for the accused when the case of this very Gabinius came on for trial, and the orator had to come forward in defence of a man whom he hated and detested.   Finally, a coolness had long existed between Cicero and Crassus, but this enmity, too, had to be renounced at the bidding of the other triumvirs; a reconciliation was effected, and, when Crassus was attacked in the senate some time after his departure for his province in the East, Cicero found himself obliged to defend him.

The history of the next few years is the history of the break-up of the triumvirate.   The first shock was the death of Iulia, daughter of Caesar and wife of Pompey.   This was in 54 B.C.   The year 53 B.C. was the year of Crassus's defeat and death.   In this way the two chief bonds of union between Caesar and Pompey were severed; jealousy did the rest.   Pompey began to be alarmed at the increasing power and popularity of the great conqueror of Gaul.   He was unwilling to depart for his province of Spain, conceiving that he served his own interest best, and could watch his rival more closely, if he remained with his legions in the neighbourhood of Rome.   He was even suspected of fostering the disturbance which agitated Rome during the latter part of 53 and the beginning of 52 B.C., with the view of convincing the senate of the necessity of concentrating all power in his hands.

The year 52 B.C. opened without Consuls.   The murder of Clodius on January 17 by the followers of Milo delivered Cicero from a constant source of terror, but left the city a prey to still more reckless riot and bloodshed.   Pompey was the only resource.   He was invested by the people, at the suggestion of the senate, with the Consulship 'absens et solus.'   He seized the opportunity of bringing forward a series of laws, one of which deserves notice here, as having an important bearing on Cicero's future.   It was to the effect that Consuls and Praetors should not be eligible for provincial governments till after an interval of five years from expiry of their magistracy.   As a corollary to this it seemed to follow that the senate should meanwhile have the right of appointing governors to the several consular and praetorian provinces, as they fell vacant, until present magistrates should become eligible under the new law.   The principle adopted in the exercise of this prerogative was that the older men of consular and praetorian rank who had not yet administered a province should first be called upon. Of these Cicero was one, and he now saw himself reluctantly compelled to leave Rome and assume the government of Cilicia.

Meantime the trial of Milo for the murder of Clodius came on. Cicero spoke in his defence, but was overawed by the presence of Pompey's soldiers, and failed to obtain an acquittal. The powerful speech which he intended to deliver he afterwards published. (Cf. p. xiii n.)

The orator had no taste for the business or life of a province.[1] His field of ambition lay in the Forum and the Curia. The time, moreover, was one of the greatest import for the future of the Republic. Iulia was dead. Crassus had fallen in Asia. Pompey and the Optimates had, since 52 B.C., made mutual approaches to one another. The jealousy towards Caesar, which Pompey had with difficulty suppressed while Iulia was alive, now obtained free scope, and found an ally in the hatred which the Optimates bore to the great democrat. The immediate future bore important events in its womb, and Cicero found himself withdrawn and widely separated from the scene of action. And yet, in spite of all this, in spite of his often expressed desire to hasten back to Rome at the very earliest opportunity, and in spite of his uneasiness at the thought of the possible continuation of his year of government, we cannot but suspect, with Froude, that he was not altogether displeased 'to be out of the way at the moment when he expected the storm would break.' The times were out of joint, and destitute as he now was of compass or chart to guide him, he would have consulted better for his own peace of mind and fair fame if he had remained a few months longer in the hiding-place from the storm provided by his province.[2]

On May 10, 51 B.C., he set out from Rome, and after a journey of nearly three months, reached his province at the end of July. Here only vexation awaited him, owing to the arrogance and assumption of his predecessor, Appius Clodius, on the one side, and the distressed state in which he found his province on the other. He did his best to soothe the caste prejudices of the great aristocrat, and at once set about doing all he could to ameliorate the condition of the oppressed provincials. He diminished the taxes, checked the ruinous

---

[1] Cf. *Att.* v. 15 and LL. 50. 2, and 46.
[2] Cf. his own opinion, subsequently expressed, L. 60. 5.

usury exacted by Roman money-lenders, held regular assizes, passed his decisions with a conscientious regard to the local laws, left to individual states their own jurisdiction,[1] gave free audience to all from an early hour in the morning, doing nothing through agents, but taking a personal and independent superintendence of everything. In this, however, consisted the chief distinction between his administration and that of other governors, that for himself, his lieutenants, and the rest of his suite he claimed from the down-trodden provincials no supplies that were not strictly within the letter of the law, and generally exhibited a disinterestedness that was as unusual as it was welcome.[2]

Of his military achievements, in which he was greatly aided by his four lieutenants, especially C. Pomptinus [3] and his own brother, Quintus, who had been trained to war in Caesar's school, we have detailed accounts in his letters from Cilicia.[4] Good fortune saved him from a collision with the Parthians, who, nevertheless, his vanity persuaded him, had only been checked by his own successes against the highland border tribes of Mount Amanus. These successes were in no respect significant, yet on the taking of Pindenissus, the chief city of the Free Cilicians who still resisted the Roman yoke, he had been saluted Imperator by his soldiers, and was now eager to obtain from the senate the honour of a public thanksgiving in the hope that a triumph would follow. The senate voted only the thanksgiving, but Cicero continued to cling to the hope of a triumph even amidst the storm of the first outburst of the Civil War, when the thoughts of all were riveted on far other and graver issues. Much sport has been made at the expense of the simple orator moving about Italy at the beginning of the war with his fasces and their withered laurels, waiting for the moment when he might be summoned to enter Rome as the great conqueror of Cilicia. But Cicero had other and still more characteristic reasons for not entering Rome at a moment when his natural hesitation rendered him quite incapable of giving in his adhesion to one or other of the two great parties which were dividing the world.[5]

---

[1] Cf. *Att.* vi. 2. 4.

[2] Notwithstanding, from the legitimate profits of his provincial governorship, he was able to save a sum of 2,200,000 sesterces (nearly £20,000), a proof how profitable such offices were in themselves.

[3] The same who, as Praetor, had arrested the ambassadors of the Allobroges ; cf. *Cat.* iii. 5 *seq.*

[4] Esp. L. 53.   [5] Cf. L. 60. 5.

No prolongation of his government took place, as he feared it would, and Cicero left Cilicia in July, 50 B.C., landing on the coast of Italy on Nov. 24.

While still in Cilicia, and again during his return journey to Rome, which, owing to contrary winds, was greatly prolonged, he had received news that a break between Caesar and Pompey was imminent.[1]

For many months past, jealousy and a sense of justice had been struggling for the upper hand in the mind of Pompey. The first led him to give every encouragement to the senatorial party in its efforts to cripple Caesar's power, while the latter betrayed him into promises to his rival which had the effect of rendering those efforts nugatory. The senate was anxious to bring the tedious discussion as to Caesar's successor to a close, but the Tribune Curio, whom Caesar had bought over to his cause, baffled its efforts at every point, and had almost succeeded, towards the end of 50 B.C., in getting a decree passed that both Caesar and Pompey should lay down their arms. He failed,[2] and instead the Consuls-elect were called upon to defend the Republic. Curio, who had laid down his office on Dec. 10, left Rome for Caesar's camp, to return on January 1 of the new year, with Caesar's last offer of peaceful terms. It was read in the senate, but all discussion of it was refused. Instead, a resolution was passed that Caesar should give up his command before a fixed date. Two Tribunes, M. Antonius and Q. Cassius, had recourse to their veto, which the senate answered by a vote investing the Consuls, Praetors, Tribunes, and consulars with extraordinary powers. Caesar was ready for the emergency. He had only one legion with him, and yet before his enemies were aware of it he had crossed from Ravenna over to the southern bank of the Rubicon, which formed the boundary of his province, and was already on his march for Rome. Ariminum, Pisaurum, Fanum, Ancona, Corfinium fell one after the other into his hands. The military garrisons opened their gates to him. Terror and consternation took possession of his opponents. Pompey fled with the senatorial party to the south of Italy and collected an army at Luceria in Apulia. Italy, so far as it was not already in the hands of the victorious Caesar, was

---

[1] Cf. L. 59. 5, and *Att.* vi. 8. 2.

[2] Owing to the opposition of the consul Marcellus, who after the decree had been passed by a large majority, suddenly declared the sitting at an end before it could be formally registered.

mapped off into districts, for each of which a commander was chosen from the leading Optimates.

Cicero had arrived before Rome with his lictors on January 4. The decree of the senate (January 6) calling on the magistrates and such consulars as had the right to command troops to protect the Republic, seemed to force him at once into the contest. He accepted the district of the coast-line of Campania, in which he possessed lands, but was unable or unwilling to raise the levies which his duty required of him. He still wished and hoped for an amicable settlement, especially as every day tended to dissipate the terror with which Caesar's approach as that of a second Sulla had been regarded. He had insight enough, moreover, to perceive that Caesar acted on a fixed plan, while the Pompeians had from the first been thrown into hopeless confusion, and were now without resources, without unity, and without mutual confidence. Finally he had lost all confidence even in Pompey, who, in full retreat before the enemy, was already preparing to embark for Greece.

Pompey evacuated Brundisium on the night of March 17, and Caesar immediately took possession of the town, but was unable to pursue the enemy across the sea owing to want of ships. His first step was to return to Rome, where many of the Optimates met him and tendered their submission. Cicero still wavered. Already, while on the march from Brundisium to Rome, Caesar wrote to him pressing him to return to the Capital, and even visited him at his villa at Formiae. The visit was not a pleasant one. Cicero refused, and Caesar left entreating him to reconsider his resolution.

After obtaining the necessary supplies Caesar set out for Spain to carry on the war against Pompey's lieutenants, Afranius and Petreius, leaving Cicero to wander aimlessly from villa to villa a prey to the most harassing uncertainty. Inclination seemed to lean to the side of Caesar, duty and republican instinct drew him to Pompey. In the end he adopted a course which pleased neither. He took ship for Greece in June, nearly three months after Pompey. His tardy appearance in the camp pleased the Pompeians just as little as their reception of him pleased the orator. Cicero might have surmised that their arrogance and rapacity in times of prosperity would give place only to sullen hauteur and savage passion in adversity. But, blind from the first to the inherent moral corruption of the oligarchy as a class, he continued to the end to be alive only to the intellectual obtuseness and social vulgarity of individuals.   He met their coldness with the bitterest sarcasm, and even Pompey, who had received him with more than his customary indifference, he did not spare the smart of his caustic wit.[1]   We do not wonder that he took the earliest opportunity of separating himself from a party whose overweening confidence of success was only equalled by their selfishness and greed in pursuing it.[2]

Meantime Caesar had annihilated the united forces of the lieutenants of Pompey in Spain.[3]   Thence he hastened to Rome, where he had in his absence been named Dictator. In order to keep up the appearance of the republican constitution, he retained this dignity only so long as was necessary to secure his election to the Consulship along with P. Servilius Isauricus.   He then left the Capital, which was now completely under the power of his supporters, and took ship with his army for Epirus.   Thence he marched upon Dyrrhachium. Here Pompey met him with a skilfully led attack, and Caesar saw himself compelled to give up his position and withdraw to Thessaly.   In possession of 500 ships, Pompey had now an opportunity of recrossing to Italy and marching on the Capital.   He chose rather to follow Caesar.   His army was nearly double the size of that of his opponent, but in the open field was by no means a match for the veteran legions of the conqueror of Gaul.   He was defeated at Pharsalus (August 9, 48 B.C.), and fled to Egypt, where, ere he had yet landed, he fell a victim to the dagger of the assassin.[4]

Cicero did not witness the disaster of Pharsalus.   On the ground of ill-health, he had remained behind at Dyrrhachium along with Cato and some others.   Immediately upon receipt of the news from Pharsalus, the leaders of that portion of the

---

[1] Cf. Macrob. *Sat.* ii. 3. 7 *seq.* ; Plut. *Cic.* 38.

[2] Cicero's judgment (v. L. 75. 2) upon the Pompeians at this time agrees with Caesar's well-known picture of them in *B. C.* iii. 83. 4, 'omnes aut de honoribus suis aut de praemiis pecuniae aut de persequendis inimicitiis agebant nec quibus rationibus superare possent sed quem ad modum uti victoria deberent cogitabant.'

[3] He had gone, he said (Suet. *Caes.* 34), to meet an army without a commander, he would return to a commander without an army.

[4] 'Non possum eius casum non dolere ; hominem enim integrum et castum et gravem cognovi' (*Att.* xi. 6. 5), is Cicero's somewhat cool judgment on hearing of the death of his hero.   Cicero was unfortunate in his ideals.

sea and land force which still remained held a council of war at Corcyra, where the fleet lay.   As Pompey's legitimate successor to the leadership of the conservative party, Cicero was now called upon to take command of the whole.   There was a time in Cicero's life when such a recognition of his claims by his party would have filled him with pride and enthusiasm. But that political timidity, which at first with Cicero had seemed an accident of circumstances, had now settled into a permanent habit of mind.   He refused, and the young Pompey with his friends, was only restrained by Cato from avenging with the sword what they interpreted as treason to the cause.   No agreement could be come to, and the leaders dispersed, some to renew the war in union with King Iuba of Numidia, to purchase whose assistance the patriotic Cato was content to surrender the imperial province of Africa to barbarian rule ; others to go into voluntary exile ; some few, amongst whom was Cicero, to sue for the conqueror's pardon.

Cicero had escaped with his life from the foundering cause of republicanism, and now found himself cast on the shores of Italy once more, cut off from all share in the great events that were happening around him.   The year he now spent at Brundisium was the unhappiest portion of his whole life, not excepting even the period of his exile.   He had ventured back to Italy without the express permission of Caesar, and spent his time between anxiety lest the conqueror's grace should be withheld and terror lest victory should turn, and he should be exposed to the just vengeance of the party he had betrayed.   Family troubles too crowded upon him.   His brother, Quintus, had separated himself from him at Corcyra and gone with other Pompeians to Achaia.   Cicero now heard that he had unworthily sought pardon for himself from Caesar, by throwing upon his brother the blame of having drawn him to the side of Pompey.   His daughter, Tullia, too, had made an unfortunate second[1] marriage with P. Dolabella.   Extravagant and deeply involved in financial embarrassments,[2] Dolabella had spent the greater part of her property, and now as Tribune was causing the greatest disturbance and bloodshed in Rome by introducing a law for the abolition of debts.

---

[1] Third, if she was indeed married to Furius Crassipes, to whom we know she was betrothed.   Her first husband was C. Piso.

[2] *Fam.* ii. 16. 5.

From all these troubles Caesar's arrival in Italy in September, 47 B.C., delivered him. Observing the orator among the crowd of those who came out to greet him, Caesar descended from his palanquin, and, hastening towards him, engaged him in conversation. At parting he cordially invited him to return to Rome. Reconciled to the great conqueror by this magnanimity, Cicero dismissed his lictors, and before the end of the year was again in the Capital.

Caesar advanced to the goal of individual rule with swift strides. First, on April 6, 46 B.C., at Thapsus in Africa, he won a decisive victory over Scipio, father-in-law of Pompey, and Iuba, king of Numidia. Next, at Munda, in Spain, on March 17, 45 B.C., in a hard-fought battle with Gnaeus and Sextus, the two sons of Pompey, he extinguished the last dying embers of republicanism.

That slavery is the most hopeless which is the least painful. Cicero's sense of political annihilation was deadened by the consideration and respect which he everywhere received. He was the courted companion of Caesar's favourites, Balbus, Oppius, Hirtius, and Pansa. He received the greatest attention from Caesar himself, who read his pamphlets, and even considered his eulogy upon Cato worthy of a reply. With renewed zeal he resumed his literary activity,[1] enjoyed daily intercourse with Atticus, the friend of his youth, and engaged in a widely-appreciated correspondence.

Not so happy were his family relations. His wife, Terentia, was distinguished among the noble Roman matrons of that time for the purity and blamelessness of her life, but she was passionate and extravagant, and family dissensions had for some time been bringing matters to a crisis. Cicero now divorced her, and, at the age of sixty-two, contracted a second marriage with the young and wealthy Publilia. It was impossible that such a union should bring happiness, and it was shortly afterwards dissolved. Next came difficulties with his son, a headstrong youth, who could only be prevented from attaching himself to the staff of the victorious Caesar by promises of an unlimited allowance while he pursued his university studies at Athens. But the heaviest blow of all was the death of his beloved daughter Tullia. In former days domestic trial would have driven him to try to drown his sorrow in increased devotion to the senate-house and the law courts. Now, it

---

[1] In 46 B.C. we have his *Paradoxa*, his *Brutus*, and his *Orator*; in 45 B.C., his *Academica*, and *de finibus Bonorum et Malorum*.

had the effect of driving him to seek a seclusion[1] which only gave him leisure to brood with fresh sorrow over the change of times.

Neither the greatness of Caesar as a politician, nor his kindness and attention as a friend,[2] although affording consolation for the moment, could ever wholly reconcile the republican orator to the new order of things. That order was not destined long to endure. On March 15, 44 B.C., Caesar fell beneath the daggers of the conspirators.

PART IV.—FROM CAESAR'S ASSASSINATION TO THE DEATH OF CICERO.

MARCH 15, 44 B.C.—DEC. 7, 43 B.C.

We cannot but admit that Cicero's action during this last short period, if the most ill-judged, is also the noblest of his life. He leaped for a moment to his true place at the head of the constitutional party, and died because he had spoken not wisely, but too boldly and too well on its behalf.

Cicero had no part in the purposeless and planless assassination of Caesar,[3] yet his loud expressions of joy and approval indicate that all the lessons of the past had been wasted on him not less than on others. So much, however, he saw with true insight, that if the Republic was to be delivered from tyranny, the cauterising knife must go deeper than the surface, and that the liberator's work was still but half done.[4] Antony especially, he declares, who was known as a determined Caesarian, and who, as Consul for the year, was doubly formidable, ought to have fallen. Immediately after the murder, most of the senators hastened from the Curia ; Antony fled to his own house and locked himself in. The conspirators, seeing that the people showed no sympathy with the deed, retired to the Capitol, which they occupied with the gladiators of D. Brutus. Thither, on the evening of the same day, went Cicero along with others with the object of congratulating the

---

[1] He withdrew to the island of Astura, a quiet spot on the river of the same name between Antium and Circeii, where he lived in perfect seclusion for two months mourning his loss. Cf. L. 83.

[2] He wrote him a letter of condolence from Spain upon the death of his daughter Tullia, and paid him a personal visit at his place at Puteoli. L. 84.

[3] Goethe calls it 'the most tasteless deed that was ever perpetrated.'

[4] LL. 89 and 97 ; *Att.* xxi. 3 and 4, xiv. 21. 3, and xiv. 4.

'liberators.' On the following day Dolabella also appeared. He had been nominated to take Caesar's place as Consul when the latter should depart for the Parthian war, and now hoped to have the appointment ratified by the senate. Cicero's advice to call a meeting that same day upon the Capitol, and take instant measures, failed owing to the scruples of M. Brutus, who desired to see everything done in a constitutional way by Antony as Consul. Accordingly, negotiations for the restoration of the Republic were entered into with Antony, who, trusting to the present humour of the people and to Caesar's veterans, but at the same time fearing the strength of his opponents, with skilful dissimulation referred the matter to the senate. In the meantime, he himself had transferred to his own house, from the Temple of Ops, the public treasures to the extent of 700,000,000 sesterces, as well as Caesar's private treasures of 4000 talents, and all the papers which he had left behind.

At the important meeting of the senate held on March 17 in the Temple of Tellus, Antony cunningly proposed that the laws and dispositions of Caesar (*acta Caesaris*) should be declared valid in all their details, while at the same time a complete amnesty should be granted to the murderers. This proposal was carried and immediately sanctioned in an assembly of the people. Everything seemed to be passing off peacefully. But at the funeral of Caesar all was changed. Antony pronounced the funeral oration, and alike by his words and by reading aloud the terms of the Dictator's will, in which each of the poorer citizens was left the sum of 300 sesterces, he roused the people to such a pitch of indignation against the murderers that their personal safety was endangered. Antony himself took the reins of government with all the bolder hand that he held in his possession all Caesar's papers. These, with the aid of Caesar's secretary Fabirius, he partly changed and partly extended by means of forged documents of his own, and in this way, under the name of Caesar, made the most unconstitutional dispositions. In exchange for large sums of money he granted favours and privileges, not only to individuals, but to whole states and provinces, and any one who possessed sufficient interest with the Consul could procure at a moment's notice a decree of Caesar to satisfy his utmost desire.[1]

Under such a state of things the conspirators left the city.

[1] L. 89. 1 n.

L. Tillius Cimber, C. Trebonius, D. Brutus went to their respective provinces of Bithynia, Asia, and Gallia Cisalpina; M. Brutus and Cassius, who, according to Caesar's arrangement of the provinces, were to receive respectively Macedonia and Syria for the year 43 B.C., after expiry of their Practorship, left Rome at the beginning of April to await in Italy a more favourable turn of events.   Cicero had already betaken himself to his villas in the country, and purposed leaving Italy altogether for a time.   With him political nonentity meant literary activity.   He used the opportunity to finish the Tusculan disputations, to write his treatises *de Natura Deorum, de Divinatione, de Fato, de Amicitia, de Senectute, de Gloria,* and to commence the *de Officiis.*   This outburst of literary genius was to be succeeded by a last brilliant oratorical effort in the cause of his old, yet to him undimmed, ideal of republican liberty, and then the end.

C. Octavius was the son of Atia, the daughter of Iulia, sister of Caesar.   His father was C. Octavius, who served as Propraetor of Macedonia in 60 B.C.   He was born on September 23, 63 B.C., and from his earliest years had been the object of the tenderest solicitude to his grand-uncle Caesar, who had no male issue.   At the time of the assassination he was at Apollonia in Illyricum, whence, on receipt of the news, he immediately set out for Rome.   On landing at Brundisium, at the beginning of April, he heard that he had been adopted by his grand-uncle in his will, and made the heir to all his effects.   He immediately assumed the name of his adopted father, and was henceforth known as C. Iulius Caesar Octavianus.

With the arrival of this youth in Italy Cicero's hopes revived.   He thought he saw in him at length one who, with the affections of the soldiers on his side, might be used as an effective instrument in checking the growing power of Antony. With that faculty for self-deception which was perhaps the most marked feature in his character, Cicero believed himself able to mould and influence this 'boy' on the side of liberty.   At first, indeed, Octavianus paid the orator the greatest respect, and seemed wholly devoted to him.[1]   His appearance in Rome was marked with the modesty of a youth, but with all the resolution and prudence of a man.   A great part of Caesar's veterans were already attached to him as the heir of that great name ; many he now won over by his liberality.   He

---

[1] *Att.* xiv. 11. 2 (April 21), 'mihi totus deditus.'

sold his private property, that, by paying the legacies of his
adopted father, he might secure the support of the people.
He quarrelled with Antony, who refused to deliver up Caesar's
private treasures.   At first violent and overbearing towards the
young man, Antony soon saw it his interest to come to an
understanding with him, demanding on his side the province
of Cisalpine Gaul which belonged by right to D. Brutus.
Cicero felt this coalition to be a blow to his hopes, and now
reverted to his plan of leaving Italy for Greece, where his son
was then studying.   With this object he got himself named
legatus by his son-in-law Dolabella, with the consent of Antony,
and was allowed with this office the peculiar privilege of
travelling and stopping where he liked.[1]   The journey, which
he began upon July 17, was never completed.[2]   He got as far
as Rhegium, but there heard that a universal reconciliation
was about to take place.   He turned back, and on August 31
was again in Rome.   His friends and the supporters of the
old constitution came to meet him with a great crowd of the
people, who saw in him a pledge of peace.   Antony, however,
had no intention of giving up his despotic line of policy.
With shut doors, and surrounded by soldiers, he proposed at
the meeting of the senate, which was held on September 1 in
the Temple of Concord, that on the occasion of every thanksgiving festival (*supplicatio*) in the future a day should be added
in honour of Iulius Caesar, to whom, as to a god, offerings
should be brought.   Cicero absented himself from the sitting,
and excused himself to Antony on the ground of fatigue and
sickness, whereupon Antony threatened to have his house
pulled down upon him.[3]   Cicero appeared in the senate on
the following day (September 2), and delivered the first of the
Philippic Orations.[4]   This Antony answered in the senate on
September 19, with a scathing description of Cicero's political
career.   Cicero, who was not present on the occasion, now
felt himself no longer safe in Rome, and retired to the country,
where he set about preparing his answer, the famous Second
Philippic.   He sent it first on October 25 to Atticus.[5]   The
publication followed later.   Cicero's correspondence at this

---

[1] L. 92.   [2] For a nearer view cf. L. 93.
  [3] The punishment which the law sanctioned for a senator who wilfully
absented himself from a sitting was a money fine.
  [4] This name was given to them because they bore a parallel to the
orations which Demosthenes delivered against Philip of Macedon.
  [5] *Att.* xv. 13. 1.

time shows how unsparingly he laboured for the restoration of the Republic. Meantime peace between Octavianus and Antony proved impossible. The former had at the first won over a portion of Caesar's veterans, and now, when the four Macedonian legions, for which Antony had waited so eagerly, landed in Italy, his liberality brought a great part of these also over to his side.[1] He wrote to Cicero, repeatedly entreating him to come to Rome and be once again the saviour of the Republic. Cicero was long irresolute. He could not place complete confidence in the sincerity of the youthful Octavianus. He seemed to forebode that 'Caesar's Heir and Avenger,' as he announced himself to his legions, would employ any success which he might obtain, in his own interest, rather than in that of the Republic. When, however, Antony, with the legions which had remained faithful to him, marched at the end of November upon Hither Gaul in order to seize by force of arms the province which D. Brutus already held by decree of Caesar, but which Antony had, by means of a law of the people, caused to be assigned to himself, Cicero believed that the time had come to strike again for the good cause. He returned to Rome on November 8 with the aim of making one last attempt to unite all loyal citizens under the banner of the constitution. For this end Antony was to be declared a public enemy; D. Brutus was not only to be exhorted to persevere in his patriotic resolution to hold Gaul against him, but was to be actively supported with troops ; the governors of the respective provinces were to be confirmed in possession, and summoned to unconditional obedience to the senate. Finally, all were to be called upon to unite with Octavianus and the Consuls for the following year in harmonious and decisive action against Antony.

At the meeting of the senate on December 20th, which was called together by the tribunes of the people,[2] Cicero delivered his third Philippic oration. For his declaration that he would defend his province against Antony with force of arms, D. Brutus received the thanks of the senate, and a decree was passed to the effect that no change should be made in the

---

[1] L. 97. 3.

[2] As the state was without higher magistrates (Dolabella the Consul had received Syria from the people and already set out for his province, the Praetors Brutus and Cassius had for many months been absent from Rome), the Tribunes had the right of summoning the senate. Cicero writes himself to D. Brutus (*Fam.* xi. 6) of this sitting. *Phil.* iv. contains his account of it to the people.

government of the provinces.[1] At the sitting of January 1, 43 B.C., Octavianus was empowered under the title of Propraetor to lead out the army which he had levied. For his troops rewards were decreed. Further measures followed in the senate. An embassy to Antony to demand of him a cessation from all hostilities against D. Brutus and his submission to the will of the senate and people was without effect.[2] Cicero's wish was that Antony should be declared an enemy of his country, and assailed with open war. But the senate unanimously adopted the milder proposal, that not a war but a tumultus[3] should be decreed, in order that the possibility of a peaceful settlement might still remain open.

Antony was besieging D. Brutus in Mutina. At the end of the winter Octavianus and the Consul Hirtius advanced against him, but refrained from taking any decided steps until they should be joined by the other Consul, Pansa, who followed with his army probably on March 21. Meanwhile Cicero was engaged in fiercely opposing all proposals to make peace with Antony, in protecting the interests of Brutus[4] and Cassius, who were both still in the East, and in carrying on a wide correspondence with only one object, the safety of the Republic.[5] Success seemed about to crown his efforts. The consular armies, at first repulsed by Antony in an engagement in which Pansa was severely wounded, gained a victory in the middle of April at Forum Gallorum,[6] and towards the end of the month in conjunction with Octavianus won so signal a success that Antony saw himself compelled to raise the siege of Mutina and retreat with a remnant of his troops to the Alps. The news of this double victory was received with indescribable joy in Rome, and Cicero seemed to himself to be now within sight of the goal of his ambition.

But the joy was short-lived. It was soon known that both Consuls had fallen in the battle. The question arose who should be their successor in command, and Cicero had the

---

[1] 'Hodierno die primum longo intervallo in possessionem libertatis pedem ponimus.'—*Phil.* iii. 28.   [2] L. 96. 1.

[3] 'Maiores nostri tumultum Italicum, quod erat domesticus, tumultum Gallicum, quod erat Italiae finitimus, praeterea nullum nominabant.'—*Phil.* viii. 30.

[4] Especially in *Phil.* x.   [5] *Fam.* xii. 25. 6.

[6] The news reached Rome on April 27 (?), and on the following day Cicero delivered his fourteenth and last Philippic, in which he proposed a thanksgiving of fifty days and a monument to commemorate the soldiers who had fallen.

opportunity offered him of making his last fatal blunder. The senate, led by the intoxicated orator, proposed to confer the distinction upon D. Brutus. Octavianus, seeing his claims neglected, instantly turned from pursuit of Antony's flying legions, and marched straight on Rome, where at the age of nineteen he caused himself to be named Consul, with his relative Q. Pedius as his colleague (Aug. 19). Cicero's public activity was at an end. The bubble of constitutionalism had burst, and Cicero and his eloquence, like the rainbow on its surface, were swept away along with it.

The murderers of Caesar were banished by the *lex Pedia*, and the sentence of exile that hung over Antony and Lepidus was cancelled. Asinius Pollio passed over to Antony at the beginning of September, Plancus shortly afterwards. D. Brutus was deserted by his troops, and slain in his flight by some of Antony's followers. The latter, with seventeen legions, met Octavianus at Bononia in Upper Italy. The reconciliation effected by Lepidus led to the Second Trium- virate, and the 'triumviri rei publicae constituendae,' with the sanction of the people, entered on their administration on November 27. What had been won by the sword without the sword was not to be retained. Proscriptions made a bloody raid upon the ranks of the proud republican nobility, and of the supporters of the old constitution. Even Cicero could not be saved. The wishes of Octavianus were of no avail.

We can only imagine the veteran orator and patriot, over- whelmed in his last days with all the bitterness of defeat and flight.[1] From the end of July all letters fail us. More than once driven back to shore by bad weather, he resolved to return to his villa at Formiae ; ' Let me die,' he said, ' in the country I have often saved.' Next day a party sent in search of him approached. His slaves persuaded him to take to flight for the shore. He was overtaken in a wood. His slaves prepared to defend him with their lives, but Cicero forbade them, and as his pursuers came up stretched out his neck to the sword of the Tribune Popilius, who was with the party, and who had once been a client of his own in an action at court. He fell on December 7, 43 B.C., not quite sixty- four years old. His own words, spoken not quite a year before, found their fulfilment : ' Liberati regio dominatu vide- bamur: multo postea gravius urguebamur armis domesticis.

---

[1] He desired to sail for Macedonia, to join M. Brutus, in whose army his son was serving.

Ea ipsa depulimus nos quidem : extorquenda sunt.   Quod
si non possumus facere—dicam quod dignum est et senatore
et Romano homine—moriamur.'[1]

In estimating the character of Cicero, our admiration for
his humane and literary qualities, and our contempt for his
political blindness and weakness, contend for the mastery.
It is idle to reflect what Cicero might have been had he lived
in other and better times.   The times in which he lived were
the cause alike of the greatness and of the weakness of the
man.   More than that, in his very weakness, it may be said,
we find the source of his greatness and strength.   It was just
because a man of high culture and aspiration lived in a time
of utter social vulgarity and moral depravity, that his feelings
were shocked, and his soul stirred to an indignation which
poured itself out in words that will burn for all time.   And it
was just because a man of high intellectual and literary faculty
was too blind to see how the current of events was running,
and too weak to guide himself through its rapids, that we have
those eloquent patriotic denunciations and exhortations in his
public speeches, and those pathetic appeals to our humanity
in his private letters, which are his claim to immortality.   He
is greatest as an orator when he has moral corruption to
denounce and a falling cause to support.   He is greatest as a
man when the misfortunes of a life spent in a vain crusade
against spectres of tyranny wrung from a finely-strung nature
sentiments which we feel to be far in advance of his age.   He
is weak as a thinker, because philosophy was to him, as to the
business-loving Roman in general, a pastime, not a passion.
He is weakest of all as a politician, because at a time which
demanded the truest insight and the firmest courage in the
political leader, Cicero showed himself destitute of both.

---

[1] The accounts of Cicero's death do not quite agree with one another.
The fullest is that preserved to us by the rhetorician Seneca from Livy.

LETTER-WRITING AMONG THE ROMANS.

IN earlier times letters were written exclusively upon a wax surface with an ivory or metal pen (*stilus, graphium*). The wax was spread upon tablets of wood or ivory (*tabellae, pugillares, codicilli*), two or three or more of which might be bound together, forming a diptychon, triptychon, etc. The sides, which were placed against one another, had raised rims, so that the wax inside might not suffer from contact. The tablets were perforated in the centre with one or more small holes, and the letter was put up by laying the tablets together (*complicare*), drawing a thread through, and binding them together with it (*obligare*). The knot was then covered with wax (*obsignare*), and sealed with the signet-ring of the writer. The letter was opened by cutting the thread (*linum incidere*), so that the seal, which was often the only mark to guarantee the genuineness of the letter, remained intact.[1]

Although the ancient tabella was already superseded in Cicero's time by papyrus (*charta*), it still continued to be largely employed on account of its convenience for shorter communications, to which an answer could be returned on the same tablet.

Writing paper (*chartae epistolares*) was cut in various sizes, and seems to have offered a rough surface to the calamus or reed. The ink (*atramentum*) was a preparation of gum and soot. *Calamo et atramento temperato* (*i.e.* carefully mixed) *charta etiam dentata* (*i.e.* ivory laid [2]) *res agetur; scribis enim te meas litteras superiores vix legere potuisse*, Cicero writes to his brother (ii. 15, extr. 1). A sheet might be washed and used a second time, in which case it was called *palimpsestus* (cf. L. 40. 2). The letter was rolled up, bound together with a string in the middle, sealed, and addressed, usually lengthwise.[3]

A Roman generally availed himself, except in the case of letters

---

[1] Cf. Plaut. *Curc.* iii. 50 *seq.* (=420 *seq.*), and, on the whole process, *Bacch.* iv. 4. 63 *seq.* (=714 *seq.*).

[2] *Scabritia chartae levigatur dente.*—Plin. *H. N.* xiii. 12.

[3] Sometimes we have on the outside only the name of the sender, more usually only that of the receiver. In a picture from Pompeii, two letters lie across one another, the one inscribed 'Vitalio,' the other 'Albinus.' Cf. *Att.* viii. 5. 2 : *fasciculum, qui est 'Des M'. Curio' inscriptus.*

of importance or to a dear friend, of the services of a slave or freedman, who wrote to his dictation. The general name for servants employed in literary work was *librarii*, but they were often more particularly designated *servi ab epistolis, a manu*, or *amanuenses*.

The letter was usually headed with the name of the writer in the nominative, and the recipient in the dative governed by the greeting 'S. D.' (*salutem dat*). The fulness of both the names and the greeting was in inverse proportion to the intimacy of the correspondents. 'Cicero Attico Sal.' is invariable in the letters *ad Att.*; sometimes the greeting is altogether omitted, *e.g.* 'Plancus Ciceroni;' sometimes it has the addition 'P.' or 'Plur.' (*plurimam*). More formal letters required the praenomen of both sender and receiver, sometimes that of the father of one or the other ('Cicero S. D. M. Licinio P. F. Crasso'), and often the title of either or both ('M. Cicero Procos. S. D. C. Curioni Trib. Pl.').[1]

So with the formula which, either fully or shortly expressed, frequently followed the heading, 'S. V. B. E. E. Q. V.' (*si vales bene est ego quidem valeo*). Cicero never uses it in his letters to Atticus, and indeed it is seldom used by him at all, except in official or formal communications.

At the end of the letter there might be no formula at all, or a longer or shorter form of farewell,—*Vale, ama nos et vale*, etc. When date and place were added, the former usually came first, with the name of the place in the ablative as answer to the question 'whence?' Cf. L. 62. 6 : *cura ut valeas. IV. Kalendas Februar. Capua.*

Letters were intrusted either to private messengers (*tabellarii*), or, when of an official nature, to the public couriers (*statores*), or to any one who was known to be bound that way and was willing to convey them. In this last case, if there was any reason to distrust either the honesty or the memory of the bearer, it was not uncommon to make a second copy of the letter (*litterae uno* or *eodem exemplo*), and intrust it to another messenger. If the communication was of a strictly confidential kind, or might compromise the writer in times of trouble, it might be written in character understood only by the correspondents. διὰ σημείων *scripseram* Cicero writes to Atticus (xiii. 32. 3). Otherwise feigned names were assumed (L. 10. 5).

The speed of postal communication of course varied with the season, but in ordinary circumstances the official messenger by land could cover with ease 50 Roman miles a day. A letter from Rome to Pompeii, a distance of about 140 Roman miles, took only three days ; from Mutina to Rome, a distance of about 300 miles, six days; from Rome to Athens, including the sea voyage, twenty-one days.

---

[1] '*Antonius Hirtio et Caesari*' Cicero quotes (*Phil.* xiii. 22) as an instance of Antony's boorishness.

ORIGIN OF THE COLLECTION KNOWN AS CICERO'S LETTERS.

THE first mention of any collection or edition of the letters of Cicero is by himself (*Att.* xvi. 5. 5) : *mearum epistolarum nulla est συναγωγή, sed habet Tiro instar septuaginta et quidem sunt a te quaedam sumendae : eas ego oportet perspiciam, corrigam ; tum denique edentur.*   This was in July 44 B.C., and it is not probable that he was able to publish an edition between this date and his death in the next year.   The collection which has come down to us consists of over 860 letters, of which nearly 100 are written by others to Cicero.   The first letter we have is of the year 68 B.C. ; we have no letters bearing the date of his consulship ; and from the last five months of his life no word of his correspondence survives.   The whole consists of four parts :—

1. *Ad M. Brutum*—II. Books.
2. *Ad Quintum Fratrem*—III. Books.
3. *Ad Familiares*—XVI. Books.
4. *Ad Atticum*—XVI. Books.

Of these, the letters to Brutus, especially the second book, referring to the last year of Cicero's life, lie open to grave suspicion.

Of the letters to his brother Quintus the ancients themselves do not seem to have possessed more than three books.

The title *Ad Familiares* is unfortunate.   Many of these letters are addressed to persons who cannot be said in any sense to be *familiares* of Cicero, and some of them are not *to* the friends of Cicero, but *from* them.   The title *Ad Diversos* is not Latin.   As to the origin of either the collection itself or the title we have no reliable information.   The ancients knew of far more letters of the kind than have come down to us.   We hear of Cicero's letters to Pompey in at least four books, to Caesar in at least three, to Octavianus in three, to M. Brutus in nine, as well as of a similar collection of letters to Hirtius.   It is impossible to say whether these single and fuller collections were the earlier and ours only a selection from them, or whether the greater first appeared after the publication of the smaller.   The latter appears the more likely alternative.   It seems probable that Tiro shortly after Cicero's death published all that he could get, perhaps books I. to XII. to begin with, and afterwards XIII. to XVI. as he was able to collect them.   These letters profess to be arranged according to the persons to whom they are addressed, but this order is not strictly maintained.

The sixteen books of letters *Ad Atticum* (arranged in chronological order not without inaccuracies), are a legacy from Atticus himself.   Yet they did not appear till many years after his death in 32 B.C., possibly not till the beginning of the reign of Nero. Nor can we suppose that their publication would have been approved by Atticus himself, whose modesty or prudence is also to blame that of his own letters, carefully preserved by Cicero (*Att.* ix. 10. 4), not one line remains to us.

As the direct utterances of contemporaries the letters of Cicero possess inestimable worth to the student of the history of the period. They furnish us with historical evidence of the first order, in which we can at times trace from hour to hour the progress of events which have moulded the destinies of the world. In them, as in a glass, we seem to see the living forms of Cato and Pompey, Caesar and Antony, while for the study of Cicero's own character we have a lens of almost-microscopic power. It may be that the world has no right to invade the sacred precincts of private intercourse, and Cicero would have been the first to protest against the publication of much that has come to light in his correspondence (cf. L. 6. 8, *Fam.* xv. 21, and *Phil.* ii. 4. 7). But when we contrast the storm of backbiting and scandal which rages round the hero of modern epistolary biography with the harmless foibles which Cicero's private letters reveal, we shall feel only gratitude to the unknown hand that has presented us with so accurate a photograph of his character and times.

The style of Cicero's letters is as varied as the circumstances in which they were written. There are some which, composed in the leisure of retirement, and intended for a wider circle of readers,[1] reflect the language of the highest literary culture. There are others again, and those for the most part written to his more familiar friends, or in the hurry of business, which speak to us in the language of the everyday life of the people.[2] Yet there are others which cannot be said to belong to either class. In these, as in many even of the letters to Atticus, the simple style of common talk often changes unconsciously as the writer warms to his subject into sentences that reflect the art which had become a second nature to him.

---

[1] Cf. esp. *Att.* viii. 9. 1 : *Epistolam meam* (to Caesar) *quod pervulgatam scribas esse, non fero moleste ; quin etiam ipse multis dedi describendam.*

[2] Cf. L. 56. 1, and esp. *Fam.* ix. 21. 1. Hence the numberless parallels between the language of the letters and that of the Roman comedians. On the whole subject of the style of Cicero's letters, v. Introduction to Professor Tyrrell's edition.

INDEX TO LETTERS.

LIST OF ABBREVIATIONS IN THE NOTES.

Cf.	= confer.
L.	= Letter in this Edition.
L. and S.	= Lewis and Short's Latin Dictionary.
l.	= lectio.
S.	= Supfle.
Sc.	= Scilicet.
T.	= Professor Tyrrell.
V.	= vide.
W.	= Mr. Watson.

PERIOD I.

I. (ad Att. I. 1.)

CICERO ATTICO SAL.

Petitionis nostrae, quam tibi summae curae esse scio, huius 1
modi ratio est, quod adhuc coniectura provideri possit.
Prensat unus P. Galba : sine fuco ac fallaciis, more maiorum,
negatur. Ut opinio est hominum, non aliena rationi nostrae
fuit illius haec praepropera prensatio. Nam illi ita negant
volgo, ut mihi se debere dicant. Ita quiddam spero nobis
profici, cum hoc percrebrescit, plurimos nostros amicos inveniri. Nos autem initium prensandi facere cogitaramus eo
ipso tempore, quo tuum puerum cum his litteris proficisci
Cincius dicebat, in campo, comitiis tribuniciis, a. d. XVI.
Kalend. Sextilis. Competitores, qui certi esse videantur,
Galba et Antonius et Q. Cornificius : puto te in hoc aut risisse
aut ingemuisse. Ut frontem ferias, sunt qui etiam Caesonium
putent. Aquilium non arbitramur, qui denegavit et iuravit
morbum et illud suum regnum iudiciale opposuit. Catilina,
si iudicatum erit meridie non lucere, certus erit competitor.
De Auli filio et Palicano non puto te exspectare dum scribam. 2
De iis, qui nunc petunt, Caesar certus putatur. Thermus
cum Silano contendere existimatur, qui sic inopes et ab amicis
et existimatione sunt, ut mihi videatur non esse ἀδύνατον
Curium obducere. Sed hoc praeter me nemini videtur.

A

Nostris rationibus maxime conducere videtur Thermum fieri
cum Caesare ; nemo est enim ex iis, qui nunc petunt, qui, si
in nostrum annum reciderit, firmior candidatus fore videatur,
propterea quod curator est viae Flaminiae, quae cum erit ab-
soluta sane facile eum libenter nunc ceteri† consuli acciderim.
Petitorum haec est adhuc informata cogitatio.   Nos in omni
munere candidatorio fungendo summam adhibebimus diligentiam et fortasse, quoniam videtur in suffragiis multum
posse Gallia, cum Romae a iudiciis forum refrixerit, excurre-
mus mense Septembri legati ad Pisonem, ut Ianuario revertamur : cum perspexero voluntates nobilium, scribam ad te.
Cetera spero prolixa esse, his dumtaxat urbanis competitoribus.
Illam manum tu mihi cura ut praestes, quoniam propius abes,
Pompeii, nostri amici : nega me ei iratum fore, si ad mea
3 comitia non venerit.   Atque haec huius modi sunt.   Sed est
quod abs te mihi ignosci pervelim : Caecilius, avunculus tuus,
a P. Vario cum magna pecunia fraudaretur, agere coepit cum
eius fratre A. Caninio Satyro de iis rebus, quas eum dolo malo
mancipio accepisse de Vario diceret : una agebant ceteri
creditores, in quibus erat L. Lucullus et P. Scipio et is, quem
putabant magistrum fore, si bona venirent, L. Pontius.
Verum hoc ridiculum est de magistro.   Nunc cognosce rem.
Rogavit me Caecilius, ut adessem contra Satyrum : dies fere
nullus est quin hic Satyrus domum meam ventitet ; observat
L. Domitium maxime, me habet proximum ; fuit et mihi et
4 Q. fratri magno usui in nostris petitionibus.   Sane sum perturbatus cum ipsius Satyri familiaritate, tum Domitii, in quo uno
maxime ambitio nostra nititur.   Demonstravi haec Caecilio ;
simul et illud ostendi, si ipse unus cum illo uno contenderet,
me ei satis facturum fuisse ; nunc in causa universorum
creditorum, hominum praesertim amplissimorum, qui sine eo,
quem Caecilius suo nomine perhiberet, facile causam communem sustinerent, aequum esse eum et officio meo consulere

et tempori. Durius accipere hoc mihi visus est quam vellem et quam homines belli solent, et postea prorsus ab instituta nostra paucorum dierum consuetudine longe refugit : abs te peto, ut mihi hoc ignoscas et me existimes humanitate esse prohibitum, *ne contra* amici summam existimationem miserrimo eius tempore venirem, cum is omnia sua studia et officia in me contulisset. Quod si voles in me esse durior, ambitionem putabis mihi obstitisse ; ego autem arbitror, etiam si id sit, mihi ignoscendum esse : ἐπεὶ οὐχ ἱερήϊον, οὐδὲ βοείην. Vides enim, in quo cursu simus et quam omnes gratias non modo retinendas, verum etiam acquirendas putemus. Spero tibi me causam probasse, cupio quidem certe. Hermathena tua 5 valde me delectat et posita ita belle est, ut totum gymnasium eius ἀνάθημα esse videatur. Multum te amamus.

II. (ad Att. I. 2.)

CICERO ATTICO SAL.

L. Iulio Caesare C. Marcio Figulo consulibus filiolo me 1 auctum scito salva Terentia. Abs te tam diu nihil litterarum ? Ego de meis ad te rationibus scripsi antea diligenter. Hoc tempore Catilinam, competitorem nostrum, defendere cogita- mus ; iudices habemus, quos voluimus, summa accusatoris voluntate. Spero, si absolutus erit, coniunctiorem illum nobis fore in ratione petitionis ; sin aliter acciderit, humaniter fere- mus. Tuo adventu nobis opus est maturo ; nam prorsus 2 summa hominum est opinio tuos familiares, nobiles homines, adversarios honori nostro fore : ad eorum voluntatem mihi conciliandam maximo te mihi usui fore video. Qua re Ianuario mense, ut constituisti, cura ut Romae sis.

PERIOD II.

III. (ad Fam. V. 1.)

Q. METELLUS Q. F. CELER PROCOS. S. D. M. TULLIO CICERONI.

1   Si vales, bene est. Existimaram pro mutuo inter nos animo et pro reconciliata gratia nec absentem ludibrio laesum iri nec Metellum fratrem ob dictum capite ac fortunis per te oppugnatum iri. Quem si parum pudor ipsius defendebat, debebat vel familiae nostrae dignitas vel meum studium erga vos remque publicam satis sublevare : nunc video illum circumventum, me desertum, a quibus minime conveniebat.
2 Itaque in luctu et squalore sum, qui provinciae, qui exercitui praesum, qui bellum gero. Quae quoniam nec ratione nec maiorum nostrorum clementia administrastis, non erit mirandum, si vos paenitebit. Te tam mobili in me meosque esse animo non sperabam : me interea nec domesticus dolor nec cuiusquam iniuria ab re publica abducet.

IV. (ad Fam. V. 2.)

M. TULLIUS M. F. CICERO Q. METELLO Q. F. CELERI PROCOS. S. D.

Si tu exercitusque valetis, bene est. Scribis ad me te existimasse pro mutuo inter nos animo et pro reconciliata gratia numquam te a me ludibrio laesum iri. Quod cuiusmodi sit, satis intellegere non possum, sed tamen suspicor ad te esse adlatum, me in senatu cum disputarem permultos esse, qui rem publicam a me conservatam dolerent, dixisse a te propinquos tuos, quibus negare non potuisses, impetrasse, ut ea, quae statuisses tibi in senatu de mea laude esse dicenda, reticeres. Quod cum dicerem, illud adiunxi, mihi tecum ita

dispertitum officium fuisse in rei publicae salute retinenda, ut
ego urbem a domesticis insidiis et ab intestino scelere, tu
Italiam et ab armatis hostibus et ab occulta coniuratione
defenderes, atque hanc nostram tanti et tam praeclari muneris
societatem a tuis propinquis labefactatam, qui, cum tu a me
rebus amplissimis atque honorificentissimis ornatus esses,
timuissent, ne quae mihi pars abs te voluntatis mutuae tri-
bueretur.   Hoc in sermone cum a me exponeretur, quae mea 2
exspectatio fuisset orationis tuae quantoque in errore versatus
essem, visa est oratio non iniucunda et mediocris quidam est
risus consecutus, non in te, sed magis in errorem meum et
quod me abs te cupisse laudari aperte atque ingenue confitebar.
Iam hoc non potest in te non honorifice esse dictum, me in
clarissimis meis atque amplissimis rebus tamen aliquod
testimonium tuae vocis habere voluisse.

Quod autem ita scribis, ' pro mutuo inter nos animo,' quid 3
tu existimes esse in amicitia mutuum, nescio : equidem hoc
arbitror, cum par voluntas accipitur et redditur.   Ego si hoc
dicam, me tua causa praetermisisse provinciam, tibi ipse levior
videar esse ; meae enim rationes ita tulerunt, atque eius mei
consilii maiorem in dies singulos fructum voluptatemque capio :
illud dico, me, ut primum in contione provinciam deposuerim,
statim, quem ad modum eam tibi traderem, cogitare coepisse.
Nihil dico de sortitione vestra : tantum te suspicari volo, nihil
in ea re per collegam meum me insciente esse factum.   Recordare cetera : quam cito senatum illo die facta sortitione
coëgerim, quam multa de te verba fecerim, cum tu ipse mihi
dixisti orationem meam non solum in te honorificam, sed etiam
in collegas tuos contumeliosam fuisse.   Iam illud senatus con- 4
sultum, quod eo die factum est, ea praescriptione est, ut, dum
id exstabit, officium meum in te obscurum esse non possit.
Postea vero quam profectus es, velim recordere, quae ego de
te in senatu egerim, quae in contionibus dixerim, quas ad te

litteras miserim. Quae cum omnia collegeris, tum ipse velim
iudices, satisne videatur his omnibus rebus tuus adventus, cum
5 proxime Romam venisti, mutue respondisse. Quod scribis de
reconciliata *gratia* nostra, non intellego cur reconciliatam esse
dicas, quae numquam imminuta est.

6   Quod scribis non oportuisse Metellum fratrem tuum ob
dictum a me oppugnari, primum hoc velim existimes, animum
mihi istum tuum vehementer probari et fraternam plenam
humanitatis ac pietatis voluntatem ; deinde, si qua ego in re
fratri tuo rei publicae causa restiterim, ut mihi ignoscas : tam
enim sum amicus rei publicae, quam qui maxime ; si vero
meam salutem contra illius impetum in me crudelissimum
defenderim, satis habeas nihil me etiam tecum de tui fratris
iniuria conqueri. Quem ego cum comperissem omnem sui
tribunatus conatum in meam perniciem parare atque meditari,
egi cum Claudia, uxore tua, et cum vestra sorore Mucia, cuius
erga me studium pro Cn. Pompeii necessitudine multis in rebus
7 perspexeram, ut eum ab illa iniuria deterrerent. Atqui ille,
quod te audisse certo scio, pr. Kal. Ianuarias, qua iniuria
nemo umquam in infimo magistratu improbissimus civis
adfectus est, ea me consulem adfecit, cum rem publicam con-
servassem, atque abeuntem magistratu contionis habendae
potestate privavit ; cuius iniuria mihi tamen honori summo
fuit : nam cum ille mihi nihil nisi ut iurarem permitteret, magna
voce iuravi verissimum pulcherrimumque ius iurandum, quod
8 populus item magna voce me vere iurasse iuravit. Hac
accepta tam insigni iniuria tamen illo ipso die misi ad Metellum
communes amicos, qui agerent cum eo, ut de illa mente
desisteret ; quibus ille respondit sibi non esse integrum :
etenim paullo ante in contione dixerat ei, qui in alios animad-
vertisset indicta causa, dicendi ipsi potestatem fieri non
oportere. Hominem gravem et civem egregium ! qui, qua
poena senatus consensu bonorum omnium eos adfecerat, qui

urbem incendere et magistratus ac senatum trucidare, bellum
maximum conflare voluissent, eadem dignum iudicaret eum,
qui curiam caede, urbem incendiis, Italiam bello liberasset.
Itaque ego Metello, fratri tuo, praesenti restiti : nam in senatu
Kalendis Ianuariis sic cum eo de re publica disputavi, ut
sentiret sibi cum viro forti et constanti esse pugnandum.   A.
d. III. Nonas Ianuarias cum agere coepisset, tertio quoque
verbo orationis suae me appellabat, mihi minabatur ; neque
illi quicquam deliberatius fuit quam me, quacumque ratione
posset, non iudicio neque disceptatione, sed vi atque im-
pressione evertere.   Huius ego temeritati si virtute atque
animo non restitissem, quis esset qui me in consulatu non casu
potius existimaret quam consilio fortem fuisse?   Haec si tu 9
Metellum cogitare de me nescisti, debes existimare te maximis
de rebus a fratre esse celatum : sin autem aliquid impertivit
tibi sui consilii, lenis a te et facilis existimari debeo, qui nihil
tecum de his ipsis rebus expostulem.   Et si intellegis non me
dicto Metelli, ut scribis, sed consilio eius animoque in me
inimicissimo esse commotum, cognosce nunc humanitatem
meam, si humanitas appellanda est in acerbissima iniuria
remissio animi ac dissolutio : nulla est a me umquam sententia
dicta in fratrem tuum : quotienscumque aliquid est actum,
sedens iis assensi, qui mihi lenissime sentire visi sunt.   Addam
illud etiam, quod iam ego curare non debui, sed tamen fieri
non moleste tuli atque etiam ut ita fieret pro mea parte adiuvi,
ut senati consulto meus inimicus, quia tuus frater erat, sub-
levaretur.

Qua re non ego oppugnavi fratrem tuum, sed fratri tuo re- 10
pugnavi : nec in te, ut scribis, animo fui mobili, sed ita
stabili, ut in mea erga te voluntate etiam desertus ab officiis
tuis permanerem.   Atque hoc ipso tempore tibi paene minitanti nobis per litteras hoc rescribo atque respondeo : ego
dolori tuo non solum ignosco, sed summam etiam laudem

tribuo ; meus enim me sensus, quanta vis fraterni sit amoris,
admonet.   A te peto, ut tu quoque aequum te iudicem dolori
meo praebeas : si acerbe, si crudeliter, si sine causa sum a
tuis oppugnatus, ut statuas mihi non modo non cedendum,
sed etiam tuo atque exercitus tui auxilio in eius modi causa
utendum fuisse.   Ego te mihi semper amicum esse volui : me
ut tibi amicissimum esse intellegeres, laboravi.   Maneo in
voluntate et, quoad voles tu, permanebo citiusque amore tui
fratrem tuum odisse desinam, quam illius odio quicquam de
nostra benevolentia detraham.

V. (ad Fam. V. 7.)

M. TULLIUS M. F. CICERO S. D. CN. POMPEIO
CN. F. MAGNO IMPERATORI.

1   S. T. E. Q. V. B. E.   Ex litteris tuis, quas publice misisti,
cepi una cum omnibus incredibilem voluptatem : tantam enim
spem otii ostendisti, quantam ego semper omnibus te uno
fretus pollicebar ; sed hoc scito, tuos veteres hostes, novos
amicos, vehementer litteris perculsos atque ex magna spe de-
2 turbatos iacere.   Ad me autem litteras quas misisti, quamquam
exiguam significationem tuae erga me voluntatis habebant,
tamen mihi scito iucundas fuisse ; nulla enim re tam laetari
soleo quam meorum officiorum conscientia, quibus si quando
non mutue respondetur, apud me plus officii residere facillime
patior : illud non dubito, quin, si te mea summa erga te studia
parum mihi adiunxerint, res publica nos inter nos conciliatura
3 coniuncturaque sit.   Ac ne ignores, quid ego in tuis litteris
desiderarim, scribam aperte, sicut et mea natura et nostra
amicitia postulat : res eas gessi, quarum aliquam in tuis litteris
et nostrae necessitudinis et rei publicae causa gratulationem
exspectavi ; quam ego abs te praetermissam esse arbitror, quod
vererere, ne cuius animum offenderes.   Sed scito ea, quae
nos pro salute patriae gessimus, orbis terrae iudicio ac testi-

monio comprobari ; quae, cum veneris, tanto consilio tantaque
animi magnitudine a me gesta esse cognosces, ut tibi multo
maiori, quam Africanus fuit, me non multo minorem quam Laelium facile et in re publica et in amicitia adiunctum esse patiare.

VI. (ad Att. I. 16.)
CICERO ATTICO SAL.

Quaeris ex me, quid acciderit de iudicio, quod tam praeter [1]
opinionem omnium factum sit, et simul vis scire, quo modo
ego minus, quam soleam, proeliatus sim : respondebo tibi
ὕστερον πρότερον, Ὁμηρικῶς. Ego enim, quam diu senatus
auctoritas mihi defendenda fuit, sic acriter et vehementer
proeliatus sum, ut clamor concursusque maxima cum mea
laude fierent : quod si tibi umquam sum visus in re publica
fortis, certe me in illa causa admiratus esses ; cum enim ille
ad contiones confugisset in iisque meo nomine ad invidiam
uteretur, di immortales ! quas ego pugnas et quantas strages
edidi ! quos impetus in Pisonem, in Curionem, in totam illam
manum feci ! quo modo sum insectatus levitatem senum,
libidinem iuventutis ! saepe, ita me di iuvent ! te non solum
auctorem consiliorum meorum, verum etiam spectatorem
pugnarum mirificarum desideravi.   Postea vero quam Horten- [2]
sius excogitavit, ut legem de religione Fufius tribunus pl. ferret,
in qua nihil aliud a consulari rogatione differebat nisi iudicum
genus—in eo autem erant omnia—pugnavitque, ut ita fieret,
quod et sibi et aliis persuaserat nullis illum iudicibus effugere
posse, contraxi vela perspiciens inopiam iudicum, neque dixi
quicquam pro testimonio, nisi quod erat ita notum atque
testatum, ut non possem praeterire.

Itaque, si causam quaeris absolutionis, ut iam πρὸς τὸ πρότερον revertar, egestas iudicum fuit et turpitudo ; id autem ut
accideret, commissum est Hortensii consilio, qui, dum veritus
est, ne Fufius ei legi intercederet, quae ex senatus consulto

ferebatur, non vidit illud, satius esse illum in infamia relinqui
ac sordibus quam infirmo iudicio committi; sed ductus odio
properavit rem deducere in iudicium, cum illum plumbeo
3 gladio iugulatum iri tamen diceret.   Sed iudicium si quaeris
quale fuerit, incredibili exitu, sic, uti nunc ex eventu ab aliis,
a me iam ex ipso initio consilium Hortensii reprehendatur.
Nam ut reiectio facta est clamoribus maximis, cum accusator
tamquam censor bonus homines nequissimos reiceret, reus
tamquam clemens lanista frugalissimum quemque secerneret,
ut primum iudices consederunt, valde diffidere boni coeperunt;
non enim umquam turpior in ludo talario consessus fuit:
maculosi senatores, nudi equites, tribuni non tam aerati quam,
ut appellantur, aerarii; pauci tamen boni inerant, quos
reiectione fugare ille non potuerat, qui maesti inter sui dis-
similis et maerentes sedebant et contagione turpitudinis
4 vehementer permovebantur.   Hic, ut quaeque res ad consilium
primis postulationibus referebatur, incredibilis erat severitas,
nulla varietate sententiarum : nihil impetrabat reus; plus
accusatori dabatur, quam postulabat; triumphabat—quid
quaeris ?—Hortensius se vidisse tantum ; nemo erat, qui illum
reum ac non milies condemnatum arbitraretur.   Me vero teste
producto credo te ex acclamatione Clodii advocatorum audisse,
quae consurrectio iudicum facta sit, ut me circumsteterint, ut
aperte iugula sua pro meo capite P. Clodio ostentarint : quae
mihi res multo honorificentior visa est quam aut illa, cum
iurare tui cives Xenocratem testimonium dicentem prohibu-
erunt, aut cum tabulas Metelli Numidici, cum eae, ut mos est,
circumferrentur, nostri iudices aspicere noluerunt ; multo haec,
5 inquam, nostra res maior.   Itaque iudicum vocibus, cum ego
sic ab iis, ut salus patriae, defenderer, fractus reus et una
patroni omnes conciderunt ; ad me autem eadem frequentia
postridie convenit, quacum abiens consulatu sum domum
reductus.   Clamare praeclari Ariopagitae se non esse venturos

nisi praesidio constituto. Refertur ad consilium : una sola
sententia praesidium non desideravit.   Defertur res ad senatum : gravissime ornatissimeque decernitur ; laudantur iudices;
datur negotium magistratibus ; responsurum hominem nemo
arbitrabatur, Ἔσπετε νῦν μοι, Μοῦσαι,—ὅππως δὴ πρῶτον πῦρ
ἔμπεσε.   Nosti Calvum, ex Nanneianis illum, illum laudatorem
meum, de cuius oratione erga me honorifica ad te scripseram :
biduo per unum servum, et eum ex gladiatorio ludo, confecit
totum negotium : arcessivit ad se, promisit, intercessit, dedit ;
iam vero—o di boni, rem perditam !—-etiam noctes certarum
mulierum atque adulescentulorum nobilium introductiones
non nullis iudicibus pro mercedis cumulo fuerunt.   Ita
summo discessu bonorum, pleno foro servorum xxv. iudices
ita fortes tamen fuerunt, ut summo proposito periculo vel
perire maluerint quam perdere omnia : xxxi. fuerunt, quos
fames magis quam fama commoverit ; quorum Catulus cum
vidisset quendam, 'quid vos' inquit 'praesidium a nobis
postulabatis? an ne nummi vobis eriperentur timebatis ?'

Habes, ut brevissime potui, genus iudicii et causam absolu- 6
tionis.   Quaeris deinceps, qui nunc sit status rerum et qui
meus : rei publicae statum illum, quem tu meo consilio, ego
divino confirmatum putabam, qui bonorum omnium coniunctione et auctoritate consulatus mei fixus et fundatus videbatur,
nisi quis nos deus respexerit, elapsum scito esse de manibus
uno hoc iudicio, si iudicium est, triginta homines populi
Romani levissimos ac nequissimos nummulis acceptis ius ac
fas omne delere et, quod omnes non modo homines, verum
etiam pecudes factum esse sciant, id Thalnam et Plautum et
Spongiam et ceteras huius modi quisquilias statuere numquam
esse factum.   Sed tamen, ut te de re publica consoler, non 7
ita, ut sperarunt mali, tanto imposito rei publicae vulnere
alacris exsultat improbitas in victoria ; nam plane ita putaverunt, cum religio, cum pudicitia, cum iudiciorum fides, cum

senatus auctoritas concidisset, fore ut aperte victrix nequitia ac
libido poenas ab optimo quoque peteret sui doloris, quem im-
8 probissimo cuique inusserat severitas consulatus mei.   Idem
ego ille—non enim mihi videor insolenter gloriari, cum de me
apud te loquor, in ea praesertim epistola, quam nolo aliis
legi—idem, inquam, ego recreavi adflictos animos bonorum,
unum quemque confirmans, excitans; insectandis vero ex-
agitandisque nummariis iudicibus omnem omnibus studiosis ac
fautoribus illius victoriae παρρησίαν eripui, Pisonem consulem
nulla in re consistere umquam sum passus, desponsam homini
iam Syriam ademi, senatum ad pristinam suam severitatem
revocavi atque abiectum excitavi, Clodium praesentem fregi
in senatu cum oratione perpetua, plenissima gravitatis, tum
altercatione huius modi ; ex qua licet pauca degustes—nam
cetera non possunt habere neque vim neque venustatem
remoto illo studio contentionis, quem ἀγῶνα vos appellatis—:
9 nam, ut Idibus Maiis in senatum convenimus, rogatus ego
sententiam multa dixi de summa re publica, atque ille locus
inductus a me est divinitus, ne una plaga accepta patres
conscripti conciderent, ne deficerent ; vulnus esse eius modi,
quod mihi nec dissimulandum nec pertimescendum videretur,
ne aut ignorando stultissimi *aut metuendo ignavissimi* iudicare-
mur : bis absolutum esse Lentulum, bis Catilinam ; hunc
tertium iam esse a iudicibus in rem publicam immissum.
' Erras, Clodi : non te iudices urbi, sed carceri reservarunt,
neque te retinere in civitate, sed exsilio privare voluerunt.
Quam ob rem, patres conscripti, erigite animos, retinete
vestram dignitatem.   Manet illa in re publica bonorum consensio ; dolor accessit bonis viris, virtus non est imminuta ;
nihil est damni factum novi, sed, quod erat, inventum est :
in unius hominis perditi iudicio plures similes reperti sunt.'
10 Sed quid ago ? paene orationem in epistolam inclusi.   Redeo
ad altercationem : surgit pulchellus puer, obicit mihi, me ad

Baias fuisse ; falsum, sed tamen quid huic ? 'Simile est' inquam, 'quasi dicas in operto fuisse.' 'Quid' inquit 'homini Arpinati cum aquis calidis ?' 'Narra' inquam 'patrono tuo, qui Arpinatis aquas concupivit'; nosti enim marinas. 'Quousque' inquit 'hunc regem feremus ?' 'Regem appellas,' inquam 'cum Rex tui mentionem nullam fecerit ?'—ille autem Regis hereditatem spe devorarat.—'Domum' inquit 'emisti.' 'Putes' inquam 'dicere, iudices emisti.' 'Iuranti' inquit 'tibi non crediderunt.' 'Mihi vero' inquam 'XXV. iudices crediderunt, XXXI., quoniam nummos ante acceperunt, tibi nihil crediderunt. Magnis clamoribus adflictus conticuit et concidit.

Noster autem status est hic : apud bonos iidem sumus, quos 11 reliquisti, apud sordem urbis et faecem multo melius nunc, quam *cum* reliquisti : nam et illud nobis non obest, videri nostrum testimonium non valuisse : missus est sanguis invidiae sine dolore, atque etiam hoc magis, quod omnes illi fautores illius flagitii rem manifestam illam redemptam esse a iudicibus confitentur ; accedit illud, quod illa contionalis hirudo aerarii, misera ac ieiuna plebecula, me ab hoc Magno unice diligi putat, et hercule multa et iucunda consuetudine coniuncti inter nos sumus, usque eo, ut nostri isti comissatores coniurationis, barbatuli iuvenes, illum in sermonibus Cn. Ciceronem appellent ; itaque et ludis et gladiatoribus mirandas ἐπισημασίας sine ulla pastoricia fistula auferebamus.

Nunc est exspectatio comitiorum, in quae omnibus invitis 12 trudit noster Magnus Auli filium, atque in eo neque auctoritate neque gratia pugnat, sed quibus Philippus omnia castella expugnari posse dicebat, in quae modo asellus onustus auro posset ascendere ; consul autem ille deterioris histrionis similis suscepisse negotium dicitur et domi divisores habere ; quod ego non credo. Sed senatus consulta duo iam facta sunt odiosa, quod in consulem facta putantur, Catone et Domitio postulante, unum, ut apud magistratus inquiri liceret, alterum, cuius domi divisores habitarent, adversus rem publicam.

13 Lurco autem tribunus pl., qui magistratum simul cum lege Aelia iniit, solutus est et Aelia et Fufia, ut legem de ambitu ferret, quam ille bono auspicio claudus homo promulgavit : ita comitia in a. d. vi. Kal. Sext. dilata sunt. Novi est in lege hoc, ut qui nummos in tribus pronuntiarit, si non dederit, impune sit; sin dederit, ut, quoad vivat, singulis tribubus HS cıɔ cıɔ cıɔ debeat. Dixi hanc legem P. Clodium iam ante servasse ; pronuntiare enim solitum esse et non dare. Sed heus tu ! videsne consulatum illum nostrum, quem Curio antea ἀποθέωσιν vocabat, si hic factus erit, fabam mimum futurum ? qua re, ut opinor, φιλοσοφητέον, id quod tu facis, et istos consulatus non flocci facteon.

14 Quod ad me scribis, te in Asiam statuisse non ire, equidem mallem ut ires, ac vereor, ne quid in ista re minus commode fiat ; sed tamen non possum reprehendere consilium tuum, praesertim cum egomet in provinciam non sim profectus.

15 Epigrammatis tuis, quae in Amaltheo posuisti, contenti erimus, praesertim cum et Thyillus nos reliquerit et Archias nihil de me scripserit, ac vereor ne, Lucullis quoniam Graecum poëma

16 condidit, nunc ad Caecilianam fabulam spectet. Antonio tuo nomine gratias egi eamque epistolam Mallio dedi—ad te ideo antea rarius scripsi, quod non habebam idoneum, cui darem,

17 nec satis sciebam, quo darem—; valde te venditavi. Cincius si quid ad me tui negotii detulerit, suscipiam ; sed nunc magis in suo est occupatus, in quo ego ei non desum. Tu, si uno in loco es futurus, crebras a nobis litteras exspecta ; ast pluris

18 etiam ipse mittito. Velim ad me scribas, cuius modi sit Ἀμαλθεῖον tuum, quo ornatu, qua τοποθεσίᾳ, et quae poëmata quasque historias de Ἀμαλθείᾳ habes, ad me mittas : libet mihi facere in Arpinati. Ego tibi aliquid de meis scriptis mittam : nihil erat absoluti.

CICERO ATTICO SAL.

Magna mihi varietas voluntatis et dissimilitudo opinionis ac 1
iudicii Quinti fratris mei demonstrata est ex litteris tuis, in
quibus ad me epistolarum illius exempla misisti. Qua ex re
et molestia sum tanta adfectus, quantam mihi meus amor
summus erga utrumque vestrum adferre debuit, et admiratione,
quidnam accidisset, quod adferret Quinto fratri meo aut
offensionem tam gravem aut commutationem tantam voluntatis.
Atque illud a me iam ante intellegebatur, quod te quoque
ipsum discedentem a nobis suspicari videbam, subesse nescio
quid opinionis incommodae sauciumque esse eius animum et
insedisse quasdam odiosas suspiciones : quibus ego mederi
cum cuperem antea saepe et vehementius etiam post sortitionem provinciae, nec tantum intellegebam ei esse offensionis,
quantum litterae tuae declarant, nec tantum proficiebam, quantum volebam. Sed tamen hoc me ipse consolabar, quod non 2
dubitabam, quin te ille aut Dyrrhachii aut in istis locis uspiam
visurus esset; quod cum accidisset, confidebam ac mihi per-
suaseram fore, ut omnia placarentur inter vos non modo
sermone ac disputatione, sed conspectu ipso congressuque
vestro ;—nam, quanta sit in Quinto fratre meo comitas, quanta
iucunditas, quam mollis animus ad accipiendam et ad depo-
nendam offensionem, nihil attinet me ad te, qui ea nosti,
scribere — ; sed accidit perincommode, quod cum nusquam
vidisti ; valuit enim plus quod erat illi non nullorum artificiis
inculcatum quam aut officium aut necessitudo aut amor vester
ille pristinus, qui plurimum valere debuit. Atque huius 3
incommodi culpa ubi resideat, facilius possum existimare quam
scribere ; vereor enim, ne, dum defendam meos, non parcam
tuis : nam sic intellego, ut nihil a domesticis vulneris factum

sit, illud quidem, quod erat, eos certe sanare potuisse.   Sed
4 huiusce rei totius vitium, quod aliquanto etiam latius patet
quam videtur, praesenti tibi commodius exponam.   De iis
litteris, quas ad te Thessalonica misit, et de sermonibus, quos
ab illo et Romae apud amicos tuos et in itinere habitos putas,
ecquid tantum causae sit ignoro ; sed omnis in tua posita est
humanitate mihi spes huius levandae molestiae : nam, si ita
statueris, et irritabilis animos esse optimorum saepe hominum
et eosdem placabilis et esse hanc agilitatem, ut ita dicam,
mollitiamque naturae plerumque bonitatis, et, id quod caput
est, nobis inter nos nostra sive incommoda sive vitia sive
iniurias esse tolerandas : facile haec, quem ad modum spero,
mitigabuntur.   Quod ego ut facias te oro : nam ad me, qui te
unice diligo, maxime pertinet neminem esse meorum, qui aut
te non amet aut abs te non ametur.

5   Illa pars epistulae tuae minime fuit necessaria, in qua
exponis, quas facultates aut provincialium aut urbanorum
commodorum et aliis temporibus et me ipso consule praeter-
miseris.   Mihi enim perspecta est ingenuitas et magnitudo
animi tui, neque ego inter me atque te quicquam interesse
umquam duxi praeter voluntatem institutae vitae, quod me
ambitio quaedam ad honorum studium, te autem alia minime
reprehendenda ratio ad honestum otium duxit.   Vera quidem
laude probitatis, diligentiae, religionis neque me tibi neque
quemquam antepono : amoris vero erga me, cum a fraterno
6 amore domesticoque discessi, tibi primas defero.   Vidi enim,
vidi penitusque perspexi in meis variis temporibus et sollicitu-
dines et laetitias tuas : fuit mihi saepe et laudis nostrae
gratulatio tua iucunda et timoris consolatio grata.   Quin mihi
nunc te absente non solum consilium, quo tu excellis, sed
etiam sermonis communicatio, quae mihi suavissima tecum
solet esse, maxime deest—quid dicam ? in publica re, quo in
genere mihi neglegenti esse non licet, an in forensi labore,

quem antea propter ambitionem sustinebam, nunc, ut dignitatem tueri gratia possim, an *in* ipsis domesticis negotiis? in
quibus ego cum antea, tum vero post discessum fratris te
sermonesque nostros desidero : postremo non labor meus non
requies, non negotium non otium, non forenses res non
domesticae, *non publicae* non privatae carere diutius tuo
suavissimo atque amantissimo consilio ac sermone possunt.
Atque harum rerum commemorationem verecundia saepe 7
impedivit utriusque nostrum ; nunc autem ea fuit necessaria
propter eam partem epistolae tuae, per quam te ac mores tuos
mihi purgatos ac probatos esse voluisti.   Atque in ista incom-
moditate alienati illius animi et offensi illud inest tamen
commodi, quod et mihi et ceteris amicis tuis nota fuit et abs
te aliquando testificata tua voluntas omittendae provinciae, ut,
quod una non estis, non dissensione ac discidio vestro, sed
voluntate ac iudicio tuo factum esse videatur.   Qua re et illa,
quae violata, expiabuntur, et haec nostra, quae sunt sanctissime
conservata, suam religionem obtinebunt.

Nos hic in re publica infirma, misera commutabilique 8
versamur.   Credo enim te audisse nostros equites paene a
senatu esse disiunctos ; qui primum illud valde graviter
tulerunt, promulgatum ex senatus consulto fuisse, ut de iis, qui
ob iudicandum *pecuniam* accepissent, quaereretur.   Qua in re
decernenda cum ego casu non adfuissem sensissemque id
equestrem ordinem ferre moleste neque aperte dicere, obiurgavi
senatum, ut mihi visus sum, summa cum auctoritate, et in
causa non verecunda admodum gravis et copiosus fui.   Ecce 9
aliae deliciae equitum vix ferendae ! quas ego non solum tuli,
sed etiam ornavi : Asiam qui de censoribus conduxerunt,
questi sunt in senatu se cupiditate prolapsos nimium magno
conduxisse ; ut induceretur locatio, postulaverunt.   Ego princeps in adiutoribus atque adeo secundus—nam, ut illi auderent
hoc postulare, Crassus eos impulit—: invidiosa res, turpis

postulatio et confessio temeritatis; summum erat periculum, ne, si nihil impetrassent, plane alienarentur a senatu. Huic quoque rei subventum est maxime a nobis perfectumque, ut frequentissimo senatu et liberalissimo uterentur; multaque a me de ordinum dignitate et concordia dicta sunt Kal. Decembr. et postridie; neque adhuc res confecta est, sed voluntas senatus perspecta. Unus enim contra dixerat Metellus consul designatus; quin erat dicturus—ad quem propter diei brevitatem perventum non est—heros ille noster

10 Cato. Sic ego conservans rationem institutionemque nostram tueor, ut possum, illam a me conglutinatam concordiam, sed tamen, quoniam ista sunt tam infirma, munitur quaedam nobis ad retinendas opes nostras tuta, ut spero, via, quam tibi litteris satis explicare non possum, significatione parva ostendam tamen: utor Pompeio familiarissime. Video, quid dicas; cavebo, quae sunt cavenda, ac scribam alias ad te de meis

11 consiliis capessendae rei publicae plura. Lucceium scito [consulatum] habere in animo statim petere: duo enim soli dicuntur petituri: Caesar cum eo coire per Arrium cogitat et Bibulus cum hoc se putat per C. Pisonem posse coniungi. Rides? Non sunt haec ridicula, mihi crede. Quid aliud scribam ad te? quid? multa sunt; sed in aliud tempus. ** exspectare velis, cures ut sciam: iam illud modeste rogo, quod maxime cupio, ut quam primum venias. Nonis Decembribus.

VIII. (ad Att. II. 17.)

CICERO ATTICO SAL.

1   Prorsus, ut scribis, ita sentio: turbat Sampsiceramus; nihil est, quod non timendum sit; ὁμολογουμένως τυραννίδα σισκευάζεται. Quid enim ista repentina adfinitatis coniunctio,

quid ager Campanus, quid effusio pecuniae significant? quae
si essent extrema, tamen esset nimium mali, sed ea natura rei
est, ut haec extrema esse non possint.   Quid enim eos haec
ipsa per se delectare possunt? numquam huc venissent, nisi
ad res alias pestiferas aditus sibi compararent; di immortales!
Verum, ut scribis, haec in Arpinati a. d. vi. circiter Idus Maias
non deflebimus, ne et opera et oleum philologiae nostrae
perierit, sed conferemus tranquillo animo; neque tam me 2
εὐελπιστία consolatur, ut antea, quam ἀδιαφορία, qua nulla in
re tam utor quam in hac civili et publica.   Quin etiam, quod
est subinane in nobis et non ἀφιλόδοξον—bellum est enim sua
vitia nosse—, id adficitur quadam delectatione; solebat enim
me pungere, ne Sampsicerami merita in patriam ad annos
sescentos maiora viderentur quam nostra: hac quidem cura
certe iam vacuus sum; iacet enim ille sic, ut Phocis Curiana
stare videatur.   Sed haec coram.   Tu tamen videris mihi 3
Romae fore ad nostrum adventum, quod sane facile patiar, si
tuo commodo fieri possit; sin, ut scribis, ita venies, velim ex
Theophane expiscere, quonam in me animo sit Arabarches.
Quaeres scilicet κατὰ τὸ κηδεμονικὸν et ad me ab eo quasi
ὑποθήκας adferes, quem ad modum me geram; aliquid ex eius
sermone poterimus περὶ τῶν ὅλων suspicari.

IX. (ad Att. II. 18.)

CICERO ATTICO SAL.

Accepi aliquot epistolas tuas, ex quibus intellexi, quam sus- 1
penso animo et sollicito scire averes, quid esset novi.   Tene-
mur undique; neque iam quo minus serviamus recusamus,
sed mortem et eiectionem quasi maiora timemus, quae multo
sunt minora.   Atque hic status est, qui una voce omnium
gemitur neque verbo cuiusquam sublevatur.   Σκοπὸς est, ut

suspicor, illis, qui tenent, nullam cuiquam largitionem relinquere.   Unus loquitur et palam adversatur adulescens Curio.
Huic plausus maximi, consalutatio forensis perhonorifica,
signa praeterea benevolentiae permulta a bonis impertiuntur;
Fufium clamoribus et conviciis et sibilis consectantur.   His
ex rebus non spes, sed dolor est maior, cum videas civitatis
2 voluntatem solutam, virtutem alligatam.   Ac ne forte quaeras
κατὰ λεπτὸν [de singulis rebus], universa res eo est deducta,
spes ut nulla sit aliquando non modo privatos, verum etiam
magistratus liberos fore.   Hac tamen in oppressione sermo in
circulis dumtaxat et in conviviis est liberior, quam fuit.
Vincere incipit timorem dolor, sed ita, ut omnia sint plenissima desperationis.   Habet etiam Campana lex exsecrationem
in contione candidatorum, si mentionem fecerint, quo aliter
ager possideatur atque ut ex legibus Iuliis.   Non dubitant
iurare ceteri: Laterensis existimatur laute fecisse, quod
tribunatum plebis petere destitit, ne iuraret.

3   Sed de re publica non libet plura scribere: displiceo mihi
nec sine summo scribo dolore; me tueor, ut oppressis omnibus,
non demisse, ut tantis rebus gestis, parum fortiter.   A Caesare
valde liberaliter invitor in legationem illam, sibi ut sim
legatus; atque etiam libera legatio voti causa datur.   Sed
haec et praesidii apud pudorem Pulchelli non habet satis et a
fratris adventu me ablegat: illa et munitior est et non impedit
quo minus adsim, cum velim.   Hanc ego teneo, sed usurum
me non puto; neque tamen scit quisquam.   Non libet fugere:
aveo pugnare—magna sunt hominum studia—sed nihil affirmo;
4 tu hoc silebis.   De Statio manu misso et non nullis aliis rebus
angor equidem, sed iam prorsus occallui.   Tu vellem ego vel
cuperem adesses: nec mihi consilium nec consolatio deesset;
sed ita te para, ut, si inclamaro, advoles.

CICERO ATTICO SAL.

Multa me sollicitant et ex rei publicae tanto motu et ex iis ₁
periculis, quae mihi ipsi intenduntur, et sescenta sunt ; sed
mihi nihil est molestius quam Statium manu missum :

> nec meum imperium : ac mitto imperium : non simultatem
> meam
> revereri saltem !

Nec quid faciam scio, neque tantum est in re, quantus est
sermo ; ego autem ne irasci possum quidem iis, quos valde
amo : tantum doleo, ac mirifice quidem.   Cetera in magnis
rebus ; minae Clodii contentionesque, *quae* mihi proponuntur,
modice me tangunt : etenim vel subire eas videor mihi summa
cum dignitate vel declinare nulla cum molestia posse.   Dices
fortasse : ' dignitatis ἅλις, tamquam δρυός : saluti, si me amas,
consule.'   Me miserum ! cur non ades ? nihil profecto te
praeteriret ; ego fortasse τυφλώττω et nimium τῷ καλῷ προσπέπονθα.

Scito nihil umquam fuisse tam infame, tam turpe, tam perac- ₂
que omnibus generibus, ordinibus, aetatibus offensum, quam
hunc statum, qui nunc est : magis mehercule, quam vellem,
non modo quam putaram.   Populares isti iam etiam modestos
homines sibilare docuerunt.   Bibulus in caelo est, nec qua re
scio, sed ita laudatur, quasi

> unus homo nobis cunctando restituit rem.

Pompeius, nostri amores, quod mihi summo dolori est, ipse se
adflixit : neminem tenet voluntate ; ne metu necesse sit iis
uti, vereor.   Ego autem neque pugno cum illa causa propter
illam amicitiam, neque approbo, ne omnia improbem, quae
antea gessi : utor via.

Populi sensus maxime theatro et spectaculis perspectus est : ₃
nam gladiatoribus qua dominus qua advocati sibilis conscissi ;

ludis Apollinaribus Diphilus tragoedus in nostrum Pompeium petulanter invectus est :

Nostra miseria tu es magnus—

milies coactus est dicere ;

Eandem virtutem istam veniet tempus cum graviter gemes

totius theatri clamore dixit itemque cetera. Nam eius modi sunt ii versus, uti in tempus ab inimico Pompeii scripti esse videantur.

Si neque leges *te* neque mores cogunt—

et cetera magno cum fremitu et clamore sunt dicta. Caesar cum venisset mortuo plausu, Curio filius est insecutus : huic ita plausum est, ut salva re publica Pompeio plaudi solebat. Tulit Caesar graviter : litterae Capuam ad Pompeium volare dicebantur; inimici erant equitibus, qui Curioni stantes plauserant, hostes omnibus ; Rosciae legi, etiam frumentariae minitabantur : sane res erat perturbata. Equidem malueram quod erat susceptum ab illis, silentio transiri, sed vereor ne non liceat : non ferunt homines, quod videtur esse tamen ferendum. Sed est iam una vox omnium, magis odio firmata quam praesidio.

4   Noster autem Publius mihi minitatur, inimicus est; impendet negotium, ad quod tu scilicet advolabis. Videor mihi nostrum illum consularem exercitum bonorum omnium, etiam satis bonorum, habere firmissimum. Pompeius significat studium erga me non mediocre ; idem adfirmat verbum de me illum non esse facturum; in quo non me ille fallit, sed ipse fallitur. Cosconio mortuo sum in eius locum invitatus : id erat vocari in locum mortui; nihil me turpius apud homines fuisset, neque vero ad istam ipsam ἀσφάλειαν quicquam alienius ; sunt enim illi apud bonos invidiosi, ego apud improbos meam retinuissem invidiam, alienam adsumpsissem.

Caesar me sibi volt esse legatum.   Honestior declinatio haec 5
periculi ; sed ego hoc non repudio.   Quid ergo est? pugnare
malo.   Nihil tamen certi.   Iterum dico : utinam adesses !
sed tamen, si erit necesse, arcessemus.   Quid aliud? quid?
hoc opinor : certi sumus perisse omnia ; quid enim ἀκκιζό-
μεθα tam diu?

Sed haec scripsi properans et mehercule timide.   Posthac ad
te aut, si perfidelem habebo, cui dem, scribam plane omnia, aut;
si obscure scribam, tu tamen intelleges : in iis epistolis me
Laelium, te Furium faciam : cetera erunt ἐν αἰνιγμοῖς.   Hic
Caecilium colimus et observamus diligenter.   Edicta Bibuli
audio ad te missa : iis ardet dolore et ira noster Pompeius.

XI. (ad Att. II. 21.)

CICERO ATTICO SAL.

De re publica quid ego tibi subtiliter? tota periit atque hoc 1
est miserior quam reliquisti, quod tum videbatur eius modi
dominatio civitatem oppressisse, quae iucunda esset multi-
tudini, bonis autem ita molesta, ut tamen sine pernicie, nunc
repente tanto in odio est omnibus, ut, quorsus eruptura sit,
horreamus : nam iracundiam atque intemperantiam illorum
sumus experti, qui Catoni irati omnia perdiderunt, sed ita
lenibus uti videbantur venenis, ut posse videremur sine dolore
interire ; nunc vero sibilis volgi, sermonibus honestorum,
fremitu Italiae vereor ne exarserint.   Equidem sperabam, ut 2
saepe etiam loqui tecum solebam, sic orbem rei publicae esse
conversum, ut vix sonitum audire, vix impressam orbitam
videre possemus, et fuisset ita, si homines transitum tempestatis exspectare potuissent, sed cum diu occulte suspirassent,
postea iam gemere, ad extremum vero loqui omnes et clamare
coeperunt.

Itaque ille amicus noster, insolens infamiae, semper in laude 3
versatus, circumfluens gloria, deformatus corpore, fractus

animo, quo se conferat nescit; progressum praecipitem, inconstantem reditum videt; bonos inimicos habet, improbos
ipsos non amicos. Ac vide mollitiem animi : non tenui
lacrimas, cum illum a. d. VIII. Kal. Sextilis vidi de edictis
Bibuli contionantem ; qui antea solitus esset iactare se magni-
ficentissime illo in loco, summo cum amore populi, cunctis
faventibus, ut ille tum humilis, ut demissus erat, ut ipse etiam
sibi, non iis solum, qui aderant, displicebat ! o spectaculum
4 uni Crasso iucundum, ceteris non item ! nam, quia deciderat
ex astris, lapsus quam progressus potius videbatur, et, ut
Apelles, si Venerem, aut Protogenes, si Ialysum illum suum
caeno oblitum videret, magnum, credo, acciperet dolorem,
sic ego hunc omnibus a me pictum et politum artis coloribus
subito deformatum non sine magno dolore vidi. Quamquam
nemo putabat, propter Clodianum negotium, me illi amicum
esse debere, tamen tantus fuit amor, ut exhauriri nulla posset
iniuria. Itaque Archilochia in illum edicta Bibuli populo ita
sunt iucunda, ut eum locum, ubi proponuntur, prae multitudine eorum, qui legunt, transire nequeamus, ipsi ita acerba,
ut tabescat dolore, mihi mehercule molesta, quod et eum,
quem semper dilexi, nimis excruciant, et timeo tam vehemens
vir tamque acer in ferro et tam insuetus contumeliae ne omni
5 animi impetu dolori et iracundiae pareat. Bibuli qui sit exitus
futurus, nescio ; ut nunc res se habet, admirabili gloria est :
qui cum comitia in mensem Octobrem distulisset, quod solet
ea res populi voluntatem offendere, putarat Caesar oratione
sua posse impelli contionem, ut iret ad Bibulum ; multa cum
seditiosissime diceret, vocem exprimere non potuit. Quid
quaeris? Sentiunt se nullam ullius partis voluntatem tenere ;
6 eo magis vis nobis est timenda. Clodius inimicus est nobis ;
Pompeius confirmat eum nihil esse facturum contra me : mihi
periculosum est credere ; ad resistendum me paro. Studia
spero me summa habiturum omnium ordinum. Te cum ego

desidero, tum vero res ad tempus illud vocat : plurimum consilii, animi, praesidii denique mihi, si te ad tempus videro,
accesserit.   Varro mihi satis facit ; Pompeius loquitur
divinitus : spero nos aut certaturos cum summa gloria aut
etiam sine molestia discessuros.   Tu, quid agas, quem ad
modum te oblectes, quid cum Sicyoniis egeris, ut sciam cura.

XII. (ad Att. II. 22.)
CICERO ATTICO SAL.

Quam vellem Romae mansisses ! *mansisses* profecto, si haec 1
fore putassemus ; nam Pulchellum nostrum facillime teneremus, aut certe, quid esset facturus, scire possemus.   Nunc se
res sic habet : volitat, furit, nihil habet certi ; multis denuntiat ;
quod fors obtulerit, id acturus videtur : cum videt, quo sit in
odio status hic rerum, in eos, qui haec egerunt, impetum
facturus videtur ; cum autem rursus opes eorum et vim
exercitus recordatur, convertit se in nos ; nobis autem ipsis
tum vim, tum iudicium minatur.   Cum hoc Pompeius egit et,
ut ad me ipse referebat—alium enim habeo neminem testem
—, vehementer egit, cum diceret in summa se perfidiae et 2
sceleris infamia fore, si mihi periculum crearetur ab eo, quem
ipse armasset, cum plebeium fieri passus esset ; fidem recepisse
sibi et ipsum et Appium de me ; hanc si ille non servaret, ita
laturum, ut omnes intellegerent nihil sibi antiquius amicitia
nostra fuisse.   Haec et in eam sententiam cum multa dixisset,
aiebat illum primo sane diu multa contra, ad extremum autem
manus dedisse et adfirmasse nihil se contra eius voluntatem
esse facturum.   Sed postea tamen ille non destitit de nobis
asperrime loqui ; quod si non faceret, tamen ei nihil crederemus, atque omnia, sicut facimus, pararemus.

Nunc ita nos gerimus, ut in dies singulos et studia in nos 3
hominum et opes nostrae augeantur : rem publicam nulla ex
parte attingimus ; in causis atque in illa opera nostra forensi

summa industria versamur, quod egregie non modo iis, qui utuntur [opera], sed etiam in volgus gratum esse sentimus : domus celebratur, occurritur ; renovatur memoria consulatus, studia significantur ; in eam spem adducimur, ut nobis ea contentio, quae impendet, interdum non fugienda videatur.

4   Nunc mihi et consiliis opus est tuis et amore et fide ; qua re advola.   Expedita mihi erunt omnia, si te habebo : multa per Varronem nostrum agi possunt, quae te urgente erunt firmiora, multa ab ipso Publio elici, multa cognosci, quae tibi occulta esse non poterunt, multa etiam—sed absurdum est

5 singula explicare, cum ego requiram te ad omnia.   Unum illud tibi persuadeas velim, omnia mihi fore explicata, si te videro : sed totum est in eo, si ante, quam ille ineat magistratum.   Puto Pompeium Crasso urgente, si tu aderis, qui per βυῶπιν ex ipso intellegere possis, qua fide ab illis agatur, nos aut sine molestia aut certe sine errore futuros.   Precibus nostris et cohortatione non indiges : quid mea voluntas, quid tempus, quid rei magnitudo postulet, intellegis.

6   De re publica nihil habeo ad te scribere, nisi summum odium omnium hominum in eos, qui tenent omnia : mutationis tamen spes nulla.   Sed, quod facile sentias, taedet ipsum Pompeium vehementerque paenitet.   Non provideo satis, quem exitum futurum putem, sed certe videntur haec aliquo eruptura.

7   Libros Alexandri, neglegentis hominis et non boni poëtae, sed tamen non inutilis, tibi remisi.   Numerium Numestium libenter accepi in amicitiam et hominem gravem et prudentem et dignum tua commendatione cognovi.

XIII. (ad Att. II. 23.)
CICERO ATTICO SAL.

1   Numquam ante arbitror te epistolam meam legisse, nisi mea manu scriptam : ex eo colligere poteris, quanta occupatione

distinear; nam cum vacui temporis nihil haberem et cum recreandae voculae causa necesse esset mihi ambulare, haec dictavi ambulans.   Primum igitur illud te scire volo, Sampsi- 2 ceramum, nostrum amicum, vehementer sui status paenitere restituique in eum locum cupere, ex quo decidit, doloremque suum impertire nobis et medicinam interdum aperte quaerere, quam ego possum invenire nullam; deinde omnis illius partis auctores ac socios nullo adversario consenescere, consensionem universorum nec voluntatis nec sermonis maiorem umquam fuisse. Nos autem—nam id te scire cupere certo scio—publicis 3 consiliis nullis intersumus totusque nos ad forensem operam laboremque contulimus; ex quo, quod facile intellegi possit, in multa commemoratione earum rerum, quas gessimus, desiderioque versamur.   Sed βοώπιδος nostrae consanguineus non mediocris terrores iacit atque denuntiat, et Sampsiceramo negat, ceteris prae se fert et ostentat : quam ob rem, si me amas tantum, quantum profecto amas, si dormis, expergiscere, si stas, ingredere, si ingrederis, curre, si curris, advola. Credibile non est, quantum ego in consiliis *et* prudentia tua, quod*que* maximum est, quantum in amore et fide ponam. Magnitudo rei longam orationem fortasse desiderat, coniunctio vero nostrorum animorum brevitate contenta est.   Permagni nostra interest te, si comitiis non potueris, at declarato illo esse Romae.   Cura, ut valeas.

XIV. (ad Att. II. 24.)

CICERO ATTICO SAL.

Quas Numestio litteras dedi, sic te iis evocabam, ut nihil 1 acrius neque incitatius fieri posset : ad illam celeritatem adde etiam, si quid potes.   Ac ne sis perturbatus—novi enim te et non ignoro, quam sit amor omnis sollicitus atque anxius—sed res est, ut spero, non tam exitu molesta quam auditu.

2 Vettius ille, ille noster index, Caesari, ut perspicimus, pollicitus est sese curaturum, ut in aliquam suspitionem facinoris
Curio filius adduceretur; itaque insinuatus in familiaritatem
adulescentis et cum eo, ut res indicat, saepe congressus rem
in eum locum deduxit, ut diceret sibi certum esse cum suis
servis in Pompeium impetum facere eumque occidere. Hoc
Curio ad patrem detulit, ille ad Pompeium; res delata ad
senatum est. Introductus Vettius primo negabat se umquam
cum Curione constitisse; neque id sane diu: nam statim fidem
publicam postulavit; reclamatum est. Tum exposuit manum
fuisse iuventutis duce Curione, in qua Paulus initio fuisset et
Q. Caepio hic Brutus et Lentulus, flaminis filius, conscio patre;
postea C. Septimium, scribam Bibuli, pugionem sibi a Bibulo
attulisse: quod totum irrisum est, Vettio pugionem defuisse,
nisi ei consul dedisset, eoque magis id eiectum est, quod a. d.
III. Idus Mai. Bibulus Pompeium fecerat certiorem, ut caveret
3 insidias, in quo ei Pompeius gratias egerat. Introductus Curio
filius dixit ad ea, quae Vettius dixerat, maximeque in eo tum
quidem Vettius est reprehensus, quod dixerat adulescentium
consilium, ut in foro [cum] gladiatoribus Gabinii Pompeium
adorirentur, in eo principem Paulum fuisse, quem constabat
eo tempore in Macedonia fuisse. Fit senatus consultum, ut
Vettius, quod confessus esset se cum telo fuisse, in vincula
coniceretur, qui emisisset, cum contra rem publicam esse
facturum. Res erat in ea opinione, ut putarent id esse actum,
ut Vettius in foro cum pugione et item servi eius comprehen-
derentur cum telis, deinde ille se diceret indicaturum, idque
ita factum esset, nisi Curiones rem ante ad Pompeium de-
tulissent.

Tum senatus consultum in contione recitatum est. Postero
autem die Caesar, is, qui olim, praetor cum esset, Q. Catulum
ex inferiore loco iusserat dicere, Vettium in rostra produxit
eumque in eo loco constituit, quo Bibulo consuli adspirare

non liceret.   Hic ille omnia, quae voluit, de re publica dixit,
ut qui illuc factus institutusque venisset.   Primum Caepionem
de oratione sua sustulit, quem in senatu acerrime nominarat,
ut appareret noctem et nocturnam deprecationem intercessisse ;
deinde, quos in senatu ne tenuissima quidem suspitione
attigerat, eos nominavit : Lucullum, a quo solitum esse ad se
mitti C. Fannium, illum, qui in P. Clodium subscripserat, L.
Domitium, cuius domum constitutam fuisse, unde eruptio
fieret ; me non nominavit, sed dixit consularem disertum,
vicinum consulis, sibi dixisse Ahalam Servilium aliquem aut
Brutum opus esse reperiri ; addidit ad extremum, cum iam
dimissa contione revocatus a Vatinio fuisset, se audisse a
Curione his de rebus conscium esse Pisonem, generum meum,
et M. Laterensem.

Nunc reus erat apud Crassum Divitem Vettius de vi et, 4
cum esset damnatus, erat indicium postulaturus ; quod si
impetrasset, iudicia fore videbantur : ea nos, utpote qui nihil
contemnere soleamus, *non contemnebamus, sed* non pertimesce-
bamus.   Hominum quidem summa erga nos studia significa-
bantur.   Sed prorsus vitae taedet : ita sunt omnia omnium
miseriarum plenissima.   Modo caedem timueramus, quam
oratio fortissimi senis, Q. Considii, discusserat ; ea, quam
cotidie timere potueramus, subito exorta est.   Quid quaeris ?
nihil me *infortunatius, nihil* fortunatius est Catulo, cum
splendore vitae, tum quod tempore—.   Nos tamen in his
miseriis erecto animo et minime perturbato sumus, honestissimeque dignitatem nostram et magna cura tuemur.

Pompeius de Clodio iubet nos esse sine cura et summam in 5
nos benevolentiam omni oratione significat.   Te habere
consiliorum auctorem, sollicitudinum socium, omni in cogitatione coniunctum cupio ; qua re, ut Numestio mandavi, tecum
ut ageret, item atque eo, si potest, acrius, te rogo, ut plane ad
nos advoles : respiraro, si te videro.

XV. (ad Att. III. 1.)
CICERO ATTICO SAL.

Cum antea maxime nostra interesse arbitrabar te esse nobiscum, tum vero, ut legi rogationem, intellexi ad iter id, quod constitui, nihil mihi optatius cadere posse, quam ut tu me quam primum consequare, ut, cum ex Italia profecti essemus, sive per Epirum iter esset faciendum, tuo tuorumque praesidio uteremur, sive aliud quid agendum esset, certum consilium de tua sententia capere possemus. Quam ob rem te oro, des operam, ut me statim consequare : facilius potes, quoniam de provincia Macedonia perlata lex est. Pluribus verbis tecum agerem, nisi pro me apud te res ipsa loqueretur.

XVI. (ad Att. III. 3.)
CICERO ATTICO SAL.

Utinam illum diem videam, cum tibi agam gratias, quod me vivere coëgisti ! adhuc equidem valde me paenitet. Sed te oro, ut ad me Vibonem statim venias, quo ego multis de causis converti iter meum. Sed eo si veneris, de toto itinere ac fuga mea consilium capere potero ; si id non feceris, mirabor, sed confido te esse facturum.

XVII. (ad Fam. XIV. 4.)
TULLIUS S. D. TERENTIAE ET TULLIAE ET CICERONI SUIS.

1   Ego minus saepe do ad vos litteras, quam possum, propterea quod cum omnia mihi tempora sunt misera, tum vero, cum aut scribo ad vos aut vestras lego, conficior lacrimis sic, ut ferre non possim. Quod utinam minus vitae cupidi fuissemus ! certe nihil aut non multum in vita mali vidissemus. Quod si

nos ad aliquam alicuius commodi aliquando recuperandi spem
fortuna reservavit, minus est erratum a nobis : si haec mala
fixa sunt, ego vero te quam primum, mea vita, cupio videre et
in tuo complexu emori, quoniam neque di, quos tu castissime
coluisti, neque homines, quibus ego semper servivi, nobis
gratiam rettulerunt. Nos Brundisii apud M. Laenium Flaccum 2
dies xiii. fuimus, virum optimum, qui periculum fortunarum
et capitis sui prae mea salute neglexit neque legis impro-
bissimae poena deductus est, quo minus hospitii et amicitiae
ius officiumque praestaret : huic utinam aliquando gratiam
referre possimus! habebimus quidem semper. Brundisio 3
profecti sumus a. d. II. K. Mai. : per Macedoniam Cyzicum
petebamus. O me perditum ! o adflictum ! quid nunc rogem
te, ut venias, mulierem aegram et corpore et animo confectam ?
Non rogem? Sine te igitur sim? Opinor, sic agam : si est
spes nostri reditus, eam confirmes et rem adiuves ; sin, ut ego
metuo, transactum est, quoquo modo potes, ad me fac venias.
Unum hoc scito : si te habebo, non mihi videbor plane perisse.
Sed quid Tulliola mea fiet? iam id vos videte : mihi deest
consilium. Sed certe, quoquo modo se res habebit, illius
misellae et matrimonio et famae serviendum est. Quid?
Cicero meus quid aget? iste vero sit in sinu semper et complexu meo. Non queo plura iam scribere : impedit maeror.
Tu quid egeris, nescio : utrum aliquid teneas, an, quod metuo,
plane sis spoliata. Pisonem, ut scribis, spero fore semper 4
nostrum. De familia liberata nihil est quod te moveat :
primum tuis ita promissum est, te facturam esse, ut quisque
esset meritus ; est autem in officio adhuc Orpheus, praeterea
magno opere nemo ; ceterorum servorum ea causa est, ut, si
res a nobis abisset, liberti nostri essent, si obtinere potuissent ;
sin ad nos pertinerent, servirent, praeterquam oppido pauci.
Sed haec minora sunt. Tu quod me hortaris, ut animo sim 5
magno et spem habeam recuperandae salutis, id velim sit eius

modi, ut recte sperare possimus. Nunc miser quando tuas
iam litteras accipiam? quis ad me perferet? quas ego ex·
spectassem Brundisii, si esset licitum per nautas, qui tempesta·
tem praetermittere noluerunt. Quod reliquum est, sustenta
te, mea Terentia, ut potes honestissime. Viximus, floruimus:
non vitium nostrum, sed virtus nostra nos adflixit. Peccatum
est nullum, nisi quod non una animam cum ornamentis
amisimus. Sed si hoc fuit liberis nostris gratius, nos vivere,
cetera, quamquam ferenda *non* sunt, feramus. Atque ego, qui
6 te confirmo, ipse me non possum. Clodium Philhetaerum,
quod valetudine oculorum impediebatur, hominem fidelem,
remisi. Sallustius officio vincit omnes. Pescennius est
perbenevolus nobis, quem semper spero tui fore observantem.
Sicca dixerat se mecum fore, sed Brundisio discessit. Cura,
quod potes, ut valeas et sic existimes, me vehementius tua
miseria quam mea commoveri. Mea Terentia, fidissima atque
optima uxor, et mea carissima filiola, et spes reliqua nostra,
Cicero, valete. Pr. K. Mai. Brundisio.

XVIII. (ad Att. III. 13.)

CICERO ATTICO SAL.

1   Quod ad te scripseram me in Epiro futurum, postea quam
extenuari spem nostram et evanescere vidi, mutavi consilium,
nec me Thessalonica commovi, ubi esse statueram, quoad
aliquid ad me de eo scriberes, quod proximis litteris scripseras,
fore, uti secundum comitia aliquid de nobis in senatu ageretur;
id tibi Pompeium dixisse. Qua de re, quoniam comitia habita
sunt tuque nihil ad me scribis, proinde habebo ac si scripsisses
nihil esse, neque temporis non longinqui spe ductum *me* esse
moleste feram; quem autem motum te videre scripseras, qui
nobis utilis fore videretur, eum nuntiant, qui veniunt, nullum
fore. In tribunis pl. designatis reliqua spes est; quam si

exspectaro, non erit, quod putes me causae meae, voluntati meorum defuisse.   Quod me saepe accusas, cur hunc meum 2 casum tam graviter feram, debes ignoscere, cum ita me adflictum videas, ut neminem umquam nec videris nec audieris. Nam quod scribis te audire me etiam mentis errore ex dolore adfici, mihi vero mens integra est.   Atque utinam tam in periculo fuisset ! cum ego iis, quibus meam salutem carissimam esse arbitrabar, inimicissimis crudelissimisque usus sum, qui, ut me paulum inclinari timore viderunt, sic impulerunt, ut omni suo scelere et perfidia abuterentur ad exitium meum. Nunc, quoniam est Cyzicum nobis eundum, quo rarius ad me litterae perferentur, hoc velim diligentius omnia, quae putaris me scire opus esse, perscribas.   Quintum fratrem meum fac diligas, quem ego miser si incolumem relinquo, non me totum perisse arbitrabor.   Data Nonis Sextilibus.

XIX. (ad Att. III. 19.)
CICERO ATTICO SAL.

Quoad eius modi mihi litterae a vobis adferebantur, ut 1 aliquid ex iis esset exspectandum, spe et cupiditate Thessalonicae retentus sum : postea quam omnis actio huius anni confecta nobis videbatur, in Asiam ire nolui, quod et celebritas mihi odio est, et, si fieret aliquid a novis magistratibus, abesse longe nolebam.   Itaque in Epirum ad te statui me conferre, non quo mea interesset loci natura, qui lucem omnino fugerem, sed et *ad* salutem libentissime ex tuo portu proficiscar et, si ea praecisa erit, nusquam facilius hanc miserrimam vitam vel sustentabo vel, quod multo est melius, abiecero : *ero* cum paucis ; multitudinem dimittam.   Me 2 tuae litterae numquam in tantam spem adduxerunt, quantam aliorum ; at tamen mea spes etiam tenuior semper fuit quam tuae litterae.   Sed tamen, quoniam coeptum est agi, quoquo

C

modo coeptum est et quacumque de causa, non deseram
neque optimi atque unici fratris miseras ac luctuosas preces
nec Sestii ceterorumque promissa nec spem aerumnosissimae
mulieris Terentiae nec miserrimae [mulieris] Tulliolae obse-
crationem et fidelis litteras tuas: mihi Epirus aut iter ad
3 salutem dabit aut quod scripsi supra. Te oro et obsecro,
T. Pomponi, si me omnibus amplissimis, carissimis iucundis-
simisque rebus perfidia hominum spoliatum, si me a meis
consiliariis proditum et proiectum vides, si intellegis me
coactum, ut ipse me et meos perderem, ut me tua misericordia iuves et Quintum fratrem, qui potest esse salvus,
sustentes, Terentiam liberosque meos tueare, me, si putas
te istic visurum, exspectes, si minus, invisas, si potes, mihique
ex agro tuo tantum adsignes, quantum meo corpore occupari
potest, et pueros ad me cum litteris quam primum et quam
saepissime mittas. Data xvi. Kal. Octobris.

XX. (ad Fam. XIV. 2.)

TULLIUS S. D. TERENTIAE ET TULLIOLAE ET CICERONI SUIS.

1   Noli putare me ad quemquam longiores epistolas scribere,
nisi si quis ad me plura scripsit, cui puto rescribi oportere.
Nec enim habeo, quod scribam, nec hoc tempore quicquam
difficilius facio. Ad te vero et ad nostram Tulliolam non
queo sine plurimis lacrimis scribere; vos enim video esse
miserrimas, quas ego beatissimas semper esse volui, idque
praestare debui et, nisi tam timidi fuissemus, praestitissem.
2 Pisonem nostrum merito eius amo plurimum: eum, ut potui,
per litteras cohortatus sum gratiasque egi, ut debui. In
novis tribunis pl. intellego spem te habere: id erit firmum,
si Pompeii voluntas erit; sed Crassum tamen metuo. A te
quidem omnia fieri fortissime et amantissime video, nec

miror, sed maereo casum eius modi, ut tantis tuis miseriis
ineae miseriae subleventur: nam ad me P. Valerius, homo
officiosus, scripsit, id quod ego maximo cum fletu legi, quem
ad modum a Vestae ad tabulam Valeriam ducta esses. Hem,
mea lux, meum desiderium, unde omnes opem petere sole-
bant! te nunc, mea Terentia, sic vexari, sic iacere in lacrimis
et sordibus! idque fieri mea culpa, qui ceteros servavi, ut
nos periremus! Quod de domo scribis, hoc est de area, ego 3
vero tum denique mihi videbor restitutus, si illa nobis erit
restituta; verum haec non sunt in nostra manu: illud doleo,
quae impensa facienda est, in eius partem *te* miseram et
despoliatam venire. Quod si conficitur negotium, omnia con-
sequemur; sin eadem nos fortuna premet, etiamne reliquias
tuas misera proicies? Obsecro te, mea vita, quod ad sumptum attinet, sine alios qui possunt, si modo volunt, sustinere,
et valetudinem istam infirmam, si me amas, noli vexare; nam
mihi ante oculos dies noctisque versaris: omnis labores te
excipere video; timeo, ut sustineas. Sed video in te esse
omnia: qua re, ut id, quod speras et quod agis, consequamur,
servi valetudini. Ego, ad quos scribam, nescio, nisi ad eos, 4
qui ad me scribunt, aut ad eos, de quibus ad me vos aliquid
scribitis. Longius, quoniam ita vobis placet, non discedam;
sed velim quam saepissime litteras mittatis, praesertim si
quid est firmius, quod speremus. Valete, mea desideria,
valete. D. a. d. III. Non. Oct. Thessalonica.

XXI. (ad. Fam. XIV. 3.)

TULLIUS S. D. TERENTIAE SUAE ET TULLIAE
ET CICERONI.

Accepi ab Aristocrito tris epistolas, quas ego lacrimis prope 1
delevi; conficior enim maerore, mea Terentia, nec *meae* me
miseriae magis excruciant quam tuae vestraeque. Ego autem

hoc miserior sum quam tu, quae es miserrima, quod ipsa
calamitas communis est utriusque nostrum, sed culpa mea
propria est. Meum fuit officium vel legatione vitare periculum vel diligentia et copiis resistere vel cadere fortiter :
2 hoc miserius, turpius, indignius nobis nihil fuit. Qua re cum
dolore conficior, tum etiam pudore : pudet enim me uxori
meae optimae, suavissimis liberis virtutem et diligentiam non
praestitisse : nam mihi ante oculos dies noctisque versatur
squalor vester et maeror et infirmitas valetudinis tuae : spes
autem salutis pertenuis ostenditur. Inimici sunt multi, invidi
paene omnes ; eicere nos magnum fuit, excludere facile est.
Sed tamen quam diu vos eritis in spe, non deficiam, ne omnia
3 mea culpa cecidisse videantur. Ut tuto sim, quod laboras,
id mihi nunc facillimum est, quem etiam inimici volunt vivere
in his tantis miseriis ; ego tamen faciam, quae praecipis.
Amicis, quibus voluisti, egi gratias et eas litteras Dexippo
dedi meque de eorum officio scripsi a te certiorem esse
factum. Pisonem nostrum mirifico esse studio in nos et
officio et ego perspicio et omnes praedicant : di faxint, ut
tali genero mihi praesenti tecum simul et cum liberis nostris
frui liceat ! Nunc spes reliqua est in novis tribunis pl. et in
4 primis quidem diebus ; nam si inveterarit, actum est. Ea re
ad de statim Aristocritum misi, ut ad me continuo initia
rerum et rationem totius negotii posses scribere, etsi Dexippo
quoque ita imperavi, statim ut recurreret, et ad fratrem misi,
ut crebro tabellarios mitteret ; nam ego eo nomine sum
Dyrrhachii hoc tempore, ut quam celerrime quid agatur
audiam ; et sum tuto ; civitas enim haec semper a me defensa
est. Cum inimici nostri venire dicentur, tum in Epirum ibo.
5 Quod scribis te, si velim, ad me venturam, ego vero, cum
sciam magnam partem istius oneris abs te sustineri, te istic
esse volo. Si perficitis quod agitis, me ad vos venire oportet :
sin autem—sed nihil opus est reliqua scribere. Ex primis aut

summum secundis litteris tuis constituere poterimus, quid
nobis faciendum sit : tu modo ad me velim omnia diligentissime perscribas, etsi magis iam rem quam litteras debeo
exspectare.   Cura, ut valeas et ita tibi persuadeas, mihi te
carius nihil esse nec umquam fuisse.   Vale, mea Terentia,
quam ego videre videor itaque debilitor lacrimis.   Vale.   Pr.
Kal. Dec.

XXII. (ad Att. IV. 1.)

CICERO ATTICO SAL.

Cum primum Romam veni fuitque, cui recte ad te litteras 1
darem, nihil prius faciendum mihi putavi, quam ut tibi
absenti de reditu nostro gratularer ; cognoram enim—ut vere
scribam—te in consiliis mihi dandis nec fortiorem nec pru-
dentiorem quam me ipsum, me etiam propter meam in te
observantiam nimium in custodia salutis meae diligentem,
eundemque te, qui primis temporibus erroris nostri aut potius
furoris particeps et falsi timoris socius fuisses, acerbissime
discidium nostrum tulisse plurimumque operae, studii, diligentiae, laboris ad conficiendum reditum meum contulisse :
itaque hoc tibi vere adfirmo, in maxima laetitia et exoptatis- 2
sima gratulatione unum ad cumulandum gaudium conspectum
aut potius complexum mihi tuum defuisse ; quem semel
nactus numquam dimisero : ac nisi etiam praetermissos fructus tuae suavitatis praeteriti temporis omnis exegero, profecto
hac restitutione fortunae me ipse non satis dignum iudicabo.

Nos adhuc in nostro statu, quod difficillime recuperari 3
posse arbitrati sumus, splendorem nostrum illum forensem et
in senatu auctoritatem et apud viros bonos gratiam magis,
quam optamus, consecuti sumus ; in re autem familiari, quae
quem ad modum fracta, dissipata, direpta sit, non ignoras,
valde laboramus tuarumque non tam facultatum, quas ego
nostras esse iudico, quam consiliorum ad colligendas et

4 constituendas reliquias nostras indigemus. Nunc, etsi omnia
aut scripta esse a tuis arbitror aut etiam nuntiis ac rumore
perlata, tamen ea scribam brevi, quae te puto potissimum ex
meis litteris velle cognoscere.

Pr. Nonas Sextilis Dyrrhachio sum profectus, ipso illo die,
quo lex est lata de nobis. Brundisium veni Nonis Sextilibus :
ibi mihi Tulliola mea fuit praesto natali suo ipso die, qui casu
idem natalis erat et Brundisinae coloniae et tuae vicinae
Salutis ; quae res animadversa *a* multitudine summa Brun-
disinorum gratulatione celebrata est.   Ante diem VI. Idus
Sextilis cognovi litteris Quinti mirifico studio omnium aetatum
atque ordinum, incredibili concursu Italiae legem comitiis
centuriatis esse perlatam.   Inde a Brundisinis honestissimis
ornatus iter ita feci, ut undique ad me cum gratulatione legati
5 convenerint.   Ad urbem ita veni, ut nemo ullius ordinis
homo nomenclatori notus fuerit, qui mihi obviam non venerit,
praeter eos inimicos, quibus id ipsum, se inimicos esse, non
liceret aut dissimulare aut negare.   Cum venissem ad portam
Capenam, gradus templorum ab infima plebe completi erant,
a qua plausu maximo cum esset mihi gratulatio significata,
similis et frequentia et plausus me usque ad Capitolium
celebravit, in foroque et in ipso Capitolio miranda multitudo
fuit. Postridie in senatu, qui fuit dies Nonarum Septembr.,
senatui gratias egimus.

6   Eo biduo, cum esset annonae summa caritas et homines ad
theatrum primo, deinde ad senatum concurrissent, impulsu
Clodii mea opera frumenti inopiam esse clamarent, cum per
eos dies senatus de annona haberetur et ad eius procurationem
sermone non solum plebis, verum etiam bonorum Pompeius
vocaretur idque ipse cuperet, multitudoque a me nominatim,
ut id decernerem, postularet, feci et accurate sententiam dixi.
Cum abessent consulares, quod tuto se negarent posse sententiam dicere, praeter Messalam et Afranium, factum est senatus

consultum in meam sententiam, ut cum Pompeio ageretur, ut
eam rem susciperet lexque ferretur; quo senatus consulto
recitato, continuo, cum more hoc insulso et novo plausum
meo nomine recitando dedissent, habui contionem; omnes
magistratus praesentes praeter unum praetorem et duos tri-
bunos pl. dederunt. Postridie senatus frequens, et omnes 7
consulares nihil Pompeio postulanti negarunt; ille legatos
quindecim cum postularet, me principem nominavit et *ad*
omnia me alterum se fore dixit. Legem consules conscripserunt, qua Pompeio per quinquennium omnis potestas rei
frumentariae toto orbe terrarum daretur; alteram Messius,
qui omnis pecuniae dat potestatem et adiungit classem et
exercitum et maius imperium in provinciis, quam sit eorum,
qui eas obtineant: illa nostra lex consularis nunc modesta
videtur, haec Messii non ferenda. Pompeius illam velle se
dicit, familiares hanc. Consulares duce Favonio fremunt;
nos tacemus, et eo magis, quod de domo nostra nihil adhuc
pontifices responderunt: qui si sustulerint religionem, aream
praeclaram habebimus; superficiem consules ex senatus consulto aestimabunt: sin aliter, demolientur, suo nomine locabunt, rem totam aestimabunt.

Ita sunt res nostrae: ut in secundis, fluxae; ut in adversis, 8
bonae. In re familiari valde sumus, ut scis, perturbati.
Praeterea sunt quaedam domestica, quae litteris non committo. Quintum fratrem insigni pietate, virtute, fide prae-
ditum sic amo, ut debeo. Te exspecto et oro, ut matures
venire eoque animo venias, ut me tuo consilio egere non
sinas. Alterius vitae quoddam initium ordimur. Iam quidam,
qui nos absentes defenderunt, incipiunt praesentibus occulte
irasci, aperte invidere: vehementer te requirimus.

XXIII. (ad Att. IV. 2.)

CICERO ATTICO SAL.

1 Si forte rarius tibi a me quam a ceteris litterae redduntur, peto a te, ut id non modo neglegentiae meae, sed ne occupationi quidem tribuas; quae etsi summa est, tamen nulla esse potest tanta, ut interrumpat iter amoris nostri et officii mei: nam ut veni Romam, iterum nunc sum certior factus, esse, cui darem litteras: itaque has alteras dedi.

Prioribus tibi declaravi, adventus noster qualis fuisset et quis esset status atque omnes res nostrae quem ad modum 2 essent, ut in secundis, fluxae, ut in adversis, bonae. Post illas datas litteras secuta est summa contentio de domo: diximus apud pontifices pr. K. Octobris. Acta res est accurate a nobis, et si umquam in dicendo fuimus aliquid, aut etiam, si numquam alias fuimus, tum profecto dolor et *rei* magnitudo vim quandam nobis dicendi dedit; itaque oratio iuventuti nostrae deberi non potest, quam tibi, etiam 3 si non desideras, tamen mittam cito. Cum pontifices decressent ita, SI NEQUE POPULI IUSSU NEQUE PLEBI SCITU IS QUI SE DEDICASSE DICERET, NOMINATIM EI REI PRAEFECTUS ESSET NEQUE POPULI IUSSU AUT PLEBI SCITU ID FACERE IUSSUS ESSET, VIDERI POSSE SINE RELIGIONE EAM PARTEM AREAE M. T. RESTITUI, mihi facta statim est gratulatio—nemo enim dubitabat, quin domus nobis esset adiudicata—, cum subito ille in contionem escendit, quam Appius ei dedit: nuntiat iam populo, pontifices secundum se decrevisse, me autem vi conari in possessionem venire; hortatur, ut se et Appium sequantur et suam Libertatem vi defendant. Hic cum etiam illi infirmi partim admirarentur, partim irriderent hominis amentiam, ego statueram illuc non accedere, nisi cum consules ex senatus consulto porticum Catuli restituendam locassent.

4 Kal. Octobr. habetur senatus frequens: adhibentur omnes

pontifices, qui erant senatores; a quibus Marcellinus, qui
erat cupidissimus mei, sententiam primus rogatus quaesivit,
quid essent in decernendo secuti; tum M. Lucullus de
omnium collegarum sententia respondit religionis iudices
pontifices fuisse, legis senatum *esse:* se et collegas suos de
religione statuisse, in senatu de lege statuturos. Suo quisque
tum loco sententiam rogatus multa secundum causam nostram disputavit; cum ad Clodium ventum est, cupiit diem
consumere, neque ei finis est factus, sed tamen, cum horas
tres fere dixisset, odio et strepitu senatus coactus est aliquando perorare. Cum fieret senatus consultum in sententiam Marcellini, omnibus praeter unum adsentientibus,
Serranus *intercessit.* De intercessione statim ambo consules
referre coeperunt; cum sententiae gravissimae dicerentur,
senatui placere mihi domum restitui, porticum Catuli locari,
auctoritatem ordinis ab omnibus magistratibus defendi, si
quae vis esset facta, senatum existimaturum eius opera factum
esse, qui senatus consulto intercessisset, Serranus pertimuit
et Cornicinus ad suam veterem fabulam rediit: abiecta toga
se ad generi pedes abiecit; ille noctem sibi postulavit: non
concedebant; reminiscebantur enim Kal. Ianuar.; vix tandem
illi de mea voluntate concessum est.

   Postridie senatus consultum factum est id, quod ad te misi. 5
Deinde consules porticum Catuli restituendam locarunt; illam
porticum redemptores statim sunt demoliti libentissimis omnibus. Nobis superficiem aedium consules de consilii sententia
aestimarunt HS. vicies; cetera valde illiberaliter: Tusculanam
villam quingentis milibus; Formianum HS. ducentis quin-
quaginta milibus; quae aestimatio non modo vehementer ab
optimo quoque, sed etiam a plebe reprehenditur. Dices:
'Quid igitur causae fuit?' Dicunt illi quidem pudorem meum,
quod neque negarim neque vehementius postularim; sed non
est id—nam hoc quidem etiam profuisset—, verum iidem,

mi T. Pomponi, iidem, inquam, illi, quos ne tu quidem
ignoras, qui mihi pennas inciderant, nolunt easdem renasci:
sed, ut spero, iam renascuntur. Tu modo ad nos veni;
quod vereor ne tardius interventu Varronis tui nostrique
facias.

6   Quoniam, acta quae sint, habes, de reliqua nostra cogitatione cognosce: ego me a Pompeio legari ita sum passus, ut
nulla re impedirer; quod nisi vellem mihi esset integrum ut,
si comitia censorum proximi consules haberent, petere possem,
votivam legationem sumpsissem prope omnium fanorum,
lucorum—sic enim nostrae rationes [utilitates meae] postula-
bant—sed volui meam potestatem esse vel petendi vel ineunte
aestate exeundi, et interea me esse in oculis civium de me
optime meritorum non alienum putavi.

7   Ac forensium quidem rerum haec nostra consilia sunt, do-
mesticarum autem valde impedita. Domus aedificatur; scis,
quo sumptu, qua molestia reficiatur Formianum, quod ego
nec relinquere possum nec videre; Tusculanum proscripsi;
suburbano non facile careo. Amicorum benignitas exhausta
est in ea re, quae nihil habuit praeter dedecus, quod sensisti
tu absens *et* praesentes, quorum studiis ego et copiis, si esset
per meos defensores licitum, facile essem omnia consecutus;
quo in genere nunc vehementer laboratur. Cetera, quae me
sollicitant, μυστικώτερα sunt: amamur a fratre et a filia. *Te*
exspectamus.

XXIV. (ad Q. fr. II. 3.)

MARCUS QUINTO FRATRI SALUTEM.

1   Scripsi ad te antea superiora; nunc cognosce, postea quae
sint acta: a Kal. Febr. legationes in Idus Febr. reiciebantur;
eo die res confecta non est. A. d. IIII. Non. Febr. Milo
adfuit; ei Pompeius advocatus venit; dixit Marcellus, a me
rogatus; honeste discessimus; prodicta dies est in VIII. Idus

Febr. Interim reiectis legationibus in Idus referebatur de
provinciis quaestorum et de ornandis praetoribus ; sed res
multis querelis de re publica interponendis nulla transacta est.
C. Cato legem promulgavit de imperio Lentulo abrogando :
vestitum filius mutavit.

A. d. viii. Id. Febr. Milo adfuit ; dixit Pompeius, sive 2
voluit : nam, ut surrexit, operae Clodianae clamorem sustulerunt, idque ei perpetua oratione contigit, non modo ut ad-
clamatione, sed ut convicio et maledictis inpediretur.   Qui
ut peroravit—nam in eo sane fortis fuit : non est deterritus,
dixit omnia cum auctoritate atque interdum etiam silentio
[peregerat]—, sed ut peroravit, surrexit Clodius : ei tantus
clamor a nostris—placuerat enim referre gratiam—, ut neque
mente nec lingua neque ore consisteret.   Ea res acta est, cum
hora sexta vix Pompeius perorasset, usque ad horam viii., cum
omnia maledicta, versus denique obscenissimi in Clodium et
Clodiam dicerentur.   Ille furens et exsanguis interrogabat
suos in clamore ipso, quis esset, qui plebem fame necaret :
respondebant operae : 'Pompeius' ; quis Alexandream ire
cuperet : respondebant : 'Pompeius' ; quem ire vellent :
respondebant : 'Crassum'—is aderat tum, Miloni animo non
amico—.   Hora fere nona quasi signo dato Clodiani nostros
consputare coeperunt : exarsit dolor.   Urgere illi, ut loco nos
moverent ; factus est a nostris impetus ; fuga operarum ;
eiectus de rostris Clodius ; ac nos quoque tum fugimus, ne
quid in turba. Senatus vocatus in curiam ; Pompeius domum ;
neque ego tamen in senatum, ne aut de tantis rebus tacerem
aut in Pompeio defendendo—nam is carpebatur a Bibulo,
Curione, Favonio, Servilio filio—animos bonorum virorum
offenderem.   Res in posterum dilata est ; Clodius in Quirinalia prodixit diem.

A. d. vii. Id. Febr. senatus ad Apollinis fuit, ut Pompeius 3
adesset : acta res est graviter a Pompeio ; eo die nihil per-

fectum est. A. d. vi. Id. Febr. ad Apollinis senatus consultum factum est, ea, quae facta essent a. d. viii. Id. Febr., contra rem publicam esse facta. Eo die Cato vehementer est in Pompeium invectus et eum oratione perpetua tamquam reum accusavit; de me multa me invito cum mea summa laude dixit: cum illius in me perfidiam increparet, auditus es magno silentio malevolorum. Respondit ei vehementer Pompeius Crassumque descripsit dixitque aperte se muni- tiorem ad custodiendam vitam suam fore, quam Africanus

4 fuisset, quem C. Carbo interemisset. Itaque magnae mihi res iam moveri videbantur: nam Pompeius haec intellegit nobiscumque communicat, insidias vitae suae fieri, C. Catonem a Crasso sustentari, Clodio pecuniam suppeditari, utrumque et ab eo et a Curione, Bibulo ceterisque suis obtrectatoribus confirmari, vehementer esse providendum, ne opprimatur con- tionario illo populo a se prope alienato, nobilitate inimica, non aequo senatu, iuventute improba. Itaque se comparat, homines ex agris arcessit; operas autem suas Clodius con- firmat, manus ad Quirinalia paratur; in eo multo sumus superiores ipsius copiis; sed magna manus ex Piceno et Gallia exspectatur, ut etiam Catonis rogationibus de Milone et Lentulo resistamus.

5   A. d. iiii. Idus Febr. Sestius ab indice Cn. Nerio Pupinia ambitus est postulatus et eodem die a quodam M. Tullio de vi: is erat aeger; domum, ut debuimus, ad eum statim veni- mus eique nos totos tradidimus, idque fecimus praeter hominum opinionem, qui nos ei iure suscensere putabant, ut humanissimi gratissimique et ipsi et omnibus videremur, itaque faciemus. Sed idem Nerius index edidit ad adligatos Cn. Lentulum Vatiam et C. Cornelium : † ista ci. Eodem die senatus consultum factum est, ut sodalitates decuriatique discederent, lexque de iis ferretur, ut, qui non discessissent,

6 ea poena, quae est de vi, tenerentur. A. d. iii. Idus Febr.

dixi pro Bestia de ambitu apud praetorem Cn. Domitium in foro medio, maximo conventu, incidique in eum locum in dicendo, cum Sestius multis in templo Castoris vulneribus acceptis subsidio Bestiae servatus esset. Hic προῳκονομη-σάμην quiddam εὐκαίρως de iis, quae in Sestium adparabantur crimina, et eum ornavi veris laudibus magno adsensu omnium : res homini fuit vehementer grata. Quae tibi eo scribo, quod me de retinenda Sestii gratia litteris saepe monuisti.

Pridie Idus Febr. haec scripsi ante lucem : eo die apud 7 Pomponium in eius nuptiis eram cenaturus. Cetera sunt in rebus nostris huius modi, *ut* tu mihi fere diffidenti praedicabas, plena dignitatis et gratiae ; quae quidem tua, mi frater, patientia, virtute, pietate, suavitate etiam tibi mihique sunt restituta. Domus tibi ad lucum Pisonis Luciniana conducta est ; sed, ut spero, paucis mensibus post K. Quintilis in tuam commigrabis ; tuam in Carinis mundi habitatores Lamiae conduxerunt. A te post illam Olbiensem epistolam nullas litteras accepi : quid agas et ut te oblectes, scire cupio maximeque te ipsum videre quam primum. Cura, mi frater, ut valeas et, quamquam est hiems, tamen Sardiniam istam esse cogites. xv. K. Martias.

XXV. (ad Att. IV. 5.)

CICERO ATTICO SAL.

Ain tu? an me existimas ab ullo malle mea legi probarique 1 quam a te? Cur igitur cuiquam misi prius? Urguebar ab eo, ad quem misi, et non habebam exemplar. Quid? etiam —dudum enim circumrodo, quod devorandum est—subturpicula mihi videbatur esse παλινῳδία. Sed valeant recta, vera, honesta consilia : non est credibile, quae sit perfidia in istis principibus, ut volunt esse et ut essent, si quidquam haberent fidei. Senseram, noram, inductus, relictus, proiectus ab iis ;

tamen hoc eram animo, ut cum iis in re publica consentirem :
idem erant qui fuerant. Vix aliquando te auctore resipu.

2 Dices ea tenus te suasisse, qua facerem, non etiam ut scriberem.
Ego mehercule mihi necessitatem volui imponere huius novae
coniunctionis, ne qua mihi liceret labi ad illos, qui etiam tum,
cum misereri mei debent, non desinunt invidere. Sed tamen
modici fuimus ὑποθέσει, ut scripsi : erimus uberiores, si et ille
libenter accipiet et ii subringentur, qui villam me moleste
ferunt habere, quae Catuli fuerat, a Vettio me emisse non
cogitant ; qui domum negant oportuisse me aedificare, vendere
aiunt oportuisse. Sed quid ad hoc, si, quibus sententiis dixi
quod et ipsi probarent, laetati sunt tamen me contra Pompeii
voluntatem dixisse ? Finis sit : quoniam, qui nihil possunt,
ii me nolunt amare, demus operam ut ab iis, qui possunt

3 diligamur. Dices : ' vellem iam pridem.' Scio te voluisse et
me asinum germanum fuisse. Sed iam tempus est me ipsum
a me amari, quando ab illis nullo modo possum. Domum
meam quod crebro invisis, est mihi valde gratum. Viaticum
Crassipes praeripit. Tu de via recta in hortos. Videtur
commodius ad te : postridie scilicet ; quid enim tua ? Sed
viderimus. Bibliothecam mihi tui pinxerunt constrictione et
sittybis : eos velim laudes.

PERIOD III.

XXVI. (ad Fam. V. 12.)

M. CICERO S. D. L. LUCCEIO Q. F.

1 Coram me tecum eadem haec agere saepe conantem deter-
ruit pudor quidam paene subrusticus, quae nunc expromam
absens audacius ; epistola enim non erubescit. Ardeo cupiditate incredibili neque, ut ego arbitror, reprehendenda, nomen

ut nostrum scriptis illustretur et celebretur tuis ; quod etsi mihi saepe ostendis te esse facturum, tamen ignoscas velim huic festinationi meae ; genus enim scriptorum tuorum etsi erat semper a me vehementer exspectatum, tamen vicit opinionem meam meque ita vel cepit vel incendit, ut cuperem quam celerrime res nostras monumentis commendari tuis ; neque enim me solum commemoratio posteritatis ad spem quandam immortalitatis rapit, sed etiam illa cupiditas, ut vel auctoritate testimonii tui vel indicio benevolentiae vel sua- vitate ingenii vivi perfruamur.

Neque tamen, haec cum scribebam, eram nescius, quantis 2 oneribus premerere susceptarum rerum et iam institutarum ; sed, quia videbam Italici belli et civilis historiam iam a te paene esse perfectam, dixeras autem mihi te reliquas res ordiri, deesse mihi nolui, quin te admonerem, ut cogitares, coniunctene malles cum reliquis rebus nostra contexere an, ut multi Graeci fecerunt, Callisthenes Phocicum bellum, Timaeus Pyrrhi, Polybius Numantinum, qui omnes a perpetuis suis historiis ea, quae dixi, bella separaverunt, tu quoque item civilem coniurationem ab hostilibus externisque bellis sciun- geres. Equidem ad nostram laudem non multum video inter- esse, sed ad properationem meam quiddam interest non te exspectare, dum ad locum venias, ac statim causam illam totam et tempus arripere ; et simul, si uno in argumento unaque in persona mens tua tota versabitur, cerno iam animo, quanto omnia uberiora atque ornatiora futura sint.

Neque tamen ignoro, quam impudenter faciam, qui primum tibi tantum oneris imponam—potest enim mihi denegare occupatio tua—, deinde etiam, ut ornes me, postulem. Quid, 3 si illa tibi non tanto opere videntur ornanda ? Sed tamen, qui semel verecundiae fines transierit, eum bene et naviter oportet esse impudentem. Itaque te plane etiam atque etiam rogo, ut et ornes ea vehementius etiam, quam fortasse sentis,

et in eo leges historiae neglegas gratiamque illam, de qua
suavissime quodam in prooemio scripsisti, a qua te flecti non
magis potuisse demonstras quam Herculem Xenophontium
illum a voluptate, eam, si me tibi vehementius commendabit,
ne aspernere amorique nostro plusculum etiam quam concedet
veritas largiare.

4   Quod si te adducemus, ut hoc suscipias, erit, ut mihi per-
suadeo, materies digna facultate et copia tua; a principio
enim coniurationis usque ad reditum nostrum videtur mihi
modicum quoddam corpus confici posse, in quo et illa poteris
uti civilium commutationum scientia vel in explicandis causis
rerum novarum vel in remediis incommodorum, cum et
reprehendes ea, quae vituperanda duces, et, quae placebunt,
exponendis rationibus comprobabis, et, si liberius, ut consuesti,
agendum putabis, multorum in nos perfidiam, insidias, pro-
ditionem notabis. Multam etiam casus nostri varietatem
tibi in scribendo suppeditabunt plenam cuiusdam voluptatis,
quae vehementer animos hominum in legendo tuo scripto
retinere possit; nihil est enim aptius ad delectationem lecto-
ris quam temporum varietates fortunaeque vicissitudines:
quae etsi nobis optabiles in experiendo non fuerunt, in
legendo tamen erunt iucundae, habet enim praeteriti doloris
5 secura recordatio delectationem; ceteris vero nulla perfunctis
propria molestia, casus autem alienos sine ullo dolore
intuentibus etiam ipsa misericordia est iucunda. Quem enim
nostrum ille moriens apud Mantineam Epaminondas non cum
quadam miseratione delectat? qui tum denique sibi avelli
iubet spiculum, postea quam ei percontanti dictum est clipeum
esse salvum, ut etiam in vulneris dolore aequo animo cum
laude moreretur. Cuius studium in legendo non erectum
Themistocli fuga redituque retinetur? Etenim ordo ipse
annalium mediocriter nos retinet quasi enumeratione fastorum:
at viri saepe excellentis ancipites variique casus habent

admirationem exspectationem, laetitiam molestiam, spem timorem ; si vero exitu notabili concluduntur, expletur animus iucundissima lectionis voluptate.   Quo mihi acciderit optatius, 6 si in hac sententia fueris, ut a continentibus tuis scriptis, in quibus perpetuam rerum gestarum historiam complecteris, secernas hanc quasi fabulam rerum eventorumque nostrorum ; habet enim varios actus mutationesque et consiliorum et temporum.

Ac non vereor, ne assentatiuncula quadam aucupari tuam gratiam videar, cum hoc demonstrem, me a te potissimum ornari celebrarique velle ; neque enim tu is es, *qui*, quid sis, nescias et qui non eos magis, qui te non admirentur, invidos quam eos, qui laudent, assentatores arbitrere, neque autem ego sum ita demens, ut me sempiternae gloriae per eum commendari velim, qui non ipse quoque in me commendando propriam ingenii gloriam consequatur.   Neque enim Alex- 7 ander ille gratiae causa ab Apelle potissimum pingi et a Lysippo fingi volebat, sed quod illorum artem cum ipsis tum etiam sibi gloriae fore putabat.   Atque illi artifices corporis simulacra ignotis nota faciebant, quae vel si nulla sint, nihilo sint tamen obscuriores clari viri ; nec minus est Spartiates Agesilaus ille perhibendus, qui neque pictam neque fictam imaginem suam passus est esse, quam qui in eo genere laborarunt ; unus enim Xenophontis libellus in eo rege laudando facile omnes imagines omnium statuasque superavit. Atque hoc praestantius mihi fuerit et ad laetitiam animi et ad memoriae dignitatem, si in tua scripta pervenero, quam si in ceterorum, quod non ingenium mihi solum suppeditatum fuerit tuum, sicut Timoleonti a Timaeo aut ab Herodoto Themistocli, sed etiam auctoritas clarissimi et spectatissimi viri et in rei publicae maximis gravissimisque causis cogniti atque in primis probati, ut mihi non solum praeconium, quod, cum in Sigeum venisset, Alexander ab Homero Achilli

D

tributum esse dixit, sed etiam grave testimonium impertitum
clari hominis magnique videatur; placet enim Hector ille
mihi Naevianus, qui non tantum 'laudari se' laetatur, sed
addit etiam 'a laudato viro.'

8   Quod si a te non impetro, hoc est, si quae te res impedieri:
—neque enim fas esse arbitror, quicquam me rogantem abs te
non impetrare—, cogar fortasse facere, quod non nulli saepe
reprehendunt : scribam ipse de me, multorum tamen exemplo
et clarorum virorum.   Sed, quod te non fugit, haec sunt in
hoc genere vitia : et verecundius ipsi de sese scribant necesse
est, si quid est laudandum, et praetereant, si quid reprehen-
dendum est; accedit etiam, ut minor sit fides, minor auctoritas, multi denique reprehendant et dicant verecundiores esse
praecones ludorum gymnicorum, qui, cum ceteris coronas
imposuerint victoribus eorumque nomina magna voce pro-
nuntiarint, cum ipsi ante ludorum missionem corona donentur,
alium praeconem adhibeant, ne sua voce se ipsi victores esse
9 praedicent.   Haec nos vitare cupimus et, si recipis causam
nostram, vitabimus, idque ut facias, rogamus.

Ac ne forte mirere, cur, cum mihi saepe ostenderis te
accuratissime nostrorum temporum consilia atque eventus
litteris mandaturum, a te id nunc tanto opere et tam multis
verbis petamus : illa nos cupiditas incendit, de qua initio
scripsi, festinationis, quod alacres animo sumus, ut et ceteri
viventibus nobis ex libris tuis nos cognoscant et nosmet ipsi
10 vivi gloriola nostra perfruamur.   His de rebus quid acturus
sis, si tibi non est molestum, rescribas mihi velim : si enim
suscipis causam, conficiam commentarios rerum omnium ;
sin autem differs me in tempus aliud, coram tecum loquar.
Tu interea non cessabis et ea, quae habes instituta, perpolies
nosque diliges.

CICERO ATTICO SAL.

De Lentulo scilicet sic fero, ut debeo : virum bonum et 1
magnum hominem et in summa magnitudine animi multa
humanitate temperatum perdidimus, nosque malo solacio, sed
non nullo tamen, consolamur, quod ipsius vicem minime
dolemus, non ut Saufeius et vestri, sed mehercule quia sic
amabat patriam, ut mihi aliquo deorum beneficio videatur ex
eius incendio esse ereptus : nam quid foedius nostra vita,
praecipue mea? nam tu quidem, etsi es natura πολιτικός,
tamen nullam habes propriam servitutem, communi servis
nomine ; ego vero, qui, si loquor de re publica quod oportet, 2
insanus, si quod opus est, servus existimor, si taceo, oppressus
et captus, quo dolore esse debeo? quo sum scilicet, hoc etiam
acriore, quod ne dolere quidem possum, ut non ingratus
videar.   Quid? si cessare libeat et in otii portum confugere?
nequiquam ; immo etiam in bellum et in castra !   Ergo
erimus ὀπαδοί, qui ταγοὶ esse noluimus? sic faciendum est :
tibi enim ipsi,—cui utinam semper paruissem !—sic video
placere.   Reliquum iam est : Σπάρταν ἔλαχες, ταύταν κόσμει.
Non mehercule possum, et Philoxeno ignosco, qui reduci in
carcerem maluit ; verum tamen id ipsum mecum in his locis
commentor, ut istam probem, idque tu, cum una erimus, con-
firmabis.

A te litteras crebro ad me scribi video, sed omnis uno tempore accepi ; quae res etiam auxit dolorem meum : casu
enim trinas ante legeram, quibus meliuscule Lentulo esse
scriptum erat : ecce quartae fulmen.   Sed ille, ut scripsi, non
miser, nos vero ferrei.   Quod me admones, ut scribam illa 3
Hortensiana, in alia incidi, non immemor istius mandati tui ;
sed mehercule *in* incipiendo refugi, ne, qui videor stulte illius
amici intemperiem non tulisse, rursus stulte iniuriam illius

faciam illustrem, si quid scripsero, et simul, ne βαθύτης mea,
quae in agendo apparuit, in scribendo sit occultior, et aliquid
satisfactio levitatis habere videatur ; sed viderimus : tu modo
4 quam saepissime ad me aliquid.   Epistolam, Lucceio [nunc]
quam misi, qua meas res ut scribat rogo, fac ut ab eo sumas
—valde bella est—eumque, ut adproperet, adhorteris et,
quod mihi se ita facturum rescripsit, agas gratias, domum
nostram, quoad poteris, invisas, Vestorio aliquid significes ;
valde enim est in me liberalis.

XXVIII. (ad Fam. I. 7.)
M. CICERO S. D. P. LENTULO PROCOS.

1   Legi tuas litteras, quibus ad me scribis gratum tibi esse,
quod crebro certior per me fias de omnibus rebus et meam
erga te benevolentiam facile perspicias : quorum alterum
mihi, ut te plurimum diligam, facere necesse est, si volo is
esse, quem tu me esse voluisti ; alterum facio libenter, ut,
quoniam intervallo locorum et temporum diiuncti sumus, per
litteras tecum quam saepissime colloquar.   Quod si rarius
fiet quam tu exspectabis, id erit causae, quod non eius generis
meae litterae sunt, ut eas audeam temere committere ; quotiens
mihi certorum hominum potestas erit, quibus recte dem, non
praetermittam.

2   Quod scire vis, qua quisque in te fide sit et voluntate, difficile dictu est de singulis : unum illud audeo, quod antea tibi
saepe significavi, nunc quoque re perspecta et cognita scribere,
vehementer quosdam homines et eos maxime, qui te et maxime debuerunt et plurimum iuvare potuerunt, invidisse dignitati tuae, simillimamque in re dissimili tui temporis nunc et
nostri quondam fuisse rationem, ut, quos tu rei publicae causa
laeseras, palam te oppugnarent, quorum auctoritatem, dignitatem voluntatemque defenderas, non tam memores essent

virtutis tuae quam laudis inimici. Quo quidem tempore, ut
perscripsi ad te antea, cognovi Hortensium percupidum tui,
studiosum Lucullum, ex magistratibus autem L. Racilium et
fide et animo singulari; nam nostra propugnatio ac defensio
dignitatis tuae propter magnitudinem beneficii tui fortasse
plerisque officii maiorem au' 'oritatem habere videatur quam
sententiae. Praeterea quidem de consularibus nemini possum 3
aut studii erga te aut officii aut amici animi esse testis: etenim
Pompeium, qui mecum saepissime non solum *a* me provocatus,
sed etiam sua sponte de te communicare solet, scis temporibus
illis non saepe in senatu fuisse; cui quidem litterae tuae, quas
proxime miseras, quod facile intellexerim, periucundae
fuerunt. Mihi quidem humanitas tua vel summa potius
sapientia non iucunda solum, sed etiam admirabilis visa est;
virum enim excellentem et tibi tua praestanti in eum liberalitate devinctum, non nihil suspicantem propter aliquorum
opinionem suae cupiditatis te ab se abalienatum, illa epistola
retinuisti; qui mihi cum semper tuae laudi favere visus est,
etiam ipso suspiciosissimo tempore Caniniano, tum vero lectis
tuis litteris perspectus est a me toto animo de te ac de tuis
ornamentis et commodis cogitare.

Qua re ea, quae scribam, sic habeto, me cum illo re saepe 4
communicata de illius ad te sententia atque auctoritate scribere: quoniam senatus consultum nullum exstat, quo reductio
regis Alexandrini tibi adempta sit, eaque, quae de ea scripta
est, auctoritas, cui scis intercessum esse, ut ne quis omnino
regem reduceret, tantam vim habet, ut magis iratorum hominum studium quam constantis senatus consilium esse videatur,
te perspicere posse, qui Ciliciam Cyprumque teneas, quid
efficere et quid consequi possis, et, si res facultatem habitura
videatur, ut Alexandream atque Aegyptum tenere possis, esse
et tuae et nostri imperii dignitatis, Ptolemaide aut aliquo pro-
pinquo loco rege collocato te cum classe atque exercitu

proficisci Alexandream, ut, eam cum pace praesidiisque firmaris,
Ptolemaeus redeat in regnum ; ita fore, ut et per te restituatur,
quem ad modum senatus initio censuit, et sine multitudine
reducatur, quem ad modum homines religiosi Sibyllae placere

5 dixerunt. Sed haec sententia sic et illi et nobis probabatur, ut
ex eventu homines de tuo consilio existimaturos videremus : si
cecidisset, ut volumus et optamus, omnes te et sapienter et fortiter, si aliquid esset offensum, eosdem illos et cupide et temere
fecisse dicturos. Qua re quid adsequi possis, non tam facile est
nobis quam tibi, cuius prope in conspectu Aegyptus est, iudicare. Nos quidem hoc sentimus, si exploratum tibi sit posse
te illius regni potiri, non esse cunctandum ; si dubium sit, non
esse conandum. Illud tibi adfirmo, si rem istam ex sententia
gesseris, fore ut absens a multis, cum redieris, ab omnibus
collaudere. Offensionem esse periculosam propter interposi-
tam auctoritatem religionemque video ; sed ego te, ut ad
certam laudem adhortor, sic a dimicatione deterreo redeoque
ad illud, quod initio scripsi, totius facti tui iudicium non tam

6 ex consilio tuo quam ex eventu homines esse facturos. Quod
si haec ratio rei gerendae periculosa tibi esse videbitur, placebat illud, ut, si rex amicis tuis, qui per provinciam atque
imperium tuum pecunias ei credidissent, fidem suam praestitisset, et auxiliis eum tuis et copiis adiuvares : eam esse
naturam et regionem provinciae tuae, ut illius reditum vel
adiuvando confirmares vel neglegendo impedires. In hac
ratione quid res, quid causa, quid tempus ferat, tu facillime
optimeque perspicies : quid nobis placuisset, ex me potissimum

7 putavi te scire oportere. Quod mihi de nostro statu, de Milonis
familiaritate, de levitate et imbecillitate Clodii gratularis,
minime miramur te tuis ut egregium artificem praeclaris operibus laetari : quamquam est incredibilis hominum perversitas—
graviore enim verbo uti non libet—, qui nos, quos favendo in
communi causa retinere potuerunt, invidendo abalienarunt :

quorum malevolentissimis obtrectationibus nos scito de vetere illa nostra diuturnaque sententia prope iam esse depulsos, non nos quidem ut nostrae dignitatis simus obliti, sed ut habeamus rationem aliquando etiam salutis. Poterat utrumque praeclare, si esset fides, si gravitas in hominibus consularibus ; sed tanta est in plerisque levitas, ut eos non tam constantia in re publica nostra delectet, quam splendor offendat. Quod eo liberius ad 8 te scribo, quia non solum temporibus his, quae per te sum adeptus, sed iam olim nascenti prope nostrae laudi dignitatique favisti, simulque quod video non, ut antehac putabam, novitati esse invisum meae : in te enim, homine omnium nobilissimo, similia invidorum vitia perspexi : quem tamen illi esse in principibus facile sunt passi, evolare altius certe noluerunt. Gaudeo tuam dissimilem fuisse fortunam ; multum enim interest, utrum laus imminuatur an salus deseratur. Me meae tamen ne nimis paeniteret, tua virtute perfectum est ; curasti enim, ut plus additum ad memoriam nominis nostri quam demptum de fortuna videretur. Te vero emoneo cum 9 beneficiis tuis tum amore incitatus meo, ut omnem gloriam, ad quam a pueritia inflammatus fuisti, omni cura atque industria consequare magnitudinemque animi tui, quam ego semper sum admiratus semperque amavi, ne umquam inflectas cuiusquam iniuria. Magna est hominum opinio de te, magna commendatio liberalitatis, magna memoria consulatus tui : haec profecto vides quanto expressiora quantoque illustriora futura sint, cum aliquantum ex provincia atque ex imperio laudis accesserit ; quamquam te ita gerere volo, quae per exercitum atque imperium gerenda sunt, ut haec multo ante meditere, huc te pares, haec cogites, ad haec te exerceas sentiasque—id quod, quia semper sperasti, non dubito quin adeptus intellegas —te facillime posse obtinere summum atque altissimum gradum civitatis : quae quidem mea cohortatio ne tibi inanis aut sine causa suscepta videatur, illa me ratio movit, ut te ex nostris eventis communibus admonendum putarem, ut consideres, in omni reliqua vita quibus crederes, quos caveres.

10   Quod scribis te velle scire, qui sit rei publicae status, summa dissensio est, sed contentio dispar; nam qui plus opibus, armis, potentia valent, profecisse tantum mihi videntur stultitia et inconstantia adversariorum, ut etiam auctoritate iam plus valerent: itaque perpaucis adversantibus omnia, quae ne per populum quidem sine seditione se adsequi arbitrabantur, per senatum consecuti sunt; nam et stipendium Caesari decretum est et decem legati et, ne lege Sempronia succederetur, facile perfectum est. Quod eo ad te brevius scribo, quia me status hic rei publicae non delectat; scribo tamen, ut te admoneam, quod ipse litteris omnibus a pueritia deditus experiendo tamen magis quam discendo cognovi, tu tuis rebus integris discas, neque salutis nostrae rationem habendam nobis esse sine dignitate neque dignitatis sine salute.

11   Quod mihi de filia et de Crassipede gratularis, agnosco humanitatem tuam speroque et opto nobis hanc coniunctionem voluptati fore. Lentulum nostrum, eximia spe, summae virtutis adulescentem cum ceteris artibus, quibus studuisti semper ipse, tum in primis imitatione tui fac erudias; nulla enim erit hac praestantior disciplina: quem nos, et quia tuus et quia te dignus est filius et quia nos diligit semperque dilexit, in primis amamus carumque habemus.

XXIX. (ad Fam. VII. 1.)

M. CICERO S. D. M. MARIO.

1   Si te dolor aliqui corporis aut infirmitas valetudinis tuae tenuit, quo minus ad ludos venires, fortunae magis tribuo quam sapientiae tuae; sin haec, quae ceteri mirantur, contemnenda duxisti et, cum per valetudinem posses, venire tamen noluisti, utrumque laetor, et sine dolore corporis te fuisse et animo

valuisse, cum ea, quae sine causa mirantur alii, neglexeris, modo ut tibi constiterit fructus otii tui, quo quidem tibi perfrui mirifice licuit, cum esses in ista amoenitate paene solus relictus. Neque tamen dubito, quin tu in illo cubiculo tuo, ex quo tibi Stabianum perforasti et patefecisti Misenum, per eos dies matutina tempora lectiunculis consumpseris, cum illi interea, qui te istic reliquerunt, spectarent communes mimos semisomni. Reliquas vero partes diei tu consumebas iis delectationibus, quas tibi ipse ad arbitrium tuum compararas ; nobis autem erant ea perpetienda, quae Sp. Maecius probavisset. Omnino, si quaeris, ludi apparatissimi, sed non tui 2 stomachi ; coniecturam enim facio de meo : nam primum honoris causa in scaenam redierant ii, quos ego honoris causa de scaena decesse arbitrabar ; deliciae vero tuae, noster Aesopus, eius modi fuit, ut ei desinere per omnis homines liceret. Is iurare cum coepisset, vox eum defecit in illo loco : 'Si sciens fallo.' Quid tibi ego alia narrem? nosti enim reliquos ludos, qui ne id quidem leporis habuerunt, quod solent mediocres ludi ; apparatus enim spectatio tollebat omnem hilaritatem, quo quidem apparatu non dubito quin animo aequissimo carueris ; quid enim delectationis habent sescenti muli in Clytemnestra ? aut in Equo Troiano craterarum tria milia? aut armatura varia peditatus et equitatus in aliqua pugna ? quae popularem admirationem habuerunt, delectationem tibi nullam attulissent. Quod si tu per eos dies 3 operam dedisti Protogeni tuo, dum modo is tibi quidvis potius quam orationes meas legerit, ne tu haud paulo plus quam quisquam nostrum delectationis habuisti. Non enim te puto Graecos aut Oscos ludos desiderasse, praesertim cum Oscos ludos vel in senatu vestro spectare possis, Graecos ita non ames, ut ne ad villam quidem tuam via Graeca ire soleas. Nam quid ego te athletas putem desiderare, qui gladiatores contempseris? in quibus ipse Pompeius confitetur se et operam et oleum perdidisse. Reliquae sunt venationes binae per dies quinque, magnificae—nemo negat—, sed quae potest homini esse polito delectatio, cum aut homo imbecillus a valentissima bestia laniatur aut praeclara bestia venabulo transverberatur? quae tamen, si videnda sunt, saepe vidisti : neque nos, qui haec spectamus, quicquam novi vidimus. Extremus elephantorum dies fuit : in quo admiratio magna vulgi atque turbae, delectatio nulla exstitit ; quin etiam misericordia quaedam consecuta est atque opinio eius modi, esse quandam illi beluae cum genere humano societatem.

4   His ego tamen diebus, ludis scaenicis, ne forte videar tibi non modo beatus, sed liber omnino fuisse, dirupi me paene in iudicio Galli Caninii, familiaris tui. Quod si tam facilem populum haberem, quam Aesopus habuit, libenter mehercule artem desinerem tecumque et cum similibus nostri viverem ; nam me cum antea taedebat, cum et aetas et ambitio me hortabatur et licebat denique, quem nolebam, non defendere, tum vero hoc tempore vita nulla est ; neque enim fructum ullum laboris exspecto et cogor non numquam homines non optime de me meritos rogatu eorum, qui bene meriti sunt,
5 defendere. Itaque quaero causas omnis aliquando vivendi arbitratu meo, teque et istam rationem otii tui et laudo vehementer et probo, quodque nos minus intervisis, hoc fero animo aequiore, quod, si Romae esses, tamen neque nos lepore tuo, neque te—si qui est in me—meo frui liceret propter molestissimas occupationes meas ; quibus si me relaxaro—nam, ut plane exsolvam, non postulo—, te ipsum, qui multos annos nihil aliud commentaris, docebo profecto, quid sit humaniter vivere. Tu modo istam imbecillitatem valetudinis tuae sustenta et tuere, ut facis, ut nostras villas obire et mecum
6 simul lecticula concursare possis. Haec ad te pluribus verbis scripsi quam soleo, non otii abundantia, sed amoris erga te, quod me quadam epistola subinvitaras, si memoria tenes, ut

ad te aliquid eius modi scriberem, quo minus te praetermisisse ludos paeniteret; quod si assecutus sum, gaudeo; sin minus, hoc me tamen consolor, quod posthac ad ludos venies nosque vises neque in epistolis relinques meis spem aliquam delectationis tuae.

XXX. (ad Fam. V. 8.)

M. CICERO M. LICINIO P. F. CRASSO.

Quantum meum studium exstiterit dignitatis tuae vel 1 tuendae vel etiam augendae, non dubito quin ad te omnes tui scripserint; non enim fuit aut mediocre aut obscurum aut eius modi, quod silentio posset praeteriri.   Nam et cum consulibus et cum multis consularibus tanta contentione decertavi, quanta numquam antea ulla in causa, suscepique mihi perpetuam propugnationem pro omnibus ornamentis tuis veterique nostrae necessitudini iam diu debitum, sed multa varietate temporum interruptum, officium cumulate reddidi. Neque mehercule umquam mihi tui aut colendi aut ornandi 2 voluntas defuit; sed quaedam pestes hominum laude aliena dolentium et te non numquam a me alienarunt et me aliquando immutarunt tibi.   Sed exstitit tempus optatum mihi magis quam speratum, ut florentissimis tuis rebus mea perspici posset et memoria nostrae voluntatis et amicitiae fides; sum enim consecutus, non modo ut domus tua tota, sed ut cuncta civitas me tibi amicissimum esse cognosceret. Itaque et praestantissima omnium feminarum, uxor tua, et eximia pietate, virtute, gratia tui Crassi meis consiliis, monitis, studiis actionibusque nituntur, et senatus populusque Romanus intellegit tibi absenti nihil esse tam promptum aut tam paratum quam in omnibus rebus, quae ad te pertineant, operam, curam, diligentiam, auctoritatem meam.   Quae sint 3 acta quaeque agantur, domesticorum tibi litteris declarari

puto : de me sic existimes ac tibi persuadeas vehementer
velim, non me repentina aliqua voluntate aut fortuito ad
tuam amplitudinem meis officiis amplectendam incidisse, sed,
ut primum forum attigerim, spectasse semper, ut tibi possem
quam maxime esse coniunctus; quo quidem ex tempore
memoria teneo neque meam tibi observantiam neque mihi
tuam summam benevolentiam ac liberalitatem defuisse. Si
quae interciderunt non tam re quam suspicione violata, ea, cum
fuerint et falsa et inania, sint evulsa ex omni memoria vitaque
nostra : is enim tu vir es et eum me esse cupio, ut, quoniam
in eadem rei publicae tempora incidimus, coniunctionem
amicitiamque nostram utrique nostrum laudi sperem fore.
4 Quam ob rem tu, quantum tuo iudicio tribuendum esse nobis
putes, statues ipse et, ut spero, statues ex nostra dignitate, ego
vero tibi profiteor atque polliceor eximium et singulare meum
studium in omni genere officii, quod ad honestatem et
gloriam tuam spectet In quo etiamsi multi mecum con-
tendent, tamen cum reliquis omnibus, tum Crassis tuis
iudicibus, omnis facile superabo ; quos quidem ego ambo unice
diligo ; sed, in Marcum benevolentia pari, hoc magis sum
Publio deditus, quod me, quamquam a pueritia sua semper,
tamen hoc tempore maxime sicut alterum parentem et
5 observat et diligit.   Has litteras velim existimes foederis
habituras esse vim, non epistolae, meque ea, quae tibi
promitto ac recipio, sanctissime esse observaturum diligentissimeque esse facturum : quae a me suscepta defensio est te
absente dignitatis tuae, in ea iam ego non solum amicitiae
nostrae, sed etiam constantiae meae causa permanebo. Quam
ob rem satis esse hoc tempore arbitratus sum hoc ad te
scribere : me, si quid ipse intellegerem aut ad voluntatem aut
ad commodum aut ad amplitudinem tuam pertinere, mea
sponte id esse facturum ; sin autem quidpiam aut a te essem
admonitus aut a tuis, effecturum, ut intellegeres nihil neque

te scripsisse neque quemquam tuorum frustra ad me detulisse.
Quam ob rem velim ita et ipse ad me scribas de omnibus
minimis, maximis, mediocribus rebus, ut ad hominem amicissimum, et tuis praecipias, ut opera consilio, auctoritate gratia
mea sic utantur in omnibus, publicis privatis, forensibus domesticis, tuis, amicorum, hospitum, clientium tuorum negotiis, ut,
quod eius fieri possit, praesentiae tuae desiderium meo labore
minuatur.   Vale.

XXXI. (ad Fam. VII. 5.)

CICERO CAESARI IMP. S. D.

Vide, quam mihi persuaserim te me esse alterum non 1
modo in iis rebus, quae ad me ipsum, sed etiam in iis, quae
d meos pertinent.   C. Trebatium cogitaram, quocumque
exirem, mecum ducere, ut eum meis omnibus studiis, beneficiis quam ornatissimum domum reducerem.   Sed postea
quam et Pompeii commoratio diuturnior erat, quam putaram,
et mea quaedam tibi non ignota dubitatio aut impedire pro-
fectionem meam videbatur aut certe tardare, vide, quid mihi
sumpserim : coepi velle ea Trebatium exspectare a te, quae
sperasset a me, neque mehercule minus ei prolixe de tua
voluntate promisi, quam eram solitus de mea polliceri.   Casus 2
vero mirificus quidam intervenit quasi vel testis opinionis
meae vel sponsor humanitatis tuae.   Nam cum de hoc ipso
Trebatio cum Balbo nostro loquerer accuratius domi meae,
litterae mihi dantur a te, quibus in extremis scriptum erat :
' M. Titinium, quem mihi commendas, vel regem Galliae
faciam, vel huic Leptae delegabo, si vis.   Tu ad me alium
mitte, quem ornem.'   Sustulimus manus et ego et Balbus :
tanta fuit opportunitas, ut illud nescio quid non fortuitum,
sed divinum videretur.   Mitto igitur ad te Trebatium atque
it amitto, ut initio mea sponte, post autem invitatu tuo

3 mittendum duxerim. Hunc, mi Caesar, sic velim omni tua comitate complectare, ut omnia, quae per me possis adduci ut in meos conferre velis, in unum hunc conferas; de quo tibi homine haec spondeo non illo vetere verbo meo, quod, cum ad te de Milone scripsissem, iure lusisti, sed more Romano, quo modo homines non inepti loquuntur, probiorem hominem, meliorem virum, pudentiorem esse neminem. Accedit etiam, quod familiam ducit, in iure civili singulari memoria, summa scientia. Huic ego neque tribunatum neque praefecturam neque ullius beneficii certum nomen peto: benevolentiam tuam et liberalitatem peto, neque impedio, quo minus, si tibi ita placuerit, etiam hisce eum ornes gloriolae insignibus; totum denique hominem tibi ita trado 'de manu,' ut 'aiunt, 'in manum' tuam istam et victoria et fide praestantem; simus enim putidiusculi, quam per te vix licet: verum, ut video, licebit.   Cura, ut valeas, et me, ut amas, ama.

XXXII. (ad Q. fr. II. 12.)

MARCUS QUINTO FRATRI SALUTEM.

1 Duas adhuc a te accepi epistolas, quarum alteram in ipso discessu nostro, alteram Arimino datam; plures, quas scribis te dedisse, non acceperam. Ego me in Cumano et Pompeiano, praeterquam quod sine te, ceterum satis commode oblectabam, et eram in isdem locis usque ad Kal. Iunias futurus. Scribebam illa, quae dixeram, πολιτικά, spissum sane opus et operosum; sed, si ex sententia successerit, bene erit opera posita, sin minus, in illud ipsum mare deiciemus, quod spectantes scribimus; aggrediemur alia, 2 quoniam quiescere non possumus.   Tua mandata persequar diligenter et adiungendis hominibus et quibusdam non alienandis.   Maximae mihi vero curae erit, ut Ciceronem

tuum nostrumque videam scilicet cotidie, sed inspiciam, quid
discat, quam saepissime, et, nisi ille contemnet, etiam magistrum me ei profitebor, cuius rei non nullam consuetudinem
nactus sum in hoc horum dierum otio Cicerone nostro minore
producendo.   Tu, quem ad modum scribis, quod, etiam si 3
non scriberes, facere te diligentissime tamen sciebam, facies
scilicet, ut mea mandata digeras, persequare, conficias.   Ego,
cum Romam venero, nullum praetermittam Caesaris tabella-
rium, cui litteras ad te non dem : his diebus—ignosces—cui
darem fuit nemo ante hunc M. Orfium, equitem Romanum,
nostrum et per se pernecessarium et quod est ex municipio
Attellano, quod scis esse in fide nostra.   Itaque eum tibi
commendo in maiorem modum, hominem domi splendidum,
gratiosum etiam extra domum ; quem fac ut tua liberalitate
tibi obliges—est tribunus militum in exercitu vestro— :
gratum hominem observantemque cognosces.   Trebatium ut
valde ames, vehementer te rogo.

XXXIII. (ad Fam. VII. 6.)

CICERO S. D. TREBATIO.

In omnibus meis epistolis, quas ad Caesarem aut ad 1
Balbum mitto, legitima quaedam est accessio commendationis
tuae, nec ea vulgaris, sed cum aliquo insigni indicio meae
erga te benevolentiae.   Tu modo ineptias istas et desideria
urbis et urbanitatis depone et, quo consilio profectus es, id
assiduitate et virtute consequere.   Hoc tibi tam ignoscemus
nos amici, quam ignoverunt Medeae,
    Quae Corinthum arcem altam habebant matronae opulentae,
              optimates,
quibus illa manibus gypsatissimis persuasit, ne sibi vitio illae
verterent, quod abesset a patria.   Nam

Multi suam rem bene gessere et publicam patria procul :
Multi, qui domi aetatem agerent, propterea sunt improbati.

2 Quo in numero tu certe fuisses, nisi te extrusissemus. Sed
plura scribemus alias. Tu, qui ceteris cavere didicisti, in
Britannia ne ab essedariis decipiaris caveto et, quoniam
Medeam coepi agere, illud semper memento :

Qui ipse sibi sapiens prodesse non quit, nequiquam sapit.
Cura, ut valeas.

XXXIV. (ad Fam. VII. 7.)
CICERO TREBATIO.

1   Ego te commendare non desisto; sed, quid proficiam, ex
te scire cupio : spem maximam habeo in Balbo, ad quem de
te diligentissime et saepissime scribo.   Illud soleo mirari, non
me totiens accipere tuas litteras, quotiens a Quinto mihi fratre
adferantur.   In Britannia nihil esse audio neque auri neque
argenti : id si ita est, essedum aliquod capias suadeo et ad
2 nos quam primum recurras. Sin autem sine Britannia tamen
assequi, quod volumus, possumus, perfice, ut sis in familiaribus
Caesaris : multum te in eo frater adiuvabit meus, multum
Balbus, sed, mihi crede, tuus pudor et labor plurimum.
Imperatorem liberalissimum, aetatem opportunissimam, commendationem certe singularem habes, ut tibi unum timendum
sit, ne ipse tibi defuisse videare.

XXXV. (ad Q. fr. II. 13.)
MARCUS QUINTO FRATRI SALUTEM.

1   A. d. IIII. Non. Iunias, quo die Romam veni, accepi tuas
litteras, datas Placentiae, deinde alteras postridie, datas
Blandenone cum Caesaris litteris, refertis omni officio, diligentia, suavitate.   Sunt ista quidem magna vel potius maxima ;
habent enim vim magnam ad gloriam et ad summam

dignitatem; sed, mihi crede, quem nosti, quod in istis rebus ego plurimi aestimo, id iam habeo : te scilicet primum tam inservientem communi dignitati, deinde Caesaris tantum in me amorem, quem omnibus iis honoribus, quos me a se exspectare vult, antepono ; litterae vero eius una datae cum tuis, quarum initium est, quam suavis ei tuus adventus fuerit et recordatio veteris amoris, deinde, se effecturum, ut ego in medio dolore ac desiderio tui te, cum a me abesses, potissimum secum esse laetarer, incredibiliter delectarunt. Qua re facis 2 tu quidem fraterne, quod me hortaris, sed mehercule currentem nunc quidem, ut omnia mea studia in istum unum conferam. Ego vero ardenti quidem studio, ac fortasse efficiam, quod saepe viatoribus, cum properant, evenit, ut, si serius quam voluerint forte surrexerint, properando etiam citius, quam si de nocte vigilassent, perveniant, quo velint : sic ego, quoniam in isto homine colendo tam indormivi diu, te mehercule saepe excitante, cursu corrigam tarditatem cum equis, tum vero—quoniam tu scribis poëma ab eo nostrum probari—quadrigis poëticis. Modo mihi date Britanniam, quam pingam coloribus tuis, penicillo meo. Sed quid ago? quod mihi tempus, Romae praesertim, ut iste me rogat, manenti, vacuum ostenditur? sed videro. Fortasse enim, ut fit, vincet tuus amor omnes difficultates. Trebatium quod ad 3 se miserim, persalse et humaniter etiam gratias mihi agit ; negat enim in tanta multitudine eorum, qui una essent, quemquam fuisse, qui vadimonium concipere posset. M. Curtio tribunatum ab eo petivi,—nam Domitius se derideri putasset, si esset a me rogatus : hoc enim est eius cotidianum, se ne tribunum militum quidem facere : etiam in senatu lusit Appium collegam propterea isse ad Caesarem, ut aliquem tribunatum auferret—, sed in alterum annum : id et Curtius ita volebat. Tu, quem ad modum me censes oportere esse et 4 in re publica et in nostris inimicitiis, ita et esse et fore auricula

5 infima scito molliorem.   Res Romanae se sic habebant : erat
non nulla spes comitiorum, sed incerta : erat aliqua suspicio
dictaturae, ne ea quidem certa : summum otium forense, sed
senescentis magis civitatis quam acquiescentis, sententia
autem nostra in senatu eius modi, magis ut alii nobis adsen-
tiantur quam nosmet ipsi.

Τοιαῦθ' ὁ τλήμων πόλεμος ἐξεργάζεται.

XXXVI. (ad Fam. VII. 17.)

CICERO TREBATIO SAL.

1   Ex tuis litteris et Quinto fratri gratias egi et te aliquando
collaudare possum, quod iam videris certa aliqua in sententia
constitisse.   Nam primorum mensium litteris tuis vehementer
commovebar, quod mihi interdum—pace tua dixerim—levis
in urbis urbanitatisque desiderio, interdum piger, interdum
timidus in labore militari, saepe autem etiam, quod a te
alienissimum est, subimpudens videbare ; tamquam enim
syngrapham ad imperatorem, non epistolam attulisses, sic
pecunia ablata domum redire properabas, nec tibi in mentem
veniebat eos ipsos, qui cum syngraphis venissent Alexan-
2 dream, nummum adhuc nullum auferre potuisse.   Ego, si
mei commodi rationem ducerem, te mecum esse maxime
vellem ; non enim mediocri adficiebar vel voluptate ex consuetudine nostra vel utilitate ex consilio atque opera tua ;
sed cum te ex adulescentia tua in amicitiam et fidem meam
contulisses, semper te non modo tuendum mihi, sed etiam
augendum atque ornandum putavi.   Itaque quoad opinatus
sum me in provinciam exiturum, quae ad te ultro detulerim,
meminisse te credo ; postea quam ea mutata ratio est, cum
viderem me a Caesare honorificentissime tractari et unice
diligi hominisque liberalitatem incredibilem et singularem
fidem nossem, sic ei te commendavi et tradidi, ut gravissime

diligentissimeque potui ; quod ille ita et accepit et mihi saepe
litteris significavit et tibi et verbis et re ostendit mea commendatione sese valde esse commotum.   Hunc tu virum
nactus, si me aut sapere aliquid aut velle tua causa putas, ne‘
dimiseris, et *si* quae te forte res aliquando offenderit, cum
ille aut occupatione aut difficultate tardior tibi erit visus,
perferto et ultima exspectato, quae ego tibi iucunda et 3
honesta praestabo.   Pluribus te hortari non debeo : tantum
moneo, neque amicitiae confirmandae clarissimi ac liberalissimi viri neque uberioris provinciae neque aetatis magis
idoneum tempus, si hoc amiseris, te esse ullum umquam
reperturum.   HOC, quem ad modum vos scribere soletis in
vestris libris, IDEM Q. CORNELIO VIDEBATUR.   In Britanniam
te profectum non esse gaudeo, quod et labore caruisti et
ego te de rebus illis non audiam.   Ubi sis hibernaturus et
qua spe aut condicione, perscribas ad me velim.

XXXVII. (ad Fam. VII. 16.)

M. CICERO S. D. TREBATIO.

In Equo Troiano scis esse in extremo ; ‘Sero sapiunt.’ 1
Tu tamen, mi vetule, non sero.   Primas illas rabiosulas sat
fatuas dedisti : deinde quod in Britannia non nimis φιλοθέωρον
te praebuisti, plane reprehendo ; nunc vero in hibernis intac-
tus mihi videris ; itaque te commovere non curas.

Usquequaque sapere oportet : id erit telum acerrimum.
Ego si foris cenitarem, Cn. Octavio, familiari tuo, non defuis- 2
sem ; cui tamen dixi, cum me aliquotiens invitaret : ‘Oro te,
quis tu es?’ sed mehercules, extra iocum, homo bellus est ;
vellem eum tecum abduxisses.   Quid agatis et ecquid in 3
Italiam venturi sitis hac hieme, fac plane sciam.   Balbus
mihi confirmavit te divitem futurum : id utrum Romano
more locutus sit, bene nummatum te futurum, an, quo
modo Stoici dicunt, omnes esse divites, qui caelo et terra

frui possint, postea videro. Qui istinc veniunt, superbiam
tuam accusant, quod negent te percontantibus respondere ;
sed tamen est quod gaudeas : constat enim inter omnes
neminem te uno Samarobrivae iuris peritiorem esse.

XXXVIII. (ad Fam. I. 9.)

M. CICERO S. D. *P.* LENTULO IMP.

1 Periucundae mihi fuerunt litterae tuae, quibus intellexi te
perspicere meam in te pietatem—quid enim dicam benevolentiam, cum illud ipsum gravissimum et sanctissimum nomen
pietatis levius mihi meritis erga me tuis esse videatur ?—quod
autem tibi grata mea erga te studia scribis esse, facis tu
quidem abundantia quadam amoris, ut etiam grata sint ea,
quae praetermitti sine nefario scelere non possunt, tibi autem
multo notior atque illustrior meus in te animus esset, si hoc
tempore omni, quo diiuncti fuimus, et una et Romae fuis-
2 semus. Nam in eo ipso, quod te ostendis esse facturum
quodque et in primis potes et ego a te vehementer exspecto,
in sententiis senatoriis et in omni actione atque administra-
tione rei publicae floruissemus—de qua ostendam equidem
paulo post, qui sit meus sensus et status, et rescribam tibi ad
ea, quae quaeris—, sed certe et ego te auctore amicissimo ac
sapientissimo et tu me consiliario fortasse non imperitissimo,
fideli quidem et benevolo certe, usus esses—quamquam tua
quidem causa te esse imperatorem provinciamque bene gestis
rebus cum exercitu victore obtinere, ut debeo, laetor—, sed
certe qui tibi ex me fructus debentur, eos uberiores et praesentiores praesens capere potuisses ; in iis vero ulciscendis,
quos tibi partim inimicos esse intellegis propter tuam propugnationem salutis meae, partim invidere propter illius
actionis amplitudinem et gloriam, mirificum me tibi comitem
praebuissem : quamquam ille perennis inimicus amicorum

suorum, qui tuis maximis beneficiis ornatus in te potissimum fractam illam et debilitatam vim suam contulit, nostram vicem ultus est ipse sese; ea est enim conatus, quibus patefactis nullam sibi in posterum non modo dignitatis, sed ne libertatis quidem partem reliquit.   Te autem etsi mallem in meis rebus 3 expertum quam etiam in tuis, tamen in molestia gaudeo eam fidem cognosse hominum non ita magna mercede, quam ego maximo dolore cognoram; de qua ratione tota iam videtur mihi exponendi tempus dari, ut tibi rescribam ad ea, quae quaeris.

Certiorem te per litteras scribis esse factum me cum Caesare 4 et cum Appio esse in gratia, teque id non reprehendere adscribis; Vatinium autem scire te velle ostendis quibus rebus adductus defenderim et laudarim.   Quod tibi ut planius exponam, altius paulo rationem consiliorum meorum repetam necesse est.

Ego me, Lentule, initio rerum atque actionum tuarum non solum meis, sed etiam rei publicae restitutum putabam, et, quoniam tibi incredibilem quendam amorem et omnia in te ipsum summa ac singularia studia deberem, rei publicae, quae te in me restituendo multum adiuvisset, eum certe me animum merito ipsius debere arbitrabar, quem antea tantum modo communi officio civium, non aliquo erga me singulari beneficio debitum praestitissem.   Hac me mente fuisse et senatus ex me te consule audivit et tu in nostris sermonibus collocutioni-busque ipse vidisti.   Etsi iam primis temporibus illis multis 5 rebus meus offendebatur animus, cum te agente de reliqua nostra dignitate aut occulta non nullorum odia aut obscura in me studia cernebam; nam neque de monumentis meis ab iis adiutus es, a quibus debuisti, neque de vi nefaria, qua cum fratre eram domo expulsus, neque hercule in iis ipsis rebus, quae, quamquam erant mihi propter rei familiaris naufragia necessariae, tamen a me minimi putabantur, in meis damnis

ex auctoritate senatus sarciendis eam voluntatem, quam
exspectaram, praestiterunt : quae cum viderem—neque erant
obscura—, non tamen tam acerba mihi haec accidebant,

6 quam erant illa grata, quae fecerant; itaque, quamquam et
Pompeio plurimum, te quidem ipso praedicatore ac teste,
debebam et eum non solum beneficio, sed amore etiam et
perpetuo quodam iudicio meo diligebam, tamen non reputans,
quid ille vellet, in omnibus meis sententiis de re publica

7 pristinis permanebam. Ego sedente Cn. Pompeio, cum, ut
laudaret P. Sestium, introisset in urbem dixissetque testis
Vatinius me fortuna et felicitate C. Caesaris commotum illi
amicum esse coepisse, dixi me eam Bibuli fortunam, quam
ille adflictam putaret, omnium triumphis victoriisque ante-
ferre, dixique eodem teste alio loco, eosdem esse, qui Bibulum
exire domo prohibuissent, et qui me coëgissent : tota vero
interrogatio mea nihil habuit nisi reprehensionem illius tribunatus ; in quo omnia dicta sunt libertate animoque maximo

8 de vi, de auspiciis, de donatione regnorum, neque vero hac
in causa modo, sed constanter saepe in senatu : quin etiam
Marcellino et Philippo consulibus Nonis Aprilibus mihi est
senatus adsensus, ut de agro Campano frequenti senatu Idibus
Maiis referretur ; num potui magis in arcem illius causae in-
vadere aut magis oblivisci temporum meorum, meminisse
actionum ? Hac a me sententia dicta magnus animorum motus
est factus cum eorum, quorum oportuit, tum illorum etiam,

9 quorum numquam putaram. Nam hoc senatus consulto in
meam sententiam facto Pompeius, cum mihi nihil ostendisset
se esse offensum, in Sardiniam et in Africam profectus est
eoque itinere Lucam ad Caesarem venit ; ibi multa de mea
sententia questus est Caesar, quippe qui etiam Ravennae
Crassum ante vidisset ab eoque in me esset incensus. Sane
moleste Pompeium id ferre constabat ; quod ego, cum audissem ex aliis, maxime ex meo fratre cognovi ; quem cum in

Sardinia Pompeius paucis post diebus, quam Luca discesserat, convenisset, 'te' inquit 'ipsum cupio ; nihil opportunius potuit accidere : nisi cum Marco fratre diligenter egeris, dependendum tibi est, quod mihi pro illo spopondisti ;' quid multa? questus est graviter : sua merita commemoravit ; quid egisset saepissime de actis Caesaris cum ipso meo fratre quidque sibi is de me recepisset, in memoriam redegit seque, quae de mea salute egisset, voluntate Caesaris egisse ipsum meum fratrem testatus est ; cuius causam dignitatemque mihi ut commendaret, rogavit, ut eam ne oppugnarem, si nollem aut non possem tueri. Haec cum ad me frater pertulisset et cum tamen Pompeius 10 ad me cum mandatis Vibulium misisset, ut integrum mihi de causa Campana ad suum reditum reservarem, collegi ipse me et cum ipsa quasi re publica collocutus sum, ut mihi tam multa pro se perpesso atque perfuncto concederet, ut officium meum memoremque in bene meritos animum fidemque fratris mei praestarem, eumque, quem bonum civem semper habuisset, bonum virum esse pateretur.   In illis autem meis actionibus sententiisque omnibus, quae Pompeium videbantur offendere, certorum hominum, quos iam debes suspicari, sermones referebantur ad me, qui cum illa sentirent in re publica, quae ego agebam, semperque sensissent, me tamen non satis facere Pompeio Caesaremque inimicissimum mihi futurum gaudere se aiebant ; erat hoc mihi dolendum, sed multo illud magis, quod inimicum meum—meum autem? immo vero legum, iudiciorum, otii, patriae, bonorum omnium—sic amplexabantur, sic in manibus habebant, sic fovebant, sic me praesente osculabantur, non illi quidem ut mihi stomachum facerent, quem ego funditus perdidi, sed certe ut facere se arbitrarentur.   Hic ego, quantum humano consilio efficere potui, circumspectis rebus meis omnibus rationibusque subductis summam feci cogitationum mearum omnium, quam tibi, si potero, breviter exponam.

11   Ego, si ab improbis et perditis civibus rem publicam teneri
viderem, sicut et meis temporibus scimus et non nullis aliis
accidisse, non modo praemiis, quae apud me minimum valent,
sed ne periculis quidem compulsus ullis, quibus tamen moven-
tur etiam fortissimi viri, ad eorum causam me adiungerem,
ne si summa quidem eorum in me merita constarent; cum
autem in re publica Cn. Pompeius princeps esset vir, is, qui
hanc potentiam et gloriam maximis in rem publicam meritis
praestantissimisque rebus gestis esset consecutus cuiusque ego
dignitatis ab adulescentia fautor, in praetura autem et in
consulatu adiutor etiam exstitissem, cumque idem auctoritate
et sententia per se, consiliis et studiis tecum, me adiuvisset
meumque inimicum unum in civitate haberet inimicum, non
putavi famam inconstantiae mihi pertimescendam, si quibusdam in sententiis paulum me immutassem meamque
voluntatem ad summi viri de meque optime meriti dignitatem
12 aggregassem.   In hac sententia complectendus erat mihi
Caesar, ut vides, in coniuncta et causa et dignitate: hic
multum valuit cum vetus amicitia, quam tu non ignoras mihi
et Quinto fratri cum Caesare fuisse, tum humanitas eius ac
liberalitas brevi tempore et litteris et officiis perspecta nobis
et cognita; vehementer etiam res ipsa publica me movit, quae
mihi videbatur contentionem, praesertim maximis rebus a
Caesare gestis, cum illis viris nolle fieri et, ne fieret, vehementer recusare; gravissime autem me in hanc mentem impulit
et Pompeii fides, quam de me Caesari dederat, et fratris mei,
quam Pompeio; erant praeterea haec animadvertenda in
civitate, quae sunt apud Platonem nostrum scripta divinitus,
quales in re publica principes essent, talis reliquos solere esse
civis.   Tenebam memoria nobis consulibus ea fundamenta
iacta iam ex Kalendis Ianuariis confirmandi senatus, ut
neminem mirari oporteret Nonis Decembr. tantum vel animi
fuisse in illo ordine vel auctoritatis, idemque memineram nobis

privatis usque ad Caesarem et Bibulum consules, cum
sententiae nostrae magnum in senatu póndus haberent, unum
fere sensum fuisse bonorum omnium.   Postea, cum tu His- 13
paniam citeriorem cum imperio obtineres neque res publica
consules haberet, sed mercatores provinciarum et seditionum
servos ac ministros, iecit quidam casus caput meum quasi
certaminis causa in mediam contentionem dissensionemque
civilem; quo in discrimine cum mirifica senatus, incredibilis
Italiae totius, singularis omnium bonorum consensio in me
tuendo exstitisset, non dicam, quid acciderit—multorum est
enim et varia culpa—, tantum dicam brevi, non mihi exercitum, sed duces defuisse.   In quo, ut iam sit in iis culpa, qui
me non defenderunt, non minor est in iis, qui reliquerunt,
et, si accusandi sunt, si qui pertimuerunt, magis etiam repre-
hendendi, si qui se timere simularunt: illud quidem certe
nostrum consilium iure laudandum est, qui meos civis et a me
conservatos et me servare cupientis, spoliatos ducibus servis
armatis obici noluerim declararique maluerim, quanta vis esse
potuisset in consensu bonorum, si iis pro me stante pugnare
licuisset, cum adflictum excitare potuissent; quorum quidem
animum tu non perspexisti solum, cum de me ageres, sed etiam
confirmasti atque tenuisti.   Qua in causa—non modo non 14
negabo, sed etiam semper et meminero et praedicabo libenter
—usus es quibusdam nobilissimis hominibus fortioribus in me
restituendo, quam fuerant idem in tenendo: qua in sententia
si constare voluissent, suam auctoritatem simul cum salute mea
recuperassent; recreatis enim bonis viris consulatu tuo et
constantissimis atque optimis actionibus tuis excitatis, Cn.
Pompeio praesertim ad causam adiuncto, cum etiam Caesar
rebus maximis gestis singularibus ornatus et novis honoribus
ac iudiciis senatus ad auctoritatem eius ordinis adiungeretur,
nulli improbo civi locus ad rem publicam violandam esse
potuisset.   Sed attende, quaeso, quae sint consecuta: primum 15

illa furia muliebrium religionum, qui non pluris fecerat Bonam
deam quam tris sorores, impunitatem est illorum sententiis
adsecutus, qui, cum tribunus pl. poenas a seditioso civi per
bonos viros iudicio persequi vellet, exemplum praeclarissimum
in posterum vindicandae seditionis de re publica sustulerunt
idemque postea non meum monumentum—non enim illae
manubiae meae, sed operis locatio mea fuerat—, monumentum
vero senatus hostili nomine et cruentis inustum litteris esse
passi sunt.   Qui me homines quod salvum esse voluerunt, est
mihi gratissimum; sed vellem non solum salutis meae, quem
ad modum medici, sed, ut aliptae, etiam virium et coloris
rationem habere voluissent: nunc, ut Apelles Veneris caput
et summa pectoris politissima arte perfecit, reliquam partem
corporis incohatam reliquit, sic quidam homines in capite meo
solum elaborarunt, reliquum corpus inperfectum ac rude
16 reliquerunt; in quo ego spem fefelli non modo invidorum,
sed etiam inimicorum meorum, qui de uno acerrimo et for-
tissimo viro meoque iudicio omnium magnitudine animi et
constantia praestantissimo, Q. Metello L. f. quondam falsam
opinionem acceperunt, quem post reditum dictitant fracto
animo et demisso fuisse;—est vero probandum, qui et summa
voluntate cesserit et egregia animi alacritate afuerit neque sane
redire curarit, eum ob id ipsum fractum fuisse, in quo cum
omnis homines, tum M. illum Scaurum, singularem virum,
constantia et gravitate superasset!—sed, quod de illo ac-
ceperant aut etiam suspicabantur, de me idem cogitabant,
abiectiore animo me futurum, cum res publica maiorem etiam
mihi animum, quam umquam habuissem, daret, cum declaras-
set se non potuisse me uno civi carere cumque Metellum unius
tribuni pl. rogatio, me universa res publica, duce senatu,
comitante Italia, promulgantibus octo tribunis, referente
consule, comitiis centuriatis, cunctis ordinibus, hominibus
incumbentibus, omnibus denique suis viribus reciperavisset.

Neque vero ego mihi postea quicquam adsumpsi neque 17
hodie adsumo, quod quemquam malevolentissimum iure possit
offendere : tantum enitor, ut neque amicis neque etiam
alienioribus opera, consilio, labore desim. Hic meae vitae
cursus offendit eos fortasse, qui splendorem et speciem huius
vitae intuentur, sollicitudinem autem et laborem perspicere
non possunt ; illud vero non obscure queruntur, in meis
sententiis, quibus ornem Caesarem, quasi desciscere me a
pristina causa. Ego autem cum illa sequor, quae paulo ante
proposui, tum hoc non in postremis, de quo coeperam ex-
ponere. Non offendes eundem bonorum sensum, Lentule,
quem reliquisti, qui confirmatus consulatu nostro, *non* numquam postea interruptus, adflictus ante te consulem, recreatus
abs te, totus est nunc ab iis, a quibus tuendus fuerat, derelictus ;
idque non solum fronte atque voltu, quibus simulatio facillime
sustinetur, declarant ii, qui tum nostro illo statu optimates
nominabantur, sed etiam sententia saepe iam tabellaque
docuerunt ; itaque tota iam sapientium civium, qualem me et 18
esse et numerari volo, et sententia et voluntas mutata esse
debet ; id enim iubet idem ille Plato, quem ego vehementer
auctorem sequor, ' tantum contendere in re publica, quantum
probare tuis civibus possis ; vim neque parenti nec patriae
adferre oportere.' Atque hanc quidem ille causam sibi ait
non attingendae rei publicae fuisse, quod, cum offendisset
populum Atheniensem prope iam desipientem senectute cumque eum nec persuadendo nec cogendo regi posse vidisset,
cum persuaderi posse diffideret, cogi fas esse non arbitraretur.
Mea ratio fuit alia, quod neque desipiente populo nec integra
re mihi ad consulendum capesseremne rem publicam impli-
catus tenebar : sed laetatus tamen sum, quod mihi liceret in
eadem causa et mihi utilia et cuivis bono recta defendere.
Huc accessit commemoranda quaedam et divina Caesaris in
me fratremque meum liberalitas : qui mihi, quascumque res

gcreret, tuendus esset, nunc in tanta felicitate tantisque vic-
toriis, etiam si in nos non is esset, qui est, tamen ornandus
videretur; sic enim te existimare velim, cum a vobis, meae
salutis auctoribus, discesserim, neminem esse, cuius officiis mc
tam esse devinctum non solum confitear, sed etiam gaudeam.

19   Quod quoniam tibi exposui, facilia sunt ea, quae a me de
Vatinio et de Crasso requiris; nam de Appio quod scribis
sicuti de Caesare te non reprehendere, gaudeo tibi consilium
probari meum. De Vatinio autem, primum reditus intercesserat in gratiam per Pompeium, statim ut ille praetor est
factus, cum quidem ego eius petitionem gravissimis in senatu
sententiis oppugnassem, neque tam illius laedendi causa quam
defendendi atque ornandi Catonis; post autem Caesaris, ut
illum defenderem, mira contentio est consecuta. Cur autem
laudarim, peto a te, ut id a me neve in hoc reo neve in aliis
requiras, ne tibi ego idem reponam, cum veneris—tametsi
possum vel absenti; recordare enim, quibus laudationem ex
ultimis terris miseris; nec hoc pertimueris, nam a me ipso
laudantur et laudabuntur idem—; sed tamen defendendi
Vatinii fuit etiam ille stimulus, de quo in iudicio, cum illum
defenderem, dixi me facere quiddam, quod in Eunucho para-
situs suaderet militi:

> Ubi nominabit Phaedriam, tu Pamphilam
> Continuo; si quando illa dicet : 'Phaedriam
> Intro mittamus comissatum,' Pamphilam
> Cantatum provocemus; si laudabit haec
> Illius formam, tu huius contra; denique
> Par pro pari referto, quod eam mordeat.

Sic petivi a iudicibus ut, quoniam quidam nobiles homines et
de me optime meriti nimis amarent inimicum meum meque
inspectante saepe eum in senatu modo severe seducerent,
modo familiariter atque hilare amplexarentur, quoniamque illi

haberent suum Publium, darent mihi ipsi alium Publium, in quo possem illorum animos mediocriter lacessitus leviter repungere ; neque solum dixi, sed etiam saepe facio dis hominibusque approbantibus.

Habes de Vatinio : cognosce de Crasso. Ego, cum mihi 20 cum illo magna iam gratia esset, quod eius omnis gravissimas iniurias communis concordiae causa voluntaria quadam oblivione contriveram, repentinam eius defensionem Gabinii, quem proximis [superioribus] diebus acerrime oppugnasset, tamen, si sine ulla mea contumelia suscepisset, tulissem ; sed cum me disputantem, non lacessentem laesisset, exarsi non solum praesenti, credo, iracundia—nam ea tam vehemens fortasse non fuisset—, sed, cum inclusum illud odium multarum eius in me iniuriarum, quod ego effudisse me omne arbitrabar, residuum tamen insciente me fuisset, omne repente apparuit : quo quidem tempore ipso quidam homines, et idem illi, quos saepe *nutu* significationeque appello, cum se maximum fructum cepisse dicerent ex libertate mea meque tum denique sibi esse visum rei publicae, qualis fuissem, restitutum, cumque ea contentio mihi magnum etiam foris fructum tulisset, gaudere se dicebant mihi et illum inimicum et eos, qui in eadem causa essent, numquam amicos futuros ; quorum iniqui sermones cum ad me per homines honestissimos perferrentur cumque Pompeius ita contendisset, ut nihil umquam magis, ut cum Crasso redirem in gratiam, Caesarque per litteras maxima se molestia ex illa contentione adfectum ostenderet, habui non temporum solum rationem meorum, sed etiam naturae, Crassusque, ut quasi testata populo Romano esset nostra gratia, paene a meis Laribus in provinciam est profectus ; nam, cum mihi condixisset, cenavit apud me in mei generi Crassipedis hortis. Quam ob rem eius causam, quod te scribis audisse, magna illius commendatione susceptam defendi in senatu, sicut mea fides postulabat.

21   Accepisti, quibus rebus adductus quamque rem causamque
defenderim, quique meus in re publica sit pro mea parte
capessenda status ; de quo sic velim statuas, me haec eadem
sensurum fuisse, si mihi integra omnia ac libera fuissent : nam
neque pugnandum arbitrarer contra tantas opes neque delen-
dum, etiam si id fieri posset, summorum civium principatum
nec permanendum in una sententia conversis rebus ac
bonorum voluntatibus mutatis, sed temporibus adsentiendum ;
numquam enim *in* praestantibus in re publica gubernanda
viris laudata est in una sententia perpetua permansio, sed, ut
in navigando tempestati obsequi artis est, etiam si portum
tenere non queas, cum vero id possis mutata velificatione
adsequi, stultum est eum tenere cum periculo cursum, quem
ceperis, potius quam eo commutato quo velis tamen pervenire,
sic, cum omnibus nobis in administranda re publica propositum esse debeat id, quod a me saepissime dictum est, cum
dignitate otium, non idem semper dicere, sed idem semper
spectare debemus.   Quam ob rem, ut paulo ante posui, si
essent omnia mihi solutissima, tamen in re publica non alius
essem, atque nunc sum ; cum vero in hunc sensum et alliciar
beneficiis hominum et compellar iniuriis, facile patior ea me
de re publica sentire ac dicere, quae maxime cum mihi tum
etiam rei publicae rationibus putem conducere ; apertius autem
haec ago ac saepius, quod et Quintus, frater meus, legatus est
Caesaris et nullum meum minimum dictum, non modo factum,
pro Caesare intercessit, quod ille non ita illustri gratia excep-
erit, ut ego eum mihi devinctum putarem : itaque eius omni
et gratia, quae summa est, et opibus, quas intellegis esse
maximas, sic fruor, ut meis, nec mihi aliter potuisse videor
hominum perditorum de me consilia frangere, nisi cum praesidiis iis, quae semper habui, nunc etiam potentium benevolentiam coniunxissem.

22   His ego consiliis, si te praesentem habuissem, ut opinio

mea fert, essem usus eisdem—novi enim temperantiam et moderationem naturae tuae, novi animum cum mihi amicissimum, tum nulla in ceteros malevolentia suffusum, contraque cum magnum et excelsum, tum etiam apertum et simplicem; vidi ego quosdam in te talis, qualis tu eosdem in me videre potuisti : quae me moverunt, movissent eadem te profecto—; sed, quocumque tempore mihi potestas praesentis tui fuerit, tu eris omnium moderator consiliorum meorum, tibi erit eidem, cui salus mea fuit, etiam dignitas curae : me quidem certe tuarum actionum, sententiarum, voluntatum, rerum denique omnium socium comitemque habebis, neque mihi in omni vita res tam erit ulla proposita, quam ut cotidie vehementius te de me optime meritum esse laetere.

Quod rogas, ut mea tibi scripta mittam, quae post discessum 23 tuum scripserim, sunt orationes quaedam, quas Menocrito dabo, neque ita multae, ne pertimescas.   Scripsi etiam—nam ab orationibus diiungo me fere referoque ad mansuetiores Musas, quae me maxime sicut iam a prima adulescentia delectarunt—scripsi igitur Aristotelio more, quem ad modum quidem volui, tris libros [in disputatione ac dialogo] 'de oratore,' quos arbitror Lentulo tuo fore non inutilis ; abhorrent enim a communibus praeceptis et omnem antiquorum et Aristoteliam et Isocratiam rationem oratoriam complectuntur. Scripsi etiam versibus tris libros de temporibus meis, quos iam pridem ad te misissem, si esse edendos putassem—sunt enim testes et erunt sempiterni meritorum erga me tuorum meaeque pietatis—, sed [quia] verebar non eos, qui se laesos arbitrarentur—etenim id feci parce et molliter—, sed eos, quos erat infinitum bene de me meritos omnis nominare ; quos tamen ipsos libros, si quem, cui recte committam, invenero, curabo ad te perferendos.   Atque istam quidem partem vitae consuetudinisque nostrae totam ad te defero : quantum litteris, quantum studiis, veteribus nostris delectationibus, consequi poterimus, id omne ad arbitrium tuum, qui haec semper amasti, libentissime conferemus.

24   Quae ad me de tuis rebus domesticis scribis quaeque mihi commendas, ea tantae mihi curae sunt, ut me nolim admoneri, rogari vero sine magno dolore vix possim; quod de Quinti fratris negotio scribis, te priore aestate, quod morbo impeditus in Ciliciam non transieris, conficere non potuisse, nunc autem omnia facturum, ut conficias, id scito esse eius modi, ut frater meus vere existimet adiuncto isto fundo patrimonium fore suum per te constitutum.   Tu me de tuis rebus omnibus et de Lentuli tui nostrique studiis et exercitationibus velim quam familiarissime certiorem et quam saepissime facias existimesque neminem cuiquam neque cariorem neque iucundiorem um- quam fuisse quam te mihi idque me non modo ut tu sentias, sed ut omnes gentes, etiam ut posteritas omnis intellegat, esse facturum.

25   Appius in sermonibus antea dictitabat, postea dixit etiam in senatu palam, sese, si licitum esset legem curiatam ferre, sortiturum esse cum collega provincias ; si curiata lex non esset, se paraturum cum collega tibique successurum ; legem curiatam consuli ferri opus esse, necesse non esse ; se, quoniam ex senatus consulto provinciam haberet, lege Cornelia imper- ium habiturum, quoad in urbem introisset.   Ego, quid ad te tuorum quisque necessariorum scribat, nescio ; varias esse opiniones intellego : sunt qui putant posse te non decedere, quod sine lege curiata tibi succedatur ; sunt etiam, qui, si decedas, a te relinqui posse qui provinciae praesit.   Mihi non tam de iure certum est—quamquam ne id quidem valde dubium est—quam illud, ad tuam summam amplitudinem, dignitatem, libertatem, qua te scio libentissime frui solere, pertinere te sine ulla mora provinciam successori concedere, praesertim cum sine suspicione tuae cupiditatis non possis illius cupiditatem refutare ; ego utrumque meum puto esse, et quid sentiam ostendere et quod feceris defendere.

Scripta iam epistola superiore accepi tuas litteras de publica- 26
nis, *in* quibus aequitatem tuam non potui non probare;
facilitate quidem vellem consequi potuisses, ne eius ordinis,
quem semper ornasti, rem aut voluntatem offenderes. Equidem non desinam tua decreta defendere; sed nosti consuetudinem hominum : scis, quam graviter inimici ipsi illi Q.
Scaevolae fuerint; tibi tamen sum auctor, ut, si quibus rebus
possis, eum tibi ordinem aut reconcilies aut mitiges : id etsi
difficile est, tamen mihi videtur esse prudentiae tuae.

XXXIX. (ad Fam. VII. 10.)

[M.] CICERO S. D. TREBATIO.

Legi tuas litteras, ex quibus intellexi te Caesari nostro valde 1
iure consultum videri : est quod gaudeas te in ista loca
venisse, ubi aliquid sapere viderere. Quod si in Britanniam
quoque profectus esses, profecto nemo in illa tanta insula
peritior te fuisset. Verum tamen—rideamus licet : sum enim
a te invitatus—subinvideo tibi, ultro *te* etiam arcessitum ab eo,
ad quem ceteri non propter superbiam eius, sed propter
occupationem adspirare non possunt. Sed tu in ista epistola 2
nihil mihi scripsisti de tuis rebus, quae mehercule mihi non
minori curae sunt quam meae. Valde metuo ne frigeas in
hibernis : quam ob rem camino luculento utendum censeo—
idem Mucio et Manilio placebat—, praesertim qui sagis non
abundares : quamquam vos nunc istic satis calere audio : quo
quidem nuntio valde mehercule de te timueram. Sed tu in
re militari multo es cautior quam in advocationibus, qui neque
in Oceano natare volueris, studiosissimus homo natandi,
neque spectare essedarios, quem antea ne andabata quidem
defraudare poteramus. Sed iam satis iocati sumus. Ego de 3
te ad Caesarem quam diligenter scripserim, tute scis, quam
saepe, ego : sed mehercule iam intermiseram, ne viderer

F

liberalissimi hominis meique amantissimi voluntati erga me
diffidere. Sed tamen iis litteris, quas proxime dedi, putavi
esse hominem commonendum : id feci ; quid profecerim,
facias me velim certiorem et simul de toto statu tuo con-
siliisque omnibus ; scire enim cupio, quid agas, quid exspectes,
quam longum istum tuum discessum a nobis futurum putes :
4 sic enim tibi persuadeas velim, unum mihi esse solacium, qua
re facilius possim pati te esse sine nobis, si tibi esse id emolu-
mento sciam : sin autem id non est, nihil duobus nobis est
stultius : me, qui te non Romam attraham, te, qui non huc
advoles ; una mehercule nostra vel severa vel iocosa congressio pluris erit quam non modo hostes, sed etiam fratres
nostri Haedui. Qua re omnibus de rebus fac ut quam primum
sciam :

      aut consolando aut consilio aut re iuvero.

XL. (ad Fam. VII. 18.)

CICERO TREBATIO SAL.

1   Accepi a te aliquot epistolas uno tempore, quas tu diversis
temporibus dederas : in quibus me cetera delectarunt ; signi-
ficabant enim te istam militiam iam firmo animo ferre et esse
fortem virum et constantem ; quae ego paulisper in te ita
desideravi, non imbecillitate animi tui, sed magis, ut desiderio
nostri te aestuare putarem. Qua re perge, ut coepisti ; forti
animo istam tolera militiam ; multa, mihi crede, assequere ;
ego enim renovabo commendationem, sed tempore. Sic
habeto, non tibi maiori esse curae, ut iste tuus a me discessus
quam fructuosissimus tibi sit, quam mihi ; itaque, quoniam
vestrae cautiones infirmae sunt, Graeculam tibi misi cautionem
chirographi mei. Tu me velim de ratione Gallici belli
certiorem facias ; ego enim ignavissimo cuique maximam
2 fidem habeo. Sed, ut ad epistolas tuas redeam, cetera belle ;

illud miror: quis solet eodem exemplo plures dare, qui sua
manu scribit? nam quod in palimpsesto, laudo equidem
parsimoniam; sed miror, quid in illa chartula fuerit, quod
delere malueris quam haec *non* scribere, nisi forte tuas formulas; non enim puto te meas epistolas delere, ut reponas
tuas.   An hoc significas, nihil fieri? frigere te? ne chartam
quidem tibi suppeditare? iam ista tua culpa est, qui verecun-
diam tecum extuleris et non hic nobiscum reliqueris.   Ego te 3
Balbo, cum ad vos proficiscetur, more Romano commendabo:
tu, si intervallum longius erit mearum litterarum, ne sis
admiratus; eram enim afuturus mense Aprili.   Has litteras
scripsi in Pomptino, cum ad villam M. Aemilii Philemonis
devertissem, ex qua iam audieram fremitum clientium meorum, quos quidem tu mihi conciliasti; nam Ulubris honoris
mei causa vim maximam ranunculorum se commosse constabat.   Cura, ut valeas.   VI. Id. April. de Pomptino.

    Epistolam tuam, quam accepi ab L. Arruntio, conscidi 4
innocentem; nihil enim habebat, quod non vel in contione
recte legi posset; sed et Arruntius ita te mandasse aiebat et
tu adscripseras.   Verum illud esto: nihil te ad me postea
scripsisse demiror, praesertim tam novis rebus.

XLI. (ad Fam. VII. 15.)

CICERO TREBATIO.

Quam sint morosi, qui amant, vel ex hoc intellegi potest: 1
moleste ferebam antea te invitum istic esse; pungit me rursus,
quod scribis esse te istic libenter; neque enim mea commendatione te non delectari facile patiebar et nunc angor quicquam
tibi sine me esse iucundum; sed hoc tamen malo ferre nos
desiderium, quam te non ea, quae spero, consequi.   Quod
vero in C. Matii, suavissimi doctissimique hominis, familiarita-

tem venisti, non dici potest, quam valde gaudeam; qui fac ut
te quam maxime diligat : mihi crede, nihil ex ista provincia
potes, quod iucundius sit, deportare.   Cura, ut valeas.

XLII. (ad Fam. VII. 14.)
CICERO TREBATIO.

1   Chrysippus Vettius, Cyri architecti libertus, fecit, ut te non
immemorem putarem mei; salutem enim verbis tuis mihi
nuntiarat : valde iam lautus es, qui gravere litteras ad me dare,
homini praesertim prope domestico.   Quod si scribere oblitus
es, minus multi iam te advocato causa cadent; si nostri oblitus
es, dabo operam, ut istuc veniam, ante quam plane ex animo
tuo effluo : sin aestivorum timor te debilitat, aliquid excogita,
2 ut fecisti de Britannia.   Illud quidem perlibenter audivi ex
eodem Chrysippo, te esse Caesari familiarem ; sed mehercule
mallem, id quod erat aequius, de tuis rebus ex tuis litteris
quam saepissime cognoscerem : quod certe ita fieret, si tu
maluisses benevolentiae quam litium iura perdiscere.   Sed
haec iocati sumus et tuo more et non nihil etiam nostro.   Te
valde amamus nosque a te amari cum volumus, tum etiam
confidimus.

XLIII. (ad Fam. II. 1.)
M. CICERO S. D. C. CURIONI.

1   Quamquam me nomine neglegentiae suspectum tibi esse
doleo, tamen non tam mihi molestum fuit accusari abs te
officium meum, quam iucundum requiri, praesertim cum, in
quo accusabar, culpa vacarem, in quo autem desiderare te
significabas meas litteras, prae te ferres perspectum mihi
quidem, sed tamen dulcem et optatum amorem tuum.
Equidem neminem praetermisi, quem quidem ad te per-
venturum putarem, cui litteras non dederim ; etenim quis est

tam *in* scribendo impiger quam ego? a te vero bis terve summum et eas perbreves accepi.   Qua re, si iniquus es in me iudex, condemnabo eodem ego te crimine; sin me id facere noles, te mihi aequum praebere debebis.   Sed de litteris hactenus; non enim vereor, ne non scribendo te expleam, praesertim si in eo genere studium meum non aspernabere. Ego te afuisse tam diu a nobis et dolui, quod carui fructu 2 iucundissimae consuetudinis, et laetor, quod absens omnia cum maxima dignitate es consecutus quodque in omnibus tuis rebus meis optatis fortuna respondit.   Breve est, quod me tibi praecipere meus incredibilis in te amor cogit : tanta est exspectatio vel animi vel ingenii tui, ut ego te obsecrare obtestarique non dubitem, sic ad nos confirmatus revertare, ut, quam exspectationem tui concitasti, hanc sustinere ac tueri possis; et quoniam meam tuorum erga me meritorum memoriam nulla umquam delebit oblivio, te rogo, ut memineris, quantaecumque tibi accessiones fient et fortunae et dignitatis, eas te non potuisse consequi, *ni* meis puer olim fidelissimis atque amantissimis consiliis paruisses.   Qua re hoc animo in nos esse debebis, ut aetas nostra iam ingravescens in amore atque in adulescentia tua conquiescat.

XLIV. (ad Fam. II. 5.)

M. CICERO S. D. C. CURIONI.

Haec negotia quo modo se habeant, ne epistola quidem 1 narrare audeo.   Tibi, etsi, ubicumque es, ut scripsi ad te ante, in eadem es navi, tamen, quod abes, gratulor, vel quia non vides ea, quae nos, vel quod excelso et illustri loco sita est laus tua in plurimorum et sociorum et civium conspectu, quae ad nos nec obscuro nec vario sermone, sed et clarissima et una omnium voce perfertur.   Unum illud nescio, gratulerne tibi 2 an timeam, quod mirabilis est exspectatio reditus tui : non quo

verear, ne tua virtus opinioni hominum non respondeat, sed
mehercule, ne, cum veneris, non habeas iam, quod cures : ita
sunt omnia debilitata et iam prope exstincta.　Sed haec ipsa
nescio rectene sint litteris commissa ; qua re cetera cognosces
ex aliis.　Tu tamen, sive habes aliquam spem de re publica
sive desperas, ea para, meditare, cogita, quae esse in eo civi
ac viro debent, qui sit rem publicam adflictam et oppressam
miseris temporibus ac perditis moribus in veterem dignitatem
et libertatem vindicaturus.

XLV. (ad Fam. II. 6.)

M. CICERO S. D. C. CURIONI.

1　Nondum erat auditum te ad Italiam adventare, cum Sex.
Villium, Milonis mei familiarem, cum his ad te litteris misi ;
sed tamen, cum appropinquare tuus adventus putaretur et te
iam ex Asia Romam versus profectum esse constaret, magnitudo
rei fecit, ut non vereremur, ne nimis cito mitteremus, cum has
quam primum ad te perferri litteras magno opere vellemus.
Ego, si mea in te essent officia solum, Curio,—tanta, quanta
magis a te ipso praedicari quam a me ponderari solent—,
verecundius a te, si quae magna res mihi petenda esset, con-
tenderem ; grave est enim homini pudenti petere aliquid
magnum ab eo, de quo se bene meritum putet, ne id, quod
petat, exigere magis quam rogare et in mercedis potius quam
2 beneficii loco numerare videatur ; sed quia tua in me vel nota
omnibus vel ipsa novitate meorum temporum clarissima et
maxima beneficia exstiterunt estque animi ingenui, cui multum
debeas, eidem plurimum velle debere, non dubitavi id a te per
litteras petere, quod mihi omnium esset maximum maximeque
necessarium ; neque enim sum veritus, ne sustinere tua in me
vel innumerabilia non possem, cum praesertim confiderem
nullam esse gratiam tantam, quam non vel capere animus meus

in accipiendo vel in remunerando cumulare atque illustrare
posset.

Ego omnia mea studia, omnem operam, curam, industriam, 3
cogitationem, mentem denique omnem in Milonis consulatu
fixi et locavi statuique in eo me non officii solum fructum, sed
etiam pietatis laudem debere quaerere; neque vero cuiquam
salutem ac fortunas suas tantae curae fuisse umquam puto,
quantae mihi est honos eius, in quo omnia mea posita esse
decrevi : huic te unum tanto adiumento esse, si volueris, posse
intellego, ut nihil sit praeterea nobis requirendum.   Habemus
haec omnia : bonorum studium conciliatum ex tribunatu
propter nostram, ut spero te intellegere, causam, vulgi ac
multitudinis propter magnificentiam munerum liberalitatemque
naturae, iuventutis et gratiosorum in suffragiis studia propter
ipsius excellentem in eo genere vel gratiam vel diligentiam,
nostram suffragationem, si minus potentem, at probatam
tamen et iustam et debitam et propterea fortasse etiam
gratiosam; dux nobis et auctor opus est et eorum ventorum, 4
quos proposui, moderator quidam et quasi gubernator, qui si
ex omnibus unus optandus esset, quem tecum conferre possemus, non haberemus.   Quam ob rem, si me memorem, si
gratum, si bonum virum vel ex hoc ipso, quod tam vehementer
de Milone laborem, existimare potes, si dignum denique tuis
beneficiis iudicas, hoc a te peto, ut subvenias huic meae
sollicitudini et huic meae laudi vel, ut verius dicam, prope
saluti tuum studium dices.   De ipso T. Annio tantum tibi
polliceor, te maioris animi, gravitatis, constantiae benevolentiaeque erga te, si complecti hominem volueris, habiturum
esse neminem; mihi vero tantum decoris, tantum dignitatis
adiunxeris, ut eundem te facile agnoscam fuisse in laude mea,
qui fueris in salute.   Ego ni te videre scirem, cum ad te haec 5
scriberem, quantum officii sustinerem, quanto opere mihi esset
in hac petitione Milonis omni non modo contentione, sed

etiam dimicatione elaborandum, plura scriberem: nunc tibi
omnem rem atque causam meque totum commendo atque
trado.   Unum hoc sic habeto: si a te hanc rem impetraro,
me paene plus tibi quam ipsi Miloni debiturum; non enim
mihi tam mea salus cara fuit, in qua praecipue sum ab illo
adiutus, quam pietas erit in referenda gratia iucunda: eam
autem unius tuo studio me adsequi posse confido.

XLVI. (ad Fam. III. 2.)

M. CICERO PROCOS. S. D. APPIO PULCHRO IMP.

1   Cum et contra voluntatem meam et praeter opinionem
accidisset, ut mihi cum imperio in provinciam proficisci
necesse esset, in multis et variis molestiis cogitationibusque
meis haec una consolatio occurrebat, quod neque tibi amicior,
quam ego sum, quisquam posset succedere neque ego ab ullo
provinciam accipere, qui mallet eam quam maxime mihi
aptam explicatamque tradere; quod si tu quoque eandem de
mea voluntate erga te spem habes, ea te profecto numquam
fallet.   A te maximo opere pro nostra summa coniunctione
tuaque singulari humanitate etiam atque etiam quaeso et peto,
ut, quibuscumque rebus poteris—poteris autem plurimis—,
prospicias et consulas rationibus meis.   Vides ex senatus
2 consulto provinciam esse habendam: si eam, quod eius facere
potueris, quam expeditissimam mihi tradideris, facilior erit
mihi quasi decursus mei temporis.   Quid in eo genere efficere
possis, tui consilii est: ego te, quod tibi veniet in mentem
mea interesse, valde rogo.   Pluribus verbis ad te scriberem,
si aut tua humanitas longiorem orationem exspectaret aut id
fieri nostra amicitia pateretur aut res verba desideraret ac non
pro se ipsa loqueretur: hoc velim tibi persuadeas, si rationibus
meis provisum a te esse intellexero, magnam te ex eo et perpetuam voluptatem esse capturum.

XLVII. (ad Fam. III. 3.)
M. CICERO S. D. AP. PULCHRO.

A. d. XI. Kalendas Iunias Brundisium cum venissem, Q. 1
Fabius Vergilianus, legatus tuus, mihi praesto fuit eaque me
ex tuis mandatis monuit, quae non mihi, ad quem pertinebant,
sed universo senatui venerant in mentem, praesidio firmiore
opus esse ad istam provinciam; censebant enim omnes fere,
ut in Italia supplementum meis et Bibuli legionibus scribere-
tur: id cum Sulpicius consul passurum se negaret, multa nos
quidem questi sumus, sed tantus consensus senatus fuit, ut
mature proficisceremur, parendum ut fuerit; itaque fecimus.
Nunc, quod a te petii litteris iis, quas Romae tabellariis tuis
dedi, velim tibi curae sit, ut, quae successori coniunctissimo
et amicissimo commodare potest is, qui provinciam tradit, ut ea
pro nostra consociatissima voluntate cura ac diligentia tua complectare, ut omnes intellegant nec me benevolentiori cuiquam
succedere nec te amiciori potuisse provinciam tradere. Ex iis 2
litteris, quarum ad me exemplum misisti, quas in senatu recitari
voluisti, sic intellexeram, permultos a te milites esse dimissos;
sed mihi Fabius idem demonstravit te id cogitasse facere, sed,
cum ipse a te discederet, integrum militum numerum fuisse:
id si ita est, pergratum mihi feceris, si istas exiguas copias,
quas habuisti, quam minime imminueris: qua de re senatus
consulta, quae facta sunt, ad te missa esse arbitror. Equidem
pro eo, quanti te facio, quicquid feceris, approbabo, sed te
quoque confido ea facturum, quae mihi intelleges maxime
esse accommodata. Ego C. Pomptinum, legatum meum,
Brundisii exspectabam eumque ante Kalendas Iunias Brundisium venturum arbitrabar; qui cum venerit, quae primum
navigandi nobis facultas data erit, utemur.

XLVIII. (ad Fam. XIII. 1.)

M. CICERO S. D. C. MEMMIO.

1   Etsi non satis mihi constiterat, cum aliquane animi mei molestia an potius libenter te Athenis visurus essem, quod iniuria, quam accepisti, dolore me adficeret, sapientia tua, qua fers iniuriam, laetitia, tamen vidisse te mallem; nam quod est molestiae, non sane multo levius est, cum te non video; quod esse potuit voluptatis, certe, si vidissem te, plus fuisset. Itaque non dubitabo dare operam, ut te videam, cum id satis commode facere potero: interea, quod per litteras et agi tecum et, ut arbitror, confici potest, agam nunc.

2   Ac te illud primum rogabo, ne quid invitus mea causa facias, sed id, quod mea intelleges multum, tua nullam in partem interesse, ita mihi des, si tibi, ut id libenter facias, ante persuaseris.   Cum Patrone Epicureo mihi omnia sunt, nisi quod in philosophia vehementer ab eo dissentio; sed et initio Romae, cum te quoque et tuos omnes observabat, me coluit in primis, et nuper, cum ea, quae voluit, de suis commodis et praemiis consecutus est, me habuit suorum defensorum et amicorum fere principem et iam a Phaedro, qui nobis, cum pueri essemus, ante quam Philonem cognovimus, valde ut philosophus, postea tamen ut vir bonus et suavis et officiosus probabatur, traditus mihi commendatusque est: is

3 igitur Patro cum ad me Romam litteras misisset, uti te sibi placarem peteremque, ut nescio quid illud Epicuri parietinarum sibi concederes, nihil scripsi ad te ob eam rem, quod aedificationis tuae consilium commendatione mea nolebam impediri; idem, ut veni Athenas, cum idem ad te scriberem rogasset, ob eam causam impetravit, quod te abiecisse illam aedificationem constabat inter omnes amicos tuos.

4   Quod si ita est et si iam tua plane nihil interest, velim, si qua offensiuncula facta est animi tui perversitate aliquorum—

novi enim gentem illam—, des te ad lenitatem vel propter summam *tuam* humanitatem vel etiam honoris mei causa. Equidem, si, quid ipse sentiam, quaeris, nec cur ille tanto opere contendat video, nec cur tu repugnes; nisi tamen multo minus tibi concedi potest quam illi laborare sine causa; quamquam Patronis et orationem et causam tibi cognitam esse certo scio: honorem, officium, testamentorum ius, Epicuri auctoritatem, Phaedri obtestationem, sedem, domicilium, vestigia summorum hominum sibi tuenda esse dicit. Totam hominis vitam rationemque, quam sequitur in philosophia, derideamus licet, si hanc eius contentionem volumus reprehendere; sed mehercules, quoniam illi ceterisque, quos illa delectant, non valde inimici sumus, nescio an ignoscendum sit huic, si tanto opere laborat; in quo etiamsi peccat, magis ineptiis quam improbitate peccat.

Sed, ne plura—dicendum enim aliquando est—, Pompo- 5 nium Atticum sic amo, ut alterum fratrem; nihil est illo mihi nec carius nec iucundius: is—non quo sit ex istis; est enim omni liberali doctrina politissimus: sed valde diligit Patronem, valde Phaedrum amavit—sic a me hoc contendit, homo minime ambitiosus, minime in rogando molestus, ut nihil umquam magis, nec dubitat, quin ego a te nutu hoc consequi possem, etiam si aedificaturus esses; nunc vero, si audierit te aedificationem deposuisse neque tamen me a te impetrasse, non te in me illiberalem, sed me in se neglegentem 6 putabit. Quam ob rem peto a te, ut scribas ad tuos posse tua voluntate decretum illud Areopagitarum, quem ὑπομνη-ματισμὸν illi vocant, tolli. Sed redeo ad prima: prius velim tibi persuadeas, ut hoc mea causa libenter facias, quam ut facias; sic tamen habeto: si feceris, quod rogo, fore mihi gratissimum. Vale.

XLIX. (ad Fam. II. 8.)

M. CICERO PROCOS. S. D. M. CAELIO.

1 　Quid? tu me hoc tibi mandasse existimas, ut mihi gladiato·
rum compositiones, ut vadimonia dilata et Chresti compila·
tionem mitteres et ea, quae nobis, cum Romae sumus, narrare
nemo audeat? vide, quantum tibi meo iudicio tribuam—nec
mehercule iniuria; πολιτικώτερον enim te adhuc neminem
cognovi—: ne illa quidem curo mihi scribas, quae maximis in
rebus rei publicae geruntur cotidie, nisi quid ad me ipsum
pertinebit; scribent alii, multi nuntiabunt, perferet multa
etiam ipse rumor; qua re ego nec praeterita nec praesentia
abs te, sed, ut ab homine longe in posterum prospiciente,
futura exspecto, ut, ex tuis litteris cum formam rei publicae
2 viderim, quale aedificium futurum sit, scire possim. Neque
tamen adhuc habeo, quod te accusem; neque enim fuit, quod
tu plus providere posses quam quivis nostrum in primisque ego,
qui cum Pompeio compluris dies nullis in aliis nisi de re
publica sermonibus versatus sum: quae nec possunt scribi
nec scribenda sunt; tantum habeto, civem egregium esse
Pompeium et ad omnia, quae providenda sunt in re publica, et
animo et consilio paratum. Qua re da te homini: complec-
tetur, mihi crede; iam idem illi et boni et mali cives videntur,
3 qui nobis videri solent. Ego cum Athenis decem ipsos dies
fuissem multumque mecum Gallus noster Caninius, proficisce-
bar inde pridie Nonas Quintilis, cum hoc ad te litterarum
dedi. Tibi cum omnia mea commendatissima esse cupio,
tum nihil magis quam ne tempus nobis provinciae prorogetur:
in eo mihi sunt omnia. Quod quando et quo modo et per
quos agendum sit, tu optime constitues.

CICERO ATTICO SAL.

Etsi in ipso itinere et via discedebant publicanorum tabel- 1
larii et eramus in cursu, tamen surripiendum aliquid putavi
spatii, ne me immemorem mandati tui putares; itaque sub-
sedi in ipsa via, dum haec, quae longiorem desiderant
orationem, summatim tibi perscriberem. Maxima exspecta- 2
tione in perditam et plane eversam in perpetuum provinciam
nos venisse scito pridie Kal. Sextilis, moratos triduum
Laodiceae, triduum Apameae, totidem dies Synnade. Audi-
vimus nihil aliud nisi imperata ἐπικεφάλια solvere non posse,
ὠνὰς omnium venditas, civitatum gemitus, ploratus, monstra
quaedam non hominis, sed ferae nescio cuius immanis : quid
quaeris? taedet omnino vitae. Levantur tamen miserae 3
civitates, quod nullus fit sumptus in nos neque in legatos
neque in quaestorem neque in quemquam : scito non modo
nos foenum aut quod lege Iulia dari solet non accipere, sed
ne ligna quidem, nec praeter quattuor lectos et tectum quemquam accipere quicquam, multis locis ne tectum quidem, et
in tabernaculo manere plerumque. Itaque incredibilem in
modum concursus fiunt ex agris, ex vicis, ex domibus
omnibus; mehercule etiam adventu nostro reviviscunt :
iustitia, abstinentia, clementia tui Ciceronis [itaque] opiniones
omnium superavit. Appius, ut audivit nos venire, in ultimam 4
provinciam se coniecit Tarsum usque ; ibi forum agit. De
Partho silentium est, sed tamen concisos equites nostros a
barbaris nuntiabant ii, qui veniebant. Bibulus ne cogitabat
quidem etiam nunc in provinciam suam accedere ; id autem
facere ob eam causam dicebant, quod tardius vellet decedere.
Nos in castra properabamus, quae aberant bidui.

LI. (ad Fam. III. 6.)

M. CICERO S. D. AP. PULCHRO.

1　Cum meum factum cum tuo comparo, etsi non magis mihi faveo in nostra amicitia tuenda quam tibi, tamen multo magis meo facto delector quam tuo. Ego enim Brundisii quaesivi ex Phania—cuius mihi videbar et fidelitatem erga te perspexisse et nosse locum, quem apud te is teneret—, quam in partem provinciae maxime putaret te velle ut in succedendo primum venirem ; cum ille mihi respondisset nihil me tibi gratius facere posse, quam si ad Sidam navigassem, etsi minus dignitatis habebat ille adventus et ad multas res mihi minus
2　erat aptus, tamen ita me dixi esse facturum. Idem ego cum L. Clodium Corcyrae convenissem, hominem ita tibi coniunctum, ut mihi, cum illo cum loquerer, tecum loqui viderer, dixi ei me ita facturum esse, ut in eam partem, quam Phania rogasset, primum venirem ; tunc ille, mihi cum gratias egisset, magno opere a me petivit, ut Laodiceam protinus irem ; te in prima provincia velle esse, ut quam primum decederes ; quin, nisi ego successor essem, quem tu cuperes videre, te antea, quam tibi successum esset, decessurum fuisse—quod quidem erat consentaneum cum iis litteris, quas ego Romae acceperam, ex quibus perspexisse mihi videbar, quam festinares decedere—; respondi Clodio me ita esse facturum ac multo quidem libentius quam si illud esset faciendum, quod promiseram Phaniae : itaque et consilium mutavi et ad te statim mea manu scriptas litteras misi, quas quidem ex tuis litteris intellexi satis mature ad te esse perlatas.
3　Hoc ego meo facto valde delector ; nihil enim potuit fieri amantius. Considera nunc vicissim tuum. Non modo ibi non fuisti, ubi me quam primum videre posses, sed eo discessisti, quo ego te ne persequi quidem possem triginta

diebus, qui tibi ad decedendum lege, ut opinor, Cornelia con-
stituti essent, ut tuum factum *iis,* qui, quo animo inter nos
simus, ignorent, alieni hominis, ut levissime dicam, et
fugientis congressum, meum vero coniunctissimi et amicissimi
esse videatur.   Ac mihi tamen, ante quam in provinciam 4
veni, redditae sunt a te litterae, quibus etsi te Tarsum proficisci demonstrabas, tamen mihi non dubiam spem mei conveniendi adferebas, cum interea, credo equidem, malevoli
homines—late enim patet hoc vitium et est in multis—, sed
tamen probabilem materiem nacti sermonis, ignari meae constantiae, conabantur alienare a te voluntatem meam : qui te
forum Tarsi agere, statuere multa, decernere, iudicare dicerent,
cum posses iam suspicari tibi esse successum, quae ne
ab iis quidem fieri solerent, qui brevi tempore sibi succedi
putarent.

Horum ego sermone non movebar, quin etiam, credas 5
mihi velim, si quid tu ageres, levari me putabam molestia et
ex annua provincia—quae mihi longa videtur—prope iam
undecim mensium provinciam factam esse gaudebam, si
absenti mihi unius mensis labor detractus esset : illud—vere
dicam—me movet, in tanta militum paucitate abesse tris
cohortis, quae sint plenissimae, nec me scire ubi sint ; moles-
tissime autem fero, quod, te ubi visurus sim, nescio, eoque ad
te tardius scripsi, quod cotidie te ipsum exspectabam : cum
interea ne litteras quidem ullas accepi, quae me docerent,
quid ageres aut ubi te visurus essem.   Itaque virum fortem
mihique in primis probatum, D. Antonium, praefectum
evocatorum, misi ad te, cui, si tibi videretur, cohortes
traderes, ut, dum tempus anni esset idoneum, aliquid negotii
gerere possem ; in quo, tuo consilio ut me sperarem esse
usurum, et amicitia nostra et litterae tuae fecerant, quod ne
nunc quidem despero : sed plane, quando aut ubi te visurus
sim, nisi ad me scripseris, ne suspicari quidem possum.   Ego, 6

ut me tibi amicissimum esse et aequi et iniqui intellegant,
curabo : de tuo in me animo iniquis secus existimandi videris
non nihil loci dedisse ; id si correxeris, mihi valde gratum
erit. Et, ut habere rationem possis, quo loco me salva lege
Cornelia convenias, ego in provinciam veni pridie Kal.
Sextilis ; iter in Ciliciam facio per Cappadociam ; castra
movi ab Iconio pridie Kalendas Septembris. Nunc tu e:
ex diebus et ex ratione itineris, si putabis me esse con-
veniendum, constitues, quo loco id commodissime fieri possi:
et quo die.

LII. (ad Fam. II. 7.)

M. CICERO IMP. S. D. C. CURIONI TR. PL.

1 Sera gratulatio reprehendi non solet, praesertim si nulla
neglegentia praetermissa est—longe enim absum, audio
sero—; sed tibi et gratulor et, ut sempiternae laudi tibi sit
iste tribunatus, exopto teque hortor, ut omnia gubernes et
moderere prudentia tua, ne te auferant aliorum consilia :
nemo est qui tibi sapientius suadere possit te ipso ; numquam
labere, si te audies. Non scribo hoc temere : cui scribam,
video ; novi animum, novi consilium tuum ; non vereor, ne
quid timide, ne quid stulte facias, si ea defendes, quae ipse
2 recta esse senties. Quod in rei publicae tempus non
incideris, sed veneris—iudicio enim tuo, non casu in ipsum
discrimen rerum contulisti tribunatum tuum—, profecto
vides ; quanta vis in re publica temporum sit, quanta varietas
rerum, quam incerti exitus, quam flexibiles hominum voluntates,
quid insidiarum, quid vanitatis in vita, non dubito quin cogites.
Sed, amabo te, cura et cogita nihil novi, sed illud idem, quod
initio scripsi : tecum loquere, te adhibe in consilium, te
audi, tibi obtempera. Alteri qui melius consilium dare
possit quam tu non facile inveniri potest ; tibi vero ipsi certe

nemo melius dabit.   Di immortales! cur ego *non* adsum vel
spectator laudum tuarum vel particeps vel socius vel minister
consiliorum? tametsi hoc minime tibi deest sed tamen
efficeret magnitudo et vis amoris mei, consilio te ut possem
iuvare.

Scribam ad te plura alias; paucis enim diebus eram 3
missurus domesticos tabellarios, ut, quoniam sane feliciter et
ex mea sententia rem publicam gessimus, unis litteris totius
aestatis res gestas ad senatum perscriberem.   De sacerdotio
tuo quantam curam adhibuerim, quamquam difficili in re
atque causa, cognosces ex iis litteris, quas Thrasoni, liberto
tuo, dedi.   Te, mi Curio, pro tua incredibili in me benevo- 4
lentia meaque item in te singulari rogo atque oro, ne patiare
quicquam mihi ad hanc provincialem molestiam temporis
prorogari.   Praesens tecum egi, cum te tribunum pl. isto
anno fore non putarem, itemque petivi saepe per litteras,
sed tum quasi a senatore nobilissimo, adulescente etiam
gratiosissimo, nunc a tribuno pl. et a Curione tribuno : non
ut decernatur aliquid novi—quod solet esse difficilius—, sed
ut ne quid novi decernatur, ut et senati consultum et leges
defendas eaque mihi condicio maneat, qua profectus sum :
hoc te vehementer etiam atque etiam rogo.

LIII. (ad Fam. XV. 4.)

M. CICERO IMP. S. D. M. CATONI.

Summa tua auctoritas fecit meumque perpetuum de tua sin- 1
gulari virtute iudicium, ut magni mea interesse putarem et
res eas, quas gessissem, tibi notas esse et non ignorari a te,
qua aequitate et continentia tuerer socios provinciamque
administrarem; iis enim a te cognitis arbitrabar facilius me
tibi, quae vellem, probaturum.

G

2 Cum in provinciam pr. K. Sext. venissem et propter anni
tempus ad exercitum mihi confestim esse eundum viderem,
biduum Laodiceae fui, deinde Apameae quadriduum, triduum
Synnadis, totidem dies Philomelii : quibus in oppidis cum
magni conventus fuissent, multas civitates acerbissimis tributis
et gravissimis usuris et falso aere alieno liberavi.   Cumque
ante adventum meum seditione quadam exercitus esset dis-
sipatus, quinque cohortes sine legato, sine tribuno militum,
denique etiam sine centurione ullo apud Philomelium conse-
dissent, reliquus exercitus esset in Lycaonia, M. Anneio
legato imperavi, ut eas quinque cohortes, ad reliquum exercitum duceret coactoque in unum locum exercitu castra in
3 Lycaonia apud Iconium faceret.   Quod cum ab illo diligenter
esset actum, ego in castra a. d. VII. K. Sept. veni, cum interea
superioribus diebus ex senatus consulto et evocatorum firmam
manum et equitatum sane idoneum et populorum liberorum
regumque sociorum auxilia voluntaria comparavissem.

Interim, cum exercitu lustrato iter in Ciliciam facere coepis-
sem, *III*. K. Sept. legati a rege Commageno ad me missi
pertumultuose, neque tamen non vere, Parthos in Syriam
4 transisse nuntiaverunt : quo audito vehementer sum commotus cum de Syria, tum de mea provincia, de reliqua
denique Asia.   Itaque exercitum mihi ducendum per Cappadociae regionem eam, quae Ciliciam attingeret, putavi;
nam si me in Ciliciam demisissem, Ciliciam quidem ipsam
propter montis Amani naturam facile tenuissem—duo sunt
enim aditus in Ciliciam ex Syria, quorum uterque parvis
praesidiis propter angustias intercludi potest, nec est quicquam
Cilicia contra Syriam munitius—, sed me Cappadocia
movebat, quae patet a Syria regesque habet finitimos, qui
etiamsi sunt clam amici nobis, tamen aperte Parthis inimici
esse non audent.   Itaque in Cappadocia extrema non longe a
Tauro apud oppidum Cybistra castra feci, ut et Ciliciam

tuerer et Cappadociam tenens nova finitimorum consilia impedirem.   Interea in hoc tanto motu tantaque exspecta- 5 tione maximi belli rex Deiotarus, cui non sine causa plurimum semper et meo et tuo et senatus iudicio tributum est, vir cum benevolentia et fide erga populum Romanum singulari, tum praestanti magnitudine et animi et consilii, legatos ad me misit se cum omnibus suis copiis in mea castra esse ven- turum; cuius ego studio officioque commotus egi ei per litteras gratias idque ut maturaret hortatus sum.   Cum autem 6 ad Cybistra propter rationem belli quinque dies essem moratus, regem Ariobarzanem, cuius salutem a senatu te auctore com- mendatam habebam, praesentibus insidiis necopinantem liberavi, neque solum ei saluti fui, sed etiam curavi, ut cum auctoritate regnaret : Metram et eum, quem tu mihi diligenter commendaras, Athenaeum, importunitate Athenaidis exsilio multatos, *in* maxima apud regem auctoritate gratiaque con- stitui, cumque magnum bellum in Cappadocia concitaretur, si sacerdos armis se, quod facturus putabatur, defenderet, adulescens et equitatu et peditatu et pecunia paratus et tot sociis, qui novari aliquid volebant, perfeci, ut e regno ille discederet rexque sine tumultu ac sine armis omni auctoritate aulae communita regnum cum dignitate obtineret.

Interea cognovi multorum litteris atque nuntiis magnas 7 Parthorum copias *et* Arabum ad oppidum Antiochiam accessisse magnumque eorum equitatum, qui in Ciliciam transisset, ab equitum meorum turmis et a cohorte praetoria, quae erat Epiphaniae praesidii causa, occidione occisum. Qua re cum viderem a Cappadocia Parthorum copias aversas non longe a finibus esse Ciliciae, quam potui maximis itineribus ad Amanum exercitum duxi.   Quo ut veni, hostem ab Antiochia recessisse, Bibulum Antiochiae esse cognovi; Deiotarum confestim iam ad me venientem cum magno et firmo equitatu et peditatu et cum omnibus suis copiis

certiorem feci non videri esse causam, cur abesset a regno,
meque ad eum, si quid novi forte accidisset, statim litteras
8 nuntiosque missurum esse ; cumque eo animo venissem, ut
utrique provinciae, si ita tempus ferret, subvenirem, tum id,
quod iam ante statueram vehementer interesse utriusque provinciae, pacare Amanum et perpetuum hostem ex eo monte
tollere, agere perrexi ; cumque me discedere ab eo monte
simulassem et alias partes Ciliciae petere abessemque ab
Amano iter unius diei et castra apud Epiphaniam fecissem, a
d. IV. Id. Oct., cum advesperasceret, expedito exercitu ita
noctu iter feci, ut a. d. III. Id. Oct., cum lucisceret, in
Amanum adscenderem, distributisque cohortibus et auxiliis,
cum aliis Quintus frater legatus mecum simul, aliis C. Pomptinus legatus, reliquis M. Anneius et L. Tullius legati praees-
sent, plerosque necopinantes oppressimus, qui occisi captique
9 sunt, interclusi fuga.   Eranam autem, quae fuit non vici
instar, sed urbis, quod erat Amani caput, itemque Sepyram et
Commorim, acriter et diu repugnantibus Pomptino illam
partem Amani tenenti, ex antelucano tempore usque ad
horam diei X. magna multitudine hostium occisa cepimus
castellaque vi capta complura incendimus. His rebus ita
gestis castra in radicibus Amani habuimus apud Aras Alexandri quadriduum et in reliquiis Amani delendis agrisque
vastandis, quae pars eius montis meae provinciae est, id
tempus omne consumpsimus.

10   Confectis his rebus ad oppidum Eleutherocilicum Pindenis-
sum exercitum adduxi ; quod cum esset altissimo et munitis-
simo loco ab iisque incoleretur, qui ne regibus quidem
umquam paruissent, cum et fugitivos reciperent et Parthorum
adventum acerrime exspectarent, *ad* existimationem imperii
pertinere arbitratus sum comprimere eorum audaciam, quo
facilius etiam ceterorum animi, qui alieni essent ab imperio
nostro, frangerentur: vallo et fossa circumdedi ; sex castellis

castrisque maximis saepsi; aggere, vineis, turribus oppugnavi ususque tormentis multis, multis sagittariis, magno labore meo, sine ulla molestia sumptuve sociorum, septimo et quinquagesimo die rem confeci, ut omnibus partibus urbis disturbatis aut incensis compulsi in potestatem meam pervenirent. His erant finitimi pari scelere et audacia Tebarani; ab iis Pindenisso capto obsides accepi : exercitum in hiberna dimisi; Quintum fratrem negotio praeposui, ut in vicis aut captis aut male pacatis exercitus collocaretur.

Nunc velim sic tibi persuadeas, si de iis rebus ad senatum 11 relatum sit, me existimaturum summam mihi laudem tributam, si tu honorem meum sententia tua comprobaris; idque, etsi talibus de rebus gravissimos homines et rogare solere et rogari scio, tamen admonendum potius te a me quam rogandum puto : tu es enim is, qui me tuis sententiis saepissime ornasti, qui oratione, qui praedicatione, qui summis laudibus in senatu, in contionibus ad caelum extulisti, cuius ego semper tanta esse verborum pondera putavi, ut uno verbo tuo cum mea laude coniuncto omnia adsequi me arbitrarer; te denique memini, cum cuidam clarissimo atque optimo viro supplicationem non decerneres, dicere te decreturum, si referretur ob eas res, quas is consul in urbe gessisset; tu idem mihi supplicationem decrevisti togato, non, ut multis, re publica bene gesta, sed, ut nemini, re publica conservata; mitto, quod 12 invidiam, quod pericula, quod omnes meas tempestates et subieris et multo etiam magis, si per me licuisset, subire paratissimus fueris, quod denique inimicum meum tuum inimicum putaris, cuius etiam interitum, *ut* facile intellegerem, mihi quantum tribueres, Milonis causa in senatu defendenda approbaris. A me autem haec sunt *in te* profecta, quae ego in beneficii loco non pono, sed in veri testimonii atque iudicii, ut praestantissimas tuas virtutes non tacitus admirarer—quis enim id non facit?—sed in omnibus orationibus, sententiis dicendis causis agendis, omnibus scriptis, Graecis Latinis, omni denique varietate litterarum mearum te *non* modo iis, quos vidissemus, sed iis, de quibus audissemus, omnibus anteferrem.

13   Quaeres fortasse, quid sit, quod ego hoc nescio quid gratulationis et honoris a senatu tanti aestimem. Agam iam tecum familiariter, ut est et studiis et officiis nostris mutuis et summa amicitia dignum et necessitudine etiam paterna : si quisquam fuit umquam remotus et natura et magis etiam, ut mihi quidem sentire videor, ratione atque doctrina ab inani laude et sermonibus vulgi, ego profecto is sum. Testis est consulatus meus, in quo, sicut in reliqua vita, fateor ea me studiose secutum, ex quibus vera gloria nasci posset, ipsam quidem gloriam per se numquam putavi expetendam : itaque et provinciam ornatam et spem non dubiam triumphi neglexi ; sacerdotium denique, cum, quem ad modum te existimare arbitror, non difficillime consequi possem, non appetivi ; idem post iniuriam acceptam, quam tu rei publicae calamitatem semper appellas, meam non modo non calamitatem, sed etiam gloriam, studui quam ornatissima senatus populique Romani de me iudicia intercedere : itaque et augur postea fieri volui, quod antea neglexeram, et eum honorem, qui a senatu tribui rebus bellicis solet, neglectum a me olim, nunc mihi expetendum puto.

14   Huic meae voluntati, in qua inest aliqua vis desiderii ad sanandum vulnus iniuriae, ut faveas adiutorque sis, quod paulo ante me negaram rogaturum, vehementer te rogo, sed ita, si non ieiunum hoc nescio quid, quod ego gessi, et contemnendum videbitur, sed tale atque tantum, ut multi nequaquam paribus rebus honores summos a senatu consecuti sint. Equidem etiam illud mihi animum advertisse videor—scis enim, quam attente te audire soleam—, te non tam res gestas quam mores, instituta atque vitam imperatorum spectare solere in

habendis aut non habendis honoribus ; quod si in mea causa
considerabis, reperies me exercitu imbecillo contra metum
maximi belli firmissimum praesidium habuisse aequitatem et
continentiam : his ego subsidiis ea sum consecutus, quae nullis
legionibus consequi potuissem, ut ex alienissimis sociis amicissimos, ex infidelissimis firmissimos redderem animosque
novarum rerum exspectatione suspensos ad veteris imperii
benevolentiam traducerem.

Sed nimis haec multa de me, praesertim ad te, a quo uno 15
omnium sociorum querelae audiuntur : cognosces ex iis, qui
meis institutis se recreatos putant, cumque omnes uno prope
consensu de me apud te ea, quae mihi optatissima sunt,
praedicabunt, tum duae maximae clientelae tuae, Cyprus
insula et Cappadociae regnum, tecum de me loquentur, puto
etiam regem Deiotarum, qui unus tibi est maxime necessarius.
Quae si etiam maiora sunt et in omnibus saeculis pauciores
viri reperti sunt, qui suas cupiditates, quam qui hostium copias
vincerent, est profecto tuum, cum ad res bellicas haec, quae
rariora et difficiliora sunt, genera virtutis adiunxeris, ipsas
etiam illas res gestas iustiores esse et maiores putare.

Extremum illud est, ut quasi diffidens rogationi meae philo- 16
sophiam ad te allegem, qua nec mihi carior ulla umquam res
in vita fuit nec hominum generi maius a deis munus ullum est
datum : haec igitur, quae mihi tecum communis est, societas
studiorum atque artium nostrarum, quibus a pueritia dediti ac
devincti soli propemodum nos philosophiam veram illam et
antiquam, quae quibusdam otii esse ac desidiae videtur, in
forum atque in rem publicam atque in ipsam aciem paene
deduximus, tecum agit de mea laude, cui negari a Catone fas
esse non puto.   Quam ob rem tibi sic persuadeas velim : si
mihi tua sententia tributus honos ex meis litteris fuerit, me sic
existimaturum, cum auctoritate tua, tum benevolentia erga
me mihi, quod maxime cupierim, contigisse.

M. CICERO S. D. AP. PULCHRO.

1   Pluribus verbis ad te scribam, cum plus otii nactus ero : haec scripsi subito, cum Bruti pueri Laodiceae me convenissent et se Romam properare dixissent; itaque nullas iis praeterquam ad te et ad Brutum dedi litteras.

2   Legati Appiani mihi volumen a te plenum querelae iniquissimae reddiderunt, quod eorum aedificationem litteris meis impedissem; eadem autem epistola petebas, ut eos quam primum, ne in hiemem inciderent, ad facultatem aedificandi liberarem, et simul peracute querebare, quod eos tributa exigere vetarem, prius quam ego re cognita permisissem; genus enim quoddam fuisse impediendi, cum ego cognoscere non *possem*, nisi cum ad hiemem me ex Cilicia recepissem.

3 Ad omnia accipe et cognosce aequitatem expostulationis tuae : primum, cum ad me aditum esset ab iis, qui dicerent a se intolerabilia tributa exigi, quid habuit iniquitatis me scribere, ne facerent, ante quam ego rem causamque cognossem? Non poteram, credo, ante hiemem; sic enim scribis : quasi vero ad cognoscendum ego ad illos, non illi ad me venire debuerint. ' Tam longe ?' inquis. Quid? cum dabas iis litteras, per quas mecum agebas, ne eos impedirem, quo minus ante hiemem aedificarent, non eos ad me venturos arbitrabare? tametsi id quidem fecerunt ridicule; quas enim litteras adferebant, ut opus aestate facere possent, eas mihi post brumam reddiderunt. Sed scito et multo plures esse, qui de tributis recusent, quam qui exigi velint, et me tamen, quod te velle existimem, esse facturum.

4   De Appianis hactenus. A Pausania, Lentuli liberto, accenso meo, audivi, cum diceret te secum esse questum, quod tibi obviam non prodissem. Scilicet contempsi te, nec potest

fieri me quicquam superbius ! Cum puer tuus ad me secunda
fere vigilia venisset isque te ante lucem Iconium mihi venturum nuntiasset, incertumque, utra via, cum essent duae,
altera Varronem, tuum familiarissimum, altera Q. Leptam,
praefectum fabrum meum, tibi obviam misi. Mandavi utrique
eorum, ut ante ad me excurrerent, ut tibi obviam prodire
possem : currens Lepta venit mihique nuntiavit te iam castra
praetergressum esse ; confestim Iconium veni ; cetera iam tibi
nota sunt. An ego tibi obviam non prodirem? primum Ap.
Claudio ? deinde imperatori? deinde more maiorum? deinde,
quod caput est, amico? *qui* in isto genere multo etiam
ambitiosius facere soleam, quam honos meus et dignitas
postulat. Sed haec hactenus : illud idem Pausania dicebat te 5
dixisse : 'Quid? Appius Lentulo, Lentulus Ampio processit
obviam, Cicero Appio noluit?' Quaeso, etiamne tu has
ineptias, homo mea sententia summa prudentia, multa etiam
doctrina, plurimo rerum usu, addo urbanitatem, quae est
virtus, ut Stoici rectissime putant, ullam Appietatem aut
Lentulitatem valere apud me plus quam ornamenta virtutis
existimas? Cum ea consecutus nondum eram, quae sunt
hominum opinionibus amplissima, tamen ista vestra nomina
numquam sum admiratus ; viros eos, qui ea vobis reliquissent,
magnos arbitrabar : postea vero quam ita et cepi et gessi
maxima imperia, ut mihi nihil neque ad honorem neque ad
gloriam acquirendum putarem, superiorem quidem numquam,
sed parem vobis me speravi esse factum. Nec mehercule
aliter vidi existimare vel Cn. Pompeium, quem omnibus, qui
umquam fuerunt, vel P. Lentulum, quem mihi ipsi antepono :
tu si aliter existimas, nihil errabis, si paulo diligentius, ut,
quid sit εὐγένεια, quid sit nobilitas, intellegas, Athenodorus,
Sandonis filius, quid de his rebus dicat, attenderis.

Sed, ut ad rem redeam, me tibi non amicum modo, verum 6
etiam amicissimum existimes velim : profecto omnibus officiis

meis efficiam, u.ˊˊ⁺ʌ esse vere possis iudicare.   Tu autem si
id agis, ut minus mea causa, dum ego absim, debere videaris,
quam ego tua laborarim, libero te ista cura :

πάρ' ἔμοιγε καὶ ἄλλοι,

Οἵ κέ με τιμήσουσι, μάλιστα δὲ μητίετα Ζεύς.

Si autem natura es φιλαίτιος, illud non perficies, quo minus
tua causa velim : hoc adsequere, ut, quam in partem tu
accipias, minus laborem.   Haec ad te scripsi liberius, fretus
conscientia officii mei benevolentiaeque, quam a me certo
iudicio susceptam, quoad tu voles, conservabo.

LV. (ad Fam. III. 9.)

M. CICERO AP. PULCHRO S.

1   Vix tandem legi litteras dignas Ap. Claudio, plenas humanitatis, officii, diligentiae.   Adspectus videlicet urbis tibi
tuam pristinam urbanitatem reddidit : nam quas ex itinere,
ante quam ex Asia egressus es, ad me litteras misisti, unas de
legatis a me prohibitis proficisci, alteras de Appianorum
aedificatione impedita, legi perinvitus ; itaque conscientia
meae constantis erga te voluntatis rescripsi tibi subiratus.   Iis
vero litteris lectis, quas Philotimo, liberto meo, dedisti, cognovi intellexique in provincia multos fuisse, qui nos, quo
animo inter nos sumus, esse nollent, ad urbem vero ut
accesseris vel potius ut primum tuos videris, cognosse te
ex iis, qua in te absentem fide, qua in omnibus officiis tuendis
erga te observantia et constantia fuissem.   Itaque quanti illud
me aestimare putas, quod est in tuis litteris scriptum, si quid
inciderit, quod ad meam dignitatem pertineat, etsi vix fieri
possit, tamen te parem mihi gratiam relaturum ! tu vero facile
facies ; nihil est enim, quod studio et benevolentia vel amore
potius effici non possit.

Ego, etsi et ipse ita iudicabam et fiebam crebro a meis per 2
litteras certior, tamen maximam laetitiam cepi ex tuis litteris
de spe minime dubia et plane explorata triumphi tui, neque
vero ob eam causam, quo ipse facilius consequerer—nam id
quidem Ἐπικούρειον est—, sed mehercule, quod tua dignitas
atque amplitudo mihi est ipsa cara per se : qua re quoniam
plures tu habes quam ceteri, quos scias in hanc provinciam
proficisci, quod te adeunt fere omnes, si quid velis, gratissimum
mihi feceris, si ad me, simul atque adeptus eris quod et tu
confidis et ego opto, litteras miseris. Longi subsellii, ut noster
Pompeius appellat, iudicatio et mora si quem tibi item unum
alterumve diem abstulerit—quid enim potest amplius?—, tua
tamen dignitas suum locum obtinebit ; sed, si me diligis, si a
me diligi vis, ad me litteras, ut quam primum laetitia adficiar,
mittito.

Et velim, reliquum quod est promissi ac muneris tui, mihi 3
persolvas: cum ipsam cognitionem iuris augurii consequi cupio,
tum mehercule tuis incredibiliter studiis erga me muneribus-
que delector. Quod autem a me tale quiddam desideras, sane
mihi considerandum est, quonam te remunerer potissimum
genere ; nam profecto non est meum, qui in scribendo, ut
soles admirari, tantum industriae ponam, committere, ut
neglegens [scribendo] fuisse videar, praesertim cum id non
modo neglegentis, sed etiam ingrati animi crimen futurum sit.

Verum haec videbimus : illud, quod polliceris, velim pro 4
tua fide diligentiaque et pro nostra non instituta, sed iam
inveterata amicitia cures, enitare, ut supplicatio nobis quam
honorificentissime quam primumque decernatur. Omnino
serius misi litteras quam vellem, in quo cum difficultas navigandi fuit odiosa, tum *in* ipsum discessum senatus incidisse
credo meas litteras ; sed id feci adductus auctoritate et consilio
tuo, idque a me recte factum puto, quod non statim, ut
appellatus imperator sim, sed aliis rebus additis aestivisque

confectis litteras miserim. Haec igitur tibi erunt curae, quem ad modum ostendis, meque totum et mea et meos commendatos habebis.

LVI. (ad Fam. II. 11.)

M. CICERO IMP. S. D. M. CAELIO AEDILI CUR.

1   Putarasne umquam accidere posse, ut mihi verba deessent, neque solum ista vestra oratoria, sed haec etiam levia nostra-tia? desunt autem propter hanc causam, quod mirifice sum sollicitus, quidnam de provinciis decernatur : mirum me desiderium tenet urbis, incredibile meorum atque in primis tui, satietas autem provinciae, vel quia videmur eam famam consecuti, ut non tam accessio quaerenda quam fortuna metuenda sit, vel quia totum negotium non est dignum viribus nostris, qui maiora onera in re publica sustinere et possim et soleam, vel quia belli magni timor impendet, quod videmur effugere, si ad constitutam diem decedemus.

2   De pantheris per eos, qui venari solent, agitur mandatu meo diligenter ; sed mira paucitas est et eas, quae sunt, valde aiunt queri, quod nihil cuiquam insidiarum in mea provincia nisi sibi fiat ; itaque constituisse dicuntur in Cariam ex nostra provincia decedere. Sed tamen sedulo fit, et in primis a Patisco : quicquid erit, tibi erit, sed, quid esset, plane nesciebamus. Mihi mehercule magnae curae est aedilitas tua : ipse dies me admonebat ; scripsi enim haec ipsis Megalensibus. Tu velim ad me de omni rei publicae statu quam diligentissime perscribas : ea enim certissima putabo, quae ex te cognoro.

LVII. (ad Fam. XV. 5.)

M. CATO S. D. M. CICERONI IMP.

Quod et res publica me et nostra amicitia hortatur, libenter 1
facio, ut tuam virtutem, innocentiam, diligentiam cognitam in
maximis rebus domi togati, armati foris pari industria administrare gaudeam : itaque, quod pro meo iudicio facere potui, ut
innocentia consilioque tuo defensam provinciam, servatum
Ariobarzanis cum ipso rege regnum, sociorum revocatam ad
studium imperii nostri voluntatem sententia mea et decreto
laudarem, feci. Supplicationem decretam, si tu, qua in re 2
nihil fortuito, sed summa tua ratione et continentia rei
publicae provisum est, dis immortalibus gratulari nos quam
tibi referre acceptum mavis, gaudeo : quod si triumphi
praerogativam putas supplicationem et idcirco casum potius
quam te laudari mavis, neque supplicationem sequitur semper
triumphus et triumpho multo clarius est senatum iudicare
potius mansuetudine et innocentia imperatoris provinciam
quam vi militum aut benignitate deorum retentam atque conservatam esse, quod ego mea sententia censebam. Atque 3
haec ego idcirco ad te contra consuetudinem meam pluribus
scripsi, ut quod maxime volo, existimes me laborare, ut tibi
persuadeam me et voluisse de tua maiestate, quod amplissimum sim arbitratus, et, quod tu maluisti, factum esse gaudere.
Vale et nos dilige et instituto itinere severitatem diligentiam-
que sociis et rei publicae praesta.

LVIII. (ad Fam. XV. 6.)

M. CICERO S. D. M. CATONI.

1 ' Laetus sum laudari me ' inquit Hector, opinor apud
Naevium, ' abs te, pater, a laudato viro ; ' ea est enim profecto
iucunda laus, quae ab iis proficiscitur, qui ipsi in laude
vixerunt. Ego vero vel gratulatione litterarum tuarum vel
testimoniis sententiae dictae nihil est quod me non adsecutum
putem, idque mihi cum amplissimum, tum gratissimum est,
te libenter amicitiae dedisse, quod liquido veritati dares.
Et, si non modo omnes, verum etiam multi Catones essent in
civitate nostra, in qua unum exstitisse mirabile est, quem ego
currum aut quam lauream cum tua laudatione conferrem ?
nam ad meum sensum et ad illud sincerum ac subtile iudicium
nihil potest esse laudabilius quam ea tua oratio, quae est ad
2 me perscripta a meis necessariis. Sed causam meae voluntatis—non enim dicam cupiditatis—exposui tibi superioribus
litteris, quae etiam si parum iusta tibi visa est, hanc tamen
habet rationem, non ut nimis concupiscendus honos, sed
tamen, si deferatur a senatu, minime aspernandus esse
videatur ; spero autem illum ordinem pro meis ob rem
publicam susceptis laboribus me non indignum honore, usitato
praesertim, existimaturum. Quod si ita erit, tantum ex te
peto, quod amicissime scribis, ut, cum tuo iudicio, quod
amplissimum esse arbitraris, mihi tribueris, si id, quod
maluero, acciderit, gaudeas : sic enim fecisse te et sensisse et
scripsisse video, resque ipsa declarat tibi illum honorem nostrum supplicationis iucundum fuisse, quod scribendo adfuisti ;
haec enim senatus consulta non ignoro ab amicissimis eius,
cuius de honore agitur, scribi solere. Ego, ut spero, te
propediem videbo, atque utinam re publica meliore, quam
timeo !

LIX. (ad Fam. XIV. 5.)

TULLIUS S. D. TERENTIAE SUAE.

Si tu et Tullia, lux nostra, valetis, ego et suavissimus Cicero 1
valemus.   Pr. Idus Oct. Athenas venimus, cum sane adversis
ventis usi essemus tardeque et incommode navigassemus.   De
nave exeuntibus nobis Acastus cum litteris praesto fuit uno et
vicesimo die, sane strenue.   Accepi tuas litteras, quibus
intellexi te vereri, ne superiores mihi redditae non essent :
omnes sunt redditae diligentissimeque a te perscripta sunt
omnia : idque mihi gratissimum fuit.   Neque sum admiratus
hanc epistolam, quam Acastus attulit, brevem fuisse ; iam
enim me ipsum exspectas sive nos ipsos, qui quidem quam
primum ad vos venire cupimus, etsi in quam rem publicam
veniamus, intellego ; cognovi enim ex multorum amicorum
litteris, quas attulit Acastus, ad arma rem spectare, ut mihi,
cum venero, dissimulare non liceat, quid sentiam.   Sed,
quoniam subeunda fortuna est, eo citius dabimus operam, ut
veniamus, quo facilius de tota re deliberemus.   Tu velim,
quod commodo valetudinis tuae fiat, quam longissime poteris
obviam nobis prodeas.   De hereditate Preciana, quae quidem 2
mihi magno dolori est—valde enim illum amavi—, sed hoc
velim cures : si auctio ante meum adventum fiet, ut Pomponius
aut, si is minus poterit, Camillus nostrum negotium curet : nos
cum salvi venerimus, reliqua per nos agemus ; sin tu iam
Roma profecta eris, tamen curabis, ut hoc ita fiat.   Nos, si di
adiuvabunt, circiter Idus Novembris in Italia speramus fore.
Vos, mea suavissima et optatissima Terentia, si nos amatis,
curate ut valeatis.   Vale.   Athenis a. d. XVII. Kal. Novemb.

CICERO ATTICO SAL.

1   Dederam equidem L. Saufeio litteras et dederam ad te
unum, quod, cum non esset temporis mihi ad scribendum
satis, tamen hominem tibi tam familiarem sine meis litteris ad
te venire nolebam, sed, ut philosophi ambulant, has tibi
redditum iri putabam prius : sin iam illas accepisti, scis me
Athenas venisse pr. Idus Octobris, e navi egressum in Piraeum
tuas ab Acasto nostro litteras accepisse, conturbatum, quod
cum febre Romam venisses, bono tamen animo esse coepisse,
quod Acastus ea, quae vellem, de allevato corpore tuo nun-
tiaret, cohorruisse autem me, quod tuae litterae de legionibus
Caesaris adferrent, et egisse tecum, ut videres, ne quid φιλοτι-
μία eius, quem nosti, nobis noceret, et, de quo iam pridem ad
te scripseram, Turranius autem secus tibi Brundisii dixerat—
quod ex iis litteris cognovi, quas a Xenone, optimo viro,
accepi—, cur fratrem provinciae non praefecissem, exposui
breviter.

2   Haec fere sunt in illa epistola. Nunc audi reliqua. Per
fortunas ! omnem tuum amorem, quo me es amplexus
omnemque tuam prudentiam, quam mehercule in omni genere
iudico singularem, confer ad eam curam, ut de omni statu
meo cogites ; videre enim mihi videor tantam dimicationem—
nisi idem deus, qui nos melius, quam optare auderemus,
Parthico bello liberavit, respexerit rem publicam—, sed
tantam, quanta numquam fuit. Age, hoc malum mihi com-
mune est cum omnibus ; nihil tibi mando, ut de eo cogites :
illud meum proprium πρόβλημα, quaeso, suscipe. Videsne,
ut te auctore sim utrumque complexus? ac vellem a principio
te audissem amicissime monentem :

> ἀλλ' ἐμὸν οὔποτε θυμὸν ἐνὶ στήθεσσιν ἔπειθες,
> ὡς οὐδὲν γλύκιον ἧς πατρίδος.

Sed aliquando tamen persuasisti, ut alterum complecterer, quia de me erat optime meritus, alterum, quia tantum valebat : feci igitur, itaque effeci omni obsequio, ut neutri illorum quisquam esset me carior; haec enim cogitabamus, nec mihi 3 coniuncto cum Pompeio fore necesse peccare in re publica aliquando, nec cum Caesare sentienti pugnandum esse cum Pompeio : tanta erat illorum coniunctio.   Nunc impendet, ut et tu ostendis et ego video, summa inter eos contentio. Me autem uterque numerat suum, nisi forte simulat alter—nam Pompeius non dubitat; vere enim iudicat ea, quae de re publica nunc sentiat, mihi valde probari—; utriusque autem accepi eius modi litteras eodem tempore, quo tuas, ut neuter quemquam omnium pluris facere quam me videretur.   Verum 4 quid agam? non quaero illa ultima—si enim castris res geretur, video cum altero vinci satius esse quam cum altero vincere—, sed illa, quae tum agentur, cum venero, ne ratio absentis habeatur, ut exercitum dimittat. Dic M. Tulli. Quid dicam?   'Exspecta, amabo te, dum Atticum conveniam?' non est locus ad tergiversandum.   Contra Caesarem? ubi illae sunt prensae dexterae? nam ut illi hoc liceret, adiuvi, rogatus ab ipso Ravennae de Caelio tribuno pl. —ab ipso autem? etiam a Gnaeo nostro in illo divino tertio consulatu.   Aliter sensero? αἰδέομαι non Pompeium modo, sed Τρῶας καὶ Τρωάδας.

Πουλυδάμας μοι πρῶτος ἐλεγχείην καταθήσει.

quis? tu ipse scilicet, laudator et factorum et scriptorum meorum.   Hanc ergo plagam effugi per duos superiores 5 Marcellorum consulatus, cum est actum de provincia Caesaris, nunc incido in discrimen ipsum! Itaque ut stultus primus suam sententiam dicat, mihi valde placet de triumpho nos moliri aliquid, extra urbem esse cum iustissima causa : tamen dabunt operam, ut eliciant sententiam meam.   Ridebis hoc

loco fortasse : quam vellem etiam nunc in provincia morari !
plane opus fuit, si hoc impendebat ; etsi nil miserius ; nam,
ὁδοῦ πάρεργον, volo te hoc scire : omnia illa prima, quae
6 etiam tu litteris in caelum ferebas, ἐπίτηκτα fuerunt. Quam
non est facilis virtus ! quam vero difficilis eius diuturna
simulatio ! cum enim hoc rectum et gloriosum putarem, ex
annuo sumptu, qui mihi decretus esset, me C. Caelio quaes-
tori relinquere annuum, referre in aerarium ad HS cɔ),
ingemuit nostra cohors, omne illud putans distribui sibi
oportere, ut ego amicior invenirer Phrygum et Cilicum aeraris
quam nostro. Sed me non moverunt ; nam et mea laus apud
me plurimum valuit nec tamen quicquam honorifice in quemquam fieri potuit, quod praetermiserim.

7 Sed haec fuerit, ut ait Thucydides, ἐκβολὴ λόγου non inutilis.
Tu autem de nostro statu cogitabis : primum, quo artificio
tueamur benevolentiam Caesaris, deinde de ipso triumpho,
quem video, nisi rei publicae tempora impedient, εὐπόριστον :
iudico autem cum ex litteris amicorum, tum ex supplicatione :
quam qui non decrevit, plus decrevit, quam si omnis decresse
triumphos ; ei porro adsensus est unus familiaris meus
Favonius, alter iratus, Hirrus ; Cato autem et scribendo
adfuit et ad me de sententia sua iucundissimas litteras misit
sed tamen gratulans mihi Caesar de supplicatione, triumphat
de sententia Catonis nec scribit, quid ille sententiae dixerit
sed tantum, supplicationem eum mihi non decrevisse. Redeo
8 ad Hirrum. Coeperas eum mihi placare ; perfice : habes
Scrofam, habes Silium ; ad eos ego etiam antea scripsi, *scripsi*
ad ipsum Hirrum ; locutus enim erat cum his commode se
potuisse impedire, sed noluisse, adsensum tamen esse Catoni,
amicissimo meo, cum is honorificentissimam in me sententiam
dixisset, nec me ad se ullas litteras misisse, cum ad omnis
mitterem. Verum dicebat ; ad eum enim solum et ad Crassipedem non scripseram.

Atque haec de rebus forensibus: redeamus domum. 9
Diiungere me ab illo volo: mirus est φρατής, germanus
Lartidius.

ἀλλὰ τὰ μὲν προτετύχθαι ἐάσομεν, ἀχνύμενοί περ·

reliqua expediamus. Hoc primum, quo accessit cura dolori
meo, sed hoc tamen, quicquid est, Precianum cum iis rationibus, quas ille meas tractat, admisceri nolo. Scripsi ad
Terentiam, scripsi etiam ad ipsum, me quicquid possem num-
morum ad apparatum sperati triumphi ad te redacturum : ita
puto ἄμεμπτα fore ; verum, ut libebit. Hanc quoque suscipe
curam, quem ad modum experiamur : id et ostendisti quibusdam litteris ex Epiro *an* Athenis datis et in eo ego te adiuvabo.

LXI. (ad Fam. XVI. 11.)

TULLIUS ET CICERO, TERENTIA, TULLIA,
Q. Q. TIRONI SAL. PLURIMAM DIC.

Etsi opportunitatem operae tuae omnibus locis desidero, 1
tamen non tam mea quam tua causa doleo te non valere ; sed
quoniam in quartanam conversa vis est morbi—sic enim
scribit Curius—, spero te diligentia adhibita iam firmiorem
fore : modo fac, id quod est humanitatis tuae, ne quid aliud
cures hoc tempore, nisi ut quam commodissime convalescas.
Non ignoro, quantum ex desiderio labores ; sed erunt omnia
facilia, si valebis : festinare te nolo, ne nauseae molestiam
suscipias aeger et periculose hieme naviges.

Ego ad urbem accessi pr. Non. Ian. Obviam mihi sic est 2
proditum, ut nihil possit fieri ornatius ; sed incidi in ipsam
flammam civilis discordiae vel potius belli, cui cum cuperem
mederi et, ut arbitror, possem, cupiditates certorum hominum
—nam ex utraque parte sunt, qui pugnare cupiant—impedi-
mento mihi fuerunt. Omnino et ipse Caesar, amicus noster,
minaces ad senatum et acerbas litteras miserat et erat adhuc

impudens, qui exercitum et provinciam invito senatu teneret, et Curio meus illum incitabat ; Antonius quidem noster et Q. Cassius nulla vi expulsi ad Caesarem cum Curione profecti erant, postea quam senatus consulibus, praetoribus, tribunis pl. et nobis, qui pro coss. sumus, negotium dederat, ut curare-

3 mus, ne quid res publica detrimenti caperet.   Numquam maiore in periculo civitas fuit, numquam improbi cives habuerunt paratiorem ducem.   Omnino ex hac quoque parte diligentissime comparatur : id fit auctoritate et studio Pompeii nostri, qui Caesarem sero coepit timere.   Nobis inter has turbas senatus tamen frequens flagitavit triumphum ; sed Lentulus consul, quo maius suum beneficium faceret, simul atque expedisset, quae essent necessaria de re publica, dixit se relaturum.   Nos agimus nihil cupide eoque est nostra pluris auctoritas.   Italiae regiones discriptae sunt, quam quisque partem tueretur : nos Capuam sumpsimus.   Haec te scire volui.   Tu etiam atque etiam cura, ut valeas litterasque ad me mittas, quotienscumque habebis, cui des.   Etiam atque etiam vale.   D. pr. Idus Ian.

LXII. (ad. Fam. XVI. 12.)
TULLIUS S. D. TIRONI SUO.

1   Quo in discrimine versetur salus mea et bonorum omnium atque universae rei publicae, ex eo scire potes, quod domos nostras et patriam ipsam vel diripiendam vel inflammandam reliquimus : in eum locum res deducta est, ut, nisi qui deus

2 vel casus aliquis subvenerit, salvi esse nequeamus.   Equidem, ut veni ad urbem, non destiti omnia et sentire et dicere et facere, quae ad concordiam pertinerent ; sed mirus invaserat furor non solum improbis, sed etiam iis, qui boni habentur, ut pugnare cuperent me clamante nihil esse bello civili miserius. Itaque cum Caesar amentia quadam raperetur et oblitus nominis atque honorum suorum Ariminum, Pisaurum, An-

conam, Arretium occupavisset, urbem reliquimus : quam sapienter aut quam fortiter, nihil attinet disputari : quo quidem in casu simus, vides. Feruntur omnino condiciones ab illo, 3 ut Pompeius eat in Hispaniam, dilectus, qui sunt habiti, et praesidia nostra dimittantur ; se ulteriorem Galliam Domitio, citeriorem Considio Noniano—his enim obtigerunt—traditurum ; ad consulatus petitionem se venturum, neque se iam velle absente se rationem haberi suam ; se praesentem trinum nundinum petiturum. Accepimus condiciones, sed ita, ut removeat praesidia ex iis locis, quae occupavit, ut sine metu de his ipsis condicionibus Romae senatus haberi possit. Id 4 ille si fecerit, spes est pacis, non honestae—leges enim imponuntur—, sed quidvis est melius quam sic esse, ut sumus ; sin autem ille suis condicionibus stare noluerit, bellum paratum est, eius modi tamen, quod sustinere ille non possit, praesertim cum a suis condicionibus ipse fugerit, tantum modo ut eum intercludamus, ne ad urbem possit accedere, quod speramus fieri posse ; dilectus enim magnos habebamus putabamusque illum metuere, si ad urbem ire coepisset, ne Gallias amitteret quas ambas habet inimicissimas praeter Transpadanos, ex Hispaniaque sex legiones et magna auxilia Afranio et Petreio ducibus habet a tergo : videtur, si insaniet, posse opprimi, modo ut urbe salva. Maximam autem plagam accepit, quod is, qui summam auctoritatem in illius exercitu habebat, T. Labienus, socius sceleris esse noluit : reliquit illum et *est* nobiscum, multique idem facturi esse dicuntur. Ego adhuc 5 orae maritimae praesum a Formiis : nullum maius negotium suscipere volui, quo plus apud illum meae litterae cohortationesque ad pacem valerent ; sin autem erit bellum, video me castris et certis legionibus praefuturum. Habeo etiam illam molestiam, quod Dolabella noster apud Caesarem est. Haec tibi nota esse volui, quae cave ne te perturbent et impediant valetudinem tuam.

6   Ego A. Varroni, quem cum amantissimum mei cognovi, tum etiam valde tui studiosum, diligentissime te commendavi, ut et valetudinis tuae rationem haberet et navigationis et totum te susciperet ac tueretur : quem omnia facturum confido ; recepit enim et mecum locutus est suavissime. Tu, quoniam eo tempore mecum esse non potuisti, quo ego maxime operam et fidelitatem desideravi tuam, cave festines aut committas, ut aut aeger aut hieme naviges : numquam sero te venisse putabo, si salvus veneris. Adhuc neminem videram, qui te postea vidisset quam M. Volusius, a quo tuas litteras accepi : quod non mirabar ; neque enim meas puto ad te litteras tanta hieme perferri. Sed da operam, ut valeas et, si valebis, cum recte navigari poterit, tum naviges. Cicero meus in Formiano erat, Terentia et Tullia Romae. Cura ut valeas. IV. Kalendas Februar. Capua.

LXIII. (ad Att. VIII. 3.)
CICERO ATTICO SAL.

1   Maximis et miserrimis rebus perturbatus, cum coram tecum mihi potestas deliberandi non esset, uti tamen tuo consilio volui ; deliberatio autem omnis haec est, si Pompeius Italia excedat, quod eum facturum esse suspicor, quid mihi agendum putes, et, quo facilius consilium dare possis, quid in utramque partem mihi in mentem veniat, explicabo brevi.

2   Cum merita Pompeii summa erga salutem meam familiaritasque, quae mihi cum eo est, tum ipsa rei publicae causa me adducit, ut mihi vel consilium meum cum illius consilio vel fortuna *mea cum illius fortuna* coniungenda esse videatur. Accedit illud : si maneo et illum comitatum optimorum et clarissimorum civium desero, cadendum est in unius potestatem, qui etsi multis rebus significat se nobis esse amicum,—et ut esset, a me est—tute scis—propter suspicionem huius impendentis tempestatis multo ante provisum —, tamen

utrumque considerandum est, et quanta fides ei sit habenda
et, si maxime exploratum sit eum nobis amicum fore, sitne viri
fortis et boni civis esse in ea urbe, in qua, cum summis honoribus imperiisque usus sit, res maximas gesserit, sacerdotio sit
amplissimo praeditus, nullus futurus subeundumque periculum
sit cum aliquo fortasse dedecore, si quando Pompeius rem
publicam recuperarit.

In hac parte haec sunt ; vide nunc, quae sint in altera. 3
Nihil actum est a Pompeio nostro sapienter, nihil fortiter ;
addo etiam, nihil nisi contra consilium auctoritatemque meam :
omitto illa vetera, quod istum in rem publicam ille aluit, auxit,
armavit, ille legibus per vim et contra auspicia ferendis auctor,
ille Galliae ulterioris adiunctor, ille gener, ille in adoptando P.
Clodio augur, ille restituendi mei quam retinendi studiosior, ille
provinciae propagator, ille absentis in omnibus adiutor, idem
etiam tertio consulatu, postquam esse defensor rei publicae
coepit, contendit, ut decem tribuni pl. ferrent, ut absentis ratio
haberetur, quod idem ipse sanxit lege quadam sua, Marcoque
Marcello consuli finienti provincias Gallias Kalendarum Mar-
tiarum die restitit : sed, ut haec omittam, quid foedius, quid
perturbatius hoc ab urbe discessu sive potius turpissima,
nequissima fuga ? quae condicio non accipienda fuit potius
quam relinquenda patria ? malae condiciones erant, fateor, sed
num quid hoc peius ? ' At recuperabit rem publicam.' 4
Quando ? aut quid ad eam spem est parati ? non ager Picenus
amissus ? non patefactum iter ad urbem ? non pecunia omnis
et publica et privata adversario tradita ? denique nulla causa,
nullae vires, nulla sedes, quo concurrant, qui rem publicam
defensam velint : Apulia delecta est, inanissima pars Italiae et
ab impetu huius belli remotissima ; fuga et maritima opportunitas visa quaeri desperatione.   A me reieci Capuam, non
quo munus illud defugerem, sed in ea causa, in qua nullus
esset ordinum, nullus apertus privatorum dolor, bonorum

autem esset aliquis, sed hebes, ut solet, et, ut ipse sensi, esset multitudo et infimus quisque propensus in alteram partem, multi mutationis rerum cupidi, dixi ipsi me nihil suscepturum sine praesidio et sine pecunia.

5   Itaque habui nihil omnino negotii, quod ab initio vidi nihil quaeri praeter fugam. Eam si nunc sequor, quonam? cum illo non ; ad quem cum essem profectus, cognovi in iis locis esse Caesarem, ut tuto Luceriam venire non possem : infero mari nobis incerto cursu, hieme maxima navigandum est. Age iam, cum fratre an sine eo cum filio? an quo modo? in utraque enim re summa difficultas erit, summus animi dolor. Qui autem impetus illius erit in nos absentes fortunasque nostras? acrior quam in ceterorum, quod putabit fortasse in nobis violandis aliquid se habere populare. Age iam, has compedes, fascis inquam hos laureatos, efferre ex Italia quam molestum est! qui autem locus erit nobis tutus, ut iam placatis utamur fluctibus, ante quam ad illum venerimus? qua autem

6 aut quo, nihil sciemus. At si restitero et fuerit nobis in hac parte locus, idem fecero, quod in Cinnae dominatione Philippus, quod L. Flaccus, quod Q. Mucius, quoquo modo ea res huic quidem cecidit, qui tamen ita dicere solebat, se id fore videre, quod factum est, sed malle quam armatum ad patriae moenia accedere. Aliter Thrasybulus, et fortasse melius ; sed est certa quaedam illa Mucii ratio atque sententia, est illa etiam Philippi, et, cum sit necesse, servire tempori et non amittere tempus, cum sit datum. Sed in hoc ipso habent tamen idem fasces molestiam ; sit enim nobis amicus, quod incertum est, sed sit : deferet triumphum : non accipere *vereor* ne periculosum sit, *accipere* invidiosum ad bonos. 'O rem,' inquis, 'difficilem et inexplicabilem !' Atqui explicanda est ; quid enim fieri potest? Ac ne me existimaris ad manendum esse propensiorem, quod plura in eam partem verba fecerim, potest fieri, quod fit in multis quaestionibus, ut res verbosior

haec fuerit illa verior ; quam ob rem ut maxima de re aequo animo deliberanti, ita mihi des consilium velim : navis et in Caieta est parata nobis et Brundisii.

Sed ecce nuntii scribente me haec ipsa noctu in Caleno, 7 ecce litterae, Caesarem ad Corfinium, Domitium Corfinii cum firmo exercitu et pugnare cupiente. Non puto etiam hoc Gnaeum nostrum commissurum, ut Domitium relinquat, etsi Brundisium Scipionem cum cohortibus duabus praemiserat, legionem Fausto conscriptam in Siciliam sibi placere a consule duci scripserat ad consules ; sed turpe Domitium deserere erit implorantem eius auxilium. Est quaedam spes, mihi quidem non magna, sed in his locis firma, Afranium in Pyrenaeo cum Trebonio pugnasse, pulsum Trebonium, etiam Fabium tuum transisse cum cohortibus, summa autem, Afranium cum magnis copiis adventare ; id si est, in Italia fortasse manebitur ; ego autem, cum esset incertum iter Caesaris, quod vel ad Capuam vel ad Luceriam iturus putabatur, Leptam ad Pompeium misi *et* litteras, ipse, ne quo inciderem, reverti Formias. Haec te scire volui scripsique sedatiore animo, quam proxime scripseram, nullum meum iudicium interponens, sed exquirens tuum.

LXIV. (ad Att. VIII. 7.)

CICERO ATTICO SAL.

Unum etiam restat amico nostro ad omne dedecus, ut 1 Domitio non subveniat. 'At nemo dubitat, quin subsidio venturus sit.' Ego non puto. 'Deseret igitur talem civem et eos, quos una scis esse, cum habeat praesertim secum ipse cohortis triginta?' Nisi me omnia fallunt, deseret : incredibiliter pertimuit ; nihil spectat nisi fugam, cui tu—video enim, quid sentias—me comitem putas debere esse. Ego 2 vero, quem fugiam, habeo, quem sequar, non habeo ; quod

enim tu meum laudas et memorandum dicis, malle quod
dixerim me cum Pompeio vinci quam cum istis vincere, ego
vero malo, sed cum illo Pompeio, qui tum erat aut qui mihi
esse videbatur, cum hoc vero, qui ante fugit, quam scit aut
quem fugiat aut quo, qui nostra tradidit, qui patriam reliquit,
Italiam relinquit, si malui, contigit : victus sum.   Quod
superest, nec ista videre possum, quae numquam timui ne
viderem, nec mehercule istum, propter quem mihi non modo
3 meis, sed memet ipso carendum est.   Ad Philotimum scripsi
de viatico, sive a Moneta—nemo enim solvit—sive ab Oppiis,
tuis contubernalibus : cetera apposita tibi mandabo.

LXV. (ad Att. IX. 6 a.)
CAESAR IMP. S. D. CICERONI IMP.

Cum Furnium nostrum tantum vidissem, neque loqui neque
audire meo commodo potuissem, properarem atque essem in
itinere praemissis iam legionibus, praeterire tamen non potui,
quin et scriberem ad te et illum mitterem gratiasque agerem,
etsi hoc et feci saepe et saepius mihi facturus videor : ita de
me mereris.   In primis a te peto, quoniam confido me celeriter
ad urbem venturum, ut te ibi videam, ut tuo consilio, gratia,
dignitate, ope omnium rerum uti possim.   Ad propositum
revertar : festinationi meae brevitatique litterarum ignosces ;
reliqua ex Furnio cognosces.

LXVI. (ad Att. IX. 11 a.)
CICERO IMP. S. D. CAESARI IMP.

1   Ut legi tuas litteras, quas a Furnio nostro acceperam, quibus
mecum agebas, ut ad urbem essem, te velle uti consilio et
dignitate mea, minus sum admiratus : de gratia et de ope quid
significares, mecum ipse quaerebam, spe tamen deducebar ad
eam cogitationem, ut te pro tua admirabili ac singulari sapientia

de otio, de pace, de concordia civium agi velle arbitrarer, et ad eam rationem existimabam satis aptam esse et naturam et personam meam. Quod si ita est et si qua de Pompeio nostro 2 tuendo et tibi ac rei publicae reconciliando cura te attingit, magis idoneum, quam ego sum, ad eam causam profecto reperies neminem, qui et illi semper et senatui, cum primum potui, pacis auctor fui nec sumptis armis belli ullam partem attigi, iudicavique eo bello te violari, contra cuius honorem populi Romani beneficio concessum inimici atque invidi niterentur. Sed ut eo tempore non modo ipse fautor dignitatis tuae fui, verum etiam ceteris auctor ad te adiuvandum, sic me nunc Pompeii dignitas vehementer movet; aliquot enim sunt anni, cum vos duo delegi, quos praecipue colerem et quibus essem, sicut sum, amicissimus. Quam ob rem a te peto vel 3 potius omnibus precibus te oro et obtestor, ut in tuis maximis curis aliquid impertias temporis huic quoque cogitationi, ut tuo beneficio bonus vir, gratus, pius denique esse in maximi beneficii memoria possim; quae si tantum ad me ipsum pertinerent, sperarem me a te tamen impetraturum, sed, ut arbitror, et ad tuam fidem et ad rem publicam pertinet me ex paucis et *ad* utriusque vestrum et ad civium concordiam per te quam accommodatissimum conservari. Ego, cum antea tibi de Lentulo gratias egissem, cum ei saluti, qui mihi fuerat, fuisses, tamen lectis eius litteris, quas ad me gratissimo animo de tua liberalitate beneficioque misit, eandem me salutem a te accepisse *putavi* quam ille; in quem si me intellegis esse gratum, cura, obsecro, ut etiam in Pompeium esse possim.

LXVII. (ad. Fam. IX. 9.)

DOLABELLA S. D. CICERONI.

1   S. V. G. V. et Tullia nostra recte V. Terentia minus belle
habuit, sed certum scio iam convaluisse eam ; praeterea rectissime sunt apud te omnia.   Etsi nullo tempore in suspicionem
tibi debui venire partium causa potius quam tua tibi suadere,
ut te aut cum Caesare nobiscumque coniungeres aut certe in
otium referres, praecipue nunc, iam inclinata victoria, ne possum quidem in ullam aliam incidere opinionem nisi in eam, in
qua scilicet tibi suadere videar, quod pie tacere non possim ;
tu autem, mi Cicero, sic haec accipies, ut, sive probabuntur
tibi sive non probabuntur, ab optimo certe animo ac deditis-
simo tibi et cogitata et scripta esse iudices.

2   Animadvertis Cn. Pompeium nec nominis sui nec rerum
gestarum gloria neque etiam regum ac nationum clientelis,
quas ostentare crebro solebat, esse tutum, et hoc etiam, quod
infimo cuique contigit, illi non posse contingere, ut honeste
effugere possit, pulso Italia, amissis Hispaniis, capto exercitu
veterano, circumvallato nunc denique, quod nescio an nulli
umquam nostro acciderit imperatori.   Quam ob rem, quid
aut ille sperare possit aut tu, animum adverte pro tua
prudentia ; sic enim facillime quod tibi utilissimum erit
consilii capies.   Illud autem te peto, ut, si iam ille evitaverit
hoc periculum et se abdiderit in classem, tu tuis rebus consulas
et aliquando tibi potius quam cuivis sis amicus : satis factum
est iam a te vel officio vel familiaritati, satis factum etiam
partibus et ei rei publicae, quam tu probabas.   Reliquum est,
ubi nunc est res publica, ibi simus potius quam, dum illam
veterem sequamur, simus in nulla.

3   Qua re velim, mi iucundissime Cicero, si forte Pompeius
pulsus his quoque locis rursus alias regiones petere cogatur, ut
tu te vel Athenas vel in quamvis quietam recipias civitatem ;

quod si eris facturus, velim mihi scribas, ut ego, si ullo modo potero, ad te advolem. Quaecumque de tua dignitate ab imperatore erunt impetranda, qua est humanitate Caesar, facillimum erit ab eo tibi ipsi impetrare, et meas tamen preces apud eum non minimum auctoritatis habituras puto. Erit tuae quoque fidei et humanitatis curare, ut is tabellarius, quem ad te misi, reverti possit ad me et a te mihi litteras referat.

LXVIII. (ad. Att. XI. 8.)
CICERO ATTICO SAL.

Quantis curis conficiar, etsi profecto vides, tamen cognosces 1 ex Lepta et Trebatio. Maximas poenas pendo temeritatis meae, quam tu prudentiam mihi videri vis, neque te deterreo, quo minus id disputes scribasque ad me quam saepissime; non nihil enim me levant tuae litterae hoc tempore. Per eos, qui nostra causa volunt valentque apud illum, diligentissime contendas opus est, per Balbum et Oppium maxime, ut de me scribant quam diligentissime; oppugnamur enim, ut audio, et a praesentibus quibusdam et per litteras: iis ita est occur-rendum, ut rei magnitudo postulat. Fufius est illic, mihi 2 inimicissimus; Quintus misit filium non solum sui depreca-torem, sed etiam accusatorem mei: dictitat se a me apud Caesarem oppugnari, quod refellit Caesar ipse omnesque eius amici; neque vero desistit, ubicumque est, omnia in me maledicta conferre. Nihil mihi umquam tam incredibile accidit, nihil in his malis tam acerbum. Qui ex ipso audissent, cum Sicyone palam multis audientibus loqueretur, nefaria quaedam ad me pertulerunt. Nosti genus, etiam expertus es fortasse: in me id est omne conversum. Sed augeo com-memorando dolorem et facio etiam tibi; qua re ad illud redeo: cura, ut huius rei causa dedita opera mittat aliquem Balbus. Ad quos videbitur, velim cures litteras meo nomine. Vale. VI. Kal. Ian.

LXIX. (ad. Fam. IX. 6.)

CICERO VARRONI.

1   Caninius noster me tuis verbis admonuit, ut scriberem ad
te, si quid esset, quod putarem te scire oportere. Est igitur
adventus Caesaris scilicet in exspectatione, neque tu id
ignoras. Sed tamen, cum ille scripsisset, ut opinor, se in
Alsiense venturum, scripserunt ad eum sui, ne id faceret;
multos ei molestos fore ipsumque multis; Ostiae videri commodius eum exire posse: id ego non intellegebam quid
interesset; sed tamen Hirtius mihi dixit et se ad eum et Balbum et Oppium scripsisse, ut ita faceret, homines, ut cognovi,
2 amantes tui. Hoc ego idcirco nosse te volui, ut scires, hospitium tibi ubi parares, vel potius *ut* utrobique—quid enim ille
facturus sit, incertum est—, et simul ostentavi tibi me istis esse
familiarem et consiliis eorum interesse.

   Quod ego cur nolim, nihil video; non enim est idem ferre,
si quid ferendum est, et probare, si quid non probandum est;
etsi, quid non probem, equidem iam nescio, praeter initia
rerum; nam haec in voluntate fuerunt. Vidi enim—nam tu
aberas—nostros amicos cupere bellum, hunc autem non tam
cupere quam non timere—ergo haec consilii fuerunt, reliqua
necessaria—, vincere autem aut hos aut illos necesse esse.
3 Scio te semper mecum in luctu fuisse, cum videremus cum
illud ingens malum, alterius utrius exercitus et ducum interitum, tum vero extremum malorum omnium esse civilis belli
victoriam: quam quidem ego etiam illorum timebam, ad quos
veneramus—crudeliter enim otiosis minabantur, eratque iis et
tua invisa voluntas et mea oratio—; nunc vero, si essent
nostri potiti, valde intemperantes fuissent, erant enim nobis
perirati, quasi quicquam de nostra salute decrevissemus, quod
non idem illis censuissemus, aut quasi utilius rei publicae

fuerit eos etiam ad bestiarum auxilium confugere quam vel
emori vel cum spe, si non optima, at aliqua tamen vivere.

'At in perturbata re publica vivimus.' Quis negat? sed 4
hoc viderint ii, qui nulla sibi subsidia ad omnis vitae status
paraverunt; huc enim ut venirem, superior longius, quam
volui, fluxit oratio : cum enim te semper magnum hominem
duxi, tum, quod his tempestatibus es prope solus in portu
fructusque doctrinae percipis eos, qui maximi sunt, ut ea consideres eaque tractes, quorum et usus et delectatio est omnibus
istorum et actis et voluptatibus anteponenda.   Equidem hos
tuos Tusculanenses dies instar esse vitae puto, libenterque
omnibus omnes opes concesserim, ut mihi liceat vi nulla inter-
pellante isto modo vivere : quod nos quoque imitamur, ut 5
possumus, et in nostris studiis libentissime conquiescimus;
quis enim hoc non dederit nobis, ut, cum opera nostra patria
sive non possit uti sive nolit, ad eam vitam revertamur, quam
multi docti homines, fortasse non recte, sed tamen multi etiam
rei publicae praeponendam putaverunt?   Quae igitur studia
magnorum hominum sententia vacationem habent quandam
publici muneris, iis concedente re publica cur non abutamur?

Sed plus facio, quam Caninius mandavit; is enim, si quid 6
ego scirem, rogarat, quod tu nescires: ego tibi ea narro, quae
tu melius scis quam ipse, qui narro.   Faciam ergo illud, quod
rogatus sum, ut eorum, quae temporis huius sint, quae *scire
interesse* tua videro, ne quid ignores.

LXX. (ad Fam. IX. 16.)

CICERO PAETO SAL.

Delectarunt me tuae litterae, in quibus primum amavi amo- 1
rem tuum, qui te ad scribendum incitavit verentem, ne Silius
suo nuntio aliquid mihi sollicitudinis attulisset ; de quo et tu
mihi antea scripseras, bis quidem eodem exemplo, facile ut

intellegerem te esse commotum, et ego tibi accurate rescrip-
seram, ut *quo*quo modo in tali re atque tempore aut liberarem
2 te ista cura aut certe levarem.   Sed quoniam proximis quoque
litteris ostendis, quantae tibi curae sit ea res, sic, mi Paete,
habeto : quicquid arte fieri potuerit—non enim iam satis est
consilio pugnare : artificium quoddam excogitandum est—,
sed tamen quicquid elaborari aut effici potuerit ad istorum
benevolentiam conciliandam et colligendam, summo studio me
consecutum esse, nec frustra, ut arbitror ; sic enim color, sic
observor ab omnibus iis, qui *a* Caesare diliguntur, ut ab iis me
amari putem ; nam etsi non facile diiudicatur amor verus et
fictus, nisi aliquod incidat eius modi tempus, ut, quasi aurum
igni, sic benevolentia fidelis periculo aliquo perspici possit,
cetera sunt signa communia ; sed ego uno utor argumento,
quam ob rem me ex animo vereque arbitrer diligi, quia et
nostra fortuna ea est et illorum, ut simulandi causa non sit.
3 De illo autem, quem penes est omnis potestas, nihil video,
quod timeam, nisi quod omnia sunt incerta, cum a iure discessum est : nec praestari quicquam potest, quale futurum sit,
quod positum est in alterius voluntate, ne dicam libidine ; sed
tamen eius ipsius nulla re a me offensus est animus ; est enim
adhibita in ea re ipsa summa a nobis moderatio ; ut enim olim
arbitrabar esse meum libere loqui, cuius opera esset in civitate
libertas, sic ea nunc amissa nihil loqui, quod offendat aut illius
aut eorum, qui ab illo diliguntur, voluntatem ; effugere autem
si velim non nullorum acute aut facete dictorum *famam*, fama
ingenii mihi est abicienda, quod, si possem, non recusarem.
4 Sed tamen ipse Caesar habet peracre iudicium, et, ut Servius,
frater tuus, quem litteratissimum fuisse iudico, facile diceret :
' Hic versus Plauti non est, hic est,' quod tritas aures haberet
notandis generibus poëtarum et consuetudine legendi, sic audio
Caesarem, cum volumina iam confecerit ἀποφθεγμάτων, si
quod adferatur ad eum pro meo, quod meum non sit, reicere

solere; quod eo nunc magis facit, quia vivunt mecum fere
cotidie illius familiares; incidunt autem in sermone vario
multa, quae fortasse illis, cum dixi, nec illiterata nec insulsa
esse videantur; haec ad illum cum reliquis actis perferuntur
—ita enim ipse mandavit — : sic fit, ut, si quid praeterea de
me audiat, non audiendum putet. Quam ob rem Oenomao
tuo nihil utor; etsi posuisti loco versus Accianos; sed quae
est 'invidia'? aut quid mihi nunc invideri potest? Verum 5
fac esse omnia : sic video philosophis placuisse iis, qui mihi
soli videntur vim virtutis tenere, nihil esse sapientis praestare
nisi culpam, qua mihi videor dupliciter carere, et quod ea
senserim, quae rectissima fuerunt, et quod, cum viderem praesidii non satis esse ad ea obtinenda, viribus certandum cum
valentioribus non putarim; ergo in officio boni civis certe non
sum reprehendendus. Reliquum est, ne quid stulte, ne quid
temere dicam aut faciam contra potentes; id quoque puto esse
sapientis; cetera vero, quid quisque me dixisse dicat aut quo
modo ille accipiat aut qua fide mecum vivant ii, qui me
assidue colunt et observant, praestare non possum. Ita fit, ut 6
et consiliorum superiorum conscientia et praesentis temporis
moderatione me consoler et illam Accii similitudinem non
[modo] iam ad 'invidiam', sed ad fortunam transferam, quam
existimo levem et imbecillam ab animo firmo et gravi, 'tamquam fluctum a saxo frangi' oportere. Etenim cum plena
sint monumenta Graecorum, quem ad modum sapientissimi
viri regna tulerint vel Athenis vel Syracusis, cum servientibus
suis civitatibus fuerint ipsi quodam modo liberi, ego me non
putem tueri meum statum sic posse, ut neque offendam animum
cuiusquam nec frangam dignitatem meam?

Nunc venio ad iocationes tuas, quoniam tu secundum 7
Oenomaum Accii non, ut olim solebat, Atellanam, sed, ut
nunc fit, mimum introduxisti. Quem tu mihi popillium, quem
denarium narras? quam tyrotarichi patinam? facilitate mea

ista ferebantur antea ; nunc mutata res est : Hirtium ego et
Dolabellam dicendi discipulos habeo, cenandi magistros ; puto
enim te audisse, si forte ad vos omnia perferuntur, illos *apud
me declamitare, me apud illos* cenitare.   Tu autem quod mihi
bonam copiam eiures, nihil est ; tum enim, cum rem habebas,
quaesticulis te faciebat attentiorem : nunc, cum tam aequo
animo bona perdas, non eo sis consilio, ut, cum me hospitio
recipias, aestimationem te aliquam putes accipere ; etiam haec

8 levior est plaga ab amico quam a debitore.   Nec tamen eas
cenas quaero, ut magnae reliquiae fiant ; quod erit, magnificum
sit et lautum.   Memini te mihi Phameae cenam narrare :
temperius fiat, cetera eodem modo.   Quod si perseveras me
ad matris tuae cenam revocare, feram id quoque ; volo enim
videre animum, qui mihi audeat ista, quae scribis, apponere
aut etiam polypum miniati Iovis similem.   Mihi crede, non
audebis : ante meum adventum fama ad te de mea nova lautitia
veniet ; eam extimesces.   Neque est, quod in promulside spei
ponas aliquid, quam totam sustuli ; solebam enim antea debilitari oleis et Lucanicis tuis.   Sed quid haec loquimur? liceat

9 modo isto venire.   Tu vero—volo enim abstergere animi tui
metum—ad tyrotarichum antiquum redi.   Ego tibi unum
sumptum adferam, quod balneum calfacias oportebit ; cetera

10 more nostro : superiora illa lusimus.   De villa Seliciana et
curasti diligenter et scripsisti facetissime : itaque puto me
praetermissurum ; salis enim satis est, sannionum parum.

LXXI. (ad Fam. IX. 18.)

CICERO S. D. PAETO.

1   Cum essem otiosus in Tusculano, propterea quod discipulos
obviam miseram, ut eadem me quam maxime conciliarent
familiari suo, accepi tuas litteras plenissimas suavitatis, ex
quibus intellexi probari tibi meum consilium, quod, ut

Dionysius tyrannus, cum Syracusis pulsus esset, Corinthi dicitur ludum aperuisse, sic ego sublatis iudiciis amisso regno forensi ludum quasi habere coeperim. Quid quaeris? me 2 quoque delectat consilium; multa enim consequor: primum, id quod maxime nunc opus est, munio me ad haec tempora. Id cuius modi sit, nescio: tantum video, nullius adhuc consilium me huic anteponere; nisi forte mori melius fuit: in lectulo, fateor, sed non accidit; in acie non fui; ceteri quidem, Pompeius, Lentulus tuus, Scipio, Afranius foede perierunt. 'At Cato praeclare.' Iam istuc quidem, cum volemus, licebit; demus modo operam, ne tam necesse nobis sit quam illi fuit, id quod agimus. Ergo hoc primum. Sequitur illud: 3 ipse melior fio, primum valetudine, quam intermissis exercitationibus amiseram; deinde ipsa illa, si qua fuit in me facultas orationis, nisi me ad has exercitationes rettulissem, exaruisset. Extremum illud est, quod tu nescio an primum putes: plures iam pavones confeci, quam tu pullos columbinos; tu istic te Hateriano iure delectas, ego me hic Hirtiano. Veni igitur, si vir es, et disce a me προλεγομένας, quas quaeris; etsi sus Minervam; sed quomodo, videro. Si aestimationes tuas 4 vendere non potes neque ollam denariorum implere, Romam tibi remigrandum est. Satius est hic cruditate quam istic fame. Video te bona perdidisse: spero idem istuc familiares tuos. Actum igitur de te est, nisi provides. Potes mulo isto, quem tibi reliquum dicis esse, quoniam cantherium comedisti, Romam pervehi. Sella tibi erit in ludo tamquam hypodidascalo proxima; eam pulvinus sequetur.

LXXII. (ad Fam. IX. 20.)

CICERO PAETO.

1 Dupliciter delectatus sum tuis litteris, et quod ipse risi et
quod te intellexi iam posse ridere ; me autem a te, ut scurram
velitem, malis oneratum esse non moleste tuli : illud doleo, in
ista loca venire me, ut constitueram, non potuisse ; habuisses
enim non hospitem, sed contubernalem. At quem virum
non eum, quem tu es solitus promulside conficere : integram
famem ad ovum adfero, itaque usque ad assum vitulinum
opera perducitur. Illa mea, quae solebas antea laudare, 'o
hominem facilem ! o hospitem non gravem !' abierunt : nunc
omnem nostram de re publica curam, cogitationem de dicenda
in senatu sententia, commentationem causarum abiecimus, in
Epicuri nos, adversarii nostri, castra coniecimus, nec tamen
ad hanc insolentiam, sed ad illam tuam lautitiam, veterem
dico, cum in sumptum habebas : etsi numquam plura praedia
2 habuisti. Proinde te para : cum homine et edaci tibi res est
et qui iam aliquid intellegat ; ὀψιμαθεῖς autem homines scis
quam insolentes sint : dediscendae tibi sunt sportellae et
artolagani tui. Nos iam exquisitae artis tantum habemus, ut
Verrium tuum et Camillum—qua munditia homines ! qua
elegantia !—vocare saepius audeamus ; sed vide audaciam :
etiam Hirtio cenam dedi, sine pavone tamen ; in ea cena
coquus meus praeter ius fervens nihil non potuit imitari.
3 Haec igitur est nunc vita nostra : mane salutamus domi et
bonos viros multos, sed tristes, et hos laetos victores, qui me
quidem perofficiose et peramanter observant ; ubi salutatio
defluxit, litteris me involvo : aut scribo aut lego ; veniunt etiam,
qui me audiunt quasi doctum hominem, quia paulo sum quam
ipsi doctior ; inde corpori omne tempus datur. Patriam
eluxi iam et gravius et diutius, quam ulla mater unicum

filium. Sed cura, si me amas, ut valeas, ne ego te iacente bona tua comedim; statui enim tibi ne aegroto quidem parcere.

LXXIII. (ad Fam. IX. 17.)

CICERO PAETO.

Non tu homo ridiculus es, qui, cum Balbus noster apud te 1 fuerit, ex me quaeras, quid de istis municipiis et agris futurum putem? quasi aut ego quicquam sciam, quod iste nesciat, aut, si quid aliquando scio, non ex isto soleam scire. Immo vero, si me amas, tu fac, ut sciam, quid de nobis futurum sit; habuisti enim in tua potestate, ex quo vel ex sobrio vel certe ex ebrio scire posses; sed ego ista, mi Paete, non quaero, primum quia de lucro prope iam quadriennium vivimus, si aut hoc lucrum est aut haec vita, superstitem rei publicae vivere; deinde quod scire *ego* quoque mihi videor, quid futurum sit; fiet enim, quodcumque volent, qui valebunt: valebunt autem semper arma. Satis igitur nobis esse debet, quicquid conceditur: hoc si qui pati non potuit, mori debuit. Veientem quidem agrum et Capenatem metiuntur; hoc non 2 longe abest a Tusculano; nihil tamen timeo: fruor, dum licet, opto, ut semper liceat; si id minus contigerit, tamen, quoniam ego, vir fortis idemque philosophus, vivere pulcherrimum duxi, non possum eum non diligere, cuius beneficio id consecutus sum; qui si cupiat esse rem publicam, qualem fortasse et ille vult et omnes optare debemus, quid faciat tamen non habet: ita se cum multis colligavit. Sed longius 3 progredior; scribo enim ad te. Hoc tamen scito, non modo me, qui consiliis non intersum, sed ne ipsum quidem principem scire, quid futurum sit; nos enim illi servimus, ipse temporibus: ita nec ille, quid tempora postulatura sint, nec nos, quid ille cogitet, scire possumus. Haec tibi antea non rescripsi, non quo cessator esse solerem, praesertim in litteris, sed, cum

explorati nihil haberem, nec tibi sollicitudinem ex dubitatione
mea nec spem ex adfirmatione adferre volui. Illud tamen
adscribam, quod est verissimum, me his temporibus adhuc de
isto periculo nihil audisse: tu tamen pro tua sapientia
debebis optare optima, cogitare difficillima, ferre quaecumque
erunt.

LXXIV. (ad Fam. IV. 14.)

M. CICERO S. D. CN. PLANCIO.

1   Binas a te accepi litteras Corcyrae datas, quarum alteris
mihi gratulabare, quod audisses me meam pristinam dignitatem
obtinere, alteris dicebas te velle, quae egissem, bene et feliciter
evenire. Ego autem, si dignitas est bene de re publica
sentire et bonis viris probare, quod sentias, obtineo dignitatem
meam; sin autem in eo dignitas est, si, quod sentias, aut re
efficere possis aut denique libera oratione defendere, ne ves-
tigium quidem ullum est reliquum nobis dignitatis, agiturque
praeclare, si nosmet ipsos regere possumus, ut ea, quae partim
iam adsunt, partim impendent, moderate feramus, quod est
difficile in eius modi bello, cuius exitus ex altera parte caedem
2 ostentat, ex altera servitutem : quo in periculo non nihil me
consolatur, cum recordor haec me tum vidisse, cum secundas
etiam res nostras, non modo adversas, pertimescebam vide-
bamque, quanto periculo de iure publico disceptaretur armis;
quibus si ii vicissent, ad quos ego pacis spe, non belli cupiditate adductus accesseram, tamen intellegebam, et iratorum
hominum et cupidorum et insolentium quam crudelis esset
futura victoria, sin autem victi essent, quantus interitus esset
futurus civium partim amplissimorum, partim etiam optimorum,
qui me haec praedicentem atque optime consulentem saluti
suae malebant nimium timidum quam satis prudentem
existimari.

Quod autem mihi de eo, quod egerim, gratularis, te ita velle 3
certo scio; sed ego tam misero tempore nihil novi consilii
cepissem, nisi in reditu meo nihilo meliores res domesticas
quam rem publicam offendissem; quibus enim pro meis
immortalibus beneficiis carissima mea salus et meae fortunae
esse debebant, cum propter eorum scelus nihil mihi intra meos
parietes tutum, nihil insidiis vacuum viderem, novarum me
necessitudinum fidelitate contra veterum perfidiam muni-
endum putavi.

Sed de nostris rebus satis vel etiam nimium multa. De 4
tuis velim ut eo sis animo, quo debes esse, id est, ut ne quid
tibi praecipue timendum putes; si enim status erit aliquis
civitatis, quicumque erit, te omnium periculorum video ex-
pertem fore; nam alteros tibi iam placatos esse intellego,
alteros numquam iratos fuisse. De mea autem in te voluntate
sic velim iudices, me, quibuscumque rebus opus esse intellegam,
quamquam videam, qui sim hoc tempore et quid possim,
opera tamen et consilio, studio quidem certe, rei, famae, saluti
tuae praesto futurum. Tu velim et quid agas et quid acturum
te putes, facias me quam diligentissime certiorem.

LXXV. (ad Fam. VII. 3.)

M. CICERO S. D. M. MARIO.

Persaepe mihi cogitanti de communibus miseriis, in quibus 1
tot annos versamur et, ut video, versabimur, solet in mentem
venire illius temporis, quo proxime fuimus una; quin etiam
ipsum diem memoria teneo: nam a. d. III. Idus Maias Lentulo
et Marcello consulibus cum in Pompeianum vesperi venissem,
tu mihi sollicito animo praesto fuisti; sollicitum autem te
habebat cogitatio cum officii, tum etiam periculi mei: si
manerem in Italia, verebare, ne officio deessem; si proficis-

cerer ad bellum, periculum te meum commovebat. Quo
tempore vidisti profecto me quoque ita conturbatum, ut non
explicarem, quid esset optimum factu ; pudori tamen malui
famaeque cedere quam salutis meae rationem ducere.

2   Cuius me mei facti paenituit non tam propter periculum
meum quam propter vitia multa, quae ibi offendi, quo veneram :
primum neque magnas copias neque bellicosas ; deinde extra
ducem paucosque praeterea—de principibus loquor—reliqui
primum in ipso bello rapaces, deinde in oratione ita crudeles,
ut ipsam victoriam horrerem ; maximum autem aes alienum
amplissimorum virorum : quid quaeris ? nihil boni praeter
causam. Quae cum vidissem, desperans victoriam primum
coepi suadere pacem, cuius fueram semper auctor ; deinde,
cum ab ea sententia Pompeius valde abhorreret, suadere
institui, ut bellum duceret : hoc interdum probabat et in ea
sententia videbatur fore et fuisset fortasse, nisi quadam ex
pugna coepisset suis militibus confidere. Ex eo tempore vir
ille summus nullus imperator fuit : signa tirone et collecticio
exercitu cum legionibus robustissimis contulit ; victus turpissime amissis etiam castris solus fugit.

3   Hunc ego mihi belli finem feci nec putavi, cum integri pares
non fuissemus, fractos superiores fore. Discessi ab eo bello,
in quo aut in acie cadendum fuit aut in aliquas insidias inci-
dendum aut deveniendum in victoris manus aut ad Iubam
confugiendum aut capiendus tamquam exsilio locus aut consciscenda mors voluntaria ; certe nihil fuit praeterea, si te
victori nolles aut non auderes committere. Ex omnibus autem
iis, quae dixi, incommodis nihil tolerabilius exsilio, praesertim
innocenti, ubi nulla adiuncta est turpitudo, addo etiam, cum
ea urbe careas, in qua nihil sit, quod videre possis sine dolore :
ego cum meis—si quicquam nunc cuiusquam est—etiam in
4 meis esse malui. Quae acciderunt, omnia dixi futura ; veni
domum, non quo optima vivendi condicio esset, sed tamen, si

esset aliqua forma rei publicae, tamquam in patria ut essem, si nulla, tamquam *in* exsilio.   Mortem mihi cur consciscerem, causa non visa est, cur optarem, multae causae; vetus est enim : ubi non sis, qui fueris, non esse, cur velis vivere.   Sed tamen vacare culpa magnum est solacium, praesertim cum habeam duas res, quibus me sustentem, optimarum artium scientiam et maximarum rerum gloriam, quarum altera mihi vivo numquam eripietur, altera ne mortuo quidem.

Haec ad te scripsi verbosius et tibi molestus fui, quod te 5 cum mei, tum rei publicae cognovi amantissimum.   Notum tibi omne meum consilium esse volui, ut primum scires me numquam voluisse plus quemquam posse quam universam rem publicam, postea autem quam alicuius culpa tantum valeret unus, ut obsisti non posset, me voluisse pacem; amisso exercitu et eo duce, in quo spes fuerat uno, me voluisse etiam reliquis omnibus, postquam non potuerim, mihi ipsi finem fecisse belli; nunc autem, si haec civitas est, civem esse me, si non, exsulem esse non incommodiore loco, quam si Rhodum *me* aut Mytilenas contulissem.   Haec tecum coram malueram ; 6 sed quia longius fiebat, volui per litteras eadem, ut haberes, quid diceres, si quando in vituperatores meos incidisses ; sunt enim, qui, cum meus interitus nihil fuerit rei publicae profuturus, criminis loco putent esse, quod vivam, quibus ego certo scio non videri satis multos perisse : qui si me audissent, quamvis iniqua pace, honeste tamen viverent ; armis enim inferiores, non causa fuissent.   Habes epistolam verbosiorem fortasse, quam velles ; quod tibi ita videri putabo, nisi mihi longiorem remiseris.   Ego, si, quae volo, expediero, brevi tempore te, ut spero, videbo.

LXXVI. (ad Fam. IV. 8.)

M. CICERO S. D. M. MARCELLO.

1 Neque monere te audeo praestanti prudentia virum nec confirmare maximi animi hominem unumque fortissimum, consolari vero nullo modo; nam si ea, quae acciderunt, ita fers, ut audio, gratulari magis virtuti debeo quam consolari dolorem tuum : sin te tanta mala rei publicae frangunt, non ita abundo ingenio, ut te consoler, cum ipse me non possim. Reliquum est igitur, ut tibi me in omni re eum praebeam praestemque et ad omnia, quae tui velint, ita sim praesto, ut me non solum omnia debere tua causa, *quae possim*, sed etiam 2 quae non possim, putem. Illud tamen vel tu me monuisse vel censuisse puta vel propter benevolentiam tacere non potuisse, ut, quod ego facio, tu quoque animum inducas, si sit aliqua res publica, in ea te esse oportere, iudicio hominum reque principem, necessitate cedentem tempori : sin autem nulla sit, hunc tamen aptissimum esse etiam ad exsulandum locum ; si enim libertatem sequimur, qui locus hoc dominatu vacat? sin qualemcumque locum, quae est domestica sede iucundior? Sed, mihi crede, etiam is, qui omnia tenet, favet ingeniis, nobilitatem vero et dignitates hominum, quantum ei res et ipsius causa concedit, amplectitur. Sed plura, quam statueram ; redeo ergo ad unum illud, me tuum esse : fore cum tuis, si modo erunt tui, si minus, me certe in omnibus rebus satis nostrae coniunctioni amorique facturum. Vale.

LXXVII. (ad Fam. IV. 4.)

M. CICERO S. D. SER. SULPICIO.

1 Accipio excusationem tuam, qua usus es, cur saepius ad me litteras uno exemplo dedisses, sed accipio ex ea parte, quatenus aut neglegentia aut improbitate eorum, qui epistolas accipiant, fieri scribis, ne ad nos perferantur : illam partem excusationis,

qua te scribis orationis paupertate—sic enim appellas—isdem verbis epistolas saepius mittere, nec nosco nec probo, et ego ipse, quem tu per iocum—sic enim accipio—divitias orationis habere dicis, me non esse verborum admodum inopem agnosco—εἰρωνεύεσθαι enim non necesse est—, sed tamen idem—nec hoc εἰρωνευόμενος—facile cedo tuorum scriptorum subtilitati et elegantiae.

Consilium tuum, quo te usum scribis hoc Achaicum nego- 2 tium non recusavisse, cum semper probavissem, tum multo magis probavi lectis tuis proximis litteris ; omnes enim causae, quas commemoras, iustissimae sunt tuaque et auctoritate et prudentia dignissimae. Quod aliter cecidisse rem existimas, atque opinatus sis, id tibi nullo modo adsentior ; sed quia tanta perturbatio et confusio est rerum, ita perculsa et prostrata foedissimo bello iacent omnia, ut is cuique locus, ubi ipse sit, et sibi quisque miserrimus esse videatur, propterea et tui consilii paenitet te et nos, qui domi sumus, tibi beati videmur, at contra nobis non tu quidem vacuus molestiis, sed prae nobis beatus. Atque hoc ipso melior est tua quam nostra condicio, quod tu, quid doleat, scribere audes, nos ne id quidem tuto possumus, nec id victoris vitio, quo nihil moderatius, sed ipsius victoriae, quae civilibus bellis semper est insolens.

Uno te vicimus, quod de Marcelli, collegae tui, salute paulo 3 ante quam tu cognovimus, etiam mehercule quod, quem ad modum ea res ageretur, vidimus : nam sic fac existimes, post has miserias, id est postquam armis disceptari coeptum est de iure publico, nihil esse actum aliud cum dignitate ; nam et ipse Caesar accusata acerbitate Marcelli—sic enim appellabat —laudataque honorificentissime et aequitate tua et prudentia repente praeter spem dixit se senatui roganti de Marcello ne hominis quidem causa negaturum ; fecerat autem hoc senatus, ut cum a L. Pisone mentio esset facta de Marcello et C. Marcellus se ad Caesaris pedes abiecisset, cunctus consur-

geret et ad Caesarem supplex accederet. Noli quaerere : ita
mihi pulcher hic dies visus est, ut speciem aliquam viderer
4 videre quasi reviviscentis rei publicae. Itaque cum omnes
ante me rogati gratias Caesari egissent praeter Volcatium—is
enim, si eo loco esset, negavit se facturum fuisse—, ego rogatus
mutavi meum consilium ; nam statueram non mehercule
inertia, sed desiderio pristinae dignitatis in perpetuum tacere.
Fregit hoc meum consilium et Caesaris magnitudo animi et
senatus officium ; itaque pluribus verbis egi Caesari gratias,
meque metuo ne etiam in ceteris rebus honesto otio privarim,
quod erat unum solacium in malis ; sed tamen, quoniam effugi
eius offensionem, qui fortasse arbitraretur me hanc rem publicam non putare, si perpetuo tacerem, modice hoc faciam aut
etiam intra modum, ut et illius voluntati et meis studiis
serviam : nam etsi a prima aetate me omnis ars et doctrina
liberalis et maxime philosophia delectavit, tamen hoc studium
cotidie ingravescit, credo et aetatis maturitate ad prudentiam
et his temporum vitiis, ut nulla res alia levare animum moles-
5 tiis possit ; a quo studio te abduci negotiis intellego ex tuis
litteris, sed tamen aliquid iam noctes te adiuvabunt.

Servius tuus vel potius noster summa me observantia colit,
cuius ego cum omni probitate summaque virtute, tum studiis
doctrinaque delector. Is mecum saepe de tua mansione aut
decessione communicat : adhuc in hac sum sententia, nihil ut
faciamus, nisi quod maxime Caesar velle videatur. Res sunt
eius modi, ut, si Romae sis, nihil praeter tuos delectare possit ;
de reliquis, nihil melius ipso est, ceteri et cetera eius modi,
ut, si alterutrum necesse sit, audire ea malis quam videre.
Hoc nostrum consilium nobis minime iucundum est, qui te
videre cupimus, sed consulimus tibi. Vale.

LXXVIII. (ad Fam. VI. 6.)

M. CICERO S. D. A. CAECINAE.

Vereor, ne desideres officium meum, quod tibi pro nostra 1
et meritorum multorum et studiorum parium coniunctione
deesse non debet, sed tamen vereor, ne litterarum a me
officium requiras, quas tibi et iam pridem et saepe misissem,
nisi cotidie melius exspectans gratulationem quam confirma-
tionem animi tui complecti litteris maluissem.   Nunc, ut 2
spero, brevi gratulabimur : itaque in aliud tempus id argumentum epistolae differo ; his autem litteris animum tuum,
quem minime imbecillum esse et audio et spero, etsi non
sapientissimi, at amicissimi hominis auctoritate confirmandum
etiam atque etiam puto, nec iis quidem verbis, quibus te consoler ut afflictum et iam omni spe salutis orbatum, sed ut eum,
de cuius incolumitate non plus dubitem, quam te memini
dubitare de mea.

Nam cum me ex re publica expulissent ii, qui illam cadere
posse stante me non putarent, memini me ex multis hospitibus,
qui ad me ex Asia, in qua tu eras, venerant, audire te de
glorioso et celeri reditu meo confirmare.   Si te ratio quaedam 3
mira Tuscae disciplinae, quam a patre, nobilissimo atque
optimo viro, acceperas, non fefellit, ne nos quidem nostra
divinatio fallet, quam cum sapientissimorum virorum monumentis atque praeceptis plurimoque, ut tu scis, doctrinae
studio, tum magno etiam usu tractandae rei publicae magnaque
nostrorum temporum varietate consecuti sumus ; cui quidem 4
divinationi hoc plus confidimus, quod ea nos nihil in his tam
obscuris rebus tamque perturbatis umquam omnino fefellit.
Dicerem, quae ante futura dixissem, ni vererer, ne ex eventis
fingere viderer ; sed tamen plurimi sunt testes me et initio, ne
coniungeret se cum Caesare, monuisse Pompeium et postea,
ne se *di*iungeret : coniunctione frangi senatus opes, diiunctione

civile bellum excitari videbam, atque utebar familiarissime
Caesare, Pompeium faciebam plurimi, sed erat meum con-
5 silium cum fidele Pompeio, tum salutare utrique.   Quae praeterea providerim, praetereo ; nolo enim hunc de me optime
meritum existimare ea me suasisse Pompeio, quibus ille si
paruisset, esset hic quidem clarus in toga et princeps, sed
tantas opes, quantas nunc habet, non haberet : eundum in
Hispaniam censui ; quod si fecisset, civile bellum nullum
fuisset.   Rationem haberi absentis non tam pugnavi ut liceret,
quam ut, quoniam ipso consule pugnante populus iusserat,
haberetur.   Causa orta belli est : quid ego praetermisi aut
monitorum aut querelarum, cum vel iniquissimam pacem
6 iustissimo bello anteferrem ?   Victa est auctoritas mea, non
tam a Pompeio—nam is movebatur—, quam ab iis, qui duce
Pompeio freti peropportunam et rebus domesticis et cupidita-
tibus suis illius belli victoriam fore putabant.   Susceptum
bellum est quiescente me, depulsum ex Italia manente me,
quoad potui, sed valuit apud me plus pudor meus quam
timor : veritus sum deesse Pompeii saluti, cum ille aliquando
non defuisset meae.   Itaque vel officio vel fama bonorum vel
pudore victus, ut in fabulis Amphiaraus, sic ego 'prudens et
sciens ad pestem ante oculos positam ' sum profectus ; quo in
bello nihil adversi accidit non praedicente me.
7   Qua re quoniam, ut augures et astrologi solent, ego quoque
augur publicus ex meis superioribus praedictis constitui apud
te auctoritatem augurii et divinationis meae, debebit habere
fidem nostra praedictio.   Non igitur ex alitis involatu nec e
cantu sinistro oscinis, ut in nostra disciplina est, nec ex
tripudiis solistimis aut soniviis tibi auguror, sed habeo alia
signa, quae observem ; quae etsi non sunt certiora illis, minus
tamen habent vel obscuritatis vel erroris.
8   Notantur autem mihi ad divinandum signa duplici quadam
via, quarum alteram duco e Caesare ipso, alteram e temporum

civilium natura atque ratione. In Caesare haec sunt : mitis
clemensque natura, qualis exprimitur praeclaro illo libro
Querelarum tuarum ; accedit, quod mirifice ingeniis excellen-
tibus, quale est tuum, delectatur; praeterea cedit multorum
iustis et officio incensis, non inanibus aut ambitiosis, voluntatibus, in quo vehementer cum consentiens Etruria movebit.
Cur haec igitur adhuc parum profecerunt ? Quia non putat 9
se sustinere causas posse multorum, si tibi, cui iustius videtur
irasci posse, concesserit. 'Quae est igitur,' inquies, 'spes ab
irato ?' Eodem fonte se hausturum intelleget laudes suas, e
quo sit leviter adspersus. Postremo homo valde est acutus et
multum providens ; intellegit te, hominem in parte Italiae
minime contemnenda facile omnium nobilissimum et in communi re publica cuivis summorum tuae aetatis vel ingenio vel
gratia vel fama populi Romani parem, non posse prohiberi re
publica diutius ; nolet hoc temporis potius esse aliquando
beneficium quam iam suum.

Dixi de Caesare ; nunc dicam de temporum rerumque 10
natura : nemo est tam inimicus ei causae, quam Pompeius
animatus melius quam paratus susceperat, qui nos malos cives
dicere aut homines improbos audeat ; in quo admirari soleo
gravitatem et iustitiam et sapientiam Caesaris : numquam nisi
honorificentissime Pompeium appellat. 'At in eius persona
multa fecit asperius.' Armorum ista et victoriae sunt facta,
non Caesaris. At nos quem ad modum est complexus !
Cassium sibi legavit ; Brutum Galliae praefecit, Sulpicium
Graeciae ; Marcellum, cui maxime suscensebat, cum summa
illius dignitate restituit. Quo igitur haec spectant ? Rerum 11
hoc natura et civilium temporum non patietur, nec manens
nec mutata ratio feret, primum ut non in causa pari eadem
sit et condicio et fortuna omnium, deinde ut in eam civitatem
boni viri et boni cives nulla ignominia notati non revertantur,
in quam tot nefariorum scelerum condemnati reverterunt.

12 Habes augurium meum, quo, si quid addubitarem, non potius uterer quam illa consolatione, qua facile fortem virum sustentarem : te, si explorata victoria arma sumpsisses pro re publica—ita enim tum putabas—, non nimis esse laudandum, sin propter incertos exitus eventusque bellorum posse accidere, ut vinceremur, putasses, non debere te ad secundam fortunam bene paratum fuisse, adversam ferre nullo modo posse. Disputarem etiam, quanto solacio tibi conscientia tui facti, quantae delectationi in rebus adversis litterae esse deberent ; commemorarem non solum veterum, sed horum etiam recentium vel ducum vel comitum tuorum gravissimos casus ; etiam externos multos claros viros nominarem ; levat enim dolorem

13 communis quasi legis et humanae condicionis recordatio ; exponerem etiam, quem ad modum hic et quanta in turba quantaque in confusione rerum omnium viveremus ; necesse est enim minore desiderio perdita re publica carere quam bona.

Sed hoc genere nihil opus est : incolumem te cito, ut spero, vel potius, ut perspicio, videbimus. Interea tibi absenti et huic, qui adest, imagini animi et corporis tui, constantissimo atque optimo filio tuo, studium officium, operam laborem meum iam pridem et pollicitus sum et detuli, nunc hoc amplius, quod me amicissime cotidie magis Caesar amplectitur, familiares quidem eius, sicuti neminem. Apud quem quicquid valebo vel auctoritate vel gratia, valebo tibi ; tu cura, ut cum firmitudine te animi, tum etiam spe optima sustentes.

LXXIX. (ad Fam. VI. 14.)

CICERO LIGARIO.

1 Me scito omnem meum laborem, omnem operam, curam, studium in tua salute consumere ; nam cum te semper maxime dilexi, tum fratrum tuorum, quos aeque atque te summa benevolentia sum complexus, singularis pietas amorque fraternus

nullum me patitur officii erga te studiique munus aut tempus
praetermittere. Sed quae faciam fecerimque pro te, ex illorum
te litteris quam ex meis malo cognoscere; quid autem sperem
aut confidam et exploratum habeam de salute tua, id tibi a me
declarari volo: nam si quisquam est timidus in magnis peri-
culosisque rebus semperque magis adversos rerum exitus
metuens quam sperans secundos, is ego sum, et, si hoc vitium
est, eo me non carere confiteor; ego idem tamen cum a. d. v.
Kal. intercalaris priores rogatu fratrum tuorum venissem mane 3
ad Caesarem atque omnem adeundi et conveniendi illius in-
dignitatem et molestiam pertulissem, cum fratres et propinqui
tui iacerent ad pedes et ego essem locutus, quae causa, quae
tuum tempus postulabat, non solum ex oratione Caesaris, quae
sane mollis et liberalis fuit, sed etiam ex oculis et vultu, ex
multis praeterea signis, quae facilius perspicere potui quam
scribere, hac opinione discessi, ut mihi tua salus dubia non
esset. Quam ob rem fac animo magno fortique sis et, si 4
turbidissima sapienter ferebas, tranquilliora laete feras. Ego
tamen tuis rebus sic adero, ut difficillimis, neque Caesari
solum, sed etiam amicis eius omnibus, quos mihi amicissimos
esse cognovi pro te, sicut adhuc feci, libentissime supplicabo.
Vale.

LXXX. (ad Fam. XII. 17.)

CICERO S. D. CORNIFICIO COLLEGAE.

Grata mihi vehementer est memoria nostri tua, quam signi- 1
ficasti litteris; quam ut conserves, non quo de tua constantia
dubitem, sed quia mos est ita rogandi, rogo. Ex Syria nobis
tumultuosiora quaedam nuntiata sunt, quae, quia tibi sunt
propiora quam nobis, tua me causa magis movent quam mea.
Romae summum otium est, sed ita, ut malis salubre aliquod
et honestum negotium: quod spero fore; video id curae esse
Caesari.

K

2 Me scito, dum tu abes, quasi occasionem quandam et
licentiam nactum scribere audacius, et cetera quidem fortasse
quae etiam tu concederes. sed proxime scripsi de optimo
genere dicendi, in quo saepe suspicatus sum te a iudicio
nostro, sic scilicet ut doctum hominem ab non indocto,
paulum dissidere · huic tu libro maxime velim ex animo, si
minus, gratiae causa suffragere. Dicam tuis, ut eum, si velint,
describant ad teque mittant. puto enim, etiam si rem minus
probabis, tamen in ista solitudine, quicquid a me profectum
sit, iucundum tibi fore.

3 Quod mihi existimationem tuam dignitatemque commendas,
facis tu quidem omnium more. sed velim sic existimes, me,
cum amorem quem inter nos mutuum esse intellegam, plurimum tribuam, tum de summo ingenio et de studiis tuis optimis
et de spe amplissimae dignitatis ita iudicare, ut neminem tibi
anteponam, comparem paucos.

LXXXI. (ad Fam. VI 3.)

M. CICERO S. D. A. TORQUATO.

superioribus litteris benevolentia magis adductus quam
te res ita postularet fui longior: neque enim confirmatione
nostra egebat virtus tua neque erat ea mea causa atque fortuna
2 ut cui ipsi omnia deessent alterum confirmarem. Hoc item
tempore brevior esse debeo: sive enim nihil tum opus fuit
tam multis verbis nihil magis nunc opus est, sive tum opus
fuit illud satis est praesertim cum accesserit nihil novi: nam
etsi cotidie aliquid audimus earum rerum, quae ad te perferri
existumo, summa tamen eadem est et idem exitus: quem ego
tam video animo, quam ea quae oculis cernimus, nec vero
quicquam video, quod non idem te videre certo sciam, nam
etsi quem exitum acies habitura sit divinare nemo potest,
tamen et belli exitum video et, si id minus, hoc quidem certe.

cum sit necesse alterum utrum vincere, qualis futura sit vel
haec vel illa victoria. Idque cum optime perspexi, tale video, 3
nihil ut mali videatur futurum, si vel id ante acciderit, quod
vel maximum ad timorem proponitur ; ita enim vivere, ut tum
sit vivendum, miserrimum est, mori autem nemo sapiens
miserum dixit, ne beato quidem. Sed in ea es urbe, in qua
haec vel plura et ornatiora parietes ipsi loqui posse videantur.
Ego tibi hoc confirmo, etsi levis est consolatio ex miseriis 4
aliorum, nihilo te nunc maiore in discrimine esse quam quem-
vis aut eorum, qui discesserint, *aut eorum, qui remanserint :*
alteri dimicant, alteri victorem timent. Sed haec consolatio
levis est ; illa gravior, qua te uti spero, ego certe utor : nec
enim, dum ero, angar ulla re, cum omni vacem culpa, et, si
non ero, sensu omnino carebo. Sed rursus γλαῦκ᾽ εἰς ᾿Αθήνας,
qui ad te haec. Mihi tu, tui, tua omnia maximae curae sunt
et, dum vivam, erunt. Vale.

LXXXII. (ad Fam. IV. 5.)
SERVIUS CICERONI S.

Postea quam mihi renuntiatum est de obitu Tulliae, filiae 1
tuae, sane quam pro eo, ac debui, graviter molesteque tuli
communemque eam calamitatem existimavi, qui, si istic adfuissem, neque tibi defuissem coramque meum dolorem tibi
declarassem. Etsi genus hoc consolationis miserum atque
acerbum est, propterea quia, per quos ea confieri debet propinquos ac familiares, ii ipsi pari molestia adficiuntur neque
sine lacrimis multis id conari possunt, uti magis ipsi videantur
aliorum consolatione indigere quam aliis posse suum officium
praestare, tamen quae in praesentia in mentem mihi venerunt,
decrevi brevi ad te perscribere, non quo ea te fugere existimem, sed quod forsitan dolore impeditus minus ea perspicias.

Quid est, quod tanto opere te commoveat tuus dolor intesti- 2
nus ? Cogita, quem ad modum adhuc fortuna nobiscum

egerit : ea nobis erepta esse, quae hominibus non minus quam
liberi cara esse debent, patriam, honestatem, dignitatem,
honores omnes.   Hoc uno incommodo addito quid ad dolorem
adiungi potuit ? aut qui non in illis rebus exercitatus animus
callere iam debet atque omnia minoris existimare ?

3   An illius vicem, credo, doles ?   Quotiens in eam cogitationem necesse est et tu veneris et nos saepe incidimus, hisce
temporibus non pessime cum iis esse actum, quibus sine
dolore licitum est mortem cum vita commutare ?   Quid autem
fuit, quod illam hoc tempore ad vivendum magno opere
invitare posset ? quae res ? quae spes ? quod animi solacium ?
Ut cum aliquo adulescente primario coniuncta aetatem gereret ?
licitum est tibi, credo, pro tua dignitate ex hac iuventute
generum deligere, cuius fidei liberos tuos te tuto committere
putares !   An ut ea liberos ex sese pareret, quos cum florentes
videret laetaretur ? qui rem a parente traditam per se tenere
possent, honores ordinatim petituri essent, in re publica, in
amicorum negotiis libertate sua uti ? quid horum fuit, quod
non, prius quam datum est, ademptum sit ?   'At vero malum
est liberos amittere.'   Malum : nisi hoc peius sit, haec sufferre
4   et perpeti.   Quae res mihi non mediocrem consolationem
attulit, volo tibi commemorare, si forte eadem res tibi dolorem
minuere possit.   Ex Asia rediens cum ab Aegina Megaram
versus navigarem, coepi regiones circumcirca prospicere : post
me erat Aegina, ante me Megara, dextra Piraeus, sinistra
Corinthus, quae oppida quodam tempore florentissima fuerunt,
nunc prostrata et diruta ante oculos iacent.   Coepi egomet
mecum sic cogitare : 'Hem ! nos homunculi indignamur, si
quis nostrum interiit aut occisus est, quorum vita brevior esse
debet, cum uno loco tot oppidum cadavera proiecta iacent ?
Visne tu te, Servi, cohibere et meminisse hominem te esse
natum ?'   Crede mihi, cogitatione ea non mediocriter sum
confirmatus.   Hoc idem, si tibi videtur, fac ante oculos tibi

proponas : modo uno tempore tot viri clarissimi interierunt,
de imperio populi Romani tanta deminutio facta est, omnes
provinciae conquassatae sunt ; in unius mulierculae animula
si iactura facta est, tanto opere commoveris ? quae si hoc tempore non diem suum obisset, paucis post annis tamen ei
moriendum fuit, quoniam homo nata fuerat. Etiam tu ab 5
hisce rebus animum ac cogitationem tuam avoca atque ea
potius reminiscere, quae digna tua persona sunt : illam, quam
diu ei opus fuerit, vixisse, una cum re publica fuisse, te, patrem
suum, praetorem, consulem, augurem vidisse, adulescentibus
primariis nuptam fuisse, omnibus bonis prope perfunctam esse ;
cum res publica occideret, vita excessisse : quid est, quod tu
aut illa cum fortuna hoc nomine queri possitis ?

Denique noli te oblivisci Ciceronem esse et eum, qui aliis
consueris praecipere et dare consilium, neque imitare malos
medicos, qui in alienis morbis profitentur tenere se medicinae
scientiam, ipsi se curare non possunt, sed potius, quae aliis
tute praecipere soles, ea tute tibi subice atque apud animum
propone. Nullus dolor est, quem non longinquitas temporis 6
minuat ac molliat : hoc te exspectare tempus tibi turpe est ac
non ei rei sapientia tua te occurrere. Quod si qui etiam
inferis sensus est, qui illius in te amor fuit pietasque in omnes
suos, hoc certe illa te facere non vult. Da hoc illi mortuae,
da ceteris amicis ac familiaribus, qui tuo dolore maerent, da
patriae, ut, si qua in re opus sit, opera et consilio tuo uti
possit. Denique, quoniam in eam fortunam devenimus, ut
etiam huic rei nobis serviendum sit, noli committere, ut quisquam te putet non tam filiam quam rei publicae tempora et
aliorum victoriam lugere.

Plura me ad te de hac re scribere pudet, ne videar prudentiae tuae diffidere ; qua re, si hoc unum proposuero, finem
faciam scribendi : vidimus aliquotiens secundam pulcherrime
te ferre fortunam magnamque ex ea re te laudem apisci ; fac

aliquando intellegamus adversam quoque te aeque ferre posse
neque id maius, quam debeat, tibi onus videri, ne ex omnibus
virtutibus haec una tibi videatur deesse.   Quod ad me attinet,
cum te tranquilliorem animo esse cognoro, de iis rebus, quae
hic geruntur, quem ad modumque se provincia habeat, certiorem te faciam.   Vale.

LXXXIII. (ad Fam. IV. 6.)

M. CICERO S. D. SER. SULPICIO.

1   Ego vero, Servi, vellem, ut scribis, in meo gravissimo casu
adfuisses; quantum enim praesens me adiuvare potueris et
consolando et prope aeque dolendo, facile ex eo intellego,
quod litteris lectis aliquantum acquievi; nam et ea scripsisti,
quae levare luctum possent, et in me consolando non mediocrem ipse animi dolorem adhibuisti: Servius tamen tuus
omnibus officiis, quae illi tempori tribui potuerunt, declaravit
et quanti ipse me faceret et quam suum talem erga me animum
tibi gratum putaret fore; cuius officia iucundiora scilicet saepe
mihi fuerunt, numquam tamen gratiora.

Me autem non oratio tua solum et societas paene aegri-
tudinis, sed etiam auctoritas consolatur; turpe enim esse
existimo me non ita ferre casum meum, ut tu, tali sapientia
praeditus, ferendum putas; sed opprimor interdum et vix
resisto dolori, quod ea me solacia deficiunt, quae ceteris,
quorum mihi exempla propono, simili in fortuna non defuerunt :
nam et Q. Maximus, qui filium consularem, clarum virum et
magnis rebus gestis, amisit, et L. Paullus, qui duo septem
diebus, et vester Galus et M. Cato, qui summo ingenio, summa
virtute filium perdidit, iis temporibus fuerunt, ut eorum luctum
ipsorum dignitas consolaretur ea, quam ex re publica conse-
2 quebantur; mihi autem amissis ornamentis iis, quae ipse commemoras quaeque eram maximis laboribus adeptus, unum

manebat illud solacium, quod ereptum est : non amicorum negotiis, non rei publicae procuratione impediebantur cogitationes meae, nihil in foro agere libebat, adspicere curiam non poteram, existimabam, id quod erat, omnes me et industriae meae fructus et fortunae perdidisse ; sed cum cogitarem haec mihi tecum et cum quibusdam esse communia, et cum frangerem iam ipse me *et* cogerem illa ferre toleranter, habebam, quo confugerem, ubi conquiescerem, cuius in sermone et suavitate omnes curas doloresque deponerem : nunc autem hoc tam gravi vulnere etiam illa, quae consanuisse videbantur, recrudescunt; non enim, ut tum me a re publica maestum domus excipiebat, quae levaret, sic nunc domo maerens ad rem publicam confugere possum, ut in eius bonis acquiescam. Itaque et domo absum et foro, quod nec eum dolorem, quem a re publica capio, domus iam consolari potest, nec domesticum res publica.

Quo magis te exspecto teque videre quam primum cupio   3 maior mihi levatio adferri nulla potest quam coniunctio consuetudinis sermonumque nostrorum— ; quamquam sperabam tuum adventum—sic enim audiebam—appropinquare. Ego autem cum multis de causis te exopto quam primum videre, tum etiam, ut ante commentemur inter nos, qua ratione nobis traducendum sit hoc tempus, quod est totum ad unius voluntatem accommodandum et prudentis et liberalis et, ut perspexisse videor, nec *a* me alieni et tibi amicissimi ; quod cum ita sit, magnae tamen est deliberationis, quae ratio sit ineunda nobis non agendi aliquid, sed illius concessu et beneficio quiescendi. Vale.

LXXXIV. (ad Att. XIII. 52.)

CICERO ATTICO SAL.

1   O hospitem mihi tam gravem ἀμεταμέλητον! fuit enim periucunde. Sed cum secundis Saturnalibus ad Philippum
vesperi venisset, villa ita completa a militibus est, ut vix
triclinium, ubi cenaturus ipse Caesar esset, vacaret; quippe
hominum ꙅꙅ ꙅꙅ. Sane sum commotus, quid futurum esset
postridie; ac mihi Barba Cassius subvenit: custodes dedit;
castra in agro, villa defensa est. Ille tertiis Saturnalibus apud
Philippum ad h. VII., nec quemquam admisit: rationes opinor
cum Balbo. Inde ambulavit in litore; post h. VIII. in balneum;
tum audivit de Mamurra: [vultum] non mutavit; unctus est,
accubuit; ἐμετικὴν agebat: itaque et edit et bibit ἀδεῶς et
iucunde, opipare sane et apparate, nec id solum, sed

                                     —bene cocto,
        Condito, sermone bono et, si quaeri', libenter.

2   Praeterea tribus tricliniis accepti οἱ περὶ αὐτὸν valde copiose:
libertis minus lautis servisque nihil defuit, nam lautiores elegan-
ter accepti: quid multa? homines visi sumus. Hospes tamen
non is, cui diceres: ' Amabo te, eodem ad me, cum revertere :'
semel satis est. Σπουδαῖον οὐδὲν in sermone: φιλόλογα multa:
quid quaeris? delectatus est et libenter fuit. Puteolis se
aiebat unum diem fore, alterum ad Baias. Habes hospitium
sive ἐπισταθμείαν, odiosam mihi, dixi, non molestam. Ego
paulisper hic, deinde in Tusculanum. Dolabellae villam cum
praeteriret, omnis armatorum copia dextra sinistra ad equum
nec usquam alibi: hoc ex Nicia.

LXXXV. (ad Fam. VII. 30.)

CICERO CURIO S. D.

Ego vero iam te nec hortor nec rogo, ut domum redeas ; 1
quin hinc ipse 'evolare' cupio et aliquo pervenire, 'ubi nec
Pelopidarum nomen nec facta audiam.' Incredibile est, quam
turpiter mihi facere videar, qui his rebus intersim : ne tu
videris multo ante providisse, quid impenderet, tum, cum hinc
profugisti. Quamquam haec etiam auditu acerba sunt, tamen
audire tolerabilius est quam videre. In campo certe non
fuisti, cum hora secunda comitiis quaestoriis institutis sella Q.
Maximi, quem illi consulem esse dicebant, posita esset, quo
mortuo nuntiato sella sublata est, ille autem, qui comitiis
tributis esset auspicatus, centuriata habuit, consulem hora
septima renuntiavit, qui usque ad Kalendas Ian. esset, quae
erant futurae mane postridie : ita Caninio consule scito
neminem prandisse ; nihil tamen eo consule mali factum est ;
fuit enim mirifica vigilantia, qui suo toto consulatu somnum
non viderit. Haec tibi ridicula videntur ; non enim ades ; 2
quae si videres, lacrimas non teneres. Quid, si cetera scribam ?
sunt enim innumerabilia generis eiusdem, quae quidem ego
non ferrem, nisi me in philosophiae portum contulissem et
nisi haberem socium studiorum meorum Atticum nostrum ;
cuius quoniam proprium te esse scribis mancipio et nexo,
meum autem usu et fructu, contentus isto sum ; id enim est
cuiusque proprium, quo quisque fruitur atque utitur. Sed
haec alias pluribus.

Acilius, qui in Graeciam cum legionibus missus est, maximo 3
meo beneficio est—bis enim est a me iudicio capitis rebus
salvis defensus—, et est homo non ingratus meque vehementer
observat : ad eum de te diligentissime scripsi eamque epistolam
cum hac epistola coniunxi, quam ille quo modo acceperit et
quid tibi pollicitus sit, velim ad me scribas.

PART IV.

LXXXVI. (ad Fam. VI. 15.)

CICERO BASILO SAL.

Tibi gratulor, mihi gaudeo ; te amo, tua tueor ; a te amari et, quid agas quidque agatur, certior fieri volo.

LXXXVII. (ad Att. XIV. 1.)

CICERO ATTICO SAL.

1   Deverti ad illum, de quo tecum mane.   Nihil perditius : explicari rem non posse ; 'etenim si ille tali ingenio exitum non reperiebat, quis nunc reperiet?' quid quaeris? perisse omnia aiebat—quod haud scio an ita sit, verum ille gaudens —adfirmatque minus diebus xx. tumultum Gallicum ; in sermonem se post Idus Martias praeterquam Lepido venisse nemini ; ad summam non posse istaec sic abire.   O pudentem Oppium ! qui nihilo minus illum desiderat, sed loquitur nihil, quod quemquam bonum offendat.

2   Sed haec hactenus. Tu, quaeso, quicquid novi—multa autem exspecto—, scribere ne pigrere, in his, de Sexto satisne certum, maxime autem de Bruto nostro, de quo quidem ille, ad quem deverti, Caesarem solitum dicere : ' Magni refert, hic quid velit, sed quicquid vult, valde vult,' idque eum anim- advertisse, cum pro Deiotaro Niceae diceret : valde vehementer eum visum et libere dicere, atque etiam—ut enim quidque succurrit, libet scribere—proxime, cum Sestii rogatu apud eum fuissem exspectaremque sedens, quoad vocarer, dixisse eum : ' Ego dubitem, quin summo in odio sim, cum M. Cicero sedeat nec suo commodo me convenire possit? atqui, si

quisquam est facilis, hic est; tamen non dubito, quin me male
oderit:' haec et eius modi multa.   Sed ad propositum:
quicquid erit, non modo magnum, sed etiam parvum, scribes;
equidem nihil intermittam.

LXXXVIII. (ad Fam. XI. 1.)

D. BRUTUS BRUTO SUO ET CASSIO SAL.

Quo in statu simus, cognoscite: heri vesperi apud me Hir- 1
tius fuit; qua mente esset Antonius, demonstravit, pessima
scilicet et infidelissima; nam se neque mihi provinciam dare
posse aiebat neque arbitrari tuto in urbe esse quemquam
nostrum: adeo esse militum concitatos animos et plebis;
quod utrumque esse falsum puto vos animadvertere atque illud
esse verum, quod Hirtius demonstrabat, timere eum, ne, si
mediocre auxilium dignitatis nostrae habuissemus, nullae
partes his in re publica relinquerentur.   Cum in his angustiis 2
versarer, placitum est mihi, ut postularem legationem liberam
mihi reliquisque nostris, ut aliqua causa proficiscendi honesta
quaereretur.   Haec se impetraturum pollicitus est, nec tamen
impetraturum confido: tanta est hominum insolentia et nostri
insectatio; ac si dederint, quod petimus, tamen paulo post
futurum puto ut hostes iudicemur aut aqua et igni nobis
interdicatur.   ' Quid ergo est,' inquis, ' tui consilii ?'   Dandus 3
est locus fortunae: cedendum ex Italia, migrandum Rhodum
aut aliquo terrarum arbitror.   Si melior casus fuerit, revertemur
Romam; si mediocris, in exsilio vivemus; si pessimus, ad
novissima auxilia descendemus.   Succurret fortasse hoc loco
alicui vestrum, cur novissimum tempus exspectemus potius
quam nunc aliquid moliamur.   Quia, ubi consistamus, non 4
habemus praeter Sex. Pompeium et Bassum Caecilium, qui
mihi videntur hoc nuntio de Caesare allato firmiores futuri;
satis tempore ad eos accedemus, ubi, quid valeant, scierimus.

Pro Cassio et te, si quid me velitis recipere, recipiam:
postulat enim hoc Hirtius ut faciam. Rogo vos quam primum
5 mihi rescribatis—nam non dubito, quin de his rebus ante
horam quartam Hirtius certiorem me sit facturus—: quem in
locum convenire possimus, quo me velitis venire, rescribite.

6 Post novissimum Hirtii sermonem placitum est mihi postulare, ut liceret nobis Romae esse publico praesidio; quod illos
nobis concessuros non puto; magnam enim invidiam iis
faciemus. Nihil tamen non postulandum putavi, quod
aequum esse statuerem.

LXXXIX. (ad Att. XIV. 12.)
CICERO ATTICO SAL.

1 O mi Attice, vereor, ne nobis Idus Martiae nihil dederint
praeter laetitiam et odii poenam ac doloris! quae mihi istim
adferuntur! quae hic video; Ὦ πράξεως καλῆς μέν, ἀτελοῦς δέ!
Scis, quam diligam Siculos et quam illam clientelam honestam
iudicem: multa illis Caesar, neque me invito, etsi Latinitas
erat non ferenda; verum tamen—; ecce autem Antonius
accepta grandi pecunia fixit legem a dictatore comitiis latam,
qua Siculi cives Romani, cuius rei vivo illo mentio nulla.
Quid? Deiotari nostri causa non similis? dignus ille quidem
omni regno, sed non per Fulviam. Sescenta similia; verum
illuc refero. Tam claram tamque testatam rem tamque
iustam, Buthrotiam, non tenebimus aliqua ex parte? et eo
quidem magis, quo iste plura? Nobiscum hic perhonorifice
2 et amice Octavius; quem quidem sui Caesarem salutabant,
Philippus non, itaque ne nos quidem; quem nego posse *esse*
bonum civem: ita multi circumstant, qui quidem nostris
mortem minitantur: negat haec ferri posse; quid censes, cum
Romam puer venerit, ubi nostri liberatores tuti esse non
possunt? *qui* quidem semper erunt clari, conscientia vero
facti sui etiam beati, sed nos, nisi me fallit, iacebimus: itaque

exire aveo, ' ubi nec Pelopidarum,' inquit. Haud amo vel hos designatos, qui etiam declamare me coëgerunt, ut ne apud aquas quidem acquiescere liceret; sed hoc meae nimiae facilitatis; nam id erat quondam quasi necesse, nunc, quoquo modo se res habet, non est item. Quam dudum nihil habeo, 3 quod ad te scribam! scribo tamen, non ut delectem meis litteris, sed ut eliciam tuas. Tu, si quid erit, de ceteris, de Bruto utique, quicquid. Haec conscripsi x. Kal. accubans apud Vestorium, hominem remotum a dialecticis, in arith-meticis satis exercitatum.

XC. (ad Att. XIV. 13, B.)
CICERO ANTONIO COS. S. D.

Quod mecum per litteras agis, unam ob causam mallem 1 coram egisses : non enim solum ex oratione, sed etiam ex vultu et oculis et fronte, ut aiunt, meum erga te amorem perspicere potuisses : nam, cum te semper amavi, primum tuo studio, post etiam beneficio provocatus, tum his temporibus res publica te mihi ita commendavit, ut cariorem habeam neminem ; litterae 2 vero tuae cum amantissime, tum honorificentissime scriptae sic me adfecerunt, ut non dare tibi beneficium viderer, sed accipere a te ita petente, ut inimicum meum, necessarium tuum me invito servare nolles, cum id nullo negotio facere posses. Ego vero tibi istuc, mi Antoni, remitto, atque ita, ut me a te, 3 cum iis verbis scripseris, liberalissime atque honorificentissime tractatum existimem, idque cum totum, quoquo modo se res haberet, tibi dandum putarem, tum do etiam humanitati et naturae meae ; nihil enim umquam non modo acerbum in me fuit, sed ne paulo quidem tristius aut severius, quam necessitas rei publicae postulavit ; accedit, ut ne in ipsum quidem Clodium meum insigne odium fuerit umquam, semperque ita statui, non esse insectandos inimicorum amicos, praesertim humiliores, nec his praesidiis nosmet ipsos esse spoliandos.

4   Nam de puero Clodio tuas partis esse arbitror, ut eius animum tenerum, quem ad modum scribis, iis opinionibus imbuas,
ut ne quas inimicitias residere in familiis nostris arbitretur.
Contendi cum P. Clodio, cum ego publicam causam, ille suam
defenderet : nostras concertationes res publica diiudicavit ; si
5 viveret, mihi cum illo nulla contentio iam maneret.   Qua re,
quoniam hoc a me sic petis, ut, quae tua potestas est, ea neges
te me invito usurum, puero quoque hoc a me dabis, si tibi
videbitur, non quo aut aetas nostra ab illius aetate quicquam
debeat periculi suspicari aut dignitas mea ullam contentionem
extimescat, sed ut nosmet ipsi inter nos coniunctiores simus,
quam adhuc fuimus ; interpellantibus enim his inimicitiis
animus tuus magis patuit quam domus.

    Sed haec hactenus ; illud extremum : ego, quae te velle
quaeque ad te pertinere arbitrabor, semper sine ulla dubitatione summo studio faciam : hoc velim tibi penitus persuadeas.

XCI. (Fam. IX. 14, ad Att. XIV. 17, A.)

CICERO DOLABELLAE CONSULI SUO SAL.

1   Etsi contentus eram, mi Dolabella, tua gloria satisque ex
ea magnam laetitiam voluptatemque capiebam, tamen non
possum non confiteri cumulari me maximo gaudio, quod vulgo
hominum opinio socium me adscribat tuis laudibus.   Neminem
conveni—convenio autem cotidie plurimos ; sunt enim per-
multi optimi viri, qui valetudinis causa in haec loca veniant,
praeterea ex municipiis frequentes necessarii mei—quin omnes,
cum te summis laudibus ad caelum extulerunt, mihi continuo
maximas gratias agant ; negant enim se dubitare, quin tu meis
praeceptis et consiliis obtemperans praestantissimum te civem
2 et singularem consulem praebeas : quibus ego quamquam
verissime possum respondere te, quae facias, tuo iudicio et

tua sponte facere nec cuiusquam egere consilio, tamen neque
plane adsentior, ne imminuam tuam laudem, si omnis a meis
consiliis profecta videatur, neque valde nego ; sum enim
avidior etiam, quam satis est, gloriae et tamen non alienum
est dignitate tua, quod ipsi Agamemnoni, regum regi, fuit
honestum, habere aliquem in consiliis capiendis Nestorem,
mihi vero gloriosum te iuvenem consulem florere laudibus
quasi alumnum disciplinae meae.   L. quidem Caesar, cum ad 3
eum aegrotum Neapolim venissem, quamquam erat oppressus
totius corporis doloribus, tamen, ante quam me plane salutavit :
' O mi Cicero,' inquit, ' gratulor tibi, cum tantum vales apud
Dolabellam, quantum si ego apud sororis filium valerem, iam
salvi esse possemus ; Dolabellae vero tuo et gratulor et gratias
ago, quem quidem post te consulem solum possumus vere
consulem dicere ;' deinde multa de facto ac de re gesta tua :
nihil magnificentius, nihil praeclarius actum umquam, nihil
rei publicae salutarius ; atque haec una vox omnium est.

*   *   *   *   *

Sed his de rebus coram plura propediem, ut spero : tu
quoniam rem publicam nosque conservas, fac, ut diligentissime te ipsum, mi Dolabella, custodias.

XCII. (ad Att. XV. 11.)

CICERO ATTICO SAL.

Antium veni a. d. VI. Idus : Bruto iucundus noster adventus. 1
Deinde multis audientibus, Servilia, Tertulla, Porcia, quaerere,
quid placeret—aderat etiam Favonius—: ego, quod eram
meditatus in via, suadere, ut uteretur Asiatica curatione
frumenti, nihil esse iam reliqui, quod ageremus, nisi ut salvus
esset ; in eo etiam ipsi rei publicae esse praesidium.   Quam
orationem cum ingressus essem, Cassius intervenit : ego eadem
illa repetivi.   Hoc loco fortibus sane oculis Cassius—Martem

spirare diceres—, se in Siciliam non iturum. 'Egone ut beneficium accepissem contumeliam?' 'Quid ergo agis?' inquam. At ille in Achaiam se iturum. 'Quid tu,' inquam, 'Brute?' 'Romam,' inquit, 'si tibi videtur.' 'Mihi vero minime; tuto enim non eris.' 'Quid? si possem esse, placeretne?' 'Atque ut omnino neque nunc neque ex praetura in provinciam ires; sed auctor non sum, ut te urbi committas;' dicebam ea, quae tibi profecto in mentem

2 veniunt, cur non esset tuto futurus. Multo inde sermone querebantur—atque id quidem Cassius maxime—amissas occasiones Decimumque graviter accusabant: ego negabam oportere praeterita, adsentiebar tamen. Cumque ingressus essem dicere, quid oportuisset—nec vero quicquam novi, sed ea, quae cotidie omnes—, nec tamen illum locum attingerem, quemquam praeterea oportuisse tangi, sed senatum vocari, populum ardentem studio vehementius incitari, totam suscipi rem publicam, exclamat tua familiaris: 'Hoc vero neminem umquam audivi!' Ego repressi. Sed et Cassius mihi videbatur iturus—etenim Servilia pollicebatur se curaturam, ut illa frumenti curatio de senatus consulto tolleretur—et noster cito deiectus est de illo inani sermone—velle se dixerat—: constituit igitur, ut ludi absente se fierent suo nomine; pro-

3 ficisci autem mihi in Asiam videbatur ab Antio velle. Ne multa: nihil me in illo itinere praeter conscientiam meam delectavit; non enim fuit committendum, ut ille ex Italia, prius quam a me conventus esset, discederet: hoc dempto munere amoris atque officii sequebatur, ut mecum ipse:

'Η δεῦρ' ὁδός σοι τί δύναται νῦν, θεοπρόπε;
Prorsus dissolutum offendi navigium vel potius dissipatum: nihil consilio, nihil ratione, nihil ordine. Itaque, etsi ne antea quidem dubitavi, tamen nunc eo minus 'evolare' hinc, idque quam primum, 'ubi nec Pelopidarum facta neque famam audiam.'

Sed heus tu, ne forte sis nescius, Dolabella me sibi legavit 4
a. d. IV. Nonas: id mihi heri vesperi nuntiatum est. Votiva
ne tibi quidem placebat; etenim erat absurdum, quae, si
stetisset res publica, vovissem, ea me eversa illa vota dis-
solvere, et habent, opinor, liberae legationes definitum tempus
lege Iulia nec facile addi potest. Aveo genus legationis, ut,
cum velis, introire exire liceat, quod nunc mihi additum est;
bella est autem huius iuris quinquennii licentia : quamquam
quid de quinquennio cogitem? contrahi mihi negotium videtur;
sed βλάσφημα mittamus.

XCIII. (ad Att. XVI. 7.)

CICERO ATTICO SAL.

VIII. Idus Sextil. cum a Leucopetra profectus—inde enim 1
tramittebam—stadia circiter CCC. processissem, reiectus sum
austro vehementi ad eandem Leucopetram. Ibi cum ventum
exspectarem—erat enim villa Valerii nostri, ut familiariter
essem et libenter—, Rhegini quidam, illustres homines, eo
venerunt Roma sane recentes, in iis Bruti nostri hospes, qui
Brutum Neapoli reliquisset. Haec adferebant: edictum Bruti
et Cassii, et fore frequentem senatum Kalendis, a Bruto et
Cassio litteras missas ad consulares et praetorios ut adessent
rogare. Summam spem nuntiabant fore, ut Antonius cederet,
res conveniret, nostri Romam redirent; addebant etiam me
desiderari, subaccusari.

Quae cum audissem, sine ulla dubitatione abieci consilium
profectionis, quo mehercule ne antea quidem delectabar; ita
fiebat, ut, dum minus periculi videretur, abessem, in flammam
ipsam venirem.

XVI. Kal. Sept. cum venissem Veliam, Brutus audivit; erat 2
enim cum suis navibus apud Haletem fluvium citra Veliam
milia passuum III.; pedibus ad me statim: dei immortales,

quam valde ille reditu vel potius reversione mea laetatus
effudit illa omnia, quae tacuerat! ut recordarer illud tuum
'nam Brutus noster silet;' maxime autem dolebat me Kal.
Sext. in senatu non fuisse; Pisonem ferebat in caelum, se
autem laetari, quod effugissem duas maximas vituperationes:
unam, quam itinere faciendo me intellegebam suscipere,
desperationis ac relictionis rei publicae—flentes mecum vulgo
querebantur, quibus de meo celeri reditu non probabam—,
alteram, de qua Brutus et qui una erant—multi autem erant—
laetabantur, quod eam vituperationem effugissem, me existimari ad Olympia; hoc vero nihil turpius quovis rei publicae
tempore, sed hoc ἀναπολόγητον : ego vero austro gratias miras,
qui me a tanta infamia averterit.

3   Sed haec hactenus; reliqua coram. Antonii edictum legi
a Bruto et horum contra scriptum praeclare; sed quid ista
edicta valeant aut quo spectent, plane non video. Nec ego
nunc, ut Brutus censebat, istuc ad rem publicam capessendam
venio; quid enim fieri potest ? num quis Pisoni est adsensus?
num rediit ipse postridie? sed abesse hanc aetatem longe a
sepulcro negant oportere.

4   Sed obsecro te, quid est, quod audivi de Bruto? Piliam
πειράζεσθαι παραλίσει te scripsisse aiebat. Valde sum commotus; etsi idem te scribere sperare melius : ita plane velim;
ei dicas plurimam salutem et suavissimae Atticae. Haec
scripsi navigans, cum Pompeianum accederem, xiv. Kal.

XCIV. (ad Fam. XII. 3.)

CICERO CASSIO SAL.

1   Auget tuus amicus furorem in dies: primum in statua,
quam posuit in rostris, inscripsit PARENTI OPTIME MERITO, ut
non modo sicarii, sed iam etiam parricidae iudicemini, quid
dico, iudicemini ? iudicemur potius; vestri enim pulcherrimi

facti ille furiosus me principem dicit fuisse. Utinam quidem fuissem! molestus nobis non esset. Sed hoc vestrum est; quod quoniam praeteriit, utinam haberem, quid vobis darem consilii! sed ne mihi quidem ipsi reperio quid faciendum sit; quid enim est, quod contra vim sine vi fieri possit? Consilium 2 omne autem hoc est illorum, ut mortem Caesaris persequantur; itaque ante diem vi. Non. Oct. productus in contionem a Cannutio turpissime ille quidem discessit, sed tamen ea dixit de conservatoribus patriae, quae dici deberent de proditoribus; de me quidem non dubitanter, quin omnia de meo consilio et vos fecissetis et Cannutius faceret. Cetera cuius modi sint, ex hoc iudica, quod legato tuo viaticum eripuerunt: quid eos interpretari putas, cum hoc faciunt? ad hostem scilicet portari. O rem miseram! dominum ferre non potuimus, conservo servimus. Et tamen, me quidem favente magis quam sperante, etiam nunc residet spes in virtute tua. Sed ubi sunt copiae? de reliquo malo te ipsum tecum loqui quam nostra dicta cognoscere. Vale.

XCV. (ad Fam. XVI. 21.)

CICERO F. TIRONI SUO DULCISSIMO SAL.

Cum vehementer tabellarios exspectarem cotidie, aliquando 1 venerunt post diem quadragesimum et sextum, quam a vobis discesserant; quorum mihi fuit adventus optatissimus; nam cum maximam cepissem laetitiam ex humanissimi et carissimi patris epistola, tum vero iucundissimae tuae litterae cumulum mihi gaudii attulerunt. Itaque me iam non paenitebat intercapedinem scribendi fecisse, sed potius laetabar; fructum enim magnum humanitatis tuae capiebam ex silentio mearum litterarum. Vehementer igitur gaudeo te meam sine dubitatione accepisse excusationem.

2   Gratos tibi optatosque esse, qui de me rumores adferuntur, non dubito, mi dulcissime Tiro, praestaboque et enitar, ut in dies magis magisque haec nascens de me duplicetur opinio: qua re quod polliceris te bucinatorem fore existimationis meae, firmo id constantique animo facias licet; tantum enim mihi dolorem cruciatumque attulerunt errata aetatis meae, ut non solum animus a factis, sed aures quoque a commemoratione abhorreant: cuius te sollicitudinis et doloris participem fuisse notum exploratumque est mihi; nec id mirum; nam cum omnia mea causa velles mihi successa, tum etiam tua, socium enim te meorum commodorum semper esse volui.

3   Quoniam igitur tum ex me doluisti, nunc, ut duplicetur tuum ex me gaudium, praestabo. Cratippo me scito non ut discipulum, sed ut filium esse coniunctissimum; nam cum audio illum libenter, tum etiam propriam eius suavitatem vehementer amplector: sum totos dies cum eo noctisque saepenumero partem; exoro enim, ut mecum quam saepissime cenet. Hac introducta consuetudine saepe inscientibus nobis et cenantibus obrepit sublataque severitate philosophiae humanissime nobiscum iocatur. Qua re da operam, ut hunc talem, tam iucundum, tam excellentem virum videas quam

4 primum. Nam quid ego de Bruttio dicam? quem nullo tempore a me patior discedere, cuius cum frugi severaque est vita, tum etiam iucundissima convictio; non est enim seiunctus iocus a φιλολογίᾳ et cotidiana συζητήσει. Huic ego locum in proximo conduxi et, ut possum, ex meis angustiis

5 illius sustento tenuitatem. Praeterea declamitare Graece apud Cassium institui; Latine autem apud Bruttium exerceri volo. Utor familiaribus et cotidianis convictoribus, quos secum Mytilenis Cratippus adduxit, hominibus et doctis et illi probatissimis. Multum etiam mecum est Epicrates, princeps Atheniensium, et Leonides et horum ceteri similes. Τὰ μὲν

6 οὖν καθ' ἡμᾶς τάδε. De Gorgia autem quod mihi scribis, erat

quidem ille in cotidiana declamatione utilis, sed omnia post-
posui, dum modo praeceptis patris parerem; διαρρήδην enim
scripserat, ut eum dimitterem statim : tergiversari nolui, ne
mea nimia σπουδὴ suspicionem ei aliquam importaret, deinde
illud etiam mihi succurrebat, grave esse me de iudicio patris
iudicare; tuum tamen studium et consilium gratum accep-
tumque est mihi.

Excusationem angustiarum tui temporis accipio ; scio enim, 7
quam soleas esse occupatus.   Emisse te praedium vehementer
gaudeo feliciterque tibi rem istam evenire cupio—hoc loco me
tibi gratulari noli mirari! eodem enim fere loco tu quoque
emisse te fecisti me certiorem—; habes: deponendae tibi
sunt urbanitates ; rusticus Romanus factus es.   Quo modo ego
mihi nunc ante oculos tuum iucundissimum conspectum
propono? videor enim videre ementem te rusticas res, cum
vilico loquentem, in lacinia servantem ex mensa secunda
semina.   Sed, quod ad rem pertinet, me tum tibi defuisse
aeque ac tu doleo ; sed noli dubitare, mi Tiro, quin te sub-
levaturus sim, si modo fortuna me, praesertim cum sciam
communem nobis emptum esse istum fundum.   De mandatis 8
quod tibi curae fuit, est mihi gratum ; sed peto a te, ut quam
celerrime mihi librarius mittatur, maxime quidem Graecus ;
multum mihi enim eripitur operae in exscribendis hypomnematis.   Tu velim in primis cures, ut valeas, ut una συμφιλο-
λογεῖν possimus.   Antherum tibi commendo.   Vale.

XCVI. (ad Fam. XII. 4.)

CICERO CASSIO SAL.

Vellem Idibus Martiis me ad cenam invitasses : reliquiarum 1
nihil fuisset.   Nunc me reliquiae vestrae exercent, et quidem
praeter ceteros me : quamquam egregios consules habemus,
sed turpissimos consularis, senatum fortem, sed infimo quem-

que honore fortissimum; populo vero nihil fortius, nihil melius, Italiaque universa.   Nihil autem foedius Philippo et Pisone legatis, nihil flagitiosius; qui cum essent missi, ut Antonio ex senatus sententia certas res denuntiarent, cum ille earum rerum nulli paruisset, ultro ab illo ad nos intolerabilia postulata rettulerunt : itaque ad nos concurritur, factique iam 2 in re salutari populares sumus.   Sed tu quid ageres, quid acturus, ubi denique esses, nesciebam : fama nuntiabat te esse in Syria ; auctor erat nemo.   De Bruto, quo propius est, eo firmiora videntur esse, quae nuntiantur.   Dolabella valde vituperabatur ab hominibus non insulsis, quod tibi tam cito succederet, cum tu vixdum xxx. dies in Syria fuisses; itaque constabat eum recipi in Syriam non oportere.   Summa laus et tua et Bruti est, quod exercitum praeter spem existimamini comparasse.   Scriberem plura, si rem causamque nossem ; nunc, quae scribo, scribo ex opinione hominum atque fama. Tuas litteras avide exspecto.   Vale.

XCVII. (ad Fam X. 28.)

CICERO TREBONIO SAL.

1   Quam vellem ad illas pulcherrimas epulas me Idibus Martiis invitasses ! reliquiarum nihil haberemus : at nunc cum iis tantum negotii est, ut vestrum illud divinum in rem publicam beneficium non nullam habeat querelam.   Quod vero a te, viro optimo, seductus est tuoque beneficio adhuc vivit haec pestis, interdum, quod mihi vix fas est, tibi subirascor; mihi enim negotii plus reliquisti uni quam praeter me omnibus ; ut enim primum post Antonii foedissimum discessum senatus haberi libere potuit, ad illum animum meum reverti pristinum, quem tu cum civi acerrimo, patre tuo, in ore et amore semper 2 habuisti ; nam cum senatum a. d. XIII. Kalendas Ianuarias tribuni pl. vocavissent deque alia re referrent, totam rem pub-

licam sum complexus egique acerrime senatumque iam
languentem et defessum ad pristinam virtutem consuetudinem-
que revocavi magis animi quam ingenii viribus. Hic dies
meaque contentio atque actio spem primum populo Romano
attulit libertatis recuperandae; nec vero ipse postea tempus
ullum intermisi de re publica non cogitandi solum, sed etiam
agendi.

Quod nisi res urbanas actaque omnia ad te perferri arbitrarer, 3
ipse perscriberem, quamquam eram maximis occupationibus
impeditus. Sed illa cognosces ex aliis; a me pauca, et ea
summatim : habemus fortem senatum, consulares partim
timidos, partim male sentientes; magnum damnum factum
est in Servio; L. Caesar optime sentit, sed, quod avunculus
est, non acerrimas dicit sententias; consules egregii, prae-
clarus D. Brutus, egregius puer Caesar, de quo spero equidem
reliqua, hoc vero certum habeto, nisi ille veteranos celeriter
conscripsisset legionesque duae de exercitu Antonii ad eius
se auctoritatem contulissent atque is oppositus esset terror
Antonio, nihil Antonium sceleris, nihil crudelitatis praeteri-
turum fuisse. Haec tibi, etsi audita esse arbitrabar, volui
tamen notiora esse. Plura scribam, si plus otii habuero.

XCVIII. (ad Fam. XII. 5.)

CICERO CASSIO SAL.

Hiemem credo adhuc prohibuisse, quo minus de te certum 1
haberemus, quid ageres maximeque ubi esses; loquebantur
omnes tamen—credo, quod volebant—in Syria te esse, habere
copias; id autem eo facilius credebatur, quia simile veri
videbatur. Brutus quidem noster egregiam laudem est consecutus; res enim tantas gessit tamque inopinatas, ut eae cum
per se gratae essent, tum ornatiores propter celeritatem.
Quod si tu ea tenes, quae putamus, magnis subsidiis fulta res

publica est; a prima enim ora Graeciae usque ad Aegyptum
2 optimorum civium imperiis muniti erimus et copiis : quamquam, nisi me fallebat, res se sic habebat, ut totius belli omne
discrimen in D. Bruto positum videretur, qui si, ut spera-
bamus, erupisset Mutina, nihil belli reliquum fore videbatur.
Parvis omnino iam copiis obsidebatur, quod magno praesidio
Bononiam tenebat Antonius ; erat autem Claternae noster
Hirtius, ad Forum Cornelium Caesar, uterque cum firmo
exercitu, magnasque Romae Pansa copias ex dilectu Italiae
comparat. Hiems adhuc rem geri prohibuerat ; Hirtius nihil
nisi considerate, ut mihi crebris litteris significat, acturus videbatur; praeter Bononiam, Regium Lepidi, Parmam totam
Galliam tenebamus studiosissimam rei publicae ; tuos etiam
clientes Transpadanos mirifice coniunctos cum causa habebamus ; erat firmissimus senatus exceptis consularibus, ex
3 quibus unus L. Caesar firmus est et rectus; Ser. Sulpicii
morte magnum praesidium amisimus ; reliqui partim inertes,
partim improbi ; non nulli invident eorum laudi, quos in re
publica probari vident ; populi vero Romani totiusque Italiae
mira consensio est. Haec erant fere, quae tibi nota esse
vellem ; nunc autem opto, ut ab istis Orientis partibus virtutis
tuae lumen eluceat. Vale.

XCIX. (ad Fam. XI. 9.)

D. BRUTUS S. D. M. CICERONI.

1 Pansa amisso quantum detrimenti res publica acceperit,
non te praeterit : nunc auctoritate et prudentia tua prospicias
oportet, ne inimici nostri consulibus sublatis sperent se con-
valescere posse. Ego, ne consistere possit in Italia Antonius,
dabo operam : sequar eum confestim ; utrumque me praesta-
turum spero, ne aut Ventidius elabatur aut Antonius in Italia
moretur. In primis rogo te, ad hominem ventosissimum,

Lepidum, mittas, ne bellum nobis redintegrare possit Antonio sibi coniuncto; nam de Pollione Asinio puto te perspicere, quid facturus sit. Multae et bonae et firmae sunt legiones Lepidi et Asinii. Neque haec idcirco tibi scribo, quod te non eadem 2 animadvertere sciam, sed quod mihi persuasissimum est Lepidum recte facturum numquam, si forte vobis id de hoc dubium est. Plancum quoque confirmetis oro : quem spero pulso Antonio rei publicae non defuturum. Si se Alpis Antonius traiecerit, constitui praesidium in Alpibus collocare et te de omni re facere certiorem. III. Kal. Maias, ex castris, Regii.

C. (ad Fam. X. 15.)

PLANCUS CICERONI.

His litteris scriptis, quae postea accidissent, scire te ad rem 1 publicam putavi pertinere. Sedulitas mea, ut spero, et mihi et rei publicae tulit fructum : namque adsiduis internuntiis cum Lepido egi, ut omissa omni contentione reconciliataque voluntate nostra communi consilio rei publicae succurreret, se, liberos urbemque pluris quam unum perditum abiectumque latronem putaret obsequioque meo, si ita faceret, ad omnes res abuteretur. Profeci : itaque per Laterensem internuntium 2 fidem mihi dedit se Antonium, si prohibere provincia sua non potuisset, bello persecuturum, me, ut venirem copiasque coniungerem, rogavit, eoque magis, quod et Antonius ab equitatu firmus esse dicebatur et Lepidus ne mediocrem quidem equitatum habebat ; nam etiam ex paucitate eius non multis ante diebus decem, qui optimi fuerant, ad me trans- 3 ierunt. Quibus rebus ego cognitis cunctatus non sum : in cursu bonorum consiliorum Lepidum adiuvandum putavi. Adventus meus quid profecturus esset, vidi, vel quod equitatu meo persequi *Antonium* atque opprimere equitatum eius

possem, vel quod exercitus Lepidi eam partem, quae corrupta
est et ab re publica alienata, et corrigere et coërcere praesentia
mei exercitus possem.   Itaque in Isara, flumine maximo, quod
in finibus et Allobrogum, ponte uno die facto exercitum a. d
VII. Idus Maias traduxi.   Cum vero mihi nuntiatum esset L
Antonium praemissum cum equitibus et cohortibus ad Forum
Iulii venisse, fratrem cum equitum quattuor milibus, ut occur-
reret ei, misi a. d. v. Idus Maias ; ipse maximis itineribus cum
quattuor legionibus expeditis et reliquo equitatu subsequar.
4 Si nos mediocris modo fortuna rei publicae adiuverit, et auda-
ciae perditorum et nostrae sollicitudinis hic finem reperiemus ;
quod si latro praecognito nostro adventu rursus in Italiam se
recipere coeperit, Bruti erit officium occurrere ei, cui scio nec
consilium nec animum defuturum ; ego tamen, si id acciderit,
fratrem cum equitatu mittam, qui sequatur, Italiam a vasta-
tione defendat.   Fac valeas meque mutuo diligas.

CI. (ad Fam. XI. 12.)

M. CICERO S. D. D. BRUTO IMP. COS. DES.

1   Tris uno die a te accepi epistolas : unam brevem, quam
Flacco Volumnio dederas, duas pleniores, quarum alteram
tabellarius T. Vibii attulit, alteram ad me misit Lupus.   Ex
tuis litteris et ex Graeceii oratione non modo non restinctum
bellum, sed etiam inflammatum videtur.   Non dubito autem
pro tua singulari prudentia, quin perspicias, si aliquid firmitatis
nactus sit Antonius, omnia tua illa praeclara in rem publicam
merita ad nihilum esse ventura ; ita enim Romam erat nuntiatum, ita persuasum omnibus, cum paucis inermis, perterritis
2 metu, fracto animo fugisse Antonium.   Qui si ita se habet, ut,
quem ad modum audiebam de Graeceio, confligi cum eo sine
periculo non possit, non ille mihi fugisse a Mutina videtur, sed
locum belli gerendi mutasse.   Itaque homines alii facti sunt ;

non nulli etiam queruntur, quod persecuti non sitis ; opprimi potuisse, si celeritas adhibita esset, existimant. Omnino est hoc populi maximeque nostri, in eo potissimum abuti libertate, per quem eam consecutus sit ; sed tamen providendum est, ne quae iusta querela esse possit. Res se sic habet : is bellum confecerit, qui Antonium oppresserit ; hoc quam vim habeat, te existimare malo, quam me apertius scribere.

CII. (ad Fam. XII. 10.)

CICERO CASSIO SAL.

Lepidus, tuus adfinis, meus familiaris, pr. K. Quinctilis 1 sententiis omnibus hostis a senatu iudicatus est ceterique, qui una cum illo a re publica defecerunt ; quibus tamen ad sani- tatem redeundi ante K. Sept. potestas facta est. Fortis sane senatus, sed maxime spe subsidii tui. Bellum quidem, cum haec scribebam, sane magnum erat scelere et levitate Lepidi. Nos de Dolabella cotidie, quae volumus, audimus, sed adhuc sine capite, sine auctore, rumore nuntio. Quod cum ita esset 2 tamen litteris tuis, quas Nonis Maiis ex castris datas acceper- amus, ita persuasum erat civitati, ut illum iam oppressum omnes arbitrarentur, te autem in Italiam venire cum exercitu, ut, si haec ex sententia confecta essent, consilio atque auctori- tate tua, sin quid forte titubatum, ut fit in bello, exercitu tuo · niteremur : quem quidem ego exercitum quibuscumque potuero rebus ornabo ; cuius rei tum tempus erit, cum, quid opis rei publicae laturus is exercitus sit aut quid iam tulerit, notum esse coeperit ; nam adhuc tantum conatus audiuntur, optimi illi quidem et praeclarissimi, sed gesta res exspectatur, quam quidem aut iam esse aliquam aut appropinquare confido. Tua virtute *et* magnitudine animi nihil est nobilius ; itaque 3 optamus, ut quam primum te in Italia videamus : rem publicam nos habere arbitrabimur, si vos habebimus. Praeclare viceramus, nisi spoliatum, inermem, fugientem Lepidus recepisset Antonium ; itaque numquam tanto odio civitati Antonius fuit, quanto est Lepidus ; ille enim ex turbulenta re publica, hic ex pace et victoria bellum excitavit.   Huic oppositos consules designatos habemus, in quibus est magna illa quidem spes, sed

4 anceps cura propter incertos exitus proeliorum.   Persuade tibi igitur, in te et in Bruto tuo esse omnia, vos exspectari, Brutum quidem iam iamque.   Quod si, ut spero, victis hostibus nostris veneritis, tamen auctoritate vestra res publica exsurget et in aliquo statu tolerabili consistet ; sunt enim permulta, quibus erit medendum, etiam si res publica satis esse videbitur sceleribus hostium liberata.   Vale.

NOTES.

PART I.

I. (ad ATT. I. I.) ROME, *July*, 65 B.C. (689 A.U.C.)

T. POMPONIUS was a member of an old Equestrian family, and one of Cicero's earliest friends. For the last twenty years, however, he had resided at Athens—a circumstance which, in the absence of any direct statement of history, we may assume to account for the agnomen of Atticus. He did not return to Rome until the year 64 B.C., and then only at the request of his friend (L. 2. 2), who was anxious to have his support in his candidature for the consulship. It seems probable that he remained in Rome until towards the end of 62 B.C., a supposition which would partly account for the fact that no letters of Cicero bearing the date of his consulship have been preserved to us.

1.—**Ratio**, 'the state ;' *rationi*, below, and *rationibus*, sect. 2, mean 'interest.' **Quod . . . possit.** On the subjunc. in a relative cl. of restriction cf. Roby 1692 and 1694. **Prensat**, sc. *cives manu ;* but referring more generally to all kinds of personal canvassing. **P. Galba** —whom Cicero speaks of (*Mur.* 8) as *modestissimum atque optimum virum*. **Sine fuco**, etc. ; *i.e.* people make no bones about giving him an old-fashioned 'no.' **Praepropera** is explained below by what Cicero says of his own candidature ; Galba was too impatient to wait for the favourable opportunity afforded by the coming elections. **Cincius**—an agent of Atticus frequently mentioned. **Campo**, sc. Martio. **Antonius** ; cf. Gen. Introd., p. xv. **Q. Cornificius**, mentioned (*Verr.* ii. 57) as clerk to Verres. He was the father of Cicero's correspondent in *Fam.* xii. ; cf. L. 80. **In hoc**, 'at mention of this last name.' **Ingemuisse**—for his certain disappointment. **Ut frontem ferias.** *Ut*, of purpose, *i.e.* 'that you may, etc., I have to tell you that,' etc. ; we should say, ' you will tear your hair when you hear that.' **Caesonium**, sc. *competitorem fore.* So after *arbitramur.* Caesar had been aedile with Cicero. **Aquillium**— C. Aquilius Galbus, Cicero's colleague in the praetorship, and the author of the law '*de dolo malo*.' **Iuravit morbum**, etc., 'swore he was ill' (so *perpetuum morbum iurabo, Att.* xii. 13. 2), 'and made those law courts in which he reigns supreme an excuse' for not standing. **Catilina**, etc., Gen. Introd., p. xiv. He was accused by P. Clodius of malversation as propraetor in Africa. The proof Cicero says was plain as daylight (*meridie lucere*). **Aull filio** (so in L. 6. 12 ; why does not appear). L. Afranius, cos. 60 B.C.; cf. L. 71. 2 n. **Palicano**. M. Lollius Pal. had been a candidate in 67 B.C., on which occasion the consul Piso is said to have

173

destroyed his chances by declaring that he would not return him even though he was carried at the voting-booths.

2.—Nunc, 'this year,' *i.e.* for the consulship of 64 B.C. **Caesar** (L. Julius), cos. next year ; cf. L. 91. 3 n. **Thermus.** We find that one C. Marcius Figulus was consul in 64 (L. 2. 1). It is usually assumed that Q. Minucius Thermus took that name on being adopted into the patrician family of the Marcii. **Silano**—D. Junius Sil., cos. 62 B.C. **Ab amicis,** '*in* friends ;' cf. Roby 1813. **Obducere,** 'to run against them.' Q. Curius, the informer (cf. Sall. *Cat.* 23) against the Catilinarians, is probably meant. **Firmior,** 'more likely.' **Viae Flam.**, the great northern road running to Ariminum through Narnia and Ocriculum. **Caesari consuli addiderim.** The MSS. reading is *ceteri consuli acciderim*, of which nothing can be made. According to the emendation in the text Cicero seems to say that as Thermus's labours as commissioner for the repair of the Via Flam. would easily be finished before the elections for 63 B.C., and would greatly add to his chances of election when these came on, he would like to see him elected with Caesar (*Caesari addiderim*) now, and safely out of the way. **Informata**—of something which is only outlined. Tr. 'the general opinion which I have as yet been able to form.' **Gallia** Cispadana. The Transpadani had not yet received the franchise. **Legati.** He means that he would apply for a *legatio libera* on pretence of a visit to C. Calpurnius Piso, governor of Gallia Narbonensis. Piso had been consul in 67 B.C. He was accused by Caesar and defended by Cicero in 63. **Cetera,** etc. 'I hope everything else goes well' (the metaph. in *prolixa* is of running freely), 'if these city candidates are all we have to deal with' (*abl. absol.*), *i.e.* unless Thermus or some one else of extramural claims takes the field. **Illam manum** seems to refer to the *nobiles* in Pompey's 'train ;' Atticus's influence with the oligarchy seems to have been considerable. Cf. L. 2. 2.

3.—Caecilius. Atticus hoped to be his heir, and was therefore anxious to propitiate him by enlisting his friend the orator in his favour. **Agere,** 'to take legal proceedings.' **Fratre,** 'cousin,' unless one or other had been adopted and changed his family name ; he was accused of buying up Varius's bankrupt property on a false valuation (*dolo malo mancipio accepisse*). The goods belonged legally to the creditors, and the case is only interesting in so far as Cicero appears in it as sacrificing justice to ambition. **Una agebant,** 'put in a joint claim.' **Lucullus** (Baiter reads L. Lucullus). M. is probably meant. He was the brother of L., the conqueror of Mithridates, who was at present seemingly outside Rome waiting for his triumph. **P. Scipio,** adopted afterwards by Q. Metellus Pius ; cf. L. 71. 2 n. **Magistrum,** sc. *auctionis*, 'the president,' in such cases chosen from the creditors. **L. Pontius**—Aquila, afterwards one of the murderers of Caesar ; he fell before Mutina in 43 B.C. **Observat . . . max.**, 'he pays his greatest court to.' **L. Domitium** Ahenobarbum. V. introd. to L. 64. **Proximum,** 'next in his regard.' **Q. fratri.** On Quintus's political career, v. introd. to L. 32.

4.—Sine eo quem, etc., 'even without the advocate whom Caecilius was employing in his own interest ;' *perhibere* in the post-classical sense of *adhibere* seems strange. **Eum et officio,** etc. ; *i.e.* that he should have some regard to what I owed both to Satyrus and myself. **Summam existim.**, 'the whole character and reputation ;' *infamia* would follow conviction. **Venirem,** of coming forward in court ; cf. *Phil.* ii. 2. 3 : *contra rem suam me nescio quando venisse questus est.* ἐπεὶ οὐχ ἱερήϊον, οὐδὲ βοείην ἀρνύσθην . . . ἀλλὰ περὶ ψυχῆς θέον Ἕκτορος ἱπποδάμοιο, *Il.*

xxii. 159, 'the stake is no mere offering or ox's hide ; ' the metaph. is carried on in the next sentence (*in quo cursu simus*).　**Omnes gratias,** etc. ; *i.e.* not only keep all we have, but win all we can.

5.—Hermathena—a two-faced statue ; on one side Hermes, on the other Athene. It had been sent home by Atticus for the adornment of the gymnasium or gallery (so called because devoted to literary uses, as the gymnasia were used by the Greek philosophers in Athens) at Tusculum House ; cf. *Att.* i. 4. 3.　**Eius ἀνάθημα,** ' a dedication to it.'

II. (ad ATT. I. 2.)　ROME, *July*, 65 B.C. (689 A.U.C.)

1.—Consulibus, sc. *renuntiatis.* 'Caesar and Figulus have been re-turned at the head of the poll, and I have got a son,' seems to be the meaning. We cannot suppose Cicero to be writing in 64 B.C., as Catiline's trial, which was finished in 65, is still going on.　**Filiolo.** Gen. Introd. p. xi.　**Catilinam . . . defendere cogitamus.** Gen. Introd., p. xv., and L. I. I n.　**Summa accusatoris vol,** 'with the full consent of the accuser.' He means that Catiline had known his man, and that P. Clodius was now quite content to allow those to remain on the jury who were known to be most favourable to the accused. On the right of *reiectio* which he had, cf. L. 6. 3 n.　**In ratione pet.**—*i.e.* in carrying out the plan of the electioneering campaign.

2.—Tuos familiares, esp. perhaps Hortensius (*Att.* ii. 25. 1), Lucullus, and Crassus, who along with the oligarchy, as a whole, had been offended by Cicero's speech *pro Lege Manilia.* Gen. Introd., p. xiv. ; cf. also the important passage, Sall. *Cat.* 23. 5 and 6.

PART II.

General Introduction, p. xv.

III. (ad FAM. V. 1.)　CISALPINE GAUL., 62 B.C. (692 A.U.C.)

Q. CAECILIUS METELLUS had served with Pompey in Asia in 66 B.C., and was a zealous supporter of the aristocracy. As praetor, in 63 B.C., he had rendered valuable service to Cicero in his efforts to crush the Catilinarian conspiracy, and had taken the field in person against the military forces of its leader. In return for these services Cicero proposed that the consular province of Cisalpine Gaul, which would naturally have fallen to himself, should be intrusted to Metellus instead, who thus became pro-consul in the year 62 B.C., although he did not hold the consulship till two years later. The coolness which had sprung up between him and Cicero at this time was partly due to the action which his brother, Metellus Nepos, had taken in the matter of Cicero's political declaration on De-cember 30, 63 B.C. (Gen. Introd., p. xvii.). The quarrel did not last long (Cicero writes of him in 60 B.C. *est consul sane bonus et nos admodum diligit, Att.* i. 19. 4), but it indicates one of those side-winds of party jealousy to which the orator had to bend. He died in 59 B.C., poisoned, it was believed, by his wife Clodia. By 57 B.C. a reconciliation had also been effected with Metellus Nepos, who, as consul in that year, came forward as a warm supporter of Cicero's recall (Gen. Introd., p. xxiii.).

1.—Si vales bene est. V. Gen. Introd., p. xviii. **Absentem**, sc. *me;* Cicero writes for clearness *te a me*, L. 4. 1. **Ob dictum**, 'for merely a word.' **Capite ac fortunis**, 'rights and property;' the severest penalty of the law to a Roman involved the forfeiture of both. Nepos's action was followed by a decree of the senate in favour of Cicero and his supporters (ὅτι, κἄν αὖθις τις εὐθῦναί τινα αὐτῶν τολμήσῃ, ἔν τε ἐχθροῦ καὶ ἐν πολεμίου μοίρᾳ ἔσται, Dio C. 37. 42. 3). **Pudor ipsius**, *i.e.* if the moderation my brother has always shown did not afford him the protection it ought to have done. But *ipsius* may be objective gen., and the phrase = 'respect due to my brother,' like *pudor patris*, Ter. *And.* i. 5. 27

2.—Itaque in luctu, etc., *i.e.* and so in the midst of my responsibilities as governor I am distracted with grief and its symbols as for one accused of a capital offence ; *squalore* is hardly to be taken literally of weepers. The war was against some restless Alpine tribe, or possibly against the remnants of the Catilinarians. **Sperabam.** We should have expected the plupf. ; v. Roby 1468 and 1490 on the epistolary use of the impf. and plupf. **Abducet**, 'make me false to.'

IV. (ad FAM. V. 2.) ROME, 62 B.C. (692 A.U.C.)

CICERO's carefully-balanced answer to the foregoing falls into four parts—(1) Sects. 1-2, where he places the point in which he is conscious of being weakest in the front, and tries to explain his jests in the senate as best he can. (2) Sects. 3-5, in which he emphasises the favours he had conferred upon Metellus, establishing a *prima facie* claim on the gratitude of the family. (3) In sects. 6-8 he paints the conduct of Nepos, which (4) he contrasts with his own clemency, ending up by assuring Metellus himself of his unalterable friendship.

1.—Reticeres. On what occasion Cicero had waited in vain for the passage in Metellus's speech, which he pretended he had been told to expect, is unknown. The relatives of Metellus, to whom he ironically attributed his disappointment, were his brother Nepos and his brother-in-law P. Clodius. **Ab occulta coniuratione**, esp. the veiled treason of the consul Antonius ; cf. Sall. *Cat.* 26. **Rebus honorificentissimis**, *i.e.* with high commissions in the struggle with the conspirators ; cf. Sall. *Cat.* 30.

2.—Iam. V. L. and S. ii. A, 2.

3.—Quod . . . scribis. V. Roby 1749. **Mutuum**—for the abstract noun 'reciprocity.' **Tibi ipse.** It is not easy to fix the force of *ipse ;* he seems to mean, 'You would say at once that that is all gammon on my part.' **Rationes**—as *rationi* in L. 1. 2. **Illud**, opp. to *hoc*, and, like it, referring to the cl. which immediately follows it. **Nihil dico**, etc. It is unfair, in the absence of precise information as to the way in which the province vacated by Cicero came to fall to the lot of Metellus, to interpret these words as an unblushing admission of corrupt practice. Yet *sortitione vestra* can only refer to lots cast between the praetors for the proconsular governorship. **Contumeliosam fuisse**, 'to have conveyed a slight.'

4.—Iam. V. L. and S. ii. B, 1. **Ea praescriptione est**, *i.e.* has such distinguished signatures prefixed. The bill was drawn up in presence of its chief supporters (*scribendo adfuerunt*), whose names stood at the beginning. Cf. the copy of the *senatus-consultum* in *Fam.* viii. 8. 5, beginning *Pridie Kal. Octob. in aede Apollinis scrib. affuerunt L. Domitius*

Cn. F., etc.   **Proxime**, 'last.' The occasion is unknown ; *adventus* can only mean approach to the capital ; he could not have entered it without losing his *imperium*.   **Mutue resp.**, 'to have been a reciprocal return ;' *mutue*, in allusion to Metellus's expression, *pro mutuo . . . animo*.

6.—Quod scribis. V. Roby 1749.   **Ob dictum**, 'because of a mere word,' quoted from L. 3. 1.   **Ut mihi ignoscas**, sc. *a te peto* as the co-ordinate of *velim* in the previous clause.   **Quam qui maxime**, sc. *amicus est*, and cf. *Fam.* xiii. 3, *tam gratum mihi id erit quam quod gratissimum*.   **Conatum**, a favourite word with Cicero for a political agitation, cf. *Cat.* ii. 26, 27.   **Claudia**, or Clodia, was the second sister of the notorious P. Clodius, as attractive seemingly as she was clever and dissolute. Her brilliant eyes (*flagrantia oculorum*, Cic. *Cael.* 49; *hos flagrantis sororis*, sc. *oculos, Har. Resp.* 38), and the influence she exercised through her brother over the politics of the time, gave occasion to the name (βοῶπις, the Homeric epithet of Hera) by which she is known in Cicero's letters to Atticus. The accusation brought against her of having poisoned her husband Metellus Celer, is probably just as groundless as that which was subsequently brought against Caelius (in 56 B.C.) of having attempted to poison her. She is probably the Lesbia of Catullus. For further illustration of the influence which the Roman ladies exercised over politics cf. L. 92.   **Mucia Tertia**, the cousin (*soror*) of the two Metelli, was the d. of Q. Mucius Scaevola *pont. max.* (cos. 95 B.C.). She married Pompey, from whom she was divorced at the end of 62 B.C. **Deterrerent** = *dehortarentur*, as in L. 28. 5.

7.—Ut iurarem, sc. the customary oath that I had administered my office well.

8.—Sibi non esse integrum, 'that he was no longer free to do so,' owing to the declaration he had previously made of his views. Hence Cicero's ironical *Hominem gravem*, etc.   **Paullo ante**, on the occasion of assuming his office, Dec. 10, 63 B.C.   **Qui urbem . . . voluissent.** Of the three infs. after *voluissent* the first two are connected by *et* because of the close relation in which they stand to one another.   **Qui curiam . . . liberasset**—almost the very words of the senate's decree passed in his honour ; cf. Cic. *Cat.* iii. 15.   **Metello fratri tuo**, etc., 'Metellus, and brother to you though he was, I resisted him to his face.'   **Agere coepisset**, sc. *cum populo*, concerning the bill ; cf. Gen. Introd., p. xviii. The purport of this proposal Cicero here intentionally withholds.   **Neque illi**, etc., *i.e.* it was no momentary sense of wrong, but a fixed and deliberate plan upon which he was acting.   **Iudicio . . . disceptatione**, 'tact and honourable contest,' opposed respectively to violence and forcible assault ; cf. *Off.* i. 34 : *nam cum sint duo genera decertandi, unum per disceptationem, alterum per vim ; impressio* is a military term. **Non casu potius . . . quam**, etc., as was probably said by many ; cf. *Att.* i. 20. 3 : *ut non committamus, ut ea, quae gessimus, fortuito gessisse videamur.*

9.—Non me. As in *Qua re non ego* (sect. 10), the neg. goes closely with the pron. instead of with the verb.   **Sedens.** On being called upon by the presiding magistrate (cf. *dic M. Tulli*, etc., *Att.* vii. 3. 5) a member might either simply give his assent to a proposal already before the house (cf. *Cn. Pompeio adsentior, Att.* vii. 3. 5 ; *quibus de rebus refers, P. Servilio adsentior, Phil.* vii. 27), in which case he remained sitting, or he might rise to his feet either to speak more at length upon it, or to propose an amendment. His reticence on this occasion, Cicero says, was

prompted by consideration for Metellus Nepos.   **Addam illud,** etc., is
continued in the relative clause, *quod*, etc., which gives its colour to the
rest of the sentence ; hence the slight *anacoluthon.*   **Senati consulto.**
In old Latin many of the *u* stems have a gen. sing. in *i* as if they belonged
to the *o* declension.   In inscriptions of the 7th cent. A.U.C. the form
senati is usual, and Cicero has it frequently in such phrases as *senati consultum, senati populique Romani* (*Div. in Caecil.* 19 ; *Phil.* iii. 38).   **Sub-
levaretur** depends on *fieri :* the proposal to deprive Metellus Nepos of his
office miscarried ; it is the same word as Metellus uses in his letter of what
he and his brother had a right to expect from Cicero (L. 3. 1).

   10.—**Qua re,** etc.   *Oppugnavi* is in antithesis to *repugnavi, mobili* to
stabili, desertus to *permanerem.*   Metellus uses both *mobilis* and *desertus*
in L. 3.   For *desertus ab officiis tuis* cf. *Att.* iv. 10. 1 : *a ceteris oblecta-
tionibus deseror.*   **Minitanti.**   V. L. 3. 2 : *non erit mirandum, si vos
poenitebit.*   Cicero ironically suggests below (*sed etiam tuo atque exercitus,*
etc.) that he might make a better use of his army than by attacking him.
Detraham is fut. like *desinam* ; cf. *Lig.* 16 : *suam citius abiciet humanitatem quam extorquebit tuam.*

   That the last words of this letter are merely a polite way of expressing
his hostility to Metellus Nepos is clear from the speech, no longer extant,
which Cicero published at the beginning of 61 B.C. (*orationem Metellinam,
Att.* i. 13. 5).   Among other fragments of this speech occurs the following
sentence : *venit ex Asia: hoc ipsum quam novum! tribunus plebis venit ex
Asia : verumtamen venit!* which is significant of the new character in
which the *tribunus plebis* henceforth frequently appears as the agent and
cat's-paw of the general in the field ; cf. the part played by Curio in 50
and 49 B.C.

V. (ad FAM. v. 7.)   ROME, 62 B.C. (692 A.U.C.)

ON receipt of the news of Mithridates's death in 63 B.C. (it was known
in Rome by the middle of November at the latest, unless the passage in
Mur. 34 is a later addition) Cicero, as consul, had proposed in the senate a
thanksgiving of ten days in Pompey's honour.   Immediately after the
execution of the Catilinarian conspirators on Dec. 5, he had despatched a
detailed account of his own consular achievements to the Asiatic conqueror (*epistolam, quam ego ad Cn. Pompeium de meis rebus gestis et de
summa republica misi—Sull.* 67).   This is the letter alluded to, *Planc.* 85 :
*te aiebas de tuis rebus gestis nullas litteras misisse, quod mihi meae, quas ad
aliquem misissem, obfuissent, i.e.* by having deprived him of Pompey's
protection against Clodius.

   The tone in which this letter was written can easily be conceived after
perusal of the extravagant passages, *Cat.* iii. 26 and iv. 21.   Cicero's
letter was written immediately after the action of Dec. 5, and Pompey
replied at once upon receipt in two letters, which thus could not have
arrived at Rome before April 62 B.C., as the mail between Rome and
Asia took fifty days.

   The cold, curt style of these letters, as well as the ambiguity of their
expressions upon the Catilinarian conspiracy, were characteristic of Pompey.   Cicero's letter before us is written with great reserve, and is quite

laconic in style. All names are suppressed ; there is no mention of Nepos (it is uncertain whether he was still in Rome) ; no allusion to the previous letter to Pompey ; everything indicates chagrin at the shock his ideal of a union with Pompey and of a copartnership in power had received ; cf. Gen. Introd. p. xvi., and L. 9. 2.

1.—S. T., etc.—*si tu exercitusque valetis, bene est;* cf. Gen. Introd., p. xviii.   **Veteres hostes, novos amicos**=the leaders of the popular party, esp. Caesar. Pompey had started in life as a strong supporter of the oligarchy, but had broken with it in 70 B.C. and received the command against Mithridates (66 B.C.) in direct opposition to it. His letter to the senate at this time had hinted at a return to his old allegiance, and thus damped the hopes of the democrats. The expression *iacere,* however, is, to say the least of it, exaggerated. For the effect of Pompey's first political deliverance on his return, cf. Gen. Introd., pp. xix. xx.

2.—Exiguam significationem, etc., 'though containing but a cold expression.'   **Apud me,** etc. The meaning is that he is not unwilling that the balance should be on his side. For Cicero's view of his own services to Pompey, cf. L. 38. 11.   **Adiunxerint.** We should have expected *adiunxerunt,* but it is dep. upon *quin,* etc.

3.—In tuis litteris must mean in the letter to the senate, as we gather from the context ; cf. *quam ego,* etc.   **Ne cuius animum** = *ne quem,* where, as so often in Lat., *animus* seems pleonastic.   **Quam Africanus fuit . . . quam Laelium.** On the difference of constr. v. Roby 1269.

VI. (ad ATT. I. 16.) ROME, *May,* 61 B.C. (693 A.U.C.)

FROM sect. 9 we know that this letter must have been written after May 15. Upon the trial of Clodius, cf. Gen. Introd., p. xix. On Jan. 1, 61 B.C., Cicero first communicates the incident to Atticus. On Jan. 27 he tells him of the decision of the pontifices that sacrilege had been done, and of the bill brought in by the direction of the senate decreeing that a special inquiry should be made, and that the judices should be chosen by the praetor instead of taken by lot in the ordinary way from the *decuriae judicum.* Meantime Pompey entered Rome, only to express himself in the most general terms upon the subject that was agitating the city. The bill was brought before the people, but was frustrated by the exertions of the friends of Clodius, supported by the tribune Fufius. The senate now took the decided step of decreeing the postponement of all other public business (*ut ante quam rogatio lata esset ne quid ageretur*), whereupon Hortensius came forward with a compromise to the effect that the investigation should take place, but the judges should be chosen by lot as usual. The bill must have passed before March 15, as Cicero writes to Atticus (i. 15) that the province of Asia had been allotted to his brother on that day, so that the ' block ' in public business must by that time have been removed.

1.—Quo modo=*quo modo factum sit ut*=*quare ;* cf. *Rosc. Am.* 96. **Proeliatus sim.** Atticus had prob. used the word. Cicero playfully keeps up the metaph. in *pugnas, strages,* and in sect. 4. All through the letter we have the exaggeration of familiar conversation (cf. sect. 4 *milies,* sect. 9

divinitus). ὕστερον πρότερον—not as S. takes it with reference to the
grammatical fig. so common in Homer, which grammarians call ὑστερο-
λογία, as in οἳ οἱ πρόσθεν ἄμα τράφεν ἠδ' ἐγένοντο (*Il.* i. 251), but to the
art by which Homer introduces us at once *in medias res*, as in *Od.* i.
Ulysses is already in the tenth year of his wanderings. His previous ad-
ventures are related only in the subsequent books. **Ille**, sc. Clodius.
Pisonem. M. Pupius Piso Calpurnianus, consul for the year along with
M. Valerius Messalla, opposed the decree of the senate in its first form.
Curionem (cos. 76 B.C.), f. of the younger Curio (L. 43). He defended
Clodius at his trial. **Levitatem** = want of principle.

2.—**Hortensius.** Cf. Gen. Introd., p. xiii. As an orator he was
second at Rome only to Cicero, and exercised a most powerful influence
for peace upon the politics of the time. If Cicero meditated a biography
of him (cf. L. 27. 3 : *quod me admones*, etc.), we cannot too much regret
that he did not accomplish his purpose. **De religione**, sc. *violata;* cf.
Att. i. 14. 2. **Fufius** Calenus ; cf. L. 9. 1. **Nullis iudicibus.** The
neg. goes with *posse:* he would be condemned by any jury. **Contraxi
vela**—a common metaph. ; so the opp. *velis passis.* **Dum veritus
est** = *cum* with impf. subjunc., as not unfreq. in Cicero, esp. in verbs expressing mental affections—'while fearing . . . yet.' **Tamen.** The
concessive cl. is contained in *plumbeo.* Although the sword were a leaden
one, it would yet be sharp enough to cut his throat.

3.—**Reiectio.** The method here employed was to allow the parties to
reject each a fixed number of the iudices whom the praetor had taken by lot
from the *album iudicum* or official list of qualified jurymen. This was the
usual practice in trials for bribery. **Accusator**—L. Lentulus Crus (cos.
49 B.C.). **Clemens**, because he spares his best gladiators. The metaph.
is a common one in Latin. **Maculosi**, referring to their profession ;
nudi, to their means. **Tribuni non tam aerati quam . . . aerarii.**
In our ignorance of the meaning of *aeratus* we are hardly justified in
rejecting this the only authentic MSS. reading. After the passing of the
lex Aurelia iudiciaria (70 B.C.), the *tribuni aerarii* were admitted as the
third order, in addition to the senate and equites, from which the panels
of jurymen were taken (cf. Cic. *Cat.* iv. 15). These seem to have been
wealthy plebeians, who as presidents of the tribes administered the war-
tax in early times, and paid the army (whence their name). But *aerarii*
was also the word used for the lowest class (*capite censi*) to which the
censor might degrade a citizen for certain moral and civil offences. This
latter is the sense in which Cicero here intends it to be taken. For *aeratus*
two meanings are suggested : (1) it = *obaeratus, i.e.* involved in debt :
' tribunes bankrupt not so much in cash as in honour,' or (2) = *nummatus*,
moneyed : 'tribunes not so rich in cash as in dishonour.' The obvious
emendation *tribuni non tam aerarii ut appellantur quam aerati* is adopted
by T., who translates : 'tribunes not on this occasion so much paygivers,
as they are called, but paytakers,' giving to *aeratus* the improbable meaning of ' bribed.' **Maerentes**, stronger than *maesti*, 'in the depths of woe.'

4.—**Hic**, ' and now.' **Primis postulationibus**, the preliminary proceedings, such as the demand for the production of certain witnesses. Cf.
Rosc. Am. 77 : *vobis agentibus aliquotiens duos servos paternos in quaes-
tionem ab adversariis Sex. Roscius postulabat.* **Quid quaeris?** ' Of
course ;' often in familiar style. **Vidisse tantum.** For this use of
videre of political insight, cf. Imp. Pomp. : *sin autem vos plus tum in republica vidistis.* **Nemo . . . arbitraretur**, either (1) 'There was no
one who looked upon him as if he were on his trial, but rather as if he

were already convicted a thousand times over ;' or (2) ' There was no one who supposed that he could be put on his trial without being condemned a thousand times over.' **Credo te . . . audisse**, either (1) ' The hooting of the supporters of Clodius must have made you aware even away in Epirus,' etc. ; cf. the same exaggeration in *Att.* i. 14. 4 : *sonitus nostros ; tanti fuerunt, ut ego eo brevior sim, quod eos usque istinc exauditos putem*, or (2) simply, ' When the supporters of Clodius began to hoot, you must have already heard how,' etc. **Tui cives.** Nepos tells us (*Att.* 3. 1) that Atticus refused the Athenian citizenship when offered to him. If this is true, which seems highly doubtful, the allusion here is simply to his long residence at Athens. **Xenocratem**, a pupil of Plato, to whom a jury in Athens is related to have paid the honour of refusing to allow him to take the customary solemn oath at the altar before he was placed in the witness-box. So when the accounts (*tabulae*) of Q. Metellus Numidicus (cos. 109 B.C.) were sent round amongst the jury for examination at his trial *de repetendis*, the jurors refused to insult the accused by even looking at them. Cf. Cic. *Balb.* 11 *seq.*

5.—**Fractus**, ' crushed ;' so *fregi* below (sect. 8), ' I crushed him.' **Ariopagitae**, *ironice*. Cf. *Att.* i. 14. 5 : *Senatus* Ἄρειος πάγος : *nihil constantius*, etc., where he is serious. **Consilium**, the praetor's legal advisers. **Gravissime** refers to the practical part of the resolution, *datur negotium magistratibus*. **Ornatissime** to the formal *laudantur iudices*. Ἔσπετε, etc., *Il.* xvi. 112,—the turning of the battle at the ships. **Calvum**, prob. Crassus; cf. *Att.* i. 14. 3. **Ex Nanneianis illum.** Notwithstanding T.'s objection to the ' guess of Manutius,' the commentators are prob. right. At any rate the phr. does not necessarily mean ' one of the Nanneians.' What it does really mean we are perhaps not in a position to say, but it seems plausible that, as Crassus owed a large portion of his wealth to the Sullan proscriptions, and as the Nannii or Nannei suffered largely under these (cf. Q. Cic. Pet. Cons. 2. 9), their property, besides that of others, had fallen to the Roman Croesus, and that it means ' him of (*i.e.* who made his money from) the Nanneian lands.' **Intercessit**, ' gave security that he would pay.' **Summo discessu**, ' notwithstanding the total absence ' of our own party ; so *discessus* is used, *Cato M.* 84. **Catulus**—Q. Lutatius (cos. 79 B.C.), one of the leaders of the aristocratic party. Cf. *Manil.* 59.

6.—**Habes**, as often in familiar style, ' You know now.' **Divino.** Cf. *Cat.* iii. 18 *seq.*, esp. 22. **Nummulis** suggests its vileness. **Non modo homines, verum etiam pecudes.** The same expression is used *Cat.* ii. 20. **Thalnam**, etc., prob. fictitious names indicating the obscurity of the jurymen. Cf. Sest. 94 : *omitto iam Numerium, Serranum, Aelium, quisquilias seditionis Clodianae.* ' Tom, Dick, and Harry.'

7.—**Nam** explains *sperarunt.*

8.—**Aliis legi**, ' to be read to others,' not ' by others,' as S. takes it. *Legere = recitare.* **Confirmans**, sc. the wavering. **Excitans**, sc. the fallen. **Nummariis.** Cf. *Verr.* iii. 131 : *iudicium . . . tam dissolutum, tam perditum, tam nummarium.* παρρησίαν eripui, ' I left them not a word to say.' **Consistere**, etc., ' I left the Consul Piso no ground to stand upon.' **Desponsam**, prob. by Pompey to one of his favourites as opposed to the official decree of the senate ; cf. *Prov. Cons.* 37. **Oratione**, not the speech *in P. Clodium et C. Curionem*, of which we have some fragments remaining, which was later. **Huius modi.** The connection, as often in the letters to Atticus, is a little loose ;

nam (sect. 9) takes up *huius modi*. **Studio contentionis,** 'the life of debate.' On *contentio* cf. *Cornif.* iii. 23 : *contentio est oratio acris et ad confirmandum et ad confutandum accommodata.* **Vos,** 'you Athenians.'

9.—Summa republica, as usual, 'the highest interests of the rep.' **Divinitus,** 'by a happy inspiration.' **Lentulum.** P. Cornelius Lentulus Sura, the coadjutor of Catiline, was quaestor in 81 B.C. He was accused of peculation in his province, but acquitted. In 70 B.C. he was expelled from the senate. As to his second acquittal we know only that there were only two of a majority in his favour, upon which he remarked that he might have saved the money he had spent upon one of them. Cf. Plut. *Cic.* 17. **Bis Catilinam.** First in 65 B.C., he was accused, *de repetundis,* by P. Clodius ; the second time in 64 B.C., by Lucceius, *inter sicarios, i.e.* of assassination committed at the time of the Sullan proscriptions. **Exsilio,** 'of the privilege of going into exile,' which he would have enjoyed if he had been condemned. *Exsilium* at Rome was not a punishment ; it was never passed as a sentence against a citizen ; cf. *Caecin.* 34. 100 : *exsilium non supplicium est, sed perfugium portusque supplicii.* Up to the moment of condemnation the accused was free. After condemnation he could still avoid the consequences by going into exile, and only then was passed the *aquae et ignis interdictio,* which effectually barred his return. **Dolor**—the stimulus of indignation.

10.—Pulchellus puer. Clodius's family name was Pulcher. Cicero alludes to Clodius's disappointment at the result of his preparations for appearing among the women at the festival of *Bona Dea,* in the words : *sed credo, post quam speculum tibi adlatum est, longe te a pulchris abesse sensisti.* —*Or. in Clod. et Cur.* Elsewhere we have *formosulus, tacitulus, misellus ;* from comparatives we have *minusculus, maiusculus, putidiusculus, meliuscule.* Conversational Latin was peculiarly rich in diminutives not only from nouns (as *specula, vocula, dextella* elsewhere in the Letters), but also from adjs., as the above. **Baias**—distinguished for its waters rather than its morals. Clodius accused Cicero, as we gather from *Or. in Clod. et Cur.,* of having a villa at Baiae, referring to his Puteolanum which was in the neighbourhood. **Falsum, sed tamen quid huic**— either (1) 'a falsehood—but what does he care?' whether it be true or false, or (2) preferably, 'a falsehood—but what has *he* to do with the matter?' *i.e.* I am not answerable to him. In fr. iv. 2 of the speech, Cicero speaks of Clodius as *magistrum* (moral censor) *per quem hominibus maioribus natu ne in suis quidem praediis impune tum, cum Romae nihil agitur, liceat esse, valetudinique servire.* **In operto**—of the mysteries of *Bona Dea ;* elsewhere (*Parad.* iv. 32) we have *opertum Bonae Deae.* **Aquis calidis.** Cf. Hor. *Ep.* i. 15. 2 *seq.* **'Narra' inquam 'patrono tuo,'** etc. T. inserts *quid* before *patrono* unnecessarily ; *narra* means, 'say all this to ;' the *patronus* is Curio, who is said to have bought the villa of Marius at the time of the Sullan proscriptions ; Arpinatis, therefore, = of Marius ; *aquas* of a medicinal spring, as we use 'waters.' On the whole passage cf. *Or. in Clod. et Cur.,* fr. iv. 4. **Nosti enim marinas** (sc. *aquas*) S. makes a part of the quotation wrongly ; it is a parenthesis to Atticus : 'you know the place on the sea-shore'—a justifiable remark, since the place does not seem to have been commonly recognised as having belonged to Marius. Cf. the passage referred to in Fr. iv. **Regem.** Cf. *Sull.* 21 : *hic ait se ille, iudices, regnum meum ferre non posse.* **Rex.** Q. Marcius Rex married Terentia, the sister of Clodius, to whom he left nothing in his will. **Domum emisti.** Cicero writes, *Fam.* v. 6. 2 : (*de Crasso*) *emi eam ipsam domum H. S. xxxv* (about £30,000). It was on the Palatine in the most fashionable quarter of the city ; cf. *Rosc. Am.* 133. Clodius prob. taunted him with having had to borrow the money for it. '**Putes . . . emisti**'—'one would fancy,' I replied, 'that you were charging me with having bought up a jury !' The trial cost Clodius II. S. iii. or iv. **Iuranti**—as witness. **Quoniam**, as often, gives the reason, not for the fact, but for our knowledge of the fact stated in the *apodosis*. **Tibi nihil crediderunt**, 'gave you no credit.' Cf. Plut. *Cic.* 19 : οὐ γὰρ πρότερον ἀπέλυσαν ἢ ἔλαβον τὸ ἀργύριον.

11.—Quam cum. The *cum* is not in the MSS. It may be that *melius sumus quam reliquisti* is good conversational Latin. **Nam et illud.** S. takes *et* to correspond to *accedit illud*, where we should have expected another *et*. It is more natural to take it = *etiam*,—'for even the ineffectiveness of my testimony.' The testimony was in disproof of Clodius's alibi. **Missus est sanguis**, etc., 'this letting of blood has relieved my unpopularity.' *Invidiae* best taken as dat. The same metaph. (cf. *Att.* vi. 1. 2) is still before his mind in *hirudo*, 'the blood-sucker.' **Rem . . . redemptam esse.** Cf. *Verr.* iii. 130: *quam improbam, quam manifestam, quam confessam rem pecunia redimere conetur, i.e.* to buy off from the jury. 'That the case was clear, and that the jury was bought off.' **Contionalis . . . plebecula,** 'that clamouring blood-sucker of the treasury, the wretched starveling rabble.' In L. 24. 4 Cicero uses *contionario illo populo*. Their demand was for cheap corn. **Unice diligi putat.** Cicero's true opinion of Pompey at this time is contained in *Att.* i. 13. 4, where he says he finds in him *nihil come, nihil simplex, nihil ἐν τοῖς πολιτικοῖς honestum, nihil illustre, nihil forte, nihil liberum.* Pompey always appeared to approve Cicero's consulship before the people, whose favour at this time he seems to have enjoyed. **Comissatores coniurationis,** 'those who hatch mischief over their cups.' **Barbatuli,** *i.e.* with small, delicate beards ; to have a beard at all after coming of age was the mark of a fop ; the same is expressed by *bene barbatus* in *Cat.* ii. 22 *seq.*: *quos pexo capillo nitidos aut imberbes aut bene barbatos videtis,* where *imberbes* means too young to have a beard. **Cn. Ciceronem.** Cf. the jest quoted by Suetonius (*Caes.* 20), thus describing the year 59 B.C.: *non Caesare et Bibulo, sed Iulio et Caesare consulibus.* **Gladiatoribus,** 'at the gladiatorial shows ;' cf. Roby 1180, n. 7. ἐπισημασίας = *significationes* (Q. Fr. i. 1. 42), here 'applause.' **Pastoricia fistula** proves (?), says T., that pipes were used by opponents to drown the applause, or otherwise to annoy a speaker. It might simply be a variety for *sibili*, which he uses in L. 10. 3.

12.—Auli filium. Cf. L. 1. 1 n. **Consul ille** is Piso. **Deterioris histrionis.** If we keep this, the best l., we may adopt one of two explanations : either (1) as the inferior actor always played a secondary part, and was not allowed to outshine the chief actor in any respect (cf. Cic. *Div. in Caecil.* 48), the phrase simply means that Piso was taking up the cause as second fiddle to Pompey ; or (2) it might mean an actor of a low class, who adopts indirect means, such as the employment of *claqueurs*, to gain support (cf. Plaut. *Amph. Prol.* 67). Cicero in this case intends to say that Piso was using indirect means to further the candidature of Afranius. **Catone.** Cf. L. 7. 9 n. **Domitio**—brother-in-law of Cato ; cf. introd. to L. 64. **Ut ap. mag. inqu. liceret,** 'that it should be lawful to search the houses of magistrates,' which would therefore seem to have been otherwise exempt from such search. **Adversus rem publicam** (sc. *facturum*), a formal protest, as they could not take any legal proceedings against such so long as they were in office.

13.—Lurco, *i.e.* Aufidius Lurco. **Simul cum lege Aelia.** Perhaps there is no necessity to change this, the most obvious correction of the MSS., *insimul cum:* 'Lurco, who entered his office hand in hand with the Aelian law, has had the connection suspended,' etc. Why Cicero should make so obvious a remark as that Aufidius entered office 'under the obligations of' the Aelian law is not clear. The Aelian and Fufian laws date from about 154 B.C. They referred chiefly to the *auspicia*, giving to the tribunes and all magistrates the right of *spectio* and *obnuntiatio* as against those of equal or inferior authority, but they also forbade the proposal of laws on the days appointed for elective meetings of the *comitia*. It was this clause that had to be suspended in Lurco's favour. We know of no clause which related to bodily infirmity, so that Mr. Watson's explanation of *bono auspicio* is misleading. It is simply ironical, because bodily infirmity was supposed to exclude a man from undertaking religious rites during his office (cf. Lysias, xxiv. 13). These laws were repealed by Clodius in 58 B.C. Lurco's proposal was not carried. **Novi in lege hoc,** 'what is new in the bill is' that promising is not punishable, but paying the money is, by a heavy fine. **Pronuntiarit,** the usual word for such promises of money on the part of a candidate. **Quoad vivat,** every year as long as he lives. **HS cIɔ cIɔ cIɔ** = 3000 sesterces, about £26. **Sed heus tu,** a form of familiar speech freq. in Plautus and Terence; instead of *tu* we have freq. the voc. of the person addressed; then follows usually a command, or, as here, a question. **Consulatum illum nostrum,** the Roman office of consul. **Fabum mimum,** 'a farce,' cf. Sen. *Apocol.* 9: *olim magna res erat deum fieri, nunc fabam* (which is probably correct instead of the MS. *famam*) *mimum fecistis.* Accepting this l. we may adopt one of two explanations: either (1) it refers to the boys' game of choosing a king, in which they used beans to vote with; or (2), as S. and others take it, it may refer to an old farce called 'The Bean,' which came to mean in popular language anything worthless and ridiculous. T. thinks that the true reading is *fabula* (quoting *cinis et manes et fabula fies,* Plaut. *Pers.* v. 152), and that *mimum* is a gloss. The passage quoted above is no doubt corrupt, but it is singularly parallel to that before us. **Flocci facteon,** formed on the model of φιλοσοφητέον ; *flocci facere* is used by Cicero only in the letters to Atticus. In the comic poets it freq. occurs.

14.—In Asiam, as *legatus* of Quintus Cicero ; cf. L. 7. **Ne quid . . . fiat,** 'lest some unpleasantness may arise;' he is afraid Quintus's hasty temper may take offence. The *legati*, however, of the general were usually of senatorial rank. **In provinciam,** 'to a province.'

15.—Epigrammatis, the verses which Atticus had placed as inscriptions under the statues of the famous Romans which adorned his estate in Epirus. The estate was called after the nymph Amalthea. Cicero says he will be content with the verses Atticus has placed on his statue, as neither Thyillus nor Archias is available to compose better. About *Thyillus* we know nothing. *Archias* is the same for whose claims to the citizenship Cicero pleaded before his brother Quintus, who was praetor at the time (62 B.C.). He wrote a poem in praise of Cicero (*Arch.* 28), another in praise of the Luculli (*ib.* 9. 21), and seems now to have meditated one in honour of the Metelli.

16.—Antonio. C. Antonius seems to have complied with a request of Cicero that he should aid Atticus in his business transactions in Macedonia. **Valde te venditavi,** sc. Antonio ; *vendito*, in the sense of sounding one's praises.

17.—**Cincius.** Cf. L. I. I.   **Ast,** only in one or two passages of the letters to Atticus; otherwise it is not used in prose literature.

18.—**Facere,** sc. 'Αμαλθεῖον.

VII. (ad ATT. I. 17.) ROME, *Dec.* 13, 61 B.C. (693 A.U.C.)

THE contrast in style between this letter and the preceding shows how earnest Cicero is in his desire to reconcile his brother with his friend. In the preceding letter the looseness of the syntax, the brevity of the style, the frequent ellipse, the proverb, the hyperbole, the forms of attestation (*heus tu, ita me iuvent*, etc.), the play upon words, give to the style all the charm of conversation. In the letter before us the measured sentences, the fulness and circumstantiality of the expression, suggest, in the first part at any rate, all the seriousness which the writer felt. What made the matter still more delicate was the part which Pomponia, the wife of Quintus and sister of Atticus, was supposed to have taken in the quarrel. Quintus believed that her irascible, morose disposition (v. esp. *Att.* v. I. 3 *seq.*) was played upon by Atticus in order to excite her against himself (v. sect. I, *odiosas suspiciones*). Quintus did not visit him on his way to Asia and wrote first from Thessalonica. Cicero received from Atticus copies of his letters. He is afraid that in exculpating Quintus he may appear to be reproaching Pomponia. The divorce did not take place till 45 or 44 B.C.

1.—**Nescio quid opinionis incommodae,** 'some sort of offence.' **Sauciumque . . . animum.** Cf. *Deiot.* 8 : *fore putabant, ut in exulcerato animo facile fictum crimen insideret* (so *insedisse* here, sc. *in animo*). **Antea saepe.** The quarrel did not originate in Atticus's refusal to go to Asia to meet Quintus. **Post sortitionem provinciae.** After his praetorship Quintus had received the province of Asia, which he administered during 16 B.C. and the two following years. The Roman province of Asia at this time embraced the districts formerly ruled over by Attalus, viz., Mysia, Phrygia, Lydia, and Caria. The rest of Asia Minor was divided into two provinces, Bithynia (embracing Bithynia proper and Pontus as far as the Halys), and Cilicia (including Pamphylia and Cyprus).

2.—**In istis locis,** at your 'place' in Epirus.   **Non modo . . . sed** =*non dicam . . . sed.*   Cf. the similar passage, *Att.* i. 11. I : *non modo oratione, sed tuo vultu . . . tolles.*   **Congressu** corresponds to *disputatione,* and like it contains the notion of something premeditated. **Officium,** etc., *Offic.,* as man ; *necess.,* as brother-in-law ; *amor,* as friend.

3.—**Meos . . . tuis.** The plural softens down what might otherwise be too pointed ; *meos* means Quintus, *tuis* Pomponia, who is referred to again below in *domesticis.*   **Ut,** 'granted that.'   **Videtur,** sc. *patere.*

4.—**Sermonibus,** 'remarks.'   **Ecquid tantum causae sit ignoro sed,** etc., *i.e.* 'I do not know whether there is any reason why you should be so angry ; at any rate,' etc. ; so Orelli. T. translates : 'I cannot see what ground there is to justify such language on his part.' But Cicero is deprecating Atticus's anger, and clearly does not wish to admit that Quintus had given him any real cause of annoyance ; cf. *putas* just before. This is quite compatible with the beginning of the letter.   **Omnes . . . spes.** The separation of these two by so many intervening words strengthens the force of each. In Eng., 'my hopes,' etc. 'rest wholly.'   **Si ita statu-**

eris, 'if you will but feel assured.' **Irritabilis.** Cicero writes to his brother himself (in 60 B.C.), *Omnes enim, qui istinc* (from Asia) *veniunt, ita de tua virtute, integritate, humanitate commemorant, ut in tuis summis laudibus excipiant unam iracundiam* (Q. Fr. i. 1. 37). **Eosdem placabilis.** Cf. Horace's account of himself, *Ep.* i. 20. 25, as *Irasci celerem, tamen ut placabilis essem.* **Incommoda,** unpleasantnesses such as rise from differences of character; *vitia*, actual faults of character for which a man is not responsible; *iniuriae*, premeditated acts of unkindness. **Maxime pertinet,** 'it is of the greatest importance.' A comparison of this phr. with *nihil attinet* above will be found instructive.

5.—**Quas facultates,** 'what opportunities' you have lost by your sojourn in Rome. **Ingenuitas.** The sense is: you need not have written to me about the profits you have foregone in being at Rome during my consulship. None knows better than I the nobility of your mind. **Voluntatem institutae vitae,** 'our choice of a profession.' **Cum . . . discessi,** 'but in affection towards me, after my brother and my family, I reckon you second to none.' Cf. L. 38. 18 : *cum a vobis . . . discesserim, neminem esse.*

6.—**Laudis gratulatio timoris consolatio,** 'your congratulations upon my successes, and your sympathy in my fears;' corresponding to those verbal nouns with the gen., we have in *Phil.* ii. 28 : *ei recuperatam libertatem est gratulatus*, and in *Fam.* vii. 11. 2 *desiderium tui spe . . . consolabor.* Cf. Roby 1120. **Iucunda . . . grata.** *Iucundus (iuvat)*=pleasant to the outer or inner senses ; *gratus*=welcome because beneficial, whether actually pleasant or not ; cf. L. 82. 1. **Quo in genere,** 'in respect of which,' as constantly ; cf. L. 78. 13. **Propter ambitionem,** 'in pursuance of my political career.' Cf. what he says of himself in *Manil.* 2 (66 B.C.), and Q. Cic. Pet. Cons. 38. 47. **Nunc,** sc. *sustineo.*

7.—**Probatos esse voluisti.** *Esse* might have been omitted (cf. Roby 1402). **Aliquando**=on some former occasion ; cf. L. 6. 14. **Testificata,** passive. **Omittendae provinciae,** to refuse all provincial appointments. Cf. *Nep. Att.* 6 : *multorum consulum practorumque praefecturas delatas sic accepit, ut neminem in provinciam sit secutus, honore fuerit contentus rei familiaris despexerit fructum ; qui ne cum Q. quidem Cicerone voluerit ire in Asiam.* **Illa,** the rupture between you and Quintus (sects. 1-4). **Haec,** the ties between you and me (sects. 5-7). **Suam religionem obtinebunt,** will retain their former sanctity, 'will remain as sacred as ever.'

8.—**Nostros equites.** *Nostros,* (1) because the families of both Atticus and Cicero were of equestrian fortune ; (2) Cicero in 63 B.C. had been successful in bringing about a temporary union between the equites and the senate, and now hoped for the support of a united party against the avengers of Catiline and the abettors of Clodius. His efforts at this time were directed at convincing the senate that it was its interest to maintain this union at all costs. **Primum** is taken up by *ecce aliae* instead of by *tum* or *deinde.* **Promulgatum.** On Cato's proposal, v. *Att.* ii. 1. 8. **Ob iudicandum,** or *ob rem iudicandam* (*Verr.* i. 38), is the usual form, and means 'as an inducement to pass a dishonest judgment.' Cf. *Verr.* ii. 119 : *ob ius dicendum dare pecuniam. Ad* would have seemed more natural. As the proposal for the investigation came from the side of the senate, it would appear that the jurymen chosen from the equites and *tribuni aerarii* alone were regarded as guilty. The equites dared not complain (*aperte dicere*), as this would have been tantamount to a confession of guilt. **In causa non verecunda,** 'considering that my cause was hardly respectable ;'

Cicero could not but approve of the decree (cf. his own words, *Att.* ii. 1. 8 : *quid verius quam in iudicium venire qui ob rem iudicandam pecuniam acceperit?*), but he saw in it the destruction of his cherished hopes. **Gravis et copiosus.** Cf. *Manil.* 42 : *quantum dicendi gravitate et copia valeat ; gravitas,* of the matter ; *copia,* of the form.

9.—Ecce. *Ecce autem, ecce tibi,* are used frequently to mark a transition to something new and surprising. **Deliciae,** 'cool insolence.' *Quid impudentius publicanis renuntiantibus,* he says, *Att.* ii. 1. 8. The associations (*societates*) of *publicani,* or farmers of the revenues, were in the hands of the equites, senators being precluded from engaging in any such money-making business. Every five years an auction of the taxes in the various provinces took place in the forum under the direction of the censors. One of the *societates,* led away by the excitement of the competition (*cupiditate prolapsos*), had offered more than the real value for the taxes of the province of Asia, and now asked to have the contract cancelled (*ut induceretur locatio*). **Atque adeo secundus,** 'or rather the second.' For this use of *adeo* as = *sive, vel,* or *ac potius,* cf. *Att.* xv. 13. 3 : *Quod ad te antea atque adeo prius scripsi.* **Crassus,** whose object was to weaken the senate by fostering the quarrel. **Frequentissimo senatu.** Cicero, by his personal influence, had induced a number of senators to show an interest in the matter by their presence. **Liberalissimo,** 'generous.' **Uterentur,** 'found;' cf. *Rosc. Am.* 71 : *ne bestiis quoque . . . immanioribus uteremur.* **Metellus,** *i.e.* Q. Metellus Celer ; cf. I. 3. **Quin,** as often in the comedians, as a correction, 'or rather ;' cf. Plaut. *Asin.* iii. 3. 139: *Quin nec caput nec pes sermonum adparet.* **Propter diei brevitatem,** a happy arrangement whereby the Roman senate could not sit after sun-down. **Heros ille noster Cato.** M. Porcius Cato (Uticensis), nephew of M. Livius Drusus, was born in 95 B.C. He served first in the Servile war, and later in Macedonia. He was elected quaestor for 65 B.C., and made himself respected and feared by the rigid honesty of his administration. He supported in 63 B.C. the vote for the execution of the Catilinarian conspirators, and as tribune of the plebs and opponent of Metellus Nepos in 62, was chiefly instrumental in putting a check to the ambitious schemes of Pompey. To win his support, Pompey, after his divorce from Mucia, made an unsuccessful attempt to obtain the hands of two of Cato's nieces for himself and his son. He was a strong and, unlike Cicero, a consistent supporter of the old Republic. On the present occasion he set himself strongly to oppose the demands of the equites, thereby coming into violent collision with Cicero's policy of compromise (*Att.* i. 18. 7 and 19. 6, ii. 1. 8, and esp. *Off.* iii. 88). Caesar ended the dispute in 59 B.C. by remitting a third of the sum in favour of the equites.

10.—Conglutinatam. Any notion such as that suggested by Eng. derivatives from the same root is foreign to the Lat. metaph. **Munitur nobis via** = *viam nobis munimus.* **Video, quid dicas,** *i.e.* 'against my intimacy with him.' Cicero writes later (*Att.* ii. 1. 6) : *quod me quodam modo molli brachio de Pompeii familiaritate obiurgas.* **Consiliis cap. r. p.,** 'my politics.'

11.—Lucceium. L. Lucceius had been Catiline's accuser in 64 B.C. In return for Caesar's alliance against Bibulus (*Caesar cum eo coire cogitat*), he was to provide money to defray the expenses of their joint candidature. The Optimates became alarmed, and even Cato forgot his principles to save his party. If money was all that was wanted, the oligarchy had plenty of that. Money was liberally supplied, and Lucceius was thrown out (Suet. *Caes.* 19). **Consulatum** might have been omitted ; cf.

Att. i. 14. 7, where Cicero writes of him : *video hominem valde petiturire.*
Per Arrium. V. *Brut.* 242 *seq.*   Q. Arrius '*qui fuit M. Crassi quasi secun-
darum*' (*i.e.* played second fiddle to M. Crassus), was a self-made man,
'*sine doctrina, sine ingenio.*'   If we recollect the close connection between
Crassus and Arrius, and the friendship between Pompey and Lucceius,
we cannot mistake in this union of Caesar and Lucceius the fruits of the
first triumvirate.   **Cum eo,** sc. Lucceio.   **Cum hoc** is usually taken as
also referring to Lucceius.   But it does not seem so certain that it may
not refer, as the Latin naturally suggests, to Caesar himself.   It is true that
C. Piso had been indicted by Caesar for maladministration in his province
of Gallia Narbonensis during the years 66 and 65 B.C., and that they were
deadly enemies in 63 (v. Sall. *Cat.* 49. 1).   But Piso was the 'shadow'
of Pompey, and it is not inconceivable that a reconciliation was effected
before the end of 61.   At any rate, Bibulus's project seems to have been
considered ridiculous.   **Sed in aliud tempus,** sc. *differo ;* so *Att.* x.
15. 4 : *verum alias,* sc. *plura scribam.*   **Exspectare velis.** Some words
have dropped from the text before *exspectare.*   Wesenberg gives the
meaning : *te oro, ut quando nos te exspectare,* etc.   **Iam,** 'meanwhile.'
Modeste, as compared with the request in the former part of the letter.

VIII. (ad ATT. II. 17). FORMIAE HOUSE, *May*, 59 B.C. (695 A.U.C.)

CICERO, according to his custom, had gone to the country at the
beginning of 59 B.C., and thus avoided the debate in the senate which
took place upon Caesar's *Lex Agraria.*   His eyes are now for the first
time opened as to the true views of Pompey.   Atticus is in Rome.

1.—Turbat, 'agitates,' without an object, as freq. in Plautus ; cf. *Most.*
1053 : *Pergunt turbare usque ut ne quid possit conquiescere.*   Sampsiceramus was king of Hemesa, a small district of Arabia in the upper valley of
the Orontes.   He was one of the obscure princes whom Pompey's victories in the East had crushed.   Pompey's frequent and vain-glorious
allusions to this exploit at Rome tempt Cicero here, and in *Att.* ii. 14. 1, to
travesty his victories in Asia by bestowing this high-sounding Eastern
name upon Pompey himself.   So in sect. 3 he calls him Arabarches, and
in *Att.* ii. 9. 1 Hierosolymarius, in allusion to his conquest of Jerusalem.
'Ὁμολογουμένως, etc., 'he is undoubtedly plotting a *coup d'état.*'   **Adfinitatis coniunctio,** *i.e.* Pompey's marriage with Caesar's daughter Julia,
who had been formerly engaged to Servilius Caepio.   Caesar himself, too,
at this time married Calpurnia, d. of L. Calpurnius Piso, the consul-elect.
Ager Campanus was specially exempted from Caesar's *Lex Agraria* in its
original form.   Provoked, however, by the violent opposition which the
law received, especially from Cato, Caesar added the clauses (1) that the
public lands in Campania should be distributed among citizens who had
three or more children, and (2) that, if these public lands did not suffice,
private lands should be purchased by the state for that purpose.   **Effusio
pecuniae** refers to the latter clause ; its provisions, however, were never
carried out.   Clodius assigned the money intended for the purchase to
Gabinius, who was starting for Syria.   **Circiter** usually comes before the
word of number.   **Ne et opera,** etc., 'For then we should prove that all
the labour and midnight oil spent on our philosophical studies has gone
for nought' is T.'s translation ; but the proverb, *opera et oleum,* etc., is
taken from cooking in the first instance ; cf. L. 29. 3 ; *philologi* (λόγος,
a philosophical discussion) is used here in the sense of *philosophia ;* so

philologi=philosophi, Quint. ii. 10. 3. **Conferemus,** 'we will talk them over.' V. L. and S. *confero* i. B, 2 b.

2.—ἀδιαφορία, 'nonchalance,' 'indifference' (*quod enim illi ἀδιάφορον dicunt, id mihi ita occurrit, ut indifferens dicerem.—Fin.* iii. 53). **Quod est subinane,** etc., 'that little strain of vanity and self-conceit in my nature.' **Ad annos sescentos.** For *ad* = 'up to the number of,' v. Roby 1822. **Phocis Curiana** is incomprehensible. The allusion is prob. to Q. Curius, the informer against the Catilinarian conspirators (Sall. *Cat.* 23). He was of quaestorian rank, but was expelled by the censors from the senate. Pompey, says Cicero, has sunk so low that even Curius, degraded as he is, seems to have a good position as compared with him. **Tamen.** 'Although I hope you will come to me at Arpinum, yet I am afraid we shall meet first at Rome.' **Theophane.** Nothing is more characteristic of the difference between Pompey and his great rival Caesar than the nature of their immediate friends and followers. Over Pompey, enfranchised slaves, like Demetrius and Theophanes, exercised an extraordinary influence. Theophanes was a Mytilenaean, who accompanied Pompey as his historian, and was honoured with the citizenship in return for his services (*Arch.* 24); cf. Tac. *Ann.* vi. 18. The insolence of Demetrius is well illustrated by the story which Plutarch tells of the reception of Pompey's favourite at Antioch, where the inhabitants turned out in festive robes to meet him, and asked Cato, who happened to be coming on a visit to Antioch at the same time with his followers, where he had left Demetrius! Contrast with this the position which Matius, Balbus, and Oppius occupied in Caesar's retinue. **κατὰ τὸ κηδεμονικὸν,** 'cautiously.' **ὑποθήκας,** the *quasi* shows that the word is used in some (unknown) technical meaning; didactic poems were called ὑποθῆκαι by the Greeks; he means perhaps: 'you must bring me a regular didactic treatise,' etc.

IX. (ad ATT. II. 18.) ROME, *June*, 59 B.C. (695 A.U.C.)

CICERO has returned to Rome, where he remains till his exile. Atticus has again left for Epirus, and the correspondence recommences.

1.—Electionem, ἅπ. λεγ. in the sense of banishment, but in *Cat.* ii. 12 we have *a me in exsilium eiectus est.* **Gemitur neque,** etc., 'bemoaned *but* not,' etc. **Illis, qui tenent,** 'those in power.' Cf. *Att.* vii. 12. 3: *iis me dem qui tenent, qui potiuntur;* so L. 12. 6 we have *qui tenent omnia;* it is clearly a translation of οἱ κρατοῦντες. **Nullam cuiquam . . . relinquere.** Cf. Suet. *Caes.* 20: *cetera item, quae cuique libuissent, dilargitus est, contradicente nullo, ac, si conaretur quis, absterrito.* By his *lex agraria*, by which he sought to satisfy the claims of the veterans and to oblige Pompey, by his leniency to the publicani in Asia, and by large sums spent on the people out of the public treasury, Cicero means that Caesar had left 'nothing to anybody to give away.' **Curio,** sc. C. Scribonius Curio (L. 43), at first an opponent of the triumvirs, but soon won over by Caesar. **Fufium.** Q. Fufius Calenus, tr. pl. 61 B.C. (*Att.* i. 14, sects. 1 and 5), was praetor this year, and an uncompromising supporter of Caesar. **Solutam,** *i.e.* our feelings have free vent, but our actions are fettered (cf. *Att.* ii. 20. 3).

2.—κατὰ λεπτόν, 'in detail;' *de singulis rebus* is prob. a marginal explanation. **Ne . . . quaeras,** and 'lest you should ask, etc., know that.' Roby 1660 and 1662. **In circulis.** *Circuli* are not 'clubs,' but chance social gatherings as opposed to *convivia*, feasts to which guests were invited. Cf. *Balb.* 57: *more hominum invident, in conviviis rodunt,* *in circulis vellicant.*   **Habet etiam,** etc., 'moreover the Campanian law enjoins that each candidate for office should in his electioneering speech pronounce a solemn curse upon himself, should he ever speak of any other mode of occupation,' etc. ; not only the magistrates and senate, but even candidates for office thus seem to have been obliged to swear to the main-tenance of the *lex Julia* in reference to the *ager Campanus.*   **Quo,** etc., with a view to altering the arrangements for the tenure of the a. C. **Laterensis,** *i.e.* M. Juventius Laterensis, a resolute supporter of the republic, and a man of some distinction.   Cf. *Fam.* x. 23. 4, and *Planc.* 52.   **Laute,** 'splendidly.'

3.—**Displiceo . . . dolore** some editors print as a hexameter, ascribing it to Lucilius; the combination is prob. quite fortuitous.   **Ut oppressi omnibus,** 'considering the general depression.'   **A Caesare . . . invitor . . . sibi ut sim legatus.**   These *legati* were appointed by the senate upon the nomination of the provincial governor from men of sena-torial rank ; after much wavering Cicero finally refused the appointment and seems thereby to have offended Caesar.   Cf. *Att.* ix. 2a. 1 : *Ac sole* (*Caesar*), *cum se purgat, in me conferre omnem illorum temporum culpam ita me sibi fuisse inimicum, ut ne honorem quidem a se accipere vellem*   **Libera legatio voti causa.**   The *legatio libera* was a privilege granted occasionally to senators of travelling in a province with the title and with all the privileges of a *legatus,* yet without the burden of official business. The occasions, which might lead one to desire such an honorary lieu-tenancy, were chiefly two : he might have private business to transact in the provinces, or he might be bent, or pretend to be bent, on a reli-gious pilgrimage.   In the latter case the office was designated *legatio votiva,* or *voti causa* (LL. 23. 6, and 92. 4), and was the resort of citizens who might desire to escape for a time from uncomfortable political com-binations at home.   This *libera legatio,* involving as it did the privilege of travelling at the expense of the towns visited, came in the course of time to be so abused, that Cicero in his consulship brought a proposal before the senate for its total abolition.   The proposal was opposed by one of the tribunes of the people, yet Cicero so far gained his point as to have the duration of tenure limited to a year.   Cf. *Leg.* iii. 18.   The *lex Julia* referred to in L. 92. 4 was prob. a re-enactment of this limitation by Caesar as dictator.   **Pudorem Pulchelli,** alliterative ; on Pulchellus, cf. L. 6. 10 n.   **Haec et praesidii . . . non habet satis,** etc.   *Haec* is the *leg. libera.*   As the holder still remained a private citizen, Cicero thought that the honour of Clodius, upon which he would in that case be dependent, was no sufficient guarantee for his personal safety.   Moreover he would thus be obliged to be absent from Rome at the time of his brother's return from Asia.   As *legatus Caesaris,* on the other hand, he would hold a public office, which would exempt him from all fear of prosecution, and have the privilege of coming and going from the city at pleasure.   **A fratris . . . ablegat,** a play on *legatio* and *legatus.*   **Hanc ego teneo.**   *Hanc,* like *haec* above, refers to the *lib. legatio* ; this Cicero says has been conferred upon him, but he does not think he will make any use of it.   Others understand *hanc* of the *legatio* under Caesar, referred to in *illa* of the im-mediately preceding sentence, and translate *teneo,* 'I cling to.'   **Neque tamen scit quisquam,** 'but no one knows.'   Cf. L. 10. 5.

4.—**Statio,** whom Quintus had manumitted against the advice of his brother ; he was regarded with dislike and jealousy by the Asiatics, and Cicero was afraid that Quintus's relations with the province would not be improved by this new proof of favour.   **Vellem ego vel cuperem.**   Cf.

Att. x. 16. 1 : *ego volebam autem vel cupiebam potius esse cum nobiscum.*
Si inclamaro, 'at my first call.'

X. (ad ATT. II. 19.)　ROME, *July*, 59 B.C. (695 A.U.C.)

1.—Et sescenta sunt takes up the *multa.* 'And indeed a thousand
things trouble me,' but, etc. ; this is better than taking the *sescenta* of the
dangers alone.　　**Statium,** sc. *esse* after *missum* ; on Statius, cf. L. 9. 4 n.
Nec meum, etc., spoken by old Demipho in Ter. *Phorm.* ii. 1. 2 *seq.*, on
hearing that his son is going to marry without his permission.　　**Mitto,**
'I pass over,' colloq. for *omitto.*　　**Revereri** is infin. of exclam.—'to
think that he should have no regard for !'　　**Neque tantum,** etc., 'I do
not know what to do, nor is it so much a matter of doing, being more
talk than anything else,' seems to be the meaning.　　**Iis** means Quintus.
Cf. L. 7. 3.　　**Cetera,** etc. (retaining the MS. reading), 'my other
troubles are to be found in important (public) affairs.'　　**Dignitatis ἅλις,**
tanquam δρυός, 'dignity is as obsolete as acorns' were when bread was
invented : we have had enough of this talk about dignity, when it is a
question of safety.　　**Et nimium τῷ καλῷ προσπέπονθα,** 'and have too
strong a passion for dignity.' 'I am blinded by my sense of *noblesse*
oblige,' T.

2.—Magis, 'more distasteful.'　　**Populares isti,** 'those friends of the
people,' as they give themselves out to be, *i.e.* the triumvirs.　　**Unus**
homo, etc., Ennius's famous description of Q. Fabius Maximus Cunctator.
M. Calpurnius Bibulus was Caesar's colleague in 59 B.C. (v. Suet. *Caes.* 20).
It was he who in 52 B.C. proposed that Pompey should be made consul
sine collega.　In 51 B.C. he was governor of Syria, where he succeeded
Crassus, and in the civil war commanded the fleet in the interest of
Pompey.　He died at Corcyra in 48 B.C.　　**Ipse se adflixit,** 'has dealt
himself a suicidal blow,' by allying himself with Caesar.　　**Iis,** the triumvirs ; with the whole passage cf. L. 11. 5.　　**Illam amicitiam,** sc. with
Pompey esp. ; cf. *Att.* ii. 3. 3 : *hic sunt haec, coniunctio mihi summa*
cum Pompeio: si placet, etiam cum Caesare.　　**Utor via,** 'I go on my
own way.'　Cf. above L. 7. 10 : *munitur quaedam nobis via,* and *Att.* i.
20. 3 : *existumes me hanc viam optimatem . . . tenere;* he had discussed
the matter so often with Atticus in this light that the expression would
be quite comprehensible to him.

3.—Maxime theatro et spectaculis. Upon such public demonstra-
tions of feeling cf. the important passage, *Sest.* 115-126.　　**Qua . . .**
qua, = *et . . . et,* as freq. in Plautus, *e.g. Asin.* i. 1. 83 ; in Cicero only in
the letters.　　**Dominus** means the man who gave the shows ; he either
held the gladiators as his own property, or hired them from others ; the
name for such bands of gladiators was *familiae,* and a wealthy dealer
such as Atticus himself might have several of these for hire.　One of the
placarded advertisements in Pompeii still preserved runs as follows : *A.*
Suetti Certi aedilis familia gladiatoria pugnabit Pompeis pr. K. Junias.
Venatio et vela erunt.　The *advocati* were the *claqueurs,* and the best way
of explaining the passage is to suppose a play upon both these words ;
who the technical *dominus* was on the occasion is indifferent ; Pompey is
prob. the 'master' meant (cf. L. 9) ; the *advocati* are his supporters, in
which light Caesar appeared at this time to his contemporaries.　　**Sibilis**
conscissi, 'hissed out,' after the analogy of *pugnis, conviciis conscindere.*
Nostra miseria tu es magnus. If Cicero is quoting from memory he is
probably wrong.　As T. shows, both this and *Si neque,* etc., would scan
better if we made a slight change in each, reading *miseria nostra magnus*

es (as Val. Max., vi. 2. 9, quotes the line), and *Si leges neque mores cogunt.* **Eandem**, etc., 'thy present greatness.' **Mortuo plausu,** 'amid feeble applause,' not abl. absol. ; cf. *intermortuae contiones, Mil.* 12, and *Sest.* 126. **Capuam**, where Pompey was, as one of the xx *viri agris dividundis.* **Dicebantur, erant**, etc., are epistolary. **Stantes—** cf. *Lael.* 24 : *stantes plaudebant in re ficta*, and *Sest.* 117. **Rosciae legi,** passed in 67 B.C. by the tribune L. Roscius Otho : *ut equitibus Romanis in theatro quattuordecim gradus proximi* (*i.e.* next to the orchestra where the senators sat) *adsignarentur* (Liv. *Perioch.* 99). **Frumentariae,** *i.e.* the *lex Terentia et Cassia*, which provided that corn should be sold at a fixed price (6⅓ asses the *modius*). It dated from 73 B.C., being a re-enactment of the *lex frumentaria* of C. Gracchus. **Sed est iam una,** etc., 'there is only one expression of feeling, which gains confidence rather from men's hatred of the triumvirs than from any power to resist them.'

4.—**Noster autem Publius.** The familiar use of the *praenomen* as if of a friend (*gaudent praenomine molles auriculae*, Hor. *Sat.* ii. 5. 32) is of course ironical (cf. L. 31. 19). **Minitatur, inimicus est.** Upon the *asyndeton*, cf. L. 42. 2 n. **Negotium**, his election to the tribunate. **Exercitum**, a freq. metaph. with Cicero when speaking of his consulship ; cf. *Cat.* iii. 23 : *togati me uno togato duce et imperatore vicistis.* **Etiam satis bonorum**, 'even our half-hearted supporters ;' cf. *Att.* xiv. 10. 1 : *lactantibus omnibus bonis, etiam sat bonis, fractis latronibus.* **Ille fallit, sed ipse fallitur,** sc. *Pompeius* upon Cicero's real or pretended blindness, cf. L. 11. 6. **Id erat . . . mortui.** C. Cosconius (praetor in 63 B.C.) was one of the xx *viri agris dividundis.* Cicero plays upon the words *in locum mortui*, which besides their natural sense in the passage suggest also that by accepting such a post as the executor of a law, to which he had been strongly opposed, he was signing his own political death-warrant. **Nihil me turpius**, where we should have expected personal constr. ; cf. LL. 53. 4, 54. 4. **Istam ipsam ἀσφάλειαν**, 'that very security which you tell me ought to be my sole thought ;' cf. above, sect. 1. **Illi**, the xx *viri.*

5. **Honestior**, sc. than to accept a place among the commissioners. **Hoc** (*periculum*) **non repudio.** If the danger had been actually present he would have used *recuso ;* it was still only threatened (cf. sect. 1, *quae intenduntur*). **Quid ergo est ?** As often after a negation, to give point to the affirmation. 'I prefer then to fight ? yes ; but,' etc. **ἀκκιζό-μεθα** has had two meanings allied assigned to it : to coquet with one's own image in the mirror, a supposed weakness of a certain Ἀκκώ, and to pretend ignorance ; cf. προσποιῇ μωρίαν καὶ τὸ μὴ εἰδέναι, Schol. ad Plat. *Gorg.; '*why should I coquet with the matter longer ?'—T. **Perfidelem**, without a substantive, as *idoneum*, L. 6. 16. **Furium.** L. Furius Philus (Cons. 136 B.C.) was a friend of Laelius (*Lael.* 14) ; no letters remain in which these names are assumed. **Caecilium**, Att.'s uncle, and, to judge from Cicero's remarks upon him (L. 1. 4), a man of by no means a conciliatory temperament. **Iis ardet . . .** P. Caesar with clearer insight viewed Bibulus's ebullitions with the utmost indifference. For these *edicta*, *v.* Suet. *Caes.* 20.

XI. (ad ATT. II. 21.) ROME, *July*, 59 B.C. (695 A.U.C.).

THE letter must have been written after July 25.

1.—**Subtiliter**=κατὰ λεπτόν, L. 9. 2, 'in detail,' sc. *scribam.* **Quam reliquisti**, the constr. is different from *quam . . . reliq.* in L. 6. 11, and therefore the *cum* which is there necessary may here be left out. **Ut**

tamen sine pernicie, sc. *esset.* To the supporters of the constitution, on the other hand, however galling it might be, it was at least not ruinous. **Quorsus . . . horreamus.** Plutarch quotes an expression of Pompey's at this time : ἀφίξομαι πρὸς τοὺς ἀπειλοῦντας τὰ ξίφη μετὰ ξίφους καὶ θυρεὸν κομίζων, *Pomp.* 47 ; cf. *ib.* 48 : ἐμπλήσας στρατιωτῶν τὴν πόλιν ἅπαντα τὰ πράγματα βίᾳ κατεῖχε ; cf. also Plut. *Caes.* 14 for the state of violence which prevailed in the city. **Iracundiam atque intemperantiam.** Caesar threatened to have Cato imprisoned, and Pompey filled the forum with his veterans when the agrarian law was brought forward. Cato was driven twice from the rostra, and Bibulus was in terror of his life. This unconstitutional conduct on the part of the triumvirs (*illorum*) Cicero expresses by *omnia perdiderunt.* In throwing the blame on Cato (*Catoni irati* and *culpa Catonis, Att.* ii. 9. 1), who he elsewhere (*Att.* i. 18. 7) admits was the only man who did his duty by the constitution, Cicero shows a lurking desire to excuse his own apathy.   **Honestorum** is used intentionally instead of *bonorum.*

2.—Orbem . . . conversum, 'that the wheel of the revolution had turned so gently,' exactly the same expression as in *Att.* ii. 9. 1 : *festive, mihi crede, et minore sonitu, quam putaram, orbis hic in re publica est conversus ;* the political world seems to Cicero to be moving round him like a wheel in the centre of which he stands and looks on : *stare enim omnes debemus tamquam in orbe aliquo reipublicae, qui quoniam versatur, eam deligere partem, ad quam nos illius utilitas salusque converterit* (*Planc.* 93, where the whole passage is interesting for the later relations between Cicero on the one hand, and Caesar and Pompey on the other). For *sperabam* with pf. infin. cf. L. and S. *spero*, i. (γ).

3.—Amicus noster, sc. Pompey ; elsewhere Gnaeus noster.   **Insolens infamiae.** *Insolens* i.q. *insuetus* in sect. 4 ; *infamiae* here and *contumeliae* there are both gen.   **Semper in laude . . . gloria,** 'having always moved in an atmosphere of eulogy and triumph.'   **Deformatus corpore ;** cf. sect. 4, *tabescat dolore ;* Pompey is said to have worn a peculiar sort of military boot (*fasciae*), in order to conceal a sore in his leg (cf. *Att.* ii. 3. 1); there may be some similar allusion here.   **Progressum praecipitem,** 'that to advance further' (with Caesar and Crassus) ' is dangerous.'   **Inconstantem reditum,** 'that to return ' (to the party of the optimates) ' would be a sign of weakness.'   **Mollitiem animi,** 'how susceptible I am.'   **Ipse sibi . . . displicebat.** For the phrase, which refers either to bodily indisposition or mental trouble, cf. L. 9. 3, and *Phil.* i. 12 : *quumque e via languerem et mihimet displicerem ;* tr. ' how great the distress not only of others who were present, but also of the man himself.'

4.—Uni Crasso, who ever since the end of the slave war (71 B.C.) had felt himself in opposition to Pompey. Their union in 70 and 60 B.C. rested only on community of interest.   **Quia deciderat . . . videbatur,** 'for, falling as he did from the very zenith of glory, he seemed to them rather to have slipped by chance into his coalition with Caesar than to have entered it of set purpose,' Tyrrell.   **Venerem,** *i.e.* Anadyomene, according to Boot, because the Coan Venus, to which Cicero often refers (*e.g.* L. 38. 15, and *Off.* iii. 10), was unfinished ; Protoges of Rhodes, a contemporary of Apelles, painted Ialysus, the eponym of Ialysus in Rhodes, grandson of Helios, and is said to have been engaged for seven years upon the work. **Clodianum negotium,** *i.e.* Clodius's adoption by Fonteius, at which Pompey was auspex ; cf. *Att.* ii. 9. 1, where Pompey is called *traductor ad plebem.* **Itaque** really introduces the clause *edicta Bibuli mihi mehercule molesta ;* the two intermediate clauses, *populo ita sunt iucunda,* etc., and *ipsi ita* *acerba*, etc., are logically subordinate. The epistolary style prefers co-ordination to subordination of clauses. **Archilochia.** Archilochus of Paros flourished early in the seventh cent. B.C., and was the inventor of the Iambic metre. Plutarch speaks of these edicts as βλασφημίας ἀμφοῖν (Caesar and Pompey) ἔχοντα καὶ κατηγορίας (*Pomp.* 48). According to Suetonius they contained among other things an attack upon Caesar on the ground of his complicity with Catiline in the alleged former conspiracy of 65 B.C. **Proponuntur,** the usual word for the publication of written documents. **Pareat,** 'follow the dictates of;' cf. *Prov. Cons.* 2 : *pareb⁊ dolori meo, non iracundiae serviam.*

5.—Octobrem. The consular elections usu. began on July 10. **Quod solet offendere,** *quia comitiis nummi dividebantur:* says the commentato⁁ (cf. L. 6.12). **Ad Bibulum,** to the home of Bibulus to threaten him. **Vocem,** no 'word of assent' to his proposals. **Quid quaeris?** Cf L. 6. 4.

6.—Ad tempus illud, 'fort he crisis when it comes.' **Accesserit,** fut. perf. **Varro** (cf. I. 69), whose close friendship with Pompey dated so far back as 70 B.C., was endeavouring now to work upon him in favour of Cicero. **Divinitus,** 'with wonderful enthusiasm,' perhaps not without a shade of irony. Cicero suspected the genuineness of such assurances as that quoted in Att. ii. 20. 2 : *se prius occisum iri ab eo* (*Clodio*) *quam me violatum iri.* **Certaturos,** Wesenberg's emendation of the MS. *certe.* **Sicyoniis.** Atticus was endeavouring to recover a debt.

XII. (ad ATT. II. 22.) ROME, *July,* 59 B.C. (695 A.U.C.)

1.—Teneremus, 'we should hold in hand.' **Nunc,** *i.e.* now that you have not remained ; so *nunc autem, nunc vero,* introduce the real state of the case as opposed to a previous supposition. **Nihil habet certi,** 'has fixed on no definite line of action,' an opinion wherein Cicero greatly deceived himself. **Denuntiat,** absol., 'he threatens,' the object being easily supplied from the context. Cf. use of *indicare,* L. 14. 3 ; *bellum, periculum, mortem, vim denuntiare* are common. **Vim exercitus,** *i.e.* the army which Caesar had prepared for his proconsulship in Gaul ; he remained in the neighbourhood of Rome for three months of the following year to see that his laws were duly carried into effect. Cf. *Sest.* 40. T. seems to see in these words support for the view that Clodius had other and wider objects in seeking the tribuneship than the prosecution of Cicero ; the assertion that 'Clodius sought the tribunate in the character of an opponent of Caesar' does not seem to be supported by sufficient evidence. Cicero was deceived not only by Clodius, but by Pompey himself as to the real nature of the danger. **In nos,** the optimates.

2.—Referebat, of occasional private communications, as in L. 38. 10 ; not *deferebat,* which is used of a single definite report. For other distinctions between *referre* and *deferre,* cf. *referre in censum,* used of the censor in performing his duty of registration, *deferre in censum, praedam ad quaestorem def., querimonias def., nomen def.,* all used of a citizen 'delivering' or 'reporting' for a special purpose. Lastly we have the ordinary distinction between *rem ad senatum referre,* to submit for deliberation, and *rem ad senatum deferre,* to report as intelligence. **Cum diceret** is ep-exegetical of *egit,* 'saying,' to him (Clodius) ; v. Roby 1722. **Fidem recepisse sibi** is peculiar both on account of the dat. *sibi,* instead of the usual constr. *in se* aft. *recipere* in the sense of promising, and on account of the use of *recipere* with the cogn. acc. of the faith pledged (*fidem*) ; the former is paralleled in L. 38. 9 : *quid sibi is de me recepisset,*—a passage

referring to the same facts as are here stated ; the latter peculiarity would
have been less obtrusive if the sentence had taken the grammatical order
which corresponds to the more natural order of the thoughts, *i.e. fidem,
quam sibi et ipse et Appius de me recepissent, si non*, etc,   **Appius**,
Claudius Pulcher ; cf. introd. to L. 46.   **Ita laturum ut,** ' he would
show his annoyance in such a way that.'   **Antiquius** = Gr. πρεσβύ-
τερον, ' more important.'   **Multa contra,** sc. *dixisse*.   **Manus dedisse,**
' had yielded.'   The phrase is used of the conquered in battle, esp. of
gladiators.   **Ille,** sc. Clodius.   **Ei nihil crederemus,** ' I would not
place the smallest confidence in him.'

    3.—In causis, etc. The only speech of this year that has come down to
us is that on behalf of Flaccus (L. Valerius Flaccus, praetor in 63 B.C. ; cf.
Cat. iii. 5 ; *Att.* ii. 25. 1), who was accused of extortion ; it contained but
scanty references to the political situation at the time (*e.g.* 3 *seq.* 94. 100) ;
in 103 *seq.* he combines side hits against the optimates with mournful
anticipations of coming evil.   **Domus celebratur,** ' people flock to my
house ;' cf. *Sull.* 73 : *quae domus, quae celebratio cotidiana !*   **Occurritur,**
' they hasten to meet me when I appear in the forum ;' cf. *Mil.* 95 : *vestras
vero . . . occursationes, studia, sermones . . . se secum ablaturum esse
dicit.*   **Studia,** ' sympathy with me.'

    4.—Per Varronem, v. L. 11. 6.   **Quae tibi.** Atticus was intimate
with the family of the Claudii, and was thus in a position to aid in avert-
ing the danger, or at least to ascertain exactly the intentions of Cicero's
enemies.

    5.—Si te videro. Conditional clauses in which the verb is future
often retain the indicative mood in *oratio obliqua ;* cf. *Fam.* xvi. 2 : *scribo
et tibi et mihi maximae voluptatis fore si te . . . videro ;* and *ibid.* 1. 2.
Totum est in eo, si ante, etc., ' everything rests on your coming before ;'
cf. *Q. Fr.* iii. 1. 1 : *totum in eo est ut tectorium concinnum sit.*   **Pompeium,** acc. after *urgente ;* this is the first time that Crassus is mentioned
as taking part with Cicero's enemies at this time.   **βοῶπιν.** On Clodia,
cf. L. 4. 6 n. ; Atticus was to discover through her from Clodius himself
(*ipso*) how far the triumvirs were to be trusted.

    6.—Nihil habeo scribere. *Habeo* = Gr. ἔχω. ' I cannot write any-
thing ;' I have nothing to write = *nihil habeo quod scribam.*   **Quod
facile sentias.** Cf. L. 28. 3 : *quod facile intellexerim.*   **Taedet ipsum,**
i.e. of the present state of things, especially his relations with Caesar
and Crassus.   **Quem . . . putem.** In sentences of indirect question this
almost pleonastic use of verbs of thinking is not uncommon ; cf. *Rosc. Am.*
153 : *videte quem in locum rem publicam perventuram putetis.*

    7.—Alexandri. Alex. of Ephesus had written a work on geography
in verse, which Atticus had sent to Cicero for perusal in view of a similar
work upon which the latter was then engaged.   **Num. Numestium,** a
friend of Atticus, mentioned also in *Att.* ii. 20 and 24.

    XIII. (ad ATT. 11. 23.) ROME, *July*, 59 B.C. (695 A.U.C.)

    1.—Occupatione, such as he describes in sect. 3.   **Voculae,** ' what
little voice I have left ;' so *Romula* (*Att.* ii. 1. 8), ' our poor degenerate
Rome ' (T.). Quintus (*Inst.* xi. 3. 19) recommends ' *ambulatio* ' for the
voice.   **Necesse esset mihi,** not *me ;* with the dat. there is always the
notion of acquiescence in what is necessary as a duty ; here it means : it is
my duty to walk if I am going to undertake legal pleadings.

    2.—Sampsiceramum ; cf. L. 8. 1 n.   **Consenescere,** Cicero failed to appreciate the determined attitude of his enemies and their relations with the triumvirs. **Maiorem unquam fuisse**, against any party.

3.—Ex quo, etc., 'and all this plunges me, as you may well imagine, into the eternal narration of my past exploits, and the painful recollections it brings.' βοώπιδος nostrae, 'of my dear Boopis'—ironical. **Samps. negat**, etc., 'to the Emir he denies all hostile intentions, to others he makes no secret of them.' **Si me amas**; so *amabo* (=*quaeso*); cf. *Q. Fr.* ii. 8. 4, where they are combined. **Comitiis**, the *tribunicia*, in the middle of July. **Declarato illo**, *i.e.* when he has been declared elected, but before he enters upon office.

XIV. (ad ATT. II. 24.)   ROME, *July*, 59 B.C. (695 A.U.C.)

THIS letter affords us another proof of the unscrupulousness with which Caesar used every effort to compromise his opponents. L. Vettius, a Roman knight, had already come forward in 62 B.C. in the character of informer (*ille noster index*). He gave information against Caesar (whose name Dio Cassius, 37. 41, in speaking of the occurrence, takes care to suppress) among others, accusing him before Novius Niger, *iudex quaestionis*, of complicity in the Catilinarian conspiracy. Caesar, who was praetor that year, disposed of his accuser in the most summary manner: *Vettium pignoribus captis et direpta supellectile male mulcatum ac pro rostris in contione paene discerptum coniecit in carcerem* (Suet. *Caes.* 17). It is in the highest degree significant that no mention of these well-attested occurrences is to be found either in Cicero's Catilinarian orations, or in Sallust's account of the conspiracy, while Cicero's own words in the letter before us (*ille noster index*, sect. 2) refer to them as well-known facts. Vettius now showed himself quite unabashed by the treatment he had then received at Caesar's hands. He resumed his old avocation, and, seeing Caesar now in the ascendant, sold his services for Caesar's gold. That Caesar got up the whole story of the attempted assassination (by no means an uncommon resort against an enemy in Rome; cf. *Mil.* 65 seq., and *Ascon. in Mil.* 67, sect. 45), in order to place Pompey completely at enmity with the optimates, and thus bring him to espouse his own views in politics, can scarcely be doubted after a comparison of the letter before us with the direct statements of Suetonius. The view which Dio (38, 39) takes of the matter, assigning the origin of the plot (which he accepts as real) to Cicero and Lucullus, is probably derived from a false account written by a partisan of the triumvir. Suetonius relates (*Caes.* 20) that Caesar made away with Vettius by poison, while Cicero *in Vatin.* 26 (*fregerisne in carcere cervices ipsi illi Vettio*) says it was by strangulation; but the fact remains that Caesar speedily and quietly got rid of this inconvenient witness to his unscrupulous devices. The presentation of the case as it stands in this letter ought to be compared with that in the speech against Vatinius (24-26), which in every particular agrees with it, except that there Caesar is not mentioned in connection with the transactions (v. also *Sest.* 132). Already early in 56 B.C. Cicero was obliged to sacrifice personal feeling to personal interest, and consider the propriety of humouring Caesar.

1.—Ut nihil acrius, v. L. 13. 3 : *si dormis,* etc.   **Illam celer.** is the haste which Cicero had there enjoined.   **Sed,** 'but in truth,' takes up, as often, the main thought after the parenthesis.

2. Constitisse, 'had had intercourse with ;' cf. Plaut. *Curc.* ii. 2. 16 (= 502) : *Nec vobiscum quisquam in foro frugi consistere audet.*   **Sane diu,** as above, L. 12. 2.   In Cicero, and especially in his letters to Atticus, *sane* before adjs. and advs. has very much the force of *valde.*   **Fidem publicam** = ἄδεια, that assurance of protection which the state granted to informers ; cf. *Cat.* iii. 8 ; Sall. *Cat.* 47. 1 and 48. 4.   **Reclamatum est,** 'shouts of protest followed this demand ;' cf. *Fam.* i. 2. 2 : *eius orationi vehementer ab omnibus reclamatum est.*   **Paulus,** L. Aemilius Paulus, son of M. Aemilius Lepidus, consul 78 B.C., and brother of Lepidus the triumvir.   In 60 and 59 B.C. he served as quaestor of C. Octavius in Macedonia ; as curule aedile in 55 B.C., he began the building of the new Basilica Aemilia, was praetor in 53 B.C., and, as consul in 50 B.C., was at first an opponent of Caesar, but subsequently became reconciled.   He was proscribed as an enemy of Lepidus, but subsequently pardoned.   **Q. Caepio hic Brutus,** *i.e.* M. Junius Brutus, Caesar's murderer.   As Cicero is here quoting the statement of Vettius, he uses the full official title, Q. Caepio Brutus (exactly that which is used in the proposed vote of thanks in *Phil.* x. 25 *seq.*), the name derived from his uncle and adopted father, Q. Servilius Caepio.   **Lentulus,** L. Cornelius Lentulus, whose father, Lentulus Niger, was flamen martialis, and at this time the rival of Gabinius for the consulship.   **Eiectum est,** ' scouted,' is also and probably originally used of an actor who is hissed off the stage (*Sest.* 118), the usual word being *explodere ;* it is used in a general sense as here, along with *explodere,* in *Cluent.* 86 : *te vero illud idem, quod tum explosum et eiectum est, nunc rettulisse demiror.*   **In quo,** *i.e.* in the matter of which.

3.—Quod dixerat adulescentium consilium.   What told so much against Vettius was not that he had spoken of a conspiracy, but that he had said that Paulus was the ringleader ; we should have expected therefore *in adulescentium consilio,* etc., *Paulum fuisse ;* but Cicero makes *consilium* dependent upon *dixerat* by the use of what grammarians would call *parataxis* where we should have expected *hypotaxis.*   **[Cum] gladiatoribus.**   *Cum* is probably an ignorant gloss ; the gladiators could not in any way be directly concerned in the affair on account of the position in which Gabinius stood to Pompey.   *Gladiatoribus* = at the gladiatorial show of Gabinius.   **Cum telo fuisse.**   The *lex Cornelia de sicariis et veneficis* made it a crime to wear any sort of weapon in Rome with wicked intent.   **Res erat in ea opinione,** ' the general impression was ;' for the expression *in opinione,* cf. *Dom.* 11 : *res erat non in opinione dubia ; ut putarent* seems to us pleonastic, but is necessary in Latin to help out the acc. and infin., which could hardly depend upon *opinione ;* cf. *Planc.* 65 : *hac spe decedebam, ut mihi populum Romanum ultro omnia delaturum putarem.*   **Caesar . . . produxit.**   The passage in *Vatin.* 24, where all this is related of Vatinius, not of Caesar, must be corrected in the light of this letter.   **Q. Catulum.**   Cf. above, L. 6. 5 ; in 63 B.C. he was the unsuccessful candidate for the office of pontifex maximus against Caesar.   On entering upon his praetorship the next year, Caesar deeply mortified his former rival by calling him to account for the expenses in connection with the rebuilding of the temple of Jupiter upon the capitol (Suet. *Caes.* 15), and by compelling him to speak in his defence *ex inferiore loco.* **Quo . . . adspirare,** 'to which the consul Bibulus was not allowed so much as to dream of gaining access;' for the facts, cf. L. 11. 1 n. **Hic ille,** etc., 'here he said whatever he liked about the general position of the government,' not confining himself to the question on hand ; *ille (i.e.* Vettius) is subject to both *voluit* and *dixit.* **Ut qui,** etc., 'as having come there carefully prepared and instructed' by Caesar as to what he should say. **Noctem.** Servilia, the mother of Brutus, who exercised great influence over Caesar, had interceded, Cicero hints, for her son the night before. **C. Fannium,** who was then tribune, and an opponent of Caesar. In 61 B.C. he was one of the prosecutors (*subscriptor*) of P. Clodius. In 49 B.C. he was sent by the optimates with a command to Sicily, and seems to have died soon after. **Domitium** (introd. to L. 64), one of the most zealous of the optimates, brother-in-law of Cato, and subsequently a violent opponent of Caesar in the Civil War. **Vicinum consulis.** Cicero's house was on the Palatine (L. 6. 10 n.), Caesar's official residence as pontifex maximus on the Sacra Via (Suet. *Caes.* 4. 6). **Ahalam Servilium.** C. Servilius Ahala, as magister equitum in 439 B.C., slew Sp. Maelius, whom the oligarchical party in Rome had always regarded as a traitor to the republic (cf. *Mil.* 8). The transposition of the nomen and cognomen, esp. when the praenomen is absent, is said to be found only in familiar style (so Galli Caninii, L. 29. 4, and often in the letters) ; but cf. *Mil.* 8 : *Ahala ille Servilius.* **Revocatus a Vatinio,** the same account as we have in *Vatin.* 26. Upon P. Vatinius, cf. L. 38. 19 ; as tribune at this time, he passed the *lex Vatinia,* bestowing upon Caesar the command of the Gallic provinces. **Pisonem.** Upon C. Calpurnius Piso Frugi, v. L. 17. 3 n. **M. Laterensem.** V. L. 9. 2 n.

4.—Reus erat, epistolary impf. ; hence *nunc,* for which cf. *Att.* v. 20. 7 : *nunc publice litteras Romam mittere parabam.* **De vi,** according to the *lex Plotia de vi ;* he might have been arraigned by the *lex Cornelia de sicariis,* but the senate seems to have considered that there was not sufficient ground for such a charge. Of Crassus Dives we know nothing. **Indicium,** the permission to inform against others ; cf. *Div. in Caecil.* 34 : *si tibi indicium postulas dari ;* cf. *Vatin.* 26. **Iudicia,** *i.e.* a whole series of indictments. **Caedem,** from the armed violence of the triumvirs which prevented many members from attending the meetings of the senate ; Q. Considius (Gallus), only noted for the check which the boldness of his language (Plut. *Caes.* 14) placed upon the violence of Caesar; for *discusserat,* cf. *Mur.* 84 : *periculum . . . discutiam et comprimam.* **Ea** (sc. *caedes*). **Quam cotidie,** etc., *i.e.* a judicial massacre consequent on the revelations of Vettius. **Quid quaeris?** cf. L. 6. 4 n. **Tempore,** 'at the proper time' (cf. L. 40. 1) : sc. *obiit,* a natural aposiopesis to a Roman. **Honestissimeque,** etc. For the order cf. *Att.* iv. 18. 2 : *fratrem mecum et te si habebo ;* in a careful composition such an arrangement of the co-ordinate words would have the effect of emphasising them ; here the order is due to the greater laxity of the epistolary style.

5.—Si potest, 'if it is possible,' a common usage with the comic poets, *e.g.* Plaut. *Merc.* v. ii. 88 : *me decipier haud potest.* **Plane,** 'at once,' seemingly.

The last letters of this year indicate the utter absence of all effective opposition to Caesar and the still wavering attitude of Pompey. Cicero himself is still blind to the danger which menaces him from Clodius. He thinks at one time of boldly facing his enemy, at another of retiring altogether from a life which brought with it only anxiety and terror. Caesar had determined to permit his humiliation, and no efforts of his friends could now save him. The sanguine hopes which he communicates to his brother in Nov. 59 B.C. (*Q. Fr.* i. 2. 15 *seq.*) form a striking contrast to the fate that overtook him at the beginning of the next year. Atticus must soon after the date of this letter have returned to Rome, for we have no letters between November 59 and March 58 B.C.

XV. (ad ATT. III. 1.)   *March*, 58 B.C. (696 A.U.C.)

CLODIUS was not long in office before he brought forward a bill indirectly aimed at Cicero to the effect that: *qui civem Romanum indemnatum peremisset ei aqua et igni interdiceretur.* Cicero applied for advice to Pompey, who replied that he could do nothing *contra* (*Caesaris*) *voluntatem* (*Att.* x. 4. 3). Much alarmed, he left Rome towards the middle of March, and on the very same day Clodius brought forward his second bill. It came before the *comitia tributa*, and ran : *Velitis iubeatis ut M. Tullio aqua et igni interdictum sit.* Cicero remained for a few days at one of his country-houses until he heard of the exact terms of Clodius's bill (*rogatio de pernicie mea, Att.* iii. 4, and *Sest.* 25.) He thereupon set out for Brundisium, intending to cross to Greece, but as Atticus, on whose company he relied for protection against Antonius and the other banished Catilinarians in Greece, did not come, he altered his plan and went to Vibo, a sea-port town in Bruttium. From Vibo he intended to sail to Sicily or Malta. Meanwhile, however, Clodius's bill had been passed, and the distance of his banishment fixed at 400 miles from Rome (*Att.* iii. 4). He therefore resumed his original plan, and set out for Brundisium. In connection with the following letters, the passages in *Planc.* and *Sest.*, which place the same facts in a different light, ought to be read.

De provincia Macedonia, *i.e.* the *lex Clodia de provinciis consularibus*, which had been passed by Clodius with the view of winning the support of the consuls against Cicero. Atticus, on account of his large business connections in Macedonia, was much interested in the appointment. The law had now been passed, and the consul, L. Piso, who was hostile to Cicero, had obtained Macedonia.

XVI. (ad ATT. III. 3.)   *April*, 58 B.C. (696 A.U.C.)

Agam is subjunc.   **Equidem.** It seems quite certain that *equidem* is not confined even in the Latin of the Augustan age to the 1st pers. sing. ; v. Sall. *Cat.* 52. 11. 16 ; Liv. v. 51. 4 ; Prop. ii. 31. 5. Before such passages the old explanation of the word, as = *ego quidem*, can hardly stand.   **Vibonem**, the modern Bivona ; here he was hospitably entertained by Sicca.   **Sed te oro . . . Sed eo.** The conj. in each case breaks off an intended extension of the previous thought, and indicates the haste and impatience of the writer.

XVII. (ad FAM. XIV. 4.) BRUNDISIUM, *April* 30, 58 B.C.
(696 A.U.C.)

CICERO had come to Brundisium on April 18 (*Att.* iii. 7), and wrote this letter immediately before his departure for Dyrrhachium. Its tone is more cordial than that of the much shorter letters which he wrote later to his wife.

1.—Quod utinam. *Quod* as adverbial accusative before the conjunctions *si, nisi, cum, quia, utinam* indicates the intimate connection between the thought introduced and that which goes before (here *ut ferre non possim*)—'O would then that.' **Aliquam, alicuius . . . aliquando,** as we might emphasise 'any,' to indicate despair. **Si,** where we would have expected *sin ;* so L. 28. 5.

2.—Apud Flaccum. Cf. *Planc.* 97 ; the punishment threatened against those who should receive or lodge one against whom the interdict of fire and water had been passed was exile accompanied with the loss of one third of his property.

That Cicero remained quietly for nearly a fortnight at Brundisium, and that his entertainer was never even threatened with punishment, indicates how little the public feeling in Italy sympathised with the action of the Roman assembly.

3.—Brundisio . . . ad ii. Kal. Mai. etc., 'I start from B. to-day, April 30, and intend to travel through Macedonia to Cyzicus ;' for this use of epistolary tenses cf. *Att.* iv. 10. 2 : *Ad eum postridie mane vadebam, quum haec scripsi,* where also *vadebam = iturus sum* as *petebam* here = *petiturus sum ;* cf. also *Att.* v. 17. 1 : *Paucis diebus habebam certos homines quibus darem litteras. Itaque eo me servavi ;* so in *Att.* v. 15. 3 ; vii. 23. 1 ; ix. 2 a. 3. **Cyzicum.** As a '*libera civitas*' Cyzicus would enjoy many advantages, and as a city rich in art and letters would offer many attractions to the greatest littérateur of the time. **Non rogem,** 'am I not to ask you ?' takes up the thought in *quid nunc rogem.* **Confirmes,** 'promote.' **Tulliola mea ;** on the abl. v. Roby 1224 and 1223. **Matrimonio,** we must endeavour to promote 'her married happiness;' her dowry seems not to have been yet paid, and from this Cicero apprehends danger to her happiness and good name. The first of her three husbands was C. Calpurnius Piso Frugi, of whose betrothal to her we hear in *Att.* i. 3. 3 (67 B.C.). He was devoted to Cicero, and refused an appointment as quaestor in this year in order that he might be able to attend to his family's affairs in Rome. He was even willing to incur the enmity of his powerful relative the consul by interceding before him on Cicero's behalf. He must have died before Cicero's return (cf. *Sest.* 68). **Iste vero sit,** his son at least must bear him company in his exile and be under his own protection, while his sister remains under her husband's charge ; on Cicero's son, v. L. 95. **Utrum aliquid teneas,** his wife's property seems to have been exempted from confiscation, but he fears that it also may suffer.

4.—De familia liberata. To his own slaves Cicero had promised liberty by means of a private enactment just before he left Rome, but with the reservation, *ut, si res,* etc., *i.e.* if his property went out of his own hands when exposed to auction (*si res a nobis abisset*), they could make good their claim to be freedmen of Cicero against any third party, but if he were allowed to buy it in they should be still his slaves with the exception of a very few to whom he had promised freedom unconditionally. **Tuis.**

Terentia was still free to treat her own slaves as she liked.   **Orpheus** accompanied Cicero into exile.   **Magno opere nemo,** ' no one has shown himself particularly deserving,' T.   **Ea causa est, ut, . . . essent.**   A past follows a present, because in *est* there is an idea of past time as well (is and has been).   **Obtinere,** 'to make good.'   **Oppido,** 'very,' an archaic word usually joined with verbs in Plautus, found only once or twice in Cicero ; cf. *De Or.* ii. 259 : *oppido ridiculus.*

5.—**Viximus,** in a pregnant sense, ' I have lived ; ' cf. *Q. Fr.* iii. 1. 4 : *quando vivemus,* ' when shall we begin truly to live ? '

6.—**Clodium Phil., Sallustius, Pescennius,** clients or freedmen of Cicero. **Perbenevolus,** ἀπ. λεγ., so *percupidus, perodiosus, pertumultuose* in the letters ; in the use of these the language of familiar conversation seems to have been much freer than the language of literature.   **Sicca dixerat,** etc., ' said that he would accompany me to Greece.'   **Quod potes.** This limitative use of *quod* (sometimes *quod eius*) is frequent in Terence and not uncommon in Cicero ; cf. *quod eius facere potueris, Fam.* iii. 2. 2.

XVIII. (ad ATT. III. 13.)   THESSALONICA, *August* 5, 58 B.C. (696 A.U.C.)

1.—**Secundum comitia,** ' after the consular elections ' in July.   **Motum,** the threatened break between Pompey and Clodius caused by the action of Clodius in the matter of the young Tigranes, who had been brought home by Pompey from the East and intrusted to the safe keeping of one Flavius a senator.   The boy's father, king Tigranes, bribed Antony to procure his deliverance, which was effected by the tribune after much bloodshed.   **Quam si expectaro.**   *Spes* often contains an additional reference to the issue of the hope ; so, above, *temporis longinqui spe ductum* means ' lured on by a hope for whose issue I had long to wait ; ' cf. the Vergilian phr. *spes surgentis Iuli,* ' the promised greatness of Iulius.'

2.—**Mihi vero,** etc., as to what you write, etc., ' my mind is assuredly quite sound.'   **Tam,** sc. *integra.*   **Iis, quibus,** etc.   He blames the jealousy of some, the folly of others, of the friends who advised him to go into banishment ; cf. *Att.* iii. 9. 2 : *nos non inimici sed invidi perdiderunt,* and *Fam.* xiv. 1. 2 : *sermo aut stultorum amicorum aut improborum ;* so *Sest.* 46.   **Abuterentur.**   *Abuti* like ἀποχρῆσθαι means either to employ all of a thing for some object, whether good or bad, *i.e.* to use up, or to employ for a bad purpose, *i.e.* to misuse.   Here it means the former ; so in LL. 69. 5, and 100. 1.   **Si incolumem relinquo.**   Quintus, who had now returned to Rome from his provincial government, was also in danger of being banished upon a charge of extortion brought against him by the supporters of Clodius.

XIX. (ad ATT. III. 19.)   THESSALONICA, *Sep.* 16, 58 B.C. (696 A.U.C.)

1.—**Postea quam . . . videbatur.**   For the impf. aft. postq. indicating a continued state of things, cf. Caes. *B. C.* iii. 60. 5 : *postquam id difficilius visum est neque facultas perficiendi dabatur.*   **In Asiam,** *i.e.* to Cyzicus. **Ad te,** ' to your place ; ' cf. *Cat. M.* 55, *cuius quidem ego villam contemplans* (*abest enim non longe a me*).   **Loci natura.**   The constr. of *interest* with a noun for subj. is not elsewhere found in Cicero ; but the analogous constr. with *refert* seems to support the use in familiar style. **Vel sustentabo vel . . . abiecero,** v. Roby 1485 (c).

2.—**Quantam** instead of *in quantam* ; cf. *Cat. M.* 15 : *a rebus gerendis senectus abstrahit.   Quibus ?* and L. 51, 2 n.   **Sestii,** Gen. Introd. p. xxiv. ;

he was tribune-elect for the coming year, and brought in a bill in favour of Cicero, to the form of which the orator takes exception, *Att.* iii. 20. 3 : *rogatio Sestii neque dignitatis satis habet nec cautionis; nam et nominatim ferri oportet et de bonis diligentius scribi.* **Et fidelis** where we should have expected *nec fidelis;* the *et* seems to call attention to the last words and emphasises them. **Aut quod scripsi supra,** *i.e.* a spot on which to die.

3. —**Proiectum,** of a cast-away. **Istic,** sc. in Rome.

XX. (ad FAM. XIV. 2.) THESSALONICA, *Oct.* 5, 58 B.C. (696 A.U.C.)

1. —**Nisi si,** so in *Fam.* v. 9. 2. As in the phr. *nisi ut, nisi quod, nisi* is not really a conj. **Fuissemus, praestitissem.** The desire to avoid the repetition of the same termination is a sufficient explanation of the change of number, but probably Cicero also desires to inculpate others as well as himself.

2. —**Merito eius,** 'as he deserves;' so *Phil.* iii. 25 : *meritoque vestro maximas gratias vobis omnes et agere et habere debemus.* **In novis trib. pl.,** among whom Milo, Sestius, and Fadius were the most active in Cicero's favour. The support of eight of the present tribunes was unavailing so long as Clodius and Ligus held out, and the proposal of the 29th inst. failed, Gen. Introd. p. xxiii. **Crassum tamen metuo** ; cf. L. 12. 5 n. **Casum eius modi,** sc. *esse,* 'that circumstances are such as to cause,' etc. **P. Valerius** is mentioned several times, but we know nothing about him. **A Vestae ;** *templo* or *aede* omitted, as often : Liv. x. 47. 4 : *a Martis ;* so Hor. *Sat.* i. 9. 35 : *ventum erat ad Vestae.* **Ad tab. Val.** V. Gen. Introd. p. xxii. The *tabula Valeria* (cf. *Vatin.* 21) was probably situated in the forum. It seems to have been customary at Rome for persons desirous of solemnly declaring or vouching for their solvency to do so at a bank ; cf. *Quint.* 25, where Naevius summons his friends to make such a declaration *ad tabulam Sestiam.* Terentia was probably forced by Clodius to go from the protection of her vestal sister in the temple of Vesta to make some statement as to her husband's property in the bank of Valerius. **Hem,** exclamation of familiar speech. **Opem petere,** *ut ea intercedente, patrocinio Ciceronis uterentur* (Manutius). **Ut periremus.** *Ut* of purpose, or *ut* of result? We can only translate it as if it were the former, 'only to,' 'only that I might ;' but in reality it indicates the will of fate in the result ; the execution of the conspirators resulted only in his own ruin.

3. —**Hoc est de area,** etc. His injuries as regarded his property could only be redressed by the restoration not only of the price of the house, but of the site ; cf. L. 22. 7 n. **In eius partem . . . venire,** 'that you . . . incur a part of it ;' to aid the measures for his recall support had to be purchased throughout the city, and bands of gladiators had to be hired, and in order to defray the necessary expenses Terentia desired to sell one of her estates (*Fam.* xiv. 1. 5). **Negotium,** *i.e.* my recall.

4. —**Ego, ad quos,** etc., an answer to a suggestion of Terentia that he should write more to influential persons on his own behalf, as is shown by the *ego.* **D.** = *data.*

XXI. (ad FAM. XIV. 3.) DYRRHACHIUM, *Nov.* 30, 58 B.C. (696 A.U.C.)

CICERO gave up the plan which he mentions, L. 19. 1, and came to Dyrrhachium Nov. 26. The proposal for his recall, supported by eight of the tribunes, and brought forward Oct. 29, was frustrated by the *inter-cessio* of Clodius and Aelius Ligus. The new tribunes would enter upon office on Dec. 10, an event for which Cicero now impatiently waits.

1.—**Ab Aristocrito,** a slave whom Terentia had despatched with a letter to her husband. **Ego . . . miserior sum quam tu,** etc. For the exaggerated form of expression, cf. *Marcell.* 33 : *maximas tibi omnes gratias agimus, C. Caesar, maiores etiam habemus.* **Mea propria** ; for examples of the possess. pron. aft. *proprius* instead of gen. of the pers., v. L. and S. : *proprius,* 1. A. **Legatione** ; cf. L. 9. 3. **Copiis** ; he means armed resistance. **Hoc,** sc. *consilio,* 'than the course which I have adopted.'

2.—**Cecidisse** = *in irritum cecidisse,* 'to have failed' (L. and S. *Cado* ii. *F.* 1), not 'to have happened.'

3.—**Tuto sim** ; for the adv. as apparent pred. after *sum,* v. L. 40 n. **Dexippo,** one of Cicero's slaves. **Faxint** is clearly a pf., like *ausim,* formed from the pf. stem *facsi ;* it is not uncommon in Cicero, and is often found in prayers and legal formulas (*Leg.* ii. 19), as well as in ordinary conversation ; the analogous indic. forms *faxo* (Verg. *Aen.* ix. 154), *recepso* (Catull. xliv. 19), *iusso* (*Aen.* xi. 467), etc. (v. Roby 619, 620) are prob. to be explained in the same way as fut. pf.s : *facso*—*facsi-esio (ero)* etc., such forms as *amasso, locassim* being the result of false analogy. **Frui liceat,** v. L. 17. 3 n. **Si inveterarit,** *i.e.* if it fail to find its realisation at once.

4.—**Eo nomine . . . ut,** 'with the view of ;' cf. *hoc nomine* (L. 82. 5), 'in this view.'

5.—**Sin autem . . . sed** ; for similar hints at self-destruction at this time, cf. the similar 'aposiopesis' in *Att.* x. 6. 2 : *de Quinto filio fit a me sedulo sed . . . nosti reliqua,* and freq. in the letters of this period. **Rem,** used like *litteras,* generally, and without specific reference to Terentia : and yet, Cicero says, the time has arrived when I expect of my friends in Rome not only accounts of what is going on, but also active services on my behalf.

XXII.—(Ad ATT. IV. 1.) ROME, *Sep.* 57 B.C. (697 A.U.C.)

THE course of events from Dec. 10, 58 B.C., is to be gleaned chiefly from *Sest.* 72-83, and 127-131 (cf. Gen. Introd. pp. xxiii. xxiv.). On Jan. 1, 57 B.C., a meeting of the senate was held, whose repentant expressions of sympathy with Cicero were met by Clodius on Jan. 25 with violence and bloodshed ; Milo and Sestius filled the streets with armed bands to oppose him, and it was not until probably the beginning of July that a decree of the senate was formally brought forward in Cicero's favour. Next came two more decrees of the senate, and on August 4 the meeting of the *comitia centuriata,* which finally sanctioned his recall. Atticus had devoted himself to the interests of his friend for almost the whole of 58 B.C., and in December of that year had returned to his estate in Epirus, probably visiting Cicero at Dyrrhachium on the way.

1.—**Recte,** 'with safety.' **Gratularer,** 'express my joy and gratitude (as in L. 57. 2, *dis gratulari*). **Nec fortiorem nec prud.** The implied reproach was nothing new to Atticus ; from his exile Cicero had written much harder things : *tu tantum lacrimas praebuisti dolori meo,* and *quoniam nihil impertisti tuae prudentiae ad salutem meam, Att.* iii. 15. 4 ; Atticus admitted that considerations of expediency had led him to advise his friend to withdraw from Rome. **Te in consiliis . . . eundemque,** etc. We have co-ordination of the clauses instead of subordination of the first as concessive : ' although you showed neither more courage nor more wisdom . . . yet, on the other hand, you felt the keenest grief at our separation,' etc.

2.—Gratulatione, probably not here the congratulations of others, but self-congratulation, little more than *laetitia ;* for this meaning, cf. Caes. *B. G.* i. 53. 6. **Dimisero ;** cf. Roby 1485 (a). **Ac nisi . . . exegero.** He means : if he does not make up for lost time by exacting from their friendship a double quantity of pleasure, he will not be worthy, etc. ; for the double gen. after *fructus omnis (tuae suavitatis* and *praeteriti temporis)* cf. *Sest.* 15 : *totum superioris anni rei publicae naufragium.*

3.—Quam optamus. He seems characteristically to suggest that he dislikes to be recognised so distinctly as the representative and supporter of the aristocracy ; he tries to maintain a position at this time midway between the senate and the triumvirs. **Fracta,** etc., metaph. from shipwreck, so common in Latin.

4.—De nobis, for euphony's sake, instead of *de me ;* cf. L. 20. 1 n. **Brundisinae coloniae,** the colony sent to Brundisium by M. Livius Drusus, 122 B.C. **Et tuae vicinae Salutis,** the goddess Salus, whose temple stood upon the Quirinal hill, in the neighbourhood of Atticus's house ; in *Sest.* 131, Cicero mentions this coincidence of birthdays.

5.—Nomenclatori, *i.e.* my *nomenclator ;* cf. the picture in Hor. *Ep.* i. 6. 5 : *mercemur servum, qui dictet nomina,* etc. **Ad portam Capenam,** on the slope of the Caelian hill. Here Cicero left the Via Appia, and entered the city. Of the temples in the neighbourhood we know nothing certain. The street then ran further north, between the Palatine and Caelian hills, then to the left over the Velia down to the forum, and thence up to the capitol. **Nonarum Septembr.** In *Fam.* xvi. 3. 1 we have the simpler constr. of the nom. : *is dies fuit Nonae Novembres.* **Senatui gratias egimus,** in the *Red. in Sen.,* where it is interesting to observe in sects. 4, 5, and 31 the studied ambiguity of his utterances, the diplomatic reference to Pompey in sect. 29, and the words used of Caesar, though without naming him, in sect. 32 : *erat alius ad portas cum imperio in multos annos magnoque exercitu, quem ego inimicum mihi fuisse non dico, tacuisse, cum diceretur esse inimicus, scio.* Crassus, who had gone to meet Cicero and become reconciled to him (Plut. *Cic.* 33), is not mentioned at all, and the common party-terms *boni* and *improbi* occur but seldom.

6.—Eo biduo, ' two days after.' Asconius (*Mil.* sect. 43) relates that disturbances took place in the theatre in July in consequence of the famine. The scarcity had already therefore lasted some time. For a more detailed account of the position of affairs, cf. *Dom.* 2. 3. 31, which in many points supplements the picture given us in this letter. The friends of Cicero (*boni viri,* above) had skilfully represented the scarcity of corn as the result of Cicero's banishment, but it seems probable that the agitation was greatly fostered by Pompey for selfish ends (cf. below, *idque ipse cuperet*). As the expected reduction in price did not immediately ensue upon the return of Cicero, Clodius took the opportunity to aim a blow at his newly recovered popularity (*mea opera frumenti inopiam esse*). Doubtless he also hoped in this manner to create greater anxiety in Cicero's mind, and force him, by supporting the measure in favour of Pompey, to separate himself from the senatorial party. The words, *sermone non solum plebis,* etc., sound like an apology to Atticus. Our only dates are : his entrance

into Rome on Sept. 4; on Sept. 5 the speech in which he returns
thanks to the senate immediately after addressing the people; two
days afterwards, the 7th, his proposal in the senate, and immediately
thereupon his public harangue (*habui contionem*, sect. 6); on the 8th
another meeting of the senate, in which the proposals of the previous day
are approved by a crowded house, and fifteen *legati* granted to Pompey.
Cum esset annonae, etc. According to *Dom.*, sect. 11, this gathering
took place before the temple of Concord (*senatum illuc vocante Metello
consule*), and the popular feeling vented itself in throwing stones (sect. 13).
In sect. 15 he goes on to say, addressing Clodius : *ego denique non solum
ab operis tuis* (your hired agents) *impulsu tuo nominabar, sed etiam depulsis
ac dissipatis tuis copiis a populo Romano universo, qui tum in Capitolium
convenerat, cum illo die minus valerem, in senatum nominatim vocabar.
Veni exspectatus ; multis iam sententiis dictis rogatus sum sententiam : dixi
rei publicae saluberrimam, mihi necessariam.*   **Ad theatrum**, where
the *ludi Romani*, which lasted 15 days, beginning on Sept. 4, were being
celebrated at this time. There were besides at Rome regular theatrical
performances (Tac. *Ann.* xiv. 20) instituted at the time of the completion
of the Theatrum Pompeii in the Campus Martius (55 B.C.).   **Cum per
eos dies**, etc., 'and since meetings of the senate were being held during
those days to discuss the question of the corn supply;' cf. *Dom.* 9 : *eam
(sententiam) quae erat superioribus diebus agitata in senatu.*   **Ut id
decernerem** ; v. L. 53. 11 n.   **Quod . . . negarent** ; v. Roby 1738
and 1746.   **Tuto**, on account of the armed bands of Clodius. For Cicero's
view of the behaviour of the *boni viri* at this time, cf. his sarcastic
remarks, *Dom.* 8.   **Praeter Messalam et Afranium**, both friends of
Pompey.   **More hoc**, *i.e.* which is now in vogue.   **Meo nomine
recitando**, *i.e.* when my name (as proposer) was read out along with it ;
the temporal use of the abl. of the gerund and gerundive (which supply
the place of the pres. part. pass.) is not unexampled in Cicero.   **Dedissent**,
i.e. the citizens who were collected in the *forum* and immediately in front
of the temple.   **Habui contionem . . . dederunt.** As a private individual, Cicero had no right to address the people (*contionem habere*) unless
with the permission of a magistrate, who was said *contionem dare ; contio* is
said by Gellius (*N. A.* xviii. 7. 7) to mean either (1) the place from which
a public speech was delivered, the *rostra*, as in such phrases as *in contionem
escendere* (cf. L. 23. 3) ; or (2) the meeting itself; or (3) the speech delivered. Of these the second is the primary meaning (*contio = conventio*).
The first is hardly established ; *in contionem escendere* prob. means 'to
ascend the *rostra* to deliver a speech' (*in* = for the purpose of, as in such
phrases as *in praesidium, in suffragium mittere*).   **Praeter unum praetorem**, Appius Cl. Pulcher, the brother of Publius Clodius.

    7.—Senatus frequens, sc. *fuit*. In a very crowded meeting of the
senate during this year (*senatus frequentissimus, Dom.* 14), the number of
members present was 417 (*Red. in Sen.* 26).   **Et omnes consulares.**
Note the expressive use of *et* (as in L. 10. 1, *et sescenta sunt*) : 'when lo !
all·the consulars, who but yesterday were so shy,' etc. ; for the fact, cf.
Dom. 9.   **Alterum se**, a second self to him ; cf. *Att.* iii. 15. 4 : *te quasi me
alterum*, and L. 31. 1. Whether Pompey actually used the expression of
Cicero seems doubtful.   **Legem conscripserunt**, 'drew out a bill,' decreeing that the *cura annonae*, which the senate had resolved the previous day
to confer upon Pompey, should last for five years, and extend over the
whole world.   **Alteram Messius.** It is characteristic of Pompey that he
should pretend to desire nothing more than what was proposed by Cicero

and the consuls, while at the same time he allowed his creature, C. Messius (*Att.* viii. II. D. 2), to propose and his friends to support the bill which promised most to his own selfish ambition. **Nostra lex consularis,** 'the bill drawn up by the consuls in the lines of my proposal.' **Duce Favonio fremunt,** 'headed by Favonius, raise an outcry against the bill of Messius.' On M. Favonius, cf. Plut. *Pomp.* 60. Here, too, he appears as a leader of the opposition. He was a zealous supporter of the optimates, and was put to death by order of Octavianus after the battle of Philippi. **Tacemus,** for fear of offending Pompey by expressing my indignation against Messius's bill. **Pontifices.** From sects. 114-116 of *Dom.*, delivered Sept. 30, we gather the following facts about the rather obscure story of the fate of Cicero's house : Clodius had, through a certain Scato (*qui in Marsis, ubi natus est, tectum, cui imbris vitandi causa succederet, iam nullum haberet*), bought the site of Cicero's house when it was put up for auction after his banishment. He bought, besides, the house of one Q. Seius, situated probably a little behind that of Cicero, and higher up the slope of the Palatine. Between those two sites there lay the Portico of Q. Lutatius Catulus (the conqueror of Vercellae, 101 B.C.). This Clodius caused to be pulled down, in order that he might have room for a temple of Liberty and a new Portico, both of which he set about building at once after the usual consecration of the ground. Now it seems that a small portion (one-tenth) of Cicero's site was included in the consecrated ground, and the matter now under the consideration of the pontifices was whether the consecration by Clodius was valid, and whether the ground was really sacred. It was unlawful to use such for profane purposes (*loca sacra et religiosa profana haberi*), and accordingly Cicero says below, if the pontifices decided against him, the consuls could only inflict a slight upon Clodius by demolishing his sacred buildings (*demolientur*), and contracting for the restitution of the Porticus Catuli in their own name (*suo nomine locabunt*), while they would compensate himself by making an estimate of his losses, and providing him with a new site (*rem totam aestimabunt*). If, on the other hand, they decided in his favour, he would recover his old site (*aream,* below), and the senate would recoup him for the loss of the buildings upon it (*superficiem aedium:* L. 23. 5).

8.—Ut in secundis, etc. 'Such is my position ; it is not a strong one, but it might have been much worse,' is the meaning. The expression occurs twice besides in the letters, and looks like a quotation from a poem in iambic or trochaic verse. **Litteris non committo ;** cf. L. 23. 7 n. on μυστικώτερα. **Invidere.** The jealousy of the nobility against the *novus homo* revives with his reviving prosperity.

XXIII. (ad ATT. IV. 2.) ROME, *Oct.*, 57 B.C. (697 A.U.C.)

1.—Ut veni Romam, iterum nunc, 'since I came to Rome this is only the second time I have heard.' **Ut in secundis,** etc. ; cf. L. 22. 8 n.

2.—Diximus apud pont. ; v. L. 22. 7 n. **Fuimus aliquid,** 'if I have ever shown any ability ; ' so Div. *in Caecil.* 47 : *Ipse nihil est, nihil potest,* and *Att.* xiii. 10. 1 : *Quid enim sumus aut quid esse possumus ?* **Iuventuti . . . deberi non potest,** 'the rising youth must have the benefit of the speech ;' for *debere,* in the sense of 'withhold,' cf. *Top.* 4 : *non potui igitur tibi . . . debere diutius ;* he means that he will publish it, as he seems to have done with most of his speeches ; v. the interesting passage, *Att.* ii. 1. 3, esp. the words *oratiunculas . . . mittam, quoniam quidem ea, quae nos scribimus adulescentulorum studiis excitati, te etiam delectant,* from which we conclude that he even wrote certain rhetorical pieces for the special benefit of students ; cf. also *Sest.* 119.

3.—Nominatim, etc. Such a dedication required to be expressly commanded by the people, and intrusted to some one *nominatim ;* cf. *Dom.* 136. **Sine religione,** 'without scruple,' seemingly. **M. T.**—Marco Tullio. **In contionem escendit—**v. L. 22. 6 n. **Secundum se decr.,** 'had decided in his favour,' because they had not blamed his action in the matter of the dedication, nor formally questioned the right which he claimed. **Cum etiam illi infirmi,** 'although even those weaker supporters' (to say nothing of my friends), etc.

4.—Marcellinus. Cn. Cornelius Lentulus Marcellinus, as consul-elect, would first be called upon for his opinion. **Quid secuti,** 'from what point of view their decision had been arrived at.' **M. Lucullus,** a younger brother of the famous L. Lucullus, and, like him, a zealous supporter of the optimates. **De lege statuturos.** After deciding on the religious aspect of the question in their quality as priests, they were now going on as senators to decide on the legal aspects of the question, whether Clodius, namely, had received authority from the people to perform the consecration. From *Dom.* 128 we seem to learn that the law went rather against Cicero : *lex Papiria vetat aedis iniussu plebis consecrari : sit sane hoc de nostris aedibus ac non de publicis templis, unum ostende verbum consecrationis in ipsa tua lege, si illa lex est ac non vox sceleris et crudelitatis tuae.* **Diem consumere,** or *diem dicendo eximere,* was a common form of obstruction in the Roman senate, which was all the more effective that no resolution could be passed after sunset. So that it would appear that a very small amount of opposition might secure an adjournment. At the same time, as a non-representative assembly, the senate *en masse* seems so far to have been superior to all forms of the house as to have had the power of refusing further to listen to an objectionable speaker. **Aliquando,** 'at length,' not common without *tandem.* **Fieret,** ἔμελλε γενέσθαι. **Praeter unum,** *i.e.* Clodius. **Serranus,** a tribune who had opposed Cicero's recall. **Referre.** The *intercessio* of a tribune might itself become the subject of a new motion, or at least of an investigation, in the course of which it might happen that the obstruction was withdrawn. **Cornicinus,** Cn. Oppius, son-in-law of Serranus, had already acted the same comedy on Jan. 1, when he tried by similar means to persuade Serranus to withdraw his opposition to Cicero's recall. **Noctem sibi postulavit;** cf. the fuller form in *Sest.* c. 74 : *noctem sibi ad deliberandum postulavit.* It was only a milder form of veto.

5.—Senatus consultum, the same as Cicero mentions, *Har. Resp.* 13 : *frequentissimus senatus . . . statuit . . . domum meam iudicio pontificum religione liberatam videri.* **Illam—**v. L. 22. 7 n. ; he means the new Portico which Clodius had built. **De consili sententia,** 'with the approval of their legal advisers.' The *consilium,* or advising committee, was a deep-rooted institution in Roman public life ; cf. L. 6. 5, and *Att.* ii. 16. 4, in the former of which passages we hear of a praetor's *consilium,* in the latter of a provincial governor's. **Aestimarunt HS vicies,** about £17,000. Cicero had paid over £30,000 ; cf. *Fam.* v. 6. 2. **Interventu Varronis.** On Varro, v. introd. to L. 69. He had doubtless gone on a visit to Atticus in Epirus.

6.—Reliqua cogitatione, 'my plans for the future.' **A Pompeio legari** ; cf. L. 22. 7 n. His brother Quintus however relieved him from this duty, as Cicero himself desired to remain in Rome, and went as legatus ot Pompey to Sardinia to raise corn supplies for the capital. **Quod nisi**; cf. L. 17. 1 n. **Votivam legationem**—v. the locus classicus in *Att.* ii. 16. 4, and cf. L. 9. 3. **Fanorum, lucorum**; cf. the same combination in Liv. 35. 51. 2. **Sed volui,** 'but, as I said, I wished.'

7.—**Nec . . . possum,** 'I have no heart either,' etc. **Tusculanum proscripsi.** The house at Tusculum was some twenty miles east from Rome, in the neighbourhood of the modern Frascati, a place still much resorted to on account of the fineness of its situation and climate. Cicero advertised the property at this time for sale, but the next words, *suburbano non facile careo (i.e. etsi suburbano,* etc.), show how hard he found it to part with it, and, as we find mention of it subsequently (*Att.* xii. 41. 1) as still his own, we conclude that his courage failed him, and he retained it. **In ea re,** *i.e.* his recall and the vote of indemnification. **Quod sensisti tu absens et praesentes,** rather a harsh way of putting 'as you away in Epirus, and they (my friends) in Rome, have observed.' **Quorum . . . copiis**; cf. L. 20. 3, and n. **Defensores,** with some irony; it was the optimates themselves who, while pretending that Cicero's recall was due to their strenuous exertions, prevented him through their jealousy and ill-feeling (sect. 5 above) from obtaining full restitution for his losses. They seem strongly to have desired (cf. L. 38. 5), and even to have openly suggested (*Att.* iv. 5. 2), that Cicero should sell his house on the Palatine, with the view probably of getting rid of a neighbour with whom they had so little sympathy. **Quo in genere,** as in L. 7. 6. μυστικώτερα, as in L. 22. 8 : *sunt quaedam domestica, quae litteris non committo;* that he refers to unhappy relations with his wife is quite clear from the next words, in which he makes a marked omission of all reference to her. Cf. Plut. *Cic.* 41. The repetition of the *a* before *filia* is expressive.

XXIV. (ad Q. Fr. II. 3.) ROME, *Feb.* 12, 56 B.C. (698 A.U.C.)

THE letter was written on Feb. 12, 56 B.C., but opportunity of sending it off seems to have failed until the 15th. It gives a vivid picture of the anarchy which reigned in Rome during these months. Clodius, by his election to the aedileship on Jan. 22, was not only delivered from all immediate danger from Milo, but was able effectively to turn the tables against him by retaliating his charge of riotous proceedings. In view of the tragical end of this quarrel in 52 B.C., it is interesting to read Cicero's prophetic words written so long before as Nov. 24, 57 B.C., *Att.* iv. 3. 5 : *reum Publium, nisi ante occisus erit, fore a Milone puto. Si se in turba ei iam obtulerit, occisum iri ab ipso Milone video.* Two other points of interest in this letter deserve mention—the light it throws on Pompey's character, and its allusions to Cicero's defence of Sestius. For an account of Q. Cicero, v. introd. to L. 32.

1.—**Legationes,** 'the hearing of the envoys' from Egypt, as to the restoration of Ptolemaus. **Res,** the same. **Milo adfuit,** 'Milo appeared '—seemingly before the *comitia tributa,* having been accused by Clodius *de vi* for his action the previous year. Pompey was there to support Milo (*advocatus*), while the actual defence was conducted by M. Marcellus (L. 76), who is mentioned in the next words. The latter is the same M. Marcellus who appears as Cicero's attorney in 52 B.C., in the case of Milo, and was consul in 51 B.C. **De ornandis praetoribus.** *Ornare* is the technical word used of the senate in granting supplies, troops, and legati to the provincial governors; cf. *Att.* iii. 24. 2 : *ornatas esse provincias designatorum.*   **C. Cato**—C. Porcius Cato (*adulescens nullius consilii,* Q. *Fr.* i. 2. 15 ; in another place *adulescens turbulentus et audax nec imparatus ad dicendum*), who had wished in 59 B.C. to bring an accusation against Gabinius for bribery.   He was tribune just now, and at bitter feud with Pompey, whom in 59 he had spoken of as *privatum dictatorem,* but with whom he was subsequently reconciled.   **De imperio . . . abrogando.**   For Lentulus, cf. introd. to L. 28.   Cato proposed to depose him from command in order to checkmate him in his intentions as to Egypt.   The proposal was rejected.

2.—Sive, 'or rather.'   **Operae Clod. ;** cf. L. 22. 6 n.   **Perpetua oratione,** 'during the whole time of his speech.'   **Peregerat,** best omitted perhaps, in emendation of a corrupt passage.   **Sed** takes up a broken sentence,—'when then.'   **Ut neque mente . . . consisteret,** *i.e.* he quite lost his presence of mind, stammered, and changed colour ; cf. *exsanguis,* just below.   **In clamore ipso,** 'at the very height of the hubbub.'   **Fame necaret ;** cf. L. 22. 6 *seq.*   **Ne quid in turba,** sc. *nobis accideret.*   **In curiam**—sc. Hostiliam, on the north side of the forum.   **Pompeius domum,** sc. *decessit.*   **Bibulo ;** cf. L. 10. 2.   **Curione,** L. 6. 1.   **Favonio,** L. 22. 7.   **Servilio filio,** s. of Isauricus, and consul in 48 B.C., along with Caesar.   He is spoken of by Cicero already in 60 B.C. (*Att.* ii. 1. 10) as *aemulator* of Cato.   There is nothing more characteristic of Pompey's weakness and vanity as a politician than the constant strain in his relations with the senate.   Without Caesar he was powerless inside the walls of Rome.   He offended in turn all the leading members of the optimate party.   His chosen friends were parasites and flatterers from a rank far beneath his own ; *quum autem eius familiares omnium ordinum video,* Cicero writes (*Fam.* i. 2. 3) after lately dining with him, *perspicio, id quod iam omnibus est apertum, totam rem istam iam pridem a certis hominibus, non invito rege ipso consiliariisque eius, esse corruptam.*   His bitterest enemies were men like Cato and Crassus, through whose assistance alone he could have hoped to maintain his position in Rome, or in any degree to have counterbalanced the influence of Caesar.   **In posterum,** usu. = 'till a future time,' sc. *tempus ;* here, as in *Fam.* x. 12. 4, 'till the next day,' sc. *diem.*   **In Quirinalia,** the festival in honour of the deified Romulus, held on Feb. 17 ; cf. Ov. *Fast.* ii. 475-532.

3.—Ad Apollinis.   On the gen., v. L. 20. 2 n.   This temple was in the Campus Martius, outside the walls of Rome, near the Circus Flaminius ; the reason why the senate met here on this occasion was *ut P. adesset,* two explanations of which are given : (1) As it seems pretty certain that Pompey had imperium in virtue of his cura annonae, the senate was held here in order that he might not have to lay down his imperium by entering the city ; to this it is objected that Pompey was certainly in the city on the previous day (v. sect. 2), whatever we are to say of the case of the trial of Sestius (cf. W. *Ep.* 29. 7 n), so that he must already have forfeited his imperium, if he had any to forfeit.   (2) Giving up the view that his commission involved imperium, we may suppose that the senate was held in the Campus Martius to be near Pompey's house in the same district, in order that Pompey, whose life was now in danger, might attend with safety.   Besides the doubt about the imperium (cf. esp. *Fam.* i. 1. 3), it is objected to this view, that, if it had been merely the danger to Pompey himself which was the reason of the senate's meeting here, Cicero would have said so explicitly.   It is certainly not to be understood from

O

the peaceful description, *Pompeius domum*, that he fled home in momentary anticipation of assassination. Might we not suppose that, while Pompey either received or assumed the privilege of entering the city on the occasion of certain trials without forfeiting his imperium, yet such a liberty was neither given nor taken in the case of the senate? At any rate we do not hear of his entering the senate on any of these occasions. On the contrary, it is expressly mentioned that on Feb. 7, when, after the disturbance in the forum, a meeting was summoned, Pompey did not attend, but 'went home.' **Me invito.** The optimates were anxious to draw Cicero off from his allegiance to Pompey. **Perfidiam,** in 58 B.C. **Malevolorum,** 'my ill-wishers,' who would be too glad to hear this attempt at estranging Cicero from Pompey to interrupt the speaker. **Crassum descripsit,** drew a picture which all recognised as Crassus. *Describere* has precisely this meaning in *Mil.* 47 : *dicerent Milonis manu caedem esse factam, consilio vero maioris alicuius: me videlicet latronem ac sicarium abiecti homines et perditi describebant;* cf. *Phil.* ii. 113. **Quem C. Carbo interemisset,** the orthodox and aristocratic view (cf. *Fam.* ix. 21. 3; *De Or.* ii. 170; also *Mil.* 16) quite unsupported by facts; it was not even proved that he was murdered at all.

4.—**Improba,** in the political sense of radical or democratic. **In eo,** 'in this respect.' **Ipsius,** 'even his,' Clodius's. **Sed,** 'but besides.' **Ex Piceno;** cf. *Vell.* ii. 29. 1 : *sub adventum in Italiam L. Sullae* (in 83 B.C.) *Cn. Pompeius . . . firmum ex agro Piceno, qui totus paternis eius clientelis refertus erat, contraxit exercitum.* **Gallia,** sc. Cispadana, whence Caesar would send him any amount of support. **Rogationibus de Milone.** What the terms of his bill about Milo were we do not know ; Cicero calls Cato ironically *vindex gladiatorum et bestiariorum* (doubtless in reference to this same bill) in an amusing passage, *Q. Fr.* ii. 4. 5.

5. **Sestius ;** cf. Gen. Introd. p. xxiii. **Pupinia,** sc. *tribu,* one of the original sixteen tribus rusticae. **M. Tullio** Albinavano ; cf. *Vatin.* 3 ; this is the case in which Cicero, on Mar. 14, aided in the defence of Sestius ; the contents of the accusation we have in *Sest.* 78 : *P. Sestium queritur (accusator) cum multitudine in tribunatu et cum praesidio magno fuisse;* v. also *ib.* 84. **Iure suscensere,** *i.e.* on account of his lukewarmness, prob. in the matter of Cicero's recall ; cf. L. 18. 2 n. ; in *Q. Fr.* ii. 4. 1 he accuses him of *perversitatem quibusdam in rebus,* and calls him *morosus.* **Ad adligatos** can only mean 'in addition to the other persons accused' *de ambitu;* but this is unsatisfactory, (1) on account of the un-Ciceronian use of *ad;* and (2) because there is only one other accused person mentioned, viz. Sestius. It is possible that in a corrupt passage *ad* is a gloss, and *adligatos edidit* means 'lodged an accusation against ;' for *adligare* in this sense, cf. *Clu.* 13. 39, and *Flac.* 41 : *metuit homo doctus et sapiens, ne L. Flaccus nunc se scelere adliget.* As to Vatia and Cornelius, except that the latter is unwarrantably identified by some editors with the C. Cornelius whom Cicero defended in 65 B.C. on a charge *de maiestate,* nothing is known. **Ista ei,** given up as irredeemably corrupt, but if the above suggestion of *edidit adligatos* be accepted, *ista ei* may be *de maiestate* (itself an ignorant gloss). **Sodalitates decuriatique.** These *sodalitates* were clubs instituted by Clodius contrary to the decree of the senate passed in 68 B.C. Previous to 68, these clubs, originally instituted for religious purposes, had come to be extensively employed as a means of political organisation. To the Romans, to whom party politics meant selfish and unconstitutional aims, these societies were at all times an abomination, and about the date just mentioned feeling ran so high that they were

suppressed by public decree. Clodius, however, in 58 B.C. found their re-establishment on an extended scale a convenient method of strengthening his hold upon the mob. The *decuriatio*, or division of the *tribules* into *decuriae* for purposes of bribery, was part of his system of organisation ; cf. *Sest.* 34 : *cum vicatim homines conscriberentur, decuriarentur, ad vim, ad manus, ad caedem, ad direptionem incitarentur*, and many passages in *Planc., e.g.* 45. A law for the final suppression of these clubs was passed next year by the consul Crassus (*lex Licinia de sodaliciis*).   **Discederent**, 'should be broken up.'

6.—Pro Bestia. L. Calpurnius Piso Bestia was tribune in 62 B.C. and Cicero's enemy (Sall. *Cat.* 43. 1) ; the story which Cicero here tries to use for the benefit of Sestius in view of the coming trial we hear of again in *Sest.* 79, but there is no mention there of Bestia's interference. **Castoris.** The temple of Castor, whose ruins to this day form part of the forum, lies on the south side opposite the Palatine.   προψκονο-μησάμην, not classical ; tr. 'Here I had a lucky chance to say a word in advance,' etc.

7.—Pomponium shows that even after adoption a man might retain his own name ; Atticus was adopted by his uncle, Q. Caecilius, two years before (cf. the letter to Q. Caecilius Pomponianus Atticus, *Att.* iii. 20), and ought to have been called Caecilius here by Cicero.   **In eius nuptiis**, sc. with Pilia ; a marriage of some importance. Atticus's daughter by this marriage, Pomponia Attica, married Agrippa (cf. Nep. *Att.* 12. 1), whose daughter, Vipsania Agrippina, was the first wife of the Emperor Tiberius. **Cetera**, etc., 'my position in other respects is as dignified and influential as you used to prophesy to my unbelieving ears that it would be.' **Etiam**, as *suavitas* was not usually one of Quintus's graces ; cf. esp. *Q. Fr.* i. 2. 6.   **Ad lucum Pisonis.** We know nothing of the spot. **Paucis mensibus post**, etc., probably = 'a few months after July 1,' which was term-day in Rome.   **In Carinis**, the Belgravia of Rome, on the western slope of the Esquiline.   **Olbiensem**, 'from Olbia,' on the N.E. coast of Sardinia.   **Quamquam est hiems**, *i.e.* the season in which Sardinia is least unhealthy ; yet he is to remember that it *is* Sardinia and not Rome.

XXV. (ad ATT. IV. 5.)   ANTIAN (?) VILLA, *April*, 56 B.C.
(698 A.U.C.)

ATTICUS is at Rome.

1.—Ain tu, 'really?' L. and S. *aio*, ii. F.   **Exemplar**, sc. *aliud.* **Quid ? etiam**, 'Is there more? yes ;' cf. L. and S. *etiam*, ii. B.   **Dudum enim**, etc., gives the reason of his hesitation to tell why he had not sent the MS. of the παλιυψδία to Atticus.   **Subturpicula.** So *subringentur*, sect. 2 ; cf. L. 29. 6 n.   **Valeant**, 'farewell to.'   **Principibus**, of the optimates, *e.g.* Bibulus, Cato, Domitius Ahenobarbus.   **Senseram . . . inductus**, etc., not of course any more than *sensit medios delapsus in hostes* (*Aen.* ii. 377), a Graecism for the constr. with the acc. and infin., but 'I felt it, I knew it' (*i.e.* their faithlessness), 'having been myself taken in,' etc.   **Iidem erant**, etc., *i.e.* as obstinate as ever.

2.—Quae facerem. *Quae* inst. of *qua* with Billerbeck.   **Necessitatem . . . coniunctionis**, *i.e.* the obligation to maintain the alliance with the triumvirs.   ὑποθέσει, 'in my statement,' *i.e.* of Caesar's claims.   **Ille**, sc. Caesar.   **Villam**, prob. the same as he alludes to in *Q. Fr.* ii. 2. 1.

If so, it adjoined Cicero's Tusculan Villa, and on the death of Catulus had fallen to one Culleo, by whose heirs it was put up to auction, and, as no bidder offered himself, bought in by the obscure Vettius, from whom Cicero prob. got it cheap. Cicero was determined that his enemies should not have the gratification of seeing the political dishonour of his banishment reflected in a diminished establishment at home; cf. L. 6. 10 n.   **Quid ad hoc,** 'what is that to this?' where *ad=*in comparison with (L. and S. D. 4).   **Si quibus,** etc., *i.e.* 'if indeed it be true that in spite of their approval of what I said (*tamen*) in speaking to the motions before the house (*sententiis*), they yet exulted in the fact that I had thereby displeased Pompey;' *si=si quidem; dixi* (sc. *id*) *quod,* and for the facts, cf. L. 38. 10.   **Finis,** sc. *esto,* 'enough.'   **Qui possunt,** *i.e.* the triumvirs.

3.—**Vellem iam pridem,** sc. *operam dedisses,* 'I wish you had seen to that long ago.'   **Viaticum,** etc. Furius Crassipes had just been betrothed to Tullia (*Q. Fr.* ii. 6. 1), and as Cicero had to provide the dowry, he could not afford to travel as he had projected (L. 23. 6).   **Tu de via recta in hortos,** sc. *ut veniam mones,* the gardens perhaps near Crassipes's house mentioned *Q. Fr.* ii. 6. 2. Atticus seems to have offered to meet Cicero if he came there straight (*recta*) from the journey (*de via*).   **Videtur commodius,** etc., 'It seems more convenient to come to your house—to-morrow probably, as it can make no difference to you' (aft. *tua* sc. *refert*) 'which day I come.'   **Tui,** 'your workmen.'   **Pinxerunt** *=ornarunt.*   **Constructione** *= πήγμασι (Att.* iv. 8. 2), 'shelves.' Baiter reads *constrictione.*   **Sillybis,** cf. *ib.,* where it must mean 'labels, titles,' and not, as Hesych. seems to explain the word, 'covers.' Baiter reads *sittybis.*

PART III.

General Introduction, pp. xxvi. *seq.*

XXVI. (ad FAM. V. 12.) ARPINUM, *April,* 56 B.C. (698 A.U.C.)

ON L. Lucceius, cf. L. 7. 11 n.   He seems to have been one of the first literary men of the time. Cicero (*Coel.* 22) speaks of him as *illa humanitate praeditus, illis studiis, artibus atque doctrina,* and now hoped that as the accuser of Catiline in 64 B.C. he would have sufficient sympathy with the exploits of 63 to write a history of them from the oligarchical point of view. If we need any apology for the naïve vanity of the letter we must look for it in the political disappointment of the hour. Cicero had just awakened from his dream of independence (Gen. Introd. pp. xxiv. and xxv.) to find that an understanding between Caesar, Pompey, and Crassus had made an unconditional surrender inevitable. Smarting under this blow, his self-love turns for support to the events of 63 as to a perennial fountain of consolation. Cicero has no shame in referring to the letter (v. L. 27. 4). It amply justifies the criticism he there passes on it (*valde bella est*), but there is no evidence that the request it contains was ever complied with.

1.—**Pudor subrusticus,** the opp. of *frons urbana* (Hor. *Ep.* i. 9. 11), **Festinatione,** 'my impatience.'   **Erat . . . vicit;** the order suggests the freedom of familiar address.   **Commem. poster.**, *i.e.* the posthumous fame I shall enjoy through the fame of your writings.   **Sed etiam**, etc.; sc. *rapit*, 'but I am also carried away with a terrible desire to enjoy in my own lifetime,' etc.

2.—Italici belli, *i.e.* the Social War, 90-89 B.C.   **Deesse mihi nolui quin**, *i.e.* 'I thought it my duty to.'   **Callisthenes** was a disciple of Aristotle and friend of Alexander the Great. He wrote a history of Greece in ten books from the Peace of Antalcidas (387 B.C.) to the seizure of the temple of Delphi by the Phocians (357). The Sacred War (*Phocicum bellum*), which raged during the next ten years, was recounted by him in a separate history. The grammar of the sentence is a little loose for *ut C. scripsit Phoc. bell.*   **Timaeus**, a Sicilian historian who wrote a history of his native island and of the war of Pyrrhus.   **Polybius**, of Megalopolis in Arcadia, besides his Καθολικὴ καὶ κοινὴ ἱστορία in forty books, of which seventeen survive to us, wrote a history of the Numantine War. He was the intimate friend of Scipio, the conqueror of Numantia.   **Ad**, 'in view of,' v. L. 77. 4.   **Te** is subj.   **Ad locum**, 'to the proper point' in your history.   **Ac**, where we should expect *sed*.   **Potest enim**, *i.e.* 'for your other labours may justify you in refusing my request.'

3.—Bene et naviter, 'in brave and proper style,' has a suggestion of archaic naïveté.   **Gratiam**—it is one of the 'conditions of history,' mentioned *De Or.* ii. 62 : *ne quae suspicio gratiae sit in scribendo!* where *gratia* = partiality.   **Quodam in prooemio.** The reference is unknown.   **Herc. Xen.** Xen. *Mem.* ii. 1 relates Prodikus's story of the choice of Hercules.   **Eam** takes up *gratiam illam*.   **Amori nostro**, 'to your love for me.'

4.—Modicum . . . corpus, 'a work of moderate size.'   **In quo et illa**—the *et* is taken up by *et si liberius*, etc.   **Cum et** is taken up by *et quae*, etc.   **Habet enim**, etc., 'for there is a charm (for the sufferer) in the tranquil recollection of past suffering.' (Ἀλλ' ἡδύ τοι σωθέντα μεμνῆσθαι πόνων, Eurip. *Andromeda*.)

5.—Themistocli; in sect. 7 the word is 3d decl.   **Reditu.** Several emendations and explanations have been offered ; it is best to suppose Cicero carried away by the rhetoric of the moment ; Themistocles never returned after his banishment. Cicero was thinking of his own banishment and return.   **Etenim**, etc., 'for the mere chronology of history has something of the languid interest of an almanac.'   **At viri saepe**, etc.; *saepe*, as often in introducing a comparison or simile, indicates, not what often happens in given circumstances, but what always happens in circumstances which often occur ; the changing fortunes of such men *always* excite wonder, etc., when, as *often* happens, such vicissitudes take place.

6.—Quo mihi, 'and this favour will be all the more welcome to me.'   **Continentibus**, 'continuous.'   **Quasi fabulam**, 'the drama, so to speak.'   **Actus**, 'acts.'   **Neque autem ego** takes up *neque enim tu*.

7.—Gratiae causa. *Causâ* with gen. may mean either (1) 'for the sake of,' or, (2) as here, 'because of ;' for the fact cf. Hor. *Ep.* ii. 1. 239 *seq.*   **Ignotis**, 'to those who knew not the original;' cf. the use of ἄγνωστος both in act. and pass. sense, and the converse transference of *gnarus* and *ignarus* from act. to pass.   **Qui neque pictam**, etc., 'who suffered no painting or statue of himself to be made by any who did not make that their profession.'   **Xenophontis libellus**, *i.e.* his *Agesilaus*.   **Omnium**—for the position of the word cf. L. 14. 4 n.   **Atque hoc**—*hoc* is abl. and is stronger than the usual *eo*. **A Timaeo,** probably in his Σικελικά; Polybius refers to Timaeus as the authentic source of the romantic story of Timoleon's adventures and successes in Sicily. **Themistocli,** to whose memory the story of the Persian war is a monument. **Causis,** law-suits. **Cogniti,** 'tested.' **Probati,** 'approved.' **Quod cum,** etc. The first thing, we are told, that Alexander did upon landing in Asia was to visit the grave of Achilles; while looking at it he is said to have exclaimed, 'Happy youth, to have found in Homer the herald of your valour!' **Hector . . . Naev.**—the words quoted are addressed by Hector to his father Priam in Naevius's tragedy *Hector*, of which we know nothing.

8. Neque enim fas, etc., 'for I consider it impossible,' etc. **Scribam ipse de me.** He had done that already, first in memoirs (ὑπόμνημα; cf. *Att.* ii. 1. 1) written in Greek, secondly in a poem, in three books, *de consulatu suo*; he was determined however not to be content till his achievements should have been fittingly celebrated in a Latin history. **Multorum tamen exemplo,** etc., *e.g.* L. Sulla, who wrote a history of his own time in twenty-two books, and M. Scaurus, who recounted his own exploits in three books: 'and yet I shall be justified by the example set by many even distinguished men.' **Ante lud. miss.** After the other events it was customary to arrange a contest for the heralds.

10.—Nisi tibi, etc., more markedly polite than the ordinary *nisi molestumst*. **Conficiam,** etc.; this Cicero seems to have done. He writes to Atticus in iv. 11. 2 (May, 55 B.C.), *tu Lucceio nostrum librum dabis;* but Lucceius seems to have made no use of it. **Cessabis,** etc., futures indic. used for polite imperatives.

XXVII. (ad ATT. IV. 6.) *April,* 56 B.C. (698 A.U.C.)

WRITTEN just after discovery of the triple alliance, the letter reflects the deep dejection into which Cicero was cast by its consequences upon his own position. On April 5 he had boldly promised to bring forward a motion challenging the legality of the allotment of the Campanian lands under Caesar's Agrarian law of 59 B.C. This was to be on May 15. His humiliation was complete when at the end of May he delivered his speech *de provinciis consularibus* in favour of Caesar. Lentulus is the same who is mentioned L. 14. 2.

1.—Scilicet, 'of course,' a not unusual meaning. **Ipsius vicem;** *vicem* is not the direct acc. after *dolemus* in the sense of 'fortune,' but is adv. acc., 'for his own sake.' **Non ut Saufeius et vestri,** sc. Epicurei, who believe that death is merely στέρησις αἰσθήσεως; L. Saufeius was a Roman knight and friend of Atticus freq. mentioned by Cicero. **Πολιτικός.** Atticus never took any active part in politics. **Communi,** etc., 'you only share a common slavery;' the l. however is doubtful.

2.—Quod oportet, 'what I ought to say.' **Quod opus est,** 'what it is my interest to say,' *i.e.* if I support instead of opposing the triumvirs. **Quo sum,** etc., 'and indeed I do feel great pain, which is all the more bitter because I may not even show it.' **Ingratus,** sc. to Pompey. **Cessare,** 'to throw all up.' **Nequiquam,** 'it is no use, I cannot do that.' **Immo etiam,** 'on the contrary, I must off to,' etc., *i.e.* I am forced into active politics. **Σπάρταν ἔλαχες,** etc., 'you have got Sparta for your country, do honour to it,' had become proverbial for 'you have got your part to play, make the best of it ;' cf. *Att.* i. 20. 3 :

Σπάρταν ἔλαχες, κείνην κόσμει·
Τὰς δὲ Μυκήνας ἡμεῖς ἰδίᾳ—

fragm. of Eurip.'s *Telephus.*   **Non . . . possum,** 'I cannot bring myself to accept the position.'   **Philoxeno,** a poet of Syracuse, who had the imprudence to refuse to praise the verses of Dionysius the Elder, and was accordingly sent to prison. After a time he was released, and summoned to the court to hear more. The recitation had hardly begun when Phil-oxenus rose and was leaving the room in silence. The tyrant called after him to demand where he was going, and got the answer, 'Back to prison.'   **Ut istam** (sc. Σπάρταν). He means : Although I do not yet see my way to expressing approval of the action of Pompey and Caesar, I am thinking how I can do it, here in the country (*his locis*), and you will confirm me in this virtuous course when you come.   **Meliuscule,** 'a little better ;' for the form v. L. 6. 10 n.   **Ecce quartae fulmen,** 'when the 4th came like a thunderbolt.'   **Ferrei,** either (1) 'but I am steeled' against all misfortunes ; or (2), with Kayser, who compares Hesiod Ἔργα κ. ἡμ., 176 *seq.*, 'we are like the iron age—a prey to all kinds of distress '—which seems far-fetched. Others read *servi.*

3.—Hortensiana.   Atticus seems to have urged Cicero to publish some sort of apology for his unreasonable suspicions of his old rival Hortensius, who had been one of those friends who had advised Cicero quietly to retire in 58 B.C. Cicero had accused him of being the cause of all his misfortunes (*Att.* iii. 9 ; *Q. Fr.* i. 3. 8).   **In alia incidi,** 'I am engaged on something else.'   **Intemperiem,** probably some hasty utterance of Hor-tensius.   **Rursus stulte,** 'again make myself ludicrous by placing the wrong he did me in a more favourable light.'   **Ne βαθύτης,** etc., 'lest the self-restraint I exhibited in my conduct should not be so manifest in my writing, and my apology seem farcical.' βαθύτης is a favourite word with Cicero in this sense : the power of concealing one's sentiments (*altitudo ingenii,* Sall. *Jug.* 95. 3).

4.—Ad me aliquid, sc. *scribas.*   **Epistolam Lucceio,** *i.e.* L. 26. **Domum nostram,** which was being built.   **Vestorio aliq. sign.,** 'remem-ber me kindly to Vestorius,' a rich banker whom Cicero freq. mentions.

XXVIII. (ad FAM. I. 7.) ROME, *July,* 56 B.C. (698 A.U.C.)

LENTULUS SPINTHER, who, as consul in 57 B.C., had supported Cicero's recall, was now proconsul of Cilicia, and one of the candidates for the profitable command which was to have for its object the restoration of Ptolemy Auletes to the throne of Egypt. His chief reliance was upon a decree of the senate to the effect that the proconsul of Cilicia should effect the restoration. Two things however stood in his way : (1) Pompey himself was anxious for the command ; (2) It had been pointed out that the Sibylline books declared against any armed intervention whatsoever in favour of Ptolemy (cf. below, sect. 4). Prolonged debates in the senate at which three proposals were discussed—viz. (1) That Lentulus should effect the restoration, but that he should be unaccompanied by his army ; (2) That the duty should be intrusted to Pompey ; (3) That a commis-sion of three be appointed for the purpose,—resulted in a resolution that the exiled king should not be restored at all. This decree might have shelved the matter altogether had not A. Gabinius, the governor of Syria, next year taken matters into his own hands (55 B.C.), and obtained as reward for his unauthorised services a gift of 10,000 talents from the grateful monarch.

1.—Quem tu me esse voluisti, when you supported my recall. **Temere,** *i.e.* 'to any one,' as opposed to *certorum hominum,* 'trusty persons,' and *recte,* 'confidently.'   **Potestas erit,** 'I shall have at command.'

2.—Simillimamque, etc., 'and that amidst many points of difference between the present crisis in your fortunes and the former crisis in mine, there is the most striking general resemblance in the fact that,' etc. **L. Racilium,** one of the tribunes.   **Nam nostra,** etc. ; *nam,* as often, explains why he has said so much and has not gone on to something else (here to speak of himself), as he might have been expected to do.   **Officii maiorem,** etc., 'may seem to carry more weight with it as an act of gratitude than as an expression of my real conviction.'

3.—Non saepe, etc., for three reasons : (1) he wished to avoid the violence of the followers of Clodius ; (2) he desired to manage the affair about Ptolemy by the agency of others rather than by directly interfering himself ; (3) he was otherwise occupied with his corn-commission.   **Litterae tuae,** 'your last letter to him.'   **Liberalitate.** Lentulus as consul had proposed the *cura annonae* for Pompey.   He hoped thus to secure the Egyptian commission for himself, and for that prize had been willing to incur the displeasure of a jealous oligarchy by proposing to bestow upon a single man so irresponsible a command.   **Propter aliquorum opinionem suae cup.,** *i.e.* because some people thought that he coveted your commission.   **Tempore Caniniano,** *i.e.* the time when the tribune L. Caninius Gallus brought in his bill to give Pompey the commission ; people suspected that Caninius was only the cat's-paw.   **Perspectus est** ; the personal constr., which is unusu., is helped out by *favere visus est* just before.   **Ornamenta,** your claims to distinction.

4.—Sic habeto, 'be assured,' gov. *ea ;* cf. L. 45. 5 : *Unum hoc sic habeto ;* or we may take *ea* as acc. aft. *scribere.*   **Exstat . . . habet,** where we should have expected the subjunc. in or. obl. ; Cic. intends to write *tu perspicere potes,* but changes into the or. obl. before he comes to these words.   **Tantam vim habet,** 'is of so little weight ;' the limitative use of *tantus* = only so much ; cf. *tam diu* (only so long), *Cat.* iii. 16, and the similar use of *sic (ita) . . . ut* (only so far as) below sect. 5.   **Si res,** etc., 'if events seem likely to permit you ;' *habere* = *adhibere,* to give (the power).   **Ptolemaide,** prob. in Cyrenaica.   **Pace praesidiisque firmaris,** a zeugma.   **Sine multitudine.** Ptolemy should not appear until after the army had done its work, so that the scruples of the superstitious (*religiosi*) might thus be satisfied with a literal obedience to the oracle ; Cicero's suggestion is characteristic of the religious spirit of the age.

5.—Si aliquid esset offensum, 'if any hitch should occur ;' *si* for *sin* as in L. 17. 1.   **Illius regni potiri** ; the use of *potiri* with the gen. is more or less archaic, and therefore to be looked for in the familiar language of the day rather than in classical writing ; Caesar only once uses the constr.   **Offensionem,** 'a false step.'   **Dimicatione,** 'an uncertain issue ;' the Egyptians were determined to oppose the restoration.

6.—Placebat illud, *i.e. mihi et Pompeio ;* 'this is the conclusion we have arrived at.'   **Rex,** etc.   Ptolemy had proceeded to Ephesus in order to be nearer Lentulus's province, and had borrowed large sums of money from wealthy Romans in Asia for the furtherance of his plans.   **Atque imperium** ; if any addition is intended to the idea of *provincia*, the distinction is between Cilicia itself and the other countries, Pamphylia, etc., over which L.'s *imperium* extended.   **Fidem . . . praestitisset,** 'shall have given sufficient securities.'   **Regionem,** 'line,' 'lie ;' cf. such phrs. as *regio viarum, lunae,* etc.   **Adiuvares,** *i.e.* without marching yourself to Egypt.   **In hac ratione,** 'in this policy.'   **Quid res . . . causa . . . tempus ferat,** 'what the circumstances of the case, the interests of the parties concerned, the moment itself suggest.'

7.—Quamquam est, etc. ; the passage is a true reflection of the general attitude of the optimate party towards Cicero ; the *sententia* which it had almost driven him to renounce is that of a supporter of the republic. **Sed ut,** etc., 'but so far as to take at length into consideration my own personal safety as well' as my dignity by coming to terms with the triumvirs.   **Poterat utrumque,** sc. *fieri,* 'both ends might have been gained ;' for the omission of *fieri* cf. the phrs. *ut potest* (so far as it can be done), and *ut solet* (as is wont to happen).

8.—Quod, 'and this,' not as at beginning of sect. 7.   **Temporibus his,** *i.e.* my restoration.   **Nascenti,** the occasion of this early aid is unknown.   **Non . . . novitati esse,** etc., 'that it is not as an upstart that they have opposed me ; *nov. meae=mihi ut novo homini ;* so Marius says of the optimates, Sall. *Jug.* 85. 14: *contemnunt novitatem meam.* **In te,** 'in your case.'   **Quem tamen,** etc., is general, and refers as much to Cicero himself as to Lentulus ; cf. *quam splendor offendat* above. **Evolare altius** ; for the metaph. cf. L. 23. 5, *illi . . . qui mihi pennas inciderant, nolunt easdem renasci.*   **Utrum laus,** etc. ; the optimates had only refused to support L. in his desire to win the distinction of restoring Ptolemy, while they had withheld aid to Cicero when his life was in danger.   **Meae,** sc. *fortunae.*

9.—Emoneo, ἅπ. λεγ., *e* intensifies, as in *emori*.   **Amavi,** 'I have been delighted with ;' cf. L. 70. 1.   **Ne unquam,** etc. 'to beware lest the wrong done you by any one induce you ever to alter.'   **Liberalitatis,** during his aedileship in the matter of games and shows.   **Expressiora,** 'more marked ;' the metaph. is from sculpture ; cf. Hor. *Ep.* ii. 2. 248: *nec magis expressi vultus per aenea signa, i.e.* brought more clearly out.   **Ita gerere . . . ut;** cf. sect. 4 n.   **Haec multo ante meditere,** 'make this your first study,' *i.e.* guide your conduct with a view to the impression it will make at Rome.   **Huc,** 'with a view to this.'   **Sentiasque,** etc., 'and feel assured of that of which (since you have always hoped for that success which you have now gained) I doubt not you are now fully persuaded,' viz. that you will have no difficulty in retaining, etc.   **Illa me ratio movit ut,** (you must know that) the reason which moved me to it was that, etc. ; the first *ut* explains *illa ratio,* the second depends on *admonendum.*   **Eventis commun.,** what he calls *simillimam rationem,* sect. 2.

10.—Nam qui, etc., *i.e.* the triumvirs.   **Plus,** *i.e.* 'than the senate.' **Adsequi** seems to be for *adsequi posse.*   **Stipendium,** money to pay his troops.   **Decem legati,** *i.e.* that he should have ten instead of eight as before.   It does not seem certain that he was to be allowed to name them himself, as W. assumes.   **Ne lege Semp.,** etc. ; there was a party in the senate anxious to assign Caesar's province of Gaul to the consuls for the next year in the usual manner according to the terms of the law of C. Gracchus, which was to the effect that the provinces to be held by the consuls of the coming year should be arranged before those consuls were elected, *i.e.* eighteen months before the magistrates to whom they were assigned entered upon their governments.   **Quod eo brevius, etc.**; Cicero does not tell his friend how warmly he himself supported these objectionable arrangements.   **Tu tuis rebus integris discas,** 'what *you* may learn at no cost.'

11.—De filia.   After the death of her first husband Piso (April 4 of this year), Tullia became engaged to Furius Crassipes.   **Lentulum nostrum,** the son of Cicero's correspondent.

XXIX.—(Ad FAM. VII. I.)   ROME, 55 B.C. (699 A.U.C.)

M. MARIUS had a place near Cicero's at Puteoli (*Q. Fr.* ii. 10. 3).   His health was weak, and he lived much in the country.   Although he never entered on public life at Rome, he was a member of the local governing board (*senatus*, sect. 3) in his own municipium (probably Arpinum).   Cicero sends him news of the brilliant games which Pompey had just celebrated on the occasion of the dedication of his theatre and the adjoining temple to Venus Victrix, at which the orator had felt himself obliged to be present out of respect to Pompey.

1.—Dolor; he suffered from gout (*Fam.* vii. 4).   **Modo ut,** 'provided that.'   **Constiterit,** 'nothing has interfered with the enjoyment;' *constare* = to remain undisturbed, as in Verg. *Aen.* iii. 518 : *postquam cuncta videt caelo constare sereno.*   **Cum esses, etc.,** 'although you were left almost alone in that charming retreat of yours.'   **Stabianum . . . Misenum** seems to mean that Marius had also a villa at Stabiae, towards which, as well as towards Misenum, he had managed (probably by cutting down trees) to procure a view from his windows; *perforasti* in the sense of making an opening is strange.   Pliny, *Ep.* ii. 17. 8, gives us a picture of such a study built in the form of a bay window, *in apsida curvatum quod ambitum solis fenestribus omnibus sequitur;* in the walls are bookshelves containing *libros non legendos sed lectitandos* (books of common reference).   **Communes,** 'ordinary.'   **Semisomni,** partly perhaps because they had got up so early to secure a good place, and partly because the plays themselves were so tiresome.   **Sp. Maecius Tarpa** had the charge of the dramatic exhibitions on the occasion.   He is generally supposed to be the same who is mentioned by Hor. (*Sat.* i. 10 and *Ars Poet.* 387), and to have exercised from this time onwards a public literary censorship, to which all dramatic authors were compelled to submit their compositions before they could be produced upon the stage. The scholiast Croquius tells us that four others, with Maecius at their head, were appointed by Augustus to form a permanent board, and that they met to hear pieces read in the temple of Apollo.

2.—Si quaeris, 'to satisfy your curiosity;' cf. *quid quaeris,* which means rather the opposite.   **Coniecturam, etc.,** *i.e.* as to your taste from my own.   **Honoris causa;** some old actors, who had retired to save their reputations, had returned to the stage on this occasion 'to do Pompey honour.'   **Decesse,** syncopated form of *decessisse;* so *traxe,* Verg. ; *surrexe,* Hor. ; *dixe,* Plaut., etc.   **Aesopus** was the most distinguished tragic actor of his time.   His acting at this time Cicero says was such that every one agreed that he ought to be allowed to retire.   **'Si sciens fallo'** are the first words of a form of adjuration which was in common use in Rome.   It was addressed to Jupiter with some such words and actions as those in Liv. xxi. 45. 8 : '*Si sciens fallo tum me Diespiter salva urbe arceque bonis eiciat, uti ego hunc lapidem;*' it seems to have occurred in one of the tragedies which were played at this time. S. ingeniously thinks it may have been put in the mouth of Sino, the hero of Verg. *Aen.* ii. 154 *seq.*, when he appeals to Trojan mercy, and have occurred in Cn. Naevius's tragedy entitled *Equos Troianus*, which is mentioned below. **Clytěmnestra** is the proper Latin form of Κλυταιμνήστρα ; it was a tragedy written by L. Accius, a poet born 170 B.C. **Creterrarum**, or *craterarum* ; the Grk. κρατήρ gives in Latin *cratera*, just as πάνθηρ gives *panthera*, and στατήρ *statera*. These goblets probably represented on the stage the royal treasures scattered on the floor of Priam's palace after the sack of Troy. If Vergil was thinking of the ordinary stage accompaniments of this play when he wrote *crateresque auro solidi*, etc. (*Aen.* ii. 765), it would only be in keeping with his usual manner : cf. his celebrated metaphor taken from the stage, *Aen.* iv. 471. **In aliqua pugna**, 'in some fight or other.' In exactly a similar strain Horace complains of the exaggerated importance of the scenic accompaniments of the drama of the time ; cf. *Ep.* ii. 1, esp. v. 190 :

'*Dum fugiunt equitum turmae peditumque catervae.*'

3.—Protogeni, Marius's reader. **Graecos aut Oscos ludos ;** what is meant by those 'Greek farces' is not clear ; the plays of Plautus might be called Greek so far as they were adaptations, but Cicero can hardly be alluding to them here. The *Osci ludi*, or *fabulae Atellanae* (from Atella, an Oscan town), were the earlier and ruder form of the *mimus ;* both were of distinct Italian growth. **In vestro senatu**, 'in your (local) senate,' where you do not want for comic episodes. **Via Graeca**, prob. one of the old roads made by the early Grk. settlers, of which there would be many in S. Italy ; as an invalid Marius would object to the eccentricities of the old road. **Nam**, to indicate transition ; cf. L. 28. 2 n. **In quibus**, *i.e.* the athletes ; these athletic contests, imported from Greece in 186 B.C., were never much in favour at Rome. Cicero says 'that Pompey owned that he had spent his oil and toil' (L. 8. 1 n.) 'to very little purpose on these athletes.' **Bestia ;** we are told that 500 African lions, 410 panthers, 18 elephants, were slaughtered on this occasion. **Delectatio nulla ;** Pompey had the mortification to find the plaudits of the mob turned into imprecations at the sight of the pathetic appeals of the poor animals for pity when they found that all escape from the arena was cut off ; cf. Plin. *H. N.* viii. 7.

4.—His . . . diebus, ludis scenicis seems to refer only to the days of dramatic exhibitions which preceded the *venationes ;* they were not held on any of the ordinary holidays, so that the courts were sitting. **Non modo beatus**, 'I will not say happy.' **Galli Can.**, for the man, cf. L. 28. 3 n ; for the transposition of the names, L. 14. 3 n. He seems to have been accused at this time by some of the enemies of Pompey. **Artem desinerem**, 'I would lay aside my profession' of pleader ; with this transitive use of *desino* cf. the pass. use, *Brut.* 123 : *veteres orationes a plerisque legi sunt desitae.* **Denique**, 'in a word.' **Neque . . . et**, 'not only not . . . but also ;' like οὔτε . . . τε, *e.g.* Plat. *Apol.* 20, c : ἢ παντάπασί με φῇς οὔτε αὐτὸν νομίζειν θεοὺς τούς τε ἄλλους ταῦτα διδάσκειν ; cf. L. 41. 1. **Homines non optime**, etc., *e.g.* Gabinius and Vatinius (Gen. Introd. pp. xxvi. and xxvii.).

5.—Ut plane exsolvam, 'that I should break quite away.' **Sustenta**, 'bear up against.' **Concursare**, 'visit them all.'

6.—Subinvitares, 'you hinted an invitation;' *sub* like ὑπό modifies the meaning of a word, as *per* strengthens it; other examples in the letters are: *subaccuso, subdubito, subinvideo, subirascor, suboffendo, subtimeo, subvereor*; the adjs. *subgrandis, subinanis, subimpudens, submolestus, subodiosus, subrusticus* (L. 26. 1), *subturpiculus,* and the adv. *subcontumeliose.*   **Quo,** closely with *aliquid eiusmodi.*   **Neque in epistolis** etc.: and will not allow your hopes of amusement to depend upon my letters.

XXX. (ad FAM. v. 8.)   ROME, *Jan.*, 54 B.C. (700 A.U.C.)

THE letter is interesting as the only one we have from Cicero to Crassus. It is a carefully studied composition, written in a tone of the most elaborate politeness, and apparently under the warmest feelings of friendship. We recollect with surprise the terms in which Cicero had alluded to Crassus not two months before (*Att.* iv. 13. 2: *O hominem nequam*). Their enmity dated from the suppression of the Slave War in 71 B.C., when Cicero persisted in giving all the praise, which Crassus thought he ought to have shared, to Pompey. Matters were not improved by the efforts of the witnesses (63), instigated it was thought by Cicero, to implicate Crassus in the Catilinarian conspiracy, and the breach was still further widened by the action taken by the orator in 57, when he supported Pompey's claims to the command of the Mithridatic War against those of Crassus. It was not till 55 that a reconciliation, to which the interest of both pointed, was effected by the mediation of Caesar and Pompey. Cicero was still in dread of Clodius, and required all the aid he could procure by conciliation of the triumvirs, while Crassus was now anxious, in view of his expedition against the Parthians, to leave behind him a guarantee of senatorial support in the friendly voice of the orator. Peace was concluded, and Crassus hospitably entertained by Cicero in Rome just before he set out for the East. The occasion of the letter is a matter of conjecture, but it is not unreasonable to suppose that soon after Crassus's departure some proposal was made in the senate for his recall; Cicero had resisted it, and writes to him that in doing so he only acted in the spirit of that friendship which he had always felt.

1.—Consulibus, L. Domitius Ahenobarbus and Appius Claudius Pulcher.
2.—Exstitit, 'has arrived.'   **Ut** explains *tempus*, etc.; we should say 'when.'   **Florentissimis,** etc., 'at the very moment of your greatest prosperity,' when I might least have expected an opportunity of serving you.   **Mea . . . memoria nostrae voluntatis,** *i.e.* that I do not forget the kindly relations in which we stand to one another.   **Uxor tua,** Tertulla.   **Tui Crassi,** 'your two sons,' Marcus and Publius; on the latter, v. below, sect. 4; he shortly afterwards joined his father in the East, and shared his fate.
3.—Repentina, etc., 'it was not by any sudden inclination or as a matter of chance that I came to embrace the cause of vindicating your prestige.'   **Forum attigerim,** ever since 'I was called to the bar.'   **Si quae inciderunt,** etc., 'if any interruptions have taken place owing rather

to empty suspicions than any real cause;' for *violata* in the sense of *cum violatione aliqua facta*, cf. L. 7. 7.

4.—Quantum, 'how much trust.'　　**Sed, in Marcum,** etc., 'but whilst towards M. I feel as kindly yet,' etc. Cicero seems to have had a genuine liking for Publius, and to have owed him something for his aid against Clodius.

5.—Has litteras, etc. Cicero asks Crassus to regard what he has written (*has litteras*) as a covenant of friendship and not as a mere letter; *epistola* is the narrower term applied specially to epistolary correspondence. **Quod eius fieri possit,** lit. as to what of it, *i.e.* as far as it can be done; cf. L. 17. 6 n.

XXXI. (ad FAM. VII. 5.)　ROME, *March*, 54 B.C. (700 A.U.C.)

C. TREBATIUS TESTA, whom Cicero in this letter recommends to Caesar, was a young barrister of great promise. We have no less than seventeen letters written to him by Cicero, all in a tone of the warmest affection. Some thirty years after this date Horace writes to him in *Sat.* ii. 1 as to an old and eminent lawyer. At this time he seems to have been smitten with an ambition to win at once fame and fortune by foreign service, and as Cicero was unable himself to gratify his military ambition, he sends him with high references to the camp of Caesar. Already around Caesar in Gaul we find the nucleus of the *amicorum cohors*, which is a conspicuous feature of the imperial or vice-imperial suite in the wars of the Empire. These were young men whom Caesar himself describes (*B. G.* i. 39. 2), not without a shade of irony, *hic (timor) primum ortus est a tribunis militum, praefectis, reliquisque qui ex urbe amicitiae causa Caesarem secuti non magnum in re militari usum habebant.*

1.—Me alterum ; cf. L. 22. 7.　　**Quocumque exirem**; Cicero held a lieutenancy at this time under Pompey, but, as the latter showed no disposition to leave the neighbourhood of Rome to assume duty as governor of Spain, Cicero saw no immediate chance of being engaged in active service.　　**Postea quam erat**; cf. L. 19. 1 n.　　**Mea . . . dubitatio**; Cicero was himself anxious to remain in Rome to keep an eye on the ever active malignity of Clodius.　　**Velle . . . Trebatium expectare,** to desire that Trebatius should look for those favours, etc. ; for the constr. v. Roby 1351.　　**Prolixe,** where we should have expected the acc. pl. of the adj., as we might say 'I promised largely.' Caesar (*B. G.* i. 18. 6) has *largiter posse.*　　**Opinionis meae,** my view of what you are willing to do for him.

2.—Balbo ; L. Cornelius Balbus the elder was a native of Gades in Spain, where he had fought against Sertorius and been rewarded by Pompey with the citizenship. The legality of the gift was questioned, but defended by Cicero in the extant speech *pro Balbo*. He was a man of wealth and influence in Rome, and in Caesar's absence acted as his agent. **Loquerer accuratius,** 'discussed minutely.'　　**M. Titinium,** etc. ; the MSS. text is corrupt, but the sense is clear. It does not matter whether M. Titinius is the name of the man or not. The point of the jest is that he is nobody. One Q. Lepta was afterwards Cicero's *praefectus fabrum* in Cilicia. If this is the man, then we may suppose him to have joined Caesar's army at this time, perhaps in the train of Q. Cicero, in the same capacity. Caesar says, 'I will make your friend either a king or a car-penter.' **Sustulimus manus**, in astonishment. **Tanta fuit**, etc., 'so marked was the coincidence that it seemed in some sort quite providential, and not merely fortuitous.' **Atque ita mitto**, etc., 'and in sending him have not forgotten that, in the first instance, it was at my own suggestion, although afterwards at your invitation, that he was sent.'

3.—Non illo, etc. ; Cicero had written to Caesar in extravagant terms, the precise nature of which we do not know, recommending to his favour the cause of Milo, who was anxious to secure the consulship for 52 B.C. It could hardly be expected that the democratic triumvir would be inclined to support so warm an aristocrat and so fierce an enemy of Clodius and the triumvirate as Milo. Yet it is characteristic of Caesar that he puts off Cicero's request with a good-natured jest about his language. **More Romano**, 'in plain Latin ;' the plain difference in meaning however between *probiorem hominem* and *meliorem virum* might have puzzled Cicero himself. **Quod familiam**, etc., that 'he has got to the top of the tree in civil law by his extraordinary memory and thorough knowledge of his profession ;' for the phr. *familiam ducere* cf. *Phil.* v. 11. 30: *Lucius quidem frater eius utpote qui peregre depugnarit familiam ducit*, *i.e.* is captain of the gang ; the metaph. is taken from the practice of putting the finest slave in front of a gang when exposed for sale, and has nothing to do with *familia* in the sense of a school of philosophy. **Neque tri-bunatum**, etc. : cf. Caesar *B. G.* i. 39. 2, quoted in introd. **Neque ullius**, etc., 'nor definite favour by name.' **Hisce . . . gloriolae ins.**, 'any of those little marks of distinction ;' Manutius is wrong in taking *gloriola* as = shadowy distinction. **Simus putidiusculi**, 'let me be rather more importunate ;' on the form, cf. L. 6. 10 n. **Vix** causes a difficulty ; S. is prob. right in explaining it as the result of a mixture of the constrs. *quamquam per te vix licet* and *quam per te licet.*

XXXII. (ad Q. Fr. II. 12.)   CUMAE (OR POMPEII), *May*, 54 B.C. (700 A.U.C.)

Q. CICERO was several years younger than the orator. After holding the praetorship in 62 B.C., he was governor of the Roman province of Asia from 61 to 59 B.C. In 57 B.C. he was legatus to Pompey in Sardinia (L. 24). In May 54 B.C. he joined Caesar in Gaul, accompanying him to Britain. During the two following years he fought with distinction in Caesar's various Gallic wars, and in 51 B.C. acted as legatus to his brother in Cilicia. In the civil war he espoused the cause of Pompey, but subsequently asked and obtained Caesar's pardon. In 43 B.C. his name appeared in the list of the proscribed, and he fell betrayed to the assassin by his own slaves.

The letter gives a pleasant glimpse of Cicero in the country as private tutor to his son and nephew ; elsewhere (*Att.* viii. 4. 1) he writes (*mallem*) *Cicerones nostros meo potius labore subdoceri quam me alium iis magistrum quaerere.*

1.—In ipso discessu, 'immediately after we parted ;' *discessus* differs from *discessio* as a state from an act ; so *successus* and *successio ;* in Cic. *Verr.* iv. 34, *adventus* means presence. **Alteram Arimino datam**, sc. *accepi*, 'the other from Ariminum,' the first town in Caesar's province.

Acceperam; the plupf. seems to be used to signify the time before that indicated in *accepi*; when Cicero received these, he had not received the others, which, from his brother's account, he ought to have received. **Praeter quam quod . . . ceterum**, etc., 'except that you are not with me, in other respects I amuse myself pretty well;' *ceterum* is more or less familiar; it is never used by Cicero in his speeches. Πολιτικά, his work *De Re Publica*. **Spissum** means 'solid,' and therefore heavy to get along with.

2.—Quibusdam non alienandis, sc. Cato and other optimates who might disapprove of his relations with the triumvirs. **Scilicet** goes closely with *videam*, and is taken up by *sed* just as if it had been *non modo*; 'to see him, of course, but also;' *Ciceronem tuum nostrumque* is Quintus's son; Cicero's own son, alluded to below as *Cicerone nostro minore*, was a year younger than his cousin. **Producendo**; the commentators tell us that this means 'bringing him forward (as was the custom with young men) to declaim before his elders in private;' the passages recited were called ῥήσεις (partes); they do not tell us why it may not simply mean 'educating' as in Plautus, *Asin.* iii. 1, 40, and elsewhere.

3.—Digeras, *i.e.* 'carefully observe;' *digere prudentiae est*, says Manutius, *persequi diligentiae, conficere constantiae*; the mandata were to the effect that Quintus should not allow Caesar's friendship to cool. **Ignosces**, a polite parenthesis, 'I am very sorry.' **Nostrum et per se**, etc., 'bound to me not only by a close personal tie, but also by the fact that,' etc., *pernecessarius* is a substantive also in *Fam.* xiii. 40. **Municipio Atell.**, *i.e. Atellae* (Aversa). **In fide nostra**, 'under my protection;' the town had chosen Cicero according to the custom of the time to be its patron in Rome and guard its interests in the senate. **Domi**, *i.e.* in his own city as opposed to *extra domum*, outside it. **Tribunus mil.** What was he doing in Italy then? He may have had leave of absence, or he may have been newly appointed by the people.

XXXIII. (ad FAM. VII. 6.) ROME, *May*, 54 B.C. (700 A.U.C.)

TREBATIUS does not seem to have been much taken with camp life.

1.—Accessio commendationis, 'a codicil to recommend you,' a recommendation of you as a codicil; for the gen. of def. cf. Roby, 1302. **Hoc tibi**, etc., we shall be as willing to pardon you for leaving your own country as the Corinthian women were to pardon Medea. The verses which follow are from Ennius's tragedy *Medea Exul*, in which Medea guilefully tries to allay the suspicions of the Corinthians amongst whom she had settled. The first and the third verses are trochaic octonarii, the second and the last trochaic septenarii. For *habebant* in the sense of *habitabant* v. L. and S. ii. E. 2. **Manibus gyp.** Actors who played women's parts had their hands and arms covered with white chalk upon the stage; as these parts usually involved some artful deception Cicero uses the phrase in the sense of 'artfully;' the idea would appear all the more amusing when it was remembered that Medea of Colchis was black. **Multi suam**, etc., Medea speaks these words.

2.—Ceteris cavere, 'to look out for others,' *i.e.* to protect their interests at law; for the technical use of *cavere* cf. *Leg.* ii. 24: *lex cavet aedificiis sepulchris*, and *Mur.* 9. **In Britannia**, etc., 'look out for yourself that you be not outwitted (slain) by the British carmen' (archers who shot from cars, *B. G.* iv. 33, and v. 19). This was Caesar's second expedition into Britain (*B. G.* v.) **Agere**, 'to play.'

XXXIV. (ad FAM. VII. 7.)　ROME, *May*, 54 B.C. (700 A.U.C.)

1.—Neque auri neque argenti. Britain was thought to possess untold wealth of gold and silver. Hence probably Caesar's determined attempts upon the island and the disappointment which ensued on discovery of the real state of matters; *cognitum est*, Cicero writes (*Att.* iv. 16, 13), *neque argenti scripulum esse ullum in illa insula neque ullam spem praedae nisi ex mancipiis.* Yet Tacitus told the Romans (*Agricola*, 12), *fert Britannia aurum et argentum et alia metalla*, a statement confirmed by Strabo in consequence perhaps of later discoveries.

2.—Siu autem sine, etc., *i.e.* but if we can obtain what we desire (*i.e.* your enrichment and advance) without the aid of British gold, stay where you are and cultivate Caesar's friendship. **Aetatem opport.**; he was about thirty-five, just the proper age to begin a public career.

XXXV. (ad Q. Fr. II. 13.)　ROME, *June*, 54 B.C. (700 A.U.C.)

1.—Blandonone; the l. is doubtful; if this is right it is the name of a town probably in the neighbourhood of Placentia. **Ista**, what you tell me of Caesar's kind promises. **Delectarunt**, sc. *me;* such omission of the obj. when it may easily be supplied occurs even in Cicero's speeches, *e.g. Verr.* ii. 4. 109: *non obtundam diutius.*

2.—Quod me hortaris, etc., 'in urging me, although at present, indeed, I am willing enough without such pressure,' etc; *currentem incitare, hortari* or *instigare* is proverbial; so *Phil.* iii. 19: *currentem, ut dicitur, incitavi*, 'I spurred a willing steed.' **Ardenti . . . studio**, sc. *sum.* **De nocte**; *de* is used of time in three ways: 1, in the sense of 'on from:' Hor. *Sat.* ii. 8. 3: *de medio potare die*, and *Ep.* i. 14. 34: *media de luce*; 2, 'at' or 'about' (shortly after): Hor. *Sat.* ii. 1. 238: *unde uxor media currit de nocte vocata*: Censorinus tells us that *media de nocte* meant from midnight to cockcrow; 3, 'at' or 'by:' Hor. *Ep.* i. 2. 32: *ut iugulent homines surgunt de nocte latrones;* so here; the phrase is probably partitive; cf. the German *Abends.* **Cursu**, as usual 'with haste.' **Cum equis**, 'not only with horses' (of speed); in such phrases as *equis virisque* it is used of strength = 'with all one's might.' **Quadrigis**, also proverbial of speed; cf. Hor. *Ep.* i. 11. 28: *navibus atque Quadrigis petimus bene vivere.* **Poema** seems to have been a poem in honour of Caesar, or it may have been the often mentioned *De Temp. Suis.* Quintus was anxious that Cicero should now write another in honour of Caesar's further exploits, for which he promised to furnish the materials. At the end of November of this year Cicero writes (*Q. Fr.* iii. 9. 6): *habeo absolutum suave, mihi quidem uti videtur, ἔπος ad Caesarem*, but we hear nothing further of it. **Romae praesertim**, 'especially if I remain at Rome,' where I have so many engagements. **Tuus amor**, 'love for you.'

3.—Concipere, 'to formulate,' so Verg. *Aen.* xii. 13 has *concipe foedus*, 'formulate,' 'recite the formula of the treaty,' and *verba concepta* means a formula. **M. Curtio** (Postumo), afterwards one of Caesar's warmest friends. **Tribunatum**, *i.e.* the office of tribunus militum. **Domitius**; L. Domitius Ahenobarbus, consul this year with Appius Clodius, was a violent opponent of Caesar, whose influence he recognises in the complaint and jest here recorded of him. **Lusit**, 'he jestingly said.' **Appium**, etc., 'that his colleague Appius had gone' (two years before) 'to Caesar' (at Luca) 'for the purpose of obtaining some tribune-

ship' (in reality the consulship !) 'from him.'   **Sed in alterum annum,**
'but not for this year.'

4.—Auricula infima molliorem, 'more pliant than an ear-lap ;' for
the proverb cf. Catull. 25. 20.

5.—Comitiorum, sc. *consularium;* Pompey, to whom patriotism never
formed a motive, was in no hurry to see things settled at Rome. The
worse they became the more chance he had of being named dictator. No
appointment of consuls for 53 B.C. was made during this year.   **Τοιαῦθ',**
etc.; Eurip. *Suppl.* 119.

XXXVI. (ad FAM. VII. 17.) ROME, August, 54 B.C. (700 A.U.C.)

1.—Subimpudens; cf. L. 29. 6 n.   **Tamquam enim,** etc. ; the
meaning is, now that you have made something of your campaigning you
grumble at having to remain, as though that had been your object ; the
bankers who have gone to Alexandria to reclaim the money they lent
Ptolemy before his restoration are much worse off than you ; they do not
get a penny of their bills.

2.—Me in prov. exiturum ; cf. L. 31. 1 n.   **Tua causa velle ;** cf.
L. 54. 6 n.   **Iucunda,** etc., sc. *fore.*

3.—Aetatis ; cf. L. 34. 2 n.   **Vos,** 'you lawyers ;' cf. L. 39. 2 n.
Cornelio Maximo, elsewhere mentioned as a celebrated legal authority.
Quod et labore, etc., a jesting allusion to *piger* above, and to Trebatius's
querulous letters to himself.

XXXVII. (ad FAM. VII. 16.) ROME, October, 54 B.C.
(700 A.U.C.)

1.—Equo Troiano, Naevius's tragedy mentioned L. 29. 2.   ' **Sero
sapiunt,**' with reference to the Trojans, who saw their mistake as to the
Horse only when it was too late ; the sense of what follows is that
Trebatius had taken steps early enough to secure his own comfort.
Vetule ; cf. Hor. *Ep.* i. 10. 5 : *annuimus pariter vetuli notique columbi,*
where it is used of old friends.   **Primas illas,** sc. *litteras.*   **Rabiosulas,** the diminutive form of the adj. (v. L. 6. 10 n), is useful for hinting
displeasure in a kindly way,—'wildish.'   **In Britaunia ;** as Trebatius
had never gone to Britain, this can only mean 'in the matter of Britain ;'
the sense is : those first letters of yours giving vent to your discontent
with life in Gaul were foolish enough, but in not exhibiting too much
interest in the shows of Britain (*e.g.* the *essedarii*, mentioned below), *i.e.*
in not going there, you were even reprehensible ; now, however, you have
shown your wisdom by getting into winter quarters before any harm has
overtaken you.   **Usquequaque,** 'everywhere ;' cf. *Phil.* ii. 110 : *aut
undique religionem tolle aut usquequaque conserva.*

2.—Cn. Octavio, probably one of the class of *nouveaux riches* who
affected good society and whom Horace satirises (*Sat.* ii. 8).

3.—Ecquid in Italiam, etc., 'whether you are coming to Italy at all,' *e.g.*
to Luca or Ravenna, on the borders of the province.   **Romano more;** cf.
L. 31. 3 n.   **Quod negent ;** v. Roby 1738 and 1746, and L. 22. 6.
Percontantibus resp., because, they say, you refuse 'to answer questions ;' Cicero plays upon the legal term *respondere*, just as he does on
cavere in L. 33. 2.   **Samarobrivae** (Amiens), the capital of Gallia
Belgica, and Caesar's headquarters in that part of his province.

P

XXXVIII. (ad FAM. I. 9.)   ROME, *October*, 54 B.C. (700 A.U.C.)

ON P. Cornelius Lentulus Spinther, cf. introduction to L. 28. Of his career subsequent to this date we know that in the civil war he sided with Pompey, and was taken prisoner at Corfinium. Released by Caesar's generosity, he again took up arms against him, and fought at Pharsalus. In July 47, Cicero mentions him (L. 71. 2) as one of those who had 'perished miserably' (probably in Africa).

The letter, while one of the longest, is one of the most remarkable which we have from Cicero. It contains an elaborate justification of his political action since the spring of 56 B.C. It is a little surprising to find the affair of the Egyptian king, which was the all-absorbing topic in L. 28, mentioned only very briefly, and in the most general terms. This, combined with the general tone and literary finish of the letter, points to it as one of those which were intended for a wide circulation as political manifestoes (Gen. Introd., p. xxii). With all his skill, Cicero fails to put his public action at this, the least creditable period of his life, in any light but that of torpid acquiescence, for the sake of a temporary peace, in a state of things against which his every manly feeling was in secret revolt.

1.—Quibus = *e quibus.* **Pietatem . . . benevolentiam**; the former is the state of mind which recognises a debt of obligation, the latter is spontaneous good-will. **Facis tu . . . grata sint ea**, etc., *i.e.* 'your great affection for me makes you represent yourself as under an obligation to me for services which,' etc.

2.—Nam in eo ipso, etc.; under all this profession, so elaborately expressed, of what they would have done had Lentulus been in Rome, Cicero only veils the failure of his friend's hopes as to Egypt, and the loss of his own political independence. **Floruissemus**, 'we would have played a brilliant part in the discussions in the senate,' etc.! **Sed certe et ego**, etc.; this and the following *sed certe* suggest what Cicero is careful not to state in words—the meaning is: things are bad enough, but if you had been here we should at least have had the benefit of one another's advice; the politeness of the first part of the sentence is excessive: Lentulus is Cicero's *auctor*, Cicero is only Lentulus's *consiliarius*; Lentulus is *sapientissimus*, Cicero is only *fortasse non imperitissimo*; Lentulus is *amicissimus*, Cicero is *fidelis et benevolus*. **Te esse imperatorem**, 'that you have been greeted commander by your army;' it was not till 51 B.C. that he obtained his triumph. **Praesentiores**, 'more immediate.' **Salutis meae**, in 57 B.C., when you were consul. **Ille perennis inimicus**; probably C. Cato; it was he who as tribune in 56 B.C. called attention to the oracle in the sibylline books forbidding Ptolemy to be restored with the aid of an army, and who had thus been the cause of Lentulus's disappointment; what is referred to in the words *tuis maximis beneficiis* can only be guessed at. **Nostram vicem ultus est ipse sese**, 'by taking vengeance on himself has saved us the trouble.' **Ea est enim**, etc.; if this refers to Cato's action in the matter of the consular elections for 55 B.C., upon which he placed his veto, it is difficult to see how it compromised his libertas.

3.—Te etsi, etc.; 'though I could wish that your experience had been confined to *my* trouble, and had not extended to troubles of your own, yet amidst these regrets I am glad that after all you have not paid so great a price for an experience of the value of men's honour,—one which I have gained only at the cost of the heaviest suffering;' as Cicero elsewhere explains, it was not so bad after all to have one's claims neglected as to have one's life endangered.

4.—Appio, the brother of Clodius, who had been opposed to Cicero's return. He was the one praetor who had absented himself on the occasion of Cicero's public harangue mentioned L. 22. 6. At this time Pompey seems to have brought about a reconciliation. For further particulars, cf. introduction to L. 46. **Vatinium** ; Cicero's forced reconciliation with his old enemy Vatinius was the bitterest drop in his cup at this time ; on Vat., cf. sect. 19. **Altius**, etc., *i.e.* 'I must begin my explanations at a point rather further back.' **Initio rerum atque actionum tuarum**, *i.e.* when first you came forward to aid my cause in 57 B.C. ; *actiones* seems to mean public action, while *res* means efforts in general. **In te ipsum**, as opposed to *reipublicae*. **Merito ipsius**, sc. *reipublicae*, 'in return for its services.' **Communi officio**, with *debitum ;* these feelings were a debt laid upon him by the common duty of citizens, not by any special favour towards himself. **Senatus . . . audivit** ; cf. L. 22. 5 : *senatui gratias egimus*, and note. **Collocutionibus**, 'private talks,' as opposed to *sermonibus*, 'general conversations ;' cf. *Phil.* xi. 5 : *secutae sunt collocutiones familiarissimae cum Trebonio complexusque.*

5.—Primis illis temporibus, *i.e.* immediately after his recall ; this and similar expressions, such as (L. 22. 8) *alterius vitae quoddam initium ordimus*, show how completely Cicero regards himself as severed from his whole past by the dark months of his exile. **Cum te agente**, etc., *i.e.* when I saw your proposals for my full restoration met either by a well-veiled hostility or an ill-feigned enthusiasm. **De monumentis meis**, *i.e.* in the matter of his house and the Porticus Catuli ; v. sect. 15 n. **Vi nefaria**, used by the emissaries of Clodius to stop the rebuilding of Cicero's house, to pull down the rising edifice of the Portico, and to break into and burn the house of Q. Cicero ; cf. *Att.* iv. 3. 2. **In meis damnis**, etc., 'I mean in repairing my losses according to decree of the senate ;' cf. L. 23. 5. **Non tamen**, etc., *i.e.* yet the bitterness of this experience was outweighed by the gratitude I felt for former services ; he now goes on to show that, in spite of the coldness of his party towards him, he had still remained a loyal optimate during the years 57 and 55 B.C.

6.—Beneficio, by reason of his services, *i.e.* 'out of gratitude.' **Perpetuo**, etc., 'out of the high opinion of him which I had always cherished;' this was true. **Tamen non reputans**, etc., this was not. What of the cura annonae (L. 23. 6 *seq.*) ?

7.—Sedente Cn. Pompeio ; a place in court was assigned to persons who came for the purpose of speaking to the character of the accused (*laudatores*). **Introisset in urbem**; for discussion of Pompey's position at the time, cf. L. 24. 3 n. ; if he entered the city on the occasion mentioned, L. 24. 2, there is no difficulty in supposing that he entered it again on this occasion. Mr. W.'s ingenuity need not therefore be taxed to find an explanation of these words. **Illi**, *i.e. Caesari.* **Dixi me**, etc. ; this may be true, but in the speech *in Vatin.* delivered at the trial of Sestius in reply to the evidence of Vatinius, nothing like this statement is to be found ; on the contrary, the sentiment in sect. 22 looks very like the opposite of this. **Alio loco**, 'in another passage of my speech.' **Bibulum exire**, etc.; cf. LL. 10. 2 and 11. 5. **Interrogatio** is the technical word for a

cross-examination with the view of rebutting the evidence of a witness ;
this is the form which Cicero's speech *in Vatin.* took.   **De vi,** employed
against Bibulus.   **De auspiciis,** sc. *a Vatinio neglectis ;* Bibulus had in-
terposed an obnuntiatio upon Caesar's agrarian law of 59 B.C.   **De donatione regnorum ;** the law passed in this year recognising the title of
Ptolemy Auletes to the throne of Egypt is said to have cost him 6000
talents ; Caesar had Ariovistus, king of the Haedui, enrolled amongst the
princes friendly to Rome, perhaps at a similar cost to the Gaul.

    8.—**Marcellino,** etc., *i.e.* 56 B.C. ; for the facts cf. introduction to L. 24.
Arcem illius causa, *i.e.* the citadel of the triumvirs' position.   **Temporum meorum,** a euphemism for his 'sufferings' in 58 B.C.   **Actionum,**
as in sect. 4, of public action : his career, as supporter of the senate
previous to 58 B.C., which his misfortunes ought to have taught him to
forget.   **Eorum,** *i.e.* Caesar and his more immediate following.
Illorum, Pompey and his friends.

    9.—**Cum mihi nihil,** etc., *i.e.* without giving Cicero the slightest indica-
tion that he was offended—characteristically enough.   **Te ipsum . . . cupio,**
'you are the very man I want.'   **Quod mihi pro illo,** etc., *i.e.* at the time of
Cicero's recall, when Quintus seems to have guaranteed on his behalf that
he would acquiesce in the government of the triumvirs ; 'you will have
to pay for it now,' says Pompey, 'if you cannot fulfil your promise.'
Quidque sibi . . . recepisset, *i.e.* what Quintus had promised ; for the
construction v. L. 12. 2 n.   **Salute,** his return from exile.

    10.—**Tamen,** 'besides.'   **Vibullium,** who was afterwards *praefectus
fabrum* in Pompey's army in the civil war.   **Ut integrum . . . reservarem,** 'to keep it an open question;' in L. 4. 8 we have *respondit sibi
non esse integrum.*   **Collegi ipse me,** 'I made up my mind.'   **Bene
meritos,** *i.e.* Pompey.   **Eumque,** himself.   **Certorum hominum,**
Bibulus, Cato, and other consistent and narrow-minded optimates, who
after all were their own and Cicero's worst enemies.   They never trusted
the only man of real ability whom they had among them, and when they
most needed Cicero they took least trouble to conciliate him.   **Referebantur,** as in L. 12. 2, of a private report, instead of *deferebantur.*
Inimicum meum, *i.e.* Clodius, who had quarrelled with Pompey and even
attacked the measures of Caesar ; this, combined with an attempt to assassinate the former, was sufficient guarantee to the oligarchy of his respecta-
bility, but Clodius had taken care to make still surer of the support of
Cato by investing him with a commission for the annexation of Cyprus.
Meum autem ? etc., 'mine do I say ?' cf. *Att.* vi. 2. 8 : *quid . . . non
fecissent ? non fecissent autem ? immo quid ante adventum meum non
fecerunt ?*   **In manibus habebant,** 'fondled.'   **Non illi quidem ut,**
'not indeed to the extent of.'   **Rationibusque subductis,** 'and having
made up my accounts,' so *ratione inita, subductis calculis.*

    11.—**Meis temporibus ;** (1) W.'s explanation 'in my own time' is
certainly wrong, else why the change of number in *meis* and *scimus ;* (2)
S. explains 'in my consulship;' (3) it seems simpler to compare it with
temporum meorum (sect. 8), and make it refer to the time of his banishment when it suited Cicero's vanity to represent his enemy P. Clodius as
the ruling spirit in politics.   **In praetura,** when he supported the lex
Manilia, giving to Pompey the command against Mithridates.   **In
consolatu,** when he had the triumph of proposing a thanksgiving of ten
days in honour of Pompey upon the death of Mithridates.

    12.—**Complectendus erat mihi Caesar.**   We need not suppose that
Cicero was wilfully trying to deceive ; he had done his best to persuade

himself that it was Pompey and not Caesar to whom he had given in his submission, and we may give him credit for success.   **In coniuncta et causa**, etc. ; *in* does not go closely with *complectendus*, tr. 'since their interests and position were one.'   **Vetus amicitia** ; this early friendship between Caesar's family and his own he alludes to in *Prov. Cons.* c. 17 : *primum illud tempus familiaritatis et consuetudinis.*   **Liberalitas** ; at this time Caesar was instrumental in delivering Cicero from financial as well as political embarrassments ; cf. *Q. Fr.* ii. 10. 5 ; for a later occasion cf. *Att.* vii. 3. 11.   **Officiis**, *e.g.* his kindness to Cicero's protégés in his army ; cf. L. 31.   **Erant praeterea**, etc., 'I had to take to heart too in the matter of government.'   **Apud Platonem**, *Laws*, 711 C (?).   **Nonis Dec.**, the day on which the conspirators were executed.   **Ad Caesarem et Bibulum consules**, the year which Cicero regards as having been fatal to all prospects of good government.

13.—**Obtineres**, 'still held,' in 58 B.C.   He was praetor in 60, and pro-praetor in Spain in 59 B.C.   **Mercatores provinc.** Piso and Gabinius, who respectively obtained Macedonia and Syria, *ea lege* (Cicero declares, *Sest.* 24) *si ipsi prius tribuno plebis adflictam et constrictam rem publicam tradidissent ; id autem foedus meo sanguine ici posse dicebant.*   **Quidam casus**, in reality Cicero's own foolhardy disregard of Clodius's strength, and his obstinate refusal to accept Caesar's proffered protection.   **Quasi certaminis causa**, 'a bone of contention ;' the equites and a large party in the senate were willing even to fight for him, while the faction of Clodius, with the approval of Caesar and Pompey, were only eager for his removal.   **Ut iam sit**, 'granted that.'   **Qui reliquerunt**, esp. Pompey ; whom he especially refers to in the other clauses is not clear.   **Qui . . . noluerim**, 'in that I refused.'   **Quanta vis**, etc., *i.e.* what power there could have been in a united party.   **Si iis**, etc., *i.e.* if I had allowed them to fight for a position I still held.   **Cum adflictum**, etc., *i.e.* by the power they showed in replacing me in it when I had lost it ; for *excitare* cf. *Fam.* ii. 16, where *excitata fortuna*, 'rising fortune,' is opposed to *inclinata*, 'falling.'

14.—**Constantissimis**, etc., *i.e.* his persevering official support.   **Novis honoribus**, detailed in *Balb.* 61, and consisting of (1) a supplicatio of fifteen days ; (2) a grant of money for his troops ; (3) an increased number of legati ; cf. L. 28. 10 ; (4) permission to retain his province.   **Ad auctoritatem eius ordinis adi.** ; cf. *Prov. Cons.* passim ; we can hardly think that Cicero really believed himself to be truly representing Caesar's position at this or any other time when he speaks of him as returning from his naughty democratic ways into the senatorial fold.

15.—**Furia**, 'impish violator,' sc. Clodius.   **Tris sorores** ; the eldest was married to the Rex mentioned L. 6. 10 ; the second is the Βοῶπις of L. 12. 5 ; the youngest married Lucullus ; of Clodius's relations with them nothing good is related.   **Impunitatem**, etc.; in 57 B.C. Milo, who was then tribune, had wished to have Clodius arraigned *de vi*. His colleague Racilius brought forward the requisite resolution in the senate (*Q. Fr.* ii. 1. 2 *seq.*), but owing to the temporary understanding between Clodius and some of the optimate leaders (cf. sect. 10) he failed in passing it. At the beginning of 56 B.C. Clodius found in the aedileship a refuge from immediate danger.   **Exemplum . . . sustulerunt**, *i.e.* lost a magnifi-cent chance of making an example.   **Monumentum** ; the subsequent history of the Porticus Catuli (L. 22. 7 n.) seems to have been as follows :— On October 2, 57 B.C., it was resolved to rebuild it ; on November 3, Clodius with his hired bands interrupted the work, and had the building

again levelled with the ground ; shortly afterwards Cicero obtained from
the senate a commission to recommence operations (*operis locatio mea
fuerat*) in the hope perhaps of having his own name inscribed upon the
building as its restorer ; again Clodius had resort to violence, and, while
refraining from again destroying the work, caused his own name to be inscribed upon it (*Cael.* 78) ; in 55 B.C. we find Cicero hopefully negotiating
with Pompey and Crassus *de istis operibus atque inscriptionibus* (*Q. Fr.* ii.
9. 2); and finally, late in 54 B.C., we are relieved from all further anxiety
on its behalf (*Q. Fr.* iii. 1. 14).   **Manubiae**, *i.e.* the money raised by
the sale of booty : ' the cost,' Cicero says, ' was not defrayed by any spoils
of mine, but the contract was mine ;' in *Dom.* 102 he tells us that it was
the site of the house of M. Fulvius Flaccus, who had perished with C.
Gracchus, *in qua porticum post aliquanto Q. Catulus de manubiis Cimbricis
fecit.*   **Aliptae**, prob. here used as ἀλείπτης is used in Arist. *Eth. N.* ii.
6. 7 and elsewhere, for the trainers in gymnastic schools ; but the name
was used also for a special class of bathmen at Rome.   **Veneris**; the
story goes, that no one cared to risk his reputation by trying to finish the
statue of the Coan Venus which Apelles had begun.   **In capite meo**,
with a play upon the word ; he had his citizenship restored to him, but
not the body of his estates and dignities.

16.—Q. Metello, who went into exile in 100 B.C. because he refused
to swear obedience to the agrarian law of Saturninus ; so in *Sest.* 37
Cicero again compares himself to Metellus.   **Egregia . . . afuerit**,
preferring to retain his self-respect in exile.   **M. illum Scaurum**, always
mentioned by Cicero with a profound respect born of his aristocratic
sympathies ; he is more accurately described by Sall. (*Jug.* xv.) ; Metellus
surpassed him in refusing the degrading oath.   **Promulgantibus**, for
the comitia tributa.   **Referente consule**, *i.e.* in the senate.

17.—Neque vero ; he takes up his explanation from sect. 12, in the
middle of which (*Tenebam memoria*) he had digressed to review his
life between 63 and 55 B.C.   **Amicis**, *e.g.* Sestius and Cn. Plancius,
whom he defended in 56 and 54 B.C. respectively.   **Alienioribus**, a
euphemism for such of his enemies (*e.g.* Gabinius and Vatinius) as his
relations to Caesar and Pompey compelled him to befriend; cf. L. 29. 4.
Splendorem et speciem huius vitae ; cf. *Q. Fr.* ii. 4. 6, where he
writes : *in iudiciis ii sumus qui fuimus ; domus celebratur ita, ut cum
maxime.*   **Quibus ornem Caesar.**; cf. sect. 14 n.   **Ego autem cum
illa**, etc., ' I have been guided however not only by those considerations
of gratitude (mentioned sects. 9-12), but more than all by the reason I
began (sect. 12 *seq.*) to unfold,' before the digression on Metellus ; he
means the jealousy of the optimate leaders.   **Non offendes**, ' you will
not find ;' so *offendisset*, sect. 18.   **Interruptus**, *e.g.* by the trial of
Clodius, and the break between the senate and equites on the question of
the Asiatic taxes in 61 B.C.   **Afflictus**, ' destroyed,' at the time of
Cicero's banishment.   **Nostro illo statu**, abl. of time : ' when things
were as I left them in my consulship.'   **Sententia**, their votes in the
senate, *e.g.* when they refused to allow the trial of Clodius in 57 B.C.
Tabella, verdicts as jurymen, *e.g.* at the trial of Sextus Clodius, who was
accused by Milo, but acquitted by senatorial votes (56 B.C.) ; cf. *Q. Fr.* ii.
4. 6.

18.—Id enim . . . Plato ; v. *Crito*, 51 B.   **Quod**, with *arbitraretur*.
Desipientem senectute; so Aristoph. (*Eq.* 42) speaks of the Athenian
Demos as δύσκολον γερόντιον.   **Mea ratio**, etc., *i.e.* my case was
different ; the people were not in the same hopeless state of dotage, nor

was it still an open question with me whether I should engage in public life or not. Being already committed, I was only too glad to be able to combine my own interest with the public welfare. **In eadem causa ;** he is speaking of his support of Caesar. **Cum a vobis,** etc., 'that after you . . . there is no one,' etc. ; cf. *Fam.* vi. 12. 2 : *ut, cum ab illo (Caesare) discesserint, me habeant proximum ; vobis = te et Pompeio.*

19.—**Vatinio ;** P. Vatinius, tribune and tool of Caesar in 59 B.C. (L. 14. 3), had got more than his due share of attention as witness against the accused in the case of Sestius (56), and been himself violently attacked by Cicero in the course of the defence (speech *in Vatin.*) ; he carried his election to the praetorship in the same year by the aid of Pompey against the whole strength of the optimate party exerted in favour of Cato ; it was on the occasion of his trial for corrupt practices (*de sodaliciis*) at this election in 54 that Cicero was forced to defend him (Gen. Introd., p. xxvi.) In the civil war he espoused the cause of Caesar, and was rewarded with the government of Illyricum, whence we find him writing friendly letters to Cicero in 45 and 44 B.C. **Crasso ;** on Cicero's reconciliation with Crassus cf. L. 30. **Appio,** brother of Clodius ; cf. sect. 4 n. ; this use of *de = quod ad Appium attinet* is almost wholly confined to epistolary style. **Intercesserat,** 'had been effected between us ;' the verb in this sense is just as often used of states of feeling, etc., which unite as of those which separate (cf. sect. 21). **Reditus in gratiam,** 'a reconciliation.' **Laudarim ;** on laudatores in court cf. sect. 7 n. **Ut . . . neve . . . neve =** *ne . . . aut . . . aut ; neve* never begins a dep. cl. by itself in Cicero, but is preceded by *ut* or *ne.* **Idem reponem,** 'I will retort the same question on you.' **Nec hoc pertimueris,** 'but you will not have to fear this.' **In Eunucho,** of Terence, iii. 1. 50 *seq.*, where the parasite Gnatho advises the soldier Thraso to begin to speak of Pamphila whenever his mistress should mention his rival Phaedria. **Inimicum meum,** P. Clodius ; cf. sect. 10 n. **Severe seducerent,** 'led aside with an air of seriousness.' **Suum Publium,** 'their dear Publius ;' in L. 10. 4 Cicero uses *Noster Publius* ironically. **Repungere,** ἀπ. λεγ.

20.—**Habes,** gov. simple acc. in L. 6. 6: *habes genus iudicii,* so in English as early as Shakespeare, *have = know ;* for *habes de* cf. *Q. Fr.* iii. 1. 6 : *habes de rebus rusticis =* you have (the facts) about. **Magna iam gratia esset,** presumably after Cicero's return from exile. **Defensionem Gabinii,** who was violently attacked in the senate (56 B.C.) for misgovernment in Syria. **Praesenti iracundia,** 'with the anger of the moment,' as opposed to *inclusum illud odium,* 'those phials of wrath.' **Omne,** sc. *odium :* 'it blazed out in full force.' **Idem illi,** etc., *i.e.* those members of the optimates whose jealousy he gives as one of the chief causes (his own interest and the friendship he owed to Caesar and Pompey being the other two) of his change of front, and whose names he carefully abstains on all occasions from mentioning. **Libertate,** the freedom with which I spoke on this occasion. **Qualis fuissem,** sc. *talem.* **Foris,** outside the senate. **Ut nihil umquam magis,** sc. *contendi posset ;* cf. L. 48. 5 ; in *Att.* xiii. 19. 3 we have *confeci . . . ita accurate ut nihil posset supra.* **Cum mihi condixisset,** sc. *ad cenam,* proposed to come to dinner ; cf. Plaut. *Men.* i. 2. 15 : *ad cenam aliquo condicam foras.* **Generi Crassipedis ;** we hear of the betrothal feast in *Q. Fr.* ii. 6. 1, but not of the marriage. **Causam ;** he seems to have been attacked in the senate shortly after his departure for the East (introd. to L. 30). **Illius,** sc. *Caesaris.*

21.—**Quamque rem causamque,** 'each measure and cause.' **Pro mea**

parte capessenda, 'as an individual,' W.   **Temporibus adsentiendum,** Cicero's euphemism for a course of conduct which might bear another interpretation; he is fond of the metaphor of a ship in discussing his conduct at this time (cf. *Balb.* 61, and *Planc.* 94), and of representing acquiescence in circumstances as the paramount virtue: *tempori cedere id est necessitati parere semper sapientis est habitum* (*Fam.* iv. 9. 2).   **Tamen,** 'in spite of your change of course.'   **Saepissime,** esp. *Sest.* 98.   **Facile patior,** 'I find it easier.'   **Et nullum . . . intercessit,** *i.e.* no word is said, not to speak of action done, by me on Caesar's behalf, etc.; for the position of *non modo* cf. *Tusc.* i. 92; *ne sui quidem id velint, non modo ipse;* for *intercedere* in this sense cf. sect. 19 n.; the tense is the aor. of indefinite occurrence.   **Hominum perditorum,** *e.g.* Clodius.

22.—**Suffusum** seems to mean 'concealed underneath the surface;' usually it is the spreading, not the concealment under the surface, which is emphasised, as in Ov. *F.* i. 215: *intumuit suffusa venter ab unda* (of dropsy).   **Apertum et simplicem,** as contrasted with Pompey (*quosdam* in the next clause), who, Cicero thought, had not acted openly in the matter of Egypt; cf. L. 28. 3.   **Talis,** sc. *se praebere.*   **Moverunt,** 'influenced.'   **Potestas praesentis tui** = *copia praesentiae tuae.*

23.—**Discessum,** in 56 B.C.   **Orationes**; we have *pro Sestio, in Vatinium, de Provinciis Consularibus, pro Balbo, pro Caelio,* delivered in 56; in 55, *in Pisonem;* in 54, *pro Scauro* (in fragments) and *pro Plancio;* the speeches *pro Gabinio* and *pro Vatinio* are lost; possibly Cicero suppressed them.   **Menocrito,** prob. a freedman of Lentulus.   **Neque ita multae ne pertimescas,** either (1) like *Ac ne forte quaeras,* L. 9. 2, 'and, lest you be afraid of them, I assure you,' etc.; or (2) a neg. command.   **Mansuetiores Musas,** philosophy and poetry as opposed to public speaking and political activity, which he calls *agrestiores Musae* (*Or.* 12).   **Aristotelio more.** Aristotle, so far as we know, wrote no dialogues; Cicero means that he followed in the lines which Aristotle had opened up in writing upon Rhetoric; cf. *De. Or.* iii. 79 *seq.*, and 141 *seq.*, where Isocrates is again mentioned as his rival in this field.   **Quemadmodum,** etc., *i.e.* I meant at least to do so, whether I have succeeded or not.   **De temp. meis,** *i.e.* of his exile and restoration; we do not know whether it was ever published; he probably refers to it in *Q. Fr.* iii. 1. 24.   **Id feci,** etc., *i.e. culpavi,* contained in *laesos.*   **Recte**; v. L. 22. 1 n.

24.—**Admoneri, rogari**; he means that he cannot bear to be reminded of the favour desired, much less to be asked for it; cf. L. 53. 11: *admonendum potius te a me quam rogandum puto.*   **Quinti . . . negotio**; Quintus seems to have meditated the purchase of an estate adjoining his in the country (*Q. Fr.* iii. 1. 23 and 24), the owner of which was in Cilicia proper; in 55 B.C. Lentulus had been unable to cross into this part of his province.   **Exercitationibus,** exercises in composition and oratory.

25.—**Appius,** etc.; this is one of the loci classici for the significance of the lex curiata at this time.   Rejecting Becker's view that the consul had one lex curiata passed confirming his election at the beginning of his year of office, and another before proceeding to his province, we argue from this passage—(1) that a consul might be in office for many months without any such confirmation; for it was already late in 54 B.C. and Appius Claudius the consul had not yet had any lex curiata passed; (2) that it was constitutional to have it passed before the consuls drew lots for their respective provinces; (3) that by the lex Cornelia of Sulla, after this had been done, and ratified by the senate, no new lex curiata was necessary before they proceeded to their provinces; (4) that there were even some who maintained that a lex curiata for a consul was a mere matter of expediency and not of necessity. **Si licitum esset**, *i.e.* by the tribunes. **Paraturum**=*comparaturum*, 'would make an arrangement.' **Opus esse**; otherwise, seemingly, it would be unconstitutional to have supplies voted him by the senate; in *Att.* iv. 18. 4 Cicero writes: *Appius sine lege suo sumptu in Ciliciam cogitat.* **Lege Cornelia,** *de provinciis ordinandis:* (1) that a provincial governor retain his imperium till his return to Rome; (2) that he leave his province within thirty days of the arrival of his successor; (3) that a limit be set to the expense which the provincials might incur in sending laudationes to Rome; (4) the provision about lex curiata mentioned above as (3); this last, if really one of the provisions of the law, was in the line of the rest of the Sullan legislation, and, as having for its aim the aggrandisement of the senate, would naturally be resisted by the popular party. Many of the disputes on points of law at this time are referable to the political antagonisms of the period (v. Appendix I.). **Sine suspicione,** etc., 'without rousing the suspicion that you yourself are greedy of power.'

26.—De publicanis; Lentulus seems to have offended them by using his influence to protect the provincials against their extortions; Cicero 'could wish that he had managed by complaisance (*facilitate*) not to injure' his friends. **Hominum,** *i.e.* of the equites. **Q. Scaevolae,** Cos. 95 B.C., who had administered his province of Asia with rigorous impartiality, to the utter discomfiture of the publicani; they took revenge by accusing of extortion his innocent legatus, P. Rutilius, before a jury of their own order, who made no scruple of condemning him. **Prudentiae tuae,** 'not beyond your skill.'

XXXIX. (ad FAM. VII. 10.) ROME, *Dec.*, 54 B.C. (700 A.U.C.)

1.—Peritior, sc. *iuris.* **Subinvideo,** v. L. 29. 6. n. **Ultro,** etc., Trebatius seems to have boasted in a letter to Cicero of having received uncourted honour from Caesar. **Adspirare,** v. L. 14. 3 n.

2.—Luculento, *i.e.* that will burn brightly. **Idem . . . placebat**; Cicero quotes his authority for the maxim in lawyer style, cf. L. 36. 3. Mucius is the Scaevola mentioned in L. 38. 26; M'. Manilius was consul 149 B.C. **Praesertim,** etc., so little of the soldier was Trebatius that he had scarcely a decent uniform, seems to be the force of the jest. The tense of *abundares* is to be explained by the virtual or. obl. : the two old jurists as it were authorise the stove and give their reason. **Satis calere,** *i.e.* that the Gauls make it hot enough for you; for the fact v. Caes. *B. G.* vi. 1. 1, and for the slang phr., *Fam.* viii. 6. 4 : *si Parthi vos nihil calefaciunt nos non nihil frigore rigescimus.* **In Oceano natare** refers possibly to the well-known difficulties which Caesar experienced in landing on Britain in the campaign of 55 B.C. **Essedarios,** as to whom Trebatius had shown no curiosity (L. 37. 1). **Andabata,** a kind of gladiator about whom we know nothing except that he fought blindfolded.

3.—Hominem, sc. Caesar. **Discessum,** v. L. 32. 1 n. **Una . . . congressio,** cf. *Att.* i. 18. 1 : *unius ambulationis sermo.* **Fratres nostri Haedui**; these were the first of the Celtic Gauls who had entered into alliance with Rome, and in spite of a wavering allegiance claimed the title of *fratres consanguineique populi Romani* (Caes. *B.G.* i. 33. 2), to which Cicero here ironically alludes; he repeats himself to Trebatius, *Fam.* vii. 11. 2 : *una mehercule collocutio nostra pluris erit quam omnes Samarobrivae.* **Aut consolando,** etc., an iambic trimeter from Ter. *Heaut.* i. 1. 34.

XL. (ad FAM. VII. 18.) PONTINE MARSHES, *April* 8, 53 B.C.
(701 A.U.C.)

1.—Cetera, everything else, except what he mentions in sect. 2.
Sed magis ut, we should have expected *ut* at the beginning of the former
member of the clause: *non ut imbecillitate,* etc. **Discessus, v. L.
32. 1 n.** **Quoniam vestrae,** etc., the jest is beyond the ingenuity of
the commentators ; Cicero says that no legal securities are of any avail
with Caesar, and he has accordingly sent to him the security of his own
handwriting to vouch for Trebatius ; but why *Graeculam ?* **Ignavissimo
cuique,** as they have time for historical investigation while others are
engaged in active service.

2.—Cetera belle, sc. *fuerunt.* Advs. are used thus as pred. with the
auxil. verb, (1) when they signify general relations of space, *e.g. prope,
procul ;* (2) when they indicate general relations of quality, *e.g. ut, sic,
aliter, secus, contra ;* (3) when they indicate a certain state, whether of
mind or body, *e.g. bene, commode, facile, recte, tuto,* and their comparatives
and superlatives. **Quis solet,** etc. Cicero is surprised in the first place
at his writing several letters of precisely similar contents with his own
hand, and secondly, that he should have written on a palimpsest. **Eodem
exemplo ;** cf. *Att.* ix. 6. 3, *litterae sunt adlatae hoc exemplo,* and vii. 23. 3,
Caesaris litterarum exemplum tibi misi, where, as here, *exemplum* means
'contents.' **Nisi forte tuas formulas,** 'the only sort of writing I can con-
ceive of your sacrificing in order to write those letters of yours ;' we should
have expected the nom. agreeing with *quid,* but the words are attracted
to *quod.* **Nihil fieri,** 'that you are earning nothing ;' cf. Plaut. *Ps.*
i. 3. 68 : *iam hercle vel ducentae possunt fieri praesentes minae.* **Vere-
cundiam.** 'You are letting your modesty wrong you,' Cicero says ; 'you
ought to ask Caesar for what you want.'

3.—M. Aemilii Phil., a freedman of M. Lepidus. **Clientium,** the
frogs mentioned in the next clause, whose fellow-countryman and patron
Trebatius was. **Ulubris** (nom. *Ulubrae*), a retired town in the neighbourhood of the Pontine Marshes ; it was a praefectura and the native
place of Trebatius. **Se commovisse constabat.** He means that he
knew before that a deputation of frogs was going to wait upon him, and
he had made arrangements to give them an audience ; their croaking was
a sign of rain, and seems to have distressed the light sleeper (Hor. *Sat.*
i. 5. 14).

4.—L. Arruntio, of whom we know nothing. **Recte, v. L. 22. 1 n.**
Tam novis rebus, *i.e.* in the midst of such disturbances in Gaul.

XLI. (ad FAM. VII. 15.) ROME, 53 B.C. (701 A.U.C.)

1.—Morosi ; cf. Plaut. *Trin.* iii. 2. 43 : *atque is (amor) mores hominum
moros et morosos efficit.* **Neque . . . et ; L. 29. 4 n.**
2.—C. Matii. C. Matius Calvena belonged to the ordo equester, and
was one of the few faithful and honest men whom it was Caesar's merit to
attract ; Cicero does not here exaggerate his learning and culture ; cf.
L. 87.

XLII. (ad FAM. VII. 14.) ROME, 53 B.C. (701 A.U.C.)

1.—Cyri. Cyrus was at the top of his profession in Rome ; he was
the architect of Cicero's new house, and at his death left legacies to both
Cicero and Clodius. **Lautus es, qui gravere,** 'you have grown a fine
gentleman to grudge the trouble,' etc. **Domestico,** 'a member of your

own household.'   **Scribere**, in the double sense of writing a letter and drawing up, *e.g.* a will, just as we have had *cavere* and *respondere* in their common and technical sense in LL. 33 and 37 ; cf. *Mur.* 19, where we have the three combined : *respondendi, scribendi, cavendi.*   **Causa cadent** = ἐκπεσοῦνται, 'will lose their cases.'   **Antequam effluo**, where we should rather have expected the subjunc.; the indic. seems to indicate the certainty that he will not allow it to happen.   **Aestivorum**, sc. *castrorum*, in the sense of 'campaign ;' cf. Sall. *Jug.* 44. 3.   **Aliquid excogita**, *i.e.* invent some excuse to get off, as you did in the matter of the British campaign.

XLIII. (ad FAM. II. 1.)   ROME, 53 B.C. (701 A.U.C.)

C. SCRIBONIUS CURIO (L. 9. 1) was at this time quaestor in Asia. He is described by Vell. (ii. 48. 3) as *homo ingeniosissime nequam et facundus malo publico.* The high hopes which Cicero placed upon the support of talent so unscrupulous is characteristic of the orator's blindness to the utter rottenness of the party and cause to which he had attached himself. Curio was tribune in 50 B.C., and his desertion to Caesar, secured by a large bribe, in that year, formed a turning-point in the negotiations with the senate :

> *Momentumque fuit mutatus Curio rerum*
> *Gallorum captus spoliis et Caesaris auro.*—Luc. iv. 819.

He fell in Africa in 48 B.C.   S. compares Cicero's friendship for Curio with that of Socrates for Alcibiades.   For some account of it v. *Phil.* ii.

1.—**Officium**, 'neglect of duty' (*res pro rei defectu*, cf. L. 70. 5 n.); as subj. of *requiri*, it = performance of it.   **Summum**, adv. acc. (cf. *Mil.* 12, *quattuor aut summum quinque*) ; *bis terque* (δὶς καὶ τρίς) would mean a third and even a fourth time.   **Genere**, v. L. 7. 6 n.   **Aspernabere**, 'find troublesome.'
2.—**Omnia** ; if he refers to any special good fortune we can only guess at the meaning.   **Vel animi**, etc., 'of your affection, or shall I say of your talents ?' v. L. and S. Vel. i. B, 2 A.   **Tuorum erga me meritorum**, his opposition to Clodius when the latter was a candidate for the tribunate, and his support of Cicero's recall.

XLIV. (ad FAM. II. 5.)   ROME, 53 B.C. (701 A.U.C.)

1.—**Haec negotia**, 'affairs here;' *negotium* for *res* is only admissible in familiar style.   **Navi**, *i.e.* the republic with the suggestion of danger ; cf. the same metaph. in *gubernare* and *gubernacula reipublicae.*   **Vel . . . vel**, v. L. 43. 2 n.
2.—**Cures**, 'to cure,' with a play on the name Curio ; for the metaph. cf. *Att.* vi. 1. 2.   **Haec ipsa** ; for the order cf. *Fam.* iv. 1. 2 : *Res vides quomodo se habeat.*   **Recte**, v. L. 22. 1 n.   **Ea para**, etc., 'prepare, practise, and plan how to use those resources.'

XLV. (ad FAM. II. 6.)   ROME, 53 B.C. (701 A.U.C.)

1.—**Sex. Villium**, doubtless the friend of Milo mentioned by Hor. *Sat.* i. 2. 64.   **Si mea essent**, etc., 'if there were only services on my part (to be taken into account), services the magnitude of which,' etc. ; but he says (sect. 2) your services to me are equally signal ; *tanta* begins a parenthesis and is = *tanta scilicet*.   **De quo . . . putet**, 'of whom, as he thinks,' cf. the constr. *quod diceret*, Roby 1746.

2.—Vel . . . vel, L. 43. 2 n.   **Ipsa novitate**, 'by reason of the very strangeness.'   **Meorum temporum**, as usu. 'of my sufferings' (in 58 and 57 B.C.).   **Nullam . . . tantam quam.**   *Quam* instead of *quantam* because of *nullam ;* for a similar double constr. cf. *Rep.* i. 65 : *cave putes . . . mare ullum aut flammam esse tantam quam non facilius sit sedare quam effrenatam insolentia multitudinem.*   **Illustrare**, *i.e.* 'give it the publicity it deserves.'

3.—In Milonis consulatu.   T. Annius Milo was a candidate for the consulship, P. Clodius for the praetorship of 52 B.C.   In view of the pro- bable opposition of Pompey, Cicero was anxious -to secure for Milo the powerful aid of Curio, knowing as he did what he should have to fear from Clodius should he be elected praetor, and should his violence be unchecked by Milo as consul.   Hence his earnestness in sect. 4.   In the sequel no elections were held at all. Clodius was murdered Jan. 52 B.C., and Milo went into banishment.   **Officii fructum**, 'reward for my services.'   **Pietatis ;** v. L. 38. 1 n.   **Honos**, *i.e.* the consulship. **Decrevi**, 'I feel sure ;' cf. *Att.* iii. 15. 7 : *quod . . . in me ipso satis esse consilii decreras.*   **Ex tribunatu**, sc. of Milo in 58-57 B.C.   **Munerum**, *i.e.* shows ; Milo's extravagance in this matter alarmed his friends ; cf. *Q. Fr.* iii. 9. 2 : *de re familiari timeo*, etc.   **In eo genere**, either (1) 'amongst that class ;' or (2) 'in the matter of canvassing.'   **Diligentiam**, 'activity' in his canvass.   **Probatam**, tested and 'reliable.'

4.—Eorum ventorum, quos proposui, 'those favourable winds which I have mentioned,' *i.e.* the circumstances favourable to Milo's candidature. **Bonum virum**, 'a man of honour ;' *memorem* and *gratum* do not go with *virum*.   **Hinc meae laudi.**   Cicero says above (sect. 3) that he ought to try to win 'credit' for gratitude in the matter of Milo's candidature. **Complecti**, 'to espouse the cause of.'

5.—Ni in familiar style is much commoner than *nisi* ; it is not found either in Caesar or Nepos.   **Quantum officii sustinerem**, 'how great a burden of duty is laid upon me.'   **Contentione** = effort of any kind. **Dimicatione** = fight.   **Rem atque causam**, a favourite combination ; cf. L. 28. 6.   **Sic habeto**, as usu. 'be assured of.'   **Eam**, *i.e. pietatem*, which Cicero says he will not be able to show unless he is aided by Curio.

XLVI. (ad FAM. III. 2.)   ROME, *April*, 51 B.C. (703 A.U.C.)

APPIUS CLAUDIUS PULCHER, one of the proudest members of the old aristocracy, had distinguished himself as consul in 54 B.C. only by the obstinacy with which he claimed the province of Cilicia (L. 38. 25).   As proconsul he had administered his government with that arbitrary violence which was the characteristic of his class, and only escaped by the timely aid of Pompey the double accusation with which Dolabella threatened him on his return.   He obtained the title of imperator for some successes against the restless mountain tribes which bordered on Cilicia.

The relations which existed between Cicero and his brother P. Clodius did not tend to cement the lukewarm friendship which Appius had pre- viously felt for the orator ; in 57 B.C. he was one of the few who resisted the measure for Cicero's recall, and was the only one of the magistrates who absented himself from the great public meeting in which he addressed the people upon his return (L. 22. 6). A reconciliation had been effected in 54 B.C. by the influence of Pompey, but the overbearing insolence of the stupid aristocrat only awaited the occasion of the polite requests of the letter before us to break out again in actions accurately reflecting the treatment to which Cicero was throughout subjected at the hands of the oligarchy.

Appius was censor in 50, joined Pompey at the outbreak of the Civil War, and died of illness in Euboea.

1.—Cum et contra, etc., Gen. Introd., p. xxvii. **Mihi necesse esset;** v. L. 13. 1 n. **De mea voluntate,** 'of my good-will,' *i.e.* in case you should be accused when my testimony as your successor would be all-important.

2.—Quod eius; v. L. 17. 6 n. **Orationem,** so in L. 13. 3, of a written communication.

XLVII. (ad FAM. III. 3.) BRUNDISIUM, *May*, 51 B.C. (703 A.U.C.)

CICERO was delayed at Brundisium on his way to Cilicia by ill-health and the tardiness of Pomptinus.

1.—Praesidio firmiore; Cicero's whole force consisted of some 12,000 foot and 2600 horse. **Bibuli,** Caesar's colleague in the consulship of 59 B.C.; he had not held a province in 58, but had received Syria for a year at this time. **Sulpicius;** Servius Sulpicius Rufus, consul with M. Claudius Marcellus, was anxious, in view of a possible break with Caesar, to avoid draining the resources of Italy. **Litteris iis,** *i.e.* the foregoing letter.

2.—Quicquid feceris approbabo; Cicero is more unreserved than in L. 46, in hinting that he would be willing to wink at Appius's transgressions in consideration of the stated services. **C. Pomptinum,** who had distinguished himself by a victory over the Allobroges, and been rewarded with a triumph in 54 B.C.; he did not join Cicero's staff till July at Athens.

XLVIII. (ad FAM. XIII. 1.) ATHENS, *July*, 51 B.C. (703 A.U.C.)

IF we knew C. Memmius Gemellus only as the friend of the greatest of the disciples of Epicurus, the poet Lucretius, we might be surprised at his philistine disregard of the few monumental remains of the master himself which survived. Knowing him also as the enemy of Catullus, we fear that he had other characteristics besides a turn for philosophy. He had been tribune in 66 B.C., and as praetor in 58 had come forward as a violent opponent of Caesar. He stood for the consulship of 53, but was condemned for bribery, and went into exile. His home was now at Athens, where he had obtained permission from the council of the Areopagus to build upon the ruins of Epicurus's house in the plot of ground called Κῆποι Ἐπικούρου, and to make such clearance as he thought fit. The disciples of the philosopher having failed to obtain a reversal of the decree, had recourse in their alarm to the services of one Patro, who was intimate with Atticus, who, they hoped, would in turn influence Cicero to intercede with Memmius on their behalf. Memmius was at present at Mitylene, whither he had retired probably with the view of avoiding a meeting with Cicero, whose refusal to plead his cause at the time of his trial had not increased their friendship.

Cicero does not exaggerate the polished style of the letter when he says of it (*Att.* v. 11. 6), *scripsi ad eum accurate.*

1.—**Mihi constiterat**, *i.e.* before my arrival here in Athens.   **Iniuria**, Cicero's euphemism for Memmius's just condemnation *de ambitu.*

2.—**Nullam in partem** = *plane nihil*, in sect. 4.   **Ita . . . si**, 'only on condition that.'   **Cum Patrone . . . mihi omnia sunt**, *i.e.* my connection with Patro is of the closest; cf. *Att.* xii. 17 : *mihi enim ante aedilitatem meam nihil erat cum Cornificio*, and *Fam.* xv. 10. 2. **Ea quae voluit**, etc., perhaps that he should be the successor of Phaedrus as head of the Epicurean school.   **Phaedro**, Cicero's first teacher in philosophy, afterwards displaced in the orator's esteem by Philo the academic.

3.—**Aedificationem** = *aedificandi consilium.*

4.—**Si qua offensiuncula**, etc., *i.e.* by their importunity.   **Gentem illam**, *i.e.* the Epicureans ; he speaks of the sect elsewhere as *vestra natio* (*N. D.* ii. 74).   **Vel . . . vel etiam** ; L. 43. 2 n.   **Nisi tamen**, 'only,' Roby 1569.   **Minus** is adv. ; *laborare sine causa* is the subj. **Orationem**, what Patro says, *i.e.* the claims he puts forward as opposed to *causa*, the real state of the case ; cf. L. 75. 2 : *in oratione ita crudeles ut ipsam victoriam horrerem.*   **Honorem, officium**, 'his own honour and duty' as the head of the school to which Epicurus in his will had left his house and gardens.   **Phaedri obtestationem**, *i.e.* the dying injunctions of Phaedrus to himself to maintain the honour of the school.   **Totam**, etc. ; the whole sentence, and the whole letter indeed, breathe Roman contempt for the Greek philosophers and system-mongers of the day ; cf. *Sest.* 23, and *Att.* v. 11. 6.   **Derideamus licet** ; the sense is : we may laugh at the man, if we disapprove of his zeal, but I think we ought to excuse him.

5.—**Ne plura**, sc. *dicam.*   **Non quo sit ex istis**, etc., *i.e.* not that he is to be enrolled in so narrow a sect as is represented by the Athenian Epicureans.   **Ut nihil umquam magis** ; v. L. 38. 20 n.   **Dubitat quin . . . possem**, 'he does not doubt that I should be able ;' impf. after pres. because it is a dep. hypothetical sentence in which a continued state in pres. time can only be expressed by the impf.   **Aedificationem**, as in sect. 3.   **Quem** ; for the attraction, cf. Roby 1068.

6.—**Habeto** ; v. L. 28. 4 n.

XLIX. (ad FAM. II. 8.) ATHENS, *July* 6, 51 B.C. (703 A.U.C.)

M. CAELIUS RUFUS was a youth of brilliant parts who won a name at twenty-three by a successful indictment of C. Antonius. He was thirty years younger than Cicero, to whom he was warmly attached on account of the aid lent him by the orator when arraigned in 56 B.C. on a charge of sedition and attempted poison. As tribune in 52 B.C. he supported the cause of Milo, and in 51 accompanied Cicero on his way to Cilicia as far as Cumae, faithfully promising to keep his friend and patron fully informed as to all that went on at Rome. This promise Caelius performed, partly by writing himself the sparkling letters we have in *Fam.* viii., partly by causing a record of city intelligence to be specially prepared for Cicero's behoof.

1.—Compositiones, *i.e.* the pairing according to strength and size which took place just before the gladiators entered the arena in the preliminary procession.   **Vadimonia dilata,** *i.e.* all the private cases which have been put off.   **Chresti compilationem**; the allusion is lost; Chrestus may have been a paid clerk of Caelius, in which case it means 'all the stolen gossip of Chrestus;' but, as Cicero is rather giving cases of such uninteresting gossip, it is better to take it as meaning 'the robbery of Chrestus' (obj. or subj. gen. ?).   **Nuntiabunt,** by word of mouth; for this distinctive meaning of *nuntiare* cf. *Fam.* ii. 4. 1; *Q. Fr.* i. 1. 1. **Formam,** 'the ground-plan.'

2.—Cum Pompeio, whom Cicero had seen at Tarentum, whither he had gone nominally for his health, but really in order that he might have an excuse for remaining in Italy to watch Caesar.   **Quae,** *i.e.* the things we talked about; we should have expected *qui*, agreeing with *sermonibus*, the verbal antecedent.   **Tantum habeto,** 'of so much be assured;' cf. L. 28. 4 n.   **Qua re . . . crede,** a chance hexameter, as in L. 9. 3: *displiceo mihi*, etc.   **Illi** is dat.

3.—Decem ipsos dies, 'exactly ten days.'   **Gallus Can.** ; v. LL. 28. 3 n, and 29. 4; he had been propraetor in Achaia in 52 B.C. and was still lingering in Athens.   **Hoc litterarum,** 'these few lines;' that this use of the neut. pron. with the gen. signifies 'amount of' not 'kind of' is proved—(1) by the use of the same gen. after quantitative words, *nihil*, *parum, quantum*, etc; (2) by such undisputed examples as *id aetatis, id oneris, id temporis*, etc. (so *hoc litt.* here).   The only case in which the gen. cannot be strictly regarded as partitive is the familiar use of *quid*, e.g. *quid mulieris uxorem habes?* Ter. *Hec.* 643; *aveo scire quid hominis sit*, Cic. *Att.* vii. 3. 9, on which cf. Roby 1296, n. 7.

L. (ad ATT. v. 16.)   NEAR SYNNAS, *August*, 51 B.C. (703 A.U.C.).

CICERO arrived in Cilicia towards the end of July, and gives us a vivid picture in this letter of the state to which the rapacity and incompetence of Appius had reduced the province.

1.—Itinere et via ; *iter* is the journey, *via* is the high-road along which it is made.   **Publ. tabellarii** ; the private messengers of the taxgatherers were freq. employed by the provincial governors instead of their own public'carriers (*statores*) ; cf. Gen. Introd., pp. xliii. xliv.   **Mandati tui,** *i.e.* to write often to you.

2.—Exspectatione, on the part of the provincials, who were impatient for Cicero's arrival.   **Synnade** ; the forms Synnas and Synnada were both in use.   ἐπικεφάλια = τὸ ἐπικεφάλαιον, the poll-tax, S. ὠνὰς, the property given in pledge for the payment of the tax, S. **Monstra quaedam,** 'traces of outrageous devastation,' left not by a man, etc.

3.—Nullus fit sumptus ; Cicero's loud protestations justify himself but condemn the age.   **In quemquam,** sc. of my followers.   **Lege Iulia,** passed by Caesar in 59 B.C.   It restricted the demands which the governor might make upon the provincials to the salt, hay, and wood which were requisite for the immediate wants of his troops and staff ; it permitted him also seemingly to accept free quarters.   **Reviviscunt,** sc. *homines* from *concursus*.

4.—Forum agit, 'he exercises justice' = ἀγορὰν ἄγει, a proceeding in the highest degree impolite after the arrival of the new governor ; cf. L.

51. 4.   Bibulus, cf. L. 47. 1.   **Bidui ;** for the use of the gen. (sc.
spatium), cf. *Att.* v. 17. 1 : *cum in castra proficiscerer a quibus aberam
bidui ;* so iii. 7. 1.

LI. (ad FAM. III. 6.) IN CAMP NEAR ICONIUM, *August* 30, 51 B.C.
(703 A.U.C.)

1.—Meum factum, ' my conduct.'   **Non magis mihi,** etc., *i.e.* ' I am
not so partial to myself as to suppose that I have done more than you
towards cementing our friendship.'   **Phania,** freedman of Appius.
Sidam, a harbour-town in Pamphylia, insignificant enough and inconvenient enough to affront and annoy the ' upstart ' governor.
2.—Idem ego, ' and so again I.'   **L. Clodium,** relative and praefectus fabrum of Appius.   **Quam Phania rogasset** = *in quam venire me
Phania rogasset ;* when the relat. is governed by the same prep. as its
antecedent, and the verb in the second cl. is to be supplied from the first,
the prep. is not repeated ; cf. *Phil.* ii. 26 : *si ille ad eam ripam quam con-
stituerat naves appulisset.* The construction is not confined to relatives ;
cf. *Off.* i. 112 : *alia in causa M. Cato fuit, alia ceteri,* and L. 19. 2 n.
In prima provincia = *in prima* (the nearest) *provinciae parte.*
3.—Lege, ut opinor, Corn. ; as usual *ut opinor* does not indicate any
doubt in the mind of the speaker (not therefore ' I think '), but is a polite
way of calling attention to a fact, ' if I am not mistaken.' Cicero and
every one else knew well enough that the lex Corn. of Sulla enjoined that
the previous governor should depart within thirty days of the arrival
of his successor.   **Ut levissime dicam,** ' to use the mildest expression ; '
cf. *Cat.* iii. 17, so that it is unnecessary to read *lenissime.*
5.—Si quid tu ageres, *i.e.* ' if you were taking any such active part.'
Vere dicam ; cf. *ut vere scribam,* L. 22. 1, where as here *vere* = honestly ;
dicam seems to be fut. indic.   **Tris cohortes ;** v. L. 53. 2 n.   **D.
Antonius,** further unknown to us.   **Evocatorum,** veterans whom the
senate had commissioned Cicero to levy in the province.
6.—Et, ut . . . possis . . . veni ; cf. L. 28. 9 n. ; the pres. *possis* is
not really dep. on *veni,* but on some such expression as ' I may tell you,'
which the form of the sentence suggests.   **In prov.,** *i.e.* to Laodicea in
Phrygia ; for the extent of the province of Cilicia cf. L. 28. 6 n.

LII. (ad FAM. II. 7.) IN CAMP AT PINDENISSUS, *December,* 51 B.C.
(703 A.U.C.)

AFTER his return from Asia, Curio (L. 43) had been able to secure
his election to the tribunate by the brilliance of the funeral games he
had exhibited in honour of his father. He was not less popular with the
optimates than with the people, and great reliance was placed upon the
support which he still lent to their cause. The tone of the letter however
shows that Cicero was even now not without his misgivings.
1.—Sera gratulatio ; Cicero might have expected to get the first
intelligence from his friend himself as to the success of his canvass, while
at the same time Curio's silence might also seem to indicate a wavering in
his allegiance to the cause of which the orator supposed himself to be the
representative.   **Nulla negleg.,** ' owing in no way to negligence.'   **Quod
in reip. tempus,** etc., ' how critical the times upon which you have, I
will not say fallen, but consciously embarked.'   **Discrimen** = ἀκμή, the

dividing (deciding) point.   **Vis . . . temporum** = our 'force of circumstances; cf. *Fam.* xii. 1, 2 : *temporibus cedentes, quae valent in re publica plurimum ;* Cicero is probably thinking of the load of debt which Curio had contracted and the snares to which it exposed him (cf. introd. to L. 43).   **Amabo**, etc.; v. L. 13. 3 n.   **Hoc**, where we might have expected *hic*, agreeing with *particeps*, etc., *constructio ad sensum*.

3.—Rem publ. gessimus ; with adv. *e.g. bene, feliciter*, the phrase is used not only of a magistrate in Rome, but also, as here, of a provincial governor, and in Caesar, *B. Civ.* i. 7. 6, of common soldiers : *cuius imperatoris ductu novem annis rem publicam felicissime gesserint.*   **De sacerdotio ;** Cicero had done his best in support of Curio's claims to the office of pontifex, which he desired to fill in room of his deceased father. **Re atque causa**, v. L. 45. 5 n.

4.—Ne patiare ; the sentence betrays another reason why Cicero was so anxious to retain the support of Curio ; as tribune he could effectually prevent any prorogatio of Cicero's command.   **Cum . . . non putarem ;** the tribunicial elections were over before Cicero left for his province ; Curio, however, was only elected afterwards to take the place of one of the successful candidates, who had become disqualified.   **Senati consultum ;** for the form cf. L. 4. 9 n. ; the senate fixed the duration of a provincial command.   **Leges ;** the laws referring to annual governments in general, *e.g.* the lex Sempronia and the lex Cornelia, and in particular the lex Curiata (v. L. 38. 25 n.), which had conferred on Cicero his imperium.   **Ea . . . condicio**, sc. that he should remain abroad only one year.

LIII. (ad FAM. XV. 4.)   CILICIA, *January*, 50 B.C. (704 A.U.C.)

As in the correspondence with Appius Claudius (LL. 46, 47, 51, 54, 55) we see the innocent claims of the able upstart met by the rude arrogance of the stupid noble, so in the short correspondence with Cato (LL. 53, 58, and 59) we have the graceful egoism of Cicero's culture brought with a rough shock into collision with the graceless realism of the stolid conservative.   Upon Cato, cf. L. 7. 9 n.

Cicero's military exploits consisted in a successful campaign against the robber tribes of Mount Amanus, in the course of which he had been saluted by his soldiers with the title of Imperator.   But the orator himself was unshaken in the belief that, in addition to this, the check which the Parthians had just received in Syria by the firmness and ability of C. Cassius Longinus (proquaestor of the province to which Bibulus was hastening) was to be mainly attributed to the terror of his name.   Whether he was *legally* entitled to a supplicatio and triumph for the former and less imaginary of these successes was not the question.   Many had received these honours for much more insignificant achievements, and Cicero might reasonably have expected some such recognition of his claims from the party which he had so devotedly served.

2.—Biduum Laodiceae ; Cicero does not seem to have had a good memory for dates ; he gives a different account in L. 50. 2.   **Conventus** are the circuit courts.   **Tributis**, exactions for behoof of the governor. **Gravissimis usuris**, exorbitant interest on money lent to the provincials

at a risk, as it was against the provisions of the lex Gabinia (67 B.C. ?) to
lend money to them at all ; at Rome the recognised rate of interest was
twelve per cent. ; we hear of one Scaptius (*Att.* v. 21) demanding forty-
eight per cent. from the unhappy Cyprians, who were included in the
province of Cilicia.   **Falso aere alieno**, *e.g.* debts founded on false
statements by the capitalist of the amount lent to the provincials ;
Scaptius tried to exact 200 talents from the Cyprians instead of 106.
Seditione, caused by Appius having withheld their pay.

3.—**Evocatorum**, cf. L. 51. 5.   **Commageno**, Antiochus Comma-
genus, *alias* Asiaticus.

4.—**Nec . . . quicquam Cilicia . . . munitius** ; cf. L. 10. 4 n. on
nihil me turpius.

5.—**Deiotarus** ; tetrarch of Galatia, had received the title of Rex from
the Roman senate, and been presented with Lesser Armenia, in reward
for the faithful services he had rendered to the Republic ever since the
time of Sulla ; he was defended by Cicero in 45 B.C. against the charge of
having attempted the assassination of Caesar.

6.—**Propter rationem belli**, 'to mature my plans for the campaign ;'
so *ratio belli* in L. 40. 1.   **Ariobarzanem** ; as in all the petty kingdoms
dependent on Rome, there was in Cappadocia a strong anti-Roman party,
to the intrigues of which the father of Ariobarzanes III., the present king,
had fallen a victim.   Ariobarzanes himself owed large sums of money to
Pompey and M. Brutus, in whose interest M. Cato, uncle of the latter, had
obtained a decree of the senate committing his protection to the care of
Cicero, who did his best to establish him upon the throne.   He effected
the banishment of Archelaus, the powerful high priest of Bellona, at
Comana, and brought back from exile Metras and Athenaeus, trusted
favourites of the king, whom the jealousy of his mother Athenais had
driven from court.   **Concitaretur . . . defenderet**, impf. of continuous
action in past time.   **Tot sociis**, Baiter's emendation ; if *tot iis* could
stand it would be nearer the MSS. *tolo iis.*

7.—**Confestim** goes with *certiorem feci.*

8.—**Utrique prov.**, Syria and Cilicia.   **Interclusi fuga**, 'cut off
from flight.'

9.—**Quod erat . . . caput** ; v. L. 48. 6 n. on *quem*.   **Repugnantibus**, abl. absol., sc. 'the inhabitants ;' Latin could express French *on*,
Germ. *man*, only by the 3d pl. of the verb (*ferunt, dicunt*, etc.), so in the
absol. constr. it could only use the abl. of the partic. by itself.   **Aras
Alexandri**, *i.e.* Issus, where Alexander, in commemoration of his great
victory over Darius, had erected three altars, to Zeus, Herakles, and
Athene.

10.—**Eleutherocilicum** ; these 'Free Cilicians,' who resisted any sort
of external authority whatever, although they seem not to have made any
actual hostile demonstration against Rome, must yet be forced, in pursuance of Roman policy, to accept Roman alliance at the point of the
spear.   **Fugitivos**, 'runaway slaves.'   **Acerrime**, 'most eagerly.'
Compulsi, 'driven to extremity.'

11.—**Honorem meum**, *i.e. supplicationem*.   **Admonendum**, etc. ; v.
L. 38. 24 n.   **A me**, instead of *mihi ;* the construction is admissible—
(1) when the dat. might cause ambiguity, *e.g. ei ego a me referendam
gratiam non putem ?—Planc.* 78 ; (2) to point na antithesis : *nec si a
populo praeteritus est . . . a iudicibus condemnandus est, ib.* 8 ; (3) when
the emphasis is on the agent rather than on the action, as here, 'by such
as I ;' so *Sull.* 23 : *sed tamen te a me . . . monendum esse etiam atque*

etiam puto.   **In contionibus**; after the execution of the Catilinarian conspirators Cato was the first in a public speech to give Cicero the title of Pater Patriae.   **Cuius ego,** 'while I, on the other hand.'   **Cuidam,** sc. P. Lentulus Spinther, who also formerly had obtained some successes against the tribes on Amanus while governor in Cilicia.   **Decerneres ;** the technical word used for the 'support' given by an individual senator to a proposed senatus-decretum (cf. L. 22. 6) ; so Cicero uses *iubere* (*Cat.* iv. 7. and 8) ; cf. the use of *absolvere, condemnare, multare,* to support or effect the acquittal, etc., of.   **Tu idem,** etc. ; with the whole passage cf. *Pis.* 6. and *Cat.* iv. 20.

12.—**Mitto quod,** 'I pass over (mention of) the fact that,' hence the subjunc. in virtual or. obl.   **Si per me licuisset,** *i.e.* at a time when I refused to allow my friends to use violence in my defence (Gen. Introd. p. xxii).   **Inimicum meum,** sc. Clodius.   **Orationibus,** explained by the next clause.   **Graecis Latinis,** the asyndeton is used to point the opposition, as in *dextra sinistra, viri mulieres, liberi servi,* etc.

13.—**Hoc nescio quid,** 'this little bit of ;' so in sect. 14 : *hoc nescio quid, quod ego gessi.*   **Honoris a senatu ;** one noun governs another in the gen. in Latin : a word from Caesar = *Caesaris verbum,* not *verbum a Caesare ;* yet the construction with a prep. (esp. *a, de, e*) is admissible (1) when the whole phrase forms one idea, *e.g. homo de plebe,* a plebeian, *servus a manu,* a secretary; or (2) when, as here, the verb to be supplied is so obvious that it may be omitted without ambiguity : *litterae a Caesare (datae), pocula ex auro (facta).*   **Provinciam ornatam,** sc. Gallia Cisalpina (Gen. Introd. pp. xviii, xxxviii) ; on the technical meaning of *ornare* cf. L. 24. 1 n.   **Sacerdotium,** the augurship, which nevertheless Cicero had made considerable exertions to obtain eight years before ; his election in the place of P. Crassus took place in 53 B.C.   **Iniuriam ;** Cicero carefully avoids the use of the word *exilium* of himself, using a variety of euphemisms instead : *clades, casus, tempus meum,* etc.   **Studui,** etc., 'I have striven to procure on my own merits as high testimony from the S. and R. P. as I could.'   **Intercedere** = to go bail for.

14.—**Ad sanandum vulnus** is different from a gen. after *desiderium ;* the real object of the *desiderium* is the high position which he had lost : 'in which there is mingled a certain amount of regret for what I have lost, which looks for the healing,' etc.   **Paulo ante,** *i.e.* sect. 11.   **Nullis legionibus,** 'in no way by legions of soldiers ;' so *nulla neglegentia,* L. 52. 1.   **Imperii,** objective gen.

15.—**Cyprus** was made a province by Cato in 57 B.C., and thus claimed the Catones as its patroni.   **Maiora sunt,** *i.e.* than the merits I claim as a soldier.   **Iustiores . . . et maiores,** 'greater in kind and extent,' *maiores* referring rather to the greatness of the victories (precedent demanded *ne quis triumpharet, nisi qui quinque milia hostium una acie cecidisset*), *iustiores* to the nature of the war, which must be a bellum iustum, *i.e.* one against a foreign enemy as opposed to Roman citizens or slaves ; a success which conformed to both those conditions was a victoria iusta and entitled the successful general to a triumphus iustus.   **Societas,** etc., *i.e.* the union of our theories with our practice ; Cicero means that they two of all others were distinguished by the desire of living up to the principles they professed, and that this formed a bond of union between them which ought to lead Cato to sympathise in the vainglorious claims of his philosopher friend !   **Fas esse ;** v. L. 26. 8 n.   **Litteris,** *i.e.* to the senate about his successes.

LIV. (ad FAM. III. 7.) LAODICEA, *February*, 50 B.C. (704 A.U.C.)

1.—Bruti pueri; M. Brutus was married at this time to Claudia, daughter of Appius; he was mixed up in the money-lending transactions of Scaptius already mentioned (L. 53. 6 n.), which accounts for the presence of his slaves (*pueri*) in Cilicia.

2.—Legati Appiani; a deputation of the authorities from the little town of Appia (Greek Ἄππια or Ἄπια, having no connection probably with the Appian family at Rome) in Phrygia waited upon Cicero to complain of his interference with the monument which they proposed to raise in honour of Appius's administration. Cicero justifies his conduct to Appius on the ground that much the larger portion of the community were opposed to the monument, and resented the heavy contributions that were levied on them to defray the expense of it. **Litteris meis**; *litterae* was the technical word for the rescripts of the provincial governor. **Ad fac. aed. liberarem**, *i.e.* withdraw my veto, that they might proceed with the building. **Tributa**, *i.e.* for the monument. **Genus enim**, etc., 'for you said it was hindering it in the sense that I was not able,' etc.

3.—Ad omnia accipe, 'hear my answer to all your charges;' *ad* = in reference to, as in L. 53. 14. **Primum**, without any word to take it up; cf. L. 7. 8 n. **Rem causamque**; v. L. 45. 5 n. **Credo**, ironical, = 'of course.'

4.—Lentuli, Lentulus Spinther, the predecessor of Appius in Cilicia. **Accenso meo**; the accensus was a messenger or orderly whom we hear of in attendance upon consuls, praetors, and proconsuls in addition to their lictors; his duties were not strictly defined, but were usually of a confidential character; he was usually a freedman of his employer; cf. Q. Fr. i. 1. 13. **Audivi cum diceret**, 'I heard him say;' this idiom always takes the subjunc. **Fieri quicquam**; for this use of *fieri* cf. Q. Fr. i. 1. 38: *nihil, cum absit iracundia*, etc., *fieri posse iucundius*, and *Lael.* 54; upon *quicquam* cf. L. 10. 4 n. **Te . . . Ic. mihi venturum nuntiasset**; it is simplest to take *mihi* as dat. after *nuntiasset*. On Appius's conduct in the matter cf. L. 51. 3; he finally wrote to Cicero that he was passing through Iconium in Lycaonia on his way homewards, but did not inform him by what route he intended to travel; Cicero accordingly took up his position beside Iconium, but before he could discover by what road he was approaching Appius hurried past his lines by night, and then sent a message from the town to complain of Cicero's disrespect. **An . . . prodirem**, 'was I not bound to turn out?' cf. *an ego non venirem*, *Phil.* ii. 2. 3, and Roby 1610. **Ambitiosius**, *i.e.* with more scrupulous deference.

5.—Ampio; T. Ampius Balbus had by the aid of Clodius obtained the consular province of Cilicia, although he had only been praetor (*extra ordinem*, *Dom.* 25), and was the immediate predecessor of Lentulus. **Rerum usu**, 'experience of the world.' **Addo urbanitatem**, not *urbanitate*; cf. *Off.* 1. 67: *harum rerum duarum splendor omnis, amplitudo, addo etiam utilitatem, in posteriori est.* **Ut Stoici**, who held that the ἀστεῖος was the opposite of the ἀμαθής, ὡς περὶ πάντα κατορθῶν. **Ullam Appietatem**, etc., takes up *has ineptias*, 'do you too think that trifles such as these, you a man,' etc., 'do you think that any Appian, any Lentulan blood,' etc. **Ista vestra nomina**; in *vestra* he is thinking of the 'nobility' as a whole; for expressions of Cicero's natural feeling towards the nobiles we must look to his earlier speeches, *e.g. Verr.* v. 180: *Sed non idem licet mihi quod iis qui nobili genere nati sunt, quibus omnia* *populi Romani beneficia dormientibus deferuntur.* **Quid sit nobilitas,** looks like a gloss ; S., however, explains εὐγένεια as inherited nobility, *nobilitas* as nobility won.

6.—Mea causa debere . . . tua laborarim ; we have *velle tua causa*, L. 36. 2, and in *Fam.* xiii. 75. 1, *cuius causa omnia cum cupio tum mehercule etiam debeo :* the meaning is, 'if your object is to make your debt to me appear less than the services I have rendered you (L. 55. 1), you need not distress yourself : I have others,' etc. (quoting the words of Agamemnon, *Il.* i. 174, addressed to Achilles when the latter threatens to retire from the war). **Minus laborem,** 'that I should care less.' **Certo iudicio,** 'of set purpose ;' cf. L. 52. 2 : *iudicio enim tuo, non casu,* etc.

LV. (ad FAM. III. 9.) LAODICEA, *February*, 50 B.C. (704 A.U.C.)

ON his return to Italy Appius was met by a threat of accusation from Dolabella, future son-in-law of Cicero. He was then outside Rome wait-ing for a triumph, and his position seems to have awakened him to the necessity of at once reconciling the offended yet forgiving orator.

Appius secured his acquittal, but only at the price of his expected triumph, which he had to renounce upon entering the city for his defence.

1.—Urbis . . . urbanitatem, the sight of the city has made you civil again. **De legatis . . . prohib.** ; Appius had complained that Cicero had prevented certain towns from sending laudationes in his favour to Rome ; for Cicero's answer v. *Fam.* iii. 8 ; he had done so at request of the citizens themselves, who complained of the burdensome taxes laid upon them to defray the expenses of such laudatory embassies. **De App. aed. impedita** ; cf. L. 54. 2. **Multos,** strife-makers.

2.—Ἐπικούρειον **est,** 'would be a utilitarian view.' Epicurus's theory being τὴν φιλίαν διὰ τὰς χρείας γίγνεσθαι. **Si quid velis,** 'to ask if you have any commission,' a frequent construction in familiar style ; it takes the acc. of the place where the commission is to be executed ; cf. *Q. Fr.* ii. 2. 1 : *me . . . nemo adhuc rogavit, num quid in Sardiniam vellem ; te puto saepe habere, qui, num quid Romam velis, quaerant.* **Longi subsellii,** 'the long sitting ;' it seems to have been as difficult to get through business in the Roman senate as at St. Stephen's ; cf. *Fam.* x. 22. 2 : *propter tarditatem sententiarum moramque rerum, cum ea, quae consulebantur, ad exitum non pervenirent.* **Iudicatio,** *i.e.* the investiga-tion as to your claims to a triumph. **Tibi item,** etc., *i.e.* has robbed you as well (as Pompey and others) of one or at the most two days ; Cicero asks, *Att.* vii. 8. 2, *quid enim est tantum in uno aut altero die?*

3.—Promissi ac muneris tui ; Appius had dedicated to Cicero the first part of his work upon the Augurship (*liber auguralis, Fam.* iii. 4. 1), and had promised him the continuation. **Incredibiliter,** S. gives a simple recipe for appreciating the force of such inversions of the order, 'read the passage aloud.' **Tale quiddam,** 'a similar gift.' Cicero wrote his book *De Auguriis* some years afterwards.

4.—Non instituta, not formed now for the first time. **Misi litteras,** sc. the despatch to the senate mentioned at the end of L. 53. **Difficul-tas nav.,** owing to the time of year. **Discessum senatus,** according to the lex Pupia et Gabinia the senate rose in the middle of January and did not reassemble, except for the purpose of giving audience to foreign am-bassadors, till the beginning of March. **Aestivis** ; v. L. 42. 1 n.

LVI. (ad FAM. II. 11.)　CILICIA, *April* 4, 50 B.C. (704 A.U.C.)

ON M. Caelius, v. introduction to L. 49.

1 —**Putarasne** is epistolary, sc. *antequam has litteras dedi.*　**Verba deessent**, the one thing Cicero was not afraid of ; cf. *Fam.* xiii. 63. 1 : *non putari fieri posse ut mihi verba deessent.*　**Oratoria . . . nostratia ;** on the distinction between the language of literature and oratory on the one hand and that of correspondence and conversation on the other, cf. the equally interesting passage, *Fam.* ix. 21. 1 : *verumtamen quid tibi ego videor in epistulis? nonne plebeio sermone agere tecum ?* and Gen. Introd. p. xlvi.　**Fortuna,** 'a change of fortune.'　**Nostris qui . . . possim ;** the antecedent to *qui* is contained in *nostris ;* cf. the usage in L. 57. 1 : *tuam virtutem . . . domi togati ;* for the change of number in *possim* cf. L. 20. 1 n.

2.—**De pantheris ;** Caelius was now curule aedile, and desired to celebrate the Ludi Romani in autumn with unusual magnificence ; Cicero jests about the panthers to his friend (cf. the use of the serious *agitur*, 'the matter is being taken up,' and *ex provincia decedere*, 'to withdraw from the province '), but in reality is greatly bored with the commission ; cf. *Att.* vi. 1. 21.　**Mandatu** = *rogatu, iussu ; mandato* would have referred to the contents of the instructions.　**In Cariam,** which was part of the province of Asia.　**A Patisco,** a Roman who seems to have lived for some time in Cilicia ; Caelius writes of him to Cicero (*Fam.* viii. 9. 3), *turpe tibi erit Patiscum Curioni decem pantheras misisse, te non multis partibus pluris.*　**Tibi erit,** 'will be yours.'　**Quid esset,** 'how much there is,' epistolary.　**Megalensibus,** sc. *ludis ;* the Megalesia were held in honour of Cybele on April 4th, after which the games went on under the charge of the curule aedile till the 10th.

LVII. (ad FAM. XV. 5.)　ROME, 50 B.C. (704 A.U.C.)

THIS letter is all we have from the pen of M. Cato.　It is a reply to L. 53.　Cicero had courteously requested Cato to lend his support in the senate to his claims to a triumph.　With a curtness which would be truculent if it were not pedantic, Cato replies that a supplicatio for civil successes is all he deserves.　Cicero had politely appealed to that philosophic view of life on which the Stoic prided himself.　Cato answers with heartless effect (sect. 2) that a true philosophy would prefer the honour which Cicero had actually obtained (the supplicatio) to that which he coveted (the triumph).　Cato has been called ' the Don Quixote of the Roman aristocracy.'　One grudges him the comparison with the innocent if mistaken gallantry of the Spanish knight.

1.—**Togati, armati,** L. 56. 1 n.　**Pari industria administrare,** ' shows itself in as energetic action ; ' with this absol. use of *adm.* in the sense of acting, cf. Sall. *Jug.* 92. 9 : *milites neque pro opere consistere propter iniquitatem loci neque inter vineas sine periculo administrare ;* others read *administrari* = *adhiberi*, an equally uncommon use.　**Quod pro meo iudicio,** etc., *i.e.* as far as my convictions would allow me ; Cato had not supported even the supplicatio.　**Decreto ;** v. L. 53. 11 n.

2.—**Qua in re nihil,** etc., abbreviated (1) by omission of *factum est* in the first clause, to be supplied from *provisum est ;* (2) by omission of nom. to *provisum est* (' everything '), to be supplied from *nihil ;* for which cf.

Cic. *De Or.* iii. 52 : *nemo extulit eum verbis . . . sed contempsit*, and the same construction in Greek with οὐδείς ('no one') . . . ἀλλὰ ('but every one') ; v. Munro on Lucr. ii. 1038. **Gratulari**, 'thank ;' as *gratulatio* is used of a thanksgiving. **Neque supplic.**, sc. 'recollect ;' on *ne quaeras* cf. L. 9. 2 n.

3.—Existimes ; the pres. after *scripsi* is helped by *volo*. **Instituto itinere**, etc., *i.e.* pursue the course of strict justice and conscientious administration on which you have entered.

LVIII. (ad FAM. XV. 6.) CILICIA, *July*, 50 B.C. (704 A.U.C.)

For Cicero's true opinion of Cato's conduct cf. *Att.* vii. 2. 7 : *aveo scire, Cato quid agat ; qui in me turpiter fuit malevolus: dedit integritatis, iustitiae, clementiae, fidei mihi testimonium quod non quarebam ; quod postulabam, negavit. Itaque Caesar iis litteris, quibus mihi gratulatur et omnia pollicetur, quomodo exsultat Catonis in me ingratissimi iniuriis!* Cicero would have been wiser to have thought more of the kindly advances of Caesar and less of the rebuffs of an impotent patriciate.

1.—Laetus sum ; cf. L. 26. 7 n. **Opinor** ; v. L. 51. 3 n. on *ut opinor*. **Amicitiae** ; cf. beginning of Cato's letter. **Liquido** = sincere, *i.e.* with a good conscience, 'unhesitatingly ;' cf. *Verr.* iv. 124 : *confirmare hoc liquido, iudices, possum*. **Non modo verum . . . etiam**, etc. = what the Germans call a *Steigerung nach Unten.* **Currum aut lauream**, the external symbols of the triumph. **Ad illud sincerum**, etc., 'according to that view as straightforward as it is penetrating ;' *illud* = that high philosophic view which you take. **Meis nec.**, *e.g.* Caelius, who writes (*Fam.* viii. 11. 2): *Catoni . . . qui de te locutus honorifice non decrerat supplicationes.*

2.—Parum iusta, 'insufficient ;' cf. the technical use of *iustus*, L. 42. 15 n. **Hanc . . . rationem**, yet has 'so much reason in it' that, etc. **Honos**, *i.e.* the triumph. **Tantum**, 'only so much.' **Ex te** = the more usual *abs te*. **Quod amic. scribis**, sc. *te facturum esse :* cf. *Att.* xiii. 23. 3 : *mea mandata, ut scribis, explica*. **Ampliss.**, the word Cato himself uses, L. 57. 3. **Scrib. adf.** ; cf. L. 4. 4 n.

LIX. (ad FAM. XIV. 5.) ATHENS, *October* 16, 50 B.C. (704 A.U.C.)

Cicero left his province (August 3) in company with his son and nephew, who had followed him to Cilicia with their tutor Chrysippus. After visiting Rhodes and Ephesus he sailed for Athens, whence he writes this letter to his wife in Rome.

1.—Suavissimus Cic., the use of the family name of near relatives with an attribute seems odd to us ; Cicero writes *Cicero meus* of young Marcus, but *Quintus tuus* of his nephew. **Acastus**, slave of Cicero, frequently employed to carry letters ; on this occasion he remained behind at Patrae to nurse Tiro (L. 61). **Uno et vic. die**, *i.e.* after leaving Rome ; Cicero considers it a quick run ; cf. Gen. Introd. p. xliv.

2.—Preciana ; Precianus was a lawyer of some eminence, who on his death had made Cicero his heir. **Sed hoc** ; L. 14. 1 n. **Camillus** (C. Furius), frequently mentioned in the Letters as a faithful friend of Cicero, and a keen man of business. **Per nos**, 'myself.' **Vos**, you and Tullia.

LX. (ad ATT. VII. I.) ATHENS, *October* 16, 50 B.C. (704 A.U.C.)

1.—L. Saufeio; v. L. 27. 1 n. **Litteris**, viz. *Att.* vi. 9. **Ut philosophi ambulant**, *i.e.* judging from the pace at which philosophers, especially Epicureans, travel : for the use in familiar style of *ambulare* (= to travel) v. L. and S. *ambulo*, I. c. **De leg. Caes. adferrent**, *i.e.* brought word that Caesar was about to occupy Placentia with four legions. **φιλ. eius**, *i.e.* of Philotimus, trusted freedman of Terentia, whom Cicero suspected of having embezzled money ; hence his anxiety to place his affairs at Rome in charge of Atticus (L. 59. 2). **Turranius** was a friend of Q. Cicero ; he had told Atticus that Cicero had left Quintus in charge of Cilicia, whereas the post had been committed to the quaestor C. Caelius Caldus. **A Xenone**, an Epicurean friend of Cicero and Atticus at Athens.

2.—Parthico bello ; cf. introd. to L. 53. **Respexerit**, 'have mercy on ;' for the same common formula cf. L. 6. 6. **Sed tantam** ; on *sed* cf. L. 14. 1 n. **Age**, as often with the comic poets = καὶ μήν. **Utrumque**, sc. Caesar and Pompey. **Monentem**, sc. to attach myself to Caesar. **ἀλλ' ἐμὸν**, etc., Hom. *Od.* ix. 33 ; Cicero means that he refused to betray the optimate party, with which he identified the welfare of his country ; cf. L. 38. 10 : *et cum ipsa quasi r.p. collocutus sum*, etc.

3.—Mihi valde probari ; for Cicero's opinion of Pompey's policy on the last occasion of their meeting cf. L. 49. 2.

4.—Non quaero illa ult., *i.e.* I do not mean in the last resort. **Cum altero vinci**, *i.e. cum Pompeio.* **Sed illa quae**, etc., 'but the question which will be under discussion when I arrive in Rome.' **Ratio absentis** ; on the constitutional questions at issue between Caesar and the senate v. Appendix II., and on *ratio absentis, ib.* p. 285 n. **DIC M. TULLI** ; the words of the presiding magistrate calling for Cicero's vote in the senate. **Exspecta**, etc., 'am I to tell him " wait " ' etc. ? **Contra Caesarem**, sc. *dicam.* **Prensae** ; if we are resolved to change the traditional *prensae* we had better choose a l. which is Latin, which cannot be said for Orelli's *tensae.* **Ravennae** ; cf. L. 38. 9 ; owing to the gaps in the letters of the year 52 B.C. this is all we know of the meeting at Ravenna. **De Caelio**, *i.e.* to win over Caelius (L. 49), who at the beginning of 52 B.C. was a zealous opponent of Caesar and Pompey. **Ab ipso autem?** cf. L. 38. 10 n. on *meum autem.* **Illo div. tert. cons.**, in which Pompey was consul *sine collega*, an honour bestowed upon him by the optimates as upon a prodigal son who after twenty years' wandering came back to assume his natural position as their leader. **Aliter sensero**, *i.e.* shall I embrace the other cause (Caesar's) ? αἰδέομαι Τρῶας καὶ Τρωάδας ἑλκεσιπέπλους, (Hector's words, *Il.* vi. 442). **Πουλυδάμας** ; he means Atticus, who seemed to him to resemble the canny hero ' who alone looked both before and behind and was Hector's comrade ' (*Il.* xviii. 250). Cicero liked to think of himself as Hector.

5.—Hanc . . . plagam, the dilemma as to the respective claims of Caesar and Pompey. **Per duos**, etc., during the years 51 and 50 B.C., in which M. and C. Claudius Marcellus were consuls respectively. **Discrimen ipsum**, 'the most critical moment ;' so L. 52. 2. **Ut stultus**, etc., prob. more or less proverbial ; he seems to mean : ' in order that fools may have their say out first, I shall make my triumph an excuse for remaining outside the city ; yet they will make every effort to get my opinion from me '—a remark quite in keeping with his invincible self-complacence. **Opus fuit** ; cf. LL. 27. 2 n., and 38. 25. **Nil miserius**, sc. than to remain in Cilicia. **Illa prima**, etc., he means that the moderation with which he had boasted that his followers (*nostra cohors*) had behaved had all melted away.

7.—ἐκβολὴ λόγου, Thuc. i. 97. 2, 'a digression.'　**Qui non decrevit,** *i.e.* Cato, the terms of whose speech in the senate Cicero says were more complimentary to himself than if he had voted him any number of triumphs.　**Favonius**; cf. L. 22. 7 ; he was a blind admirer of the exaggerated virtues of Cato ; he was curule aedile this year.　**Hirrus.** C. Lucilius, candidate for the augurship along with Cicero, and for the aedileship along with Caelius in 51 B.C., but disappointed of both.　In 49 B.C. he took Pompey's side.　For Cicero's source of information cf. *Fam.* viii. 11. 2.　**De supplicatione,** etc.; cf. introd. to L. 57.　Caesar was anxious to withdraw Cicero from the optimate party, and was glad of an opportunity of pointing out its ingratitude to him (*triumphat de sent. Catonis*).　**Scrib. adfuit** ; cf. LL. 4. 4 n., and 58. 2.

8.—Scrofam ; Cn. Tremellius Scrofa, *homo summa religione et diligentia* (*Verr.* i. 30), was a friend of Atticus, as also was P. Silius Nerva, who in 51 B.C. was propraetor of Bithynia and Pontus (*Fam.* xiii. 47, and 61-65). **Commode,** with *locutus erat,* 'as a friend ;' so in the phrases *commode facis,* etc., 'you act as a friend;' cf. Plaut. *Mil.* iii. 1. 21 (615): *loquere lepide et commode.*　**Crassipedem** ; cf. L. 28. 11 n. ; he had broken off his engagement with Tullia, who was engaged to Dolabella in March or April of this year.

9.—Domum, *i.e. ad res domesticas.*　**Ab illo,** *i.e.* Philotimo.　**Est φυρατής,** 'he is a plague,' = φυρᾷ, Lat. *turbat ;* cf. L. 8. 1.　**Lartidius,** 'famosus fur,' we are told.　**ἀλλὰ τὰ μὲν,** etc., Achilles's words to Thetis, *Il.* xviii. 112.　**Hoc . . . Precianum** = *hereditas Preciana,* v. L. 59. 2 n.　**Cura** ; anxiety lest Philotimus should embezzle it.　**Dolori ;** at the death of Precianus.　**Quicquid est,** 'whatever may be the amount.' **Quas . . . tractat,** 'which he has in his hands.'　**Scripsi ad Ter.,** sc. *de ea re.*　**Experiamur,** technical legal phrase, 'we may protect our rights ;' so Quint. 75 : *ego experiri non potui, latitavit ;* and Plaut. *Most.* v. 1. 41 : *experiar ut opinor.*　**Ex Epiro an Athenis,** sc. *dubius sum :* so *Fam.* vii. 9. 3 : *Cn. Octavius est an Cn. Cornelius quidam ;* cf. the familiar use of *ob* in German without a verb = I wonder whether.

LXI. (ad FAM. XVI. 11.)　NEAR ROME, *Jan.* 12, 49 B.C. (705 A.U.C.)

M. TULLIUS TIRO, freedman of Cicero, as the name indicates, had endeared himself to the whole family by his high character and culture. He wrote a biography of his patron, and it is to him that we are mainly indebted for the collection of the letters *ad Fam.* He was lying ill at present at Patrae in Achaia, where Cicero had been obliged to leave him. The orator did not reach Rome till Jan. 4, 49 B.C., and then only to remain outside the walls awaiting his expected triumph.　He was thus absent from the all-important debates in the senate which were protracted from the 1st to the 7th.　With the account in this letter we may compare Caesar's own narrative of the same events (B.C. 1).

Q.Q. = *Quintus pater Quintus filius ;* the mention by name of all the members of the connection indicates the high esteem in which Tiro was held by the Ciceros.

1.—Curius. M'. Curius was a Roman knight who lived at Patrae ; he was a business connection and friend of Atticus.　**Etiam firmiorem,**

'even stronger than you were before,' the quartan ague being supposed to be even beneficial in its consequences.

2.—Obviam mihi, etc., 'nothing could have been more flattering than the way in which people came to meet me,' *i.e.* friends and clients. **Omnino**, as in sect. 3 = 'certainly,' 'and yet,' indicating an opposition and concession; cf. *Lael.* 98: *omnino est amans sui virtus.* **Et ipse Caesar**, taken up by *et Curio.* **Minaces litteras**, *i.e.* his ultimatum; v. Gen. Introd. p. xxx. **Adhuc** retains its temporal signification; Caesar, contrary to all hope and expectation, 'still continues his arrogant course in refusing.' **Curio meus**; v. Introd. to L. 43, and Gen. Introd. p. xxx. **Illum incitabat**, sc. to march instantly on Rome. **Antonius quidem noster**, 'further, as to my friend Antony;' *noster*, as their relations were still friendly. **Nulla vi expulsi**; contrast Caes. *B. C.* i. 5. 2, and 7. 2; Liv. *Perioch.* 109; and Suet. *Caes.* 31. **Dederat**, epistolary: so *profecti erant.*

3.—Lentulus; L. Corn. Lentulus Crus; his colleague was C. Claudius Marcellus. **Quo maius faceret**, *i.e.* in order that he might himself have more credit in the matter, he put it off till times should be more settled, promising to bring forward the motion himself. **Ital. reg.**; v. Gen. Introd. p. xxx.

LXII. (ad FAM. XVI. 12.) CAPUA, *Jan.* 27, 49 B.C. (705 A.U.C.)

CICERO had been at Minturnae on the 25th, where he had met L. Caesar, the bearer of further proposals of compromise from Caesar in the north. *L. Caesar mandata Caesaris detulit ad Pompeium . . . cum is* (*i.e.* although Pompey) *esset cum consulibus Teani*, Cicero writes upon the same day (*Att.* vii. 14. 1). Cicero arrived at Capua on the 27th, and seems to have taken a leading part in the negotiations. Pompey, of whom it is characteristic that he carried on this important negotiation by letter, refusing in person to meet Caesar's deputy, was already on his way to Luceria, in Apulia. The terms of Caesar's proposal we have in the letter. The senate demanded in return, *ut ille de oppidis, quae extra suam provinciam occupavisset, praesidia deduceret,*—a condition which Caesar naturally refused to accept without some guarantee that his opponents would carry out their part of the bargain.

1.—Vel dir. vel infl., an instance of the wholly mistaken estimate which the Pompeian party had formed of Caesar's character and probable course of action.

2.—Honorum, 'high position in the state;' the first three towns are on the line of the coast immediately south of the Rubicon. Arretium was in N. Etruria.

3.—Omnino, as in L. 61. 2, 'certainly;' as to the fact, cf. Caes. *B. C.* i. 9. **Domitio**; L. Domitius Ahenobarbus and M. Considius Nonianus were both Pompeians. **Obtigerunt**, 'were assigned' by senatus consulta in this case (*B. C.* i. 6). **Absente se**; the abl. absol. instead of the gen. accentuates the idea; cf. *Phil.* xi. 23: *nemo erit . . . qui credat te invito provinciam tibi esse decretam.* **Suam**, instead of the objective gen. *sui*; cf. *Off.* i. 139: *habenda ratio non sua solum*, and *Verr.* i. 126. **Trinum nundinum** or *trinundinum*, v. L. and S., Nundinus, iii.; it was the period during which, according to the terms of the lex Caecilia Didia of 98 B.C., the names of all candidates for the higher offices of state must be publicly known before the election, meetings of comitia must be announced before they took place, and new laws had to be 'promulgated' before they were laid before the assembly.

4.—Tantum modo ut, 'provided only that;' cf. *Verr.* iv. 10 : *concede ut impune emerit modo ut bona ratione emerit.*   **Praeter Transpadanos,** who all through the troubles of the time were warm supporters of Caesar, a feeling reflected to exaggeration in Virgil, who was himself a Transpadanus.   It was not till the present year, 49 B.C., after the extinction of the optimate opposition, that they were formally recognised as Roman citizens.   **Modo ut urbe salva** (sc. *opprimatur*), 'only may his destruction not involve that of the city.'   **T. Labienus,** whose change of side brought no access of power to the Pompeian party.   Caesar took no trouble to retain the weak-kneed supporter, and was so satisfied with Labienus's desertion that he had his money and goods carefully packed up and sent after him.   He was killed in the battle of Munda.

5.—A Formiis, *i.e.* southwards from his own property at Formiae, which, although it was outside the district he had undertaken, he had made his headquarters with the view prob. of indicating to Caesar his still undecided policy.   **Valetudinem tuam,** 'your recovery.'

6.—A. Varronis ; A. Terentius Varro, a friend of Cicero, and prob. in Greece at this time.   **M. Volusius,** not mentioned elsewhere.   **Eo tempore quo ;** prob. the critical period a few days earlier, when the question as to the wisdom of leaving the city (*quam sapienter et fortiter,* sect. 2) was being discussed.   **Tanta hieme,** 'now that it is the depth of winter ;' so *multa nocte,* Q. *Fr.* ii. 7. 2, and *multo mane, Att.* v. 4. 1. **Ter. et Tull. Romae ;** Terentia and Tullia were still in Rome, and Cicero was prob. willing that they should remain there to indicate to Caesar that he had not yet irrevocably committed himself to the Pompeian programme. A few days afterwards he was forced to send for them in consequence of the pressure brought to bear upon him by his own party.   They arrived upon Feb. 2, but it was not long before their safety demanded that they should return to Rome.

LXIII. (ad ATT. VIII. 3.)   CALES, *Feb.* 19, 49 B.C. (705 A.U.C.)

CICERO had left Formiae with the view of making his way to Pompey at his headquarters at Luceria in Apulia.   Finding the road beset by Caesar's troops, he turned back, and wrote this letter from what seems to have been a small lodge of his own near Cales.

The conversational style of many of Cicero's letters has already been remarked.   This letter shows how easily in writing on an important subject he could be betrayed into the finished syle of literary production.

2.—Unius, *i.e. Caesaris.*   **Utrumque,** referring to the two clauses following.   **Sacerdotio,** *i.e. auguratu;* v. L. 53. 13 n.   **Fortasse,** with Billerb. for *fore.*

3.—In hac parte haec sunt, 'these are the considerations on one side of the question.'   **Leg. . . . fer. auctor,** 'he (Pompey) sanctioned the passing of laws,' etc., esp. Caesar's lex Agraria of 59 B.C., cf. L. 9. 1 ; for the use of *auctor* ('sanctioner,' not 'author '), cf. *Dom.* 5. 10 : *sed quaero in ipsa sententia, quoniam princeps* (author) *sum eius atque auctor quid reprehendatur.*   **Gall. ult. adiunctor.**   Caesar obtained Gallia Cisalpina and Illyricum, together with three legions, for five years, by the lex Vatinia, contrary to the wishes of the senate, which was not only forced to give in, but, to avoid further humiliation, voted him a fourth legion and the additional district of Gallia Ulterior. Pompey strongly supported the vote. **Ille gener;** Gen. Introd. p. xxvii. **Ille . . . augur;** Gen. Introd. p. xxi; Pompey was present as augur on the occasion. **Restituendi . . . studiosior;** cf. L. 38. 14, and for the facts, Gen. Introd. pp. xxi, xxiii. **Prov. propagator;** cf. Gen. Introd. p. xxv. **Defensor, r. p.;** L. 60. 4 n. **Ut absentis ratio hab.** ; this was the lex x. tribunorum passed with Pompey's approval, granting Caesar the privilege which Pompey's own law de iure magistratuum took away from him. In order to harmonise these enactments, Pompey subsequently added a clause specially exempting Caesar from the terms of his law (Suet. *Caes.* 28).[1] **Finienti,** *i.e.* when he proposed to fix March 1, 50 B.C. as the limit of Caesar's government. **Turpissima, nequissima** ; the asyndeton is not uncommon in the Letters, even when there is no antithesis ; cf. L. 55. 4, *cures, enitare ; Fam.* xiii. 28 A. 3, *homini gratissimo, iucundissimo ;* and *Fam.* xiii. 11. 3, *studio, diligentia.*

4.—Ager Picenus, on which Pompey placed great reliance ; cf. L. 24. 4 n. **Nulla causa,** *i.e.* no unity of purpose. **Nulla sedes,** *i.e.* no basis of operations. **Munus illud,** of raising troops ; cf. *Att.* vii. 14. 2 : *me Pompeius Capuam venire voluit et adiuvare dilectum* (written Jan. 27) ; he tells us (*Att.* viii. 11 D. 5) that he left Capua (*a me Capuam reiciebam*) because he had no army and was afraid of being besieged there, as Domitius was at Corfinium. **Nullus esset ordinum,** etc., *i.e.* there was no strong feeling among the respectable classes of society, or any overt demonstration among individuals ; amongst the constitutional party indeed there was some, but it was faint, as usual, and I saw myself that the sympathies of the mob and of all the lowest of the people were with Caesar, and that many were eager for a revolution. **Ipsi,** Pompey.

5.—Cum illo (*Pompeio*) **non** (*possum fugere*). **Hieme maxima,** L. 62. 6 n. **Impetus illius,** *i.e.* Caesaris, whose character Cicero persistently misinterpreted. **In nobis violandis,** 'in hurting me,' the unpopular executor of the Catilinarians. **Ad illum,** *i.e.* to Pompey.

6.—In hac parte, *i.e.* in Italy. **Quod in Cinnae dom. Philippus,** sc. *fecit ;* these three distinguished optimates remained in Rome when the greater part of their party fled to Sulla (86 B.C.) ; Q. Mucius Scaevola was murdered in 82 B.C. (*quoquo modo ea res,* etc.) by order of C. Marius the younger. **Quod factum est,** 'which actually befell him,' *i.e.* death. **Aliter Thrasybulus,** who left Athens when the thirty tyrants came to power, to return as conqueror. **Sed est certa,** etc., 'but Mucius's brave conduct and resolution' (to die rather than take up arms against his country) 'is a most reasonable one, as is also that of Philippus.' **Sit . . . amicus,** sc. Caesar. **Quid enim fieri potest ?** 'what else can be done?' **In Caieta,** *i.e.* at his place at Caieta, which seems to have been his favourite after his Tusculanum ; cf. *Att.* i. 4. 3 : *Caietam, si quando abundare coepero, ornabo.*

7.—Ad Corfinium, sc. *esse ;* for the facts cf. L. 64. **Scipionem,** whose daughter Cornelia Pompey had married. **Fausto,** son of the great Sulla, was Pompey's son-in-law ; he had raised a body of troops in Campania ; for the dat. cf. L. 6. 8 n. **In Sic. ;** these troops never went to Sicily. **Trebonio,** who was legatus of Caesar in Gaul, as was also C. Fabius : there was no foundation for these reports. **Summa autem,** sc. *spes est.* **Leptam ;** v. L. 54. 4 n. **Ne quo inciderem,** *i.e. in hostes.*

[1] As this clause was a mere interpolation and had not received the sanction of the people, it was quite worthless in law. Cf. Appendix II. n. 1.

LXIV. (ad ATT. VIII. 7.) FORMIAN VILLA, *Feb.* 23, 49 B.C.
(705 A.U.C.)

L. DOMITIUS AHENOBARBUS (LL. 6, 12, and 14. 3), who married Porcia, sister of Cato, was, like his brother-in-law, a violent optimate. He was praetor in 58 B.C., consul along with Appius Claudius in 54, and hated Caesar with all his heart for having baulked him of the province of Gallia Cisalp., which he had already secured by a vote of the senate. At this moment he held Corfinium against him, and was anxiously awaiting succour from Pompey which never came. Cut off from the forces in the south, he capitulated after a seven days' siege (Caes. *B. C.* i. 16 *seq.*). We hear of him afterwards fighting at Massilia and Pharsalus, where he was killed by Antony's horse (*ib.* iii. 99. 5, and Cic. *Phil.* ii. 71).

1.—**Unum etiam restat**, etc., 'one thing still remains to fill up the measure of our friend's dishonour.'   **Quos una . . . esse**; cf. Caes. *B. C.* i. 25. 2 ; among them was Lentulus Spinther (L. 66. 3).   **Ipse coh. trig.**; Pompey had the two legions which the senate had fraudulently withdrawn from Caesar's army (*simulatione Parthici belli*, Caes. *B. C.* i. 9. 4) in 50 B.C., and the troops raised by Faustus (L. 63. 7) ; the troops he expected from Picenum cannot be meant.

2.—**Meum**, 'my declaration ' (L. 60. 4), explained by the next clause, ' my saying that I preferred,' etc.   **Si malui**, sc. *vinci*.   **Patriam** ; cf. *Att.* viii. 2. 2 : *qui urbem reliquit, id est patriam*.   **Contigit**, *i.e.* I have got my wish.   **Quod superest**, *i.e.* if you wish my *other* reasons for not yet having joined Pompey.   **Ista**, *i.e.* such a state of matters as Pompey had caused.   **Istum**, sc. Pompey himself.   **Propter quem**, 'owing to whom it is that.'

3.—**Ad Phil.** ; cf. L. 60. 1.   **A Moneta**, from the Mint, in exchange for silver plate.   **Nemo enim solvit**, 'for none of my debtors pays up.' **Oppii** were rich money-lenders with whom Atticus had large connections (hence in jest *tuis contub.*).   **Apposita**, 'as suits you ;' others read *apposite*.

LXV. (ad ATT. IX. 6 A.) ON THE MARCH TO BRUNDISIUM,
March, 49 B.C. (705 A.U.C.)

CAESAR takes the opportunity afforded by his meeting with C. Furnius (ex-tribune of the people) on the high-road to send a friendly and compli-mentary note to the orator.

Meo commodo, 'at my convenience.   **Ad propositum revertar**, ' I repeat it.'

LXVI. (ad ATT. IX. 11 A.) FORMIAN VILLA, *March* 18, 49 B.C.
(705 A.U.C.)

IT is difficult to tell whether on receipt of the previous letter Cicero's surprise, gratification, or suspicion was the greatest. Here he expresses the two former to Caesar himself, in *Att.* 9. 3 the last. His manner of refusing Caesar's request, on the ground of that peace which they both have most at heart, is the perfection of politeness.

1.—**Ad eam rationem**, ' for that end.'

2.—Hon. p. R. ben. concessum, *i.e.* the permission to stand for the consulship in his absence ; v. Appendix II.

3. Aliquid impertias temporis, etc., 'give a moment to the consideration.'   **Bonus vir,** 'a man of honour ;' cf. LL. 38. 10 and 45. 4. **Maximi beneficii,** *i.e.* Pompey's support of his recall.   **Ad tuam fidem,** *i.e.* your honour as committed to a policy of peace.   **Quam accom. conservari,** *i.e.* in a position of neutrality by not committing himself openly to Caesar's support in Rome, as Caesar wished him to do.   **De Lentulo,** who was taken among others at Corfinium and at once released by Caesar. **Quam ille** might have been *quam illum ;* cf. Munro's note on Lucr. iii. 456.

LXVII. (ad FAM. IX. 9.)   CAESAR'S CAMP BEFORE DYRRHACHIUM, 48 B.C. (706 A.U.C.)

P. CORNELIUS DOLABELLA, Cicero's son-in-law, had been early drawn to Caesar's side by the hope of retrieving his shattered fortunes. For the means he adopted next year with a view to that end, v. Gen. Introd. p. xxxvi. Cicero was now with Pompey in Dyrrhachium (Gen. Introd. p. xxxii), while Dolabella seems to write from the camp of Caesar, as the latter lay encamped before that city. From the first sentence we gather that Caesar, as we might expect, had managed to keep open his lines of communication with Italy and Rome, while Pompey knew little of what was going on at home.

The following peculiarities of grammar and phrase we may note in Dolabella's Latin :—(1) *S. V. G.* (= *Si vales, gaudeo*), where G. is used instead of Cicero's usual formula B. E. (= *bene est*) ; cf. LL. 3, 4, 5.   (2) *minus belle habuit*, instead of *se minus belle habuit*, unexampled in Cicero, but cf. Plaut. *Aul.* ii. 8. 2.   (3) *partium causa . . . suadere*, where *me*, the subj. to *suadere*, is omitted ; so Lentulus writes (*Fam.* xii. 15. 5) : *veniebant in suspicionem detinuisse ;* in both cases *in suspicionem venire* is used like *dici, ferri* (personally).   (4) *ab optimo . . . animo* instead of either *optimo animo*, or *ab optimo* (without *animo*).   (5) *Illud . . . te peto* instead of *a te peto*.   (6) *Reliquum est . . . ibi simus*, instead of *ut ibi simus*, perhaps unexampled in Cicero.

1.—Apud te ; not 'where you are,' but 'at your home.'   **Ne possum quidem,** etc., *i.e.* it is not possible that any other view be taken of my action except that I try to persuade you as a matter of course, because silence is inconsistent with my duty as a son ; *opinio* is the view which others took of him ; for this use of *scilicet*, cf. L. 32. 2.

2.—Circumvallato ; Caesar was drawing his lines closer and closer round Pompey, whose headquarters seem to have been not actually in Dyrrhachium but in the town of Petra, a few miles to the south. It was his good fortune in forcing Caesar to retire with heavy loss that emboldened Pompey to meet the veteran Gallic legions shortly afterwards on the disastrous field of Pharsalus.   **Ei reip.,** 'that form of government.'

3.—Mi iuc. Cic.; cf. L. 59. 1 n.   **Non minimum,** *i.e.* will have very considerable weight ; so οὐχ ἥκιστα is used by the fig. of speech called litotes.   **Quoque,** *i.e.* in return for what I am ready to do for you.

LXVIII. (ad ATT. XI. 8.) BRUNDISIUM, *Dec.* 25, 48 B.C. (706 A.U.C.)

CICERO arrived at Brundisium towards the end of October. For the circumstances alluded to v. Gen. Introd. p. xxxiii.

1.—Lepta, L. 54. 4.   **Trebatio**; introd. to L. 31.   **Temeritatis,** in returning to Italy without permission from Caesar.   **Neque te deterreo,** etc., 'nor do I object to your arguing in that way;' *deterreo = dehortor,* as in L. 46.   **Nostra causa volunt**; L. 36. 2 n.   **Balbum**; L. 31. 2.   **Oppium**; C. Oppius, a faithful follower of Caesar.   **Oppugnamur . . . a praesentibus,** *i.e.* 'I am maligned by certain persons to Caesar's face as well as by letter;' he was accused of repenting his desertion of the optimates, and of general discontent at Caesar's success.

2.—Fufius (L. 9. 1) was now legatus of Caesar.   **Qui ex ipso audissent**; subjunct. of virtual or. obl.: 'Who, as they said, had been ear-witnesses.'   **Sicyone,** in Achaia, where a number of Pompeians had gathered to deliberate on their further course.   **Nefaria quaedam de me dicta,** 'outrageous statements about me.'   **Nosti genus,** 'you know his style;' cf. introd. to L. 7. and *ib.* sect. 4.   **Cures litteras,** etc., 'see that letters are sent as from me;' for similar references at this time to vicarious correspondence cf. *Att.* xi. 5. 3, and 7. 7.

LXIX. (ad FAM. IX. 6.) ROME, *June,* 46 B.C. (708 A.U.C.)

M. TERENTIUS VARRO, the author of six books *De Lingua Latina,* and three *De Re Rustica,* was some ten years older than Cicero, and is described by him in *Att.* xiii. 18 as πολυγραφώτατος. He acted as legatus of Pompey in the war against the pirates, and at the outbreak of the civil war supported the cause of the optimate general in Spain. On the defeat of Afranius and Petreius he joined Pompey in Greece, but withdrew after the battle of Pharsalus from further part in the war. He retired to Corcyra, thence to Spain, and finally with Caesar's permission returned to Italy, where he lived for the rest of his life in a strict retirement. Placed by Mark Antony on the proscription lists of 43 B.C., he was only saved by the intervention of his friends, and lived to see the new order of things inaugurated under Augustus. He died at the advanced age of ninety :—*vir Romanorum eruditissimus* (Quint. writes, *Inst.* x. 1. 95) *plurimos hic libros* (referring to his 74 works, in 620 books !) *et doctissimos composuit.*

1.—Adventus Caesaris, *i.e.* from Africa after the victory of Thapsus. **Scilicet,** with more or less bitterness, 'of the great Caesar.'   **In Alsiense,** 'to his place at Alsium,' a town on the coast of Etruria, in the neighbourhood of which lay many villas belonging to the wealthier Romans ; cf. *Mil.* 54. Here Caesar wished to land, but was persuaded rather to choose Ostia, in order to avoid the tiresome greetings of the crowds which had assembled at Alsium.   **Hirtius . . . Balbum . . . Oppium,** who seem therefore not to have accompanied him to Africa.

2.—Utrobique; as Varro is anxious to go to meet Caesar, Cicero advises him to arrange for accommodation both at Alsium and Ostia. **Initia rerum,** the events which led to the outbreak of the civil war. **Aberas,** as legatus in Spain.

3.—Etiam illorum, 'I for my part dreaded the victory even of those,' etc., *i.e.* the Pompeians, of whom Cicero writes, *Att.* ix. 7. 4 : *Primum con-*

silium est suffocare urbem et Italiam fame, deinde agros vastare, urere, pecuniis locupletium non abstinere.   **Mea oratio ;** after the battle of Pharsalus a council of war was held at Corcyra, at which Cicero spoke against the further prosecution of the war, and refused the command of the fleet ; cf. *Marcell.* 15, and Gen. Introd. p. xxxiii.   **Nunc vero,** after the war in Africa.   **Potiti,** sc. *rerum.*   **Intemperantes,** 'would have given reins to their passion.'   **Quod non idem,** etc., 'which we would not have recommended also to them.'   **Ad bestiarum auxilium,** the elephants of King Iuba ; Cicero's conscience does not seem to have been at all easy in the matter nevertheless ; cf. the naïve passage, *Att.* xi. 7. 3 : *dicebar debuisse cum Pompeio proficisci ; exitus illius minuit illius officii praetermissi reprehensionem.*

4.—Tum, sc. *magnum duco.*   **Et usus et delectatio,** corresponding to *et actis et voluptatibus.*   **Voluptatibus ;** on the levity and sensuality of Caesar's followers at this time cf. *Att.* xii. 2. 2 : *ludi interea Praeneste : ibi Hirtius et isti omnes ; et quidem ludi dies viii. Quae cenae ! quae deliciae ! res interea fortasse transacta est, i.e.* in Africa.   **Tusculanenses dies,** 'those days at your Tusculan villa.'   **Instar esse vitae,** 'are worth a lifetime.'

5.—Docti homines ; among others Plato.   **Iis abutamur,** 'may we take full enjoyment of these ;' L. 18. 2 n.

LXX. (ad FAM. IX. 16.) TUSCULUM HOUSE, *July*, 46 B.C.
(708 A.U.C.)

L. PAPIRIUS PAETUS was an Epicurean, and so far consistent with his philosophy as to spend his life apart from the political turmoil of the period. He was a warm friend of Cicero, and seems at this time to have been alarmed lest the orator should have offended Caesar by an injudicious freedom of speech and jest. For Cicero's sentiments towards Paetus v. *Fam.* ix. 15. 1.

1.—Amavi, 'I was delighted with ;' cf. L. 28. 9.   **Eodem exemplo ;** cf. L. 40. 2 n.

2 —Sic habeto, 'be assured ;' L. 28. 4 n.   **Istorum,** the Caesarians.   **Cetera . . . communia sunt,** although grammatically co-ordinated with *utor* is in sense subordinate to it : 'while all the other indications are of a general nature.'

3.—Praestari, 'to be guaranteed,' *i.e.* nor can it be guaranteed how anything will turn out.   **Quod,** relative, 'which I would not refuse to do' (*i.e.* to give up all claim, to wit) 'if I could.'

4.—Ut Servius frater tuus, etc., 'just as your (half) brother Servius . . . would readily say,' etc. ; Servius Claudius was an admiring student of Plautus and the author of a book of references to that author. He seems to have died about 60 B.C., and left his library to Paetus, who in that year presented it to Cicero (*Att.* i. 20. 7, ii. 1. 12).   **Notandis generibus,** 'as he had an ear trained by a careful study of writers of different styles, and by his literary habits.'   ἀποφθεγμάτων—a compilation of witty sayings which Caesar seems to have begun while quite a young man, alluded to by Suetonius under the title of *Dicta Collectanea,* which along with two other works from the pen of the youthful Caesar, called *Laudes Herculis* and *Oedipus* (a tragedy), Augustus caused to be suppressed (Suet. *Caes.* 56).   **Quod meum non sit.** He says in *Planc.* 35 that all the good sayings of the time were attributed to him : *quod* *quisque dixit, me id dixisse dicunt!* and again, *stomachor, cum aliorum non me digna in me conferuntur;* cf. the passage, *Fam.* vii. 32. 1. **Acta** includes here not merely the acta populi or acta diurna, *i.e.* the official gazette of public events in Rome, first instituted by Caesar in 59 B.C., but also all the social intelligence of the time, which was carefully treasured up by private individuals for the benefit of friends at a distance; cf. L. 38, where Caelius is so careful to keep Cicero informed of all that goes on in the capital. Cf. *Fam.* xii. 23. 2 and 28. 3. **Oenomao tuo nihil utor,** *i.e.* 'I am not in the position of your Oenomaus, although your quotation from Accius is an apt one;' Paetus had applied to Cicero the words of king Oenomaus in Accius's tragedy of that name, to the effect that the envy of men broke upon him like the waves upon a rock. (Cf. Ribbeck, *Fr.* vii., *Saxum id facit*, etc.)

5.—**Sic** goes with *placuisse:* 'it was a maxim with,' etc. **Videntur vim virtutis**; Cicero does not despise alliteration. **Praestare,** 'to guarantee,' as in sect. 3; *culpam* = the absence of fault, the idiom called *res pro rei defectu;* cf. L. 43. 1 n. on *officium;* so in Greek, ἐπιμέμφεται . . . ἐκατόμβης (*i.e.* for not bringing it), *Il.* i. 25. **Ad ea obtin.,** 'to hold by what is upright.' **Cum val.,** 'with those who are more powerful than we;' *viribus* goes with *certandum*.

6.—**Non iam ad invidiam,** etc., *i.e.* he applies Accius's metaphor, not to the hostility of Caesar and others, but to the hostility of fortune herself. **Vel Athenis,** Socrates. **Vel Syracusis,** Plato and Aristippus.

7.—**Iocationes**; the verbal subst. in *io,* so common in familiar style, corresponds precisely to our pres. part. act. used as a noun, and may be followed like it: 1. By a prep.; cf. Plaut. *Truc.* ii. 3. 3, *quid tibi ad hasce accessio aedis;* so with name of a place, Cic. *Att.* xi. 18. 1, *illius Alexandrea discessu;* 2. By the case which is governed by the verb from which it comes; cf. *De Or.* iii. 207, *sibi ipsi responsio;* so even by the acc. Plaut. *Poen.* v. 5. 29, *quid tibi hanc digito tactio est?* **Secundum Oen.,** *i.e.* after your tragic allusions to the Oenomaus, you introduced some lighter play, as they do at the theatre. These after-pieces (*exordia*) formerly consisted of the Atellanae or old Oscan farces representing country life, the characters in which were masked, and spoke in the rude vernacular of the country people. These were now, in Cicero's time, superseded by the Mimi, which were comic representations of city life in the capital, played by characters without masks, and accompanied with grotesque dances and other pantomimic effects, not without good-natured attacks on the leading men of the day. **Quem tu mihi narras,** 'what . . . is it that you tell me of?' cf. Plaut. *Men.* ii. 3. 51 (=402): *Quem tu mihi navem nunc narras? Narrare* was a very common word in ordinary conversation, esp. in the phr. *narro tibi* (= I must say). **Popillium . . denarium**; this is incomprehensible to us; one would have expected, in view of what follows, the names of some simple dishes. **Tyrotarichi,** 'salt fish;' cf. *Att.* xiv. 16. 1. **Dicendi discipulos**; these, with others, such as Pansa and Cassius, frequented Cicero's house at this time for purposes of oratorical training; cf. L. 71. **A. Hirtius,** the author of the continuation of Caesar's *B. G.* in the eighth book, was the same who was killed at Mutina in 43 B.C. **Cenitare,** as in L. 37. 2. **Bonam copiam eiures** = to swear that you are insolvent. **Cum rem habebas,** when you had your property. Caesar had shortly before this passed a measure for behoof of debtors, to the effect that all lands held by them should be estimated at their original value, and accepted by creditors in payment of outstanding debts, whatever might be their value at the time.

R

As a matter of fact, the land market was completely glutted, and the lands of little or no value.   In this way Paetus, along with other creditors, had suffered great loss, and seems to have written to Cicero to explain how in consequence he should require to economise in his table.   **Faciebat** *res* is the subject.   **Attentiorem**, 'more careful of,' either in the matter of gaining or keeping ; cf. Hor. *Sat.* ii. 6. 82, of the country mouse : *asper et attentus quaesitis*.   **Non eo sis consil.**   There is something wrong with the text ; the meaning is : you must not think that, when you receive me as your guest, you are receiving lands at a valuation (instead of payment in cash), and therefore suffering a great loss.   **Etiam**, 'even this blow,' *i.e.* even if you do suffer loss through me.   **Plaga ab amico**; on the union of one substantive with another in Latin by means of a prep., v. L. 53. 13.

8.—Quod erit, 'but what does come to the table.'   **Phameae.** Phamea was a rich freedman, distinguished only for his extravagance. **Temperius fiat**, 'let it be earlier than Phamea's.'   The hour of dining varied with the season of the year ; in winter it was sometimes so early as half-past two, while in summer it might be so late as half-past eight or nine.   Horace invites Torquatus (*Ep.* i. 5) to dine with him in July *supremo sole*.   The holiday-maker might enjoy his tempestivum convivium (early dinner) so early as midday (*media de luce cenare*).   **Polypum**, which was served up with a red sauce.   **Miniati Iovis ;** the face of the statue of Jove was, according to an ancient custom, painted vermilion on the occasion of public festivals.   **Promulside.**   The full Roman dinner consisted of—(1) the promulsis or gustus—a light relish consisting of eggs, oysters, Lucanian sausages, etc. ; (2) the proper cena, with its several dishes (*fercula*) of joints ; and (3) the mensae secundae, pastry and fruits. **Debilitari**, 'to have my appetite spoiled.'

9.—Metum.   Cicero writes to Paetus, *Fam.* ix. 26. 4 : *nihil est quod adventum nostrum extimescas: non multi cibi hospitem accipies, multi ioci.*

10.—De villa Seliciana.   Cicero had prob. desired to buy a property belonging to the Roman knight, Q. Silicius, in the neighbourhood of Naples, but had been dissuaded by Paetus.   **Praetermissurum**, *i.e.* to buy the villa.   **Salis . . . sannionum ;** perhaps he means there is lots of *sal* (wit), as it is by the sea, but there is a want of people to use it (*sannionum*, 'jesters ') on account of the sad state of public affairs.

LXXI. (ad FAM. IX. 18.)   TUSCULUM HOUSE, *July*, 46 B.C.
(708 A.U.C.)

1.—Discipulos, Hirtius and Dolabella, L. 70. 7 n.   **Obviam**, to meet Caesar on his return from Africa.   **Eadem**, sc. *via* from *obviam*, seemingly ; *i.e.* while he is still on the road.   **Sublatis iudiciis**, by being excluded from the law courts ; gives the reason for his loss of sovereignty.

2.—Consequor, *i.e.* by following this plan.   **Munio me**, *i.e.* with the friendship of persons so closely connected with Caesar as my pupils are. **Id cuius modi sit**, 'what the value of their protection is.'   **Huic**, sc. *consilio*.   **In lectulo**, 'it would have been better if I had died in bed ' at Dyrrhachium, Gen. Introd. p. xxxii.   **Foede**, 'miserably ;'   L. Lentulus Crus (cos. 49 B.C.) accompanied Pompey in his flight, and perished in Egypt ; Scipio, Pompey's father-in-law (cos. 52 B.C), fell at Thapsus ; L. Afranius, after his defeat in Spain in 49 B.C., was pardoned by Caesar, but again joined the Pompeian party, only to be taken and murdered after the battle of Thapsus. **Istuc**, 'that will still₄be in my power,' so *istuc* = *istud*, sect. 4. **Quam illi**, on account of the relentless enmity between Cato and Caesar.

3.—Exercitationibus *declamandi*, which stood to the Romans in the place of physical exercise. **Pavones**, at the table of his pupils ; he could not have such luxuries at his own; cf. L. 72. 2. **Hateriano iure . . . Hirtiano**; Cicero makes a similar play on the word *ius* in *Verr.* i. 1. 121, where *ius Verrinum* means both sauce for pork and Verrine law ; Haterius seems to have been a lawyer of distinction, whom Paetus might often see at Naples. προλεγ., sc. θέσεις, the rudiments of the science (of *ius*). **Sus Minervam** ; cf. *Acad.* i. 18 ; the Greeks had the same proverb, ὗς τὴν 'Αθηνᾶν and ὗς πρὸς 'Αθηνᾶν used somewhat differently of military knowledge. **Sed quomodo**, sc. *futurum sit ut discas* (S.) ; he seems to mean, ' at any rate I shall provide you with the means of learning.'

4.—Aestimationes, in pass. sense of the 'land estimated at a valuation,' cf. L. 70. 7 n. ; so *Att.* i. 5. 7, we have *emptio* = the thing sold. **Neque ollam**, etc., ' nor fill a pot with silver shillings ' for want of ready money ; for *implere* with gen. cf. Plaut. *Aul.* 543 : *omnes angulos furum implevisti.* **Cruditate**, sc. *perire.* **Idem istuc**, sc. *passos esse*, and so will not detain you with rich banquets. **In ludo**, 'in my school.' **Proxima**, 'next my own.' **Eam pulvinus sequetur**, *i.e.* after that you will be advanced to a cushion.

LXXII. (ad FAM. IX. 20.) ROME, *August*, 46 B.C. (708 A.U.C.)

1.—Ut scurram velitem, malis oneratum esse, I was not angry 'at being belaboured by you with apples like a skirmishing jester.' Cicero seems to have received a gift of fruit from the gardens of Paetus, and takes it as a return for his jests ; he says that although Paetus had rewarded him as the bad jester was rewarded at dessert by a shower of apples about his ears, *his* method of doing so was a pleasant one. Possibly there is a further play upon *mālis* and *mălis*, *malis onerare* being used in the sense of *maledictis onerare*; cf. Plaut. *Pseud.* i. 3. 123. The military metaph. *in velitem* is characteristic of the Roman ; Plaut. uses the words *velitari* and *velitatio* of a word contest. **Promulside** ; cf. L. 70. 8 n. **Integram famem**, etc., *i.e.* I begin straight away with the eggs, refusing your oils and sausages. **Ad hanc insolentiam**, ' to the extent of the prevailing extravagance ;' so *insolentia* in *Phil.* ix. 13 : *mirifice enim Servius maiorum continentiam diligebat, huius saeculi insolentiam vituperabat.* **Cum in sumptum habebas** = *quum ad sumptum copiae suppeditabant*, Billerb., 'when you had enough and to spare.' **Plura habuisti**, *i.e.* than now, having been obliged to accept so much land in lieu of bad debts.

2.—ὀψιμαθεῖς (Horace's *seri studiorum*, *Sat.* i. 10. 21) had a reputation among the ancients for presumption ; the dangers of a little learning, it was thought, were more likely to be realised in them. **Iam exquisitae (?) artis**, for the MS. *iam ex artis.* **Verrium**, an intimate friend of Paetus, as we learn from another letter ; C. Camillus was a frequent guest at Cicero's table. **Ius fervens** ; cf. L. 71. 3 and n.

3.—Salutamus domi, ' I receive callers at home.' **Ubi salutatio defluxit**, ' when the stream of callers has ceased.' **Litteris me involvo** ; cf. *Fam.* vii. 33. 2, of the same time, and Gen. Introd, p. xxxiv. **Corpori** ; tennis, bathing, dining, etc., were all included by the Romans under the general phr. *corpus curare ;* on the Roman's day, cf. Mart. iv. 8. **Bona tua comedim** ; the old form of the pres. subjunc., *comedim,* makes it probable that Cicero is referring to a passage from one of the older writers.

LXXIII. (ad FAM. IX. 17.)　ROME, *August,* 46 B.C. (708 A.U.C.)

1.—**De istis municipiis ;** Paetus was afraid lest the lands and townships in the district of Campania, in which he lived, should be included in the assignations made to the veterans of Caesar. **De nobis,** a more important point than the fate of the lands. **Habuisti,** sc. *hominem, i.e.* Balbum. **De lucro vivimus ;** cf. Horace's injunction, *C.* i. 9. 14 : *quem sors dierum cunque dabit, lucro Appone ;* Cicero means that it was only by the grace of Caesar that they were alive.

2.—**Ita se cum multis colligavit,** 'he has so involved himself with a multitude of people ;' cf. *Fam.* iv. 9. 3, where he expresses the same sentiment only more strongly : *multa enim victori eorum arbitrio, per quos vicit, etiam invito facienda sunt.*

3.—**Ad te,** who know it all already. **In,** 'in the matter of.' **De isto periculo ;** cf. sect. 1. **Optare optima,** etc., *i.e.* to hope for the best, but be prepared for the worst.

LXXIV. (ad FAM. IV. 14.)　ROME, 46 B.C. (708 A.U.C.)

THIS and the following letters, while reflecting Cicero's state of mind during the year 46 B.C., record no event that can fix their precise date. His marriage with Publilia (Gen. Introd. p. xxxiv), alluded to in sects. 1 (*quae egissem*) and 3 (*eo quod egerim*), took place some time in the course of this year. They are written from Rome.

On Cn. Plancius, v. Gen. Introd. p. xxii. On account of the part he had taken in the civil war he himself now in turn lived an exile in Corcyra.

1.—**Ego autem,** like *ego vero,* answers a supposed question or assertion : 'the truth is,' etc. **Probare quod sentias,** 'to convince of the purity of your aims.' **Aut denique,** 'or merely.' **Ex altera parte caedem,** 'from the side of the Pompeians' (if they conquer in Spain), 'bloodshed.'

2.—**Cum pertimescebam,** indic. in temp. cl. in or. obl., as not unfreq. in Cicero. **De iure publico,** *i.e.* what danger is involved in appealing upon a constitutional question to the judgment of the sword, as Caesar has done. **Cupidos,** 'selfish ;' so *cupide,* L. 28. 5 ; for similar judgments on the Pompeians, v. LL. 69. 3, 78. 6, with which cf. the passage quoted from Caesar himself, Gen. Introd. p. xxxii, n.

3.—**Salus,** referring to the action of Quintus (Gen. Introd. p. xxxiii). **Fortunae,** to the extravagance of Terentia (Gen. Introd. p. xxxiv).

4.—**Tibi praecipue,** you more than other Pompeians. **Alteros numquam,** etc., *i.e.* while the Pompeians have never been roused to anger with you, as they have been with me, by any supposed inconsistency of conduct. **Studio quidem certe,** 'or at least by my devotion ;' for this corrective use of *quidem certe* cf. *Cat. M.* 6 : *quoniam speramus, volumus quidem certe senes fieri.*

LXXV. (ad FAM. VII. 3.)　ROME, 46 B.C. (708 A.U.C.)

UPON Marius, v. introd. to L. 29. The letter, as appears from sect. 6, was meant for a wider circle than Marius's household, and is an answer to the attacks to which Cicero was at this time subjected, both on account of his conduct during the war and of his present relations with Hirtius and Balbus, the friends of Caesar.

1.—Proxime, 'last.' **Lentulo et Marcello cons.**, 49 B.C. **Pompei.**, Cicero's property at Pompeii, near which Marius resided. **Sollicitum te habebat**; *habere* as often with adj. = to keep.

2.—Magnas copias, sc. *offendi*; this was the case only at first; afterwards Pompey's army far outnumbered that of Caesar. **Rapaces . . . crudeles**; cf. esp. L. 78. 6 n. **Nihil boni praeter causam**, contrast with what he says on the other hand of Caesar, *Att.* vii. 3. 5 : *causam solam illa causa non habet, ceteris rebus abundat.* **Quadam**, at Dyrrhachium.

3.—Fractos, sc. *nos;* cf. *Att.* xi. 12. 1 : *mandavi (me) non potuisse.* **In acie cadendum**, as Domitius Ahenobarbus had done. **Aut in insidias**, etc., the fate of Pompey. **Aut deveniendum**, as Cassius had done. **Consciscenda mors**, as had been done by Cato.

4.—Vetus est, 'it is an old saying that when you are not what you were there is no reason to wish to live.'

5.—Primum, without any corresponding particle, as in L. 7. S. **Etiam reliquis omnibus**, 'for all others as well as myself.' **Rhodum aut Mytilenas**, as centres of art and literature, were the chosen refuge of many exiles; M. Marcellus (L. 76) resided at Mytilene.

6.—Haec tecum, sc. *communicare.* **Malueram**, 'I would have preferred ;' cf. Roby 1535 d. **Longius fiebat**, 'that is too long to wait.' **Ut haberes quid**, etc., 'that you might know what to say.' **Quod vivam**; cf. the similar passage, *Fam.* ix. 2. 2. Cicero suffered all the odium and reaped none of the rewards of the renegade.

LXXVI. (ad FAM. IV. 8.) ROME, 46 B.C. (708 A.U.C.)

M. CLAUDIUS MARCELLUS (L. 24. 1) belonged to a distinguished plebeian gens. As consul in 51 B.C. he had been one of Cicero's most violent opponents, and after the battle of Pharsalus, while retiring from further part in the war, obstinately refused to sue for pardon. He took up his residence at Mytilene.

1.—Gratulari virtuti, 'to bid God-speed to your fortitude ; ' the more usual construction would have been acc. of thing with dat. of person, *e.g. ei victoriam . . . gratulatur, Verr. Act.* i. 7. 19, in accordance with which usage we have *laudis gratulatio* (L. 7. 6).

2.—Illud tamen; *illud* is taken up and explained by *ut.* **Vel tu me . . . puta**; the seemingly distorted order of the words lends a distinctness to the main ideas in the sentence; S. gives a simple prescription for appreciating the force of such inversions, 'read them aloud.' **Quod ego facio**; Cicero naïvely indicates his desire to see his own line of conduct justified by its adoption by others. **Iudicio hominum**, 'you who in the opinion of the public, as well as in reality, stand in the very first rank, although necessity now compels you to yield to the force of circumstances.' **Sin**, sc. *sequimur, i.e.* if it does not matter what place we are in. **Qui omnia tenet**; in his letters to Marcellus Cicero carefully avoids alluding to Caesar by name. **Nobilitatem . . . dignitates hominum**; he means 'men of high birth and position.' **Res et ipsius causa**, 'the nature of the case and his own position ;' cf. L. 28. 6 n. **Plura**, sc. *scripsi.*

Fore cum tuls, etc., 'I shall unite with your friends, if only they will come forward as such;' except C. Marcellus, his relatives seem to have done nothing for him, they preferred seemingly to sacrifice Marcellus rather than unite in any common action with Cicero.

LXXVII. (ad FAM. IV. 4.)   ROME, 46 B.C. (708 A.U.C.)

THIS is the Servius Sulpicius Rufus whose name is immortalised by one short letter (L. 82). He was one of the foremost literary men of the age, and was equally distinguished as poet, grammarian, historian, and jurist. His political sympathies were with the senate and the optimates, but at the outbreak of the civil war he had displayed a single-hearted desire for peace, and had now been recalled by Caesar from his retirement at Samos to undertake the proconsulship of Achaia. We hear of him once more as one of the three ambassadors who carried the terms of the senate to Mark Antony before Mutina.

1.—Saepius litteras uno exemplo, *i.e.* several copies of the same letter; cf. Gen. Introd. p. xliv, and L. 40. 2, where it does not necessarily mean a copy.   **Ex ea parte, quatenus**, 'only in so far as.'   **Qui . . . accipiant**, *i.e.* into whose hands they are intrusted.   **Fieri . . . ne**; we should have expected *ut non*; Sen. (*Dial.* 6. 13) has *ne admiretur, efficit*.   **Nec nosco, nec probo**, 'I neither acknowledge nor approve;' *nosco* seems to mean to acknowledge as an excuse; *probo*, to accept as a fact.   **Divitias orationis**; cf. L. 56. 1.   **Nec hoc εἰρων. sc.** *scribo*. **Subtilitati**, refers to the matter; **elegantiae**, to the form.

2.—Hoc Achaic. neg., the proconsulship of Achaia.   **Aliter cecidisse rem**, etc., *i.e.* that your government has given you more trouble than you thought; prob., as S. suggests, owing to the number of Pompeians who sought refuge in Achaia and placed Caesar's governor, who since Pharsalus had remained neutral, in an awkward dilemma.   **At contra nobis**, sc. *videris*.   **Prae nobis**, 'in comparison with us.'

3.—De Iure publico, L. 74. 2 n.   **Aequitate tua**, in your consulship in 51 B.C.   **Ne hominis quidem causa**, 'even considering who he was.'   **Fecerat autem**, etc., explains *senatui roganti*.   **Fecerat . . . ut . . . cunctus consurgeret** = 'had actually risen in a body.'   **L. Pisone**, father of Caesar's wife Calpurnia.   **Noli quaerere** = *quid quaeris?*   **Reviviscentis, r. p.** (!); the incident indicated much more clearly to any one who had eyes the coming degradation of the senate.

4.—Omnes ante me rogati; the method, *per singulorum sententias exquisitas*, *i.e.* the method of calling on each of the members for their individual views, was adopted on this occasion by Caesar in preference to a simple vote (*per discessionem*) more for form's sake; he wished it to appear that Marcellus owed his recall to the senate.   **Volcatium.** Billerb. thinks that the son of L. Volcatius Tullus, consul in 66 B.C., is referred to, not the ex-consul himself.   The former had been intrusted by Caesar with certain of the duties of praetor this year, although he did not hold that office, and the young man may have thought to show his gratitude by asserting his sympathy with severe measures against Marcellus. **Si eo loco esset**; Livy (xxxvii. 14. 5) writes, *si in eodem loco esset*. **Senatus officium**, 'the loyalty of the senate' to its exiled member. **Pluribus verbis egi**, etc., 'I thanked Caesar at length '—in the *oratio pro M. Marcello*, which (?) has come down to us.   **Meque metuo**, etc., now that he had again entered the arena ; so in 45 B.C. we find him speaking before Caesar in behalf of Ligarius and Deiotarus.　**Me hanc r.p.**, etc., 'that I did not consider the present a constitutional government.'　**Hoc faciam**, *i.e.* speak in public.　**Aut etiam intra modum**, *i.e.* rather too little than too much ; so *intra legem*, *Fam.* ix. 26. 4, means far within the limits prescribed by law ; he means he will 'err on the safe side.'　**A prima aetate** = *a pueritia*, L. 53. 16.　Cicero does not mean that he was an infant prodigy.　**Ingravescit**, 'becomes more absorbing.'　**Et aetatis**, etc., *i.e.* both because my age is now ripe for taking a true view of life, and because the times are so out of joint that nothing else can give relief to the trouble of my mind.

5.—**Iam noctes**, 'by this time (September?) the length of the nights.' **Omni probitate**, *i.e.* the rectitude he shows in everything.　**Mansione aut discessione** ; cf. L. 70. 7 n.　**Delectare**, sc. *te*.　**Ipso**, Caesare. **Hoc nostrum consilium**, *i.e.* my advice that you should remain in Achaia.

LXXVIII. (ad FAM. VI. 6.)　ROME, 46 B.C. (708 A.U.C.)

To understand the attitude of apparent harshness which Caesar assumed towards Caecina and other literary men of republican sympathies, we must recollect the floods of anonymous pamphlets, epigrams, street placards, and the like, with which the Dictator and his government were daily attacked.

A. Caecina is probably the same on whose behalf Cicero delivered in 69 B.C. the speech which is still extant (cf. *Fam.* vi. 7. 4, where Caecina writes *me veterem tuum . . . clientem*).　He was himself of an ancient Etruscan family, and was mainly distinguished as the author of a lost work, *de Etrusca disciplina* (sect. 3).　In the civil war his sword and pen alike were enlisted on the side of the republic ; *armatus adversario male-dixi*, he writes, *Fam.* vi. 7. 1.　Caesar, we are told (Sueton. *Caes.* 75), remained imperturbable, yet Caecina seems to have remained unforgiven ; nor do we know whether the recantation or *liber querelarum* which he wrote at this time from Sicily ever even met the eye of the offended Dictator.

1.—**Studiorum parium** ; esp. the study of divination, which was the subject of Caecina's work.　**Sed tamen vereor**, etc., 'and yet, I say, I fear that you think me remiss in the duty of letter-writing.'　**Gratulationem** ; upon your receiving pardon from Caesar.　**Id argumentum ep.**, *i.e.* congratulations.

2.—**Sed ut eum** = *sed iis quibus te consoler ut eum*, etc.　**Qui ad me ex Asia**, *i.e.* who returning from Asia to Rome visited me at Thessalonica on their way.

3.—**Ratio . . . Tuscae disciplinae**, 'rules of Tuscan augur-lore.' **Ne . . . quidem** does not mean 'not even,' but simply emphasises *nos* in opposition to *te*.　**Doctrinae**, 'of philosophy ;' so *docti homines* means philosophers, L. 69. 5.

4.—**Hoc plus**, v. L. 26. 7 n.　**Sed tamen plurimi**, etc. ; cf. *Phil.* ii. 24, where he seems to be quoting the very words of this warning.

5.—**Hunc** Caesarem.　**Eundum**, sc. Pompeio ; Cicero seems to forget how anxious he had been in 51 B.C. that Pompey should remain to protect Rome (cf. *Att.* v. 11. 3, and *Fam.* iii. 8. 10).　**Ipso consule**

(III. *Pompeio*) **pugnante**; on behalf of the measure. **Vel iniquissi-mam pacem.** Cicero is more accurate here as to his own attitude; cf. *Att.* vii. 14. 3 : *equidem ad pacem hortari non desino quae vel iniusta utilior est quam iustissimum bellum.*

6.—**Rebus domesticis**; we cannot doubt that Cicero's view here and elsewhere, that the hopeless financial entanglement of many of the Pompeians was their chief motive in urging on the war, is strictly correct; cf. Caesar's judgment on Lentulus (cos. 49 B.C.), *B. C.* i. 4. 2. **Aliquando**; in 57 B.C. **In fabulis,** 'in the plays,' seemingly; the words *prudens* to *positam* seem to be a quotation, perhaps, as S. suggests, from the *Eriphyle* of Accius; cf. what Cicero says of himself and his own motives in joining the war, *Marcell.* 14, where he uses the same quotation.

7.—**Constitui,** now that 'I have established.' **Augur publ.**; on Cicero's augurship cf. L. 53. 13 n. **Ex alitis involatu,** etc. Besides the methods mentioned here, from the flight and singing of birds, which were favourable when heard on the left of the augur as he faced to the south, and to the feeding of sacred chickens, which was favourable when they ate with such voracity as to let much of the grain fall to the ground (*tripudium solistimum*) not without impatient cackling (*tripudium soni-dium*), Festus mentions three other methods—*ex caelo, ex quadrupedibus, ex divis* (prodigies). **Etsi non sunt certiora**; we can fancy the augur's smile as he paid this compliment at once to his 'cloth' and to the Etruscan superstition of his correspondent.

8.—**In Caesare haec sunt,** etc.; this testimony is valuable in proportion as it is disinterested and spontaneous. **Ingeniis delectatur**; so *favet ingeniis,* L. 76. 2. **Consentiens Etruria,** the united voice of your own Etruria.

9.—**Eodem fonte,** *i.e.* from Caecina's pen. **Leviter**; Suetonius, unre-strained by considerations of politeness, writes, *criminosissimo libro.* **Summorum tuae aet.,** 'the first men of your time;' for this use of adj. for noun cf. such words as *amicus, benevolus,* and even superlatives, *sui amicissimi, Phil.* ii. 41, *tui familiarissimi, ibid.* 42 ; with which compare the use of ἔχθιστος with the gen. in Xen. *Anab.* iii. 2. 5.

10.—**In eius persona,** etc., *i.e.* he showed great severity to him in his character of leader of his party; *persona* in the sense of character, rôle, or capacity, is in a state of transition from 'mask' to 'person;' for the constr. cf. L. 101. 2 n. **Cum summa,** etc., referring partly to the taste-ful way (described L. 77. 4 n.) in which Caesar brought about his recall.

11.—**Hoc,** explained in what follows, *primum ut,* etc. **Ratio,** sc. *rerum et civilium temporum, i.e.* the present system of things and the present state of politics. **Nefariorum scel.,** *e.g. ambitus* under Pompey's law of 52 B.C.

12.—**Habes,** L. 6. 6 n. **Addubitarem**; the compound in *ad* of familiar style we do not find in Cicero's orations. **Illa consolatione,** explained by *te si,* etc. : namely, that you, etc. **Explorata victoria,** 'in the certainty of victory.' **Ita enim tum putabas** refers to *republica :* for you thought then that you were fighting for the constitution, whatever view you may have expressed now in your 'Querelae.' **Non solum veterum,** *e.g.* Coriolanus and Camillus. **Externos,** *e.g.* Themis-tocles, Epaminondas, Hannibal.

13.—**Nunc hoc amplius**; either take *hoc* as acc. taken up by *quod,* etc., or as abl. after *amplius,* 'more than this;' in either case tr. 'I now further place at your disposal my daily increasing influence with Caesar.'

LXXIX. (ad FAM. VI. 14.)   ROME, *November*, 46 B.C. (708 A.U.C.)

Q. LIGARIUS had served the Pompeian cause in Africa from the out-break of the war until the battle of Thapsus. His pardon was finally secured through the efforts of his friends, and chiefly of Cicero, whose speech *pro Ligario* produced on Caesar a lasting impression in his favour. His name appears on the list of conspirators in 44 B.C., and we have every reason to trust and believe that it appeared also next year on the list of the proscribed.

1.—Si quisquam (subst. = 'if there exists any one who') : *si quis* (whosoever) : : *si ullus* (adj. 'if there is any who') : *si quis* (whatever) ; for the latter cf. *Att.* xii. 23. 1 : *si qua me res isto adduxerit, enitar, si quo modo potero—potero autem—ut praeter te nemo dolorem meum sentiat, si ullo modo poterit* (but I fear it is impossible), *ne tu quidem.*   **Metuens . . . sperans**, are adjs., not verbs : 'more ready to dread, etc., than to hope.'

2.—A. d. v Kal. intercalares priores = Nov. 27 ; in his character of Pontifex Maximus Caesar prolonged the year 46 B.C. by 90 days ; with the aid of the astronomer Sosigenes he intercalated not only the short month of 23 days called Mercedonius or Mercedinus, which Numa had decreed should be inserted after Feb. 23 every second year, but also, be-tween Nov. and· Dec., two months containing between them 67 days ; the divisions in these months were called *Kal. Non. Id. interc. priores* and *posteriores* respectively.   **Omnem . . . molestiam** ; cf. L. 87. 2. **Essem locutus** ; this was not the occasion of the speech *pro Ligario ;* it was not until Cicero had succeeded in interesting the Dictator on his friend's behalf that the younger Tubero came forward with his formal accusation against him, with the view of preventing his pardon.   **Hac opinione discessi,** 'I left him in the belief.'

LXXX. (ad FAM. XII. 17.)   ROME, *Dec.*, 46 B.C. (708 A.U.C.)

Q. CORNIFICIUS we first know (*Verr.* i. 10) as iudex quaestionis in the case of Verres. He had been Cicero's competitor for the consulship (L. 1. 1), and was now his colleague in the augurship (*collegae*). He was distinguished as orator, poet, and friend of Catullus.

In the civil war he had fought on the side of Caesar, and on the reduction of Africa seems to have been appointed governor of that pro-vince. We find him in Africa in 44 B.C. (*Fam.* xii. 21 *seq.*), and there is no reason to suppose him any nearer Syria now. After the death of Caesar he held Africa in the republican interest against T. Sestius, whom Antony had sent to supersede him, and was slain in the battle which ensued, 42 B.C.

1.—Ex Syria . . . tumultuosiora ; the disturbance in the East was caused by Q. Caecilius Bassus, a Pompeian who had been pardoned after the battle of Pharsalus, and who in return had murdered the governor of Syria, a relative of Caesar, and now with a small army defied the Dictator's power.   **Id curae esse Caesari** ; it is prob. true that Caesar thought it possible to re-establish senatorial government, but we are sur-prised to hear Cicero admit that he was anxious to do so.

2.—Et cetera quidem fortasse, 'and on the whole perhaps much which even you,' etc., *i.e.* his *Paradoxa*, his *Brutus*, and esp. his *Cato*, with the republican sentiments of which Cornificius would agree. **Scripsi de optimo,** etc., *i.e.* in the *De Oratore.* **Scilicet,** 'of course,' as in L. 32. 2. **Doctum . . . ab non indocto.** Cornificius belonged to the 'new school' of poets and orators (cf. *Att.* vii. 2. 1, where Cicero speaks contemptuously of οἱ νεώτεροι). **Ex animo,** 'from conviction.' **Gratiae causa,** 'from friendship.' **Rem,** 'the argument.'

3.—**Omnium more,** 'because it is the fashion.' **Me cum amori,** etc., 'I not only set a great value upon;' we might have had *tribuere* instead of *tribuam.*

LXXXI. (ad FAM. VI. 3.) ROME, *Jan.* (?), 45 B.C. (709 A.U.C.)

A. MANLIUS TORQUATUS had been one of Cicero's warmest supporters in the troubles of 58 and 57 B.C. (*Fin.* ii. 72) and is frequently mentioned in the letters to Atticus. Since the battle of Pharsalus he had lived in exile at Athens, and was still suffering from Caesar's displeasure.

1.—**Sup. litteris** = *Fam.* vi. 1. **Ut,** sc. *ego* as anteced. to *cui.*

2.—**Item,** *i.e.* and as I ought then to have been shorter, so now likewise ought I to be. **Aliquid audimus,** from Spain; Caesar's first success, the capture of Ategua (*B. Hisp.* 19. 6), took place on Feb. 19; Cicero's surmise, in the words *quem ego iam video*, etc., that his ultimate success hardly admitted of a doubt, suggests that this victory was already known at Rome; Billerb. however dates the letter Jan. **Acies,** *i.e.* the impending battle. **Et belli exitum video et** ; he seems to have intended to write that he well knew both what the ultimate issue of the war would be, and what use would be made of victory; a shade of doubt crosses his mind as to the former, and he goes on *si id minus, i.e.* if I am not quite certain as to *that.* **Haec . . . illa** = *horum . . . illorum.*

3.—**Idque,** etc., *i.e.* and such is the use to which I see, now that I have a clear view of it, the victory will be put, that even death will be no misfortune if it anticipates the cruelty and rapacity of the conqueror; the text is however unsatisfactory; S. reads *tum tale video*, and thinks the MS. *vel* after *id* a gloss. **Urbe,** Athens. **Loqui,** by their pictures.

4.—**Discesserint,** sc. in Hispaniam. **Aut eorum qui remanserint** (sc. Romae); supplied on ancient authority in place of the hiatus of the MSS. **Ero** = *vivam.* **εἰς Ἀθήνας,** in a literal sense, 'coals to Newcastle;' the owl, as the sacred bird and emblem of wisdom in Athens, was everywhere throughout the city in statues, in pictures, and on coins.

LXXXII. (ad FAM. IV. 5.) ATHENS, *March,* 45 B.C. (709 A.U.C.)

CICERO's opinion of Servius's faculty in letter-writing (L. 77. 1) is here amply justified in spite of unclassical usages. Tullia had died in February, and the grief-stricken father had retired to Astura. (Gen. Introd. p. xxxv).

1.—**Renuntiatum est,** used of intelligence which it is one's duty to report; cf. the similar use of *referre*, L. 12. 2 n. **Sane quam,** conversational, like *valde quam, mirum quam* (θαυμαστῶς ὡς) *nimis quam*, exceedingly; Cicero uses it only twice, v. L. and S. **Pro eo ac,** 'as I was bound to,' v. Roby 2075. **Neque . . . coramque,** where we should have expected *et coram.* **Conflieri** ; this form is used by several of Cicero's correspondents, once in Caesar (*B. G.* vii. 58. 2), never by

Cicero himself.   **Decrevi,** 'I have resolved,' followed by the pres. *exis-timem* and *perspicias.*

2.—Intestinus, 'private,' joined with *domesticus* in *Verr.* 2. 1. 15. **Egerit** ; L. and S. 8 B; cf. *pessime . . . actum,* sect. 3.   **Qui,** adj. with *animus,* or adv. (*quo-modo*)?   **Callere** ; Cicero would have used a compound in the pf. (*con-, ob-,* or *percalluisse*).   **Existimare** = *aestimare ;* never so in Cicero.

3.—An illius vicem, 'or perhaps it is for her sake,' on *vicem,* v. L. 27. 1 n.   **Credo** is unnecessary after *an.*   **Et nos saepe incidimus** : loose constr. instead of *et nos inciderimus ;* on the difference between *venire* and *incidere,* cf. L. 52. 2 n. ; Servius says that even he has lighted on this reflection.   **Sine dolore,** as opposed to a violent death. **Quae res? quae spes?** *i.e.* what hope, either present or future?   **Adulescente,** in the Roman sense ; Tullia was over thirty at the time of her death.   **Gereret** = *ageret ;* never in Cicero.   **Pro tua dignitate,** *i.e.* worthy of your alliance.   **Libertate sua uti** ; sc. *possent,* 'who would be able to assert their freedom ;' the constr. is harsh.   **Nisi,** 'were it not that,' 'only,' cf. L. 48. 4 n.   **Sit,** where we should have expected *est.*   **Haec,** what we now suffer.

4.—Attulit, indic. in indir. quest. is not uncommon in early Latin. **Volo . . . commemorare** = *commemorabo ;* the use of the auxiliary instead of the inflexion is rather colloquial than classical.   **Si,** like εἰ, 'to see if.'   **Ex Asia,** where he had been living in retirement.   **Rediens,** to assume his provincial government in Achaia ; cf. end of this letter, and introd. to L. 77.   **Regiones circumcirca** = *regiones, quae circumcirca erant ;* cf. Liv. xxii. 23, *omnibus circa,* for *omnibus quae circa erant ;* the constr. is not uncommon.   **Oppidum** (contr. for *oppidorum*).   **Cadavera** ; Cicero writes *sepulta in patria* in *Cat.* i. 4.   **Visne tu,** 'will you not ?' a not uncommon use of *ne,* esp. in such phrases as *videsne, videmusne* etc.   **Crede mihi** is familiar.   **Modo,** 'but now.'   **De imperio,** etc. ; he means that the people's imperial prerogatives had been invaded by Caesar.   **Diem suum** for *diem supremum* seems to have been a favourite form with Servius ; cf. *Fam.* iv. 12. 2.   **Moriendum fuit** ; Roby 1535.   **Fuerat** is merely familiar for *erat ;* cf. Plaut. *Amph.* i. 1. 273, *ut matre natum fuerat.*

5.—Una cum r. p. fuisse, *i.e.* that the republic lasted Tullia's day. **Augur.,** L. 53. 13 n.   **Adulescentibus primariis** ; Gen. Introd. p. xxxiii, n. **Perfunctam esse,** 'enjoyed ;' so *De Or.* iii. 7: *ab honorum perfunctione ;* usu., however, *perfungi* = to perform a task.   **Hoc nomine,** 'in this view ; so L. 21. 4 : *eo nomine ut* = with the view of.   **Neque imitare** ; Cicero would have used *neve.*   **Tenere,** 'understand.'

6.—Ei rei . . . occurrere, 'anticipate that result.'   **Qui illius in te amor fuit,** 'such was her love for you ;' Roby 1715.   **Hoc certe,** *i.e.* that you should trust to time for a cure.   **Da hoc illi,** *i.e.* do her the favour of anticipating the effects of time.   **In eam fortunam,** etc., *i.e.* since our position is such that we must have regard to such considerations as this.   **Aeque,** 'as worthily.'

LXXXIII. (ad FAM. IV. 6.)   ASTURA, *April,* 45 B.C. (709 A.U.C.)

1.—Ego vero vellem adf., 'yes, certainly, I wish you had been here.' **Ut scribis** ; in L. 82. 1.   **Potueris,** 'you would have been able,' is the pf. indic. of possibility (Roby 1535) transferred to indirect quest.   **Adhibuisti,** 'you betrayed.'   **Iucundiora . . . gratiora** ; v. L. 7. 6 n. **Scilicet,** 'of course ;' cf. L. 32. 2.   **Nam et Q. Maximus,** etc. ; cf.

Tusc. iii. 70 : *qualis fuit Q. Maximus efferens filium consularem, qualis L. Paullus, duobus paucis diebus amissis filiis, qualis M. Cato, praetore designato mortuo filio ;* Cicero here adds Galus in compliment to Servius. Q. Maximus is Q. Fabius Max. Cunctator ; L. Paullus was the conqueror of Perseus, L. Aemilius Paullus Macedonicus ; C. Sulpicius Galus, who also distinguished himself in the Macedonian war, as well as against the Ligurians in 167 B.C., was of the same gens as Servius (*vester*) ; M. Cato is the censor.

2.—**Cum frangerem . . . me,** 'when I was trying to master myself;' *Att.* xii. 44 : *contudi enim animum et fortasse vici si modo permansero,* where he is speaking of conquering his aversion to Tusculanum, where Tullia had died. **Habebam quo confugerem ;** cf. the interesting tribute to Tullia's character in *Att.* x. 8. 9 : *cuius quidem virtus mirifica. Quo modo illa fert publicam cladem ! quomodo domesticas tricas ! quantus autem animus in discessu nostro ! est* στοργή, *est summa* σύντηξις : *tamen nos recte facere et bene audire vult.* **Consanuisse ;** only here in Cicero.

3.—**Tuum adventum ;** from Achaia, where the term of his governorship had nearly expired. **Qua ratione,** etc., *i.e.* what line of conduct they should adopt while Caesar's rule lasted.

LXXXIV. (ad ATT. XIII. 52.) PUTEOLI HOUSE, *December* 29, 45 B.C. (709 A.U.C.)

CAESAR's visit happened on December 19, the second day of the Saturnalia, during a pleasure trip into Campania. The soldiers mentioned were his Spanish life-guards.

1.—**Gravem** ἀμεταμέλητον, 'so unwelcomed, yet so unobjectionable ;' so below : ἐπισταθμείαν, *odiosam mihi . . . non molestam ;* Caesar was a guest formidable to expect, easy to entertain. **Fuit enim periucunde,** 'for he was in the best of humours;' cf. Cicero's words before Caesar himself, *Deiot.* 19 : *cum in convivio comiter et iucunde fuisses ;* so *libenter fuit,* below, sect. 2, 'he thoroughly enjoyed himself ;' on the constr. cf. L. 40. 2 n. **Sed,** resumptive, 'well.' **Philippum ;** L. Marcius Philippus married Caesar's niece Atia, after the death of C. Octavius, and thus became the stepfather of Octavian. **Completa a**—not 'filled with,' but 'invaded by.' **Triclinium,** 'a room,' as in sect. 2. **Quippe hominum CIɔ CIɔ ;** sc. *fuerunt:* 'for there were 2000 of them,' a company which would strain the resources of a modern palace. **Postridie,** when he was to dine with me. **Barba Cassius,** mentioned in *Phil.* iii. 2 n., as amongst the *naufragia Caesaris amicorum,* who were in Antony's army at Mutina. **Apud Philippum,** sc. *erat.* **Rationes,** sc. *confecit.* **Balbo ;** v. L. 31. 2 n. **Post h. VIII. in balneum ;** he seems to have gone to Cicero's house straight from his walk. **De Mamurra,** a rich favourite of Caesar, whom Catullus, in *Epigr.* 29 and elsewhere, attacks for the lavish extravagance with which he spent the wealth he had accumulated during Caesar's Gallic campaigns; the allusion in the text is doubtful : if we read *vultum,* it may refer to the death of Mamurra ; if we omit *vultum,* it may refer to his condemnation under Caesar's lex sumptuaria (cf. *Att.* xiii. 7. 1), in which case *non mutavit* means, 'he did not try to reverse the judgment.' ἔμετ. **agebat,** impf. of action proposed ; v. Roby 1470 : 'he intended to take an emetic,' a practice not only with those who, according to Sen. *Cons. Helv.* 9, *vomunt ut edant, edunt ut vomant,* but with those who, like Caesar, had a prudent regard for their stomachs; cf. *Deiot.* 21, *vomere te post cenam velle dixisses.*   **Bene cocto**, etc., from Lucilius—a favourite quotation, seemingly, with Cicero, cf. *Fin.* ii. 24.   **Si quaeri'**; L. 29. 2 n.   **Libenter**, to his heart's content.

2.   οἱ περὶ αὐτὸν, 'his private retinue,' as distinguished from his military guards; he means that the liberti lautiores were in one room, the minus lauti in another, and the servi in a third.   **Homines visi sumus**, 'I showed them I was a gentleman;' Nero is said to have remarked after the completion of his 'golden palace,' *se quasi hominem tandem habitare coepisse* (Suet. *Nero*, 31); so *homo* is used in the slightly different sense of a man of honour, *Att.* iv. 15. 2: *si vis homo esse recipe te ad nos*, and *Att.* x. 11. 5, of a man of good feeling; 'a man' in the emphatic English sense would be *vir*.   **Amabo te**; cf. L. 52. 2 n.; the words are perhaps a quotation from a comic poet.   **Eodem ad me**, 'visit me again.' Σπουδαῖον οὐδέν, etc., *i.e.* there was no political but much learned talk. **Ad Baias** may mean either in the neighbourhood of or at Baiae; cf. *ad forum, ad villam.*   **Habes**, 'you now know all about;' cf. L. 6. 6 n. **Dextra sinistra**; cf. L. 53. 12 n.; the meaning is that his whole bodyguard filed up left and right to his horse, and marched past in this order. **Ex Nicia**, sc. *audivi;* Nicias Curtius was a learned Greek, who was intimate both with Cicero and Dolabella.

LXXXV. (ad FAM. VII. 30.) ROME, *Jan.*, 44 B.C. (710 A.U.C.)

M'. CURIUS (v. L. 61. 1) had spoken (*Fam.* vii. 29.) of returning to Rome in spring; Cicero writes in answer that he will be wise to stay away.

1.—Ego vero—cf. L. 83. 1,—'No, I neither advise,' etc., repeating the opinion he had already expressed to Curius (*Fam.* vii. 28. 1). **Evolare . . . ubi**, etc., a favourite quotation (perhaps from the *Atreus* of Accius), employed three or four times by Cicero with slight variations, but almost always with a reference to Caesar and his followers.   **Ne = nae. Campo**, sc. Martio.   **Sella Q. Max.**; the curule chair of Q. Fabius Maximus, who along with C. Trebonius had been made consul by Caesar in October 45 B.C.; it had already been placed in readiness for Fabius as president of the comitia tributa for the quaestorial elections, when the announcement of his sudden death put an end to proceedings. Caesar seized the opportunity to reward a deserving follower; setting aside the usual augural forms, for which there was no time, he summoned the centuries, and had C. Rebilus, formerly lieutenant in his own army, elected to a consulship of half a day's duration.   **Illi**, the Caesarians.   **Hora septima**, about 2 P.M., Dec. 31.   **Ita Caninio consule**; other jests of Cicero on this fertile topic are given us elsewhere: *Solent esse flamines diales modo consules diales habemus;* 'Let us hasten,' he said, as he was going with others to salute the new consul, 'lest he lay down his office before we get there.'   **Somnum non viderit**; the inaugural banquet (*cena aditialis*) would last till past midnight.

2.—Cuius quoniam proprium, etc., referring to Curius's words at the begin. of his letter: *sum enim* χρήσει μὲν *tuus*, κτήσει δὲ *Attici nostri: ergo fructus est tuus, mancipium illius.*   **Nexo**; v. L. and S. 2 *nexus* II. **Est cuiusque . . . quo quisque**; for the repetition of *quisque* in the relative cl. cf. *Off.* i. 21: *quod cuique obtigit, id quisque teneat.*

3.—Acilius; M'. Acilius Glabrio, Sulpicius's successor in the government of Achaia.   **Cum legionibus**; the legions which were destined for Caesar's Parthian campaign. **Max. meo benef. est,** 'is much in-debted to my kindness;' cf. *Phil.* viii. 18, *cum suo magno esset beneficio, i.e.* since he was greatly indebted to his recommendation. **Rebus salvis,** *i.e. ita ut res (caput) salvae essent.*

PART IV.

General Introduction, pp. xxxv *seq.*

LXXXVI. (ad FAM. VI. 15.) *March* (?), 44 B.C. (710 A.U.C.)

L. MINUCIUS BASILUS, a place-hunter, who having been one of Caesar's legati in Gaul, and praetor at Rome in 45 B.C., had not received from the Dictator the provincial governorship which he had been promised on expiry of his year of office, and had fallen an easy victim to the arts of Cassius. The note is a burst of joyful congratulation from the orator on the part Basilus had taken in the assassination.

LXXXVII. (ad ATT. XIV. 1.) MATIUS'S VILLA, *April* 7, 44 B.C. (710 A.U.C.)

ON the events which immediately succeeded Caesar's assassination, cf. Gen. Introd. pp. xxxv *seq.* The letter is written amid the haste and confusion with which Cicero and the conspirators left Rome.

1.—Ad illum, *i.e.* C. Matius (L. 41. 2 n.), as we learn elsewhere. Cicero is careful to suppress the name of his host, lest, should his letter miscarry, it might compromise him in the eyes of the republican party. **De quo,** sc. *locutus sum ;* he means prob. when he parted from Atticus in Rome. **Nihil perditius,** sc. *esse posse aiebat.* **Ille tali ingenio,** ' a man of Caesar's genius,' abl. of quality. **Verum ille gaudens,** sc. *ista aiebat.* **Tumult. Gallic.,** *i.e. erupturum esse ;* no stronger proof is needed of the thoroughness of Caesar's work in Gaul than the perfect peace that reigned in the newly conquered districts during the whole of the civil war. **Lepido,** afterwards triumvir ; he had received Gallia Narbonensis and Hither Spain from Caesar for 44 B.C., but still remained in Rome. **Sic abire,** *i.e.* that the murder could not be thus let past ; L. and S. *abeo* II. B 2. **Oppium** ; L. 68. 1 n.

2.—Pigrere, only here in Cicero. **Sexto,** *i.e.* Sextus Pompeius, who still held up the standard of his father's party in Spain. His small force had been increased by malcontents from Italy, and was now further strengthened by the reversion of republican feeling which took place on the assassination of Caesar. His elder brother Gnaeus had fallen after the battle of Munda in 45 B.C. **Ille, ad quem deverti,** sc. *aiebat.* **Deiotaro** ; cf. LL. 53. 5 n. and 89. 1 n. ; Cicero mentions the speech of Brutus elsewhere (*Brut.* 21). **Niceae,** in Bithynia. **Succurrit =** *occurrit ;* so *succurret,* L. 88. 4. **Sestii rogatu** ; Sestius was tried (prob. *de ambitu*) in 45 B.C. (*Att.* xiii. 49. 1) ; he had perhaps been con-demned, and had asked Cicero to intercede for him with the Dictator. **Expectarem . . . sedens** ; cf. *Att.* xiv. 2. 3, where Cicero quotes Caesar's words to the same effect on the same occasion ; on this sign of the times cf. L. 79. 2. **Male,** 'thoroughly,' conversational, as often with such verbs as *odi, taedet, metuo,* etc. ; cf. similar use of *bene,* L. 26. 3, and n. **Ad propositum** ; cf. L. 65. n.

LXXXVIII. (ad FAM. XI. 1.) *April*, 44 B.C. (710 A.U.C.)

DECIMUS JUNIUS BRUTUS ALBINUS had been a distinguished soldier under Caesar. He commanded the fleet against the Veneti in 56 B.C., and was in Britain in 55 and 54. In 52 B.C. he led an independent force into the territory of the Averni, and took part in the siege of Aleria. He distinguished himself in 49, when he again commanded the fleet before Massilia, and in the following year received the province of Gallia Ulterior. Caesar rewarded his services by assigning him in his will the province of Gallia Cisalpina for the year 44 and the consulship for 42, and it was he who in return led Caesar into the senate-house to the daggers of the assassins. After the collapse of the hopes of his party in 43, he tried to force his way to M. Brutus, but fell into the hands of a Gaulish chief whom he had formerly benefited, and who now put him to death. *Iustissimas optime de se merito viro C. Caesari poenas dedit (Vell.* ii. 64. 1).

The letter shows how Brutus and Cassius were looked to as the heads of the conspiracy, and how utterly planless and helpless these leaders themselves were.

1.—**Hirtius**, consul designatus for 43 B.C. along with Pansa.   **Provinciam**, which Caesar had assigned him.   **Militum**, Caesar's veterans.   **Nullae partes . . . in r. p.**, 'no footing in the government.'   **His**, un-Ciceronian for *sibi, i.e.* Antony himself and the Caesarians; so the change of subj. in *aiebat* is an obscurity of which Cicero would not have been guilty.

2.—**Legationem liberam**; L. 9. 3 n.

3.—**Rhodum**; cf. L. 75. 5.

4.—**Bassum Caecil.**; v. introd. to L. 80; for the transposition of *nomen* and *cognomen* cf. L. 14. 3 n.

5.—**Post noviss. Hirtii serm.**, a later one than that mentioned at beginning of the letter; these lines are added as a postscript.

LXXXIX. (ad ATT. XIV. 12.) PUTEOLI, *April* 22, 44 B.C.
(710 A.U.C.)

1.—**Odii poenam ac doloris**, *i.e.* the satisfaction which our resentment and indignation demanded.   **Istim**, several times in Cicero for *istinc;* cf. Roby 532.   **Quam diligam Siculos**; v. Gen. Introd. p. xi. **Latinitas**; after the Social War (89 B.C.), and the consequent extension of the Roman citizenship to all Italians south of the Rubicon. *Latinitas,* or *ius Latii,* was a term applied to a class of rights which fell short of the full franchise, and were at this time bestowed upon certain cities and districts outside the limits of Italia; these rights were more or less the same in the case of each, and consisted of (1) the ius exulandi, or right possessed by every 'Latin,' on taking up his residence at Rome, of becoming at once a naturalised citizen with the right of voting in one tribe, of taking part in the Feriae Latinae, and of sharing the ager publicus;[1] (2) the exemption of their home administration from the control of a Roman governor. **Verum tamen**, 'yet what can we do?' cf. L. 21. 5 n.   **Antonius**, etc.; Gen. Introd. p. xxxvi, and *Phil.* ii. 92.   **Delotari**, who for the part he

---

[1] In the case of some towns which possessed Latinitas the ius exulandi seems to have been confined to ex-town-magistrates.

had taken in the civil war had been deprived by Caesar of Lesser Armenia (L. 53. 5 n.). Upon the death of the Dictator he had forcibly resumed possession, at the same time directing his ambassadors who were then in Rome to negotiate for a clause in Caesar's will entitling him to the throne. Antony wrote the clause, and charged him 10,000,000 sesterces. Cf. *Phil.* ii. 93 *seq.*   **Per Fulviam**; after the death of Clodius in 52 B.C., and C. Curio, who fell in an engagement with King Iuba while fighting for Caesar in Africa (49 B.C.), Fulvia had married Antony, and now (*nihil muliebre praeter corpus gerens*) exercised considerable political influence in Rome; Cicero never lost an opportunity of mentioning her virtues (*mulier sibi felicior quam viris, Phil.* v. 11), and she is said to have afterwards revenged herself by having the tongue of the murdered orator pierced through with a knitting-needle.   **Illuc refero**; the reading is incontestable, but the commentators are at fault; they have not suggested to take the words with *sescenta similia*, and make them refer to Fulvia: 'I ascribe them to that source' (L. and S. *refero* II. B 4), but even this is unsatisfactory; we should have expected *illud* or *referor*, referring to the next sentence.   **Buthrotiam.** The town of Buthrotum in Epirus had failed to pay up the contribution which Caesar had levied upon it, and its territory had accordingly been assigned to a body of his veterans. Atticus thereupon came forward with an advance of the required sum, and obtained for the Buthrotians a reversal of the assignment (v. *ad Att.* xvi. 16. A, B, and E); the soldiers however had still retained possession, and the friends of the case could only hope to maintain (*tenere*) Caesar's decision through Antony, whose liberality in these matters was highly encouraging (*quo iste plura* sc. *permittit*).

    2.—Nobiscum hic, etc.; Gen. Introd. p. xxxvii.   **Philippus non**, sc. *Caesarem salutat:* his stepfather (L. 84) does not join his other friends (*sui*) in recognising his claims.   In *Phil.* iii. 15 and elsewhere we find Cicero towards the end of the year informally recognising the adoption.   The constitutional ratification of it by the comitia curiata does not seem to have taken place till Aug. 43 B.C.   **Negat**, Octavius.   **Haec**; the present state of matters.   **Ubi nec Pelop.**; L. 85. 1 n.   **Inquit**, 'as the poet says.'   **Haud amo**; he means that he does not like the unpronounced politics of Hirtius and Pansa.   **Declamare**, L. 60. 7.   **Quondam**, *i.e.* while Caesar was alive Cicero could not avoid doing such services to his friends.

    3.—Delectem, sc. *te;* cf. L. 35. 1 n.   **Quicquid**, sc. *erit scribas velim.*   **Vestorium**; L. 27. 4 n.

    XC. (ad ATT. XIV. 13 B.) PUTEOLI HOUSE, *April* 26, 44 B.C.
                       (710 A.U.C.)

M. ANTONIUS was the grandson and namesake of the distinguished orator who died in 87 B.C., the nephew of C. Antonius, Cicero's colleague in the consulship of 63, and the stepson of P. Lentulus, who was executed as a traitor in that year.   He first distinguished himself in the East as praefectus equitum in the army of Gabinius, and was present when that general illegally reinstated Ptolemy Auletes on the throne of Egypt (55). After serving a few months with Caesar in Gaul he returned to Rome in 53, where, amid the Clodian riots, he took his stand on the side of order (*Mil.* 40), and secured his own election to the quaestorship for 52.   After again serving with Caesar he again returned to Rome to be elected to a vacant place in the college of augurs, and to the tribuneship for the following year. From this date his story is the history of Rome.

The letter is the answer to the request which Antony makes, in *Att.* xiv. 13 A, for Cicero's consent to the recall of Sextius Clodius. The latter was a client of the Clodian family. He had been a warm supporter of Publius, at whose funeral he had caused the senate-house to be set on fire, and had been condemned under the lex Pompeia. It is immortalised in *Phil.* ii. 4. 7, where Cicero accuses Antony of a breach of faith in reading it aloud in public, as a proof of the sentiments of friendship which the orator's actions belied. We need not suppose that Antony was really deceived by its friendly tone, any more than that Cicero really imagined that Antony intended to consult him as to the recall of Clodius.

1.—Vultu . . . fronte; cf. L. 38. 17.   **Studio**, in 53 B.C.   **Bene-ficio**, in 48.   **Res publica**; he means Antony's public action on March 17; cf. Gen. Introd., p. xxxvi.

2.—Ita petente ut, etc., 'since while asking my consent you refused,' etc.   **Ita . . . ut**, of limitation.   **Nullo neg.**, 'quite easily.'

3.—Ego vero; L. 83. 1 n.   **Quoquo modo**, etc., referring to Antony's appeal to Caesar's will, in A 2; Cicero refuses to enter upon the discussion of so doubtful an authority.   **Nihil enim unquam**, etc., *i.e.* I not only never felt any personal bitterness, but never showed myself even in the slightest degree more firm and unrelenting than my position as a public man required; *tristitia* and *severitas* are opposed to *comitas* and *facilitas* in *Lael.* 66.   **Insigne . . . fuerit unquam**; we may wonder what 'insigne' means in Cicero's vocabulary; if his hatred was not 'pronounced' during the life of Clodius, his joy at his death was; he dates several of his letters at the time 'from the battle' in which Clodius was slain as from the most joyful era in his history; v. *Att.* v. 13. 1, and vi. 1. 26.   **His praesidiis**, *i.e.* of the protection which dependants afford us; the polite taunt contained in the sentence, which, while asserting the social meanness of a freedman of the Clodian family, suggests its need of the support of dependants however insignificant, would not escape Antony.

4.—Nam, like *etenim*, L. 26. 5, gives the reason of a suppressed thought.   **Ego p. c. ille suam**, is Cicero's answer to the suggestion of *contumacia* in Antony's letter, sect. 3.   **Nulla contentio**, because he would have been reduced to political nonentity.

5.—Quae tua pot. est; as the executor of Caesar's affairs.   **Non quo** is Cicero's reply to the threat in Antony's letter, sect. 3.   **Quam domus**, owing to Fulvia.

XCI. (ad FAM. IX. 14, ad ATT. XIV. 17, A.)   POMPEII HOUSE, *May* 4, 44 B.C. (710 A.U.C.)

A FEW of the more fanatical supporters of Caesar had raised an altar and pillar to his memory, and, under pretence of worship, had made it the centre of a growing disaffection. In the absence of his colleague from the city, Dolabella took energetic action, and by razing altar and pillar to the ground, and crucifying or throwing from the Tarpeian Rock the ringleaders of the movement, had just succeeded in crushing a formidable

S

sedition. Cicero was anxious to make the most of the occurrence as an indication of Dolabella's republican sympathies. He was anxious, above all, by extravagant praise of his action, to anticipate any backsliding on Dolabella's part. Atticus seems to have taken a truer view of the consul's character (*saepius me iam agitas, quod rem gestam Dolabellae nimis in caelum videar efferre, Att.* xiv. 18. 1), and it was not long before the flatteries of Cicero were outbid by the gold of Antony.

1.—**Haec loca**; Baiae, near which Cicero's Pompeian villa lay. **Quin omnes . . . agant**=*quin agat* after *neminem.*

2.—**Iuvenem**; Dolabella is said not yet to have reached the age of twenty-five, nor to have held the praetorship when he became consul in 44 B.C.

3.—**L. Caesar** was the brother of Antony's mother, Julia ; cf. *sororis filium* below. **Cum tantum vales**, where *cum* (=since) should take the indic. according to all rules of grammar ; but pres. verbs of thanking and praising for a fact take *cum* with indic. ; cf. *Fam.* xiii. 24. 2 : *gratias ago cum, tantum litterae, meae potuerunt.* **Te custodias** ; be on your guard (against Antony).

XCII. (ad ATT. XV. 11.)　ANTIAN VILLA, *June* 9, 44 B.C.
(710 A.U.C.)

IN order to facilitate the retirement of Brutus and Cassius, who, as praetors, could not leave the city, the senate had determined to assign them the charge of the corn supplies abroad, and it was reported at the beginning of June that Brutus was to go to Asia (cf. *Asiatica curatione* below), Cassius to Sicily (*in Siciliam*, sect. 1). At a meeting on the 5th the senate had actually assigned Crete to Brutus and Cyrene to Cassius. Neither however cared to submit to the dishonour of seeming to accept the commission, and both lingered on in Italy till, at the beginning of September, they were absolutely forced to leave by the threats of Antony.

1.—**Bruto** ; M. Junius, or according to his legal title, Q. Caepio Brutus (v. L. 14. 2 n.) had fought on Pompey's side at Pharsalus, but on obtaining pardon from Caesar had taken no further part in the war. In 46 B.C. he received the province of Cisalpine Gaul (L. 78. 10), was praetor in 44, and had the province of Macedonia assigned to him for 43. He married Claudia, daughter of Appius Claudius, whom he divorced in 45 (?) to marry Porcia, daughter of Cato and widow of Bibulus, who found in Brutus a nearer approach to the ancestral ideal of her family, and died not unworthily of her father, because she refused to survive her husband's fate. **Servilia**, mother of Brutus. **Tertulla**, or Junia Tertia, his youngest sister (on whose death and burial v. Tac. *Ann.* iii. 76), and wife of Cassius ; the words are nom. to the historical infin. *quaerere.* **Placeret, mihi.** **Favonius** ; cf. L. 22. 7 n. **Cassius intervenit,** 'enter Cassius ;' C. Cassius Longinus was governor of Syria from 54 to 51 B.C., and on his return to Rome was elected tribune for the important year 49. After the battle of Pharsalus he retreated with a body of troops upon the Hellespont, with the intention of uniting with Pharnaces, but was forced to surrender to Caesar, who appointed him his own legatus, praetor inter peregrinos in 44, and governor of Syria for 43. **Hoc loco,** 'hereupon.' **Martem spirare** ; so Ἄρη πνέων, Q. Fr. iii. 4. 6. **Egone . . . accepissem** ;

as we might say, 'was I going to have taken;' we should have expected *acciperem; ut* either (1) of impossible supposition, cf. Roby 1708; or (2) = 'as' (with *beneficium*); it seems indeed as though it did duty for both. **Placeretne,** *tibi.* **Atque ut,** 'ay, and that,' Roby 2197. **Ex praetura,** 'after your praetorship.' **Ea . . . cur,** 'the reasons why.'

2.—**Amissas occasiones Decimumque,** *i.e.* they blamed Decimus for letting opportunities pass of striking a blow in his province of Cisalpine Gaul, where he had been since April 19; or perhaps for dissuading the murder of Antony; what follows supports the latter. **Praeterita, sc.** *repetere.* **Locum,** in the sense of 'point,' rather than 'passage' which treats of the point. **Quemquam;** he means of course Antony. **Tangi;** euphemistic for *occidi.* **Totam suscipi r. p.,** sc. *oportuisse, i.e.* that Brutus and Cassius should have taken the reins of government in their own hands. **Tua familiaris,** Servilia. **Audivi, sc.** *suadentem.* **Ego repressi, sc.** *me, i.e.* 'I made no retort.' **Iturus;** where the senate sent him, *i.e.* to Sicily, as he thought; it was only the promise of Servilia to use her powerful influence at Rome (cf. L. 14. 3 n. on *noctem*) to have the most objectionable clauses of the bill deleted (*ut illa frumenti curatio,* etc.) that induced him to consent. **Noster;** Brutus. **Deiectus, etc.,** 'turned from his foolish talk' of going to Rome. **Velle se dixerat,** *Romam ire,* doubtless a gloss to explain *sermone.* **Ludi** Apollinares, at which it was the duty of Brutus as praetor urbanus to preside; Brutus consigned the duty to his colleague C. Antonius, who celebrated them with great pomp in his name.

3.—**Ne multa;** L. 48. 5 n. **Hoc dempto munere,** etc., 'failing this tribute of love and duty, I had to say to myself;' if the line which follows is a senarius from a Greek tragedy, the νῦν must be Cicero's own. **Dissolutum,** 'leaky.' **Dissipatum,** 'breaking up.' **Nihil consilio,** etc., sc. *agunt.* **Eo minus, sc.** *dubito.* **Ubi nec,** etc.; L. 85. 1 n.

4.—**Heus tu;** L. 6. 13 n. **Ne sis nescius;** for the pres. after the pf. *legavit,* cf. L. 28. 9 and n. **Dolabella** had received the province of Syria from the people. **Votiva,** *legatio libera;* L. 9. 3 n. **Ne tibi quidem;** L. 78. 3 n. **Erat,** for *esset,* Roby 1535. **Opinor;** L. 51. 3 n. **Lege Iulia;** L. 9. 3 n.; Cicero was anxious to have perfect liberty to fix the duration of his own absence, and accordingly preferred to have himself named legatus of Dolabella, whose provincial governorship was to last for five years; cf. *Phil.* i. 6. **Introire exire;** for similar asyndeta cf. *Phil.* ii. 89, *irent, redirent; Att.* xv. 5. 3, *itus reditus.* **Contrahi . . . negotium,** 'trouble seems to me to be gathering;' cf. *Cat.* iv. 9: *nescio an amplius mihi negotii contrahatur.* **βλάσφημα** = *quae mali sint ominis,* the opp. of εὔφημα, words of good omen.

XCIII. (ad ATT. XVI. 7.) ON BOARD SHIP, *August* 19, 44 B.C. (710 A.U.C.)

FOR the facts v. Gen. Introd., p. xxxviii, and *Phil.* i.

1.—**Valerii nostri;** cf. *Phil.* i. 8. **Ut familiariter essem,** 'so that I was perfectly at home;' on the use of the adv. cf. I.I. 40. 2 n., and 84. 1 n. **Qui . . . reliquisset,** 'who said he had left.' **Kalendis** *Septembribus.* **Ut adessent,** *i.e.* in their places in the senate on the 1st. **Subaccusari;** on the use of the prefix cf. L. 29. 6 n.

2.—**Statim, sc.** *venit.* **Reditu,** 'return.' **Reversione,** 'turning back.' **Dei immortales,** etc.; Atticus had written to Cicero strongly complaining of the 'fickleness' of his conduct at this time, and quoting the 'silence' of Brutus towards him as a sign that he also disapproved of the orator's gyrations. Cicero's letter is written to explain and defend his action in the matter. **Pisonem**; L. Calpurnius Piso, Caesar's father-in-law, had come boldly forward at the sitting of August 1st to oppose Antony's usurpation of the government, and had strongly supported a policy of reconciliation with the liberators. **Querebantur**, *i.e.* when I was setting out. **Quibus . . . probabam**, *i.e.* whom I was unable to convince of my speedy return on Jan. 1. **Me existimari**, 'of being thought to be off to the Olympic Games.' **Sed hoc**, sc. *tempore*. ἀνατολ., sc. *esse*. **Me a tanta**, etc., instead of *a me tantam*; cf. the use of *prohibere* in the sense of 'defend,' *Manil*. 7. 19.

3.—Legi a Bruto, 'I got from Brutus to read;' cf. *Tusc*. i. 74, *sed haec et vetera et a Graecis* (*i.e.* borrowed from the Greeks), and L. 53. 13 n. **Num rediit**, *i.e. in senatum*. **Hanc**, like mine.

4.—De Bruto, 'from Brutus;' both *ex* and *a* are used after *cognosces* in the same sentence, L. 97. 3. **Piliam**, wife of Atticus. **Etsi idem**, sc. *aiebat*. **Te scribere sperare melius**; *te* does duty for both verbs: 'that you wrote that you had better hope of her.' **Atticae**, Atticus's daughter. **Pompeianum**; *ad* or *in* with the acc. is nevertheless the only legitimate Ciceronian constr. with *accedere*.

XCIV. (ad FAM. XII. 3.) ROME, *October*, 44 B.C. (710 A.U.C.)

ANTONY left Rome for Brundisium to meet the Macedonian legions on Oct. 9. The letter was written after Oct. 2 (sect. 2), and seemingly before Antony's departure.

1.—Tuus amicus, *ironice*; Cassius had supped with Antony in token of the reconciliation which was patched up immediately after the murder of Caesar. **Molestus nobis non esset**, 'he would have ceased from troubling;' cf. LL. 96, and 97. 1. **Hoc vestrum est**, 'the deed is yours.'

2.—Illorum, Antony and his party. **Persequantur**, 'avenge;' L. and S. C. 2 c. **Productus in contionem a Cannutio**; the opportunity afforded by the demand of his enemy, T. Cannutius the tribune, for a public statement of his policy, was not unwelcome to Antony; he was anxious to declare himself anew as devoted to the cause of the murdered Dictator, and to re-establish the influence he had lost with the soldiers and the people by his quarrel with Octavian; he accused Octavian of suborning the soldiers of his own body-guard to assassinate him, and Cannutius of being party to the murder of Caesar (cf. esp. *Fam*. xii. 23. 3), but completely failed to rouse any sympathetic response in his hearers (*turpissime . . . discessit*). Cannutius was afterwards sacrificed by Octavian to Antony's bloodthirsty vengeance. **Non dubitanter quin**, 'unmistakably hinting that,' with the object Cicero tells us (*Fam*. xii. 2. 1) of exciting the veterans against him. **Quid eos interpretari**, etc., 'what do you suppose they mean by this action? They mean to say, of course, that the money was going to a national enemy.' **Tecum loqui**, 'to take counsel with yourself;' so in L. 52. 2.

XCV. (ad FAM. XVI. 21.) ATHENS, 44 B.C. (710 A.U.C.)

THE letter of Marcus Junr. to the friend and confidant of his boyhood is one of the most charming of Latin letters. Young Cicero does not seem to have been any worse than other undergraduates (cf. the friendly testimony of Trebonius, who had visited him at college, *Fam.* xii. 16. 1), yet we may refuse to believe that he was the paragon of virtue which he paints himself in his letter to Tiro. That was more than could be expected from a spirited lad who had already seen service in the army of Pompey during the civil war, and had distinguished himself both as a captain of dragoons and as an athlete. Upon his father's reconciliation with Caesar he had reluctantly consented to give up his hopes of promotion in the service of the latter, and repair to Athens to complete his education (Gen. Introd. p. xxxiv). It was perhaps remorse for the betrayal of the orator which afterwards led Octavian to single out the young Marcus for special distinction. He associated him with himself in the consulship at the early age of 34, and finally bestowed upon him the governorship of the important province of Asia.

On Tiro v. introd. to L. 61.

1.—Aliquando ; they ought to have come in three weeks at the most ; cf. Gen. Introd. p. xliv.   **Quad. et sextum** ; *et* is unusual.

2.—Gratos . . . esse ; for the constr. v. L. and S. *dubito* 1. (η). **Nam cum omnia**, etc. ; the sense is plain, but the Latin composition does not do credit to Cicero's son : 'for while wishing me all success for my own sake you also wished it for yours ;' but *cum* in this sense takes the indic., and the partic. *successa* (which we ought perhaps in charity to consider one of the little Greek affectations which adorn the letter, and take as a translation of προκεχωρημένα) is not a model.

3.—Cratippo, the most distinguished philosopher of his time, whose lectures were one of the chief attractions at the university of Athens ; he was a Peripatetic from Mytilene in Lesbos.   **Obrepit,** 'he drops in.'

4.—Nam quid . . . dicam, formula of transition ; cf. *Q. Fr.* i. 1. 10 : *nam quid ego de Gratidio dicam? quem certo scio*, etc.   **Bruttio,** a learned grammarian who, like Cassius the rhetorician mentioned below, had prob. come from Rome to lecture in Athens.   **Locum,** as we say, 'a place.'

5.—Princeps Athen., merely 'a leading citizen.'   **Leonides** seems regularly to have sent home reports of Marcus, not always wholly satisfactory (v. *Att.* xiv. 13. 3, and elsewhere).   **Tὰ μὲν οὖν**, etc., 'so much about ourselves.'

6.—Gorgia, an Athenian rhetorician who, amongst other accomplishments, had taught the young trooper to drink two bottles of wine at a draught, and was not considered an edifying companion for him.   **σπουδή**, 'liking for him.'   **Succurrebat** ; L. 87. 2 n.   **Grave esse**, etc., 'that it is a serious thing to question the judgment of my father.'   **Consilium**, 'advice' to cut Gorgias's acquaintance.

7.—Hoc loco, *i.e.* so near the end of my letter.   **Habes**, 'you have property ;' so *quod habeamus, Fam.* vii. 29. 1, 'that I am in possession of my property.'   **Rusticus . . . factus es** ; cf. the like amusing picture in Hor. *Ep.* i. 7. 83 *seq.: ex nitido fit rusticus atque Sulcos et vineta crepat mera, praeparat ulmos, Immoritur studiis et amore senescit habendi.* **Semina**, the seeds and stones from dessert.   **Tibi defuisse** ; in not giving a subscription to help the purchase.   **Si modo fortuna me**, sc. *sublevarit*.

8.—De mandatis . . . curae fuit ; instead of the constr. *mandata . . . curae fuerunt*, as oft in Cicero.   **Multum . . . operae**, 'a great deal of my leisure;' so *operae mihi non est*= 'I am not at leisure; *opera* is defined (*Q. Fr.* iii. 4. 4) as that *quae non modo tempus sed etiam animum vacuum ab omni cura desiderat*.   **Hypomnematis** are his notes of lectures; for the form of the abl. cf. Roby 492; and on the whole passage *Off.* iii. 121.   **Antherum**, the slave who brought the letter.

XCVI. (ad FAM. XII. 4.)   ROME, *February*, 43 B.C. (711 A.U.C.)

FOR the facts v. Gen. Introd., p. xl.

1.—Ad cenam invitasses, *i.e.* admitted me into the conspiracy.   **Reliquiae vestrae**, Antony.   **Praeter ceteros**, 'above all others.'   **Turpissimos consularis**; cf. esp. *Phil.* viii. (20 *seq.*), which was probably delivered on February 3.   **Infimo . . . honore**, 'of the lowest standing,' as having only held the quaestorship or aedileship.   **Philippo**; cf. L. 84. 1 n.   **Pisone**; cf. L. 93. 5 n.; Sulpicius, the third member of the embassy (Gen. Introd., p. xl), had died.   **In re salutari**, 'in a matter of sound policy;' he means that, as a rule, soundness of policy has to be sacrificed to popularity.

2.—In Syria, the province assigned him by Caesar, which Dolabella, with the authority of the people, was determined to contest with him. **Auctor erat nemo**, 'there was no one to vouch for it.'   **Bruto**, who had left Italy towards the end of 44 B.C. to take possession of his province of Macedonia, and was still in Greece.   **Vixdum xxx. dies**; he had a right to remain in his province thirty days after the arrival of the new governor beyond his own term; Dolabella desired to supersede him before the first thirty days of his year of office had elapsed (cf. L. 51. 3 n.). **Rem causamque**; L. 45. 5 n.

XCVII. (ad FAM. X. 28.)   ROME, *February*, 43 B.C. (711 A.U.C.)

As quaestor urbanus in 58 B.C., C. Trebonius had strongly espoused the cause of the persecuted orator.   In 55, it was he who, as tribune, brought forward the law for the prolongation of Caesar's command in Gaul. At the outbreak of the Civil War he joined Caesar, and was left, along with D. Brutus, in charge of the siege of Massilia, while Caesar himself marched on Spain.   In 48 he remained in Rome as praetor urbanus, and showed great spirit and ability in crushing the turbulence of his colleague and rival, Caelius.   He was rewarded with the propraetorship of Spain, but his legions revolted, and he was forced to quit the province. During the latter months of 45 he was raised by Caesar to the consulship, and presented in the following year with the province of Asia.   He was the first of the conspirators who was overtaken by the Nemesis of his crime, and cruelly murdered by Dolabella, who was passing through his province on his way to Syria.

1.—Quam vellem, etc.; L. 93. 1 and n.; cf. also *Phil.* ii. 34.   **Seductus est**; when Caesar entered the senate-house on the 15th, Antony had been detained outside by Trebonius on some feigned business (cf. *Phil.* ii. 34), not, Plutarch tells us (*Anton.* 13), because the conspirators desired to spare his life, but because they feared his strength and courage. On the gender of *seductus* after *haec pestis* cf. L. xiv. 1. 3 : *capita . . . coniurationis virgis caesi*, the pred., as often, following the gender of the real, not of the verbal subj.

2.—Alia re ; the business laid before the senate by the tribunes referred to the means which should be adopted to enable the new consuls to hold the meeting of Jan. 1 without danger ; Cicero seized the occasion to call upon the senate, in *Phil.* iii., to adopt at once the strongest measures against Antony, as against an enemy.

3. Actaque ; L. 70. 4 n.　**In Servio,** who died while conducting the negotiations with Antony ; cf. L. 96. 1 n. and introd. to L. 77.　**L. Caesar ;** L. 91. 3 n.　**Legiones duae,** *Martia et quarta ;* v. Gen. Introd., p. xxxix.

XCVIII. (ad FAM. XII. 5.)　ROME, *Feb.* 43 B.C. (711 A.U.C.)

FOR the facts cf. *Phil.* x.

1.—Habere copias ; in addition to the forces which he received from the governors of Syria and Bithynia, Cassius had at his disposal the small army of Caecilius Bassus (cf. introd. to L. 80), and four Egyptian legions. **Brutus . . . noster ;** M. Brutus, who by this time held Greece, Macedonia, and a great part of Illyria.

2.—Fallebat, as often impersonally ; the tenses are epistolary. **Parvis . . . copiis ;** Cicero seems, perhaps intentionally, to underestimate the danger in Italy ; it was only the great energy of Hirtius in devising means of communication with D. Brutus through the lines of the enemy that enabled the besieged to hold out ; divers swam the Scultenna with despatches engraved on plates of lead ; salt and provisions were floated into the town by the river, and when this resource was cut off by the nets of the enemy, carrier-pigeons still brought encouragement to the imprisoned army.　**Forum Cornelium,** the modern Imola, between Bologna and Ravenna.　**Claterna ;** Quaderna lies somewhat north. **Comparat,** pres. (among the epistolary tenses *obsidebatur*, etc.), perhaps indicates Cicero's immediate knowledge of Pansa's present movements in Rome, as opposed to the reported information he had received from the camp as to what Hirtius *was* doing in the field.　**Regium Lepidi ;** Reggio.

3.—Eluceat, like the sun.

XCIX. (ad FAM. XI. 9.)　IN CAMP AT REGIUM, *April* 29, 43 B.C. (711 A.U.C.)

THE battle of Mutina took place on April 27th. Antony was retreating north, and D. Brutus had followed him as far as Regium Lepidi.

1.—Pansa amisso ; Pansa died at Bononia the day after the battle of Mutina, in consequence of a wound he had received a fortnight before at Forum Gallorum ; the other consul, Hirtius, fell in the battle itself.　**Ventidius ;** P. Ventidius Bassus, a mule-driver (*Fam.* x. 18. 3), whom Caesar had honoured with his favour, had raised a force of three legions in the Italian colonies and in Picenum during the siege of Mutina ; he eluded the guards upon the Apennines, and united his forces with Antony at Vada Sabatia on the coast of Liguria. Under the triumvirate he became successively praetor and consul, and afterwards distinguished himself as the first to obtain a triumph for success against the Parthians.　**Lepidum ;** M. Aemilius Lepidus held Gallia Narbonensis and Hither Spain.　**De Pollione Asinio ;** C. Asinius Pollio, governor of Further Spain, was in the meantime only anxious to avoid committing himself to either side. He easily found a pretext for not marching into Italy to support the republican cause in the hostility of the governor of the intervening provinces. A few months later he followed Lepidus in openly making terms with Antony

(Gen. Introd., p. xli). When we next hear of Pollio it is as friend and patron of Virgil. On the use of *de* v. L. 38. 19 n., and, on the position of the names, L. 14. 3 n.

C. (ad FAM. X. 15.)   AMONG THE ALLOBROGES, *May* 11, 43 B.C. (711 A.U.C.)

L. MUNATIUS PLANCUS had served as legatus to Caesar in Gaul, Spain, and Africa, and was now governor of Gallia Transalpina, with the exception of Gallia Narbonensis and Belgica. Caesar had arranged that he should be consul along with D. Brutus in 42 B.C. He was accordingly one of those whom Cicero was most anxious to enlist on the side of the republic, and upon his departure for his province a lively correspondence ensued between them. He is always profuse in protestations of loyalty to the senate, but takes good care to do nothing to support its cause. When fortune declared for Antony he openly joined the usurper, and only left his side in 32 B.C. to become a warm supporter of Octavian, for whom in 27 he was the first to propose the title of Augustus.

1.—**His litteris scriptis**, *i.e. Fam.* x. 11, to which this is a postscript. **Adsiduis internuntiis**, instead of *per* with acc., because regarded as the means rather than the medium.   **Abuteretur**; cf. L. 18. 2 n.

2.—**Ab equit. firmus**, 'strong *in* cavalry;' cf. Roby 1813.

3.—**L. Antonium**; M. Antony's youngest brother.   **Forum Iulii**, the modern Fréjus.   **Subsequar**; which, however, he never did.

4.—**Praecognito**; not found in Cicero.

CI. (ad FAM. XI. 12.)   ROME, *May*, 43 B.C. (711 A.U.C.)

1.—**Tris . . . epist.**, *i.e.* L. 99, from Regium Lepidi, *Fam.* xi. 10 from Dertona, and *Fam.* xi. 11 from the neighbourhood of Aquae Statiellae, marking the line along which D. Brutus pursued Antony. The date of the last of these letters is May 6, but Cicero would hardly receive it before the Ides. The letter before us was written after its receipt, and before the 19th, the date of the later despatch (*Fam.* xi. 18). By the 21st Brutus had reached Vercellae, and Eporedia by the 24th.   **Flacco Volumnio**; probably the same as the Volumnius mentioned in *Fam.* xi. 18. 1 as the bearer of despatches from Brutus to the senate.   **T. Vibii**; not mentioned elsewhere.   **Lupus**; P. Rutilius Lupus had been praetor in 49 B.C., and was now probably legatus of Brutus.   **Graceii**; mentioned in *Att.* xv. 8 as a friend of C. Cassius, here and in *Fam.* xi. 7. 1 as serving under D. Brutus.   **Oratione**, 'word of mouth' (so in L. 48. 4), as opposed to *litteris*.   **Si aliquid**; *si aliquis*, like *si quisquam* (L. 79. 1 n.), as opposed to *si quis*, indicates that the condition is the actual existence of the fact: 'if Antony actually *has* gained reinforcements.'   **Inermis** and *inermus* both in Cicero.

2.—**De**, 'from,' L. 93. 8 n.   **Homines alii f. s.**, 'public feeling has changed.'   **Quod**, etc., sc. *eum* (so after *opprimi*), and cf. L. 35. 1 n. Brutus had been remiss in pursuing Antony (sect. 1 n.), and in guarding the Apennines (L. 99. 1 n.).   **Omnino est hoc**, 'this is quite the way of.'   **In eo**, 'in the matter of him,' *i.e.* 'against him,' where we should have expected *in eum;* so L. 78. 10 : *in eius persona multa fecit asperius.* **Libertate**, especially liberty of speech.   **Eam**, release from slavery.

Is bellum conf., etc., quite a stereotyped phrase in Cicero's letters of these days ; cf. *Fam.* x. 13. 2 ; 19. 2 ; 20. 3.

CII. (ad FAM. XII. 10.)   ROME, *July*, 43 B.C. (711 A.U.C.)

ONE of the immediate effects of the victory at Mutina was the formal assent of the senate to Cicero's demand (cf. *Phil.* xi.) for the recognition of Cassius as constitutional governor of Syria.   The letter is the last which we have from Cicero's pen.   It is possible that the correspondence of the last five months of his life was afterwards suppressed owing to allusions which were considered uncomplimentary to Augustus.

1.—Tuus adflnis ; both Lepidus and Cassius had married sisters of M. Brutus.   **Quibus tamen,** etc.; a promise of pardon was held out to the troops of Lepidus if they should return to their allegiance to the senate before September 1.   **De Dolabella,** the popular claimant to the province of Syria (L. 93. 2 n.), against whom a sentence of outlawry had been passed by the senate so early as March of this year.   In the course of the present month he was so closely pressed by Cassius in Laodicea that, rather than fall into the hands of the enemy, he commanded one of his own followers to cut off his head.   **Sine capite,** ' without authoritative source ;' cf. *Planc.* 57, where *si quid sine capite manabit* is opposed to *si fontem maledicti reperietis.*

2.—Haec, *i.e.,* the war against Antony in the North.   **Quem . . . ornabo** ; in accordance with Cassius's request (*Fam.* xii. 12. 2 *seq.*)

3.—Viceramus ; Roby 1535.   **Consules designatos** ; D. Brutus and Plancus.   Since the death of Hirtius and Pansa in April, the government had been carried on by the praetor M. Cornutus.   It was not till August that Octavian and Q. Pedius were named consuls for the remaining portion of 43 B.C. (Gen. Introd., p. xli).   **Magna illa quidem** ; for the pleonastic use of *ille* in concessions cf. Roby 2259 and 2261.

4.—Brutum . . . iam iamque ; as stationed nearer in Macedonia ; cf. all that Cicero says about him in *Phil.* x. especially sect. 25 *seq.*

APPENDIX I.

LEGAL ASPECT OF THE EXECUTION OF THE CATILINARIAN CONSPIRATORS.

OF the legality of the execution, as of every other question at this time, there were two views, that of the oligarchic and that of the democratic party. What the latter thought of the matter was clearly shown by the subsequent banishment of the leading actor in it. The principle that a Roman citizen could be condemned to death only by the voice of the Roman burgesses was the palladium of the people's freedom, and dated from time immemorial.

1. Even in the regal period the right of appeal to the popular assembly was frequently permitted by the king, who at the same time possessed the right to grant or refuse it at will.

2. At the beginning of the Republic (509 B.C.) it was expressly decreed by the lex Valeria of Poplicola, 'Ne quis magistratus civem Romanum adversus provocationem necaret neve verberaret' (Cic. *Rep.* ii. 31); and this was re-enacted over and over again during the early centuries of the Republic, 'quod plus paucorum opes quam libertas plebis poterant' (Liv. x. 9); cf. Ramsay's *Antiquities*, p. 285, the last enactment on the subject being that of C. Gracchus in 122 B.C., 'Ne de capite civium iniussu populi iudicaretur.'

3. After the institution of the Quaestiones Perpetuae (Ramsay, p. 290) for the trial of all criminal cases, sentence of death altogether ceased to be pronounced, so deeply rooted was the principle that such sentence could only be passed by the assembly of the burgesses.

To what principle, then, could Cicero and the optimates appeal in defence of so unconstitutional a proceeding as the execution by the Roman consul of Roman citizens, untried and uncondemned, upon a mere expression of opinion from the senate?

There were two classes of precedents he might appeal to :—

1. In spite of all the laws de provocatione we find the senate during the middle ages of the Republic usurping the right of appointing, at times of imminent danger to the constitution, extraordinary commissions of inquiry, with consuls or praetors at their head, and with power to inflict even death upon the guilty. Commissions of this kind we have in the investigation 'de veneficiis' (331 B.C.), which resulted in the condemnation of 190 Roman matrons (Liv. viii. 18); the senatus consultum de bacchanalibus' (186 B.C.), under which over 7000 men and women were found guilty, and most of them executed (Liv. xxxix. 14); in the decree 'de veneficiis' of 180 B.C. (Liv. xl. 37); and in the trial of the adherents of Tib. Gracchus. In all these cases we may observe (a) that the acting magistrate is either a consul or a praetor, (b) that there is no appeal, (c) that actual death is inflicted.

And yet Cicero makes no allusion anywhere to these precedents in justification of his action. The reason is, that *it was precisely to put down this sort of trial, and in consequence of the action of the commission in the last-mentioned case* (that of the adherents of his brother Tiberius), *that C. Gracchus in* 122 B.C. *re-enacted more stringently than ever the old law de provocatione.*

Between 122 and 63 B.C. we have, indeed, several instances of the appointment of a special commission for high treason in that named under the 'lex Peducaea,' to inquire into the occurrences with the Vestals in 113 B.C.; under the 'lex Manilia' of 110 B.C., to investigate the scandalous dealings with Jugurtha; under the 'lex Apuleia' in 103 B.C., in reference to embezzlement and treason perpetrated in Gaul; under the law of Q. Varius in 90 B.C., to investigate the so-called conspiracy of Livius Drusus. All these doubtless were courts, (a) with powers to inflict death, and (b) permitting no appeal; but they all differed in this important respect from those already mentioned as appointed before 122 B.C., that they got their commission from the people upon the proposal of one of the tribunes of the people, and thus formed no precedent for the action of the senate in 63 B.C.

2. But there was another principle, also deeply-rooted in the Roman constitution, to which Cicero could, and actually did, appeal,[1] namely, that an avowed public enemy could be put to death by the consuls, in the city or anywhere else, seeing that he had forfeited the protection of his citizenship. Upon this principle Cicero elsewhere (*Mil.* iii. 8) justifies the murder of Spurius Maelius, of Tib. Gracchus, of C. Gracchus himself, and of Saturninus. But it is to be noted that in all these cases the legality of the act was disputed by the democrats, and though the principle might be accepted in theory, yet in fact it was always open to the advocates of progress and popular rights to ask whether there actually was a crisis sufficient to justify so unconstitutional a proceeding, and whether the persons sacrificed were not better called patriots than traitors.

Nevertheless the principle was there, and if it had been as consistently held to by Cicero in his actions as it was firmly grasped in his harangues, history would at least have recorded its sympathy with him in this crisis of his career. But though the spirit was willing the flesh was weak. Here, not less than throughout his whole life, the orator's action was marked by a vacillating timidity which stultified while it condemned it. The one justification of the bold action he meditated was, as we have seen, to be found in the view that *the conspirators were public enemies, and might, as such, be dealt with by the consul on his own responsibility.* The one view, for which there was no conceivable justification, was that *it was a case to be dealt with on the authority of the senate.* And yet the orator, in the blindness of that terror which overtakes incapacity in the presence of a great crisis, by appealing to the senate for a warrant for the execution, signed the warrant for his own condemnation, in the judgment not only of his own country, but of all history.

---

[1] Cat. iv. 5, sect. 10: At vero C. Caesar intellegit legem Semproniam esse de civibus Romanis constitutam: qui autem Reipublicae sit hostis cum civem esse nullo modo posse.

APPENDIX II.

CONSTITUTIONAL QUESTION AT ISSUE BETWEEN CAESAR AND THE SENATE.

1. If we assume with Mommsen that Caesar entered upon his second term of command on March 1, 54 B.C. (the latest date that has been suggested), it must of necessity have expired before March 1, 49 B.C.

2. He could not legally enter upon his second consulship, according to an old law re-enacted by Sulla, until Jan. 1, 48 B.C., as ten years had to elapse between the end of 59 B.C., when he had laid down his first, and the date at which he proposed to enter upon his second.

Between the very latest date then at which we can suppose that he had to lay aside his command in Gaul (Mar. 1, 49 B.C.), and the earliest at which he could resume office in Rome (Jan. 1, 48 B.C.), there was a gap of ten months.

3. One question was of paramount importance to Caesar,—how to avoid the necessity of retiring to a private station for these months, and of thus exposing himself to the vengeance of his enemies, who had sworn to be satisfied only with his life.[1]

4. Under ordinary circumstances this might have been comparatively easy, since (a) he was still governor of Gaul so long as no successor was appointed from Rome, and (b) according to the terms of the lex Sempronia of C. Gracchus, the provinces to be held by the consuls of the coming year must be fixed upon before the election of these consuls themselves, i.e. (as the consular elections were in July) some eighteen months before the governors who were to hold the provinces entered upon occupation. Pompey had pledged himself not to allow the discussion as to Caesar's successor in Gaul to be raised in the senate until March, 50 B.C., i.e. until beyond the period at which a successor could be legally appointed for 49 B.C., so that Caesar should have been already free from all apprehension of a successor in 49. But Pompey's promise was rendered nugatory by his legislation of 52 B.C.,[2] the effect of which, so far as Caesar was concerned, was to give the senate power to appoint a successor to the Gallic provinces at any time, and he might find himself superseded any day in the course of 50 or 49. It was in his efforts to protect himself against this danger that Caesar was driven by the violence of the oligarchy to vindicate by arms that right of obstruction which undoubtedly belonged to him by all the terms of the constitution (Gen. Introd., p. xxx).

---

[1] The question as to whether Caesar should be allowed the exceptional privilege of standing for the consulship in his absence was of secondary importance, and indeed was waived at Rome at an early stage of the contest (cf. LL. 60; 63. 3 and n. ; 66. 2; and *Att.* viii. 33).

[2] For the terms of the law, cf. Gen. Introd., p. xxvii.

INDEX OF PROPER NAMES.

(The numbers indicate the pages in this Edition.)

www.ingramcontent.com/pod-product-compliance
Lightning Source LLC
Chambersburg PA
CBHW020936030726
47496CB00005B/1214